ÄÄNI KUOLEMALLE

CHRIS CARTER
ÄÄNI
KUOLEMALLE

Suomentanut Inka Parpola

Helsingissä Kustannusosakeyhtiö Otava

Englanninkielinen alkuteos
One by One

Copyright © Chris Carter, 2013

Suomenkielinen laitos © Kustannusosakeyhtiö Otava 2024

ISBN 978-951-1-47704-4

OTAVA
KIRJAPAINO
Keuruu 2024

TEHTY SUOMESSA
MADE IN FINLAND

YMPÄRISTÖMERKKI
MILJÖMÄRKT
4041 0037
Painotuote

Yksi

Yksittäinen laukaus takaraivoon, teloitustyyliin. Monet pitävät sitä erittäin väkivaltaisena tapana kuolla. Mutta ei se ole. Ei ainakaan uhrin kannalta.

Ysimillinen luoti läpäisee kallon ja poistuu toiselta puolelta kolmessa sekunnin kymmenestuhannesosassa. Se pirstoo kalloluun ja puhkoo aivomassan niin nopeasti, ettei hermojärjestelmällä ole aikaa rekisteröidä kipua. Mikäli luodin tulokulma on oikeanlainen, se silpoo aivokuoren, pikkuaivot ja jopa talamuksen siten, että aivot lakkaavat toimimasta ja seurauksena on välitön kuolema. Jos luodin tulokulma on väärä, uhri saattaa selviytyä, mutta ei ilman laajaa aivovauriota. Sisäänmenoaukko on yleensä korkeintaan pienen viinirypäleen mittakaavaa, mutta ulostuloaukko voi olla käytetystä luodista riippuen jopa tennispallon kokoinen.

Miesuhri, jonka valokuvaa Los Angelesin poliisilaitoksen henkirikosyksikön etsivä Robert Hunter katsoi, oli kuollut välittömästi. Luoti oli läpäissyt kallon, pirstonut pikkuaivot sekä ohimo- että otsalohkon ja aiheuttanut kuolettavan aivovaurion kolmessa sekunnin kymmenestuhannesosassa. Alle sekunnissa mies jo makasi maassa kuolleena.

Tapaus ei kuulunut Hunterille vaan perusetsivien kerroksen rikostutkija Terry Radleylle. Tutkintaan liittyvät kuvat olivat päätyneet vahingossa Hunterin työpöydälle. Kun hän laittoi valokuvan takaisin kansioon, työpöydän lankapuhelin soi.

"Etsivä Hunter, erikoismurharyhmä", hän vastasi puolittain odottaen, että soittaja olisi tapauskansiotaan kaipaileva etsivä Radley.

Hiljaisuus.

"Haloo?"

"Onko etsivä *Robert* Hunter?" Käheä, tyyni miehen ääni.

"Kyllä, etsivä Robert Hunter. Miten voin auttaa?"

Hunter kuuli soittajan hengittävän ulospäin.

"Siitä me otamme selvän, etsivä."

Hunter kurtisti kulmiaan.

"Kuuntele tarkkaan pari seuraavaa minuuttia."

Hunter selvitti kurkkunsa. "Anteeksi, en kuullut nimeä –"

"Turpa kiinni ja kuuntele, etsivä", soittaja keskeytti. Hänen äänensä oli yhä tyyni. "Tämä ei ole keskustelu."

Hunter vaikeni. Los Angelesin poliisilaitokselle soitti päivittäin kymmeniä, joskus satoja, sekopäitä. Heidän joukossaan oli juoppoja, pöllyssä olevia narkomaaneja, jengiläisiä, jotka yrittivät esittää koviksia, selvänäkijöitä, kiihkoilijoita, jotka halusivat raportoida hallituksen salaliitosta tai avaruusolentojen hyökkäyksestä, jopa hourupäitä, jotka väittivät nähneensä Elviksen paikallisessa kuppilassa. Jokin soittajan äänensävyssä ja puhetyylissä kuitenkin viestitti Hunterille, ettei tätä puhelua kannattanut kuitata pilana. Hän päätti toistaiseksi myötäillä soittajaa.

Hunterin työpari, etsivä Carlos Garcia, istui oman työpöytänsä äärellä Hunteria vastapäätä heidän pienessä työhuoneessaan poliisin hallintorakennuksen viidennessä kerroksessa Los Angelesin keskustassa. Hän tuijotti tietokoneensa näyttöä autuaan tietämättömänä aisaparinsa keskustelusta, pitkähkö tummanruskea tukka sileälle poninhännälle sitaistuna. Hän oli työntänyt tuoliaan kauemmas pöydästä ja ristinyt kätensä rennosti niskan taakse.

Hunter napsautti sormiaan saadakseen Garcian huomion, osoitti puhelimen suukappaletta ja teki ympyränmuotoisen eleen etusormellaan. Se tarkoitti, että puhelu piti nauhoittaa ja jäljittää.

Garcia tarttui välittömästi puhelimeensa, naputteli sisäisen numeron, joka yhdisti hänet päämajaan, ja sai homman pyörimään alle viidessä sekunnissa. Hän antoi Hunterille merkin. Hunter puolestaan elehti, että Garcian oli paras kuunnella. Garcia liittyi linjalle.

"Oletan, että työpöydälläsi on tietokone, etsivä", soittaja sanoi. "Ja että tuo tietokone on yhdistetty internetiin."

"Oletat oikein."

Vaivaantunut hiljaisuus.

"Okei. Haluan, että kirjoitat pian antamani osoitteen osoitekenttään... Oletko valmis?"

Hunter epäröi.

"Usko pois, etsivä. Haluat nähdä tämän."

Hunter nojautui kohti näppäimistöään ja avasi internetselaimen. Garcia teki saman.

"Okei, olen valmis", Hunter vastasi tyynesti.

Soittaja saneli Hunterille nettiosoitteen, joka koostui yksinomaan numeroista ja pisteistä. Kirjaimia ei ollut.

Hunter ja Garcia näpyttelivät merkkijonon osoitekenttiinsä ja painoivat enteriä. Näyttö välähteli pari kertaa nettisivun latautuessa.

Molemmat etsivät jähmettyivät paikoilleen, ja huoneeseen lankesi kammottava hiljaisuus.

Soittaja nauraa hekotti. "Minulla lienee nyt jakamaton huomiosi."

Kaksi

FBI:n päämaja sijaitsee Washington DC:ssä osoitteessa 935 Pennsylvania Avenue, vain parin korttelin päässä Valkoisesta talosta ja suoraan vastapäätä Yhdysvaltain oikeusministeriötä. Päämajan lisäksi FBI:llä on viisikymmentäkuusi aluetoimistoa siroteltuna eri puolille Yhdysvaltojen viittäkymmentä osavaltiota. Useimmat toimistot hallinnoivat myös joukkoa pienempiä toimistoja.

Wilshire Boulevardilla majaansa pitävä Los Angelesin toimisto on yksi suurimpia FBI:n aluetoimistoja koko Yhdysvaltain alueella. Se hallinnoi kymmentä pienempää toimistoa. Se on myös yksi harvoista, joilla on erityinen kyberrikososasto.

FBI:n kyberrikososaston tärkein tehtävä on tutkia korkean teknologian rikoksia, muun muassa kyberperustaista terrorismia, tietoturvahyökkäyksiä, verkossa tapahtuvia seksuaalirikoksia sekä suuren luokan kyberpetoksia. Viimeisten viiden vuoden aikana kyberrikollisuus on Yhdysvalloissa paisunut kymmenkertaiseksi. Yhdysvaltain hallitus ja sen verkostot joutuvat päivittäin yli miljardin eri puolilta maailmaa tulevan hyökkäyksen kohteeksi.

Vuonna 2011 Yhdysvaltain senaatin taloudesta, tieteestä ja liikenteestä vastaavalle valiokunnalle toimitettiin raportti, jonka mukaan maan sisäinen kyberrikollisuus tuotti laittomia tuloja osapuilleen kahdeksansadan miljoonan Yhdysvaltain dollarin verran, mikä teki siitä maan tuottoisimman laittoman liiketoiminnan heti huumeiden salakuljetuksen jälkeen.

Tuhannet FBI:n "hakurobotit" haravoivat verkkoa loputtomiin etsien mitä tahansa epäilyttävää tai rikolliselta haiskahtavaa niin Yhdysvaltain rajojen sisäpuolella kuin niiden ulkopuolella. Tehtävä on valtava, ja FBI ymmärtää, että bottien löydökset muodostavat vain vesipisaran kyberrikollisuuden valtameressä. Jokaista uhkaa kohden jää löytämättä tuhansia. Siksi tuona syksyisenä aamuna syyskuun loppupuolella yksikään FBI:n verkkoselaaja ei törmännyt nettisivuun, jota etsivä Hunter ja hänen työparinsa katsoivat tietokoneensa näytöiltä poliisin hallintorakennuksessa Los Angelesissa.

Kolme

Hunter ja Garcia tuijottivat tietokoneittensa näyttöjä yrittäen ymmärtää silmiensä edessä avautuvaa surrealistista näkyä: suuri, läpinäkyvä, kulmikas säiliö näytti lasista tehdyltä mutta saattoi yhtä hyvin olla pleksilasia tai vastaavaa materiaalia. Hunter veikkasi säiliön kylkien leveydeksi sataviisikymmentä senttimetriä ja korkeudeksi vähintään satakahdeksankymmentä senttiä. Säiliö oli avonainen – ei kantta – ja vaikutti käsintehdyltä. Se oli metallirunkoinen, ja seinät oli kiinnitetty toisiinsa paksulla, valkoisella saumausmassalla. Kapistus näytti lujitetulta suihkukopilta. Sen sisällä oli kaksi läpimitaltaan noin kahdeksan senttimetrin mittaista metalliputkea, yksi vasemmalla ja toinen oikealla puolella, jotka nousivat pohjasta ja kohosivat avonaisen yläreunan yli. Putkiin oli porattu reikiä, joista yksikään ei ollut läpimitaltaan normaalia lyijykynää suurempi. Hunteria huolestutti kaksi asiaa. Ensinnäkin se, että hän uskoi katsovansa livestriimiä. Toiseksen häntä huolestutti se, mitä hän näki säiliön keskellä kahden metalliputken välissä.

Raskaaseen metallituoliin oli sidottu valkoihoinen mies, iältään kahdenkymmenenviiden ja kolmenkymmenen välillä. Hänellä oli vaaleanruskea, lyhyeksi leikattu tukka. Yllään hänellä oli pelkät raidalliset bokserit. Mies oli tanakka, ja hänellä oli pyöreät kasvot, pulleat posket sekä tukevat käsivarret. Hän hikoili runsaasti, ja vaikka hänellä ei ollut näkyviä vammoja, hänen ilmeestään ei voinut erehtyä – hänen kasvoiltaan kuvastui puhdas kauhu. Hänen silmänsä olivat apposen ammollaan, ja hän haukkoi tiheästi henkeä suuhun tungetun kangasrätin läpi. Vatsan nopeasta kohoilusta Hunter päätteli miehen olevan lähellä hyperventiloimista. Mies värisi ja vilkuili ympärilleen levottoman ja pelokkaan hiiren lailla.

Kuva oli vihertävä, mikä viittasi siihen, että kamerassa käytettiin yökuvaustilaa ja -objektiivia. Olipa mies kuka hyvänsä, hän istui pimeässä huoneessa.

"Onko tuo totta?" Garcia kuiskutti Hunterille peittäen puhelimensa suukappaleen.

Hunter kohautti olkiaan irrottamatta katsettaan näytöstä.

Soittaja rikkoi hiljaisuuden kuin käskystä. "Mikäli mietit, onko kyse suorasta lähetyksestä, etsivä, minäpä näytän."

Kuva suuntautui kohti mitäänsanomatonta tiiliseinää, jolle oli kiinnitetty tuiki tavallinen, pyöreä seinäkello. Viisarit osoittivat kolmea vaille kolmea. Hunter ja Garcia vilkaisivat rannekellojaan – 14.57. Kuva siirtyi alemmas ja tarkentui seinän viereen asetettuun sanomalehteen, minkä jälkeen se zoomasi lehden etusivuun ja päivämäärään. Kyseessä oli aamun *LA Times*.

"Oletko tyytyväinen?" Soittaja naurahti.

Kuva tarkentui jälleen säiliön sisälle kahlittuun mieheen. Hänen nenästään oli alkanut valua räkää, ja poskilla virtasi kyyneliä.

"Säiliö on valmistettu luodinkestävästä panssarilasista", soittaja ilmoitti hyytävällä äänellä. "Ovessa on erittäin varma, ilmatiivis lukkomekanismi. Sen voi avata ainoastaan ulkopuolelta. Lyhyesti sanottuna näkemäsi mies on vangittu säiliöön. Hän ei pääse ulos."

Näytöllä näkyvä säikähtänyt mies katsoi suoraan kameraan. Hunter painoi ripeästi print screen -näppäintä ja tallensi näyttökuvan leikepöydälle tietokoneen muistiin. Hänellä oli nyt toivottavasti tunnistamiskelpoinen kuva miehen kasvoista.

"No niin. Soitan sinulle, etsivä, koska tarvitsen apuasi."

Näytöllä näkyvä mies alkoi läähättää raskaasti. Hänen kehonsa oli yltä päältä kauhunhiessä. Hän oli paniikkikohtauksen partaalla.

"Okei, otetaanpa rauhallisesti", Hunter vastasi pitäen huolen, että hänen äänensä oli tyyni mutta käskevä. "Miten voin auttaa sinua?"

Hiljaisuus.

Hunter tiesi, että soittaja oli yhä linjalla. "Teen kaikkeni auttaakseni. Kerro vain miten."

"No…" soittaja vastasi. "Voit päättää, miten hän kuolee."

Neljä

Hunter ja Garcia vilkaisivat toisiaan levottomina. Garcia soitti välittömästi päämajaan.

"Onhan meillä tämän hyypiön sijaintitiedot?" Garcia sanoi, kun puheluun vastattiin.

"Ei vielä, etsivä", nainen vastasi. "Menee vielä pari minuuttia. Pitäkää hänet äänessä."

"Hän ei halua puhua enempää."

"Olemme melkein valmiita, mutta tarvitsemme vielä hetken aikaa."

"Perkele!" Garcia pudisti päätään Hunterille ja viittilöi tätä pitämään soittajan linjoilla. "Kerro heti, kun saatte jotain selville." Hän lopetti puhelun ja siirtyi jälleen samalle linjalle Hunterin kanssa.

"Tulta vai vettä, etsivä?" soittaja sanoi.

Hunter kurtisti kulmiaan. "Mitä?"

"Tulta vai vettä?" soittaja toisti huvittuneen oloisena. "Lasikuution sisällä olevat putket pystyvät joko syöksemään tulta tai täyttämään kuution vedellä."

Hunterin sydän hakkasi villisti.

"Tee valintasi, etsivä Hunter. Kumpi kuolema olisi mieluisampi, tuli vai vesi? Hukutammeko hänet vai poltammeko elävältä?" Se ei kuulostanut vitsiltä.

Garcia liikahti tuolissaan.

"Odota hetki", Hunter sanoi yrittäen pitää äänensä vakaana. "Sinun ei tarvitse tehdä tätä."

"Ei tarvitsekaan, mutta haluan. Siitä tulee hauskaa, eikös vain?" Soittajan äänestä kuultava välinpitämättömyys oli hypnoottista.

"Hei, vauhtia nyt", Garcia hätäili yhteen puristettujen hampaidensa välistä ja tuijotti pöytäpuhelintaan. Ei edelleenkään mitään päämajasta.

"Valitse, etsivä", soittaja määräsi. "Haluan, että *sinä* päätät, miten hän kuolee."

Hunter pysytteli hiljaa.

"Suosittelisin tekemään valinnan, etsivä. Voin nimittäin luvata, että vaihtoehto on huomattavasti karmaisevampi."

"Tiedät, etten voi tehdä sellaista päätöstä..."

"VALITSE", soittaja huusi linjalla.

"Hyvä on." Hunterin ääni pysyi tyynenä. "En valitse kumpaakaan."

"Se ei ole vaihtoehto."

"Kyllä on. Puhutaan tästä hetki."

Soittaja nauroi vihaisesti. "Eipäs puhutakaan. Puhumisen aika on ohi. Nyt on valinnan aika, etsivä. Ellet sinä valitse... minä teen sen. Niin tai näin, mies kuolee."

Garcian puhelimessa alkoi välähdellä punainen valo. Hän vaihtoi välittömästi puhelusta toiseen. "Sanokaa, että saitte hänet."

"Saimme hänet, etsivä." Naisen ääntä väritti kiihtymys. "Hän on..." Nainen oli hetken hiljaa. "Mitä helvettiä?"

"Mitä?" Garcia sanoi. "Missä hän on?"

"Mitä hittoa tämä oikein on?" Garcia kuuli naisen sanovan mutta tiesi, ettei tämä puhunut hänelle. Hän kuuli linjan toisesta päästä epäselvää mutinaa. Jokin oli vialla.

"Sano jotakin, saatana." Garcian ääni kohosi puolisen oktaavia.

"Ei tästä mitään hyötyä ole", nainen vastasi lopulta. "Luulimme paikantaneemme hänet Norwalkiin, mutta signaali pomppasi yhtäkkiä Temple Cityyn, sitten El Monteen, ja nyt puhelu näyttäisi tulevan Long Beachilta. Hän reitittää puhelun uudelleen viiden sekunnin välein. Vaikka pitäisimme hänet linjoilla tunnin ajan, emme onnistuisi paikantamaan häntä." Hän oli hetken hiljaa. "Signaali siirtyi juuri Hollywoodiin. Sori, etsivä. Kaveri tietää mitä tekee."

"Jumalauta!" Garcia vaihtoi takaisin Hunterin linjalle ja pudisti päätään. "Hän pompottelee signaalia", hän kuiskutti. "Emme pysty paikantamaan häntä."

Hunter puristi silmänsä kiinni. "Miksi sinä teet tämän?" hän kysyi soittajalta.

"Koska haluan", soittaja vastasi oitis. "Sinulla on kolme sekuntia aikaa tehdä valintasi, etsivä Hunter. Tulta vai vettä? Heitä lanttia, jos siltä tuntuu. Kysy pariltasi. Tiedän, että hän kuuntelee."

Garcia ei sanonut mitään.

"Odota", Hunter sanoi. "Miten voin tehdä valinnan, jos en edes tiedä, kuka hän on tai miksi olet sulkenut hänet tuohon tankkiin? Puhu minulle. Kerro, mistä tässä on kyse."

Soittaja nauroi jälleen. "Se sinun täytyy ratkaista ihan itse, etsivä. Kaksi sekuntia."

"Älä tee tätä. Voimme auttaa toisiamme."

Garcia oli siirtänyt katseensa näytöstä ja tuijotti nyt työpariaan.

"Ole kiltti ja puhu minulle", Hunter sanoi jälleen. "Me selvitämme tämän. Voimme keksiä toisenlaisen ratkaisun, olipa tässä kyse mistä hyvänsä."

Garcia pidätteli hengitystään.

"Ratkaisu on joko tuli tai vesi, etsivä. Ja nyt aika on lopussa. Kumpi otetaan?"

"Kuuntele. On pakko olla toinen keino, jolla…"

KOP KOP KOP

Ääni räjähti Hunterin ja Garcian puhelimista niin lujana, että heidän päänsä nytkähtivät taaksepäin aivan kuin joku olisi läimäyttänyt heitä kasvoille. Kuulosti siltä kuin soittaja olisi pamauttanut kuulokkeensa kolmesti puupintaa vasten saadakseen heidän huomionsa.

"Et tunnu kuuntelevan minua, etsivä Hunter. Puhumiset on puhuttu. Haluan kuulla sinulta enää vain *tulen* tai *veden*. En muuta."

Hunter ei sanonut mitään.

"Omapahan on asiasi. Ellet halua valita, minä valitsen. Ja minä valitsen tu–"

"Vesi", Hunter sanoi määrätietoisesti. "Valitsen veden."

Soittaja oli hetken hiljaa ja naurahti sitten huvittuneena. "Arvaa mitä, etsivä? Tiesin, että valitsisit veden."

Hunter pysytteli vaiti.

"Se oli oikeastaan päivänselvää. Kun mietit vaihtoehtojasi, hukkumiskuolema tuntui vähemmän kamalalta, humaanimmalta, vähemmän tuskalliselta ja nopeammalta kuin elävältä palaminen, eikö vain? Mutta oletko koskaan nähnyt kenenkään hukkuvan, etsivä?"

Hiljaisuus.

"Oletko koskaan nähnyt epätoivoa ihmisen silmissä, kun hän pidättelee henkeään tietäen, että kuolema ympäröi häntä kaikkialta ja saavuttaa häntä nopeasti?"

Hunter haroi lyhyttä tukkaansa.

"Oletko koskaan nähnyt, miten hukkuva vilkuilee kuumeisesti ympärilleen, hämmentyneenä, yrittäen etsiä ihmettä, jota ei tule?"

Yhä hiljaisuus.

"Oletko koskaan nähnyt, miten ruumis kouristelee kuin sähkötuolissa, kun uhri vihdoin luopuu toivosta ja vetää sisuksiinsa ensimmäisen suullisen vettä? Miten hänen silmänsä melkein pullistuvat kallosta, kun vesi virtaa keuhkoihin ja hän alkaa hitaasti tukehtua?" Soittaja huokaisi harkitusti ja syvään. "Tiesitkö, että hukkuvan on mahdotonta pitää silmiään kiinni? Se on automaattinen, motorinen reaktio, kun aivot kärsivät hapenpuutteesta."

Garcian katse palasi näytölle.

Soittaja naurahti vielä kerran. Tällä kertaa rentoutuneesti kikattaen. "Jatka katsomista, etsivä. Tämä show muuttuu pian rutkasti paremmaksi."

Linja mykistyi.

Viisi

Molemmista putkista alkoi yhtäkkiä suihkuta vettä lasikuutioon uskomatonta vauhtia. Se löi tuoliin sidotun miehen täysin ällikällä, ja kauhu sai hänen ruumiinsa nytkähtelemään väkivaltaisesti. Hänen silmänsä laajenivat puhtaasta epätoivosta, kun hän tajusi, mitä tapahtui. Suukapulasta huolimatta hän alkoi kirkua hädissään, mutta näytön toisella puolella Hunter ja Garcia eivät kuulleet pihaustakaan.

"Hyvä Jumala", Garcia sanoi ja kohotti nyrkin suulleen. "Soittaja ei puhunut paskaa. Hän aikoo tehdä sen. Hän hukuttaa tuon jätkän, jumalauta."

Mies potki ja kiemurteli raivokkaasti kuutiossa, mutta kahleet eivät antaneet tuumaakaan periksi. Hän ei päässyt vapaaksi, yrittipä hän mitä hyvänsä. Tuoli oli pultattu kiinni lattiaan.

"Tämä on mielipuolista", Garcia sanoi.

Hunter ei sanonut sanaakaan vaan tuijotti silmää räpäyttämättä tietokoneensa näyttöä. Hän tiesi, etteivät he voineet työhuoneelta käsin tehdä yhtään mitään – paitsi ehkä kerätä todisteita. "Voimmeko nauhoittaa tämän jollain tavalla?" hän kysyi.

Garcia kohautti olkiaan. "En tiedä. En usko."

Hunter tarttui jälleen puhelimeensa ja soitti LAPD:n vaihteeseen.

"Yhdistä minut tietokonerikososaston pomolle *nyt heti*. Tämä on hätätapaus."

Hän kuuli soittoäänen kahden sekunnin kuluttua. Neljän sekunnin kuluttua puheluun vastasi tuttu baritoni.

"Dennis Baxter, LAPD:n tietokonerikososasto."

"Dennis, täällä etsivä Hunter erikoismurharyhmästä."

"Hei, Robert, miten voin auttaa?"

"Kerro, miten voin nauhoittaa suoran webbikameralähetyksen, jota katson paraikaa tietokoneeltani."

Baxter naurahti. "Vau, onko se typy niin kuuma?"

"Onko se mahdollista vai ei, Dennis?"

Hunterin äänensävy sai leikkisyyden kaikkoamaan Baxterin äänestä.

"Ei, ellei koneellesi ole asennettu näytöntallennusohjelmaa", hän vastasi.

"Onko siihen?"

"Jos kyseessä on poliisilaitoksen työkone, niin ei oletusarvoisesti. Voit panna pyynnön tulemaan, ja IT-osastolta tullaan asentamaan se päivän parin sisällä."

"Ei auta. Minun on tallennettava se, mitä näytölläni näkyy juuri nyt."

Sadasosasekunnin hiljaisuus.

"No, minä voin tehdä sen täältä käsin", Baxter sanoi. "Jos katsot jotain suoraa lähetystä, kerro osoite. Voin kirjautua samalla sivulle ja tallentaa sen sinua varten. Miltä kuulostaa?"

"Riittävän hyvältä. Kokeillaan sitä." Hunter kertoi Baxterille soittajan pari minuuttia aiemmin antaman numerosarjan.

"IP-osoite?" Baxter kysyi.

"Juuri niin. Eikö niitä pysty jäljittämään?" Hunter kysyi.

"Kyllä. Se on itse asiassa niiden pääasiallinen tarkoitus. Ne toimivat ikään kuin rekisterikilpinä kaikille verkkoon kytketyille tietokoneille. Pystyn sen avulla toimittamaan sinulle striimaavan tietokoneen täsmällisen sijainnin."

Hunter kurtisti kulmiaan. Olisiko soittaja todella tehnyt noin alkeellisen virheen?

"Haluatko, että aloitan jäljittämisen?" Baxter kysyi.

"Haluan."

"Mainiota. Palaan asiaan heti, kun olen löytänyt jotain." Baxter lopetti puhelun.

Vesi ulottui jo miehen vyötärölle. Tuota tahtia mies olisi täysin veden peitossa puolentoista, kenties kahden minuutin kuluttua.

"Päämajastako sanottiin, ettei puhelua voinut millään jäljittää?" Hunter kysyi Garcialta.

"Juuri niin. Soittaja pompottelee sitä joka puolelle."

Vesi ylsi miehen vatsaan. Hän yritti yhä rimpuilla vapaaksi mutta alkoi pikkuhiljaa menettää voimiaan. Hän vapisi entistäkin pahemmin. Hunter veikkasi, että se johtui hallitsemattoman pelon ja veden lämpötilan yhteisvaikutuksesta.

Hunter ja Garcia eivät tienneet mitä sanoa, joten heidän välilleen lankesi aavemainen hiljaisuus. Tietokoneitten näytöillä vesi kohosi sentti kerrallaan miehen ympärillä.

Hunterin puhelin soi uudestaan.

"Robert, onko tämä jokin lavastettu juttu?" Dennis Baxter kysyi.

"Juuri nyt minulla ei ole pienintäkään syytä epäillä sen aitoutta. Tallennatko sitä?"

"Kyllä tallennan."

"Oletko onnistunut jäljittämään IP-osoitetta?"

"En vielä. Voi mennä pari minuuttia."

"Soita, jos saat jotain selville."

"Varmasti."

Vesi ylsi miehen rintaan, ja kamera zoomasi hitaasti hänen kasvoihinsa. Hän nyyhkytti. Toivo oli kadonnut hänen silmistään. Hän alkoi luovuttaa.

"En pysty katsomaan", Garcia sanoi. Hän nousi työpöytänsä äärestä ja ryhtyi marssimaan edestakaisin huoneessa.

Vesi ylsi miehen olkapäille. Minuutin sisällä se olisi kohonnut hänen nenänsä yli, ja kuolema saapuisi seuraavan hengenvedon myötä. Mies sulki silmänsä ja odotti. Hän ei yrittänyt enää vapautua kahleistaan.

Vesi ylsi leuan alle, ja sitten, ilman mitään varoitusta, sen tulo lakkasi. Putkista ei suihkunnut enää pisaraakaan vettä.

"Mitä helvettiä?" Hunter ja Garcia tuijottivat toisiaan hetken ja kääntyivät sitten taas tietokoneitaan kohti. Molempien kasvoilta paistoi hämmästys.

"Se oli saatana huijausta", Garcia sanoi ja lähestyi Hunteria. Hermostunut hymy huulillaan. "Joku sekopää pelleilee kanssamme."

Hunter ei ollut niinkään varma.

Juuri sillä hetkellä Hunterin pöytäpuhelin soi jälleen.

Kuusi

Puhelimen pirinä leikkasi hiljaisuuden kuin yötaivaalla jyrähtävä ukkonen.

"Olet varsin ovela, etsivä Hunter", soittaja sanoi.

Hunter viittoi nopeasti Garcialle, ja parin sekunnin kuluttua puhelu alkoi jälleen tallentua.

"Melkein narutit minua", soittaja jatkoi. "Huolesi uhrista oli varsin liikuttavaa. Kun tajusit, ettet pystyisi mitenkään pelastamaan häntä, valitsit antamistani vaihtoehdoista sen, joka oli mielestäsi vähemmän sadistinen, vähemmän tuskallinen ja nopeampi. Mutta siinä oli vain puolet tarinasta, eikös vain?"

Garcia näytti hämmentyneeltä.

Hunter ei sanonut mitään.

"Keksin todellisen syyn valintasi takana, etsivä."

Ei vastausta.

"Tajusit, että olin aikeissa valita tulen, ja keskeytit minut nopeasti ja valitsit veden." Itsevarma naurahdus. "Vesi olisi antanut sinulle toivoa, eikö vain?"

"Toivoa?" Garcia muodosti sanan suullaan ja kurtisti kulmiaan Hunterille.

"Toivoa, että jos ja kun löydätte ruumiin –" soittaja puhui höpsöllä äänellä "– *huippumoderni, korkean teknologian rikostekninen laboratorionne* saattaisi ehkä löytää jotain. Ehkäpä jotain uhrin ihosta tai hiuksista, tai jäänteitä kynsien alta tai suusta. Kuka tietää, mitä mikroskooppisia vihjeitä olisin kenties jättänyt jälkeeni, vai kuinka, etsivä Hunter? Tuli olisi tuhonnut sen kaiken. Tuli olisi hiillyttänyt uhrin ruumiin ja kaiken muun sen mukana. Ei vihjeitä, sen enempää mikroskooppisia kuin muitakaan."

Garcia ei ollut tullut ajatelleeksi tuota.

"Mutta jos uhri hukkuu, ruumis jää koskemattomaksi." Soittaja jatkoi: "Kun kuolinsyy on hukkuminen… iho, hiukset, kynnet… mikään ei tuhoudu. Kaikki on valmiina analysoitavaksi." Soittaja pysähtyi vetämään henkeä. "Miljoona eri juttua, jotka voivat kertoa jotakin. Jopa keuhkoihin päätynyt vesi voisi tarjota teille jonkinlaisen vihjeen. Siksihän sinä veden valitsitkin, eikö vain, etsivä? Ellet voi pelastaa häntä, valitse seuraavaksi paras vaihtoehto." Soittaja naurahti eloisasti. "Ajattelet aina kuin rikostutkija. Äh, et ole lainkaan hauska."

Hunter pudisti päätään. "Osuit oikeaan ensimmäisellä arvauksella. Olin huolissani uhrin kärsimyksestä."

"Tietenkin olit. Mutta… ihan siltä varalta, että olisin oikeassa – arvaa mitä? Olin valmistautunut siihen etukäteen."

Näytöllä näkyvä mies oli avannut silmänsä. Hän tärisi edelleen. Pimeydestä huolimatta hän katseli ympärilleen odottaen… kuunnellen.

Ei mitään. Ei ääntäkään. Vedentulo oli lakannut.

Suukapulan takana miehen huulet kohosivat ujoon hymyn. Hänen silmiinsä palasi toivonpilkahdus, ikään kuin kaikki olisi ollut vain pahaa unta… sairas vitsi. Hän nielaisi painavasti, sulki silmänsä ja kallisti päätään taaksepäin kuin kiittäen Jumalaa. Kyynelet työntyivät suljettujen silmäluomien takaa ja ryöppysivät pitkin poskia.

"Jatka katsomista, etsivä." Soittajan äänestä huokui ylpeys. "Saat nimittäin pian nähdä Cirque du Soleilin tasoista viihdettä." Hän katkaisi puhelun.

Näytöllä vedenpinta alkoi laskea.

"Hän valuttaa säiliön tyhjäksi", Garcia sanoi.

Hunter nyökkäsi.

Säiliö tyhjeni nopeasti. Parissa sekunnissa vedenpinta oli laskenut miehen rinnan tasolle.

Sitten lasku tyssähti.

"Mitä helvettiä tämä oikein on?" Garcia kysyi ja kohotti kämmeniään.

Hunter pudisti päätään. Hän tuijotti edelleen herkeämättä näyttöä.

Kamera zoomasi aavistuksen ulos, ja yhtäkkiä pinnan alle jääneet putkenosat heräsivät uudestaan henkiin. Pinnanalaiset suihkut saivat veden väreilemään kuin poreammeessa syöstessään lisää nestettä kuutioon. Tällä kertaa jokin oli kuitenkin toisin. Kun väritön neste suihkusi putkista ja sekoittui veteen, vaikutus oli omituinen. Oli kuin uusi neste olisi ollut sakeampaa kuin kuutiossa jo oleva vesi.

Hunter nojautui eteenpäin ja työnsi naamansa lähemmäs monitoria.

"Tuo ei ole vettä", hän sanoi.

"Mitä?" Garcia kysyi aivan Hunterin takaa. "Mitä tarkoitat?"

"Erilainen tiheys", Hunter vastasi ja osoitti näyttöä. "Tällä kertaa hän ei pumppaa säiliöön vettä."

"Mitä helvettiä hän sinne sitten pumppaa?"

Juuri sillä hetkellä kuvan oikeassa yläkulmassa alkoi välähdellä jotakin. Neljä kirjainta sulkeissa. Ensimmäinen, kolmas ja neljäs olivat isoja kirjaimia.

(NaOH)

"Onko tuo kemiallinen kaava?" Garcia osoitti näyttöä.

"On", Hunter henkäisi.

"Mitä se tarkoittaa?" Garcia ryntäsi oman tietokoneensa luo ja avasi uuden välilehden.

"Ei kannata etsiä, Carlos", Hunter totesi synkkänä. "Tuo on natriumhydroksidin kemiallinen kaava… eli kansankielellä lipeän."

Seitsemän

Garcian kurkkua kuristi. Vuosia sitten, kun hän oli ollut vielä tavallinen LAPD:n virkapukuinen konstaapeli, hänelle oli osunut perheväkivaltakeikka, jossa mustasukkainen poikaystävä oli viskannut puolikkaan tuopillisen lipeää tyttöystävänsä kasvoille. Poikaystävä pakeni paikalta, mutta hänet pidätettiin viiden päivän päästä. Garcia muisti edelleen, miten oli auttanut ensihoitajia kiinnittämään tyttöystävän paareihin. Naisen kasvot olivat pelkkää raakaa lihaa ja palanutta ihoa. Huulet näyttivät sulaneen hampaisiin. Oikea korva ja nenä olivat hajonneet kokonaan, ja liuos oli polttanut reikiä toiseen silmämunaan.

Garcia katsoi Hunteria tietokoneeltaan. "Eikä. Oletko varma?"

Hunter nyökkäsi. "Aivan varma."

"Paskiainen."

Hunterin puhelin soi jälleen. Dennis Baxter tietokonerikososastolta.

"Etsivä", hän sanoi levottomana. "NaOH on lipeää. Natriumhydroksidia."

"Tiedän."

"Ei saatana. Se on todella syövyttävää tavaraa. Monta kertaa pahempaa kuin happo. Jos sitä dumppaa noin suureen vesimäärään, liuoksesta tulee ylilaimennettua eikä kovin vahvaa, mutta pian..." Hän vaikeni.

"Kuutio muuttuu lipeäkylvyksi", Hunter viimeisteli lauseen, jota Baxter ei ollut kyennyt saattamaan loppuun.

"Aivan. Ja tiedätkö, mitä silloin tapahtuu?"

"Tiedän."

"Jumalauta, Robert. Mitä tämä oikein on?"

"En ole varma. Onnistuitko jäljittämään IP-osoitteen?"

"Kyllä. Lähetys tulee Taiwanista."

"Mitä?"

"Niinpä. Tämä tekijä on… hyvä. Näyttäisi siltä, että lähetys tulee taiwanilaisesta palvelimesta. Tuskin se sieltä oikeasti tulee, mutta vaikea sanoa, mistä se on lähtöisin. Pähkinänkuoressa: emme pysty jäljittämään sitä."

Hunter laski luurin. "Emme pääse häneen käsiksi nettilähetyksenkään kautta", hän totesi Garcialle.

"Vittu. Tämä on ihan sairasta, saatana."

Näytöllä näkyvä mies alkoi jälleen täristä. Tällä kertaa se ei johtunut pelosta eikä kylmästäkään. Hän tärisi sietämättömästä kivusta. Liuos oli muuttunut vahvemmaksi ja alkanut syövyttää hänen ihoaan. Hän avasi suunsa tuskaiseen karjaisuun, jota sen enempää Hunter kuin Garciakaan ei kuullut. Molemmat etsivät olivat salaa tyytyväisiä siitä.

Mitä enemmän lipeää lisättiin veteen, sitä sameammaksi ja maitomaisemmaksi se muuttui.

Mies sulki silmänsä ja alkoi ravistella rajusti päätään puolelta toiselle kuin kohtauksen kourissa. Lipeä oli alkanut raapia hänen ihoaan irti kuin sähköinen hiekkapaperi. Meni vain muutama sekunti, kun ensimmäiset nahanpalaset jo kuoriutuivat hänen keholtaan.

Hunter hieroi molemmin käsin kasvojaan. Hän ei ollut koskaan tuntenut oloaan yhtä avuttomaksi.

Kun säiliön pinnalla kellui enemmän ihonriekaleita, vesi alkoi muuttaa väriä. Siitä oli tulossa vaaleanpunaista. Miehen koko keho vuosi verta.

Kamera tarkensi nesteen pintaan.

"Mikä tuossa kelluu?" Garcia kysyi ja irvisti.

Hunter nipisti alahuultaan. "Sormenkynsi. Hänen ruumiinsa liukenee."

Kamera tarkensi toiseen kynteen, sitten taas toiseen. Neste oli liuottanut miehen kynsinauhat ja suurimman osan sormien ja varpaiden kynnenalusista.

Vesi muuttui aina vain verisemmäksi. He eivät enää nähneet sen läpi. Miehen kasvot olivat kuitenkin yhä vesirajan yllä.

Uhri oli menettänyt kehonsa hallinnan. Hän tärisi nyt kauttaaltaan silkan tuskan ohjaamana. Silmämunat olivat muljahtaneet taaksepäin. Suu oli vääristynyt tuskaisaan irvistykseen. Hampaat jauhoivat armottomasti toisiaan vasten, ja verta vuosi nyt ikenistä, nenästä ja korvistakin.

Vesi alkoi kiehua.

Mies kouristeli viimeisen kerran. Hänen rintakehänsä nytkähti eteenpäin niin rajusti, että näytti kuin jokin sen sisällä olisi yrittänyt räjähtää ulos hänen ruumiistaan. Leuka valahti rintaa vasten, ja kasvot peittyivät verisen veden ja natriumhydroksidin sekoitukseen.

Hän ei enää liikkunut.

Kamera zoomasi kauemmas ja näytti nyt lasikuution kokonaisuudessaan.

Hunter ja Garcia eivät löytäneet sanoja. He eivät kuitenkaan voineet kääntää katseitaan.

Parin sekunnin kuluttua heidän näytöilleen välähti viesti.

TOIVOTTAVASTI NAUTITTE ESITYKSESTÄ.

Kahdeksan

LAPD:n ryöstö- ja henkirikosyksikön johtaja, Barbara Blake, ei häkeltynyt helposti. Pitkä ura poliisivoimissa takasi, ettei juuri mikään pystynyt järkyttämään häntä. Tänä aamuna hän kuitenkin istui epäuskoisen näköisenä ja absoluuttisen hiljaisuuden vallassa toimistossaan poliisin hallintorakennuksen viidennessä kerroksessa. Huone oli varsin tilava. Etelänpuoleinen seinä oli kovakantisilla kirjoilla täytettyjen hyllyjen peitossa. Pohjoisseinällä oli kehystettyjä valokuvia, kunniamainintoja ja palkintoja. Itäinen seinä puolestaan oli yhtä suurta katosta lattiaan ulottuvaa maisemaikkunaa, josta avautui näköala South Main Streetille. Aivan työpöydän edessä oli kaksi mukavan näköistä nahkanojatuolia, mutta yksikään vieraista ei ollut halunnut istuutua.

Hunter, Garcia ja Dennis Baxter seisoivat kaikki ylikomisario Blaken työpöydän takana ja tuijottivat tietokonemonitoria, jolla näkyi Baxterin vain muutama minuutti sitten internetistä tallentamaa materiaalia. Päämaja oli jo lähettänyt Hunterille kopion hänen ja salaperäisen soittajan käymästä puhelusta.

Ylikomisario Blake kuunteli nauhoituksen ja katsoi koko tallenteen sanaakaan sanomatta. Sen jälkeen hän katsoi Hunteria ja Garciaa kasvot kalpeampina kuin vielä hetki sitten.

"Oliko tämä todellakin aito lähetys?"

Hänen katseensa hypähti Baxteriin, jonka isossa ruhossa ei ollut lihaksen lihasta. Baxter oli nelissäkymmenissä, hänellä oli vaalea, kihara tukka, kaksoisleuan raskauttama pullea naama sekä persikannöyhtää muistuttavat ohuet viikset.

"Tarkoitan", Blake jatkoi, "että nykyään saa tietokoneella minkä tahansa näyttämään todelliselta. Voimmeko olla varmoja siitä, ettei tässä hirvityksessä ole kyse pelkästään taidokkaasta kuvamanipulaatiosta?"

Baxter kohautti harteitaan.

"Sinä olet tietokonerikosyksikön pomo." Ylikomisarion ääni muuttui tylyksi. "Antaa kuulua."

Baxter kallisti päätään sivulle. "Minä vain tallensin tuon hetki sitten, kun sain soiton etsivä Hunterilta. En ole ehtinyt analysoida sitä, mutta mututuntumalta sanoisin, että aidolta näyttää."

Ylikomisario juoksutti sormiaan pitkissä, korpinmustissa hiuksissaan ja käänsi vasta sitten katseensa takaisin Hunteriin ja Garciaan.

"Se oli liian monimutkaista ja röyhkeää ollakseen huijausta", Hunter sanoi. "Päämaja ei pystynyt jäljittämään puhelua. Soittaja pompotteli sitä ympäri kaupunkia viiden sekunnin välein." Hän osoitti Baxteria. "Denniksen mukaan striimi tuli Taiwanista."

"Mitä?" Ylikomisario Blake kääntyi jälleen Baxterin puoleen.

"Totta se on. Meillä on tiedossamme IP-osoite, joka on täysin yksiselitteinen. Jokaisella internetiin kytketyllä laitteella on oma uniikki osoitteensa. Tämä nimenomainen osoite kuului eräälle palvelimelle Taiwanissa."

"Miten se on muka mahdollista?"

"Miksipä ei? Internet ei tunne kansallisia rajoja. Jos haluaa tarjota jotain palvelua Yhdysvalloissa, ei ole mikään pakko sijoittaa palvelimia samaan maahan. Palvelun voi aivan yhtä hyvin sijoittaa Venäjälle, Vietnamiin, Taiwaniin tai vaikka Afganistaniin. Ei sillä ole mitään väliä."

Ylikomisario Blake mietti sekunnin. "Maallamme ei ole mitään virallista suhdetta Taiwanin kanssa", hän sanoi. "Emme voi pyytää heidän viranomaisiltaan apua. Edes teleoperaattoreilta on turha kysyä yhtään mitään."

"Juuri näin. Hän on saattanut myös kaapata IP-osoitteen", Baxter lisäsi. "Vähän sama kuin kähveltäisi vieraan auton rekisterikilvet ja laittaisi ne omaan autoonsa, jotta ei jäisi kiinni."

"Voiko IP-osoitteen todella kaapata?" ylikomisario Blake kysyi.

"Toki, jos on tarpeeksi taitava."

"Meillä ei siis ole mitään tietoa tekijästä?"

Baxter pudisti päätään. "Pakko myöntää, että tietokonerikososaston keinot ovat rajalliset." Hän työnsi metallisankaiset silmälasinsa ylemmäs pottunenälle. "Tutkintamme rajoittuvat yleensä rikoksiin, joissa hyödynnetään tietokoneissa säilöttyä tietoa, tai koneissa säilytettyihin tietoihin kohdistunutta sabotaasia. Toisin sanoen tietokanta- ja tietohakkerointia – yksityishenkilöiden tietokoneista kouluihin, pankkeihin ja yrityksiin. Emme oikeastaan hoida tällaisia asioita."

"Fantastista", ylikomisario sanoi kaikkea muuta kuin vaikuttuneena.

"FBI:n kyberrikosyksikkö sen sijaan", Baxter jatkoi, "on paljon mahtavampi laitos. He tutkivat kaikenlaisia kyberrikoksia. He voivat jopa keskeyttää minkä tahansa striimin, joka tulee Yhdysvaltojen alueelta."

Ylikomisario Blake irvisti. "Sinun mielestäsi meidän pitäisi siis sotkea FBI tähän mukaan. Niinkö?"

Ei ollut salaisuus, ettei FBI ollut järin hyvissä väleissä yhdenkään Yhdysvaltain osavaltion yhdenkään poliisilaitoksen kanssa, riippumatta siitä mitä poliitikot ja poliisipäälliköt väittivät.

"Ei oikeastaan", Baxter vastasi. "Totesin vain faktan. FBI ei voi tehdä yhtään mitään juuri nyt. Lähetys on ohi. Sivusto on kuollut. Anna kun näytän." Hän osoitti Blaken pöytäkonetta. "Saanko?"

"Siitä vain." Ylikomisario Blake työnsi tuoliaan puolisen metriä taaksepäin.

Baxter nojautui ylikomisarion näppäimistön ylle, kirjoitti IP-osoitteen nettiselaimen osoitepalkkiin ja painoi enteriä. Sivulla kesti vain pari sekuntia latautua: ERROR 104 – SIVUA EI LÖYDY.

"Sivu ei enää ole siellä", Baxter sanoi. "Koodasin jo pienen ohjelman, joka tarkistaa osoitteen kymmenen sekunnin välein. Jos jotain tapahtuu, saamme tietää." Hän kohotti kulmakarvojaan. "Mutta jos jotain todella tapahtuu, teidän kannattaisi ainakin harkita yhteistyötä FBI:n Los Angelesin kyberrikollisuusyksikön kanssa."

Ylikomisario Blake mulkaisi häntä ja katsoi sitten Hunteria, joka pysytteli hiljaa.

"Yksikön esihenkilö on hyvä ystäväni. Michelle Kelly. Hän ei ole tyypillinen FBI-agentti. Häntä parempaa kyberavaruuden tuntijaa ei ole, uskokaa pois. FBI:llä on meikäläisiä huimasti paremmat resurssit jäljittää tällaisia kyberrikollisia. Me tietokonerikosten osastolla teemme kaiken aikaa hommia heidän kanssaan. He eivät ole pöyhkeitä kenttäagentteja mustissa puvuissaan, aurinkolaseissaan ja korvanapeissaan. He ovat tietokonenörttejä." Baxter hymyili. "Aivan kuten meikäläinen."

"Sanoisin, että ylitetään silta, kun päästään sillan luo", Hunter vastasi ja katsoi Baxteria. "Kuten sanoit, he eivät pysty tekemään mitään nyt, eikä meillä ole mitään, mikä antaisi ymmärtää, että kyseessä olisi liittovaltiolle kuuluva keissi. En näe tällä hetkellä mitään syytä sekoittaa FBI:tä asiaan. Näin varhaisessa vaiheessa se vain sotkisi asioita."

"Olen samaa mieltä", ylikomisario Blake sanoi. "Jos yhteistyö osoittautuu myöhemmässä vaiheessa tarpeelliseksi, pyydämme sitä, mutta toistaiseksi mennään ilman FBI:tä." Hän puhutteli jälleen Baxteria: "Onko mahdollista, että tätä lähetystä on katsonut joku muukin, esimerkiksi suuri yleisö?"

"Teoriassa kyllä", Baxter vahvisti. "Kyseessä ei ollut salattu lähetys, mikä tarkoittaa, ettei sivulle pääsemiseen vaadittu salasanaa. Jos joku on löytänyt nettilähetykseen sattumalta, hän on pystynyt seuraamaan sitä aivan kuten mekin. Pakko kuitenkin lisätä, että sellainen on äärimmäisen epätodennäköistä."

Ylikomisario Blake nyökkäsi ja kääntyi puhuttelemaan Hunteria. "Okei, meidän on siis pakko olettaa, että tämä kaikki on totta. Ensimmäinen kysymykseni kuuluu – miksi sinä? Soitto tuli suoraan pöytäpuhelimeesi. Hän halusi puhua nimenomaan sinun kanssasi."

"Olen kysynyt itseltäni aivan samaa, ja tällä hetkellä vastaus kuuluu: en ole varma", Hunter sanoi. "On käytännössä kaksi tapaa, miten ulkopuolelta soitettu puhelu voi päätyä rikostutkijan pöytäpuhelimeen. Joko soittaja näpyttelee RHD:n numeron ja lisää erillisen alanumeron pyydettäessä, tai sitten hän soittaa RHD:n vaihteeseen ja pyytää tulla yhdistetyksi tietylle rikostutkijalle."

"Ja?"

"Soitto ei tullut vaihteen kautta. Olen jo tarkistanut. Soittaja valitsi suoraan alanumeroni."

"Kysymykseni on siis yhä voimassa", ylikomisario penäsi. "Miksi sinä? Ja mistä hän sai alanumerosi?"

"Hän on voinut saada käsiinsä käyntikorttini", Hunter sanoi.

"Tai sitten hän on voinut soittaa RHD:n vaihteeseen milloin tahansa ennen tätä nimenomaista soittoa ja pyytää alanumeroa", Garcia sanoi. "Helkkari, en ihmettelisi, vaikka hän olisi hakkeroitunut järjestelmäämme ja hankkinut sitä kautta listan etsivien nimistä. Hän pompautteli puhelua ympäriinsä ammattilaisen elkein, ja hänellä oli niin hyvä palomuuri, ettei LAPD:n tietokonerikosten osasto päässyt hänen kimppuunsa. Veikkaisin, että hän osaa luovia kyberavaruudessa."

"Pakko olla samaa mieltä", Baxter sanoi.

"Väität siis, että hän on voinut valita Robertin nimen sattumanvaraisesti listalta, johon on merkitty kaikkien RHD:n etsivien nimet?" ylikomisario Blake kysyi.

Baxter kohautti olkiaan. "Onhan se mahdollista."

"Outo yhteensattuma, vai kuinka?" ylikomisario lisäsi. "Ottaen huomioon, että tällainen UV-keissi olisi ilman muuta ohjattu juuri Robertille."

Hunter kuului henkirikososaston sisäiseen erityisryhmään. Erikoismurharyhmä oli luotu käsittelemään yksinomaan korkean profiilin sarjamurhia sekä henkirikoksia, jotka vaativat perusteellista tutkinta-aikaa sekä asiantuntemusta. Hunterilla oli kuitenkin vielä erityisempi tehtävä. Hänen taustansa rikollisen käyttäytymisen analyysin ja biopsykologian saralla takasi sen, että hänelle määrättiin aina ne tapaukset, joissa tekijä oli toiminut ylenpalttisen sadistisesti ja brutaalisti. Laitos käytti tällaisista tapauksista nimitystä UV – *ultraväkivaltainen.*

"Ehkä se ei ollutkaan yhteensattuma", Baxter tokaisi. "Ehkä hän *halusi* Robertin tähän keissiin, ja tällä tavalla hän varmisti asian." Ylikomisario Blaken silmät laajenivat hiukkasen, ja hän odotti, että Baxter jatkaisi.

Baxter jatkoi: "Robertin nimi on mainittu moneen kertaan TV:ssä ja lehdissä. Hän on tätä ennen hoitanut useimmat laitoksen korkean profiilin tapaukset... en tiedä kuinka monen vuoden ajan, ja yleensä hän on napannut tekijän."

Ylikomisariolla ei ollut siihen mitään sanottavaa. Hunterin nimi oli ollut lehdissä viimeksi pari kuukautta sitten, kun hän ja Garcia olivat saaneet päätökseen lehdistön Veistäjäksi nimeämän sarjamurhaajan tutkinnan.

"Ehkä soittaja valitsi Robertin tämän maineen vuoksi", Baxter sanoi. "Ehkä hän luki Robertin nimen *LA Timesista* tai näki hänen lärvinsä iltauutisissa." Hän osoitti Blaken tietokoneen näyttöä. "Näit materiaalin, kuulit puhelutallenteen. Tämä kaveri on ylimielinen ja uhmakas. Hän on uskalias. Hän pysytteli puhelimessa niin kauan, koska tiesi, ettemme onnistuisi jäljittämään puhelua. Hän tiesi, ettemme onnistuisi jäljittämään nettilähetystäkään." Baxter piti tauon ja raapi nenäänsä. "Hän pakotti Robertin valitsemaan uhrin kuolintavan, helvetti soikoon, ja lisäsi siihen sitten ylimääräisen pikku tvistin. Aivan kuin hän pelaisi peliä. Eikä hän halua pelata sitä kenen tahansa etsivän kanssa. Hän haluaa haasteen. Hän haluaa pelin, josta lehdet kirjoittavat."

Ylikomisario Blake mietti hetken. "Mahtavaa", hän tokaisi. "Juuri tätä me tarvitsemmekin. Uuden psykopaatin, joka haluaa pelata *Ota kiinni jos saat* -peliä."

"Ei", Hunter vastasi. "Hänen pelinsä nimi on ennemmin *Ota kiinni ennen kuin tapan uudestaan.*"

Yhdeksän

Hunterin ja Garcian työhuone oli 22-neliöinen betonikoppero ryöstö- ja henkirikosyksikölle varatun kerroksen perällä. Huoneessa ei ollut juuri muuta kuin kaksi työpöytää, kolme vanhanaikaista arkistokaappia sekä suuri valkoinen magneettitaulu, joka toimi tutkinnan aikana valokuvatauluna, mutta siitä huolimatta tila tuntui klaustrofobiselta.

Päästyään takaisin työpöytiensä ääreen etsivät katsoivat kerran toisensa jälkeen internetistä ladatun kuvamateriaalin ja kuuntelivat puhelunauhoitteen. Baxter oli toimittanut Hunterille ja Garcialle sovelluksen, jonka avulla he pystyivät katsomaan tallennettua kuva kerrallaan. Ja juuri sitä he olivat kuluneet neljä ja puoli tuntia tehneet: he olivat analysoineet joka ainoan kuvan joka ainoan sentin etsien mitä tahansa, mikä tarjoaisi heille pienenkin vihjeen.

Kamera oli keskittynyt kuvaamaan lasisäiliötä ja sen sisällä olevaa miestä. Aina silloin tällöin se tarkensi uhrin kasvoihin tai verisen veden pinnalla kelluviin palasiin. Vain yhden ainoan kerran kamera oli tarkentanut suoraan seinäkelloon ja saman päivän *LA Timesiin*.

Huoneen seinä oli tehty punatiilistä ja laastista. Sellainen seinä saattoi olla missä vain – kellarissa, takapihan vajassa, talon sisällä olevassa huoneessa tai jopa autotallissa jossakin hevonkuusessa.

Seinään kiinnitetty kello oli pyöreä, patterikäyttöinen, läpimitaltaan vajaat 35 senttimetriä ja mustakehyksinen. Siinä oli helppolukuinen valkoinen kellotaulu arabialaisin numeroin, mustat tunti- ja minuuttiviisarit sekä punainen sekuntiviisari. Valmistajan nimeä ei näkynyt. Hunter lähetti kellon kuvan tutkintatiimilleen vaikka tiesi, että olisi likipitäen mahdotonta pystyä jäljittämään sitä tiettyyn kauppaan ja sen myötä tiettyyn ostajaan.

Lattia oli mitäänsanomatonta betonia. Sellainen lattia olisi myös voinut löytyä lähestulkoon mistä tahansa. Hunterin ottama näyttökuva oli onnistunut täydellisesti. Lasisäiliössä istuva mies katsoi suoraan kameraan. Hunter oli jo meilannut kuvan kadonneiden henkilöiden yksikölle, joskin sieltä oli huomautettu, että suukapulan vuoksi kasvojentunnistusohjelma pystyi analysoimaan vain rajallisen määrän kasvojentunnistuspisteitä. Jos mies todella oli ilmoitettu kadonneeksi, piirteet saattaisivat riittää osumaan, mutta siihen menisi aikaa. Hunter pyysi työntekijää etsimään korkeintaan viikon takaisia ilmoituksia. Hänellä oli sellainen kutina, että soittaja oli siepannut miehen vain muutama päivä ennen kuin oli kahlinnut tämän lasitankkiin. Yli neljäkymmentäkahdeksan tuntia vankeudessa olleissa uhreissa näkyi aina merkkejä vapaudenriistosta – kasvot olivat nääntyneet ja tyhjät, silmät unenpuutteesta riutuneet tai huumeista sekaisin. Henkilökohtainen hygienia oli myös kärsinyt, ja uhrissa näkyi aina vääjäämättömiä nälkiintymisen merkkejä. Tankin sisällä olleessa uhrissa ei ollut jälkeäkään edellä mainituista.

"Ei löydy mitään", Garcia sanoi, nojautui taaksepäin tuolissaan ja hieroi uupuneita silmiään. "Siinä huoneessa ei ollut mitään muuta kuin vesitankki, uhri, seinäkello, sanomalehti ja sen kaiken kuvannut kamera. Tämä kaveri ei ole typerä, Robert. Hän tiesi, että nauhoittaisimme lähetyksen ja syynäisimme sen sitten jokaista senttiä myöten."

Hunter huokaisi ja hieroi hänkin väsyneitä silmiään. "Tiedän."

"Minä ainakaan en kykene enää katsomaan tätä." Garcia nousi seisomaan ja käveli länsiseinän pienelle ikkunalle. "Uhrin epätoivoinen, anova ilme…" Hän pudisti päätään. "Aina, kun katson sitä, tuntuu kuin hänen kauhunsa ryömisi ihollani kuin myrkyllinen tuhatjalkainen. Enkä minä voi kuin katsoa avuttomana hänen kuolemaansa, kerran toisensa jälkeen. Se tekee selvää päästäni."

Hunterkin oli kurkkuaan myöten täynnä kuvatallennetta. Hänen vatsansa kääntyi nurinpäin, kun hän joutui katsomaan miehen toiveikkaita kasvoja tämän tajuttua, että vedentulo oli loppunut. Minuutin kuluttua miehen silmissä hehkui kuitenkin jo karmiva kauhu, kun hänen kehoaan ympäröinyt vesi alkoi poltella ja raastaa hänen ihoaan ja lihaansa. Hunter tiesi täsmälleen, millä hetkellä mies oli luovuttanut, millä hetkellä hän oli ymmärtänyt lopullisesti, ettei ikinä pääsisi säiliöstä hengissä. Että tappaja vain leikitteli hänen kanssaan.

"Saitko mitään irti soittajan äänensävystä?" Garcia kysyi.

"En. Hän oli koko keskustelun ajan täysin tyyni, paitsi silloin kun hän karjui minulle vaatiessaan minua tekemään päätökseni. Muuten puhelussa ei ollut raivonpuuskia, ei kiihtymystä, ei mitään. Hän hallitsi tunteensa ja keskustelun täydellisesti." Hunter nojautui taaksepäin tuolissaan. "Mutta yksi asia minua häiritsee."

"Mikä niin?"

"Kun sanoin, ettei hänen tarvinnut tehdä sitä."

Garcia nyökkäsi. "Hän sanoi tietävänsä sen, mutta että hän halusi. Hän sanoi, että siitä tulisi hauskaa."

"Pitää paikkansa, ja se voisi viitata siihen, että uhri oli täysin satunnainen. Todennäköisesti täydellisen umpimähkään tehty valinta."

"Eli tämä tyyppi on pelkkä saatanan psykopaatti, joka saa kiksinsä ihmisten tappamisesta."

"Emme tiedä sitä vielä", Hunter vastasi. "Ongelmana on se, että kun sanoin hänelle, etten voinut tehdä päätöstä, koska en tiennyt, miksi uhri oli vangittu, hän sanoi, että se minun pitäisi selvittää omin päin."

"Ja?"

"Ja se viittaisi siihen, *ettei* uhri ollut umpimähkään valittu. Että hänet oli valittu jostain tietysti syystä, mutta soittaja ei ollut aikeissa kertoa sitä meille."

"Eli hän siis vittuilee meille."

"Emme tiedä sitä vielä", Hunter sanoi ja työnsi itseään poispäin työpöydästä. Hän vilkaisi rannekelloaan ja huokaisi lannistuneena. "Mutta minäkin olen saanut tästä tarpeekseni." Hän sammutti tietokoneensa. Sama avuton tunne, joka oli vallannut hänet livelähetystä seuratessa, palasi. Se korvensi tyhjää onteloa hänen rintakehäänsä. He eivät saisi puristettua kuvamateriaalista tai äänitallenteesta enää yhtään mitään. Juuri nyt he saattoivat vain toivoa, että kadonneiden henkilöiden yksikkö antaisi kuulua itsestään.

Kymmenen

Hunter istui pimeässä ja tuijotti ulos olohuoneensa ikkunasta pienessä, Huntington Parkissa sijaitsevassa kaksiossaan. Hän asui yksin – ei vaimoa, lapsia tai tyttöystäviä. Hän ei ollut koskaan ollut naimisissa, eivätkä hänen naissuhteensa koskaan olleet pitkäaikaisia. Hän oli kokeillut parisuhdetta joskus kauan aikaa sitten, mutta erikoismurharyhmän etsivän työ yhdessä Yhdysvaltain väkivaltaisimmista kaupungeista tapasi aina vaatia veronsa, olipa suhde miten rennoilla kantimilla hyvänsä.

Hunter siemaisi uudestaan vahvaa mustaa kahviaan ja vilkaisi rannekelloaan: 04.51. Hän oli onnistunut nukkumaan vain neljä tuntia, mutta hänen tapauksessaan neljä tuntia oli hyvinkin lähellä uniautuutta.

Hunterin kamppailu unettomuutta vastaan oli alkanut hyvin varhain. Sen oli laukaissut äidin kuolema Hunterin ollessa vasta seitsemän ikäinen. Painajaiset olivat niin musertavia, että aivojen itsepuolustusmekanismi oli tehnyt kaikkensa pitääkseen hänet öisin valveilla. Nukkumisen sijasta Hunter oli lukenut hullun lailla. Kirjoista tuli hänen turvasatamansa, linnakkeensa. Turvallinen paikka, jonka portteja karmivat painajaiset eivät pystyneet murtamaan.

Hunter oli aina ollut erilainen. Jo lapsena hän oli pystynyt ratkaisemaan arvoituksia ja ongelmia nopeammin kuin useimmat aikuiset. Oli kuin hänen aivonsa olisivat käyttäneet ohituskaistaa miltei joka asiassa. Koulussa opettajat olivat huomanneet heti, ettei hän ollut muiden oppilaiden kaltainen. Kaksitoistavuotiaana hän oli läpäissyt koulupsykologin ehdottamat kokeet ja testit, ja hänet oli hyväksytty Mirmanin lahjakkaiden lasten koulun kahdeksannelle luokalle kaksi vuotta ennen tavanomaista neljäntoista vuoden ikää. Mirmanin erityinen opintosuunnitelma ei ollut hidastanut Hunteria. Ennen kuin hän oli ehtinyt täyttää viittätoista, hän oli jo suorittanut koulun koko oppimäärän puristettuaan neljä lukiovuotta kahteen. Hän sai kaikilta opettajiltaan suositukset, samoin kuin erikoismaininnan Mirmanin rehtorilta, ja hänet hyväksyttiin Stanfordin yliopiston opiskelijaksi "erityisistä syistä". Hunter päätti opiskella psykologiaa. Siinä vaiheessa unettomuus ja painajaiset olivat jotakuinkin hallinnassa.

Yliopistossa Hunterin arvosanat olivat aivan yhtä vaikuttavat, ja hän valmistuikin rikollisen käyttäytymisen analyysin ja biopsykologian tohtoriksi juuri ennen kahdettakymmenettäkolmatta syntymäpäiväänsä. Stanfordin yliopiston psykologian laitoksen johtaja, tohtori Timothy Healey, teki selväksi, että mikäli Hunter koskaan osoittaisi kiinnostusta opetustyöhön, hänelle olisi oitis paikka vapaana. Hunter kieltäytyi kohteliaasti mutta sanoi pitävänsä asian mielessä. Tohtori Healey oli myöskin se, joka toimitti Hunterin väitöskirjan, "Syventävä psykologinen tutkimus rikollisesta käyttäytymisestä", FBI:n Kansallisen väkivaltarikosten analysointikeskuksen esihenkilölle. Tänäkin päivänä Hunterin teos kuului NCAVC:n ja sen käyttäytymisanalyysiyksikön pakollisiin kurssikirjoihin.

Kaksi viikkoa väitöstilaisuuden jälkeen Hunterin maailmaa keinautettiin toisen kerran. Hänen isänsä, joka niihin aikoihin toimi vartijana Bank of American haarakonttorissa Los Angelesin keskustassa, ammuttiin aseellisen ryöstön yhteydessä. Hunterin painajaiset ja unettomuus palasivat rytinällä eivätkä olleet sen koommin suostuneet hellittämään otettaan.

Hunter joi kahvinsa loppuun ja asetti kupin ikkunalaudalle.

Viis siitä, miten tiukasti hän sulki silmänsä tai hieroi niitä nyrkeillään, hän ei saanut mielestään kuvia, jotka olivat jäytäneet häntä edellispäivästä lähtien. Oli kuin videopätkä olisi tallentunut hänen mieleensä viimeistä minuuttia myöten ja joku olisi painanut loputon toisto -kytkintä hänen päässään. Hänen mielensä pommitti häntä loputtomilla kysymyksillä, eikä hän toistaiseksi ollut löytänyt ainuttakaan vastausta. Jotkut kysymyksistä vaivasivat häntä enemmän kuin toiset.

"Miksi kidutus?" hän kuiskasi nyt itselleen. Hän tiesi paremmin kuin hyvin, että vain tietyn tyyppinen ihminen pystyi kiduttamaan toista ihmistä ennen tämän tappamista. Saattaa kuulostaa helpolta ajatuksen tasolla, mutta tosipaikan tullen vain hyvin harva kykenee tällaiseen tekoon, sillä siihen vaaditaan tietynlaista irtautumista normaaleista ihmistunteista. Sellaista käytöstä esiintyy vain muutamilla ihmisillä. Psykologit ja psykiatrit nimittävät tällaisia henkilöitä *psykopaateiksi.*

Psykopaatit eivät ilmennä empatiaa, katumusta, rakkautta tai minkäänlaista muutakaan tunnetta, joka liitetään toisista ihmisistä välittämiseen. Joskus heidän tunnekylmyytensä voi olla niin ankaraa, etteivät he kykene välittämään edes itsestään.

Toinen Hunterin mieltä puskutraktorin lailla jyräävä kysymys liittyi *valintapeliin.* Miksi tappaja oli nähnyt niin valtavasti vaivaa luodakseen kidutuskammion, jonka avulla kykeni surmaamaan uhrinsa kahdella erityisen hirvittävällä tavalla: tulella tai vedellä? Ja miksi tappaja oli soittanut hänelle, tai ylipäätään kenellekään, ja vaatinut tekemään valinnan niiden välillä?

Ei ollut lainkaan epätavallista, että murhaaja, jopa psykopaatti, epäili tappopäätöstään aivan viime hetkellä, mutta se ei tuntunut olevan tämän tappajan ongelma. Hänellä ei ollut epäilystäkään siitä, ettei uhri kuolisi; hän ei saanut vain päätettyä, kumpi tapa olisi pahempi – palaa kuoliaaksi vai hukkua. Kaksi ääripäätä. Kaksi kaikkein pelätyintä kuolintapaa. Mutta mitä enemmän Hunter asiaa mietti, sitä typerämmäksi hän itsensä tunsi. Hän oli varma, että häntä oli jallitettu.

Hän tiesi, ettei tappajalla voinut mitenkään olla turhanpanttina sellaisia määriä natriumhydroksidia. Lipeä oli kuulunut peliin. Tappaja oli itse sanonut niin. Hän oli odottanut, että Hunter valitsisi veden tulen asemesta, täsmälleen niistä syistä kuin oli puhelun aikana sanonut – se oli lempeämpi, vähemmän sadistinen ja nopeampi keino päättää uhrin kärsimykset. Ja toisekseen ruumis olisi säilynyt vedessä, ja mikäli he olisivat ehtineet löytää sen ajoissa, rikosteknikoiden olisi ollut paljon helpompi löytää jokin vihje, mikäli sellainen olisi löydettävissä ollut. Tuli sen sijaan olisi yksinkertaisesti tuhonnut kaiken.

Hunter kiristeli vihaisena hampaitaan ja yritti turhaan torjua syyllisyyttä, joka häntä paraikaa kalvoi. Hän tiesi vuorenvarmasti, että tappaja oli huijannut häntä, ja hän vihasi itseään siitä hyvästä, ettei ollut tajunnut sitä tapahtumahetkellä.

Matkapuhelimen soittoääni pakotti hänet palaamaan maanpinnalle mietteistään. Hän räpytteli silmiään pariin kertaan kuin olisi herännyt painajaisesta ja katseli ympärilleen pimeässä huoneessa. Matkapuhelin oli vanhalla, naarmuisella ruokapöydällä, joka toimitti myös kirjoituspöydän virkaa. Se värähti vasten pöydänpintaa vielä kerran, ennen kuin Hunter ehätti sen luo. Näytöllä näkyi Garcian nimi. Hunter vilkaisi vaistomaisesti kelloaan ennen vastaamista – 05.04. Olipa kyse mistä tahansa, se ainakin oli selvää, ettei puhelu tiennyt hyvää.

"Carlos, mikä on?"

"Ruumis on löytynyt."

Yksitoista

Kello 05.43 sivukatu San Fernandon Mission Hillsissä olisi yhä ollut pimeyden peitossa ilman kolmen partioauton sinisiä vilkku-valoja ja rikosteknisen tiimin tehokasta jalkalamppua. Hunter pysäköi vanhan Buick LeSabrensa sivukujan päässä ole-van ainokaisen katulampun viereen. Hän nousi autosta ja venyt-teli 182-senttistä varttaan aamutuulessa. Garcian metallinsininen Honda Civic oli pysäköity tien toiselle puolelle. Hunter silmäili hetken ympärilleen ennen kuin astui sivukujalle. Vanha, kellertävä hehkulamppu valaisi katua heikosti. Yöaikaan sivukujan olisi hel-posti voinut ohittaa, ellei olisi tiennyt mitä etsiä. Kuja sijaitsi hil-jaisen kauppakadun takana kaukana pääkaduista.

Hunter veti nahkatakkinsa vetoketjun kiinni ja lähti hitaasti kohti kujaa. Hän näytti virkamerkkiään keltaisen rikospaikkanauhan vie-rellä seisovalle nuorelle konstaapelille ja pujahti sitten nauhan ali. Joidenkin liikkeiden takaovilla näkyi valaisimia, mutta yksikään ei ollut päällä. Kadulla lojui muutamia muovi- ja paperipusseja sekä pari tyhjää olut- ja limutölkkiä, mutta muutoin takakuja oli siis-timpi kuin useimmat Los Angelesin keskustan kujat. Sen loppu-päässä oli rivi isoja metallisia roskasäiliöitä, yhteensä neljä. Garcia, kaksi rikosteknistä tutkijaa sekä kolme virka-asuista konstaapelia olivat kerääntyneet kolmannen roskasäiliön viereen. Kujan päässä istui betoniportaalla rähjäinen, epämääräisen ikäinen musta mies, jonka karhea tukka näytti räjähtäneen päästä kaikkiin ilmansuun-tiin. Hän tuntui mumisevan jotain itsekseen. Toinen poliisi seisoi parin metrin päässä oikealla, käsi nenän peittona suojaamassa iljet-tävältä hajulta. Missään ei näkynyt valvontakameroita.

"Robert", Garcia sanoi huomattuaan häntä kohti kulkevan työparin.

"Mihin aikaan ehdit tänne?" Hunter kysyi pantuaan merkille aisaparin punoittavat silmät.

"Alle kymmenen minuuttia sitten. Olin jo muutenkin hereillä, kun puhelu tuli."

Hunter kohotti kulmakarvojaan.

"En nukkunut silmänräpäystäkään", Garcia selitti ja osoitti päätään. "On kuin täällä pääkopassa olisi elokuvateatteri. Ja arvaapa, mitä rainaa siellä on esitetty koko yön?"

Hunter ei sanonut mitään. Hän silmäili jo Garcian olan yli kolmannen roskasäiliön viereistä hälinää.

"Se on uhrimme", Garcia sanoi. "Ei epäilystäkään."

Hunter astui lähemmäs. Konstaapelit nyökkäsivät hyvät huomenet, mutta kukaan ei sanonut sanaakaan.

Mike Brindle, johtava rikostekninen tutkija, kyykisteli roskasäiliön vieressä ja keräsi jotain maasta pikkuruisilla pinseteillä. Hän lopetti ja nousi seisomaan nähdessään Hunterin.

"Robert", hän sanoi ja nyökkäsi. He olivat työskennelleet yhdessä useamman tapauksen parissa kuin halusivat muistaakaan.

Hunter vastasi eleeseen, mutta hänen huomionsa oli kohdistunut maassa makaavaan alastomaan miehen ruumiiseen. Kalmo oli selällään kolmannen ja neljännen roskasäiliön välissä. Jalat olivat suorina. Oikea käsivarsi oli ruumiin vierellä kyynärpäästä taittuneena. Vasen lepäsi rennosti vatsalla.

Hunterin kurkkua kuristi hiukan, kun hän katsoi miehen kasvoja. Niitä ei ollut – ei enää. Ei huulia, ei silmiä. Jopa hampaat näyttivät mädänneen ja syöpyneen tiehensä. Silmämunat olivat yhä kuopissaan, mutta ne näyttivät puhkotuilta, puolityhjiltä silikonipusseilta. Ruumiin iho oli kauttaaltaan kuin hiekkapaperilla hiottu. Paljastunut liha ei kuitenkaan ollut raa'an punaista vaan harmahtavan vaaleanpunaista. Vaikka näky olikin järkyttävä, se ei pahemmin yllättänyt Hunteria. Lipeäkylpy oli tavallaan keittänyt miehen lihan.

Hunter astui hiukan lähemmäs.

Ruumiilla ei ollut sormen- tai varpaankynsiä.

Vaikka ruumis olikin runneltu tunnistamattomaksi, Hunter tiesi, että he olivat edellispäivänä nähneet saman miehen tietokoneittensa näytöltä. Kun mies oli lopulta kuollut, hänen eloton päänsä oli retkahtanut eteenpäin ja kasvot olivat uponneet lipeäseokseen. Ei kuitenkaan koko pää. Lyhyt ruskea tukka oli lähes koskematon.

"Hän on kuollut useita tunteja sitten", Brindle sanoi. "Ruumis on täydessä kuolonkankeudessa."

"Eilen kello 15.26 ", Hunter sanoi.

Brindle kurtisti kulmiaan.

"Hän kuoli eilen kello 15.26", Hunter toisti.

"Tunnetko hänet?"

"En varsinaisesti." Hunter nosti katseensa. Kolme lähistöllä seissyttä konstaapelia olivat siirtyneet takaisin rikospaikkanauhan luo. Hunter antoi Brindlelle nopean yhteenvedon edellispäivän tapahtumista.

"Ei saatana", Brindle totesi, kun Hunter oli lopettanut. "Se selittäisi groteskin epämuodostumisen ja lihan kummallisen värin." Hän pudisti päätään yhä järkyttyneenä Hunterin kertomasta. "Hän ei siis pelkästään pakottanut sinua katsomaan vaan myöskin valitsemaan kuolinmetodin?"

Hunter nyökkäsi hiljaa.

"Ja teillä on koko juttu digitallenteena?"

"Kyllä."

Brindle katsoi kidutettua ruumista uupunein silmin. "En enää ymmärrä tätä kaupunkia enkä sen asukkaita, Robert."

"En usko, että kukaan meistä ymmärtää", Hunter vastasi.

"Niinpä. Miten tällaista muka voi käsittää?"

Hunter polvistui tutkimaan ruumista tarkemmin. Vahvan rikosteknisen valon loisteessa jokainen yksityiskohta oli näkyvissä. Haju oli jo siirtymässä mädäntyneen lihan kategoriaan. Hunter peitti nenänsä vasemmalla kädellään. Hän pani merkille pienet kolot miehen jalkaterissä, jaloissa ja käsivarsissa. "Mitä nämä ovat?"

"Rotanpuremia", Brindle sanoi. "Meidän täytyi hätistellä parikin siimahäntää kalmon kimpusta, kun tulimme tänne. Näissä roskasäiliöissä on aika tavalla syötävää. Kuja toimii huoltotienä leipomolle, lihakaupalle ja pienelle ruokapaikalle."

Hunter nyökkäsi.

"Meidän täytyy syynätä kaikkien näiden neljän roskasäiliön sisältö siltä varalta, että tappaja päätti hankkiutua samalla eroon jostain muustakin", Brindle sanoi. "Kertomasi perusteella en kuitenkaan usko, että hän olisi niin varomaton."

Hunter nyökkäsi uudestaan. Hänen katseensa siirtyi mustaan mieheen kujan perällä. Äijä oli pukeutunut repaleisiin, tahraisiin rääsyihin, ja hänellä oli yllään vanha, epämääräisen värinen pitkä takki, joka näytti selvinneen nälkäisen susilauman hyökkäyksestä.

"Hänen nimensä on Keon Lewis", Brindle sanoi. "Hän löysi ruumiin."

Hunter nousi pystyyn valmiina esittämään muutaman kysymyksen.

"Onnea matkaan", Brindle sanoi. "Tiedät takuulla, miten mielellään kodittomat juttelevat kytille."

Kaksitoista

Keon Lewis istui yhä betoniportaalla kujan perällä. Hän oli päälle 190-senttinen ja tikkulaiha. Rähjäinen musta parta tuntui ärsyttävän hänen naamaansa loputtomasti, sillä hän raapi sitä raivokkaasti parin sekunnin välein. Hänen murtuneet kyntensä olivat lian kuorruttamat. Kädet olivat arpiset ja rakoilla. Toisessa kädessä oli tulehtuneen näköinen haava; iho näytti aristavalta ja turvonneelta syvän punaruskean ruven ympärillä. Hän pälyili jatkuvasti rikospaikkaa mutta käänsi aina nopeasti katseensa ja tuijotti joko maata tai käsiään.

Hunter lähestyi Keonia ja hänen vierellään seisovaa konstaapelia. Keon nosti katseensa mutta käänsi sen välittömästi pois. Hän hieroi käsiään yhteen kuin kalaa maustava kokki.

Hänen huulensa olivat kuivat ja halkeilleet, ja hän räpytteli silmiään jatkuvasti kuin hänellä olisi ollut likaiset, kuivat piilolinssit. Kaikki fyysiset merkit viittasivat kidemäisen metamfetamiinin väärinkäyttöön. Hän saattoi olla kolmi-, neli- tai viisikymppinen, jopa parissakymmenissä. Hunter mietti, mahtoiko Keon itsekään tietää.

"Keon?" Hunter sanoi. "Olen murharyhmän etsivä Robert Hunter."

Keon nyökkäsi kireästi mutta piti katseensa maassa.

Konstaapeli astui sivuun antaen Hunterin ja Keonin puhua kahden.

"Kuule", Hunter sanoi tyynellä, ei-holhoavalla äänellä. "Ei ole mitään syytä hermostua. Kukaan täällä ei halua kiusata sinua, lupaan sen. Ikävä kyllä sinulla oli niin huono tuuri, että löysit henkirikoksen uhrin ruumiin. Minun työni on esittää sinulle pari kysymystä, siinä kaikki. Sen jälkeen olet vapaa lähtemään."

Keon raapi jälleen partaansa.

Hunter saattoi päätellä, että miehen kasvot olivat aikoinaan olleet ystävälliset ja miellyttävät, mutta huumeiden väärinkäyttö, alkoholi ja roimasti köyhyysrajan alapuolella eletty elämä olivat muuttaneet ne joksikin aivan muuksi.

"Saanko istua viereesi?"

Keon hivuttautui portaan reunalle. Hänen vaatteensa haisivat tunkkaiselle hielle ja roskille.

Hunter istuutui ja huokaisi syvään. "Aika saatanan sairas juttu, vai mitä?"

"Vittu, äijä, vitun sairasta." Keon raakkui kuin kurkku kipeänä. "Mitä vittua sille jätkälle tapahtui? Nylkikö joku sen?"

"Et todellakaan halua tietää", Hunter sanoi.

Keon nyppi kämmenselkänsä löysää nahkaa. Hän väänsi sitä tuskallisen näköisesti, ikään kuin yrittäisi repiä sen pois. Sen jälkeen hän hiljeni hetkeksi. "Hei, ei olis heittää röökiä? Vitunmoiset tärinät päällä."

"Käyn hakemassa." Hunter viittoi konstaapelia lähemmäs ja kuiskasi jotain tämän korvaan. Konstaapeli nyökkäsi ja lähti kohti kujan toista päätä.

"Tämä on hyvin hiljainen kuja", Hunter sanoi. "Käytkö täällä usein?"

"Joskus. Jos olen kulmilla", Keon vastasi ja nyökkäytteli Hunterille. "Siksi minä käyn täällä, ymmärrätkö? Koska täällä on hiljaista. Ei tarvitse tapella, että pääsee koisimaan. Ja joskus roskiksista löytää hyvää ruokaa, kelaa. Ruokakaupat heittävät pois sellaista tavaraa, ettei uskoisi. Vittu." Keon hymyili väläyttäen suun täydeltä mätiä hampaita. "Rottia täytyy hätistää tiehensä, mutta hei, ilmaista safkaa."

Hunter nyökkäsi myötätuntoisesti. "Voitko kertoa, mitä tapahtui, kun tulit tänne?"

"Vittu, johan minä kerroin noille kytille kaiken."

"Ymmärrän, ja tiedän, että tämä on kiusallista. Mutta minun on pakko hoitaa tämä, Keon."

Konstaapeli palasi mukanaan tupakka-aski ja tikkuja. Hän ojensi ne Keonille. Keon napautti nopeasti yhden savukkeen rasiasta, sytytti sen ja veti niin pitkät savut, että konstaapeli uskoi hänen polttavan koko tupakan yhdellä hatsilla.

Hunter odotti, että Keon sai puhallettua savut ulos. "Voit pitää askin."

Keon työnsi rasian saman tien oikeaan takintaskuunsa.

"No niin, voitko kertoa, miten löysit ruumiin?"

Keon kohautti olkiaan. "Totta kai."

"Tiedätkö, mihin aikaan tulit tänne?"

Uusi olkainkohautus. Keon veti vasemman hihansa ylös ja näytti Hunterille paljasta rannettaan. "Rolex on huollossa."

Hunterin suupieli kohosi aavistuksen. "Voitko arvata? Olivatko kaupat jo kiinni?"

"Joo, joo. Oli myöhä, vittu. Paljon keskiyön jälkeen. Kävelin koko matkan Panorama Citystä, ja siinä kesti, koska minulla on jalka paskana, tajuatko?" Keon osoitti vasenta jalkaansa. Hänellä oli jalassaan likainen vanha Niken nahkalenkkari. Vasemmalla puolella on iso reikä, josta pilkotti kaksi varvasta. Oikeassa jalassa oli musta Converse All Stars.

"Kytät ei koskaan käy täällä", Keon jatkoi. "Niin että täällä ei kukaan koskaan töki eikä potki, kun on koisimassa, eikä kukaan käske jatkamaan matkaa. Täällä saa vähän unta palloon eikä kukaan tule vittuilemaan."

Hunter nyökkäsi. "Eli mitä tapahtui?"

Keon otti uudet hatsit, antoi savun tulla ulos nenän kautta ja katsoi hetken, kun se leijui hänen naamansa edessä. "Näin sen ruumiin vasta, kun olin tosi lähellä. Kujalla on pimeää. Tulin ekan roskiksen luo ja tarkistin sen. Siellä on yleensä parhaat safkat, koska leipomo dumppaa sinne roskansa. Sain kelpo kimpaleen maissileipää." Heti kun Keon oli sanonut sen, hänen vatsastaan kum-

pusi kuuluva jyrähdys. Hän sivuutti äänen ja imaisi jälleen tupak-
kaansa. "En ehtinyt edes haukata, kun näin toisen roskiksen takaa
jalat. Kelasin, että sinne on vaan veli simahtanut, sitä rataa. On
täällä vittu tilaa muillekin."

Hunter seurasi tarkkaavaisena Keonin liikkeitä ja ilmeitä. Mie-
hen kädet olivat alkaneet täristä uudestaan, kun hän oli ryhty-
nyt kertomaan tarinaansa. Äänen raakunta oli pahentunut hitu-
sen. Hänellä oli vaikeuksia keskittää katsettaan mihinkään – yksi
huumeriippuvuuden oireista – mutta käsien vapina johtui aidosta
pelosta.

"Kelasin, että se oli ehkä Tobby tai Tyrek", Keon jatkoi. "Nekin
bunkkaavat täällä aina välillä. Mutta kun pääsin lähemmäs –" Keon
raapi partaansa kuin se olisi poltellut hänen kasvojaan. "Ei sillä
ollut naamaa. Ei sillä ollut nahkaa ollenkaan." Hän poltti tupakan
loppuun yhdellä massiivisella imaisulla ja tumppasi sen kenkänsä
alle. "Olen nähnyt elämäni aikana ihan vitun sairasta paskaa. Olen
nähnyt pari ruumistakin, mutta tuo –" hän nyökäytti päätään kohti
roskasäiliöitä "– tuo on itse paholaisen työtä, vittu."

"Oliko ruumis peitetty?" Hunter kysyi. "Sanomalehdillä, kan-
kaanpalasella tai jollakin?"

"Eääh. Se vain makasi siinä kuin vittu iso kimpale tahmaista
lihaa, tajuatko? Säikäytti minut paskajäykäksi, vittu. Jopa rotat oli
puolittain peloissaan."

"Näitkö ketään muuta?" Hunter kysyi.

"En helvetissä. Kuja oli tyhjä."

"Oliko lähistölle pysäköity autoja, ehkä kujansuulle?"

Keon oli hiljaa. Hän kurtisti hiukan otsaansa ja nuolaisi halkeil-
lutta alahuultaan.

"Oliko täällä autoa?"

"No, kun käännyin kulmasta, kujalta peruutti paku."

"Paku?"

"Jep, enemmänkin avolava, tiedätkö? Mutta se ei ollut avoin.
Takaosan päällä oli katto."

"Huomasitko, minkä merkkinen pakettiauto se oli?"

"Eääh. En ollut niin lähellä. Kuten sanoin, olin juuri kääntynyt kulmasta, kun se peruutti ja lähti liikkeelle."

"Entä väri?"

Keon pohti sekunnin. "Se oli tumma. Ehkä musta tai sininen. Vaikea sanoa kaukaa katsottuna. Täällä ei ole mikään kauhean hyvä valaistus, jos snaijaat? Mutta takalokasuojassa oli iso klommo. Muistan sen."

"Lommo? Oletko varma?"

"Mm-hmm. Näin sen, kun paku peruutti kujalta. Kuskin puolella."

"Miten iso lommo?"

"Niin iso, että sen erotti niinkin kaukaa."

Hunter teki pari muistiinpanoa. "Ehditkö nähdä kuskia?"

"Eääh. Tummat ikkunat."

"Osaatko sanoa, oliko pakettiauto uusi vai vanha?"

Keon pudisti päätään. "En osaa sanoa, mutten usko, että se oli vanha."

Hunter nyökkäsi. "Okei, jatketaan. Mitä teit, kun näit maassa makaavan ruumiin? Koskitko siihen?"

"Koskinko siihen?" Keonin silmät suurenivat. "Oletko vittu aineissa? Saanko minäkin? En minä mikään vitun idiootti ole. En tiennyt, mikä siinä ruumiissa oli vialla. Ehkä joku sairaus tai jotain. Jotain sairasta paskaa, joku iho-AIDS tai joku hallituksen luoma uusi tauti, tiedätkö mitä tarkoitan? Niin kuin joku koe tai jotain. Tai sitten paholainen todella kävelee näillä kaduilla ja nylkee näitä vittupäitä, poistaa niiltä naamat ja dumppaa takakujille." Keon otti toisen tupakan. "Eli ei, en koskenut siihen vitun ruumiiseen. Jätin vaan hommat sikseen ja häivyin täältä vittuun, etsin ensimmäisen puhelinkopin ja soitin hätänumeroon."

"Soititko hätänumeroon heti, kun löysit ruumiin?"

"Todellakin."

Keonin vatsa murisi taas. Hän sytytti uuden tupakan, otti pitkät savut ja pysähtyi hiukan epäröivän näköisenä. Hunter huomasi sen.

"Onko jotain muutakin, Keon?"

"No, kelasin että ehkä... tiedätkö, ehkä tästä saisi jonkin palkkion tai jotain. Minähän toimin oikein, eikö vaan? Hälytin teidät paikalle. Muistin pakun ja kaikkea."

Ja se selitti, miksi Keon teki niin kerkeästi yhteistyötä.

"Kyllä, Keon, toimit oikein, mutta ei tästä palkkiota heru. Olen pahoillani."

"Hei, kamoon, äijä. Eikö mitään?"

Hunter pudisti lyhyesti päätään.

"Vittu, äijä. Epäreilua. Etkö muka voi heittää veljelle mitään? Apu kelpaisi, jos tajuat."

Uusi, pitempi murahdus Keonin vatsan suunnalta.

"Milloin olet viimeksi syönyt kunnolla, Keon?"

"Tarkoitatko kokonaista ateriaa?"

Hunter nyökkäsi.

Keon jäyti hetken huuliaan. "On siitä jo aikaa."

"Okei, kuule. En voi antaa sinulle rahaa, mutta jos sinulla on nälkä –" Hunter nyökäytti Keonin vatsan suuntaan "– ja kuulen omin korvin, että sinulla on, tarjoan sinulle aamiaisen. Mitä sanot?"

Keon raapi molempia parranpuoliaan ja järsi jälleen huuliaan. "Hei, kamoon. Kaksikymppinen riittää. Kaksikymppiä ei ole mitään."

"Ei rahaa, Keon. Sori."

"Kymppi sitten. Voit varmasti heittää veljelle kympin."

"Aamupalaa, Keon. Sen parempaan en pysty."

Keon katsoi käsiään ja mietti. "Saanko kuumia pannukakkuja?"

Hunter hymyili. "Kyllä, saat kuumia pannukakkuja."

Keon nyökkäsi. "Jep, aamupala kuulostaa vitun hyvältä."

Kolmetoista

Vaikka ruumis oli löytynyt, Hunterilla ja Garcialla ei edelleenkään ollut minkäänlaista käsitystä uhrin henkilöllisyydestä. Kalmon iho oli sulanut kauttaaltaan lipeäliuoksessa, mikä tarkoitti, ettei heillä ollut sormenjälkiä, tunnistettavia tatuointeja tai syntymämerkkejä, mikäli sellaisia ylipäätään oli, eikä yhden yhtä kasvonpiirrettä. DNA-analyysin saamiseen menisi muutama päivä, mutta silloinkin osuma oli mahdollinen vain, mikäli uhrin DNA oli arkistoitu CODIS-järjestelmään, FBI:n yhdistettyyn DNA-indeksijärjestelmään. Toisin sanoen, mikäli uhri oli menneisyydessä tuomittu törkeästä rikoksesta, kuten seksuaali- tai henkirikoksesta – mikä oli melko kaukaa haettua. Tämän lisäksi he odottivat edelleen kadonneiden henkilöiden yksikön yhteenottoa.

Alkuiltapäivään mennessä Mike Brindle ja hänen rikosteknikkotiiminsä olivat keränneet pienen pussillisen hiuksia, kuituja sekä rojua, joista saattaisi olla hyötyä. Kukaan ei kuitenkaan odottanut läpimurtoa henkeän pidätellen. Kujalla oli neljä suurta roskasäiliötä, jotka olivat täpötäynnä monen eri liikkeen jätteitä useamman päivän ajalta.

Hunter kertoi Brindlelle lava-autosta, jonka Keon Lewis oli nähnyt peruuttavan kujalta. Brindle sanoi heidän jo löytäneen kahdet renkaanjäljet. Ensimmäiset ja näkyvimmät olivat peräisin kahdesta raskaansarjan renkaasta. Parhaat jäljet löytyivät ensimmäisen säiliön luota. Brindle uskoi renkaanjälkien olevan peräisin yhdestä tai useammasta kaupungin jäteautosta keräilypäivältä. Hunter uskoi hänen olevan oikeassa, mutta asia täytyisi vielä varmistaa labrassa.

Brindlen tiimiä oli onnistanut kujan puolivälissä, josta he olivat löytäneet toisen, hyvin haalean ja vain osittaisen renkaanjäljen. Tästä oli kiittäminen pientä kuoppaa, johon oli kerääntynyt juuri sen verran likavettä, että osa renkaasta oli kastunut. Osittainen jälki ei näyttänyt olevan peräisin roska-auton kaltaisesta suuresta, raskaasta kulkuneuvosta. Ongelmana oli, että jäljen löytyessä suurin osa siitä oli jo haihtunut Los Angelesin aamuauringossa. Erityisjauheen ja suuren mustan jalkineenjälkifolion avulla he onnistuivat tallentamaan siitä osan ja saattoivat vain toivoa, että labra saisi siitä jotakin irti.

Hunter otti yhteyttä operaatiokeskukseen. Keonin hätäpuhelu oli tullut juuri ennen aamuyhtä. Hunter pelasi varman päälle ja halusi syynätä tiekameratallenteet kaksi tuntia ennen ja jälkeen aamuyhden. Hän soitti Valleyn suurpiirin liikennejaostoon ja kysyi, oliko heillä tiekameratallennetta alueelta kello 23:n ja 3:n väliltä. He odottivat yhä tuloksia.

"Okei", Garcia sanoi ja painoi tietokoneensa tulostuspainiketta. Hunter istui oman työpöytänsä ääressä tutkimassa kujalta otettuja valokuvia. Hän laski ne alas ja vilkaisi työpariaan.

"Natriumhydroksidia eli lipeää voi ostaa pääasiallisesti neljässä eri muodossa", Garcia selitti. "Pelletteinä, helminä, hiutaleina tai nesteenä. Sitä käytetään useimmiten siivouksessa, joten sitä saa helposti ostettua kaupasta tai netistä eri voimakkuuksissa ja pakkausko'oissa. Sitä myydään melko lailla kaikille, eli henkilöllisyyttä ei tarkisteta." Garcia nousi seisomaan ja käveli huoneen nurkassa olevan tulostimen luo. "Jopa supermarketeissa myydään lipeäpulloja. Sitä on myös monissa siivoustuotteissa, muun muassa viemärinavaajissa ja lattian- ja uuninpuhdistusaineissa." Hän ojensi tulosteen Hunterille. "Tätä kamaa on aivan liian helppo hankkia. Olemme umpikujassa."

Kun Hunter tarttui liuskaan, hänen pöytäpuhelimensa soi.

"Etsivä Hunter, erikoismurharyhmä", hän vastasi ja kuunteli pari sekuntia. "Tulemme saman tien." Hän laski kuulokkeen alas ja nyökkäsi Garcialle. "Mennään."

"Minne?"

"Ruumishuoneelle. Tohtori Hove on saanut ruumiinavauksen valmiiksi."

Neljätoista

Ajomatka Los Angelesin piirikunnan kuolinsyyntutkijan toimistolle North Mission Roadille kesti alle kaksikymmentä minuuttia. Hunter ja Garcia nousivat uljaat portaat, jotka johtivat arkkitehtonisesti vaikuttavan rakennuksen pääovelle. He lähestyivät vastaanottotiskiä. Suurikokoinen, kiltin näköinen, viisikymppinen musta naisvirkailija väläytti heille saman myötätuntoisen hymyn, jonka hän tarjosi kaikille ruumishuoneeksi muutettuun entiseen sairaalaan astuville ihmisille.

"Hyvää iltapäivää, etsivät", hän lausui kohteliaan kirjastonhoitajan äänellä.

"Mitä kuuluu, Sandra?" Hunter vastasi hymyyn.

"Hyvää vain, kiitos." Sandra ei tarjonnut vastakysymystä. Hän oli oppinut jo kauan sitten olemaan kysymättä yhdenkään ruumishuoneeseen tulevan vointia. "Tohtori Hove odottaa teitä ruumiinavaussali ykkösessä." Hän nyökäytti päätään kohti heiluriovia vastaanoton oikealla puolella.

Hunter ja Garcia työntyivät niiden läpi ja jatkoivat matkaa pitkälle, puhtaanvalkoiselle käytävälle. Sen päässä he kääntyivät vasemmalle, lyhyemmälle käytävälle. Heitä vastaan tuli sairaalaapulainen, joka työnsi valkoisella lakanalla peitettyjä paareja. Toinen katon kahdesta loisteputkilampusta oli rikki ja välähteli epätasaisin väliajoin. Näkymä toi Hunterin mieleen B-luokan kauhuelokuvan.

Hunter nipisti nenäänsä kuin olisi aivastamaisillaan. Paikan haju sai hänestä joka ikinen kerta yliotteen. Löyhkä toi mieleen sairaalan, vain erilaisella vivahteella. Tuo jokin raapi hänen kurkkunsa perukoita ja poltteli hitaasti sierainten sisäpintoja hapon lailla. Tänään desinfiointi- ja puhdistusaineiden musertava haju sai hänen vatsansa vellomaan tavallistakin pahemmin. Oli kuin hän olisi haistanut natriumhydroksidin niiden joukosta. Ilmeestä päätellen Garcia tuntui olevan samoilla linjoilla.

Vielä yksi käännös vasemmalle, ja he seisoivat ruumiinavaussali ykkösen edessä.

Hunter painoi summeria ja kuuli sähköistä rätinää pikkuruisesta kaiuttimesta. "Tohtori Hove?" hän huikkasi.

Raskaasta ovesta kuului surinaa, ja lukitus avautui suhahtaen. Hunter työnsi oven auki ja astui Garcian kanssa suureen, talvenkylmään huoneeseen. Valkoiset kaakeliseinät hohtelivat, lattia oli päällystetty kiiltävällä vinyylillä. Itäseinällä oli pitkä tiski, jossa oli valtavan kokoisia pesualtaita ja josta erkani kolme ruostumattomasta teräksestä tehtyä ruumiinavauspöytää. Kunkin pöydän yllä oli kattoon kiinnitetty pyöreä leikkaussalivalaisin. Kahta seinää peittävät metalliset kylmälokerot toivat mieleen suuret, tukevin kahvoin varustetut arkistointikaapit. Los Angelesin piirikunnan kuolinsyyntutkijan pääpatologi seisoi huoneen perällä.

Tohtori Carolyn Hove oli pitkä ja hoikka. Hänellä oli pistävät vihreät silmät ja pitkä, kastanjanruskea tukka, jota hän yleensä piti poninhännällä mutta joka tänään oli sitaistu yksinkertaiselle nutturalle. Kirurginmaski roikkui löysästi leuan alla paljastaen täyteläiset huulet, joille oli sipaistu kevyesti vaaleanpunaista huulipunaa, korkeat poskipäät sekä siron, hienostuneen nenän. Hän oli työntänyt kätensä valkoisen haalarin taskuihin.

"Robert, Carlos." Hän tervehti etsiviä nyökäten. Hänen äänensä oli samettinen mutta päättäväinen, sellaisen naisen ääni, joka ei menettänyt koskaan kontrolliaan.

Etsivät nyökkäsivät hiljaisina takaisin.

"Mike kertoi minulle koko jutun", tohtori Hove sanoi. "Tappaja siis soitti teille töihin ja pakotti teidät katsomaan?" Hän siirtyi itseään lähimmän ruumiinavauspöydän luo. Kaksi muuta olivat armollisesti vapaina.

Hunter ja Garcia seurasivat häntä.

"Hän pakotti meidät ensin valitsemaan uhrin kuolintavan", Garcia vastasi.

"Onko mitään käsitystä miksi?"

"Työn alla."

"Mike kertoi myös, että tappaja oli rakentanut jonkinlaisen... kidutuskammion?"

"Jotain sellaista", Hunter vastasi.

"Voit katsoa tallenteen, jos haluat, tohtori", Garcia sanoi. "Ehkä huomaat jotain sellaista, mikä jäi meiltä välistä."

Hove nyökkäsi epävarmasti. "Okei. Lähetä se minulle, niin vilkaisen sitä."

Huoneeseen lankesi hetken hiljaisuus, ennen kuin kaikki siirsivät huomionsa teräspöydällä makaavaan kalmoon. Nahaton ja kasvoton ruumis lepäsi sillä kuin jokin androgyyninen olento, pelkkä vääristynyt lihankimpale. Pahamaineinen Y-viilto, jota koristivat paksut, mustat tikit, antoi kalmolle groteskin lisäripauksen.

Tohtori Hove pani käsiinsä uudet lateksihansikkaat, sytytti leikkaussalivalon ja katsoi uhria. "Olen työskennellyt vuosikausia rikosteknisenä lääkärinä enkä edelleenkään käsitä tätä. Miten kukaan voi tehdä tällaista toiselle ihmiselle?"

"Jotkut kykenevät pahempaankin", Garcia vastasi.

"Mitä tulee tuskaan, pahempaa ei ole, Carlos." Tohtori Hoven ääni sai Garcian selkäpiin karmimaan. "Natriumhydroksidi on vahva emäs", tohtori selitti. "Se sijoittuu PH-asteikolle, jonka toisessa päässä ovat hydrokloridin ja rikin kaltaiset vahvat hapot. Kaikki tietävät, millaisia vaurioita vahvat hapot aiheuttavat joutuessaan suoraan kosketukseen ihmisihon kanssa, eikö niin? Harva on kuitenkin tietoinen siitä, että natriumhydroksidin kaltaiset vahvat emäkset ovat yli neljäkymmentä kertaa tuskallisempia ja tuhoisampia ihmiskeholle kuin vahvat hapot." Garcian silmät laajenivat. "Neljäkymmentä?"

Tohtori Hove nyökkäsi. "Rikkihappo tuntuu kädenlämpöiseltä vedeltä natriumhydroksidiin verrattuna. Tämä tappaja laski uhrilleen lipeäkylvyn." Hänen katseensa palasi pöydällä makaavaan ruumiiseen. "Uhrista on tuntunut, että hän palaa elävältä, mutta aivot ovat jatkaneet työskentelyään pitempään... niin pitkään, että hän tunsi kaiken kehoonsa kohdistuneen polttavan kivun. Liuos sulatti ihon kaksi ensimmäistä kerrosta alta aikayksikön."

"Ja sitten todellinen tuska otti vallan", Hunter sanoi vaimealla äänellä.

"Juuri niin", tohtori Hove myönsi.

Garcia näytti hiukan epäilevältä.

"Natriumhydroksidia käytetään monissa teollisuuskäyttöön tarkoitetuissa puhdistustuotteissa", tohtori selitti, "koska sillä on uskomaton kyky liuottaa rasvoja, öljyjä ja proteiinia. Ihon kolmas kerros, subkutis eli ihonalaiskerros, koostuu enimmäkseen rasvasta. Kun se on poissa, esiin tulee lihaskudos, joka koostuu enimmäkseen proteiinista. Pääsettekö nyt paremmin kärryille?"

Garcia vavahti.

"Lisätään tähän vielä se, että liuoksen sisältämä alkaloosi on ylikiihdyttänyt hermoja ja saanut ne tulehtumaan kammottavalla tavalla, jolloin uhrin jokainen hermo on kirkunut tuskissaan. Kipu sai kaikki tärkeimmät lihakset kouristelemaan, lukkiutumaan ja kramppaamaan. Ellei häntä olisi sidottu istuma-asentoon, hän olisi todennäköisesti murtanut selkäytimensä rimpuillessaan. Hänen aivonsa kuitenkin työskentelivät edelleen ja rekisteröivät kaiken samalla, kun keho kirjaimellisesti liukeni kerros kerrokselta."

"Taisin saada kokonaiskuvan, tohtori, kiitos paljon", Garcia sanoi. Hän näytti vihertävältä.

"Oli uhrilla tuuriakin", tohtori sanoi. "Hänen sydämensä luovutti varhaisessa vaiheessa."

"Ei riittävän varhaisessa", Hunter sanoi. "Hän oli lipeäkylvyssä yksitoista minuuttia ennen kuolemaansa."

Tohtori Hove kallisti päätään toiselle sivulle. "Siitä huolimatta hänen sydämensä petti nopeammin kuin sen olisi pitänyt. Oletteko jo tunnistaneet uhrin?"

"Työn alla", Hunter vastasi.

"Tämä saattaa auttaa." Hove otti asiakirjan takaansa tiskiltä ja ojensi sen Hunterille. "Hänen sydämensä petti aiemmin kuin terve sydän olisi pettänyt, koska hän kärsi hiippaläpän ahtaumasta. Se pakottaa sydämen tekemään lujemmin töitä, jotta se saa pumpattua verta vasemmasta eteisestä vasempaan kammioon. Hänen tuntemansa äärimmäinen tuska aiheutti sen, että hänen sydämensä täytyi lyödä tavallista lujempaa, jotta keho saisi lisää verta. Hiippaläpän ahtauman vuoksi sydän ylikuormittui normaalia nopeammin."

"Miten paljon nopeammin?" Garcia kysyi.

"Sanoisin neljästäkymmenestä viiteenkymmeneen prosenttia."

"Hän olisi siis voinut sinnitellä tuplasti pitempään?"

Tohtori nyökkäsi. "Sinun kaltaisellesi terveemmälle ihmiselle olisi todennäköisesti käynyt niin."

Garcia ravisteli pois hyytävän tunteen, joka kiiri hänen niskaansa pitkin.

"Tällaisesta sairaudesta kärsivän ihmisen pitäisi käydä parin kuukauden välein kardiologilla ihan vain varmuuden vuoksi", tohtori Hove sanoi.

"Kiitos, tohtori", Hunter sanoi. "Ryhdymme tutkimaan asiaa saman tien."

"Ikävä kyllä ruumis on rikostekninen musta aukko", tohtori sanoi. "Mikäli jotain löydettävää olisi ollut, natriumhydroksidi teki siitä selvän. Edes bakteerit eivät selviä hengissä moisesta höykytyksestä." Hän karautti kurkkuaan. "Jos mietitte huumeita, voin kertoa, ettei uhri ollut narkomaani, korkeintaan viihdekäyttäjä. Hän ei ollut koskenut yhteenkään huumausaineeseen ainakaan viikkoon."

Hunter oli arvannut, että tohtori sanoisi niin, mutta hän aisti epäröintiä Hoven olemuksessa. "Onko jotain muutakin?"

"Yksi asia häiritsee minua", Hove sanoi. "Vaikka uhrin sydän pysähtyikin nopeammin kuin terveemmän ihmisen sydän olisi pysähtynyt, natriumhydroksidiliuoksen olisi pitänyt jäytää kudoksia ja liuottaa kehoa, kunnes mitään ei enää olisi ollut jäljellä. Niin ei käynyt. Liukeneminen pysähtyi lihaskudokseen."

"Kun uhri kuoli", Hunter sanoi.

"Juuri niin. Tämä viittaa siihen, että tappaja tyhjensi kidutussammion ja järjesti uhrin ulos sieltä heti hänen kuoltuaan."

"Näin hän todennäköisesti tekikin", Hunter komppasi.

"Mutta miksi? Entä miksi hän dumppasi ruumiin sivukujalle? Jos tappaja olisi jättänyt uhrin säiliöön, kalmo olisi liuennut. Todisteongelma olisi ratkennut. Miksi hän tarjosi poliisille työstettävää?"

"Koska tappaja haluaa varmistaa, että otamme hänet vakavasti", Hunter vastasi. "Ilman ruumista meillä ei olisi todisteita siitä, ettei videolla näkemämme ollut pelkkä kuvamanipulaatio."

"Tai että joku olisi vain esittänyt uhria", Garcia lisäsi. "Säiliön vesi muuttui veriseksi todella nopeasti, tohtori. Me näimme vain uhrin kasvot, emme muuta. Oletimme hänen kärsivän järjettömistä tuskista kehon liuetessa, mutta kuka tahansa olisi voinut esittää kärsivää ihmistä. Kyseessä olisi voinut olla Los Angelesin poliisilaitokselle suunnattu, taiten laadittu käytännön pila."

"Tarkoitus oli myös, että ruumis löydettäisiin nopeasti", Hunter sanoi. "Siksi se jätettiin juuri sinne – useamman liikkeen käyttämälle takapihalle. Jätteet kerättiin varhain tänä aamuna. Olen varma, että tappaja tiesi sen."

"Eli hän antoi teille ruumiin todistaakseen, ettei ollut lavastanut kuolemaa", tohtori Hove sanoi.

"Aivan oikein", Hunter vahvisti. "Nyt me nimittäin tiedämme, että hän on tosissaan."

Viisitoista

Christina Stevenson avasi yksikerroksisen talonsa oven Santa Monicassa ja sytytti kattolampun. Olohuoneeseen tulviva valo sai hänet vavahtamaan, ja hän himmensi kirkkautta saman tien. Päänsärky oli alkanut puolivälissä iltapäivää, ja useamman pitkän, näyttöpäätteellä vietetyn tunnin jälkeen se oli nyt saavuttanut kidutustason. Hän laski laukkunsa ovensuuhun ja hieroi väsyneitä, sinisiä silmiään. Tuntui kuin aivot sulaisivat kallon sisällä. Särkylääkkeet eivät tehonneet lainkaan. Hän kaipasi juuri nyt pitkää suihkua, isoa lasillista viiniä ja runsaasti lepoa.

Itse asiassa. Hän tuli toisiin aatoksiin. *Samppanja olisi huomattavasti soveliaampi vaihtoehto.* Viime viikkojen kova uurastus oli nimittäin tuottanut vihdoin tulosta.

Hänen katseensa hakeutui äidin muotokuvaan, jonka hän oli asettanut ikkunan edessä olevalle kiiltävän mustalle senkille. Hän hymyili surullisesti.

Christina ei ollut koskaan tavannut isäänsä eikä halunnutkaan tavata. Hänet oli siitetty West Hollywoodissa sijaitsevan yökerhon miestenhuoneessa. Hänen äitinsä oli ollut humalassa. Mies, jonka kanssa hän oli harrastanut seksiä, oli ollut aineissa. He olivat tavanneet sinä yönä. Mies oli ollut hyvännäköinen ja charmikas. Christinan äiti oli ollut yksinäinen. Kun he olivat poistuneet saniteettitiloista, hän ei ollut nähnyt miestä enää koskaan.

Kun Christina oli riittävän vanha ymmärtämään, äiti kertoi hänelle koko tarinan. Hän kertoi myös, ettei muistanut edes miehen nimeä. Äiti ei kuitenkaan ollut paha ihminen. Vastoin kaikkien ystävien neuvoja hän päätti olla turvautumatta aborttiin. Hän sai tyttövauvan ja kasvatti tämän yksin parhaan taitonsa mukaan. Hän säästi joka ainoan ylimääräisen sentin, ja kun Christina valmistui lukiosta, äidillä oli sen verran sukanvarressa, että hän pystyi lähettämään tyttärensä yliopistoon. Kun Christina neljän vuoden päästä sai diplominsa, valmistujaisseremoniassa ei ollut ainuttakaan yhtä ylpeää vanhempaa.

Äiti menehtyi samana yönä aivoverenvuotoon mentyään nukkumaan. Siitä oli nyt seitsemän vuotta. Christina kaipasi äitiä edelleen hullun lailla.

Christina käveli avokeittiöön ja vilkaisi jääkaappiin. Hän oli säästellyt vuoden 1998 Dom Ruinartia erityistilaisuutta varten. No, tämä oli helkkari soikoon sellainen. Hän mutristi huuliaan mietteliäänä.

Pitäisikö avata vai ei?

Harmi, ettei hänellä ollut ketään, jonka kanssa jakaa pullo.

Christina ei ollut naimisissa, ja vaikka hänellä oli ollut runsaasti suhteita ja romansseja, hän ei juuri nyt tapaillut ketään. Hän mietti vielä hetken ja päätti, ettei hän juuri nyt olisi edes halunnut jakaa samppanjapulloaan kenenkään kanssa. Hän poisti korkin päällä olevan rautalangan ja poksautti pullon auki.

Christina oli kuullut moneen kertaan, että hyvien viinien tuli saada hengittää. Hän ei tiennyt, pätikö sama samppanjaan, mutta häntä ei olisi voinut vähempää kiinnostaa. Hän kaatoi itselleen lasillisen ja otti ison kulauksen – taivaallisen hyvää. Päänsärky alkoi jo hellittää.

Christina potkaisi kengät jalastaan, siirtyi olohuoneen kautta syvemmälle taloon ja sen perällä olevaan makuuhuoneeseensa. Huone oli suuri ja sen verran tyttömäinen, ettei hän halunnut useimpien ihmisten tietävän siitä. Seinät olivat vaalean persikkaiset, kattolistat hennon vaaleanpunaiset. Pitkät kukkaverhot peittivät lasisia liukuovia, jotka johtivat takapihalle ja uima-altaalle. Huoneen nurkassa oli vaaleanpunainen kampauspöytä, jossa oli peili ja pukuhuonetyyppiset valot. Valtava parisänky pohjoisseinää vasten oli täpötäynnä tyynyjä ja pehmoeläimiä.

Christina asetti lasin ja samppanjapullon yöpöydälle, kytki MP3-soittimensa kampauspöydällä olevaan kannettavaan stereosoittimeen ja ryhtyi tanssimaan Lady Gagan tahdissa samalla kun riisuutui. Pois lensi pusero, sen jälkeen farkut. Hän palasi samppanjan luo ja kaatoi toisen lasillisen. Hän kulautti siitä puolet ja pysähtyi sitten vaatekaapin peiliovien eteen. Samppanja alkoi tehdä tehtävänsä, ja hän ryhtyi uudestaan tanssimaan samalla, kun riisui rintaliivinsä ja sujautti violetit pikkuhousut jalasta. Hän hiveli paljaita rintojaan ja otti seksikkään asennon. Sitten hän lähetti lentosuukon peilille ja purskahti nauruun.

Hän avasi entiseltä rakastajalta saamansa timanteilla koristellun Tag Heuer -kellon soljen. Kun hän irrotti sitä ranteestaan, se putosi lattialle, osui hänen jalkaansa ja liukui sängyn alle.

"Hitto, tuo sattui", hän sanoi ja kumartui hieromaan oikeaa jalkateräänsä. Hän haparoi kädellään sängynalustaa. Sormiin ei osunut mitään. "Perhana."

Christina laskeutui nelinkontin ja vei kasvonsa parin sentin päähän lattiasta.

"Siinähän sinä olet."

Kello oli liukunut kohti sängynpäädyn takana olevaa seinää. Napatakseen sen hänen täytyi työntyä puolittain sängyn alle. Samalla hänen katseensa vaelsi ilman mitään syytä sängyn toiselle puolelle, aina lasioviin ja pitkien kukkaverhojen alareunaan saakka. Ja silloin hän näki ne.

Mustat miestenkengät, joiden kannat olivat tiukasti vasten lasiovea.

Järkytys ja kauhu saivat hänen katseensa nousemaan ylöspäin, ja hän huomasi, että juuri siinä kohdassa poimutetut verhot eivät olleet kunnolla yhdessä. Seuraavat sekunnit kuluivat hidastettuina. Hän nosti hiukan katsettaan ja jähmettyi paikoilleen. Joku tuijotti häntä takaisin sisällä huoneessa, verhojen raosta.

Kuusitoista

Hunter oli onnistunut saamaan neljä ja puoli tuntia yhtäjaksoista unta, mikä oli fantastinen saavutus hänen mittapuullaan. Hän saapui työhuoneelle kello 08.10. Garcia istui jo pöytänsä ääressä lukemassa yöllä saapuneita sähköposteja – niiden joukossa ei ollut mitään kiinnostavaa.

Hunter oli ehtinyt riisua takkinsa ja käynnistää tietokoneen, kun pöytäpuhelin soi.

"Etsivä Hunter, erikoismurharyhmä."

"Robert, Mike Brindle tässä. Sain tulokset siitä kujalta löytyneestä osittaisesta renkaanjäljestä."

"Löytyikö mitään kiinnostavaa?"

"No, saimme osuman."

"Anna palaa."

"Jälki on peräisin Goodyear Wranglerin ATS-renkaasta. Tarkemmin ottaen tyypistä P265/70R17."

"Ja se tarkoittaa...?"

"Että kyseessä on yleinen lava-auton rengas", Brindle selitti. "Useat lava-autojen valmistajat käyttävät kyseistä rengasmallia uusien ajoneuvojen oletusvarusteena. Ford on käyttänyt sitä F-150- ja F-250-sarjoissaan viimeiset neljä vuotta, ja Chevrolet Silveradossa viimeiset kolme vuotta."

"Piru vieköön!"

"Jep, pyysin jotakuta tarkistamaan. Taantumasta huolimatta Ford myi Yhdysvalloissa suunnilleen satakaksikymmentätuhatta F-150:tä ja F-250:tä jo pelkästään viime vuonna. Chevrolet puolestaan myi noin sataneljäkymmentätuhatta Silveradoa. Sinä ja tiimisi saatte selvittää, kuinka monta prosenttia niistä on väriltään tummia ja kuinka monta on ostettu Kaliforniassa."

"Ryhdymme saman tien töihin", Hunter sanoi. "Veikkaan, että tätä rengastyyppiä on myös helposti saatavilla."

"Se onkin ongelma numero kaksi", Brindle sanoi. "Niitä todella on runsaasti saatavilla. Kuka tahansa, jolla on vanhempi ja jopa täysin erimerkkinen lava-auto, voi ajaa liikkeeseen ja varustaa autonsa juuri näillä renkailla. Ne ovat kuitenkin kohtuullisen kallis vaihtoehto, joten todennäköisesti ihmiset valitsevat halvemman merkin, jos ovat ostamassa uusia renkaita vanhempaan ajoneuvoon."

Hunter nyökkäsi hiljaa.

"No niin, kuten muistat, takakuja oli päällystetty öljysoralla", Brindle jatkoi. "Se vaikeuttaa jalanjälkien kaltaisten löydösten tekoa aika tavalla, mutta onnistuimme erityisvalaistuksen avulla löytämään muutaman. Ne kuuluvat ainakin kahdeksalle eri henkilölle."

Ei yllättävää, Hunter mietti, ottaen huomioon, että sivukujaa käytti useampi eri liikeyritys.

"Mutta pari niistä osoittautui hyvin kiinnostavaksi."

"Millä tavalla?" Hunter kysyi.

"Ne löytyivät aivan kolmannen ja neljännen roskasäiliön välistä, sieltä mistä ruumiskin. Jäljet olivat peräisin koon 44,5 kengästä. Keon Lewisin, ainoan ihmisen, jonka tiedämme kävelleen samalla alueella, kengännumero on 47. Vasen kengänjälki erottui paremmin kuin oikea. Se voi viitata siihen, että henkilö käveli hiukan poikkeavasti, esimerkiksi ontuen, jolloin hän on varannut enemmän painoa vasemmalle jalalle."

"Tai sitten hän kantoi jotakin raskasta", Hunter sanoi.

"Sitähän minäkin mietin."

"Todennäköisesti vasemmalla olallaan. Ei sylissään."

"Naulan kantaan", Brindle säesti. "Hän nosti ruumiin autosta, heivasi sen vasemmalle olalleen ja kantoi roskasäiliöitten väliin."

Brindle huokaisi. "No, uhri oli kohtuullisen isokokoinen mies."

"Yhdeksänkymmentäkahdeksan kiloa", Hunter sanoi.

"Kuka tahansa ei pysty kantamaan yhdeksääkymmentäkahdeksaa kiloa harteillaan, Robert", Brindle sanoi. "Etsimänne kaveri on iso ja vahva."

Hunter ei sanonut mitään.

"Hän toimi myös hyvin varovasti kujalla", Brindle jatkoi. "Vaikka löysimmekin jalanjälkiä, kengänpohjaa ei löytynyt. Ei sitten minkäänlaista jälkeä."

"Hän peitti kenkänsä", Hunter päätteli.

"Jep. Todennäköisesti muovipussilla. Minulla on tässä myös toksikologian raportti."

"Vau, sepä kävi äkkiä."

"Vain parasta sinulle, ystäväni."

"Oliko uhri huumattu?"

"Nukutettu", Brindle totesi. "Verestä löytyi jäänteitä suonensisäisestä nukutusaineesta – fenoperidiinistä. Se on vahva opioidi, ja pienen etsinnän jälkeen netistä löytyy useampikin laiton apteekki, joka on halukas kauppaamaan sitä tarvitseville."

Modernin ajan ihmeet, Hunter mietti. "Sanoitko jäänteitä?" hän tiedusteli.

"Jep, hyvin mitättömiä. Mikäli pitäisi ryhtyä veikkaamaan, sanoisin, että tappaja käytti lääkettä vain taltuttaakseen uhrin hyvin lyhyeksi aikaa. Todennäköisesti sieppauksen aikana. Kun tappaja oli saanut uhrin turvalliseen paikkaan, nukutusainetta ei enää annettu."

Hunter raapusti jotain muistivihkoonsa.

"Saimme myös tulokset äänianalyysistä, joka tehtiin tappajan kanssa käymästäsi puhelusta", Brindle jatkoi. "Hän tuntuu muokanneen ääntään useampaan kertaan niin, että on muuttanut äänenkorkeutta vain himpun verran kullakin kerralla. Joskus korkeammaksi, joskus matalammaksi. Siksi ääni kuulostaa muokkausten jälkeenkin niin normaalilta ja inhimilliseltä. Et silti tunnistaisi häntä, jos kävisit hänen kanssaan keskustelun kadulla."

Hunter ei vastannut mitään. Hän näki silmänurkastaan, miten Garcian kasvot valaistuivat, kun tämä luki jotain tietokoneensa näytöltä.

"Niin tai näin, meilaan sinulle kaikki tähänastiset tulokset", Brindle sanoi. "Palaan astialle, jos kuiduista ja hiuksista kuuluu vielä lisää."

"Kiitos, Mike." Hunter laski puhelimen alas.

Garcia painoi tulostuspainiketta.

"Mitä löytyi, Carlos?"

Carlos haki tulosteen ja näytti sitä Hunterille. Paperilla oli mustavalkokuva kahden–kolmenkymmenen ikäisestä valkoisesta miehestä. Vaaleanruskea tukka oli lyhyt ja sotkuinen. Kasvot olivat pyöreät, posket pulleat, otsa korkea ja kulmakarvat ohuet. Silmät olivat tummat ja mantelinmuotoiset. Kuvassa miehellä oli hiukan pöllämystynyt ilme.

Hunterin silmät laajenivat. Hän olisi tunnistanut nuo kasvot missä tahansa. Hän oli tuijottanut niitä tuntikausia. Hänen mielessään ei ollut epäilyksen häivää. Hän tuijotti uhrin valokuvaa.

Seitsemäntoista

Hunter räpytti vihdoin silmiään.

"Mistä sinä tuon sait?"

Garcia oli ojentanut tulosteen Hunterille ja ehtinyt jo palata tietokoneelleen lukemaan juuri saamaansa sähköpostia.

"Kadonneiden henkilöiden yksiköltä. He lähettivät sen hetki sitten."

Hunterin katse palasi valokuvaan.

"Hänet ilmoitettiin kadonneeksi keskiviikkona", Garcia sanoi. "Kadonneiden henkilöiden kasvojentunnistusohjelma sai vasta tänä aamuna osittaisen osuman kuvaan, jonka heille lähetimme."

"Kuka hän oli?"

"Hänen nimensä oli Kevin Lee Parker, kaksikymmentäkahdeksan vuotta, kotoisin Orangen piirikunnan Stantonista. Hän asui Jefferson Parkissa vaimonsa Anita Lee Parkerin kanssa. Juuri vaimo ilmoitti miehensä kadonneeksi. Kevin työskenteli myymäläpäällikkönä eräässä videopeliliikkeessä Hyde Parkissa."

"Milloin hän oli ilmoituksen mukaan kadonnut?"

Garcia selasi sähköpostin liitettä. "Maanantaina. Silloin vaimo näki hänet viimeisen kerran. Maanantaiaamuna, kun mies lähti töihin. Hän ei palannut illalla kotiin."

"Mutta vaimo ilmoitti miehensä kadonneeksi vasta keskiviikkona", Hunter sanoi. "Kaksi päivää sitten."

Garcia nyökkäsi. "Niin tässä sanotaan."

"Tiedetäänkö, ilmestyikö hän töihin maanantaina?"

Lisää selailua. "Vaimon mukaan kyllä. Hän soitti liikkeeseen tiistaiaamuna, ja sieltä sanottiin, että hän oli tullut edellispäivänä töihin."

"Mutta ei tiistaina."

"Ei."

"Oliko hänellä matkapuhelinta?"

"Kyllä. Rouva Lee Parker on soittanut siihen maanantaista lähtien. Ei vastausta."

Hunter vilkaisi kelloaan. "Okei, käsketään tutkintatiimiä tsekkaamaan Lee Parker. Tavanomainen setti: kaikki mahdolliset taustatiedot."

"He ovat jo hommissa", Garcia sanoi.

"Mahtavaa", Hunter sanoi ja tarttui takkinsa. "Mennään jututtamaan rouva Lee Parkeria."

Kahdeksantoista

Jefferson Park sijaitsi lounaisessa Los Angelesissa. Pienellä asuinalueella oli yksikerroksisia omakotitaloja ja matalia kerrostaloja, ja se oli 1900-luvun alussa kuulunut kaupungin varakkaimpiin alueisiin. Kaupungin kasvaessa ja uudistuessa rakennettiin nykyaikaisempia asuinalueita, ja vauraus alkoi lipua Jefferson Parkista. Sata vuotta eteenpäin, ja Jefferson Park oli muuttunut yhdeksi monista alemman keskiluokan alueista kaupungissa, jonka kasvu ei tuntunut tyrehtyvän koskaan.

Siihen aikaan aamusta Harbor Freewayn liikenne eteni etanan vauhtia. Autot matelivat kiinni toistensa puskureissa, ja normaalisti viidentoista minuutin matkaan kului lähemmäs neljäkymmentäviisi minuuttia.

Kevin Lee Parkerin kotikatu näytti esikaupunkielämän ihanuutta mainostavalta postikortilta. Se sijaitsi hiukan syrjemmässä, ja korkeiden puiden varjostamia katuja reunustivat yksikerroksiset omakotitalot. Kevinin talo oli valkoinen, ja siinä oli siniset ikkunanpokat, sininen ovi ja kaksiosainen tiiliharjakatto. Kiinteistöä ympäröivä perinteinen valkoinen lauta-aita näytti saaneen vastikään uuden maalikerroksen. Etupihan nurmikko sen sijaan oli ruohonleikkurin tarpeessa. Katua pitkin ajeli polkupyörillä kaksi pikkulasta, jotka rimputtelivat jatkuvasti kellojaan. Kun Hunter astui autosta, hän huomasi viereisen talon naapurin tarkkailevan heitä moitteettoman pensasaitansa takaa.

Lyhyt pihatie puuportilta Kevin Lee Parkerin kotitalon ulko-ovelle oli vanha ja laatoitettu sementinvärisin harkoin. Usea oli säröillä. Joistakin puuttui yksi tai useampi kulma.

Heidän päästyään kuistille Garcia koputti kolmesti – ei mitään pitkään aikaan. Hän oli aikeissa koputtaa vielä kerran, kun oven vihdoin avasi pullea, hieman yli kaksikymppinen nainen. Sotkuinen tukka oli tumma ja lyhyt, kasvot pyöreät ja lihaisat. Hänellä oli vauva lanteellaan. Hän näytti nääntyneeltä, ja silmissä näkyi pitkällisen itkun tai vähiksi jääneiden unien punerrus, kenties molempien. Hän katsoi kahta etsivää sanaakaan sanomatta.

"Rouva Lee Parker?" Hunter kysyi.

Nainen nyökkäsi.

"Nimeni on Robert Hunter. Olen Los Angelesin poliisilaitokselta. Puhuimme aiemmin aamulla puhelimessa."

Anita Lee Parker nyökkäsi uudestaan.

"Tässä on työparini, etsivä Carlos Garcia." Molemmat näyttivät virkamerkkinsä.

Anitan käsivarsilla oleva tyttövauva hymyili heille ja heilutti oikeaa kättään, kuin tervehtien etsiviä. Hunter katsoi pikkuista vauvaa ja vastasi hymyyn, mutta sisimmässään häntä suretti.

"Löysittekö Kevinin?" Anita kysyi levottomana. Hänellä oli vahva puertoricolainen korostus.

"Voisimmeko puhua sisällä, rouva Lee Parker?" Hunter ehdotti.

Anita vaikutti hetken hämmentyneeltä, aivan kuin ei olisi ymmärtänyt. Sitten hän astui vasemmalle ja viittoi heidät sisään.

Ulko-ovelta pääsi suoraan pieneen olohuoneeseen. Yhdessä nurkassa kannettava tuuletin sekoitti ilmaa, joka oli sakeanaan vauvantuoksuja. Kolmen hengen sohva ja kaksi nojatuolia oli verhottu monivärisillä lakanoilla, jotka toivat mieleen syvän etelän tilkkutäkit. Yhtä seinää koristi suuri Jeesuksen kuva, ja sinne tänne oli aseteltu perhevalokuvia. Anita oli niin hermostunut, ettei edes kehottanut heitä istuutumaan.

"Löysittekö Kevinin?" hän kysyi uudestaan. Hänen äänensä miltei särkyi. "Missä hän on? Miksi hän ei soita?"

Anita tuntui olevan hermoromahduksen partaalla. Hunter oli ollut monta kertaa läsnä samanlaisessa tilanteessa, joten hän tiesi, että hänen oli jututettava naista nyt perinpohjaisesti, ennen kuin tämä joutuisi hysterian valtaan.

Pikkuvauva alkoi aistia äidin ahdistuksen. Se lakkasi hymyilemästä ja kurtisteli kulmiaan itkuisen oloisena.

"Anita", Hunter sanoi lämpimästi ja osoitti sohvaa. "Mitä jos kävisimme kaikki istumaan?"

Anita katsoi häntä jälleen hämmentyneenä. "En halua istua. Missä Kevin on?"

Vauva alkoi potkia ja heilutella käsivarsiaan. Hunter hymyili sille uudestaan. "Mikä hänen nimensä on?"

Anita katsoi hellästi tytärtään ja alkoi keinutella häntä. "Lilia."

Uusi hymy. "Onpa kaunis nimi. Ja hän on kaunis vauvakin, mutta hän alkaa hermostua, koska sinäkin olet hermostunut, eikö vain? Vauvat vaistoavat tällaiset asiat paremmin kuin kukaan, varsinkin äitiensä osalta. Jos istut, Lilian on mukavampi olla. Ja niin on sinunkin."

Anita epäröi.

"Ole kiltti." Hunter osoitti jälleen sohvaa. "Istu vain, niin sinun on helpompi olla."

Anita laittoi Lilialle tutin suuhun. *"No llores, mi amor. Todo va a estar bien."* Vauva otti tutin, ja Anita istuutui vihdoin. Hunter ja Garcia valitsivat nojatuolit.

Lilia asettui mukavaan asentoon äitinsä sylissä ja sulki silmänsä.

Hunter käytti tilaisuuden hyväkseen ja puhutteli Anitaa, ennen kuin tämä ennätti kysyä häneltä mitään.

"Sanoit, että näit Kevinin viimeksi maanantaina. Onko näin?"

Anita nyökkäsi. "Aamulla. Hän söi aamupalan ja lähti töihin, kuten joka aamu."

"Eikä hän tullut sinä yönä kotiin?"

"Ei. Ennen se ei olisi ollut niin outoa, mutta kun Lilia syntyi, hän ei ole enää pelannut myöhään."

"Pelaako hän?" Garcia kysyi.

Anita naurahti hermostuneena. "Kevin on yksi iso *niño*. Hän on töissä pelikaupassa, koska rakastaa pelaamista. Hän pelaa aina pelejä kuin lapsi. Ennen kuin Lilia syntyi, hän jäi usein töiden jälkeen kauppaan ja pelasi pelejä internetissä aamuun asti työkaverien kanssa. Mutta hän soitti aina ja sanoi, että pelaa. Mutta nyt kun meillä on Lilia, hän ei enää pelaa myöhään. Hän on hyvä isä."

Garcia nyökkäsi ymmärtäväisesti.

"Hän ei siis soittanut maanantai-iltana?" Hunter kysyi.

"Ei."

"Soititko sinä hänelle?"

"Kyllä, mutta hän ei vastannut. Viesti sanoi, ettei puhelimeen saa yhteyttä."

"Muistatko, mihin aikaan tämä tapahtui? Mihin aikaan soitit miehellesi?"

Anitan ei tarvinnut edes miettiä. "En myöhään. Joskus puoli yhdeksän aikaan. Kevin ei tule koskaan myöhään kotiin. Hän tulee yleensä aina kahdeksaan mennessä."

Hunter kirjasi tämän muistiin.

"Puhuitko hänen työkaveriensa kanssa? Oliko hän töissä maanantaina?"

"Kyllä. Soitin kauppaan maanantai-iltana. Kun olin ensin yrittänyt soittaa Kevinille. Ei vastausta. Kukaan ei ollut kaupassa. Soitin *policialle* yhdeltätoista, mutta heitä ei kiinnostanut. Poliisi tuli käymään yöllä, yhdeltä, mutta hän sanoi vain, että pitää odottaa. Ehkä Kevin tulee aamulla kotiin. Aamu tuli eikä Kevin tullut kotiin. Soitin uudestaan kauppaan. Puhuin Emilion kanssa. Emilio on hyvä ystävä. Vanha ystävä. Hän sanoi, että Kevin oli maanantaina töissä, mutta ei jäänyt töiden jälkeen pelaamaan internetpelejä. Hän sanoi, että he sulkivat kello seitsemän ja Kevin lähti. Soitin uudestaan poliiseille, mutta heitä ei kiinnostanut. He sanoivat, ettei Kevin ole lapsi. Heidän pitää odottaa pari päivää, ennen kuin he voivat tehdä mitään."

Hunter ja Garcia tiesivät, että se piti paikkansa. Yhdysvalloissa aikuinen ihminen saa kadota, jos niin haluaa. Ehkä hän ei halua nähdä puolisoaan pariin päivää, ehkä hän kaipaa taukoa kaikesta. Se on hänen oikeutensa. Kalifornian kadonneiden henkilöiden protokollan mukaan yli kahdeksantoistavuotiaan henkilön katoamisesta tulee tehdä ilmoitus vasta, kun henkilö on ollut kateissa kahdestakymmenestäneljästä neljäänkymmeneenkahdeksaan tuntia.

Hunter teki lisää muistiinpanoja. "Ajaako Kevin töihin?"

"Ei, hän menee bussilla."

"Onko perheellänne taloudellisia vaikeuksia?" Garcia kysyi.

"Taloudellisia?"

"Rahaongelmia", Garcia selvensi.

Anita pudisti rajusti päätään. "Ei. Me maksetaan kaikki silloin kun pitää. Me ei olla velkaa kellekään."

"Entä Kevin?" Garcia intti. "Pelasiko hän uhkapelejä?" Hän pani merkille Anitan hämmentyneen ilmeen ja selvensi sanojaan, ennen kuin nainen ennätti kysyä itse. "Vedonlyöntiä... *apuesta*. Löikö hän vetoa... hevosista, tai pelasiko hän netissä pokeria tai jotakin?"

Anitan ilme antoi ymmärtää, että Garcia oli panetellut hänen perhettään. "Ei. Kevin on hyvä mies. Hyvä isä. Hän on hyvä aviomies. Me käydään kirkossa joka sunnuntai." Hän osoitti seinällä roikkuvaa Jeesuksen kuvaa. "Kevin tykkää videopeleistä, pam, pam, pam, hän ampuu hirviöitä." Hän muodosti peukalollaan ja etusormellaan mielikuvituspyssyn. "Ampuu sotilaita sodassa, tiedätkö? Mutta ei hän mikään vedonlyöjä*chico* ole. *Él no apuesta*. Tykkää vain pelata. Me säästetään kaikki rahat – Lilialle." Hän katsoi tytärtään, joka imi yhä tyytyväisenä tuttiaan. "Kevinin sydän ei ole kauhean hyvä. Hän ottaa lääkettä. Lääkäri sanoi, että hänen pitää olla varovainen. Kevin pelkää, ettei näe, kun Liliasta tulee iso. Siksi hän säästää Lilian tulevaisuutta varten." Anitan silmät alkoivat täyttyä kyynelistä. "Jokin on vialla. Tiedän sen. Kevin soittaa aina. Ei ollut bussionnettomuutta. Tarkistin. Tämä alue on hyvin vaarallinen. Tämä kaupunki on hyvin vaarallinen. Ihmiset luulevat, että LA on vain Hollywoodia ja rikkaita ihmisiä. Ei se ole." Kyynel vierähti Anitan poskelle. "Minua pelottaa. Minulla ei ole kuin Kevin ja Lilia. Perheeni on Puerto Ricossa. Teidän on pakko löytää Kevin. Teidän on pakko."

Hunterin valtasi suru jo toistamiseen, ja hänen rintaansa kuristi, sillä hän tiesi, ettei voisi tehdä mitään. Oli aika kertoa Anitalle totuus.

Yhdeksäntoista

Hunter ja Garcia istuivat vaitonaisina Garcian autossa hyvin kauan aikaa. Vaikka he olivatkin työnsä karaisemia ja kokeneita rikostutkijoita, heidän ei ollut ollut helppo kertoa Anitan kaltaiselle haavoittuvaiselle naiselle, että hänen aviomiehensä oli joutunut psykopaatin kynsiin ja ettei Lilia enää koskaan näkisi isäänsä.

Alkuun Anita vain tuijotti heitä kuin ei olisi ymmärtänyt sanaakaan. Sitten hän alkoi nauraa. Lujaa, hysteeristä naurua, ikään kuin olisi kuullut maailman hassuimman vitsin. Kyynelet virtasivat hänen kasvoillaan, mutta nauru jatkui. Sitten hän sanoi, että heidän pitäisi lähteä, koska hänen miehensä oli tulossa kotiin juuri niillä hetkillä. Hänen täytyi tehdä kaikenlaista ennen miehen tuloa. Hän halusi valmistaa miehelleen tämän lempiaterian, ja sitten mies istuisi ja leikkisi tyttärensä kanssa aivan kuten joka ilta. Anita tärisi kuumeisena sulkiessaan oven heidän perässään.

Hunter poistui sanomatta enää sanaakaan. Hän oli uransa aikana nähnyt mitä erilaisimpia reaktioita: Eräs äiti uskoi vilpittömästi, että hänen poikansa oli joutunut avaruusolentojen sieppaamaksi. Hän ei halunnut hyväksyä sitä tosiasiaa, että poikaa oli puukotettu kolmekymmentäkolme kertaa siksi, että hän oli kävellyt eräällä asuinalueella väärän värisissä vaatteissa. Eräs vastavalmistunut lääkäri puolestaan oli menettänyt kaikki muistonsa nuoresta vaimostaan, sillä hän ei halunnut muistaa yötä, jolloin neljä miestä oli murtautunut heidän kotitaloonsa, sitonut hänet ja pakottanut hänet katsomaan niitä julmuuksia, joita he hänen vaimoonsa kohdistivat. Kun todellisuus muuttuu niin järjettömäksi, ettei sitä voi enää järjellä käsittää, ihmisen mieli luo joskus oman todellisuutensa.

Hunter pyytäisi kaupungin psykologia ottamaan Anitaan välittömästi yhteyttä. Nainen tarvitsi kaiken mahdollisen tuen. Rikostekninen tutkija vierailisi Anitan luona parin päivän sisällä. He tarvitsivat näytteen vauvan suun sisäpinnasta tai tämän hiuksesta. Hunter ja Garcia olivat varmoja siitä, että uhri oli Kevin Lee Parker, mutta protokolla edellytti positiivista tunnistamista. Koska ruumis oli turmeltu niin groteskilla tavalla, Anita ei missään tapauksessa voisi tunnistaa sitä ruumishuoneella. Positiivinen identifikaatio oli suoritettava DNA-analyysin avulla.

"Ei saatana!" Garcia kivahti ja lepuutti päätään rattia vasten. "Tässä sitä etsitään taas yhtä murhaajaa, jota ei voisi vähempää kiinnostaa, kenet hän listii."

Hunter vain katsoi häntä.

"Näit juuri uhrin kodin. Hän ei ole varakas. Tapasit vaimon ja tyttären – yksinkertaisia, tavallisia ihmisiä. Okei, meidän pitää odottaa, mitä tutkintatiimi saa selville Kevin Lee Parkerista, mutta vaikuttaako mikään, mitä hänen elämästään tähän saakka tiedämme, sinusta muulta kuin tuiki tavalliselta?"

Hunter ei sanonut mitään.

"Ihme olisi, jos tiimi löytää edes pysäköintisakkoa. Kaveri oli tavallinen nuori perheenisä, joka yritti pärjätä elämässä ja rakentaa jonkinlaista tulevaisuutta vaimolleen ja tyttärelleen, ennen kuin viallinen sydän pettäisi." Garcia pudisti päätään. "En usko, että Kevin Lee Parker valikoitui uhriksi rahan, velkojen, huumeiden, koston tai minkään sellaisen takia. Sadistinen maanikko vain poimi hänet umpimähkäisesti kansalaisten joukosta. Uhri olisi voinut olla kuka hyvänsä, Robert. Kevin sattui olemaan väärässä paikassa väärään aikaan."

"Tiedät, ettemme tässä vaiheessa voi olla varma mistään tuollaisesta, Carlos."

"No, sellainen tunne minulla on, Robert. Tässä ei ole kyse uhrista. Kyse on tappajasta, joka rehvastelee jumalharhansa hurmiossa. Miksi hän rakensi sen kidutuskammion? Miksi hän soitti meille ja striimasi teloituksen livenä netissä meidän nähtäväksemme, ikään kuin kyseessä olisi jokin saatanan murhashow? Sanoit itsekin niin. Koko tämä asetelma on liian röyhkeä, liian monimutkainen – ensin puhelu, joka pomppi ympäri Los Angelesia, ei ympäri maailmaa tai edes Yhdysvaltoja vaan pelkästään Losia, mutta heti sen perään livestriimi, jonka hän ilmeisesti lähetti Taiwanista?"

Hunterilla ei ollut vastausta.

"Tämä jätkä haluaa vain tappaa. Piste. Sillä, kenet hän tappaa, ei ole hänelle minkäänlaista saatanan merkitystä."

Hunter ei edelleenkään sanonut mitään.

"Olit oikeassa arviossasi", Garcia jatkoi. "Ellemme pysäytä tätä hirviötä ja vähän äkkiä sittenkin, Kevin Lee Parker ei jää viimeiseksi uhriksi. Tappaja nappaa kadulta jonkun toisen epäonnekkaan, panee hänet kidutuskammioonsa ja aloittaa painajaisen alusta. Ehkä Baxter on oikeassa. Ehkä tämä psykopaatti pelaa peliä. Kerskailee sillä, miten sairas ja luova hän voi samaan aikaan olla. Sinä tässä olet psykologi – mitä mieltä olet? Pakko sanoa, että kun hän puhui kanssasi puhelimessa, en ollut koskaan kuullut kenenkään puhuvan yhtä kylmästi ja tunteettomasti. Uhrin henki ei merkinnyt hänelle tuon taivaallista."

Garcia oli huomannut soittajan äänessä täsmälleen saman apatian kuin Hunterkin. Äänessä ei ollut vihaa, ei kostonhimoa, ei tyydytystä, ei huvitusta, ei mitään. Soittaja oli suhtautunut ihmishengen riistämiseen samalla tavalla kuin olisi avannut hanan ja täyttänyt lasin vedellä. Hunter ja Garcia tiesivät kumpikin, että tämän pahempaa tappajaa ei rikostutkija voinut kohdata. Tappajaa, jolle mikään ei tuntunut merkitsevän mitään. Jolle surmaaminen oli pelkkää peliä.

Kaksikymmentä

Hunter ja Garcia ajoivat suorinta tietä Hyde Parkiin Next-Gen Games Shopiin, jossa Kevin Lee Parker oli työskennellyt. Anitan mukaan Kevinin paras ystävä, Emilio Mendoza, työskenteli hänkin liikkeessä.

Videopeliliike sijaitsi kaksikerroksisessa liiketilassa pienen ostoskeskuksen nurkalla Crenshaw Boulevardilla. Siihen aikaan aamusta liiketoiminta oli vähäistä. Vain muutama nuori selaili hyllyjä.

"Anteeksi", Hunter sanoi myyjälle, joka järjesteli esille pantuja tuotteita liikkeen etuosassa. "Osaatko sanoa, onko Emilio tänään töissä?"

Mies silmäili hitaasti kumpaakin etsivää.

"Minä olen Emilio", hän sanoi, asetti vielä yhden pelin hyllylle ja väläytti imelän hymyn. "Miten voin auttaa tänään?" Lievä puertoricolaiskorostus oli hurmaava.

Emilio oli kolmissakymmenissä, ja hänellä oli raskasrakenteinen, kummallisen muotoinen vartalo – pyöreä ja pullea olkapäistä ja vatsasta, vähän kuin lastenkutsujen muotoonsa puristettu ilmapallo. Hänellä oli lyhyt, tumma tukka ja ohuet, täydellisesti muotoillut viikset.

"Olemme Los Angelesin poliisilaitokselta", Hunter sanoi ja näytti virkamerkkiään. Garcia teki saman. "Voisimmeko puhua kanssasi hiukan rauhallisemmassa paikassa?"

Emilio vaihteli kiusaantuneena painoaan jalalta toiselle. Hän vilkuili jälleen vuoron perään kumpaakin etsivää kysyvä ilme kasvoillaan.

"Kyse on Kevin Lee Parkerista", Hunter selvensi, mutta Emilio tuntui hämmentyvän entistä pahemmin.

"Onko Kev kunnossa?"

Hunter silmäili ympärilleen ennen kuin katsoi Emiliota. "Ehkä meidän pitäisi jutella parkkipaikalla?" hän ehdotti ja kallisti päätään sivulle.

"Joo, totta kai." Emilio nyökkäsi ja kääntyi kohti tiskin takana seisovaa pitkää, laihaa myyjää. "Frank, pakko pitää kymmenen minuutin paussi. Käykö?"

Frank silmäili hetken Emilion seurassa olevia kahta miestä. "Eköhän tässä pärjätä." Hän nyökkäsi. "Onko kaikki hyvin?"

"Jep, ei mitään ongelmia. Tulen kymmenen minuutin päästä."

Emilio seurasi Hunteria ja Garciaa parkkipaikalle. "Kevinille on tapahtunut jotain, eikö niin?" hän kysyi, kun he pääsivät Garcian autolle. Hunter aisti miehen äänestä aitoa kauhua.

"Milloin näit Kevinin edellisen kerran?" Garcia kysyi.

"Maanantaina", Emilio vastasi. "Hän oli töissä maanantaina. Hänen piti olla joka päivä duunissa tällä viikolla, mutta hän ei tullut tiistaiaamuna tai minään muunakaan päivänä sen jälkeen. Anita, hänen vaimonsa, soitti minulle tiistaiaamuna. Kev ei ollut tullut kotiin maanantai-iltana. Anita sanoi soittaneensa poliisille, mutta ei heitä ollut kiinnostanut."

"Muistatko, mihin aikaan hän lähti maanantaina?" Hunter kysyi.

"Kyllä. Samaan aikaan kuin aina", Emilio sanoi. "Hän sulki liikkeen seitsemältä, kuten hän päivittäin tekee. Yleensä me kävelemme Hyde Park Boulevardin ja 10th Avenuen bussipysäkille, mutta maanantaina päätin käydä syömässä nurkan takana Chico'sissa." Emilio osoitti itään. "Pyysin Keviniä mukaan, mutta hän sanoi haluavansa kotiin tyttärensä luo."

"Tiedätkö, pääsikö hän bussipysäkille?"

"En." Emilion vastausta seurasi päänpudistus.

"Näyttikö tai kuulostiko Kevin erilaiselta maanantaina?" Garcia kysyi. "Hermostuneelta, levottomalta, kiihtyneeltä, huolestuneelta, pelokkaalta... mitään sellaista?"

Emilio irvisti ikään kuin se olisi ollut maailman omituisin kysymys.

"Ei. Kev oli…" Hän kohautti harteitaan. "Kev hymyili aina. Oli aina iloinen. Hänessä ei ollut silloin maanantaina yhtään mitään erilaista."

"Oliko hän uhkapeluri?"

Emilion silmät suurenivat ja hän naurahti hermostuneena. "Kevinkö uhkapeluri? Ei ikinä. Hän tykkäsi video- ja nettipeleistä, erityisesti Call of Duty – Modern Warfare, Black Ops 2:sta ja Ghost Reconista, mutta se oli siinä. Ei mitään kasinopelejä. Kev ei haaskaisi rahojaan sellaiseen."

"Miten kauan te olette tunteneet toisenne?" Hunter kysyi.

Emilio pudisti heille epävarmana päätään. "Kauan. Yli viisitoista vuotta. Tapasimme alakoulussa Gardenassa. Juuri Kev hankki minulle tämän duunin kaksi vuotta sitten, kun hänestä tuli myymäläpäällikkö. Minulla oli vähän vaikeuksia. Olin joutunut työttömäksi pari vuotta aiemmin enkä saanut duunia mistään. Kev on todellinen ystävä… paras ystäväni."

"Et siis usko, että hän oli minkäänlaisissa vaikeuksissa?" Garcia kysyi.

"En usko. Kuulkaa, jos Kevin olisi joutunut hankaluuksiin… minkälaisiin vaikeuksiin tahansa, hän olisi kertonut minulle. Olen siitä varma. Ja jos hän ei jostain syystä olisi kertonut, olisin huomannut sen joka tapauksessa. Hän ei oikein osaa peitellä asioita. Hän on hyvin tavallinen jätkä, usein aika ujo. Hän rakastaa perhettään ja duuniaan. Ei hänestä ole oikein mitään muuta sanottavaa. Jotain on täytynyt tapahtua. Ja tarkoitan jotain pahaa, tajuatteko? Ei hän lähtisi noin vain haneen. Hänellä ei ole mitään syytä tehdä sitä. Hän ei ryyppää tai mitään, ja tiedän varmaksi, ettei hän käy vieraissa." Emilio vaikeni ja katsoi etsiviä nyt jo silmin nähden järkyttyneenä. "Jotain on tapahtunut Kevinille. Siksi te olette täällä. Ette ole kadonneiden henkilöiden osastolta."

"Ei, ikävä kyllä emme ole", Garcia vastasi.

Kaksikymmentäyksi

Kello oli kahta vaille puoli kuusi iltapäivällä, kun Hunter sai käytyä läpi Valleyn suurpiirin liikennejaoston lähettämän tiekameramateriaalin. Uhrin löytöpaikkaa eli Mission Hillsin sivukujaa lähin jatkuvasti nauhoittava liikennekamera oli sijoitettu vajaan puolentoista kilometrin päähän kahden moottoritien väliseen liittymään – San Diegon ja Ronald Reaganin. Pakenevan miehen unelma siis. Ongelmana oli se, ettei tappajan ollut tarvinnut välttämättä valita kumpaakaan kyseisen liittymän moottoriteistä. Hänen ei ollut tarvinnut käyttää moottorititetä lainkaan. Hän oli yhtä hyvin voinut siirtyä Los Angelesin laidalta toiselle käyttämällä kaupunkikatuja, joille sijoitetuista liikennekameroista suurin osa aktivoitui vain, mikäli rikkoi nopeusrajoitusta tai ajoi päin punaisia. Hän oli hyvin voinut toimittaa ruumiin sivukujalle ja ajaa sen jälkeen kaupungin toiselle puolelle tallentumatta yhteenkään kameraan.

Siitä huolimatta Hunter pikakelasi neljän tunnin edestä liikennetallenteita. Hän löysi yhteensä kolmekymmentäseitsemän lavaautoa, jotka siirtyivät edellä mainitusta liittymästä jommallekummalle moottoritielle. Kaksikymmentäyksi niistä oli väriltään tummia, mutta yhdessäkään ei näyttänyt olevan lommoista takapuskuria. Hunter toimitti kaikkien kolmenkymmenenseitsemän ajoneuvon rekisterinumerot tutkintatiimilleen siltä varalta, että Keon oli sittenkin ollut väärässä. Hän ei halunnut jättää mitään sattuman varaan.

"Minähän sanoin, ettemme löytäisi mitään tavallisuudesta poikkeavaa", Garcia sanoi palatessaan työhuoneeseen. Hän piteli kansiota. "Kevin Lee Parker oli tuiki tavallinen mattimeikäläinen. Yksinkertainen kaveri, joka eli yksinkertaista elämää. Häntä ei ollut koskaan pidätetty. Hän maksoi veronsa aina ajallaan. Hän ei ollut omistusasuja vaan eli vuokralla. Otimme yhteyttä vuokranantajaan. Kevin oli vain kerran myöhässä vuokranmaksussa, pari vuotta sitten. Tämä tapahtui heti häiden jälkeen, kun hänellä oli hiukan haastava rahatilanne. Hän kuitenkin maksoi vuokran vain pari viikkoa myöhässä. Vuokranantajan mukaan hän oli rehti kaveri."

Hunter nyökkäsi ja nojautui taaksepäin tuolissaan.

"Kevin varttui Westlakessa, jossa hän kävi koulunsakin. Arvosanat olivat keskinkertaiset. Hän ei ollut luokkansa parhaita muttei huonoimpiakaan. Hän ei jatkanut yliopistoon. Kevin teki erilaisia hanttihommia – tarjoili, oli supermarketin kassalla, varastotöissä…" Garcia huitaisi kädellään sen merkiksi, että lista oli loputon. "Hän alkoi työskennellä Hyde Parkin Next-Gen Games Shopissa viisi vuotta sitten ja sai myymäläpäällikön pestin kolmen vuoden kuluttua siitä. Hän meni samoihin aikoihin naimisiin Anitan kanssa. He olivat siinä vaiheessa seurustelleet viisi vuotta. Tytär Lilia syntyi puoli vuotta sitten."

Garcian oli karaistava kurkkuaan, kun muisto hymyilevästä vauvasta äitinsä käsivarsilla palasi hänen mieleensä.

"Hän vaikuttaa myös hyvin huolelliselta kaverilta", hän jatkoi. "Kuten meille jo selvisikin, hänellä oli sydänvika – hiippaläpän ahtauma. Hän oli sen verran fiksu, ettei koskaan pelleillyt sairauden kanssa. Ei rasittavaa liikuntaa, ei tupakkaa, ilmeisesti ei huumeitakaan. Hänelle oli tehty ravintosuunnitelma, mutta se ei tainnut olla järin toimiva. Hänen olisi pitänyt käydä säännöllisesti tarkistuttamassa sydämensä, mutta lääkärikäynnit maksavat maltaita, ja hinnat sen kuin nousevat. Siksi hän oli kuluneiden viiden vuoden aikana käynyt kardiologilla vain kahdesti. Lääkärin nimi on tohtori Mel Gooding, ja hänellä on praktiikka South Robertsonilla. Voimme käväistä siellä huomisaamuna."

Hunter nyökkäsi.

"Kuten Emilio meille tänään kertoi, Kevinillä ei ollut laajaa ystäväpiiriä. Hänen elämänsä keskittyi perheen ja töiden ympärille, siinä kaikki. Emilio oli hänen paras ystävänsä." Garcia käänsi raportin sivua ja jatkoi. "Meidän pitäisi saada huomisaamuun mennessä hänen viimeisimmät pankkitapahtumansa. Kännykästä tai verkkopalveluntarjoajasta ei ole vielä kuulunut mitään, mutta toivottavasti saamme jotain parin päivän sisällä."

"Onko mitään tietoa bussista?" Hunter kysyi.

Garcia nyökkäsi. "Kevinillä oli tapana mennä kotiin linjalla 207. Se kulkee Athensista Hollywoodiin. LA Metrolla oli maanantai-iltana kuusi kuskia ajamassa kyseistä linjaa. Minulla on tässä heidän nimensä. Neljä on tänään iltavuorossa. Loput kaksi ovat aamuvuorossa." Hän vilkaisi kelloaan ja ojensi raportin Hunterille. "Sinä päätät. Ehdimme varikolle tunnin sisällä, jolloin voimme jututtaa neljää iltavuoron kuskia. Joku heistä saattaa muistaa nähneensä Kevinin bussissaan maanantai-iltana."

Hunter oli noussut tuoliltaan. "Lähdetään."

Hän ei ehtinyt edes työhuoneen ovelle, kun matkapuhelin soi hänen taskussaan. Hän vilkaisi näyttöä – tuntematon numero.

"Etsivä Hunter, erikoismurharyhmä", hän vastasi.

"Terve, etsivä Hunter", soittaja sanoi samalla käheällä, tyynellä äänellä kuin kaksi päivää aiemmin.

Hunterin loi Garciaan sellaisen ilmeen, ettei sanoja tarvittu.

"Ei voi olla totta", Garcia sanoi ja kiiruhti takaisin työpöydälleen. Parin sekunnin kuluttua hänellä oli jo yhteys päämajaan. "Jäljittäkää puhelin, josta soitetaan juuri nyt etsivä Robert Hunterin matkapuhelimeen." Hän antoi Hunterin numeron.

"Miten sait tämän numeron?" Hunter kysyi ja painoi kaiutintoimintoa, jotta Garciakin kuulisi.

Soittaja naurahti. "Tietoa, tietoa, etsivä Hunter. Kaikki on saatavilla. Täytyy vain osata etsiä. Mutta arvaapa mitä?" Hänen äänessään oli ripaus huvittuneisuutta.

"Soitit kertoaksesi nimesi ja osoitteesi?" Hunter sanoi.

Tällä kertaa soittaja nauroi eloisammin. "En aivan, mutta minulla on sinulle jotain tarjolla."

Hunter odotti.

"Suosikkinettisivusi toimii taas."

Kaksikymmentäkaksi

Hunterin katse hakeutui välittömästi pöytäpuhelimeen. Hän tiesi, että tietokonerikososaston Dennis Baxter jäljitti edelleen pahamaineisen kuuluisaa IP-osoitetta. Jos nettisivu oli jälleen olemassa, hänen olisi pitänyt huomata se. Yksikään valo ei vilkkunut pöytäpuhelimessa. Ei soittoja.

Hunter siirtyi määrätietoisesti tietokoneelleen ja avasi selainsovelluksen. Hän muisti IP-osoitteen ulkoa. Hän näpytteli sen osoitekenttään ja painoi enteriä.

VIRHEKOODI 404 – SIVUA EI LÖYDY.

Hunter kurtisti kulmiaan.

"Päätin tällä kertaa hoitaa asiat vähän eri tavalla, etsivä", soittaja sanoi. "Sinusta ei ollut mitään iloa ensimmäisellä kerralla, koska kieltäydyit valitsemasta, ennen kuin minä valitsin puolestasi tulen. Ja senkin jälkeen yritit huijata minua. En pitänyt siitä. Siksi olenkin mietiskellyt. Et pääse enää valitsemaan. Päätin laajentaa repertuaariani." Lyhyt, kireä tauko. "Oletko nähnyt niitä realitysarjoja, joissa yleisö pääsee valitsemaan suosikkiartistinsa?"

Adrenaliini kuohui Hunterin kehossa.

"Etsivä?" soittaja penäsi.

"Ei, en ole katsonut niitä."

"Mutta tiedät niiden olemassaolosta, eikö vain? Älä viitsi, etsivä. Eikös sinun pitäisi pysytellä ajan tasalla?"

Hunter ei sanonut mitään.

"No, minä päätin, että olisi tosi hauskaa, jos tekisinkin tästä realitysarjan."

Hunter katsoi Garciaa, joka oli juuri kirjoittanut vanhan IP-osoitteen tietokoneensa osoitekenttään ja saanut virhesivun hänkin.

"Oletko työpaikalla?" soittaja kysyi.

"Olen."

"Okei. Haluan, että tsekkaat nettisivun. Oletko valmis?"

Hiljaisuus.

"www.valitsekuolema.com." Soittaja hörähti. "Eikö olekin hieno nimi?"

Hunter ja Garcia näpyttelivät nopeasti osoitteen ja painoivat enteriä.

Näyttö välähti kerran. Nettisivu latautui kolmessa sekunnissa. Näytöllä ei ollut mitään. Se oli täysin pimeä. Hunter tarkisti osoitteen uudestaan kirjoitusvirheiden varalta. Ei mitään.

Garcia nosti katseensa näytöltä, kohotti kämmeniään turhautumisen merkiksi ja pudisti päätään. Hänenkin näyttönsä oli tyhjä.

"Saitko sen auki?" soittaja kysyi.

"Pelkkä pimeä näyttö", Hunter vastasi.

"Kärsivällisyyttä, etsivä Hunter. Olet oikealla sivulla."

Yhtäkkiä vasempaan yläkulmaan ilmestyi kolme valkoista kirjainta – SSV.

"Mitä helvettiä?" Garcia huokaisi.

Hunter tihrusti kirjaimia samalla, kun hänen aivonsa yrittivät löytää niille merkityksen. Hän katsoi Garciaa ja pudisti päätään. "En usko, että se on tällä kertaa kemiallinen kaava", hän kuiskasi.

Oikeaan alakulmaan ilmestyi kolme uutta valkoista pikkunumeroa – 678.

"Näetkö nyt?" soittaja kysyi.

"Näen", Hunter totesi tyynesti. "Mitä se tarkoittaa?"

Soittaja naurahti kevyesti. "Se sinun on selvitettävä omin neuvoin, etsivä. Mutta se on toissijaista. Tässä on varsinainen vetonaula."

Yhtäkkiä pimeys hälveni näytöltä, ja tilalle tuli tuttu, vihertävä, yökäyttöön tarkoitetulla objektiivilla kuvattu lähetys.

Hunter ja Garcia odottivat näkevänsä saman panssarilasisen rakennelman, jonka olivat vain muutama päivä sitten nähneet. He odottivat näkevänsä uuden alastoman uhrin metallituoliin sidottuna. He odottivat, että soittaja pelaisi samaa sadistista peliä kuin ensimmäiselläkin kerralla – pakottaisi heidän valitsemaan hukuttamisen ja elävältä polttamisen välillä.

Ehei.

Se, mitä he näkivät, hyysi heitä luita ja ytimiä myöten.

Kaksikymmentäkolme

Michelle Kelly, FBI:n Los Angelesin kyberrikosyksikön esihenkilö, istui tietokoneensa näytön takana ja naputteli kuumeisesti näppäimistöään. Hänen takanaan seisoi lukemassa hänen jokaisen sanansa Harry Mills, kyberrikosyksikön agentti ja insinöörinero. Hän oli liittynyt FBI:n kyberrikosyksikköön kolme vuotta sitten valmistuttuaan parhain arvosanoin sähkö- ja tietotekniikan tohtoriksi MIT:stä, Massachusettsin teknillisestä korkeakoulusta Cambridgesta.

Michelle ja Harry olivat valmistelleet seitsemän kuukauden ajan peiteoperaatiota. He olivat jäljittäneet sarjapedofiiliä, joka oli vuosikausia groomannut kymmenestä kolmeentoista ikäisiä lapsia internetin keskustelupalstoilla. Kaveri oli todellinen paskiainen. Hän osasi tunnistaa yksinäiset lapset. Ne, jotka eivät kokeneet kuuluvansa joukkoon. Hylkiöt. Haavoittuvaiset. Hän oli hyvin kärsivällinen. Hän rupatteli lasten kanssa kuukausia ja saavutti heidän luottamuksensa. Alussa hän väitti olevansa kolmentoista, mutta virtuaaliystävyyden vahvistuessa hän tunnusti olevansa hiukan päälle kahdenkymmenen ja yliopisto-opiskelija. Todellisuudessa hän oli lähemmäs nelikymppinen.

Hän oli aina hurmaava, ymmärtäväinen, antoi tukea ja osasi imarrella. Sellainen vetosi vahvasti haavoittuvaiseen teinityttöön, joka koki, ettei kukaan ymmärtänyt häntä, kaikkein vähiten omat vanhemmat. Temppu toimi joka kerta, ja pian tytöt olivatkin jo korviaan myöten ihastuneita tuiki tuntemattomaan teinipoikaan. Sen jälkeen heidän oli miltei mahdotonta kieltäytyä tapaamisesta.

FBI:n tietojen mukaan pedofiili oli tähän mennessä onnistunut viettelemään kuusi tyttöä ja harrastamaan seksiä heidän kanssaan. Kaksi heistä oli vasta kymmenen.

Saalistaja oli kuitenkin kaikkea muuta kuin typerä. Hän osasi käyttää tietokonetta. Hän oli aina liikkeessä. Hän käytti kannettavaa tietokonetta ja vain yleisiä nettikahvila- tai hotelliyhteyksiä. Jos niitä oli yritetty suojata salasanoilla, hän joko vakoili tunnukset toisilta käyttäjiltä tai murtautui sisään toisin keinoin. Ei se kovin vaikeaa yleensä ollut.

Hän vaihteli myös keskusteluryhmästä toiseen, loi joskus jopa omiaan. Hän käytti eri nimimerkkejä eikä koskaan keskustellut kerralla enempää kuin kymmenestä viiteentoista minuuttia.

Neljä vuotta sitten Michelle löysi hänet melkeinpä vahingossa eräältä keskustelupalstalta, joka oli perustettu guatemalalaiselle palvelimelle. FBI:n kyberrikosyksikkö oli hoitanut satoja samankaltaisia operaatioita. He tiesivät, että helpoin keino jallittaa tällaiset pervot oli saada heidät uskomaan, että he keskustelivat mahdollisen uhrin kanssa. Michelle tarttui oitis tilaisuuteen ja muuttui silmänräpäyksessä "Lucyksi", kolmetoistavuotiaaksi tytöksi Culver Citystä. Äijä meni lankaan, ja he olivat chattailleet nyt melkein päivittäin. Pervo käytti nimimerkkiä "Bobby".

"Bobby" todella oli hyvin hurmaava ja myötätuntoinen. Michellen oli helppo ymmärtää, miksi huonolla itsetunnolla varustettu teinityttö rakastui päätä pahkaa "Bobbyyn".

"Lucy" ja "Bobby" olivat jo viikkoja puhuneet tapaamisesta, ja eilen "Lucy" oli vihdoin suostunut. Hän sanoi lintsaavansa maanantaina koulusta. Hän oli tehnyt niin aiemminkin. He voisivat tavata jossain lähistöllä ja viettää päivän yhdessä, mutta heidän pitäisi olla varovaisia. Jos hänen vanhempansa saisivat selville, hän joutuisi vaikeuksiin. "Bobby" lupasi, etteivät he saisi sitä koskaan selville.

Juuri nyt he olivat keskustelleet seitsemän minuutin ajan ja laatineet lopullisia suunnitelmia siitä, missä ja milloin he maanantaina tapaisivat.

"*Voitais tavata Venice Beachil*", Michelle näpytteli. "*Tiedätkö sen?*" "*Joo, tietty*", Bobby vastasi.

Venice Beach oli vain bussimatkan päässä Culver Citystä. Se oli avoin alue, jonne FBI saattoi helposti pystyttää tehokkailla objektiiveilla varustetut pitkän kantaman kamerat ja ahtaa koko mestan täyteen siviiliagentteja ja koiria.

"*Voin tulla sinne klo 10*", Michelle kirjoitti. "*Tiedätkö mis sk8 puisto on?*"

"*Tiedän. Sk8 puisto sopii hyvin. Hienoo nähdä sut.*"

"*Mut mun täytyy olla koton klo 3 tai oon pulas.*"

"*Älä pelkää, Lucy*", "*Bobby*" vastasi. "*Kukaan ei saa tietää. Tää on meidän oma salaisuus.*"

"*K. LOL. Moi Bobby. Nähään maanantain.*"

"*Maanantaihin, Lucy xxx.*"

He katkaisivat yhteyden.

"Yrhhh", Michelle sanoi, vieritti tuolinsa kauemmas työpöydästä ja ravisteli käsivarsiaan ilmassa kuin kohtauksen kourissa. Hän teki niin aina lopetettuaan chattailun "Bobbyn" kanssa. "Vittu mikä hyypiö."

Harry hymyili. "Oletko kunnossa?"

Michelle nyökkäsi. "Mikäs tässä. Onneksi saadaan tämä juttu päätökseen."

"Veit kuule sanat suustani."

"Haluan olla paikalla maanantaina. Haluan katsoa sitä paskakasaa suoraan silmiin, kun hänelle lyödään hilut ranteisiin", Michelle sanoi.

"Minä myös."

"Haluan nähdä hänen ilmeensä, kun hänelle selviää, että minä olen 'Lucy'."

"Ääh, pomo, voitko tulla vilkaisemaan tätä?" verkkoselaajia monitoroinut kyberrikosyksikön agentti huikkasi työpöytänsä äärestä.

"Mikä on, Jamie?" Michelle vastasi.

"En ole varma. Luulen kuitenkin, että haluat nähdä tämän."

Kaksikymmentäneljä

Nainen näytti olevan hiukan päälle kolmenkymmenen. Hänellä oli pitkä, suora, vaaleaksi värjätty tukka, joka näytti kostealta, todennäköisesti hikoilun seurauksena. Ovaalinmuotoisia kasvoja koristivat täyteläiset huulet sekä syvälle painuneet siniset silmät, jotka näyttivät itkettyneiltä. Oikeassa suupielessä aivan alahuulen alla oli pieni musta luomi. Hän oli keskimittainen, ja hänellä oli yllään vain violetit pikkuhousut ja samaan settiin kuuluvat rintaliivit.

Garcian sydän lähti laukalle.

Nainen näytti kauhusta kivettyneeltä. Hänen silmänsä olivat apposen ammollaan, ja hän vilkuili jatkuvasti ympärilleen kuin jotakin etsien. Hän käänteli päätään puolelta toiselle yrittäen selkeästi ymmärtää, missä oli ja mitä hänelle oli tapahtunut. Hänen huulensa väpättivät ja hänellä näytti olevan hengitysvaikeuksia. Hän vaikutti olevan makuulla, mutta hänen liikkeensä olivat rajatut, eivät siteiden takia vaan koska hänet oli lukittu ahtaaseen tilaan. Jonkinlaiseen läpinäkyvään laatikkoon, joka oli valmistettu lasista, pleksilasista tai vastaavasta materiaalista. Tämänkertainen säiliö oli kuitenkin paljon pienempi kuin se, johon tappaja oli vanginnut ensimmäisen uhrin. Naisella oli kummallakin puolen vain vajaat viisitoista senttimetriä tilaa, kasvojen yllä kenties kahdeksan senttiä.

"Onko hän lasiarkussa?" Garcia katsoi Hunteria, joka kohautti hänelle miltei huomaamattomasti olkiaan.

Hunter avasi välittömästi näytöntallennussovelluksen, jonka oli pyytänyt IT-osastoa asentamaan tietokoneeseensa, ja ryhtyi tallentamaan lähetystä.

Mikäli lasiarkku oli maassa, striimauskameran täytyi olla suoraan sen yläpuolella, aavistuksen diagonaalisessa kulmassa. He kuitenkin näkivät naisen vain vyötäisiin saakka. Jalat eivät mahtuneet kuvaan.

Naisen sisuksissa ryöpsähti pakokauhu, ja hän ryhtyi kiihkeästi takomaan lasiseiniä nyrkeillään ja ilmeisesti myös jaloillaan. Laatikon seinät olivat kuitenkin niin paksut, ettei hänen surkeista ponnistuksistaan ollut mitään hyötyä. Hän kirkui niin lujaa kuin pystyi. Kaulasuonet näyttivät olevan räjähtämäisillään, mutta sen enempää Hunter kuin Garciakaan ei kuullut pihaustakaan.

"Mitä tuo on?" Hunter kysyi ja osoitti näyttöä.

Vasta silloin Garcia huomasi suurelta tummalta putkelta näyttävän esineen pään. Se oli läpimitaltaan osapuilleen kolmentoista sentin mittainen ja kiinnitetty lasisäiliön yhteen sivuun.

Garcia tihrusti näyttöä. "En tiedä", hän sanoi lopulta. "Ehkä ilmastointiputki?"

"Okei", soittaja sanoi. Hänen äänensä jyrähti puhelimen kaiuttimesta kiristäen huoneen tunnelmaa entisestään. "Mitä jos pantaisiin tämä pikku show käyntiin, etsivä? Mutta tällä kertaa säännöt ovat muuttuneet. Pidä katseesi näytöllä."

Kuvan alalaidan keskelle ilmestyi äkkiä isoin kirjaimin sana SYYLLINEN. Sekuntia myöhemmin näytön oikeanpuoleisen reunan keskivaiheille rävähti sana HAUDATTU, jonka perässä oli numero nolla ja vihreä painike. Suoraan sen alle ilmestyi sana SYÖTY, jota seurasi myöskin nolla ja toinen vihreä painike. Näytön ylänurkassa kirjaimet SSV ja numerosarja 678 välähtivät kahdesti kuin varoituksena ja katosivat sitten.

"Mitä helvettiä tämä on?" Garcia kysyi.

Hunter melkein lakkasi hengittämästä. "Äänestys."

"Mitä?"

Soittaja naurahti. Hän kuuli heidän puhuvan toisilleen. "Vau, onpa sinulla nopeat hoksottimet, etsivä Hunter. Olet maineesi arvoinen. Se *on* äänestys. Tällä kertaa me nimittäin olemme livenä netissä."

Garcia haroi levottomana pitkää tukkaansa.

"Ajattelin asiaa", soittaja jatkoi. "Ja päätin, että tästä tulisi rutkasti hauskempaa, jos antaisimme muidenkin osallistua, vai mitä? Joten tänään kaikki katsojat voivat äänestää. Ei tarvitse kuin klikata painiketta." Hän piti dramaattisen tauon. "Ja näin se toimii, etsivä: voittajaksi selviytyy kahdesta kuolintavasta se, joka kerää ensimmäiseksi tuhat ääntä. Eikö kuulostakin hauskalta?"

"Miksi sinä teet tämän?" Hunter kysyi.

"Johan minä sanoin. Koska se kuulostaa hauskalta, eikö vain? Mutta arvaapa mitä, etsivä Hunter: tehdään tästä vieläkin hauskempaa ja annetaan naiselle mahdollisuus elää. Tehdään tästä kilpajuoksu aikaa vastaan. Ellen saa tuhatta ääntä jommallekummalle vaihtoehdolle... sanotaanko... kymmenessä minuutissa... annan sinulle sanani, että päästän hänet vapaaksi, vahingoittumattomana. Miltä kuulostaa?"

Hunter puhalsi ilman keuhkoistaan.

"Minusta se kuulostaa aika reilulta diililtä. Vai mitä?"

"Ole kiltti äläkä tee tätä", Hunter aneli, mutta soittaja ei piitannut.

"Haluaisitko antaa ensimmäisen äänen, etsivä Hunter?" Soittaja nauroi eikä jäänyt odottamaan vastausta. "Enpä usko. Mutta on hänellä vielä toivoa. Sivusto on vasta avautunut. Ehkä kukaan ei löydä sitä, ja vaikka löytäisikin, kukaan ei äänestä. Ken tietää? Ainakin meillä on pian käsissämme varsin jännittävät kymmenen minuuttia."

Vasempaan alanurkkaan ilmestyi sininen digiajastin, joka lähti käyntiin – 10.00, 9.59, 9.58...

Yhtäkkiä nolla HAUDATTU-sanan alla muuttui ykköseksi, ja sen jälkeen hyvin nopeasti kakkoseksi.

Soittaja nauroi kovaan ääneen. "Ups, tuo en ollut minä. Lupaan, etten huijaa. Kisa on tainnut alkaa."

Linja mykistyi.

Kaksikymmentäviisi

Hunter tarttui välittömästi pöytäpuhelimeensa ja soitti LAPD:n tietokonerikososaston Dennis Baxterille. Baxter vastasi toisella pirahduksella.

"Dennis, Robert Hunter erikoismurharyhmästä. Verkkosivu toimii taas."

"Mitä?"

Hunter kuuli nopeaa kahinaa ja sen jälkeen näppäimistön naputusta.

"Eihän toimi", Baxter vastasi.

"Hän ei käytä samaa IP-osoitetta. Hänellä on tällä kertaa verkkotunnus."

"Et ole tosissasi."

"www.valitsekuolema.com."

Lisää naputusta. Hunter kuuli Baxterin henkäisevän raskaasti.

"Paskiainen." Baxter oli hetken hiljaa. "Mitä helvettiä tämä on?"

Hunter selitti saman tien sen, mitä tiesi.

"Eli jos hän saa tuhat ääntä kymmenessä minuutissa, nainen joko HAUDATAAN elävältä tai SYÖDÄÄN elävältä?"

"Näin minä sen ymmärsin", Hunter vastasi.

"Mikä hänet syö?"

HAUDATTU-sanan viereinen numero vaihtui 22:ksi. SYÖDYLLÄ oli 19 ääntä.

"Älä ajattele sitä juuri nyt", Hunter vastasi. "Klikkaa niitä nappuloita, joita sinun täytyy klikata. Tee kaikkesi. Jäljitä lähetys tai etsi keino häiritä sitä, niin etteivät ihmiset pysty äänestämään.

Soita kamuillesi FBI:n kyberrikosyksikköön, aivan sama minulle, mutta tee jotakin."

"Teen parhaani."

Näytön vasemman alalaidan ajastimessa luki 8:42, 8:41, 8:40...

HAUDATTU – 47

SYÖTY – 49

"Tämä on ihan sairasta", Garcia sanoi ja haroi tukkaansa molemmin käsin.

Lasiarkussa nainen nyyhkytti niin rankasti, että näytti kuin häneltä loppuisi happi. Hän oli lakannut takomasta lasiseiniä nyrkein ja jaloin ja oli ryhtynyt kynsimään niitä kuin sekopäinen eläin. Lasiin alkoi ilmestyä veritahroja.

Hetkeä myöhemmin hän antoi periksi ja nosti veriset, vapisevat kätensä kasvoilleen. Hänen huulensa alkoivat liikkua. Hunter osasi lukea huulilta, mutta tässä tapauksessa myös kaikki muut katsojat ymmärsivät, mitä hän sanoi.

"AUTTAKAA MINUA. AUTTAKAA MINUA."

"Kamoon", Hunter sanoi hampaitaan kiristellen. "Yritä jaksaa." Hän oli puristanut molemmat kätensä tiukasti nyrkkiin.

KELLO – 7:05, 7:04, 7:03

HAUDATTU – 189

SYÖTY – 201

"Miten tämä voi olla mahdollista?" Garcia kysyi ja ravisteli käsiään ilmassa. "Miten jengi löytää tuolle sivulle noin nopeasti?"

Hunter tyytyi pudistamaan päätään. Hänen katseensa oli liimautunut näyttöön, ilme oli vakava.

Ylikomisario Blake avasi koputtamatta Hunterin ja Garcian työhuoneen oven ja astui sisään. "Saitteko te..." Hän keskeytti lauseensa nähdessään, että molemmat tuijottivat tietokoneittensa näyttöjä. "Mitä on meneillään?" Hän siirtyi kohti Hunterin työpöytää.

Kukaan ei vastannut.

Blaken katse kääntyi näytölle, ja hänen henkensä salpaantui kurkkuun. "Hyvä Jumala. Onko se hullu palannut?"

Garcia nyökkäsi ja selitti nopeasti, mitä oli tekeillä.

"Tietokonerikososasto tekee parhaansa", Hunter sanoi. "Käskin Baxteria ottamaan yhteyttä FBI:n kyberrikosyksikköön ja kysymään, voivatko he auttaa." Hänen ei tarvinnut vilkaista olkansa yli tietääkseen, että pomo julmisteli hänelle. Hän aisti sen. "Juuri nyt otan mitä tahansa apua vastaan, jotta tämä saadaan loppumaan." Hän osoitti tietokoneensa näyttöä.

KELLO – 5:37, 5:36, 5:35…

HAUDATTU – 326

SYÖTY – 398

Lasiarkun nainen tuntui antaneen kokonaan periksi. Hän ei enää jaksanut kuin itkeä. Yhtäkkiä hänen huulensa alkoivat jälleen liikkua, ja sadasosasekunnin ajan kaikki pidättivät henkeään. Ylikomisario Blake oli aikeissa pyytää Hunteria tulkkaamaan, mitä nainen sanoi, mutta se ei ollut tarpeen. Kaikki tajusivat, että nainen rukoili.

Kaksikymmentäkuusi

Hunterin pöytäpuhelimen pirinä sai kaikki hätkähtämään kuin sähköiskun voimasta. Puhelimessa välähtelevä valo viittasi sisäiseen puheluun.

Hunter nappasi kuulokkeen välittömästi pitimestään. Soittaja oli Dennis Baxter.

"Robert, et kyllä usko tätä, mutta FBI:n kyberrikosyksikkö oli jo löytänyt nettisivun. He yrittivät juuri selvittää, mikä se oli, kun soitin heille."

"Voivatko he auttaa?"

"Olen paraikaa linjalla Michelle Kellyn kanssa. Hän on yksikön pomo. Voitko tehdä tästä puhelinneuvottelun?"

"Totta kai." Hunter painoi tarvittavia nappuloita. "Antaa tulla." Hän oli pannut myös kaiuttimen päälle.

"Suoritetaan viralliset esittelyt myöhemmin", Baxter sanoi. "Toistaiseksi – erikoismurharyhmän rikostutkija Robert Hunter, tässä on erikoisagentti sekä FBI:n kyberrikosyksikön esihenkilö Michelle Kelly."

"Hauska tutustua", Hunter sanoi kiireesti. "Dennis on varmastikin kertonut, mistä on kyse. Pystyttekö mitenkään auttamaan?"

"Yritämme, mutta tähän mennessä olemme osuneet vain tiiliseiniin." Michellen ääni oli naisellinen mutta vahva. Sellaisen ihmisen ääni, joka oli tottunut johtamaan. "Tekijällä on homma hallussa vähän turhankin hyvin."

"Michelle, täällä on Los Angelesin poliisilaitoksen ryöstö- ja henkirikosyksikön ylikomisario Barbara Blake. Mitä tarkoitat?"

"No, meillä on varastossa sellainenkin temppu, että pystymme sulkemaan minkä tahansa verkkolähetyksen Yhdysvaltain maaperällä."

"Sulkekaa tämä hirvitys sitten."

Hermostunut naurahdus. "Yritimme. Se vain ilmestyy saman tien takaisin."

"Mitä? Miten?"

"En tiedä, miten paljon ymmärrät verkkoteknologiasta enkä halua piinata sinua teknisellä jargonilla, mutta sivuston IP-osoite muuttuu jatkuvasti."

"Samalla tavalla kuin puhelua voi pompautella?" ylikomisario kysyi.

"Juuri niin. Jokainen uusi IP-osoite johtaa kaapatulle palvelimelle, joka toisintaa alkuperäistä sivua. Sama kuin katsoisi ihmisen kuvajaista peilejä täyteen pakatussa huoneessa. Sitä näkee satoja identtisiä kuvia, mutta ei pysty sanomaan tarkalleen, mistä alkuperäinen kuva on peräisin. Pysytkö vielä kärryillä?"

"Kyllä."

"Okei. Palvelin käyttää äärimmäisen pientä TTL:ää – *time-to-live* – mikä määrittää, kuinka usein selaimesi päivittää sivustoon liittyvän DNS-tiedon."

"Sama selkokielellä?"

"Se tarkoittaa vain, että tietokoneesi pyytää jatkuvasti palvelimelta verkkosivun osoitetta, ja aina kun se tekee niin, DNS-palvelin osoittaa tietokoneesi eri peilipalvelimelle. Eli vaikka onnistuisimmekin eliminoimaan yhden, sillä ei olisi mitään merkitystä, koska DNS-palvelin vain ohjaisi tietokoneesi samalle verkkosivulle eri palvelimen kautta. Se on teknisesti monimutkaista, mutta se tarkoittaa, että tekijä on pirun taitava koodari, jolla on fantastinen ymmärrys kyberavaruudesta."

KELLO – 3:21, 3:20, 3:19…

HAUDATTU – 644

SYÖTY – 710

"Nimirekisteri ja domain-palvelin ovat kumpikin Taiwanissa", Michelle lisäsi. "Se tekee yhtälöstä entistäkin hankalamman. Kuten todennäköisesti tiedätte, sen jälkeen kun Kiinan kansantasavalta valtasi Taiwanin, Yhdysvallat ei ole tunnustanut sitä itsenäiseksi valtioksi, mikä tarkoittaa, ettei meillä ole maahan diplomaattisuhteita."

"Miten jengi löytää näin nopeasti tälle verkkosivulle?" Garcia kysyi. "Valitsekuolema.com ei varsinaisesti ole osoite, jonka näppäilee koneelleen vahingossa."

"Olemme jo tarkistaneet asian", Michelle sanoi. "Tappaja käytti sosiaalisia verkostoja. Hän kaappasi toisten ihmisten tilejä ja pani viestin tietyille hyvin suosituille Twitter- ja Facebook-sivuille. Kyseisillä sivuilla on päivittäin satojatuhansia näyttökertoja. Ihmiset näkevät viestin, ja uteliaisuus ottaa vallan. He käyvät vilkaisemassa sivua. Syy äänestämiselle saattaa olla, etteivät ihmiset usko tämän olevan totta. He luulevat, että kyseessä on huijaus tai jonkinlainen uusi seikkailupeli." Michelle pysähtyi vetämään henkeä. "Eikä unohdeta sitä, että maailmassa on helvetin paljon sadistista porukkaa. Jotkut istuvat ilomielin syömässä popcornia ja kittaamassa olutta samalla, kun katsovat Yhdysvaltain kansalaisten kidutusmurhia. Ja jos he saavat vielä osallistua veritekoon, sitä parempi."

"Estääkö mikään jengiä äänestämästä useammin kuin kerran?" Garcia kysyi.

"Kyllä", Michelle vastasi. "Kun on klikannut toista painiketta, molemmat deaktivoituvat. Kukaan ei voi äänestää kahdesti."

"Mistä tiedät?" kysyi ylikomisario Blake.

"Koska me kokeilimme."

"*Äänestittekö* te kuolintapaa?"

"Ikävä kyllä", Michelle selitti mutta ei pyydellyt anteeksi. "Törmäsimme verkkosivuun ennen Dennisin soittoa. Emme tienneet, mistä oli kyse. Yritimme selvittää, mikä se oli."

Näytöllä nainen laski kädet kasvoiltaan. Veri ja kyynelet olivat luoneet outoja kuvioita hänen poskilleen, mutta kauhu oli järkyttänyt hänet melkeinpä tyyneen tilaan. Hän ei enää hakenut mitään katseellaan. Sen sijaan hänen silmiinsä oli jähmettynyt pohjattoman surullinen ilme. Hunter oli nähnyt tuon ilmeen ennenkin, ja hänestä tuntui kuin hänen vatsansa olisi imeytynyt suureen mustaan aukkoon. Ensimmäisen uhrin tavoin, kuin jonkin kuudennen aistin johdattamana, nainen oli tajunnut, ettei kukaan tulisi apuun eikä hän pääsisi ulos arkusta elävänä.

Täydellinen avuttomuuden tunne iski heihin kaikkiin samaan aikaan, sillä jokaisen katse oli nauliutunut tietokoneen näyttöön.

KELLO – 1:58, 1:57, 1:56...

HAUDATTU – 923.

SYÖTY – 999.

Kaksikymmentäseitsemän.

Aikaa ehti kulua vain sadasosasekunti, mutta se tuntui ikuisuudelta. HAUDATTU sai ensin lisää ääniä, kolme peräkanaa – 924, 925, 926.

Kaikki pidättivät henkeään Hunterin työhuoneessa.

Ja sitten se tapahtui.

SYÖTY – 1000.

Heti, kun numero vaihtui tuhanneksi, se alkoi välähdellä näytöllä ja julistaa katsojille, että voittaja oli selvinnyt.

Kukaan ei liikahtanut. Kukaan ei räpäyttänyt silmiään.

Myös Michelle Kelly ja Dennis Baxter olivat vaienneet linjalla.

Näytöllä nainen itki edelleen. Hänen kätensä vapisivat ja vuosivat verta.

Sekunnit tikittivät eteenpäin.

Yhtäkkiä lasiarkkuun kiinnitetystä mustasta letkusta, jonka Hunter oli pannut aiemmin merkille, suihkusi jotain pientä ja tummaa naisen keholle.

"Mitä helvettiä tuo oli?" ylikomisario Blake kysyi katse poukkoillen Hunterin ja Garcian väliä. "Näittekö te sen?"

"Minä näin", Garcia vastasi. "Mutta en tiedä, mikä se oli."

Hunter keskittyi näyttöön.

Sitten se tapahtui uudestaan. Jotain sinkosi valtavan nopeasti mustasta letkusta.

Nainen nytkähti kuin joku olisi ravistellut hänet hereille transsista. Hän katsoi kohti jalkojaan. Oli selvää, ettei hän nähnyt mitään, mutta se, mikä lasiarkkuun oli ujuttautunut, oli palauttanut pakokauhun ja muuttanut sen kymmenkertaiseksi. Nainen nytkähti uudestaan, tällä kertaa huomattavasti epätoivoisemmin. Hän haparoi kehoaan, melkein läiski sitä yrittäessään kuumeisesti pyyhkiä jotain päältään.

Letkusta singahti lasiarkkuun jotakin kolmannen, neljännen, viidennen kerran.

"Ovatko nuo jonkinlaisia lentäviä hyönteisiä?" ylikomisario kysyi.

"En ole varma", Hunter sanoi. "Ehkä."

"Voivatko hyönteiset syödä ihmisen elävältä?"

"Jotkin voivat", Hunter vastasi. "Tietyt muurahais- ja termiittilajit syövät lihaa, mutta niitä tarvittaisiin useita tuhansia, eikä yksikään niistä liiku noin nopeasti tai näytä noin suurelta."

Naisen kasvot vääntyivät ilmeeseen, joka huokui kiduttavaa tuskaa. Hänen silmänsä puristuivat kiinni ja suu avautui huutoon, jota kukaan ei kuullut ja jonka pystyi vain kuvittelemaan.

"Voi luoja", ylikomisario Blake sanoi. Hän kohotti molempia käsiä kohti suutaan. "Ovatpa nuo mitä tahansa, ne todella *syövät* hänet elävältä. Tämä ei voi olla totta."

Nainen menetti kontrollinsa kauhun ottaessa vallan. Hän potki epätoivoisesti jaloillaan ja yritti ahtaasta tilasta huolimatta huitoa käsiään kehonsa ja kasvojensa edessä.

Arkkuun lennähti letkun kautta kerralla ainakin viisikymmentä uutta hyönteistä.

"Voi hyvä Jumala." Kaikki kuulivat Michellen sanat linjalla.

Kamera tarkensi yhteen lentävistä hyönteisistä, ja kaikki jähmettyivät.

Se oli osapuilleen viiden sentin mittainen, ja sillä oli sinimusta ruumis ja korpinmustat siivet. Sahalaitaiset, ohuet jalat olivat yhtä pitkät kuin ruumis. Päästä työntyi kaksi mustaa antennia.

"Ei saatana!" Garcialta pääsi. Kylmä väre kulki hänen selkäpiissään. Hän astui kömpelösti taaksepäin, ikään kuin olisi nähnyt jotain, mitä kukaan muu ei ollut nähnyt. Hän näytti yhtäkkiä siltä, että antaisi pian ylen.

Kaksikymmentäkahdeksan

Hunter ja ylikomisario Blake irrottivat hetkeksi katseensa näytöstä ja tuijottivat Garciaa.

"Carlos, mikä tuli?" ylikomisario kysyi.

Garcia veti syvään henkeä ja nielaisi painavasti, ennen kuin sai katseensa jälleen tarkennettua. Hän osoitti näyttöä. "Tuo hyönteinen", hän sanoi yhä järkyttyneen kuuloisena. "Se on tarantellahaukka."

"Anteeksi kuinka?"

"Niin sanottu tarantellahaukka", Hunter sanoi. Hänkin oli tunnistanut lajin. "Pepsis-heimoon kuuluva tiepistiäinen."

"Onko tuo valtava hirvitys muka pistiäinen?" ylikomisario kähisi.

Garcia nyökkäsi. "Niitä kutsutaan tarantellahaukoiksi, koska ne saalistavat tarantellahämähäkkejä ruoakseen. Ne myös munivat hämähäkkeihin."

"Herran tähden. Väitättekö te, että nuo ovat lihansyöjäpistiäisiä?"

"Ei", Garcia sanoi. "Yksikään pistiäinen ei ravitse itseään ihmislihalla."

Ylikomisario Blake näytti hämmentyneeltä.

"Mutta niiden pisto", Garcia selvensi, "on maailman kivuliaimpia hyönteisenpistoja. Melkein kuin joku survoisi kymmenen sentin mittaista, kolmensadan voltin sähköneulaa suoraan lihaan. Usko pois, niiden pisto on niin tuskallinen, että tuntuu kuin kehosta revittäisiin lihakimpaleita."

Hunterin ei tarvinnut kysyä; kysymys kuvastui hänen ilmeestään.

Garcia selitti. "Brasiliassa on hyvin yleinen Pepsis-heimoon kuuluva tiepistiäinen nimeltä marimbondo. Niitä on kaikkialla. Minua pisti neljä kerralla, kun olin lapsi, ja jouduin sairaalaan. Olin vähällä kuolla. Kipu kestää vain pari minuuttia, mutta se on totaalisen kammottava. Se voi saada hourailemaan. En tiedä niistä enempää, mutta sen tiedän, että ne ovat aggressiivisia vain ärsytettyinä." Hän osoitti näyttöä. "Nainen on paniikissa ja heiluttelee käsiään: se riittää ärsykkeeksi. Hänen olisi järkevintä maata aloillaan."

Hunter ja muut tiesivät, että se oli sula mahdottomuus. He eivät kuulleet mitään, mutta he kaikki tiesivät, että jo *yhden* viiden sentin mittaisen pistiäisen surina riittäisi täyttämään useimmat ihmiset hirvittävällä kauhulla. Tähän mennessä pistiäisiä oli päästetty arkkuun liki sadan yksilön verran.

"Tiedän myös, etteivät tarantellahaukat pysty syömään ketään elävältä", Garcia lisäsi. "Yksittäisen piston sisältämä myrkky riittää kuitenkin halvaannuttamaan tarantellahämähäkin. Jos ihmisen kimppuun käy kokonainen pesällinen…" Hän osoitti jälleen näyttöä ja pudisti päätään. "Voitte varmasti kuvitella."

Näytöllä nainen oli lakannut liikkumasta. Pistojen tuottama äärimmäinen kipu oli halvaannuttanut hänet. Suurinta osaa ruumista peittivät kookkaat, punaiset kuhmut. Lasiarkussa hänen ympärillään surisi nyt jo yli sataviisikymmentä pistiäistä, ja sisään päästettiin aina vain lisää.

Naisen kasvojakin oli pistetty kymmeniä kertoja. Molemmat silmät olivat turvonneet niin pahasti, että ne olivat melkein kiinni. Huulet olivat pöhöttyneet kaksinkertaisiksi, ja posket olivat täysin epämuodostuneet, mutta hän ei ollut kuollut. Ei vielä. Hän hengitti edelleen. Hänen suunsa oli puolittain auki, ja hän hengitti lyhyesti ja katkonaisesti ruumista vavahduttavien kouristusten välillä.

"Miten kauan tämä oikein voi jatkua?" ylikomisario kysyi ja marssi hermostuneena edestakaisin Hunterin tietokoneen edessä.

Kukaan ei vastannut.

Kamera tarkensi naisen kasvoihin juuri, kun kolme tarantellahaukkaa laskeutui hänen huulilleen. Hyönteiset pistivät niitä ja siirtyivät hitaasti hänen kielelleen ennen kuin sujahtivat hänen suuhunsa.

Ylikomisario Blake ei pystynyt enää katsomaan. Hän kääntyi pois juuri, kun jokin alkoi kiepahdella hänen vatsassaan. Hän joutui ponnistelemaan, ettei olisi oksentanut siinä paikassa.

Parin sekunnin kuluttua naisen sieraimesta pusertautui tiepistiäinen.

Kukaan ei sanonut mitään.

Nainen oli vihdoin lakannut hengittämästä.

Hetkeä myöhemmin verkkosivu katosi.

Kaksikymmentäyhdeksän

Huoneeseen langennut häiritsevä hiljaisuus kumpusi surusta, avuttomuudesta ja puhtaasta vihasta. Vaikka verkkosivu olikin poistettu, Hunter, Garcia ja ylikomisario Blake tuijottivat yhä Hunterin tietokoneen näyttöä. Michelle Kelly ja Dennis Baxter olivat yhä linjoilla. Michelle puhui ensin.

"Etsivä Hunter, olemme monitoroineet verkkosivun liikennettä alusta lähtien. Niiden muutaman minuutin aikana, jonka se oli verkossa, se sai yli viisitoistatuhatta näyttöä."

"Seurasiko yli viisitoista tuhatta ihmistä tämän naisparan kuolemaa?" ylikomisario Blake kysyi epäuskoisena.

"Siltä näyttää", Michelle vastasi.

"Rouva Kelly", Hunter keskeytti. "Voimmeko tavata? Mikäli on tarpeen, laadin virallisen yhteistyöpyynnön LAPD:n ja FBI:n välille, mutta haluaisin aloittaa mahdollisimman nopeasti."

"Ilman muuta. Haluan mukaan ilman mitään virallisia pyyntöjäkin. Protokolla hiiteen, jos saan sanoa. Tiimini on valmis tekemään kaikkensa auttaakseen teitä. Olen toimistolla myöhään iltaan saakka, jos haluat piipahtaa."

"Teen sen, kiitos, ja kiitos myös tämänpäiväisestä avustasi."

He lopettivat puhelun.

"Yli viisitoistatuhatta ihmistä?" ylikomisario Blake toisti yhä järkyttyneenä. "Tämä juttu on jo julkinen, Robert. Emme pysty mitenkään pitämään sitä salassa. Meidän on paras valmistautua kaikkien paskamyrskyjen äitiin."

Hunterin matkapuhelin soi. Tuntematon numero.

"Verenimijätoimittajat ovat jo saattaneet aktivoitua", ylikomisario tokaisi.

"Etsivä Hunter, erikoismurharyhmä", Hunter vastasi puhelimeen.

"Minähän sanoin, että siitä tulee hauskaa", soittaja ilmoitti tyynellä äänellä.

Hunterin oli vedettävä henkeä, ennen kuin hän painoi kaiutinnappia.

"Ja melkein kaksi minuuttia etuajassa." Soittaja naurahti. "Voi veljet. Se oli aikamoista, vai mitä? Okei, okei, ei häntä varsinaisesti *syöty* elävältä, mutta usko pois – ne pistot ovat niin tuskallisia, että tuntuu kuin ruumista revittäisiin kappaleiksi terävillä hampailla."

Ylikomisario Blake katsoi Garciaa. "Onko tuo se sairas paska?" hän kuiskasi.

Garcia nyökkäsi.

Blaken sieraimet värähtivät. Hän oli valmis päästämään suustaan solvausten sulkutulen.

Hunter huomasi sen ensimmäisenä ja kohotti kättään viittoen pomoa rauhoittumaan.

"Tiedätkö, kuinka moni ihminen seurasi lähetystä, etsivä?" Soittaja kuulosti huvittuneelta. "Yli viisitoistatuhatta. Eikö meillä olekin sairas yhteiskunta?" Hän piti tauon ja tuhahti. "Mutta tokihan sinä tiedät, että yhteiskunta on sairas. Sinähän tienaat leipäsi sairaiden sekopäiden metsästämisellä, eikös vain, etsivä Hunter? Minunkaltaisteni sekopäiden."

Hunter ei sanonut mitään.

"Kysymys onkin", soittaja jatkoi. "Milloin ihmistä aletaan pitää sekopäänä, etsivä Hunter? Entä kaikki ne ihmiset, jotka katsoivat lähetystä? Jotka äänestivät? Ovatko he sekopäitä? Tavallisia tallaajia he ovat, etsivä: sosiaalityöntekijöitä, opettajia, opiskelijoita, taksikuskeja, tarjoilijoita, lääkäreitä, sairaanhoitajia, jopa poliiseja. He kaikki halusivat nähdä sen naisen kuolevan." Hän mietti sanojaan. "Ei… pahempaa. He eivät ainoastaan halunneet nähdä hänen kuolevan. He halusivat *auttaa* hänen tappamisessaan. He halusivat painaa nappia. He halusivat päättää, miten hän kuolisi." Soittaja piti tauon antaen sanojensa painon upota Hunterin tajuntaan. "Tekeekö se heistä kaikista avunantajia murhaan, vai osuuko se pikemminkin 'ihmisen sairaalloisen uteliaisuuden' piiriin? Sinun pitäisi tietää, etsivä Hunter. Olet sekä poliisi että rikollista käyttäytymistä analysoiva psykologi, eikö vain?"

Hunter ei vastannut.

"Oletko yhä siellä, etsivä?"

"Tiedät varmaankin, että saan sinut kiinni?" Hunterin sanoista huokui absoluuttinen vakaumus.

Soittaja naurahti. "Niinkö luulet?"

"Kyllä. Löydän sinut, ja saat maksaa teoistasi."

"Minä todella pidän asenteestasi, etsivä."

"Ei se ole asenne. Se on fakta. Päiväsi ovat luetut."

Soittaja epäröi vain aavistuksen. "Sehän nähdään. Mutta koska uskot kykyihisi noin paljon, etsivä, teen kanssasi vaihtokaupan."

Hunter ei sanonut mitään.

"Olin vakuuttunut siitä, että kymmenen minuuttia riittäisi saamaan vähintään tuhat ääntä jommallekummalle vaihtoehdolle. Olin siitä vakuuttunut, koska yhteiskunta on liian ennalta arvattava. Sinähän tiedät sen?"

Hiljaisuus.

"Mutta minä tiesin myös, että SYÖTY voittaisi."

Pitkä tauko.

"Vaihtokauppa on siis tällainen, etsivä Hunter", soittaja jatkoi. "Jos kerrot minulle, miten tiesin heidän valitsevan ennemmin SYÖDYN kuin HAUDATUN, löydät naisen ruumiin kohtapuoliin. Ellet kerro, ruumis katoaa. Koska olet niin varma taidoistasi, katsotaan yhdessä, miten hyvä olet."

Hunterin katse kiinnittyi ylikomisario Blakeen.

"Sano hänelle jotain", Blake kannusti. "Me tarvitsemme sen ruumiin."

"Älä viitsi, etsivä", soittajakin kannusti. "Simppeliä psykologiaa. Tämän pitäisi olla sinulle helppo nakki."

Meni monta sekuntia, ennen kuin Hunter vastasi.

"Koska SYÖTY vetosi 'inhimilliseen uteliaisuuteen', HAU-DATTU ei." Hänen äänensä oli tyyni ja hallittu.

Ylikomisario kurtisti kulmiaan. "Hyvältä kuulostaa", soittaja sanoi. "Selitäpä vähän tarkemmin."

Hunter raapi otsaansa. Hän tiesi, että toistaiseksi hänen oli pelattava soittajan peliä.

"Kaikki tietävät, mitä HAUDATTU tarkoittaa. SYÖTY on yhtä kuin tuntematon. Mitä keinoa käyttäisit? Miten syöminen tapahtuisi? Mikä kumma ylipäätään voisi syödä ihmisen elävältä? Ihmisen luonnollinen uteliaisuus kallistaisi vaakakupin tuntemattoman puolelle."

Seurasi tauko, jonka jälkeen kuului raikuvaa naurua ja kättentaputusta. "Oikein hyvä, etsivä. Kuten sanoin, yhteiskunta on kokonaisuudessaan melko ennalta arvattava, eikö vain? Peli oli alusta lähtien selvä."

Hunter ei sanonut mitään.

"Sen täytyy kalvaa sinua sisältäpäin, etsivä."

"Minkä?"

"Tiedon siitä, että suuri osa livestriimiä katsoneista ihmisistä nautti näkemästään. He todennäköisesti jopa hurrasivat joka pistolle. Heistä oli ihanaa katsoa naisen kuolevan."

Ei vastausta.

"Ja arvaapa mitä? Minulla on sellainen kutina, että he odottavat kuollakseen seuraavaa näytöstä."

Ylikomisario Blake värisi vihasta.

"Mutta nyt minun on ikäväkseni heitettävä teille hyvästit. On kaikenlaista tekemistä."

Linja meni mykäksi.

Kolmekymmentä

Seuraavaa näytöstä.

Sanat tuntuivat kaikuvan Hunterin työhuoneessa loputtomiin. Kaikki tiesivät tarkalleen, mitä ne merkitsivät, ja se täytti heidät kauhulla.

Aivan ensimmäiseksi Hunter pyysi tutkintatiimiään keksimään mahdollisia merkityksiä kirjainyhdistelmälle SSV, niille kolmelle kirjaimelle, jotka olivat ilmestyneet lähetyksen alussa näytön vasempaan ylänurkkaan. Hän pyysi heitä myös laatimaan raportin tarantellahaukoista. Esiintyikö lajia Kaliforniassa? Saattoiko kuka tahansa kasvattaa niitä takapihallaan, vai tarvitsivatko ne erityistä kasvuympäristöä, olosuhteita ja niin edelleen?

Garcia otti uudestaan yhteyttä kadonneiden henkilöiden yksikköön ja meilasi heille naisen kasvokuvan. Hänet oli saatava tunnistettua mahdollisimman pian.

Päämajasta soitettiin Hunterille heti, kun hän oli lopettanut puhelun tappajan kanssa. Tällä kertaa hän ei ollut pompotellut puhelua ympäri Los Angelesia. Hän oli käyttänyt prepaid-puhelinta. Ei GPS:ää. Puhelu ei kuitenkaan ollut kestänyt niin kauan, että sen sijaintia olisi pystytty jäljittämään tarkasti. Se oli lähtöisin jostakin Studio Citystä.

Lähetys ja Hunterin puhelinkeskustelu tappajan kanssa olivat järkyttäneet kaikkia, mutta Hunter tiesi, ettei hänen auttanut kuin jatkaa töitä. Hän ja Garcia lähtivät poliisin hallintorakennuksesta ja ajoivat Athensin bussivarikolle eteläiseen Los Angelesiin. Heidän oli selvitettävä, oliko Kevin Lee Parker, ensimmäinen uhri, noussut maanantaiaamuna yhteenkään linjan 207 bussiin. Sen tehtyään he pystyisivät päättelemään, oliko uhri siepattu matkalla bussipysäkiltä kotiovelle Jefferson Parkissa vai lyhyen kävelymatkan aikana Next-Gen Games Shopilta Hyde Parkin bussipysäkille.

Neljä kuudesta kuskista, jotka olivat ajaneet linjaa 207 maanantai-iltana, oli tänä iltana työvuorossa. Hunteria ja Garciaa onnisti kolmannen kuskin kohdalla. Kun he olivat näyttäneet tälle pitkälle ja laihalle miehelle Kevin Lee Parkerin valokuvaa, mies nyökkäsi ja kertoi etsiville, että hän muisti Kevinin, koska tämä oli vakkari – hän nousi bussiin aina Hyde Park Boulevardin ja 10th Avenuen kulmauksessa, yleensä kello 19 aikoihin. Kuskin mukaan Kevin oli kohtelias mies, joka tervehti aina linja-autoon noustessaan. Hän ei pystynyt muistamaan sataprosenttisen varmasti, oliko Kevin ollut yksin, mutta hän uskoi niin. Hän ei myöskään muistanut, oliko Kevin jäänyt kyydistä tavallisella pysäkillään Crenshawin ja West Jefferson Boulevardin kulmassa.

Varikon jälkeen Hunter ja Garcia ajoivat Crenshawin ja West Jefferson Boulevardin risteykseen. Kevin Lee Parkerin kotitalo oli kymmenen minuutin kävelymatkan päässä. He pysäköivät auton ja kävelivät reitin kahdesti. Jos Kevin olisi pysytellyt West Jefferson Boulevardilla ja kääntynyt oikealle South Victoria Avenuelle, matka bussipysäkiltä kotiin olisi kulkenut hyvin valaistuja ja ruuhkaisia teitä pitkin, mutta kulkumatkaa olisi tullut kolme minuuttia lisää. Nopeimmin hän pääsi kotiin oikaisemalla West Angeles -kirkon pysäköintialueen kautta, aivan Crenshawin ja West Jeffersonin kulmauksessa sijaitsevan Chevronin huoltoaseman vierestä, ja jatkamalla matkaa South Victoria Avenuen takaisia sivukujia pitkin.

West Angeles -kirkolla ei ollut ulkona valvontakameroita, ja pysäköintialue sijaitsi rakennuksen takana suojassa kaikilta kaduilta. Kirkon eteen kiinnitetyn aikataulun mukaan maanantai-iltaisin ei pidetty jumalanpalveluksia. Pysäköintialue oli siis ollut tyhjä ja kolmen varsin himmeän katulampun langettamien varjojen peitossa. Olisi ollut lastenleikkiä siepata Kevin sieltä tai miltä hyvänsä kotimatkan varrella olevalta sivukujalta: kukaan ei olisi nähnyt yhtään mitään.

Kolmekymmentäyksi

FBI:n Wilshire Boulevardilla sijaitseva Los Angelesin -päämaja oli seitsemäntoistakerroksinen betonista ja lasista valmistettu laatikko, joka muistutti enemmänkin vankilaa kuin liittovaltion lainvalvontavirastoa. Pitkien ja kapeiden sementtipylväiden välissä oli pieniä, yksisuuntaisia, erityisestä sävytetystä lasista valmistettuja ikkunoita; vain paksut metallikalterit ja vartiotornit puuttuivat. Lyhyesti sanottuna pytinki näytti samalta kuin maan kaikki FBI:n rakennukset – mitäänsanomattomalta ja samalla arvoitukselliselta.

Kello läheni kahdeksaa, kun Garcia pysäköi autonsa parkkipaikalle suoraan FBI:n rakennuksen taakse. Pysäköintialue oli kaikkea muuta kuin tyhjillään. Garcia valitsi paikan kiiltävän mustan Cadillacin vierestä. Autossa oli tummennetut ikkunat ja kromatut renkaat.

"Vau", hän sanoi sammuttaessaan moottorin. "Ihme, ettei rekisterikilvessä lue 'IMFBI'".

Ennen pääsisäänkäyntiä etsivien oli noustava betoniportaat, ylitettävä avokattoinen viherpiha sekä kuljettava valvontakameroin varustettua käytävää pitkin. He työnsivät auki raskaat, paksut lasiovet ja astuivat hyvin valaistuun, miellyttävästi ilmastoituun vastaanottoaulaan.

Mustasta graniitista valmistetun tiskin takana istui kaksi viehättävää, konservatiivisesti pukeutunutta vastaanottovirkailijaa, jotka hymyilivät, kun he astuivat sisään. Vain toinen nousi seisomaan.

Hunter ja Garcia esittäytyivät ja ojensivat naiselle virkamerkkinsä. Vastaanottovirkailija näytteli nopeasti jotain tietokoneelleen ja odotti, että sovellus vastaisi. Alle viidessä sekunnissa se oli jo vahvistanut heidän nimensä ja asemansa LAPD:ssä. Näytölle ilmestyi myös tunnistuskelpoinen kuva kummastakin. Virkailija hyväksyi näkemänsä ja palautti virkamerkit kahden sinivalkoisen vierailijakortin kera.

"Agentti tulee opastamaan teidät sisään", hän sanoi.

Hetkeä myöhemmin heitä lähestyi tummaan pukuun pukeutunut pitkä mies. "LAPD:n rikostutkijat Hunter ja Garcia." Hän nyökkäsi tervehdykseksi. Ei kättelyä. "Seuratkaa minua."

Heidät opastettiin kahden erillisen turvaoven läpi pitkälle käytävälle ja sen jälkeen kolmannelle turvaovelle, minkä jälkeen he laskeutuivat hissillä yhden kerroksen FBI:n kyberrikosyksikköön. Hissi avautui kiiltävälle jalopuukäytävälle, joka oli valaistu messinkisin riippuvalaisimin ja jonka seiniä reunustivat kultakehyksiset muotokuvat. Sen enempää Hunter kuin Garciakaan ei tunnistanut yhden yhtä valokuvissa esiintyvää henkilöä.

Lasinen pariovi käytävän perällä avattiin jo ennen kuin he ehtivät sen luo.

"Minä jatkan tästä, kiitos", oven avannut nainen sanoi.

Saattaja nyökkäsi hänelle, sitten Hunterille ja Garcialle, kääntyi kannoillaan ja suuntasi takaisin hissille.

Etsivät tunnistivat Michelle Kellyn äänen aiemmasta puhelinneuvottelusta, mutta hän ei näyttänyt lainkaan siltä millaiseksi he olivat hänet kuvitelleet.

Michelle Kelly oli kahdenkymmenenkahdeksan ikäinen. Hän oli 173-senttinen, ja hänellä oli pitkät, korpinmustiksi värjätyt hiukset. Rikottu otsatukka lankesi otsalle skeittipunkkarityyliin. Hän oli rajannut syvänvihreät silmänsä raskaalla, mustalla kajalilla ja vaaleanvihreällä luomivärillä. Täyteläisiä huulia korosti kevyt punainen huulipuna. Vasemmassa sieraimessa oli ohut hopearengas, toinen rengas koristi alahuulen oikeaa reunaa. Hänellä oli tiukat mustat farkut ja mustat Doc Martensit. T-paita oli punamusta, ja siinä oli lentävän kallon kuva. Paidassa luki "Avenged Sevenfold".

"Etsivä Hunter", Michelle sanoi ja ojensi kättään. Molemmat käsivarret olivat tatuointien peitossa aina ranteisiin asti, joita puolestaan koristivat lukuisat rannerenkaat. Hyvin hoidetut kynnet oli lakattu mustalla lakalla. Hän näytti rennolta ja erittäin itsevarmalta.

Ensimmäinen Hunterin mieleen juolahtanut ajatus oli, ettei Michelle Kelly ollut ryhtynyt vapaaehtoisesti FBI:n agentiksi. Hunter oli käynyt FBI:n akatemiassa Virginian Quanticossa lukuisia kertoja. Hän oli kohdannut agentteja ja heidän pomojaan. Hän oli lukenut heidän sääntökirjansa. Liittovaltion poliisia johdettiin edelleen klassisen lähestymistavan mukaisesti – täyttä vanhaa koulukuntaa. Pukusäännöt, hiustyylit ja käyttäytymissäännöt oli tarkasti määritelty varsinkin virallisten rakennusten sisällä. Kasvolävistyksiä ja selkeästi näkyviä tatuointeja ei sallittu. Poikkeuksia tietenkin tehtiin peiteagenttien kohdalla, joiden oli soluttauduttava jengeihin, kultteihin, rikollisjärjestöihin ja vastaaviin, mutta jos tavallinen perusjamppa haki paikkaa akatemiasta käsivarret täynnä leimoja, hänet käännytettiin pois heti portilla. Hunter epäili, että Michelle Kelly todennäköisesti oli velkaa liittovaltion hallitukselle. Ehkä hän oli entisessä elämässään ollut mestarihakkeri. Ehkä hänellä oli sellaisia kybertaitoja, joita FBI:llä ei ollut ja joita se ei voinut jättää huomiotta. Kun he lopulta olivat saaneet Michelle Kellyn nalkkiin, pöydälle oli lyöty sopimus – pitkä rupeama kiven sisällä tai duunipaikka kyberrikosyksikössä. Michelle oli valinnut duunin.

Hunter tarttui hänen käteensä. "Rouva Kelly, kiitos että ehdit tavata meidät." Michellellä oli pehmeät kädet mutta luja ote. "Tämä on työparini, rikostutkija Carlos Garcia."

He kättelivät.

"Kutsukaa minua ihmeessä Michelleksi", Michelle sanoi ja johdatti heidät suureen huoneeseen, jossa oli pari astetta liian kylmää mukavuutta ajatellen.

Los Angelesin poliisilaitoksen tietokonerikosten osasto muistutti huippumodernia uutistoimituksen avokonttoria, mutta FBI:n kyberrikosyksikkö paini aivan omassa sarjassaan. Ensivaikutelma oli kuin tähtilaiva *Enterprisen* komentosillalta. Valoja välähteli kaikkialla, minne vain katse lankesi. Itäseinällä oli kuusi massiivista monitoria, joilla näkyi karttoja, kuvia sekä kaavioita, joista sen enempää Hunter kuin Garciakaan ei ymmärtänyt tuon taivaallista. Saliin oli siroteltu kuusitoista tilavaa työpöytää, jotka olivat monitorien ja huipputeknisten tietokonetarvikkeiden peitossa. Missään ei ollut erillisiä työtiloja. Ei yhden yhtä toimistohuonetta. Ei näkyvää hierarkiaa. Tässä salissa kaikki olivat samanarvoisia.

Michelle johdatti heidät lähimpänä pohjoisseinää olevalle pöydälle. "Dennis Baxter kertoi tilanteesta vain hyvin summittaisesti. Hän sanoi, että olisi paras, jos kertoisit minulle itse koko tarinan." Hän veti kaksi tuolia lähimpien pöytien äärestä ja asetti ne omansa eteen.

Kahdenkymmenenviiden kieppeillä oleva mies lähestyi heitä. Hänellä oli laineikas, ruosteenvärinen tukka, ohuet huulet, pitkähköt kulmakarvat sekä suuret ja pyöreät, melkein mustat silmät. Hän näytti mietteliäältä pöllöltä – täsmälleen siltä, miltä useimmat kuvittelevat nörtin näyttävän, joskaan hänellä ei ollut pullonpohjarillejä.

"Tässä on Harry Mills", Michelle sanoi ja esitteli heidät toisilleen. "Hän kuuluu yksikköömme ja on tietokonenero, jolla on siitä vielä diplomitkin todisteena."

Lisää kättelyä.

Harry istuutui, ja Hunter kertoi heille kaiken, mitä tähän mennessä oli tapahtunut. Michelle ja Harry kuuntelivat keskeyttämättä.

"Te siis onnistuitte tallentamaan suurimman osan ensimmäisestä murhasta?" Michelle kysyi, kun Hunter oli lopettanut.

Hunter kaivoi muistitikun taskustaan ja ojensi sen Michellelle. "Kaikki löytyy täältä."

Michelle työnsi tikun saman tien pöytäkoneensa USB-porttiin. Seuraavaan seitsemäntoista minuuttiin kukaan ei sanonut sanaakaan.

Kolmekymmentäkaksi

Kun katkelma päättyi, Michelle painoi esc-näppäintä. Hunter pani merkille, etteivät hänen kätensä olleet enää aivan yhtä vakaat.

Harry puhalsi ulos ilman, joka tuntui juuttuneen hänen kurkkuunsa kuluneiden seitsemäntoista minuutin ajaksi.

"Ei jumalauta!" hän sanoi. "En ennen tätä iltapäivää ollut koskaan nähnyt kenenkään kuolevan. Olen nähnyt kuvia kuolleista ruumiista… Olin kerran läsnä ruumiinavauksessakin, mutten ole koskaan nähnyt kenenkään kuolevan oikeasti, puhumattakaan kidutuksesta ja murhasta. Nyt olen nähnyt sen kahdesti."

Hunter kertoi ensimmäisestä puhelinkeskustelustaan tappajan kanssa ja siitä, miten lipeäkylpy oli saanut alkunsa.

"Ja sinä uskot hänen huijanneen sinua?" Michelle kysyi.

Hunter nyökkäsi. "Hän tiesi ennalta, että valitsisin veden. Se kuului esitykseen."

Michelle räpytteli vihdoin silmiään. "Voinko tuoda teille kahvia tai jotain? *Minä* ainakin tarvitsen jotain juotavaa. Kurkku on kuiva kuin Nevadan autiomaa."

"Kahvi kyllä maistuisi, kiitos", Hunter sanoi.

"Jep, sama täällä", Garcia lisäsi.

"Minä käyn hakemassa", Harry sanoi ja nousi jo pystyyn.

"Sanoit siis, että hän käytti tämän lähettämiseen IP-osoitetta, ei internetosoitetta kuten tänään?" Michelle kysyi.

"Juuri niin", Hunter sanoi. "Denniksen mukaan kyseessä oli todennäköisesti kaapattu IP-osoite."

Michelle nyökkäsi. "Ei yllätä minua lainkaan, mutta outoa se on."

"Mikä niin?" Hunter kysyi.

Harry palasi mukanaan neljä kahvia, pieni maitokannu sekä purkki, jossa oli ruskeita ja valkoisia sokeripaloja sekä makeutusainepussukoita.

"Se, että ensimmäinen murha oli yksityislähetys", Michelle selitti, "mutta toisen hän antoi koko maailman nähtäväksi."

Hunter kallisti päätään. "Soittaja väitti tehneensä toisesta lähetyksestä julkisen siksi, ettei minusta ollut mihinkään ensimmäisellä kierroksella. En suostunut pelaamaan hänen ehdoillaan."

"Mutta sinä et usko sitä", Harry sanoi ja ojensi etsiville kahvikupit.

Hunter pudisti päätään. "Hän oli valmistautunut liian hyvin."

"Niin oli", Michelle myönsi. "Ja juuri siksi minusta on outoa, ettei hän valinnut jo ensimmäisellä kerralla julkista lähetystä. Hänellä oli kaikki valmiina. Olemme tarkistaneet. Verkkotunnus www.valitsekuolema.com rekisteröitiin kaksikymmentäyhdeksän päivää sitten taiwanilaiselle palvelimelle. En usko, että hän teki sitä varmuuden vuoksi. Hän tiesi julkistavansa asiansa, ja se tuottaakin meille aivan uudenlaista päänvaivaa."

"Eli?" Garcia kysyi.

"Tämänpäiväinen suora lähetys kesti tasan kaksikymmentäyksi minuuttia ja kahdeksantoista sekuntia. Sillä oli yli viisitoistatuhatta näyttöä. Mutta me elämme nykyään yhteisöpalvelujen aikaa. Kaikki jakavat kaiken."

"Kuvamateriaali kloonattiin", Hunter sanoi ennakoiden sitä, mitä Michelle aikoi sanoa.

"Juuri niin", Michelle myönsi. "Kaksi minuuttia lähetyksen loppumisen jälkeen pätkiä siitä ladattiin useisiin video- ja yhteisöpalveluihin kuten YouTubeen, Dailymotioniin ja Facebookiin."

Hunter ja Garcia eivät sanoneet mitään.

"Ikävä kyllä tämä oli väistämätöntä", Harry lisäsi. "Kun jokin näinkin omituinen pamahtaa verkkoon, sillä on mahdollisuus mennä viraaliksi. Meidän onneksemme tuo mahdollisuus ei toteutunut. Video on levinnyt jonkin verran netissä, mutta se ei ole lähelläkään viraalia. Pääsimme hommiin heti lähetyksen loputtua, joten onnistuimme rajoittamaan sen leviämistä."

"Monitoroimme tuhansia video- ja yhteisöpalveluita ympäri maailman", Michelle selitti. "Heti, kun video ilmestyy johonkin näistä palveluista, pyydämme sivun ylläpitäjää poistamaan sen. Tähän mennessä kaikki ovat tehneet yhteistyötä."

"Tappaja tiesi tämän oikein hyvin", Garcia sanoi. "Hän tiesi, että pätkät tai jopa koko alkuperäinen lähetys leviävät verkossa. Olen varma, että hän laski sen varaan. Hän pitää hauskaa kiduttamalla ja tappamalla uhrejaan. Ja mitä useampi katsoo, sitä parempi."

Kukaan ei sanonut mitään.

Michelle klikkasi muutamaa kuvaketta, ja lasiarkun sisällä makaavan naisen kuva täytti suuren monitorin hänen oikealla puolellaan. Ensimmäinen uhri, joka istui lasisäiliössä, näkyi vasemmanpuoleisella monitorilla.

"Tallennamme automaattisesti kaikki mielestämme epäilyttäviltä vaikuttavat internetlähetykset", hän sanoi. "Ryhdyimme luonnollisesti tallentamaan tätä heti, kun törmäsimme siihen. Uskon, että saimme sen talteen alusta alkaen." Hän painoi playta.

Hunter katsoi tallennetta ja nyökkäsi. "Niin saitte."

"Näiden välineiden perusteella", Harry sanoi ja osoitti sekä lasisäiliötä että läpinäkyvää arkkua, "kaveri on aika taitava käsistään. Hänellä on kohtuullinen ymmärrys insinöörintyöstä."

"Varmasti", Garcia komppasi.

"Onnistuitteko jäljittämään hänen puheluaan?" Harry kysyi.

Garcia pudisti päätään ja selitti, että ensimmäisellä kerralla Hunterille soittaessaan tappaja oli pomputellut puhelua ympäri Los Angelesia.

"Entä seuraavalla kerralla?"

"Ei. Tällä kertaa hän käytti prepaid-puhelinta. Ei GPS:ää. Puhelu tuli Studio Citystä mutta kesti liian vähän aikaa, jotta sitä olisi voinut kolmioida asiallisesti."

Harry näytti hetken mietteliäältä.

"Oletteko jo tunnistaneet hänet?" Michelle kysyi viitaten nais-uhriin.

"Työn alla", Garcia vastasi.

"Entä ensimmäinen uhri?"

Garcia nyökkäsi ja antoi hyvin lyhyen yhteenvedon Kevin Lee Parkerista.

Michelle kiinnitti huomionsa jälleen oikeanpuoleisen monito-rin tallenteeseen – lasiarkussa makaavaan naiseen. "Nämä näkyivät näytöllä täsmälleen kuudenkymmenen sekunnin ajan." Hän osoitti oikean- ja vasemmanpuoleisia ylänurkkia – SSV ja 678. "Tiedät-tekö, mitä ne merkitsevät?"

"Emme vielä."

"Onko mitään vihjeitä siitä, kuka uhri voisi olla?" Harry kysyi.

Garcia kohautti olkiaan. "Se ei siis ole tekninen akronyymi? Jotain tietokoneisiin liittyvää?"

"Ei mitään sellaista, millä minun nähdäkseni olisi mitään mer-kitystä tässä yhteydessä", Michelle vastasi katsoen samalla Harrya.

Harry nyökkäsi. "Mitä näitä nyt on – Storage Server, Systems Software Verification, Static Signature Verification, Smart Secu-rity Vector… mikään niistä ei käy järkeen tässä yhteydessä." Hän piti tauon ja katsoi Michellen vasemmalla puolella olevaa monito-ria – Kevin Lee Parkeria, joka oli sidottu ja suukapuloitu lasisäi-liön sisälle. "Tapahtuiko sama myös ensimmäisessä lähetyksessä? Huomaan, että ette päässeet tallentamaan lähetystä alusta lähtien. Ilmestyikö näytölle sama tai erilainen kirjainnumeroyhdistelmä?"

"Ei mitään", Hunter vastasi. "Pelkkä natriumhydroksidin kemial-linen kaava."

"Eli SSV 678 liittynee suoraan naiseen", Harry päätteli.

"Mahdollisesti", Hunter sanoi. "Tiedämme enemmän, kun saamme hänet tunnistettua."

"Voimmeko pitää tämän?" Michelle kysyi viitaten ensimmäisestä uhrista kuvattuun materiaaliin. "Haluaisin analysoida sitä tarkem-min. Verrata tämänpäiväiseen lähetykseen."

"Ilman muuta."

Michelle katseli molempia monitoreja vielä hetken, ennen kuin pysäytti videot. Hänen kasvoiltaan heijastui yhdistelmä vihaa, turhautumista ja inhoa. Hänen huulensa raottuivat kuin hän olisi aikeissa sanoa jotain. Hän jäi kuitenkin puntaroimaan sanojaan. "Olipa tämä tyyppi kuka hyvänsä", hän sanoi lopulta. "Hän on lahjakas ohjelmoija, jolla on valtavasti tietoa kyberavaruudesta. Hän on huomioinut kaiken – TTL:n, kaapatut palvelimet, piilotetut haittaohjelmat, palvelimen rekisteröimisen Taiwaniin, puheluiden pomputtelun ja niin edelleen. Kun lähetys oli ohi, verkkosivu katosi ikään kuin sitä ei olisi koskaan ollutkaan. Ei jälkeäkään. Hän piilottelee ammattimaisesti useiden sähköisten suojauskerrosten alla. Päästäksemme hänen kimppuunsa meidän on kuorittava ne pois yksi kerrallaan. Emme pysty kiertämään niitä. Ongelmana on, että kukin kerros myös varoittaa tunkeilijasta. Hän saa tietää heti, kun onnistumme kuorimaan yhden kerroksen. Hänellä on silloin runsaasti aikaa reagoida ja luoda tarpeen vaatiessa lisää kerroksia."

Hunter veti syvään henkeä. Oli selvää, että heidän olisi pakko keskittää tutkintansa tietokoneohjelmoijiin, jolla oli runsaasti tietoa kyberavaruudesta, mutta Los Angelesissa heitä oli kaikkialla: julkisissa ja yksityisissä organisaatioissa, kouluissa, yliopistoissa, omissa autotalleissaan... Katsoipa minne hyvänsä, löysi vääjäämättä jonkun, jolla oli asiantuntijuutta internetin saralla. He tarvitsivat enemmän tietoa.

Michelle katsoi Hunteria silmiin. "Tämä tappaja on itsevarma siksi, ettei kukaan pysty jäljittämään häntä kyberavaruudesta. Hän on kyberaave. Niin kauan kuin hän pysyttelee siellä, emme pääse häneen käsiksi."

Kolmekymmentäkolme

Kun Hunter varhain seuraavana aamuna saapui työhuoneeseensa, hän löysi ylikomisario Blaken eteläseinän suuren kuvataulun edestä. Garcia seisoi aivan hänen takanaan.

Taululle oli jo kiinnitetty uusia kuvia eilisestä, lasiarkussa makaavasta uhrista. Niiden joukossa oli kuvia, joissa naisen kauhistuneet kasvot olivat vääristyneet eriasteiseen epätoivoon, sekä pysäytyskuvia arkkuun päästetyistä tarantellahaukoista. Oli myös kuvia, joissa pistiäiset peittivät naisen koko kehon ja pistivät melkein jokaista neliösenttiä.

Garcia oli jo ehtinyt kertoa ylikomisario Blakelle, mitä heille oli selvinnyt edellisiltaisessa tapaamisessa Michelle Kellyn ja Harry Millsin kanssa FBI:n kyberrikosyksikön toimitiloissa.

"Ei vieläkään mitään kadonneiden henkilöiden yksiköstä", Garcia ilmoitti, kun Hunter riisui takkinsa ja käynnisti tietokoneensa. "Tällä kertaa tappaja ei laittanut uhrille suukapulaa, joten kasvojentunnistusohjelmalla ei pitäisi olla vaikeuksia löytää tunnistamiseen tarvittavia yksityiskohtia uhrin kasvoista. Soitin sinne kuitenkin hetki sitten, eikä toistaiseksi ole osumia."

Hunter nyökkäsi.

"Tutkintatiimi toimitti tarantellahaukkaraportin eilisiltana", Garcia sanoi ja siirtyi työpöytänsä ääreen.

Hunter ja ylikomisario Blake kääntyivät katsomaan häntä.

Garcia tarttui näppäimistön viereen asetettuun siniseen kansioon ja napautti sen auki. "Kuten oletimmekin, tappaja tiesi täsmälleen, mitä oli tekemässä. Hän tiesi, miten pystyi tuottamaan uhrilleen järjetöntä tuskaa. Toisin kuin mehiläiset, jotka voivat pistää vain kerran, pistiäiset voivat pistää useamman kerran, ja jokainen pisto on yhtä raivokas ja täynnä myrkkyä. Ja kuten sanoin, niiden pisto on raivoisa. Schmidtin pistokipuindeksissä tarantellahaukka on aivan ylimpänä."

"Missä?" ylikomisario keskeytti.

"Se on kivunmittausasteikko", Hunter selvensi. "Se asettaa järjestykseen suurten hyönteisten piston aiheuttaman kivun."

"Juuri niin", Garcia nyökkäsi. "Asteikko kulkee nollasta neljään. Neljä on kaikkein tuskallisin. Vain kaksi hyönteistä yltää neloseen – tarantellahaukka ja luotimuurahainen."

"Miten yleisiä ne ovat?" ylikomisario Blake kysyi.

"Amerikassa kohtalaisen yleisiä." Garcia käänsi raportin sivua ja irvisti. "Itse asiassa tarantellahaukka on New Mexicon osavaltion virallinen hyönteinen."

Ylikomisario tuijotti häntä tyhjin katsein. "Onko Yhdysvaltain osavaltioilla viralliset hyönteiset?"

"Ilmeisesti."

"Mikä Kalifornian virallinen hyönteinen sitten on?"

Garcia kohautti olkapäitään.

"Kalifornian koirankasvoperhonen", Hunter sanoi ja elehti Garciaa jatkamaan.

Hän jatkoi.

"Kaliforniasta löytyy vain pieniä määriä kyseistä pistiäislajia, lähinnä Mojaven autiomaan alueella ja osissa eteläistä Kaliforniaa. Näistä lajeista yksi on jututtamamme entomologin mukaan erityisen kiehtova – *Pepsis menechma*." Garcia osoitti kuvataulua. "Se, jota tappaja käytti."

"Mikä niissä niin kiehtovaa on?" Hunter kysyi.

Garcia sulki kansion ja laski sen takaisin työpöydälleen. "Yleisesti ottaen tarantellahaukat ovat erakkoja", hän selitti. "Ne eivät elä pesissä tai yhteisöissä. Ne eivät myöskään liiku laumoissa." Hänen olkapäänsä kohosivat ilmentämään fraasia *kaikkea sitä kuulee, kun vanhaksi elää*. "On vain muutama laji, joihin tämä ei päde."

"Tappaja käytti yhtä niistä", ylikomisario päätteli. Hän ei edes yrittänyt käyttää tieteellistä nimeä, jonka Garcia oli hetki sitten lukenut ääneen.

"Naulan kantaan", Garcia vahvisti. "Tämä nimenomainen lajike on hyvin samankaltainen kuin se brasilialainen laji, joka toimitti minut sairaalaan lapsena. Ne elävät suurissa pesissä, metsästävät ja hyökkäävät ryhminä ja niiden purema on väkevämpi, tuskallisempi ja myrkyllisempi kuin yhdelläkään muulla tarantellahaukkalajikkeella. Ne ovat myös päiväeläimiä, mikä tarkoittaa, etteivät ne juurikaan pidä pimeydestä. Jos ne pakotetaan liikkumaan pimeässä, ne vimmastuvat. Ja silloin tilanne muuttuu ikäväksi varsin nopeasti."

Kaikkien katseet siirtyivät takaisin kuvatauluun. Sen keskellä oli suuri, tarkennettu valokuva tarantellahaukasta kesken lennon.

"Emme siis mitenkään saa tietää, mistä tappaja on ne saanut."

"Entomologin mukaan", Garcia selitti, "jos löydämme uhrin ennen kuin ruumis on ehtinyt mädäntyä, saatamme kyetä jäljittämään pistiäisten alkuperän analysoimalla kemiallisesti myrkyn, jonka ne jättivät uhrin verenkiertoon. Ken tietää, mitä hyötyä siitä meille saattaa olla."

Kolmekymmentäneljä

Garcia odotti hetken, jotta hänen sanansa uppoaisivat kuulijoiden tajuntaan. Sen jälkeen hän otti työpöydältään kaksi tulostetta. "Median suhteen meitä on lykästänyt", hän sanoi ja ojensi tulosteet Hunterille ja ylikomisario Blakelle. "Valtamedia ei itse asiassa tarttunut aiheeseen lainkaan, mutta netissä on ollut vähän spekulaatiota. Kuten tiedätte, lähetys kloonattiin ja ladattiin useisiin videonjakopalveluihin."

Tuloste oli kuvakaappaus ajankohtaisiin asioihin keskittyvältä verkkosivulta. Vasemmassa alakulmassa oli pieni kuva lasiarkussa makaavasta naisesta. Hän oli yltä päältä tarantellahaukkojen peitossa. Kuvan alapuolinen otsikko kysyi: *"Totta vai trikkiä?"*

"Artikkeli on lyhyt", Garcia jatkoi. "Siinä puhutaan vain äänestysprosessista ja tiivistetään sitä seuranneet tapahtumat." Hän väläytti Hunterille ja ylikomisario Blakelle pikaisen hymyn. "Tässä nimenomaisessa tapauksessa Hollywood saapui hätiin."

"Miten niin?" ylikomisario kysyi.

"Tällä hetkellä ounastellaan, että lähetys oli jonkin uuden kauhu-tai realityleffan julkisuustemppus. Sellaista on tehty ennenkin. Aiheutetaan kohua yrittämällä saada yleisö uskomaan, että kyseessä on aito dokumentti eikä suinkaan Hollywood-tuotanto."

Blake ojensi tulosteen Garcialle. "Sehän sopii meille. Annetaan heidän uskoa Hollywood-paskaansa." Hän kääntyi jälleen katsomaan kuvataulua. "Mutta onhan siinä pointtinsa. Tämä todella näyttää kauhuelokuvan kuvakäsikirjoitukselta. Pannaan uhri kuolemaan jättiampiaisten pistoihin tai liuotetaan hänen ruumiinsa lipeäseokseen. Aivan sairasta."

"Eniten pelätyt kuolintavat", Hunter sanoi.

"Mitä?"

"Tappajan antamat vaihtoehdot", Hunter selvensi. "Ensimmäisen uhrin kohdalla kuoliaaksi palaminen tai hukkuminen. Toisen uhrin kohdalla elävältä hautaaminen tai elävältä syöminen. Miksi juuri nämä metodit?" Hän käveli tietokoneelleen, avasi selaimen ja näpytteli verkkosivun osoitteen. "No, minulle selvisi, että suuri yleisö on äänestänyt juuri nuo kuolintavat kymmenen pahimman joukkoon."

Garcia ja ylikomisario Blake asettuivat Hunterin työpöydän taakse. Näytöllä näkyvä lista alkoi kymmenestä ja jatkui ykköseen. Kaikki tappajan mainitsemat ja käyttämät kuolintavat löytyivät listalta. Hukkuminen oli kuudentena. Elävältä palaminen toisena. Elävältä syöminen (hyönteisten tai eläinten toimesta) löytyi sijalta viisi, kun taas elävältä hautaaminen piti kolmossijaa. Lipeäkylpyyn dumppaaminen oli äänestetty pelätyimmäksi ja tuskallisimmaksi kuolemaksi.

Ylikomisario Blake tunsi ruumiinlämpönsä laskevan parilla asteella.

"Löysin monta samankaltaista listaa", Hunter selitti. "Useimmat ovat vain variaatioita tuosta listasta. Käytännössä samat kuolintavat mutta vain eri sijoituksin."

"Sitäkö uskot hänen tekevän?" ylikomisario kysyi. "Käyvän läpi sekopäistä, netistä löytämäänsä kuolintapalistaa?"

"En ole varma, mitä hän tekee, pomo. Hän on hyvin voinut laatia vastaavan listan itsekin."

Ylikomisario Blake mulkoili Hunteria.

"Ellen olisi näyttänyt sinulle tätä listaa vaan pyytänyt sinua kirjoittamaan paperille kymmenen pahinta tapaa kuolla, olisit varmasti valinnut ainakin kuusi–seitsemän tuon listan kohdista."

Ylikomisario Blake mietti asiaa.

"Elävältä haudattu, elävältä poltettu, elävältä syöty, hukkuminen… kaikki neljä ovat yleismaailmallisesti pelättyjä tapoja kuolla", Hunter lisäsi.

"Okei, ehkä hän siis laati oman listansa inhottavista kuolemista", ylikomisario myönsi. "Mutta kysymykseni on yhä voimassa. Uskotko, että hän tekee juuri sitä? Käy läpi sairasta listaansa ihan vain huvin vuoksi?"

"On se mahdollista", Hunter myönsi kiusallisen hiljaisuuden jälkeen.

"Paskiainen. Entä tämä?" Ylikomisario Blake osoitti yhtä kuvataulun kuvista viitaten sanaan, joka oli ilmestynyt keskelle näytön alareunaa lähetyksen aikana. "SYYLLINEN. Tappaja selvästikin kertoo meille, että piti sairaassa mielessään tätä naista syyllisenä johonkin."

"Onhan sekin mahdollista", Garcia sanoi. "Ongelma piilee siinä, että mikäli tämä kaveri todella on psykopaatti, nainen on voinut olla syyllinen ihan mihin tahansa, pomo. Hänen ei olisi tarvinnut edes tuntea tappajaa. Hän on voinut astua tämän jalalle täydessä metrovaunussa tai torjua tämän lähestymisyritykset baarissa, tai ehkä tappaja ei vain pitänyt hänen kampauksestaan tai ulkomuodostaan. Psykopaatille kelpaa mikä tahansa syy."

Garcia oli oikeassa. Psykopaateilla on hyvin vääristynyt käsitys todellisuudesta. He ovat yleensä niin tunteettomia, että yksinkertaisinkin asia saattaa vaikuttaa heihin mitä arvaamattomimmalla tavalla, ja melkein mikä tahansa saattaa laukaista äärimmäisen väkivaltaisen reaktion. Yleensä psykopaatit pitävät itseään kaikkia muita ylempänä. Älykkäämpänä. Viehättävämpänä. Lahjakkaampana. Enempänä kaikkea. He eivät suhtaudu kovin hyvin torjuntaan, oli se miten pienieleistä hyvänsä, vaan pitävät sitä omaan ylemmyyteensä kohdistuneena aggressiona. He loukkaantuvat helposti ja tuntevat usein inhoa muiden ihmisten arkipäiväistä elämää kohtaan. Yleisesti ottaen psykopaatit ovat impulsiivisia, heillä on heikko itsehillintä ja heidän rikoksensa tapaavat olla hetken mielijohteesta tehtyjä, mutta osa kykenee hyvinkin monimutkaiseen suunnitteluun. Jotkut jopa pystyvät hillitsemään sisällään raivoavaa hirviötä, kunnes on aika päästää se vapaaksi.

"Tai sitten hän vain leikittelee ihmisten herkkäuskoisuudella", Hunter sanoi lopulta.

Ylikomisario Blake loi häneen katseen, josta huokui kysymys: *Mitä helvettiä tuo on tarkoittavinaan?*

"Mielipiteenmuokkaus tai yksinkertaisemmin ilmaistuna huhu", Hunter sanoi ja napautti sormellaan sanaa SYYLLINEN kuvataululle kiinnitetyssä kuvassa. "Muuta ihmiset eivät tarvitse luodakseen mielipiteensä jostakin asiasta tai ihmisestä, pomo. Se on psykologinen kikka. Keino ohjata ihmisen mielipidettä suuntaan tai toiseen. Se on lehdistön ja median väkevin ase. He käyttävät sitä joka päivä."

"Mielipiteenmuokkaus?" ylikomisario kysyi.

"Aivan niin. Niin käy kaikille meistä, ymmärsimmepä sitä tai emme. Siksi sillä onkin niin väkevä voima. Jos näemme ihmisen kuvan lehdessä tai televisiossa ja sanan 'syyllinen' suurin kirjaimin kuvan alla, aivomme alkavat alitajuisesti muodostaa jonkun toisen ennakkoon muodostamaa mielipidettä tuosta henkilöstä. 'Jos se lukee lehdessä, sen täytyy olla totta.' Edes artikkelia ei tarvitse lukea. Syytetyn nimeä ei tarvitse lukea. Ei tarvitse edes tietää, mitä hänen väitetään tehneen. Se on huhun valta. Ja tuo valta on voimakas."

"Ja nyky-yhteiskunta elää siitä, että saa äänestää toisten ihmisten elämästä", Garcia sanoi.

Ylikomisario Blake kääntyi katsomaan häntä.

Hän naksautti rystysiään ja selitti. "Riittää kun avaa telkkarin. Se on tulvillaan realitysarjoja, joissa ihmisiä on koottu taloon, viidakkoon, saarelle, veneeseen, lavalle, minne vain. Yleisöä pyydetään äänestämään kaikesta. Siitä, mitä kilpailijat saavat syödäkseen vai saavatko ollenkaan, missä he nukkuvat, kenen kanssa pariutuvat, ihan typeriä juttuja, pitäisikö heidän jäädä vai poistua joukosta. Lista on loputon. Tappajamme vain pani pökköä pesään."

"Mutta hän teki sen varsin nokkelasti." Hunter jatkoi siitä, mihin Garcia jäi. "Hän ei pyytänyt yleisöä äänestämään siitä, kuolisiko nainen vai ei. Se oli jo päätetty. Psykologiselta kantilta sellainen puhdistaa useimpien ihmisten omantunnon."

Ylikomisario Blake mietti asiaa hetken.

"Eli... äänestäjien ei silloin tarvitse tuntea syyllisyyttä", hän sanoi ja tuijotti kuvaa, jossa nainen makasi lasiarkussa. "Ei ole heidän syynsä, että nainen on arkussa. Eivät he panneet häntä sinne. Hän olisi kuollut joka tapauksessa. He vain ovat juonessa mukana ja valitsevat kuolintavan."

Hunter komppasi. "Juuri siksi realitysarjat ovatkin niin suosittuja ja niitä on niin paljon. Ne on suunniteltu antamaan ihmisille valheellinen käsitys vallasta. He uskovat, että heillä on valta hallita mitä toiselle tapahtuu tietyssä tilanteessa. Valta päättää toisten ihmisten kohtalosta, niin sanoakseni. Ja tuo valta on yksi kaikkein koukuttavimmista tunteista. Siksi he janoavat lisää."

Kolmekymmentäviisi

Hunter ja Garcia eivät aikoneet jäädä lepäämään laakereilleen ja odottelemaan, milloin kadonneiden henkilöiden yksikön kasvojentunnistusohjelma saisi osuman.

Hunter oli aiemmin aamulla soittanut kaupungin psykologille, joka oli määrätty auttamaan Anita Lee Parkeria, ensimmäisen uhrin leskeä, surutyössä. Tohtori Greenen mukaan Anita teki sitä mahdollisimman huonosti. Hän kielsi yhä kaiken. Hänen aivonsa kieltäytyivät ymmärtämästä, mitä aviomiehelle oli tapahtunut. Hän oli viimeiset kaksi päivää istunut olohuoneessa ja odottanut Keviniä kotiin. Syvä masennus oli alkanut ottaa häntä valtaansa. Surullisinta oli se, että hän oli sen tähden alkanut lyödä laimin Liliaa, pientä tytärtään. Tohtori Greene oli kirjoittanut Anitalle mielialalääkereseptin, mutta mikäli hänen henkinen tilansa ei pian alkaisi kohentua, lastensuojelun olisi pakko puuttua asiaan.

Hunterin ensisijainen tarkoitus oli näyttää Anitalle toisen uhrin kuvaa. Tarkistaa, tunnistaisiko hän mahdollisesti naista. Ehkä Kevin tiesi hänet. Ehkä hän oli perheystävä. Mikäli he pystyisivät todentamaan, että uhrit tunsivat toisensa jollakin tasolla, tutkinta lähtisi etenemään vankemmalta pohjalta. Tappaja ei ehkä sittenkään ollut valinnut uhrejaan aivan niin umpimähkäisesti kuin he olivat alkuun uskoneet. Mutta Anita Lee Parker ei kyennyt vastaamaan heidän kysymyksiinsä. Hänen alitajuntansa blokkasi kaiken, mikä olisi pakottanut hänet kohtaamaan aviomiehensä traagisen kuoleman. Hän ei todennäköisesti olisi edes tunnistanut Hunteria ja Garciaa. Ei olisi lainkaan yllättävää, mikäli muisto heidän vain kahden päivän takaisesta tapaamisestaan olisi pyyhkiytynyt tyystin naisen mielestä.

Koska Anita oli edelleen sokissa, toiseksi paras vaihtoehto oli Kevinin paras ystävä ja työtoveri Emilio.

Lauantai oli Next-Genin vilkkain päivä, ja kello 12.28 kauppa olikin tupaten täynnä ihmisiä silmäilemässä valikoimaa ja kokeilemassa uusimpia julkaisuja. Emilio auttoi paraikaa asiakasta valitsemaan kahden pelin välillä, kun Hunter ja Garcia astuivat liikkeeseen. Kun Emilio näki heidät, hänen koko olemuksensa muuttui.

"Ehtisimmekö puhua pikaisesti, Emilio?" Hunter sanoi lähestyen miestä, kun tämä oli saanut palveltua asiakasta.

Emilio nyökkäsi hermostuneena. Hän johdatti heidät tiskin takana olevasta ovesta henkilökunnan taukohuoneeseen liikkeen perälle.

Emilio näytti väsyneeltä ja hermostuneelta. Silmien alla oli tummat renkaat.

Kukaan ei istuutunut. Emilio seisoi vanhan laminaattipäällysteisen pöydän vierellä huoneen keskellä, Hunter ja Garcia jäivät ovelle.

"Onko kaikki hyvin?" Garcia kysyi. Hän tarkoitti Emilion näkyvää vapinaa, jota ei ollut ollut heidän tavatessaan ensimmäisen kerran.

Kaksi lyhyttä nyökkäystä. "Joo, totta kai." Hän ei katsonut kumpaakaan etsivää silmiin.

"Muistitko Kevinistä jotain sellaista, mitä meidän pitäisi tietää?"

"En. En mitään. Kerroin jo kaiken."

"No, jotain on tapahtunut", Garcia sanoi. "Koska jos ihan rehellisiä ollaan, sinulla on aivan helvetin huono pokka."

Emilio kohtasi vihdoin Garcian katseen.

"Olipa se mitä hyvänsä, saamme sen kuitenkin selville, joten voit yhtä hyvin kertoa meille ja säästää kaikilta aikaa."

Emilio veti syvään henkeä ja katsoi lattiaa.

Hunter ja Garcia odottivat.

"Minulle tarjottiin myymäläpäällikön tointa. Kevinin vanhaa duunia."

"Ja…?" Garcia odotti edelleen jotain muuta.

"Siinä kaikki", Emilio sanoi ja sipaisi hermostuneena viiksiään.
"Mikä siinä on ongelmana?"

Hermostunut naurahdus. "Tiedän kyllä, miten se menee. Jos otan duunin vastaan, te alatte miettiä, että minulla oli jotain tekemistä Kevinin kuoleman kanssa. Sehän olisi motiivi, eikö niin? Se että otan hänen entisen työnsä. Mutta uskokaa kun sanon, ettei minulla ollut mitään hajua siitä, että minua pyydettäisiin myymäläpäälliköksi. En ole edes pitkäaikaisin työntekijä täällä. Heidän pitäisi pyytää Tomia. Hänestä tulisi hyvä pomo." Emilio melkein raakkui. "Kevin oli paras ystäväni. Hän oli minulle kuin veli…"

Garcia väläytti Emiliolle myötätuntoisen hymyn ja kohotti kättään estäen häntä jatkamasta. "Emilio, saanko keskeyttää? Olet katsonut aivan liikaa *CSI:tä* tai *Kovaa lakia* tai mitä nyt satutkin katsomaan."

Emilio katsoi etsiviä.

Hunter nyökkäsi. "Carlos on oikeassa. Meidän kannaltamme on valitettavaa, etteivät asiat ole noin yksinkertaisia. Jos otat myymäläpäällikön pestin vastaan, et singahda ykkösepäilyksemme, Emilio."

"Enkö?" Oli kuin Emilion harteilta olisi nostettu raskas taakka.

"Et", Garcia vahvisti. "Olemme täällä siksi, että toivoisimme sinun katsovan erästä kuvaa."

He näyttivät Emiliolle kuvan lasiarkussa makaavasta naisesta. Kuva oli otettu aivan lähetyksen alussa; sana SYYLLINEN ei ollut vielä ilmestynyt kuvan alalaitaan sen enempää kuin äänestysvaihtoehdotkaan. Kirjaimet SSV ja numeroyhdistelmä 678 näkyivät kuitenkin selkeästi kuvan molemmissa ylänurkissa.

Emilio tuijotti kuvaa pitkään ja raapi samalla leukaansa. "En… ole varma", hän sanoi lopulta. "Hänen kasvoissaan on jotain tuttua."

Molemmat etsivät pitivät innostuksensa kurissa.

"Uskotko nähneesi hänet aiemmin? Ehkä Kevinin seurassa?"

Emilio tuijotti kuvaa vielä hetken ennen kuin pudisti päätään. "Ei, en usko, että Kevin liittyy siihen. Kevinillä ei oikein ollut kavereita. Hän oli aina joko kotona Anitan kanssa tai sitten töissä. Välillä me jäimme tänne pelaamaan online-pelejä, kun olimme panneet puljun kiinni. Hän ei hengaillut baareissa tai yökerhoissa tai mitään sellaista. Hän ei juuri tavannut ihmisiä."

"Ehkä nainen oli asiakas", Garcia penäsi. "Ehkä näit hänet liikkeessä."

Emilio pohti hetken. "On se mahdollista. Voinko näyttää tämän muille jätkille? Jos hän on asiakas, joku heistä saattaa muistaa hänet paremmin."

"Kysele ihmeessä", Garcia sanoi. "Minulla on kuitenkin vielä yksi kysymys. Nämä kirjaimet ja numerot tässä ylhäällä." Hän osoitti tulostetta. "Merkitsevätkö ne sinulle mitään? SSV ja 678?"

Emilio mietti kysymystä hetken. "Ainoa SSV, mikä minulle tulee mieleen, on SSV *Normandy*."

"Mikä?"

"SSV *Normandy*. Se on avaruusalus, joka esiintyy pelissä nimeltä Mass Effect 2."

"Avaruusalus?"

"Juuri niin. Peli on pari vuotta vanha. Se julkaistiin vuonna... 2010, luulisin. Sain pelattua sen loppuun. Aika hyvä peli."

"Pelasiko Kevin sitä? Siis verkossa muiden kanssa?"

Emilio pudisti päätään. "Mass Effect 2 ei ole moninpeli. Se on soolopeli. Sitä pelataan tietokonetta vastaan."

Garcia nyökkäsi. "Entä numerot? Voisivatko ne olla pelitulos tai jotain?"

"Ei Mass Effect 2:ssa", Emilio sanoi. "Siinä ei saa pisteitä. Sitä vain suorittaa tason ja siirtyy seuraavalle, kunnes ne kaikki on pelattu loppuun."

Garcia katsoi Hunteria. Molemmat pudistivat samanaikaisesti päätään. Kumpainenkaan ei uskonut, että SSV:llä tai 678:lla oli mitään tekemistä videopelin kanssa.

He palasivat myymälätiloihin, ja Emilio näytti valokuvaa muille työvuorossa oleville henkilökunnan jäsenille. Hunter ja Garcia näkivät, miten he tuijottivat naisen kuvaa, kurtistivat kulmiaan, raapivat nenäänsä ja pudistivat sitten hitaasti päätään. Mikäli nainen oli joskus asioinut liikkeessä, kukaan ei tuntunut muistavan häntä.

"Olen edelleen sitä mieltä, että hänen naamassaan on jotain tuttua", Emilio sanoi ja tuijotti yhtä tulostetta.

Hunter ja Garcia antoivat hänen katsella sitä vielä pari minuuttia.

Ei mitään.

Molemmat etsivät tiesivät, että muistin pakottaminen oli turhaa.

"Ei se mitään, Emilio", Garcia sanoi ja ojensi hänelle käyntikorttinsa. "Säilytä kuva. Pidä vähän taukoa ja vilkaise sitä sitten pari kertaa päivän mittaan. Muisti toimii sillä tavalla. Jos muistat mitään, vaikka ihan pienenkin jutun, soita minulle, mihin aikaan tahansa. Kaikki numeroni on merkitty korttiin."

Kolmekymmentäseitsemän

Vaikka tutkinnan alkamisesta oli vasta seitsemän päivää, Hunter ja Garcia olivat olleet töissä viisitoista päivää putkeen vailla ainuttakaan taukoa. Ylikomisario Blake käski kumpaisenkin pitää sunnuntain vapaata.

He pitivät.

Garcia joi kahvinsa loppuun ja hymyili voimattomasti vaimolleen Annalle pienen aamiaispöydän poikki. He olivat olleet yhdessä lukion viimeiseltä luokalta asti. Garcia oli varma, että Anna oli jonkinlainen enkeli, koska kukaan ihminen ei voisi ymmärtää häntä eikä sietää häntä samalla lailla kuin Anna.

Anna oli ollut hänen rinnallaan alusta alkaen. Jo paljon ennen kuin hän päätti ryhtyä poliisiksi. Anna oli nähnyt, miten uutterasti hän oli tavoitellut unelmaansa ja miten omistautunut hän oli työlleen. Mutta kaikkein tärkeintä oli, että Anna ymmärsi työn vaatimat velvoitteet ja uhraukset. Hän oli hyväksynyt ne nurisematta eikä esittänyt vihaisia syytöksiä. Hän ymmärsi myös, ettei Garcia koskaan puhuisi työstään eikä käynnissä olevista tutkinnoista. Anna ei koskaan myöskään udellut niistä. Hän tiesi, ettei Carlos halunnut tuoda mukaan kotiin ammatilliseen elämäänsä kuuluvaa hulluutta, ja hän ihaili miestään sen johdosta. Mutta vahvuudestaan huolimatta Annaa pelotti, että kaikki ne asiat, joita Carlos päivittäin joutui kohtaamaan, muuttivat miestä sisältä. Hän tunsi sen.

"Mitä haluaisit tehdä vapaapäivänäsi?" Anna kysyi Garcialta vastaten tämän hymyyn. Annan kauneus oli epätavallista mutta lumoavaa. Hänellä oli sirot, sydämenmuotoiset kasvot, joita somistivat tyrmäävät hasselpähkinänruskeat silmät, lyhyt musta tukka sekä hymy, joka pystyi sulattamaan miehen. Hänen ihonsa oli kermaisen sileä, ja hänellä oli ammattitanssijan kiinteä kroppa.

"Mitä vain sinä haluat", Garcia vastasi. "Onko jotain suunnitelmia?"

"Ajattelin käväistä aamiaisen jälkeen lenkillä."

"Puistossako?"

"Jep."

"Kuulostaa hyvältä. Sopiiko, jos tulen mukaan?"

Anna irvisti Garcialle. Carlos tiesi täsmälleen, mitä se merkitsi. Garcia oli ollut koulussa erinomainen yleisurheilija, ja hänen erityislajinsa oli ollut pitkänmatkan juoksu. Koulun ja poliisiksi ryhtymisen jälkeen hänen kuntonsa oli jopa parantunut. Hän oli osallistunut kolmasti sekä Bostonin että New Yorkin maratonille ja saapunut maaliin aina alle kahden tunnin ja neljänkymmenen minuutin.

"Lupaan juosta sinun tahdissasi", Garcia sanoi. "Jos menen edes kerran edellesi, annan sinulle luvan kampata minut takaapäin ja sitten potkia minua, kun makaan maassa."

Montebellon kaupunginpuisto sijaitsi vain parin korttelin päässä heidän asunnoltaan. Länsituuli oli vieno, eikä yksikään pilvi tahrannut kirkkaansinistä taivasta. Puisto oli täynnä ihmisiä, jotka hölkkäsivät, pyöräilivät, rullaluistelivat, ulkoiluttivat koiriaan tai vain makailivat rentoina nauttimassa auringosta.

Vaikka Anna ei ollutkaan koskaan ollut urheilija, hän ei ollut mikään sohvaperuna. Hänen juoksuvauhtinsa oli vahva ja tasainen. Garcia piti sanansa ja juoksi koko ajan vaimonsa rinnalla tai askelen perässä. He olivat juuri juosseet kolmesta sopimastaan kierroksesta kaksi, kun Garcia kuuli kolisevaa ääntä takaansa. Hän kääntyi nopeasti ympäri ja näki viisikymppisen miehen, joka oli lysähtänyt maahan. Miehen polkupyörä lojui tiellä parin askelen päässä hänen edessään. Mies ei liikkunut.

"Anna, odota", Garcia huikkasi.

Anna pysähtyi ja kääntyi. Hänen katseensa osui suoraan maassa makaavaan mieheen. "Luojan tähden. Mitä tapahtui?"

"En tiedä." Garcia kiiruhti jo kohti miestä.

Toinen, nuorempi pyöräilijä oli pysähtynyt parin metrin päähän siitä, mihin mies oli kaatunut.

"Mitä tapahtui?" Garcia kysyi ja kumartui miehen puoleen.

"En tiedä", pyöräilijä vastasi. "Hän ajoi edessäni ja alkoi äkkiä huojahdella puolelta toiselle. Sen jälkeen hän putosi täysin yllättäen pyöränsä selästä ja osui naama edellä maahan."

Paikalle alkoi kerääntyä lisää ihmisiä.

"Tunnetko hänet?" Garcia kysyi.

Pyöräilijä pudisti päätään. "Minulla ei ole aavistustakaan, kuka hän on, mutta hänen täytyy olla paikallinen. Olen nähnyt hänet pyöräilemässä täällä puistossa pariin otteeseen."

Garcia käänsi miehen ripeästi ympäri, niin että tämä makasi nyt selällään. Hänen rintakehänsä ei kohoillut. Hän oli lakannut hengittämästä, mikä oli merkki sydänpysähdyksestä.

"Hänellä on sydänkohtaus", Garcia sanoi ja vilkaisi Annaa.

"Hyvä Jumala." Anna kohotti vapisevan käden suulleen. "Mitä minä voin tehdä?"

"Soita ambulanssi. Nyt heti."

"Puhelimeni on kotona."

Garcia kaivoi matkapuhelimensa nopeasti taskustaan ja ojensi sen Annalle.

Utelias ihmisjoukko oli kerääntynyt tapahtumapaikan ympärille. Kaikki vain seisoivat paikoillaan ja tuijottivat silmät suurina. Kukaan ei tarjoutunut auttamaan.

Garcia oli kuluneiden seitsemän päivän aikana joutunut katsomaan, kun kaksi ihmistä kuoli hänen silmiensä edessä ilman, että hän oli pystynyt auttamaan millään tavalla. Hän ei missään tapauksessa seisoisi tumput suorina niin kuin kaikki muut. Hän tekisi kaikkensa auttaakseen tätä miestä.

Garcia alkoi välittömästi painella miehen rintakehää molemmin käsin yrittäen keinotekoisesti pumpata verta sydämestä muualle kehoon.

"Mitä on tapahtunut?" juoksuvaatteisiin pukeutunut, hikinen mies huikkasi lähestyessään katsojaryhmää.

"Sydänkohtaus, ilmeisesti", joku nainen vastasi.

"Päästäkää minut läpi", mies huusi. "Olen lääkäri."

Väkijoukko jakaantui välittömästi kahtia.

Mies kyykistyi Garcian viereen. "Miten kauan hänen sydämensä on ollut pysähdyksissä?"

"Alle minuutin." Garcia nosti katseensa hakeakseen nuorelta pyöräilijältä vahvistusta. Mies oli häipynyt.

"Ambulanssin pitäisi tulla viidessä minuutissa tai nopeammin", Anna ilmoitti ääni hiukan vavisten.

"Okei. Tarvitsen nyt sinun apuasi", lääkäri totesi Garcialle. "Meidän täytyy jatkaa painelu-puhalluselvytystä, kunnes ambulanssi tulee." Garcia nyökkäsi.

"Jatka rintakehän painelua sillä aikaa, kun minä annan hänelle tekohengitystä. Tähtää suunnilleen sataan painallukseen minuutissa. Lasken sinulle lukua. Painele kymmenen kertaa ennen kuin aloitan."

Garcia alkoi painella lujaa ja rytmikkäästi, ja kunkin painalluksen myötä hänen muistinsa läväytti hänen mieleensä uuden umpimähkäisen kuvan kahdesta internetuhrista, jotka olivat kuolleet hänen silmiensä edessä.

"…ja kymmenen", lääkäri sanoi ja napsautti Garcian ulos kauhistuttavasta transsistaan. Lääkäri nipisti miehen sieraimet kiinni kahdella sormella estääkseen ilman pääsyn ulos, veti syvään henkeä ja painoi suunsa miehen suulle, minkä jälkeen hän hengitti sinne noin kahden sekunnin ajan. Hänen katseensa oli kiinnittynyt miehen rintaan, joka kohosi aavistuksen. Tämä viittasi siihen, että sisään virtasi riittävästi ilmaa. Hän toisti saman kahdesti.

Mies ei edelleenkään hengittänyt omin voimin.

"Tarvitsen tällä kertaa kolmekymmentä painallusta", lääkäri sanoi.

Kaukaa kuului sireenien ujellusta.

"He ovat suunnilleen kahden ja puolen minuutin päässä", Garcia sanoi ja paineli jälleen miehen rintakehää.

Lääkäri vilkaisi häntä uteliaana.

"Olen poliisi, joten osaan arvioida."

Kun Garcia oli painellut kolmekymmentä kertaa, lääkäri puhalsi taas kahdesti.

Mies ei edelleenkään hengittänyt itsenäisesti.

He toistivat prosessin vielä kahdesti, kunnes kuulivat kovaa meteliä. Ambulanssi ajoi nurmikentän poikki ja kiersi pari puuta päästäkseen heidän luokseen.

"Me jatkamme tästä", ensihoitaja sanoi ja polvistui miehen pään viereen.

Garcia nosti kätensä miehen rintakehältä. Hänen kätensä tärisivät, ja vaikka hän olikin luonteeltaan tyyni, hän oli silmin nähden hermostunut.

"Selviydyit loistavasti", lääkäri sanoi. "Teimme kaikkemme olosuhteet huomioiden. Kukaan ei olisi voinut pärjätä paremmin."

Garcia tuijotti lääkäriä sillä aikaa, kun ensihoitajat ottivat tilanteen haltuunsa ja kiinnittivät elvytysmaskin tajuttoman pyöräilijän kasvoille.

"Meidän täytyy elvyttää", toinen ensihoitajista sanoi. "Muuten menetämme hänet."

Kyynelet kihosivat Annan silmiin. "Voi luoja."

Garcia syleili häntä ensihoitajien hakiessa ambulanssista kannettavan defibrillaattorin.

"Valmista", ensihoitaja huikkasi ennen kuin antoi kontrolloidun, kahdensadan joulen sähköiskun miehen rintakehään.

Ei mitään.

Ensihoitaja nosti tehoa kolmeensataan jouleen ja antoi uuden iskun.

Ei edelleenkään mitään.

Mies ei liikahtanut.

Ensihoitajat katsoivat toisiaan. Mitään ei ollut enää tehtävissä. Kaikkien ponnistelu oli ollut turhaa.

Anna hautasi kasvonsa Garcian rintaa vasten ja alkoi itkeä. Garcia koetti tukahduttaa valtavaa syyllisyydentunnetta, joka oli ottanut hänet valtaansa.

Kolmekymmentäseitsemän

"Onko kaikki hyvin?" Hunter kysyi Garcialta heti, kun oli seuraavana aamuna saapunut työhuoneelle. Hän aisti välittömästi, että työparia vaivasi jokin.

Garcia kertoi hänelle edellispäivän tapahtumista puistossa.

"Kurjaa, että Annan täytyi nähdä sellaista", Hunter sanoi.

"On kuin kuolema olisi viime aikoina alkanut seurailla minua", Garcia vastasi. "Enkä minä voi tehdä mitään auttaakseni yhtäkään näistä ihmisistä."

"Kertomasi perusteella teit eilen kaiken voitavasi, Carlos. Tiedät myös, että teemme kaiken voitavamme tässä tutkinnassa." Hunter nojasi työpöytäänsä. "Juuri tätä tappaja haluaa. Jos annamme turhautumisen ottaa meistä niskaotteen, alamme tehdä virheitä emmekä näe yksityiskohtia."

Garcia veti syvään henkeä ja nyökkäsi. "Joo, tiedän. Se eilisen juttu vain vaivaa edelleen mieltäni. Kuvittelin, että olisin pystynyt pelastamaan sen miehen, minä todella kuvittelin niin. Ja toivoin, ettei Anna olisi nähnyt hänen kuolevan." Hän nousi seisomaan ja katseli ympärilleen kuin etsien jotakin.

"Käväisen alakerran automaatilla", hän sanoi ja tarkisti, kuinka paljon kolikoita hänellä oli taskussaan. "Tarvitsen energiajuoman. Otatko sinä?"

Hunter pudisti päätään. "Ei kiitos."

Garcia nyökkäsi, pani kolikot takaisin taskuun ja poistui työhuoneesta.

Kaksikymmentä minuuttia myöhemmin Hunter ja Garcia saivat kaksi raporttia. Toisessa oli luettelo puheluista, jotka oli soitettu ja joihin oli vastattu Kevin Lee Parkerin matkapuhelimesta. Ei mitään tavallisesta poikkeavaa. Kevin ei ollut soittanut muille kuin vaimolleen ja Emiliolle eikä hänelle ollut tullut puheluita muilta ihmisiltä. Kuten Emilio oli sanonut, Kevinillä ei ollut näyttänyt olleen juurikaan sosiaalista elämää.

Toinen raportti käsiteli SSV:n mahdollisia merkityksiä, niiden kolmen kirjaimen, jotka olivat ilmestyneet toisen lähetyksen aikana näytön vasempaan yläkulmaan. Merkitykset oli jaettu viiteen kategoriaan: informaatioteknologia (kaksikymmentäkuusi merkintää), sotilaallinen ja hallitus (kaksikymmentäkaksi merkintää), järjestöt, koulut ja muut (kaksikymmentäneljä merkintää), liike-elämä ja talous (kahdeksantoista merkintää).

He tutkivat niitä kaikkia pitkän tovin.

"Sanooko mikään tästä sinulle mitään?" Garcia kysyi lopulta.

Hunter pudisti hitaasti päätään lukiessaan lyhennelistaa läpi miljoonannetta kertaa. Yhdelläkään ei tuntunut olevaan minkäänlaista yhteyttä heidän tapaukseensa.

"Symphony Silicon Valley, Society for the Suppression of Vice?" Garcia kurtisti kulmiaan kahdelle ensimmäiselle merkinnälle Järjestöt, koulut ja muut -kategoriassa. Hän käänsi sivua ja katsoi Armeija ja hallitus -kategoriaa. "Soldier Survivability, Space Shuttle Vehicle? Tämä on aivan älyvapaata."

Raportin lopussa huomautettiin, ettei SSV678:lle tai 678SSV:lle ollut löytynyt minkäänlaisia merkityksiä. He olivat kokeilleet kaikkea, jopa sitä, voisiko kyse olla karttakoordinaateista. 6,78 oli paikallistunut Sri Lankasta lounaaseen, Lakkadiivien merelle. 67,8 oli myöskin osunut mereen, Norjanmerelle usean kilometrin päähän Norjan rannikosta.

Hunter laski raportin pöydälleen ja hieroi silmiään. Tähän mennessä missään ei tuntunut olevan järkeä. Kaikki päättyi umpikujaan, aivan kuten Michelle Kelly oli sanonut. Kadonneiden henkilöiden yksikkö ei edelleenkään ollut löytänyt naista.

Hunterin katse vaelsi kuvataululle ja asettui lähetyksen alkupuolella otettuun kuvaan. Naisen kohtalo ei vielä siinä vaiheessa ollut sinetöity. Hän makasi jähmettyneenä lasiarkussaan ja rukoili ihmettä. Hänen kasvoiltaan kuvastui yhä toivo. Tulosteessa HAU-DATULLA oli 325 ääntä ja SYÖDYLLÄ 388.

Garcia oli vihdoin hylännyt lyhenneraportin ja asettanut sen pöydälleen, kun hänen puhelimensa soi.

"Etsivä Garcia, erikoismurharyhmä", hän vastasi.

"Etsivä, täällä on Emilio Mendoza." Lyhyt tauko. "Nainen siinä kuvassa, jonka annoit minulle... tiedän, missä olen nähnyt hänet aiemmin. Katson häntä juuri nyt."

Kolmekymmentäkahdeksan

Michelle Kelly ja Harry Miller olivat käyneet nettipedofiili "Bobbyn" nappaamiseen tähtäävän peiteoperaationsa askelet läpi sataan kertaan. Siitä huolimatta he tiesivät, että operaatio saattoi mennä miljoonalla eri tavalla pieleen. Heidän ei auttanut kuin rukoilla, että kaikki sujuisi suunnitelman mukaisesti.

Michelle halusi innokkaasti saattaa tämän tutkinnan päätökseen, jotta voisi käydä täysillä seuraavan työn kimppuun. Kaksi nettimurhaa vainosivat hänen mieltään kellon ympäri. Tappajan pöyhkeys häiritsi häntä suunnattomasti. Hän halusi keskittää kaikki voimavaransa LAPD:n keissiin.

"Lucy", nuori koulutyttö, jota Michelle oli internetissä esittänyt, istuskeli penkillä Venice Beachillä skeittipuistoa vastapäätä, kun "Bobby" saapui hänen taakseen.

"Lucy?" mies kysyi varovasti, vaikka tiesikin jo vastauksen. Hän oli tarkkaillut tyttöä kauempaa viimeisten kahdenkymmenen minuutin ajan.

Lucy kääntyi ja katsoi Bobbyä hetken. Hänen kasvoiltaan paistoi hämmennys.

"Minä tässä, Bobby."

Todellisuudessa Lucy oli Sophie Brook, kaksikymmentäyksivuotias ammattinäyttelijä itäisestä Los Angelesista, jota FBI oli käyttänyt kolmessa aiemmassa operaatiossa. Hän oli erinomainen näyttelijä, mutta mitä FBI:hin tuli, hänen todellinen lahjansa oli se, että hänellä oli teinitytön ulkomuoto, vartalo ja iho. Oikeisiin vaatteisiin pukeutuneena hän kävi vallan mainiosti kolmetoistavuotiaasta koulutytöstä. Ja juuri sellaisen kuvan Michelle Kelly oli lähettänyt Bobbylle netissä: suloinen, naiivin näköinen Sophie pukeutuneena

Lucyksi, keskusteluryhmän koulutytöksi. Bobby oli mennyt lankaan. Tänä aamuna heidän ei tosin tarvinnut vaivata päitään yrittämällä saada Sophieta näyttämään kolmetoistavuotiaalta, sillä jokainen kolmetoistavuotias tyttö, joka halusi tehdä vaikutuksen vanhempaan "poikaan", pyrki näyttämään ikäistään vanhemmalta. He olivat pukeneet Sophien farkkuhameeseen, matalakantaisiin ballerinoihin, trendikkääseen valkoiseen toppiin sekä lyhyeen farkkutakkiin. Vaalea tukka roikkui vapaana harteiden yli, ja hän oli meikannut kevyesti kuten nuori tyttö, joka yritti näyttää vanhemmalta.

Sophieta oli koulittu tähän keikkaan viikkoja. Hän oli jopa käynyt läpi intensiivisen itsepuolustuskurssin erään FBI:n kouluttajan kanssa. Hänellä oli varmuuden vuoksi oikeassa takintaskussaan minikokoinen pippurisuihkepurkki.

FBI oli huomannut Bobbyn sillä sekunnilla, kun tämä oli lähtenyt kulkemaan East Market Streetiä skeittipuiston suuntaan. Bobbylla oli päällään tummansininen huppari, jonka hupun hän oli vetänyt päähänsä, siniset farkut, valkoiset Niken lenkkarit sekä punainen reppu. Hupaisaa – Sophie oli pukeutunut vanhemmaksi, Bobby nuoremmaksi.

Skeittirampin päälle strategisesti sijoitettu kamera kuvasi Bobbyn jokaisen liikkeen. Jokainen hänen lausumansa sana tallentui Lucyn puseron alle asennettuun salakuuntelulaitteeseen. Hiekkarannalla peitetehtävässä oleva agentti oli leikkivinään koiransa kanssa pallolla samalla, kun tarkkaili Bobbya turvallisen etäältä.

Lucyn kasvoilta heijastuva hämmästys oli teeskenneltyä. Michelle oli käynyt tilanteen hänen kanssaan läpi kymmeniä kertoja.

"Muista, että uskot hänen olevan kaksikymmentäyksivuotias. Kun näet hänet ensimmäistä kertaa, järkyty. Loukkaannu siitä, että hän on valehdellut sinulle. Suutu siitä, että hän on käyttänyt luottamustasi hyväkseen."

"Vau", Bobby sanoi, väläytti leveän hymyn ja veti hupun päästään. "Olet jopa nätimpi luonnossa. Olet ihan uskomattoman kaunis."

"Saatanan paskiainen", Harry kirosi tarkkailuasemistaan East Market Streetin huipulta.

Lucyn silmät kostuivat. "Onko tämä vitsi?"

"Ei, minä se olen, Bobby."

Bobby oli osapuilleen kolmenkymmenenviiden. Hänellä oli lyhyt vaalea tukka, jykevät leukaperät, vahva nenä ja kutsuvat vaaleansiniset silmät. Häntä ei voinut väittää rumannäköiseksi. Hänellä ei todennäköisesti ollut vaikeuksia löytää naisseuraa. Ongelmana oli se, että hän tykkäsi nuorista tytöistä.

Bobby istahti penkille.

Lucy kavahti pari senttiä kauemmas.

"Lintu on pesässä", Harry sanoi mikrofoniinsa. "Napataan hänet."

"Ei vielä", Michelle vastasi. Hän seisoi vain parin metrin päässä Lucysta ja Bobbysta teeskennellen kuuntelevansa iPodiaan samalla, kun katseli skeittaavia nuoria. "Antaa heidän puhua hetken aikaa."

"Sinä et ole kaksikymmentäyksi", Lucy sanoi väräjävällä äänellä.

"Voi, älä suutu", Bobby sanoi ja loi Lucyyn surullisen koiranpennun katseen. "Anna minun selittää, Lucy. Minä tässä olen, sinun tuntemasi Bobby. Sama Bobby, jonka kanssa olet jutellut neljä kuukautta. Se Bobby, johon sanoit rakastuneesi. Minä vain… en tiennyt, miten olisin sen sinulle siinä keskusteluryhmässä kertonut."

Lucyn poskelle vierähti kyynel.

"Hitto että hän onkin hyvä", Harry kuiskasi itsekseen.

"Unohda se ikäjuttu", Bobby sanoi lempeällä äänellä. "Se ei ole ollenkaan tärkeää. Muistatko, millainen yhteys meillä oli? Miten me juttelimme? Miten me tutustuimme ja opimme ymmärtämään toisiamme niin hyvin? Mikään ei ole muuttunut. Olen ihan sama ihminen. Kamoon, Lucy. Eikö olekin niin, että kun kaksi ihmistä löytää niin vahvan yhteyden kuin me, kun he löytävät sielunkumppaninsa, millään muulla ei ole väliä? Tiedän, että olet tarpeeksi kypsä ymmärtämään sen."

Ei vastausta.

"Minusta sinä olet uskomaton ja kaunis ihminen", Bobby jatkoi. "Olen rakastunut sinuun, Lucy. Eihän iällä ole mitään merkitystä sellaisissa asioissa."

"Saatteko te tämän paskanjauhannan nauhalle?" Harry sanoi mikrofoniinsa.

"Joka ainoan sanan", Michelle vastasi. "Saatanan sairas nuljaska."
Lucy ei sanonut mitään. Hän vain istui paikallaan loukkaantuneen oloisena.

"Käytäisiinkö kävelyllä ja juteltaisiin lisää?" Bobby sanoi. "Olen odottanut tapaamistasi niin kovasti."

"Okei, nyt riitti", Michelle sanoi ja vilkaisi rannekelloaan. "Tämä paska päättyy tähän."

Niistä kuudesta tytöstä, joiden kanssa FBI tiesi Bobbyn harrastaneen seksiä, vain yksi oli suostunut tekemään heidän kanssaan yhteistyötä. Hän oli kahdentoista. Heille riitti kuitenkin yksi. Tytön tarvitsisi vain osoittaa Bobby tunnistusrivistä, ja se olisi siinä. Michelle tiesi myös, että kun Bobby istuisi sellissä ja yksi uhreista oli tunnistanut hänet, muutkin tulisivat esiin ja osoittaisivat tätä syyttävällä sormella.

Michelle kiskoi korvanapit korvistaan, käveli penkille, jolla Lucy ja Bobby istuivat, ja jäi seisomaan Bobbyn eteen tarkkaillen miestä.

Bobby katsoi häntä ja kurtisti kulmiaan. "Voinko jotenkin auttaa?"

Michelle hymyili. "Voitko sinä auttaa minua? Et." Hän kysyi ja vastasi viittilöiden samaan aikaan. "Voinko minä auttaa sinua? En. Voitko sinä auttaa itseäsi? Et. Oletko sairas paskakasa, joka ansaitsee mädäntyä vankilassa? Aivan ehdottomasti kyllä." Hän kaivoi esiin virkamerkkinsä. "FBI, sinä saatanan kusipää. Meidän täytyy keskustella vähän siitä, mitä kaikkea puuhastelet netissä."

Sekunnin ajan kaikki pysyivät liikkumatta, ja sitten Bobby ryhtyi salamannopeasti toimeen. Hän hypähti pystyyn ja rysäytti päälakensa vasten Michellen leukaa. Brutaali hyökkäys sai Michellen pään retkahtamaan taaksepäin kuin häntä olisi ammuttu. Hänen leukaluunsa pamahti vasten kalloa niin rajusti, että hänen näkökenttänsä sumeni. Veri suihkusi ilmaan huulen tuoreesta haavasta. Hän kompuroi taaksepäin keho puolittain velttona ja jalat niin hyytelönä, ettei hän pysynyt pystyssä. Hän romahti maahan kuin marionetti, jolta on katkottu langat.

Bobby loikkasi penkin yli ja pötki pakoon Oceanfront Walkin suuntaan.

Kolmekymmentäyhdeksän

"Mitä?" Garcia sanoi puhelimeen. Emilion sanat olivat lyöneet hänet täydellisesti ällikällä. "Odota hetki, Emilio. Panen kaiuttimen päälle." Garcia painoi nappia ja asetti luurin takaisin paikoilleen. "Sanotko tuon uudestaan?"

Hunter katsoi Garciaa.

"Nainen siinä kuvassa, jonka annoit minulle lauantaina, kun kävitte myymälässä. Tiedän nyt, missä olen nähnyt hänet. Itse asiassa katson häntä juuri nyt."

Oli Hunterin vuoro näyttää hämmentyneeltä. "Mitä? Emilio, tässä on etsivä Hunter. Mitä tarkoitat sanoessasi, että *katsot häntä juuri nyt?* Missä sinä olet?"

"Kotona. Ja tarkoitan, että katson hänen kuvaansa."

"Toista kuvaa?" Garcia kysyi.

"Aivan niin. Eilisen lehdestä."

Garcia kurtisti kulmiaan. "Saiko lehdistö videon käsiinsä?" hän kysyi Hunterilta.

"Ei minun tietääkseni. Blake olisi saanut raivarin, jos lehdistö olisi saanut asiasta vihiä."

"Näit hänet siis eilisen lehdessä?" Garcia kiinnitti jälleen huomionsa puheluun. "Missä lehdessä?"

"*LA Timesissa*", Emilio vastasi.

Hunter ja Garcia katsoivat vaistomaisesti työhuoneensa ainokaista ikkunaa. *LA Timesin* pääkonttori sijaitsi kirjaimellisesti kadun toisella puolella. Se oli ensimmäinen rakennus, jonka he näkivät katsoessaan ulos ikkunastaan.

"Mutta hänestä ei ole uutista", Emilio sanoi. "Juttu ei kerro hänestä."

Jälleen hämmentyneitä katseita.

"Hän on toimittaja."

"Mitä?"

"Siksi hän näytti niin tutulta. Tyttöystävä tykkää lukea *LA Timesin* sunnuntain viihdeliitettä, lähinnä julkkisjuoruja. Hän on ihan intona sellaiseen. Joskus selailen sitä itsekin. Mutta joo, se nainen kirjoittaa viikoittaista kolumnia viihdeliitteeseen. Jokaisen jutun yläpuolella on aina pieni kuva hänestä. Siksi hän näytti niin tutulta. Olin nähnyt hänen kuvansa moneen kertaan."

Garcia kirjoitti jotain muistivihkoonsa.

"En lukenut lehteä eilen. Olin töissä", Emilio selitti. "Tänään minulla on vapaapäivä. Selasin pikaisesti eilisen lehteä ennen sen pois heittämistä, ja siinä hän oli."

"Mikä hänen nimensä on?" Hunter kysyi.

"Christina. Christina Stevenson."

Hunter näpytteli nimen internetin hakukoneeseen. Naisen kuva ilmestyi parissa sekunnissa näytölle. Emilio oli oikeassa. Christina Stevenson oli vailla epäilystä heidän toinen uhrinsa, ellei hänellä sitten ollut identtistä kaksossiskoa tai *LA Timesissa* työskentelevää kloonia.

"Hyvin tehty, Emilio", Garcia sanoi. "Olemme yhteydessä." Hän lopetti puhelun.

Hunter skannasi tietoa sivustolta, jonka oli avannut näytölleen.

"Mitä sieltä löytyy?" Garcia kysyi.

"Ei paljon mitään. Christina Stevenson, kaksikymmentäyhdeksän vuotta. Työskennellyt *LA Timesissa* kuusi vuotta. Kaksi viimeistä viihdepuolella, jota monet nimittävät *juorukuiluksi*. Muuta henkilökohtaista tietoa ei löydy."

"Oliko hän juorutoimittaja?" Garcia kysyi.

"Siltähän se näyttää."

"Hemmetti. Kenelläkään ei ole enemmän vihollisia, ei edes meillä."

Garcia oli oikeassa. Los Angelesin kaltaisessa kaupungissa, jossa julkisuus on monille yhtä tärkeää kuin hengittäminen, juorutoimittajilla on valta ylistää kohdettaan suhteettomasti tai pilata hänen elämänsä. He voivat tuhota hänen parisuhteensa, rikkoa hänen perheensä, paljastaa hänen likaiset salaisuutensa, tehdä melkein mitä vain. Ja pahinta on se, ettei juorujen tarvitse edes pitää paikkaansa. LA:ssa pieninkin huhu voi muuttaa ihmisen elämän täydellisesti, hyvässä tai pahassa. Juorutoimittajilla sanotaankin olevan vääriä ystäviä ja oikeita vihollisia.

Hunter pysähtyi hetkeksi miettimään.

Garcia tiesi tarkalleen, mitä Hunterin mielessä liikkui. Mikäli he ryhtyisivät kyselemään *LA Timesin* päämajassa, tapausta ei enää voisi pitää piilossa. Toistaiseksi yksikään sanomalehti tai uutiskanava ei ollut tarttunut siihen. *LA Timesiin* menemistä saattoi verrata raa'an lihakimpaleen jakamiseen nälkäiselle susilaumalle – ja liha oli peräisin yhdestä lauman jäsenestä. He eivät saisi palkakseen tiedonmurenaakaan, sillä toimittajat rakastavat tiedon hankkimista mutta inhoavat sen jakamista.

”Mitä haluat tehdä?” Garcia kysyi. ”Kyselläänkö *Timesissa?*”

”Pakkohan meidän on. Jos uhri oli siellä toimittajana, meidän ei auta kuin käydä siellä. Ei kuitenkaan tehdä sitä vielä.” Hunter tarttui pöytäpuhelimeensa ja soitti tutkintatiimille. Hän pyysi heitä keräämään kaiken mahdollisen tiedon Christina Stevensonista, ennen muuta kotiosoitteen. Sen hän tarvitsi välittömästi.

Minuutin kuluttua puhelin soi.

”Joko meillä on osoite?” Hunter sanoi kuulokkeeseen.

”Ööh… onko etsivä Robert Hunter?” miehen ääni kysyi.

Hunter piti tauon. ”Kyllä. Etsivä Robert Hunter puhelimessa. Kuka siellä?”

”Etsivä Martin Sanchez Santa Monican poliisilaitokselta.”

”Miten voin auttaa, etsivä Sanchez?”

”No, aiemmin tänä aamuna yksi partioautoistamme otti vastaan hätäkeskuksen ilmoituksen ja löysi naisen ruumiin yksityiseltä pysäköintialueelta läheltä Marine Parkia Santa Monicassa.” Sanchez pysähtyi selvittämään kurkkunsa. ”Joku oli jättänyt ruumiiseen viestin. Siinä lukee sinun nimesi.”

Neljäkymmentä

Kesti useamman sekunnin, ennen kuin Michelle sai näkökykynsä takaisin, ja senkin jälkeen kaikkialla tuntui räjähtelevän kirkkaita valotäpliä. Hänen koko päätään särki kuin joku olisi puristanut sitä verkkaisesti ruuvipuristimessa. Verenpaine sai alahuulen sykkimään niin raivokkaasti, että hän pelkäsi sen kohta poksahtavan ilmapallon tavoin.

"Oletko kunnossa?" Sophie kysyi. Hän kyykisteli Michellen vieressä pidellen tämän kättä. Kaikki oli tapahtunut niin nopeasti, ettei hän ollut ehtinyt reagoida.

Michelle katsoi naista tokkuraisena. Tunsiko hän tuon tyypin? Hänen aivonsa eivät edelleenkään rekisteröineet oikein mitään.

"Michelle, oletko kunnossa?" Harryn ääni kaikui kaulassa roikkuvista korvanapeista. Harry juoksi jo alas East Market Streetiä kohti skeittipuistoa. Peli oli pelattu.

"Michelle?" Sophie sanoi uudestaan.

Yhtäkkiä, aivan kuin joku olisi kaatanut ämpärillisen kylmää vettä hänen päälleen, aivot käynnistyivät uudestaan. Hänen silmänsä tarkensivat Sophien kasvoihin, ja kaikki palasi salamana hänen mieleensä. Hän kohotti kätensä huulelleen ja irvisti sormenpäiden koskettaessa sitä. Hän katsoi kättään.

Verta.

Hämmennyksen tilalle nousi välitön raivo.

"Jumalauta sitä äijää", hän sanoi itselleen ja painoi nopeasti napit takaisin korvilleen.

"Lintu yrittää lehahtaa pakoon", hän kuuli Harryn sanovan.

"Ei helvetissä lehahda", Michelle vastasi.

"Michelle, onko kaikki hyvin?" Harry kysyi. Hän kuulosti samanaikaisesti huojentuneelta ja hengästyneeltä.

"Kyllä tämä tästä", Michelle vastasi vihaisesti.

"Se oli saatananmoinen pääpusku."

"Lakkaa piru vie huolehtimasta minusta", Michelle tiuskaisi mikrofoniin. "Jonkun on paras ottaa se paskiainen kiinni."

"Homma hoidossa."

Heti, kun Bobby oli pukannut Michelleä ja lähtenyt livohkaan, rannalla temmeltänyt salainen agentti oli polvistunut saksanpaimenkoiransa viereen ja osoittanut Bobbya, joka oli jo ennättänyt saada etumatkaa. "Ota kiinni, poika. Ota kiinni."

Koira oli singonnut matkaan kuin raketti.

Bobby oli nopea mutta ei riittävän nopea. Koira onnistui saamaan hänet kiinni muutamassa sekunnissa.

Ota kiinni -komennossa koiraa käsketään heittäytymään pakenevan kohteen päälle koko painollaan. Täysin kehittynyt, juokseva saksanpaimenkoira tuottaa iskuvoiman, joka vastaa 40 kilometrin tuntinopeudella kulkevan moottoripyörän törmäystä.

Bobby sinkosi eteenpäin ja iskeytyi täysillä maahan.

Viidentoista minuutin kuluttua Bobby istui sävytetyin ikkunoin varustetun siviilimaasturin takapenkillä. Auto oli pysäköity sivukujalle Venice Beachin liepeille. Hänet kätensä oli kahlittu selän taakse. Hänen vasemmalla puolellaan istui FBI-agentti. Michelle Kelly ja Harry Mills istuivat suoraan hänen edessään.

Bobby piti pään painuksissa. Katseen polvissa.

"Saatanan väkivaltainen niljake", Michelle sanoi ja kosketti jälleen turvonnutta huultaan.

Bobby ei nostanut katsettaan.

"Mutta kaikki hyvin", Michelle jatkoi. "Koska arvaa mitä? Me saimme sinut nalkkiin, kyrväke. Etkä sinä pääse maistamaan vapautta hyvin pitkään toviin."

Bobby ei sanonut mitään.

Michelle tarttui Bobbyn reppuun, avasi sen ja dumppasi sisällön lattialle heidän jalkoihinsa. Repussa oli sekalaista sälää: useita erilaisia suklaapatukoita ja purkkapaketteja, kolme limutölkkiä, pieni neliskanttinen lahjapaketti, jossa oli punainen rusetti, Venice Beachin alueen kartta sekä avainketjuun ripustettu avain. Ei lompakkoa. Ei ajokorttia. Ei minkäänlaista henkilöllisyystodistusta. Bobbylle oli jo tehty ruumiintarkastus. Hänellä ei ollut papereita mukanaan.

"Mitäs meillä on täällä?" Michelle sanoi ja penkoi tavaroita.

Bobbyn katse seurasi hänen käsiään. "Eikö teillä pitäisi olla lupa tuohon? Tuo on yksityisomai... yrh."

Agentin kyynärpää osui Bobbyn kylkiluihin.

"Jos olisin sinä", agentti sanoi, "keskittyisin vastaamaan sinulle esitettyihin kysymyksiin. Muuten tämä voi muuttua hyvin nopeasti hyvin häijyksi... Sinun kannaltasi, siis."

Michelle poimi lattialta suklaapatukat, purkkapaketit ja virvoitusjuomapullot ja ojensi ne Harrylle. "Vie nämä saman tien labraan", hän sanoi ja katsoi sitten taas Bobbya. "Olen valmis lyömään vapaudestasi vetoa, että ainakin osa näistä on terästetty."

Ei vastausta. Bobbyn katse palasi polviin.

Michelle hymyili. "Ja mikäs tässä on?" Hän tarttui lahjapakettiin. Kortissa luki *Lucylle rakkaudella*. Hän avasi rusetin ja paketin kannen.

Harryn leuka loksahti. "Ei voi olla totta."

Michelle tuijotti lahjaa vihaisena. "Punaiset pitsipöksyt?" hän sanoi lopulta. "Luulit Lucya kolmetoistavuotiaaksi ja ostit hänelle pitsiset pikkarit?" Hän katsoi Harrya. "Antakaa minulle ase, jotta voin ampua tätä oksennuspussia naamaan. Nyt heti."

Bobby liikehti hermostuneena.

"Kuule, ei sillä oikeasti ole väliä, haluatko puhua kanssani nyt tai kertoa oikeaa nimeäsi tai mitään. Meillä nimittäin on tämä." Michelle kohotti avainta ja ketjua, joka oli löytynyt Bobbyn repusta. Avaimenperässä luki 103. "Nyt me nimittäin tiedämme, että varasit itsellesi huoneen jostain lähistön paskahotellista. Siihen saattaa mennä pari tuntia, mutta me löydämme tuon hotellin ja tavarat, jotka jätit huoneeseen. Mistä vetoa, että löydämme lompakon ja henkilötodistuksen?" Hän piti pienen tauon. "Itse asiassa uskon, että löydämme läppärin tai älypuhelimen." Michelle nojautui eteenpäin, kasvot vain senttien päässä Bobbysta. Hän haistoi halvan partaveden. Mintuntuoksuisen hengityksen. Hän hymyili miehelle. "Et osaa edes kuvitella, mitä kaikkea saamme kaivettua läppäristä tai puhelimen kovalevyltä. Katsohan, Bobby, sinulla ei kaikkien niiden keskusteluryhmissä vietettyjen kuukausien aikana ollut harmainta hajua, että juttelit *minun* kanssani. Minä olen sinun Lucysi." Michelle antoi sanojensa painon rysähtää Bobbyn päälle. "Shakkimatti, kaveri. Pelaatpa mitä peliä hyvänsä, se on nyt ohi."

Neljäkymmentäyksi

Heidän saamansa osoite johti heidät pienen, kaksikerroksisen toimistotalon luo Dewey Streetille aivan Santa Monican Marine Parkin takana. Hunterilla ja Garcialla kesti neljäkymmentäseitsemän minuuttia ajaa sinne poliisin hallintorakennukselta. Vanhan neliskanttisen talon ulkopuolella kohosi useita *Myytävänä-* ja *Vuokrataan*-kylttejä.

Hunter mietti, miksi kukaan täysjärkinen haluaisi ostaa tai vuokrata toimistotilaa rötisköstä, josta kukaan ei ollut näyttänyt pariin viime vuoteen huolehtineen lainkaan – julkisivu oli pelkkää likaista, haalistunutta tiiltä ja huonosti asennettuja ikkunoita. Katonrajasta laskeutuvat, tummat sadeveden valumajäljet olivat kuin mutainen kuorrutus kulahtaneen kakun päällä.

Pysäköintialue oli piilossa kiinteistön takana, poissa pääkadun katseilta. Rikkaruohoja työntyi asfaltin halkeamista. Autopaikkoja oli kahdeksalle, mutta vain yksi oli varattu – punainen Ford Fusion. Seinää vasten oli työnnetty useita sälelaatikoita vain parin metrin päähän autosta. Santa Monican poliisilaitos oli sinetöinyt parkkipaikan sisäänkäynnin keltaisella rikospaikkanauhalla. Sen ulkopuolelle oli kerääntynyt joukko uteliaita, ja vaikka he eivät asemistaan mitään nähneetkään, he eivät näyttäneet halukkailta siirtymään tuumaakaan. Osa jopa siemaili odottaessaan kahvia termospullosta.

Hunter ja Garcia pysäköivät rakennuksen eteen kolmen poliisiauton ja rikostekniikan pakettiauton viereen, minkä jälkeen he luovivat hitaasti tiensä väkijoukon halki.

Kun he saapuivat rikospaikkanauhalle ja Hunter pysähtyi puhumaan kahdelle parkkipaikan sisäänkäyntiä vartioivalle konstaapelille, Garcian huomion kiinnitti pitkä, hoikka ja vaatimattoman näköinen mies, jolla oli musta huppari ja tummansiniset farkut. Mies seisoi katsojajoukon perällä kädet syvällä housuntaskuissa. Mutta toisin kuin muut katsojat, joiden ruumiinkieli oli kireää ja huolestunutta, hän oli tyyni ja rento. Hän nosti katseensa ja tuijotti Garciaa hetken ennen kuin ryntäsi tiehensä.

"Etsivä Sanchez on tuolla", vanhempi konstaapeleista sanoi ja osoitti lyhyttä, tanakkaa miestä, joka keskusteli rikosteknisen tutkijan kanssa. Sanchez oli 167-senttinen, ja kädet selän takana seisoessaan hän muistutti hautajaisia valvovaa hautausurakoitsijaa. Hän myös näytti hautajaismaisen kolkolta – hänellä oli yllään musta puku, jonka kummastakin hihansuusta pilkisti puhdas valkoinen kalvosin, kiillotetut mustat kengät sekä musta solmio. Tummanruskea tukka oli kammattu geelillä taaksepäin aitoon Dracula-tyyliin. Tuuheat viikset käyristyivät ylähuulen ympärille kuin hevosenkenkä.

"Etsivä Hunter?" Sanchez sanoi huomatessaan tulijat.

Hunter kätteli Sanchezia ja esitteli Garcian.

"Tämä tässä on Thomas Webb", Sanchez sanoi ja nyökkäsi kohti rikosteknistä tutkijaa, jonka kanssa oli juuri puhunut. Webb oli viitisen senttiä Sanchezia pitempi ja useita kiloja kevyempi. Rikostekninen tiimi oli jo pakkaamassa tavaroitaan.

Sanchez ei näyttänyt sellaiselta mieheltä, joka haaskasi aikaansa turhiin löpinöihin. Esittäytymisen jälkeen hän kaivoi oitis povitaskustaan muistivihon. "Okei, kerron mitä tiedämme", hän totesi Hunterille ja Garcialle. "Kello 08.52 hätäkeskus sai soiton eräältä herra Andrewsilta." Hän osoitti punaista Ford Fusionia. "Tuon auton omistajalta. Hän on tilintarkastaja, ja hänellä on toimisto tämän rakennuksen toisessa kerroksessa. Mörskä on miltei kokonaan tyhjillään, kuten voitte varmaan talon edustalla olevista kiinteistönvälittäjien kylteistä päätellä. Ensimmäisessä kerroksessa toimi aikoinaan vakuutusyhtiö, mutta se meni nurin puolisen vuotta sitten. Nyt talossa majailee Andrewsin lisäksi vain rakennuskonsulttifirma, sekin toisessa kerroksessa. Emme ole vielä saaneet yhteyttä puljun omistajaan."

Sanchez piti tauon, odottaen ehkä jonkinlaista kommenttia Hunterilta tai Garcialta. Sellaista ei herunut. "Niin tai näin, tähän osoitteeseen lähetettiin partioauto. Sen päästyä perille paikalta löytyi valkoisen naisen ruumis. Noiden sälelaatikoiden luota." Hän osoitti paikkaa. "Vainaja on voinut olla mitä tahansa hieman päälle parikymppisestä melkein nelikymppiseen. Kukaan ei osannut sanoa."

"Kroppa vietiin ruumishuoneelle suunnilleen tunti sitten", rikostekninen tutkija huomautti ja vilkaisi kelloaan. "Ette siis valitettavasti pääse tutkimaan sitä paikan päällä vaan teidän on tyydyttävä valokuviin." Hän vilkuili hetken ympärilleen. "Mutta tämä ei ole rikospaikka. Kalmo vain dumpattiin tänne. Mikäli kyse on henkirikoksesta, häntä ei missään tapauksessa murhattu täällä."

Sanchez tarkkaili Hunteria ja Garciaa hetken ennen kuin jatkoi. "Niin tai näin, herra Andrews pysäköi autonsa tavanomaiseen paikkaan, ja kun hän nousi autostaan, hän huomasi ruumiin. Hän seisoi sen verran kaukana, että kuvitteli sitä alkuun joksikin onnettomaksi asunnottomaksi, mutta kertomansa mukaan hän ei ollut aiemmin nähnyt kodittomia nukkumassa täällä pysäköintialueella. Hän siirtyi vähän lähemmäs katsomaan ja säikähti pahanpäiväisesti. Hän hälytti saman tien apua. Hän vannoo, ettei koskenut mihinkään."

"Missä hän on?" Hunter kysyi.

"Ylhäällä toimistossaan. Hänen kanssaan on konstaapeli. Voitte jututtaa häntä uudestaan, jos haluatte."

"Ruumiissa oli satoja erikokoisia paukamia, minkä vuoksi se oli todella pahasti epämuodostunut", rikostekninen tutkija selitti. "Tulehdukset ja patit johtuivat todennäköisesti pistiäisten puremista. Tarkemmin sanottuna tarantellahaukkojen pistoista."

Hunter ja Garcia eivät sanoneet mitään.

"Löysimme kolme pistiäistä hänen suustaan", tutkija jatkoi ja nosti nähtäväksi pienen, muovisen säilytysputkilon, jonka sisällä oli kolme kuollutta tarantellahaukkaa. "Yksi oli juuttunut vainajan kurkkuun."

"Oliko hän pukeissa?" Garcia kysyi.

"Ei. Pelkät alusvaatteet. Violetit väriltään, pitsiset."

"Löytyikö mitään omaisuutta?"

"Ei mitään. Olemme jo tarkistaneet roskasäiliön. Se on tyhjä. Kuten etsivä Sanchez sanoi, rakennus on käytännössä tyhjillään."

"Jos vainajasta pystyi erottamaan paukamia", Hunter sanoi, "voinen olettaa, ettei ruumis ollut turvonnut."

Hunter tiesi, että kuoleman varhaisessa vaiheessa, erityisesti kolmen ensimmäisen päivän aikana, jos ruumis on ollut kohtuullisen normaaleissa olosuhteissa, soluaineenvaihdunta hidastuu elimistön alkaessa antaa periksi. Kudosten hapenpuute laukaisee bakteerien räjähdysmäisen kasvun. Ne ravitsevat itseään ruumiin proteiineilla, hiilihydraateilla ja rasvoilla, mistä syntyvät kaasut saavat kalmon haisemaan. Samainen kemiallinen reaktio saa myös ruumiin turpoamaan ja paisumaan samalla, kun se poistaa nesteitä suusta, nenästä, silmistä ja alemmista ruumiinaukoista. Oli kulunut tasan kolme päivää siitä, kun he olivat nähneet tuon naisen kuolevan lasiarkun sisällä.

Rikostekninen tutkija pudisti päätään. "Ei. Ruumis ei ollut lainkaan turvonnut. Itse asiassa vainaja oli vasta saavuttamassa kuolonkankeuden. Veikkaan, että hän kuoli eilispäivänä tai yön aikana."

Garcia katsoi Hunteria, mutta työparin ilme ei paljastanut mitään.

"Teidän täytyy odottaa ruumiinavaustuloksia, jotta saatte tarkemman aikajanan", tutkija totesi lopuksi.

"Lähetettiinkö vainaja North Mission Roadille?" Hunter kysyi.

"Kyllä vain."

"No niin. Kaikkein sairainta tässä jutussa on tämä näin", Sanchez sanoi ja kaivoi taskustaan läpinäkyvän todistepussin. "Kalmon suuhun oli pistiäisten lisäksi tungettu tällainen." Hän ojensi kirjekuoren Hunterille. Sen sisällä oli keltainen tarralappu, johon oli kirjoitettu mustalla tussilla sanat: *Nautiskele, etsivä Hunter. Minä ainakin nautin.*

Neljäkymmentäkaksi

Hunter ja Garcia lukivat viestin ja palauttivat sen rikostutkijalle sanaakaan sanomatta. Hän veisi sen labraan analysoitavaksi. "Oletan, että tapaus siirtyy nyt erikoismurharyhmälle?" tutkija kysyi. Hänen katseensa kieppui Hunterin, Garcian ja Sanchezin välillä.

Ennen kuin Hunter tai Garcia ennättivät vastata, Sanchez kohotti molempia käsiään kämmenpuolet edellä. "Pitäkää hyvänänne. Tekijä puhutteli sinua oikein nimeltä, joten ei muuta kuin tutkimaan."

"Ilmoitamme teille heti, kun saamme tuloksia", rikostekninen tutkija ilmoitti Hunterille ja Garcialle. Sitten hän kääntyi ja lähti tiiminsä luo.

"Mitä helvettiä täällä on meneillään?" Sanchez kysyi, kun Webb oli kuuloetäisyyden ulkopuolella. "Olen tarkkaillut teitä kahta siitä lähtien, kun tulitte tänne. Pidin silmällä reaktioitanne, kun Webb kertoi, mitä hänen tiiminsä oli saanut tähän mennessä selville, ja kun hän näytti naisen suusta kaivetut pistiäiset ja kun luitte sen viestin… Ei mitään. Ei vihaa. Ei yllätystä. Ette edes silmäänne räpäyttäneet. Totta kyllä, ette päässeet näkemään läheltä sen naisparan ruumista, mutta vaikka olisittekin, se tuskin olisi yllättänyt teitä." Sanchez tarkkaili yhä etsivien kasvoja. "Tiedän, että olette erikoismurharyhmästä ja että teidän kerrotaan nähneen aika sairasta paskaa. Olen kuitenkin sitä mieltä, että olipa ihmisellä miten paljon kokemusta tai koulutusta hyvänsä, kyllä tällaisen keissin kohdalla täytyy jonkinlainen reaktio tulla."

Sen enempää Hunter kuin Garciakaan ei vastannut.

"Älkääkä vittu väittäkö, että olette nähneet tällaista aiemminkin. Nainen näytti siltä kuin sadat tappaja-ampiaiset olisivat tehneet hänestä selvää. En ole ikinä nähnyt sen kokoisia pistiäisiä. Jo se on ihan sairasta. Mutta sen viestin perusteella voi päätellä vain ja ainoastaan, että hänet murhattiin. En ehkä kuulu erikoismurharyhmään, mutta olen käynyt helkkarin monella rikospaikalla ja nähnyt runsaasti kuolleita ihmisiä. Kahdenkymmenenkahden vuoden tarpeiksi. Luoja tietää, että olen nähnyt sellaista paskaa, joka saisi paatuneimmankin kytän yrjöämään sisuskalunsa pihalle. Mutta sen minä sanon, etten ole koskaan nähnyt tällaista. Kun rikosteknikot kaivoivat ensimmäisen pistiäisen naisen suusta, verensokerini tipahti nollille. Olen allerginen niille paskiaisille. Kun hän kaivoi esiin viestin, pallini kutistuivat." Sanchez piti tauon ja pyyhki otsansa ja niskansa kämmenellään. "Millainen psykopaatti tappaa ihmisen ampiaisilla?"

Hunter ja Garcia pysyttelivät edelleen hiljaa.

"Mutta vaikka saitte kuulla, että sadat ampiaisenpistot olivat runnelleet sen naisparan koko ruumiin... vaikka luitte sen viestin... kumpainenkaan teistä ei reagoinut millään tavalla. Eli joko te kaverit olette kylmimpiä koskaan kohtaamiani vittupäitä, tai sitten te osasitte odottaa tätä. Minäpä kysyn uudestaan: mitä helvettiä on meneillään? Onko tällaista tapahtunut ennenkin?"

Kireä hiljaisuus.

"Ei varsinaisesti juuri tällä tavalla", Hunter vastasi vihdoin. "Mutta kyllä, näin on käynyt ennenkin, ja kyllä, me osasimme odottaa tätä."

Sanchez pohti hetken. Hän ei ollut varma, halusiko tietää lisää. Olosuhteet määräsivät, ettei tapaus päätyisi hänen työpöydälleen, ja jos totta puhuttiin, hän oli siitä iloinen. Hän siveli peukalollaan ja etusormellaan viiksiään samalla kun tuijotti ruumiin löytöpaikkaa.

"Arvatkaa mitä?" hän sanoi. "En malta odottaa eläkepäiviä. En malta odottaa, että pääsen pois tästä helvetin kaupungista. Viime viikolla me pidätimme isän, joka oli viskannut oman tyttövauvansa kymmenennen kerroksen kämpästä vain siksi, että vauva itki liikaa. Kun tyttöystävä sekunnin kuluttua tajusi, mitä jätkä oli tehnyt, hän viskasi tytönkin ikkunasta. Kun potkimme hänen ovensa rikki, hän istui olohuoneessa katsomassa baseballia ja syömässä muroja. Tytär kuoli. Muija makaa vihanneksena sairaalassa, aivot ovat mennyttä kalua. Hänellä ei ollut vakuutusta, joten koneiden sammuttamisesta on jo alettu puhua. Jätkää ei kiinnostanut paskan vertaa."

Sanchez suoristi puvun alta pilkottavat valkoiset kalvosimet ja sitten solmionsa. "Tällä kaupungilla ei ole omaatuntoa. Se ei tunne armoa. En yllättyisi lainkaan, vaikka teille selviäisi, että tämä teidän murhaajanne teki tämän yksinomaan läpällä."

Neljäkymmentäkolme

Kaliforniantammet reunustivat tietä Long Beachilla, kun Hunter kääntyi West 8th Streetiltä Loma Vista Drivelle. Talo, jota he etsivät, sijaitsi aivan kadun päässä. Se oli rakennettu hiukan syrjemmälle tiestä, ja kalpeankeltainen väri korosti kauniisti valkoista ovea ja valkoisia ikkunanpuitteita. Tonttia ympäröi matala takorauta-aita. Sen takana oli siististi leikattu pihanurmi. Kapea pihatie vasemmalla johti yhden auton talliin talon takana. Portti oli auki. Metallinsininen Toyota Matrix oli pysäköity aivan autotallin ulkopuolelle. Rekisterinumero täsmäsi Christina Stevensonin autoon.

Tutkintatiimin mukaan Christina oli poistunut *LA Timesin* päämajalta torstai-iltana. Hän oli ottanut perjantain ja lauantain vapaaksi, mutta hänen odotettiin palaavan sunnuntaiksi töihin. Hän ei tullut, mutta se ei yllättänyt ketään. Toimittajilla oli tapana kadota päiväkausiksi riippuen jutusta, joka heillä oli työn alla.

Hunter pysäköi kadulle suoraan talon eteen. Oli maanantai-iltapäivä, mutta tie oli hiljainen. Ei leikkiviä lapsia. Ei ketään hoitamassa puutarhaa tai nurmikkoa. Ei ketään istumalla kuistilla nauttimassa päivästä.

He saapuivat tontille pihatien portin kautta. Hunter koputti ja kokeili sitten ulko-ovea – lukossa. Molemmat etuikkunat olivat nekin lukossa, verhot oli vedetty tiukasti kiinni.

Garcia oli jatkanut pihatiellä sinisen Toyotan suuntaan. Hän pani hanskat käsiin ja tarkisti ensin autonovet, ennen kuin siirtyi autotallille – lukossa.

”Kaikki lukossa talon etupuolella”, Hunter sanoi liittyessään Garcian seuraan. ”Kaikkien ikkunoiden edessä on verhot.”

"Sama juttu talon tällä puolella", Garcia vastasi. "Auto ja autotallikin ovat lukossa. Ilmeisesti hän kuitenkin tuli kotiin torstai-iltana toimituksesta lähdettyään."

Molemmat suuntasivat takaisin talon taakse. Autotallin oikealla puolella oleva aita ei ollut pelkkä koriste, kuten etupuolen aita. Tämä aita oli umpipuuta ja kahden ja puolen metrin korkuinen, ja siinä oli tukevan näköinen ovi. Hunter kokeili kahvaa. Ovi naksahti auki.

"Ei hyvä merkki", Garcia sanoi.

He kävelivät talon laajan pation poikki. Sitä hallitsi neliskanttinen uima-allas. Altaan yhdelle sivulle oli aseteltu neljä aurinko-tuolia. Pation pohjoispuolella oli pienen suojan sisällä grilli. Talo sijaitsi oikealla puolella, ja sen koko takaseinä oli lasia. Sisään johti kaksi liukuovea. Toisesta pääsi olohuoneeseen, toisesta makuuhuoneeseen. Heitä lähempänä sijaitseva makuuhuoneen ovi oli apposen ammollaan. He lähtivät sitä kohti. Juuri sillä hetkellä idästä puhalsi navakka tuulenpuuska suoraan talon suuntaan. Oven takana kukkaverho heilahti juuri sen verran, että he ennättivät nähdä vilauksen huoneesta. Näky sai etsivät pysähtymään niille sijoilleen ja katsomaan toisiaan.

"Soitan tekniikan pojille", Garcia sanoi ja tarttui puhelimeensa.

Neljäkymmentäneljä

Christina Stevensonin tilava kotitalo oli isompi kuin useimmat alueen talot, mutta toistaiseksi Mike Brindle ja hänen rikostekninen tiiminsä keskittivät voimansa makuuhuoneeseen.

Huone oli suuri ja mukava ja ylenpalttisen tyttömäinen – aina vaaleanpunaisesta lipastosta pehmoleluihin saakka – mutta näytti siltä kuin sinne olisi iskenyt hurrikaani. Pehmolelut, sängyn tyynyt ja osa värikkäistä koristetyynyistä oli viskelty pitkin lattiaa. Vuodevaatteet oli kiskottu puolittain irti, ikään kuin joku olisi pidellyt niistä kaksin käsin samalla, kun häntä vedettiin väkisin sängystä. Sänky oli siirtynyt tavanomaiselta paikaltaan ja kolkannut siinä rytäkässä yöpöydän kyljelleen. Lukulamppu oli iskeytynyt lattiaan ja pirstoutunut kymmeniksi kappaleiksi. Yöpöydän vierelle oli kaatunut pullollinen vuoden 1998 Dom Ruinart -samppanjaa. Kuplajuomaa oli levinnyt lattialle ja imeytynyt puisten lattialankkujen läpi; loppuneste oli yksinkertaisesti haihtunut ilmaan niin että pullonkaulan vierelle oli jäänyt vain pikkuruinen lammikko. Pirstaleiksi mennyt samppanjalasi lojui muutaman sentin päässä lasista.

Vaaleanpunainen lipasto näytti siltä kuin joku olisi potkinut sitä raivon vallassa. Hajuvesipullot ja hiustuotteet oli kolkattu kumoon, ja suurin osa niistä oli nyt lattialla MP3-soittimen telakointiaseman, hiustenkuivaajan ja erinäisten meikkituotteiden seassa. Lipaston peili oli säröillä. He eivät olleet löytäneet mistään verta, vielä, mutta huone kirkui kaikille yhtä ainutta sanaa – *kamppailu.*

Rikostekniselle tiimille kamppailun leimaama rikospaikka merkitsi käytännössä samaa kuin loton jättipotin voittaminen. Kamppailu tarkoitti, että uhri oli pannut vastaan ja pystynyt jollain tavoin taistelemaan. Vaikka hyökkääjä olisikin valmistautunut kamppailuun, uhrin suonissa kuohuvien adrenaliinivirtojen vuoksi kukaan ei voinut ennustaa, miten pitkä ja miten intensiivinen siitä muodostuisi. Kamppailusta jäi myös aina enemmän todisteita – enemmän kangaskuituja, kenties karvatuppi tai silmäripsi. Töytäisy vasten yöpöydän tahi lipaston terävää kulmaa saattoi aiheuttaa mikrohaavan, jota ei pystynyt silmin havaitsemaan mutta joka siitä huolimatta jättäisi jälkeensä veri- ja ihohitusia ja näin ollen DNA:ta. Niin ironiselta kuin se kuulostikin, kamppailu oli rikosteknisestä näkökulmasta mahtava juttu.

Valkoiseen Tyvek-haalariin pukeutunut rikostekninen agentti otti paraikaa sormenjälkiä lasiovesta, jonka Hunter ja Garcia olivat löytäneet apposen avoimena. Toinen agentti liikkui hitaasti huoneessa merkitsemässä ja valokuvaamassa huoneen jokaista esinettä. Mike Brindle työsti sänkyä ja sen välitöntä lähiympäristöä.

Hunter ja Garciakin olivat pukeutuneet valkoisiin haalareihin ja siirtyneet olohuoneeseen. Tila oli miellyttävästi sisustettu. Huonekalut olivat elegantteja ja kalliin näköisiä. Hyvin varusteltu avokeittiö sijaitsi huoneen eteläpäässä. Ulko-oven oikealla puolella oli tyylikäs, musta senkki, jolle oli aseteltu kolme valokuvaa tekohedelmillä täytetyn kulhon viereen.

Olohuone ja keittiö olivat tiptopkunnossa. Mikään ei tuntunut olevan pois paikoiltaan. Kamppailu oli käyty yksinomaan makuuhuoneessa.

Christina Stevensonin käsilaukku oli löytynyt lattialta senkin viereltä. Sen sisällä oli lompakko luotto- ja ajokortteineen, autonavaimet sekä matkapuhelin, jonka akku oli lopussa.

Garcia silmäili paraikaa keittiötä, kun hänen älypuhelimensa piippasi.

”Christina Stevensonin raportti on valmis”, hän ilmoitti vilkaistuaan sähköpostisovellusta.

Hunter tutki senkille asetettuja kolmea kuvaa. Yhdessä Christina oli hiekkarannalla. Toisessa hymyili ystävällisen näköinen nainen, jolla oli eloisat siniset silmät ja täyteläiset huulet. Christina

oli selvästikin perinyt äitinsä silmät, vahvan nenän, korkeat poski-
päät sekä pienen luomen alahuulen alla. Viimeisessä kuvassa Chris-
tina poseerasi mustaharmaassa cocktailmekossa. Hän piteli lasil-
lista kuohuvaa ja keskusteli kahden yhtä lailla elegantisti pukeutu-
neen henkilön kanssa.

"Mitä sieltä löytyy?" Hunter kysyi ja kääntyi katsomaan Garciaa.

"Okei. Skippaan sen, minkä jo tiedämme", Garcia sanoi. "Chris-
tina Stevenson syntyi täällä LA:ssa. Hän varttui Northbridgessä,
jossa asui äitinsä Andrean kanssa. Ei sisaruksia. Isä tuntematon,
eikä Christinalla raportin mukaan ollut tunnustettua isäpuolta.
Äiti ei mennyt koskaan naimisiin. Christina kävi Granada Hillsin
lukion ja näyttää olleen suhteellisen hyvä oppilas – hyvät arvosanat,
ei hankaluuksia. Hän kuului cheerleaderjoukkueeseen lukion toi-
sesta lukion neljänteen saakka." Garcia selasi raporttia. "Äiti kuoli
aivoverenvuotoon seitsemän vuotta sitten, samana päivänä, kun
Christina valmistui Kalifornian osavaltionyliopistosta pääainee-
naan journalismi."

Hunterin katse siirtyi vaistomaisesti senkin päälle asetettuun
hymyilevän naisen valokuvaan.

"Näyttää siltä, että äidin kuolema sammutti Christinan elämän-
ilon", Garcia jatkoi. "Meillä ei nimittäin ole hänestä mitään tietoa
kokonaiseen vuoteen. Sen jälkeen hän onnistui hankkimaan har-
joittelijanpaikan *LA Timesista* ja on ollut lehden palveluksessa siitä
saakka."

"Työskentelikö hän koko ajan viihdetoimituksessa?" Hunter
kysyi.

"Ei. Hän vietti neljä vuotta pomppien toimituksesta toiseen
– kaupunki, kansainvälinen, politiikka, talous, ajankohtaisasiat,
rikos, jopa urheilu. Hän löysi paikkansa vasta, kun liittyi viihde-
toimitukseen kaksi vuotta sitten. Ei aviomiestä. Ei lapsia. Täällä ei
ole mainintaa edes poikaystävistä. Ei merkintöjä huumausainei-
den käytöstä. Tiimi käy edelleen läpi hänen taloustietojaan, mutta
asuntolaina on melkein maksettu. Lehti maksoi todella hyvää lik-
saa." Garcia selasi raporttia alemmas. "Häneltä julkaistiin eilen iso

juttu *LA Timesin* sunnuntailiitteessä. Varmaankin sama, josta Emilio puhui."

"Mistä se kertoi?"

Lisää selausta, ja Garcian kasvoille kohosi yllättynyt ilme.

"Kuuntele tätä. Jymyjuttu Hollywood-julkkiksesta, joka oli pelehtinyt lapsensa opettajan kanssa sillä välin, kun aviomies, hänkin julkkis, oli poissa nauhoittamassa tähdittämänsä TV-sarjan uusimpia jaksoja. Artikkeli pääsi viihdeliitteen kanteen, ja siitä oli lehden etusivullakin suurehko mainita." Garcia pani älypuhelimensa pois. "Korjaa, jos olen väärässä, mutta tuollaisella jutulla voi saada koko joukon uusia vihollisia. Moisia väitteitä esittämällä voi helposti panna päreiksi yhden jos toisenkin avioliiton ja pari elämää siinä sivussa."

"Kuka se julkkis oli?" Hunter kysyi.

Ennen kuin Garcia ennätti vastata, Mike Brindle työnsi päänsä olohuoneen ovesta. "Robert ja Carlos, teidän on paras tulla katsomaan tätä."

Neljäkymmentäviisi

Tunnelma FBI:n kyberrikollisuusyksikössä oli voitonriemuinen. Hymyt ja onnittelut kieppuivat ilmassa kuin karuselli konsanaan. Jopa Los Angelesin kenttätoimiston esimies oli soittanut Michelle Kellylle ilmaistakseen tyytyväisyytensä. Esimiehellä itsellään oli kaksi pientä tytärtä, eikä hän halunnut edes kuvitella, mitä tekisi, jos jompikumpi heistä joutuisi nettipedofiilin uhriksi.

Michelle istui tietokoneensa äärellä ja avasi Bobbyn tapauskansion. Hän klikkasi oikeassa yläkulmassa olevaa tyhjää ruutua, jossa luki "kuvatiedosto", ja valitsi ponnahdusvalikosta "lisää"-valinnan. Harry Mills oli jo siirtänyt FBI:n keskustietokoneelle sarjan pidätyskuvia. Michelle valitsi yhden ja klikkasi "lisää"-komentoa.

Sitten hän vei kursorin "nimi"-kentän päälle ja näpytteli Bobbyn oikean nimen – *Gregory Burke*.

Bobby ei ollut enää kasvoton, nimetön uhka nuorille lapsille.

Michelle siirsi kursorin *Tutkinnan tila* -kentälle ja deletoi sanan "auki". Kun hän kirjoitti sen tilalle sanan "suljettu – kohde pidätetty", valtava tyydytyksen aalto humahti hänen ylitseen. Hän tiesi kuitenkin, ettei tunne olisi pitkäkestoinen.

Ikävä kyllä maailmassa oli liian monta bobbya, jotka stalkkasivat lapsia yhteisöpalveluissa, keskusteluryhmissä, pelisivustoilla, kaikkialla missä lapset kyberavaruudessa kokoontuivat. Michelle ja FBI:n kyberrikollisuusjaosto tekivät kaikkensa, mutta yksinkertainen totuus oli, että heitä oli aivan liian vähän, ja suhdeluku kasvoi väärään suuntaan vuosi vuoden jälkeen. Hän tiesi, että Bobbyn päätyminen telkien taakse oli vain pieni voitto sodassa, jossa he olivat olleet häviöllä internetin alusta saakka. Siitä huolimatta tällaiset päivät tekivät taistelusta taistelemisen arvoisen.

"Mikä fiilis?" Harry oli ilmestynyt hänen taakseen.

"Ihan mahtava." Michelle klikkasi "tallenna"-painiketta.

"Miten huuli jakselee?"

Michelle kohotti sormenpäänsä turvonneelle alahuulelleen. "Sattuu vähän, mutta kyllä se tästä. Pieni hinta siitä, että sai sen paskakasan järjestetyksi valtion majoitukseen."

"Toivottavasti hän mätänee siellä."

Michelle nauraa hörähti, enemmänkin huojennuksesta kuin huvituksesta. "Aivan taatusti. Meillä on sen verran paljon todisteita häntä vastaan."

FBI:ltä oli kestänyt alle kaksi tuntia löytää pieni hotelli, jonka Bobby oli varannut päivää varten. Se sijaitsi vain kolmen korttelin päässä Venice Beachiltä, jossa hänet oli pidätetty. Huoneesta oli löytynyt henkilöpaperit, luottokortteja, rahaa, seksivälineitä, pillereitä, alkoholia sekä pieni lääkepullo, jonka sisällä oli väritöntä nestettä. Puteli oli jo FBI:n rikosteknisessä laboratoriossa, ja kaikki olivat panneet rahansa likoon sen puolesta, että sisältö osoittautuisi kotikutoiseksi raiskaushuumeeksi kuten gammahydroksivoihapoksi. Todellinen löytö oli kuitenkin peräisin vuoteen vierellä olleesta pienestä mustasta salkusta. He olivat löytäneet sen sisältä Bobbyn henkilökohtaisen kannettavan tietokoneen, jolla oli ollut satoja kuvia ja videoita, sekä digitaalisen videokameran.

Michellen riemuksi Bobby ei ollut ehtinyt siirtää kameran muistikortin sisältöä läppärilleen – editoimatonta, kahdentoista minuutin videopätkää, joka oli kuvattu vain kaksi päivää sitten. Pätkässä Bobby esiintyi hädin tuskin yksitoistavuotiaalta näyttävän tytön kanssa.

"No niin", Harry sanoi. "Kai sinäkin tulet juhlimaan? Olemme lähdössä parille Bajaan, ja kaipa siellä voisi jotain syödäkin."

Baja oli meksikolainen baari ja grilliravintola kahden korttelin päässä FBI:n rakennuksesta.

Michelle vilkaisi kelloaan. "Tietenkin. Lähtekää te vain edeltä, tulen sinne reilun puolen tunnin päästä. Minun täytyy vielä vilkaista sitä sairasta katkelmaa, jonka tallensimme perjantaina. Siis sitä lasiarkun sisällä olevaa naista... sitä äänestysjuttua."

Harry väläytti heikon hymyn. Hän tiesi, että he olivat tehneet kaikkensa striimin ollessa käynnissä, mutta se ei ollut johtanut mihinkään. Kaikki tiet olivat päättyneet umpikujaan. FBI:n kyberrikosjaostoa harvemmin blokattiin internetlähetyksestä noin ammattimaisesti, ja heidän "epäonnistumisensa" oli suututtanut Michellen tavalla, jonka Harry oli todistanut vain kerran aikaisemmin. Michelle ei yksinkertaisesti pystynyt sulattamaan häviötä.

"Mitä toivot löytäväsi, Michelle?"

"En tiedä. Ehken mitään." Michelle välttели katsekontaktia. "Ehkä tappaja todella on sen verran fiksumpi kuin me."

"Ei tämä mikään kilpailu ole. Kai sinä sen tiedät?"

"On tämä, Harry." Michelle katsoi häntä vihdoin, silmät leiskuen. "Koska jos hän on meitä parempi... jos hän voittaa ja me häviämme... silloin ihmisiä kuolee. Hyvin groteskilla tavalla."

Harry nosti molemmat kätensä antautumisen merkiksi, mutta hän tiesi, ettei Michelle ollut hänelle vihainen. "Haluatko apua?"

Michelle hymyili. "Kyllä minä pärjään. Tunnet minut. Mene muiden kanssa juhlimaan, minä tulen hetken päästä perässä. Äläkä vedä perseitä ennen kuin ehdin sinne."

"Hei, en minä sellaisia voi luvata." Harry lähti kohti ovea.

"Harry", Michelle huikkasi. "Tilaa minulle Caipirinha, jooko? Ekstralimetillä."

"Selvä pyy."

"Tulen ihan kohta."

Harry kääntyi poispäin Michellestä ja hymyili itsekseen. "Sen kun näkisi", hän mutisi.

Neljäkymmentäkuusi

Kun kaikki olivat lähteneet, Michelle himmensi työpöytänsä lähellä olevat valot, kaatoi itselleen ison kupillisen kahvia ja ryhtyi käymään läpi tallennetta, jonka he olivat nauhoittaneet internetistä kolme päivää sitten. Hän ei ollut unohtanut kuvia, mutta kun hän katsoi jälleen lasiarkkuun lukittua naista, joka teki hidasta kuolemaa tarantellahaukkaparven pistoihin, hänen niskakarvansa pörhistyivät. Turvonnut alahuuli alkoi jälleen tykyttää sykkeen noustessa. Hetken ajan, aivan pätkän lopussa, kun yksi suurista mustista pistiäisistä työntyi esiin naisen sieraimesta, Michellen oli taisteltava oksentamista vastaan. Tunne ei eronnut juurikaan siitä päivästä, kun neljä FBI:n agenttia oli rynnäköinyt hänen asuntoonsa aamuvarhaisella pidättämään häntä.

Michelle oli jo hyvin varhaisessa vaiheessa ollut erittäin hyvä tietotekniikassa. Hän ei oikein itsekään osannut selittää sitä. Oli kuin hänen aivonsa olisi ohjelmoitu eri tavalla, niin että monimutkaisinkin konekieli näytti hänen silmissään lastenlorulta.

Michelle Kelly oli syntynyt Pohjois-Kalifornian Doylessa. Hänen isänsä oli kuollut hänen ollessaan vain neljäntoista ikäinen. Isä oli ollut tupakkamiehiä varhaisteinistä lähtien, ja koska hänellä oli heikko immuunipuolustus, hän oli sairastunut keuhkokuumeeseen pahan flunssan seurauksena. Michellen äiti, pelokas ja alistuva nainen, joka oli aina pelännyt yksinoloa, oli mennyt uusiin naimisiin vuoden kuluttua.

Isäpuoli oli väkivaltainen juoppo, joka hyvin pian muutti huonosta itsetunnosta kärsineen äidin huumeita käyttäväksi, viinaa juovaksi zombiksi. Vaikka Michelle kuinka ponnisteli, hän ei kyennyt estämään äitinsä alamäkeä.

Eräänä yönä, puoli vuotta muuttonsa jälkeen, isäpuoli työnsi Michellen huoneen oven varovasti auki ja astui sisään. Michellen äiti makasi sammuneena olohuoneessa juotuaan kolme neljännestä vodkapullosta.

Michelle säpsähti hereille, kun suurikokoinen, hikinen ja alaston äijä kampeutui hänen päälleen. Michellen sydän alkoi hakata ja henki kulkea rahisten. Hämmennys ja kauhu saivat hänen silmänsä hehkumaan. Isäpuoli painoi lihaisan kätensä hänen suulleen, survoi hänen päänsä rajusti tyynyä vasten ja kuiskutti hänen korvaansa: "Shhh, älä pane vastaan, muru. Tykkäät tästä. Lupaan sen. Opetan sinulle, miltä oikea mies tuntuu. Aivan kohta alat anella minulta lisää."

Äijä oli onnistunut repimään Michelleltä osittain vaatteet päältä, ja kun hän valmistautui työntymään sisään, hän höllensi otettaan Michellen suun päällä. Michelle avasi suunsa apposen ammolleen, mutta kirkumisen sijasta hän puri niin lujaa kuin ikinä pystyi. Hänen nuoret hampaansa viilsivät lihaa ja luuta kuin voikimpaletta, ja äijän pikkusormi irtosi kuin veitsellä leikaten. Michelle sylkäisi miehen naamalle tämän kirkuessa tuskasta, veri kättä ja käsivartta pitkin suihkuten. Ennen kuin Michelle ryntäsi ulos talosta pimeään yöhön, hän tarttui baseballmailaan ja heilautti sillä äijää jalkoväliin niin lujaa ja niin tarkasti, että tämä oksensi. Michelle ei palannut enää koskaan kotiin.

Kolmen päivän päästä ja neljän eri liftauskyydin jälkeen Michelle saapui Los Angelesiin. Hän eli kaduilla useamman päivän ajan, söi roskiksista, nukkui pahvilaatikoissa ja käytti Santa Monica Beachin suihkuja ja saniteettitiloja.

Samalla hiekkarannalla hän tapasi Trixxyn ja tämän poikaystävän. Raskaasti tatuoidut surffarit lupasivat, että hän saisi bunkata heidän kämpillään. "Moni tekee niin."

Se oli totta. Pariskunnan koti oli aina täynnä ihmisiä, jotka tulivat ja menivät.

Michellelle selvisi pian, että Trixxy ja hänen poikaystävänsä eivät pelkästään rakastaneet surffaamista. He kuuluivat internethakkerien ensimmäiseen sukupolveen. Niihin aikoihin internet vasta otti ensi askeliaan kaupallisessa maailmassa. Kaikki oli uutta ja turvatoimet heikkoja.

Trixxylle ja hänen poikaystävälleen valkeni pian, että Michelle oli totaalinen tietokonefriikki. Tai ei mikään friikki vaan todellinen nero. Hän pystyi löytämään hetkessä ratkaisun ongelmaan, jota Trixxy ja hänen poikaystävänsä eivät olisi pystyneet ratkaisemaan tunneissa tai edes päivissä. Hän pystyi myös hakkeroitumaan helposti kaikenlaisiin nettipalveluihin ja tietokantoihin – yliopistoihin, sairaaloihin, julkis- ja yksityishallinnollisiin yksiköihin – mikään ei näyttänyt olevan hänen ulottumattomissaan. Mitä paremmin erilaiset systeemit yrittivät suojautua, sitä taitavammaksi hän tuli. Kerrankin hän murtautui sekä FBI:n että NSA:n tietokantoihin samalla viikolla. Mitä varmempia kohteiden oli määrä olla, sitä suurempi oli haaste ja sitä paremmaksi Michelle muuttui.

Kuten kaikki kyberavaruuden hakkerit, myös Michelle keksi itselleen aliaksen – hän oli Thrasos, mytologinen kreikkalainen rohkeuden henki. Sopi oikein hyvin hänelle, hän mietti.

Kyberavaruus tarjosi loputtomasti mahdollisuuksia, ja Michelle oli vasta alkanut pitää hauskaa. Juuri silloin hän sai tietää, että äiti oli poistunut ajasta ikuisuuteen napattuaan puoli rasiallista unilääkkeitä viskipullon kyytipojaksi.

Michelle itki kolme kokonaista päivää, niin surusta kuin vihastakin. Hän sai pian tietää, että vain pari kuukautta aiemmin isäpuoli oli suostutellut äidin tekemään testamentin. Äiti oli jättänyt aviomiehelleen talon, jossa he asuivat ja jonka oli ostanut Michellen oikea isä, sekä kaikki yhä omistamansa arvoesineet. Sen jälkeen Michellen raivo muutti muotoaan. Isäpuoli oli tehnyt hänen äidistään juopon narkkarin ja varastanut sitten äidin koko omaisuuden. Kun Michelle selvitteli asioita, hän huomasi, että äijä oli jo pannut talon myyntiin. Silloin vihainen hirviö hänen sisällään alkoi kirkua KOSTOA.

Viikon sisällä isäpuolen elämä oli kääntynyt pahimpaan mahdolliseen suuntaan. Michelle oli alkanut internetin kautta tuhota hänen elämäänsä. Kaikki rahat äijän pankkitilillä katosivat salaperäisesti. Päälle päin näytti siltä, että syynä oli jokin sisäinen tietokonevirhe, jota kukaan ei pystynyt jäljittämään. Sen jälkeen Michelle järjesti äijän nimiin absurdeja uhkapelivelkoja, käytti luottokortit tappiin, hyllytti ajokortin ja muokkasi veroilmoitusta tavalla, joka sai veroviranomaiset varpailleen alta aikayksikön. Äijä oli Michellen käsittelyn jälkeen persaukinen, työtön, koditon ja yksin. Kolmen kuukauden kuluttua mies heittäytyi junan alle.

Michelle ei menettänyt tekonsa vuoksi sekuntiakaan yöunistaan.

Mutta sitten ex-poikaystävä, joka oli pidätetty huumeiden hallussapidosta ja myyntitarkoituksesta, vasikoi Michellen kytille vastineeksi diilistä. Kytät puolestaan vinkkasivat FBI:n kyberrikosyksikölle, joka oli jo jonkin aikaa etsiskellyt Thranosta. Ex-poikaystävän antamien tietojen perusteella FBI pani alle viikossa pystyyn tarkkailuoperaation. Pidätys suoritettiin vain pari päivää myöhemmin. Neljä agenttia ryntäsi sisään etuovesta juuri, kun Michelle oli murtautunut WSCC:n tietokantaan – yhteissähköverkkoon, joka toimittaa sähköenergiaa koko Yhdysvaltain länsirannikolle. Hän oli juuri rakentanut uudestaan WSCC:n hintajärjestelmän ja tarjonnut sikahalpaa sähköä kaikille ihmisille Montanasta New Mexikoon ja Kaliforniaan.

Siihen mennessä kyberrikoksista ja kyberterrorismista oli jo tullut suuren luokan uhka Yhdysvalloille ja sen elämäntavalle. Yhdysvaltain hallitus ymmärsi, ettei Michelle Kellyn asiantuntemuksella varustettu henkilö välttämättä ollutkaan vihollinen vaan poikkeuksellinen valttikortti ja liittolainen uudessa kybertaistelussa. Tämä mielessä FBI tarjosi Michellelle diiliä – jatka hakkerointia, mutta lain tällä puolella, tai lusit hyvin, hyvin pitkän kakun.

Michelle valitsi diilin.

Hän tajusi pian, ettei oikeastaan kaivannut entistä elämäänsä. Hän ei ollut hakkeri siksi, että tykkäsi rikkoa lakia tai siksi, että oli rahan perässä. Hän oli hakkeri, koska nautti haasteista ja jännityksestä, ja hän oli työssään erinomainen. FBI:n diili ei laimentanut hänen iloaan lainkaan; se vain teki kaikesta laillista.

Ei ollut mikään yllätys, että FBI oli osannut pelata korttinsa niin hyvin. Virastossa tiedettiin, että Michelle oli karannut kotoa isäpuolensa hyväksikäytön takia. Siksi he sopeuttivat hänet uuteen rooliinsa varmistamalla, että ensimmäisen vuoden aikana kaikkiin hänen hoitamiinsa keisseihin liittyi kyberseksirikos – tarkemmin sanottuna pedofilia. Michellen raivo ja inho näitä rikollisia kohtaan oli niin kiihkeää, että hän hautasi itsensä töihin ja teki jokaisesta tapauksesta henkilökohtaisen missionsa.

Hän oli niin hyvä työssään, että neljän vuoden kuluttua hän jo johti Los Angelesin FBI:n kyberrikosyksikköä.

Michelle ravisteli muiston mielestään ja siirsi huomionsa takaisin lasiarkkuun lukittuun naiseen. Hän katsoi tallenteen vielä kerran alusta loppuun etsien jonkinlaista huomaamatta jäänyttä yksityiskohtaa, muttei vieläkään onnistunut löytämään mitään.

"Mitä helvettiä sinä oikein etsit, Michelle? Ei täällä ole mitään", hän sanoi itselleen ja hieroi otsaansa.

Hän piti vessatauon, täytti kahvikuppinsa ja palasi työpöydälleen. Hän ei ollut valmis luovuttamaan aivan vielä.

Seuraava askel oli hidastaa tallennetta 2,5-kertaisesti ja *väri ja kontrasti* -sovelluksen avulla korostaa kuvia värikylläisyysmenetelmällä. Värien ylisaturaatiolla pystyi korostamaan pieniä yksityiskohtia, joita muutoin ei olisi tullut huomanneeksi.

Michelle nojautui eteenpäin tuolissaan, asetti kyynärpäänsä työpöytää vasten, lepuutti leukaansa rystysillään ja aloitti alusta.

Hidastettu nopeus teki tallenteen katsomisesta milteipä mieltä turruttavan ikävystyttävää. Värien ja kontrastin lisääminen väsytti silmiä nopeammin, pingotti silmämunia. Michelle huomasi pitävänsä lyhyitä taukoja kolmen, neljän minuutin välein. Rentouttaakseen silmiään hän keskitti ne hetkeksi johonkin huoneen toisella puolella olevaan esineeseen ja hieroi samalla ohimoitaan, mutta hän tunsi jo päänsäryn ottavan vauhtia aivan silmämunien takana.

"Olisi ehkä pitänyt ottaa Harryn apu vastaan", hän mumisi itsekseen. "Tai vielä parempi, ehkä olisi pitänyt vain lähteä muiden mukaan, koska juuri nyt minä saatana soikoon olen paukun tarpeessa."

Hän siemaisi kahviaan ennen kuin laittoi tallenteen jälleen päälle ja tarkisti ajastimen näytön oikeasta alalaidasta. Jäljellä oli vielä hiukan yli minuutti.

Kun Michelle katsoi jälleen näyttöä, hän saattoi vaikka vannoa, että jokin oli välähtänyt hänen silmiensä ohitse.

Ei tarantellahaukka.

"Mitä helvettiä?

Hän pysäytti tallenteen, kelasi pari sekuntia taaksepäin ja painoi playta.

Zuum.

Siinä se meni taas.

Adrenaliini kohisi hänen kehonsa läpi.

Michelle kelasi vielä kerran taaksepäin, mutta tällä kertaa hän tarkensi aivan tiettyyn kohtaan ja sammutti väri- ja kontrastisaturaatio-ohjelman. Sen jälkeen hän ryhtyi katsomaan tallennetta kuva kerrallaan.

Ja siinä se oli.

Neljäkymmentäseitsemän

Hunter ja Garcia seurasivat Brindleä lyhyelle käytävälle, joka johti syvemmälle taloon ja Christina Stevensonin makuuhuoneeseen. "Teimme lakanoille, pussilakanoille ja tyynyliinoille UV-testin", Brindle julisti ja johdatti etsivät kohti sänkyä. "Ei jälkeäkään siemennesteestä, mutta pikkuruisia veritahroja löytyi, pääasiassa vuodevaatteiden tästä nurkasta. Labra kertoo, kuuluuko veri uhrille vai ei." Hän näytti paikkaa ennen kuin sytytti uudestaan UV-valon. "Vilkaiskaapa."

Simppeli ja nopea keino etsiä veritahroja tummilta tai punaisilta pinnoilta on käyttää ultraviolettivaloa. Se tarjoaa riittävän kontrastin taustan ja tahran välille, jolloin tahra tulee näkyville.

Heti, kun UV-valo syttyi, tummansinisestä pussilakanasta erottui neljä pientä, tuhriintunutta verijälkeä. Ne olivat kuitenkin minimaalisen kokoisia ja sinällään täysin hyödyttömiä. Ne saattoivat hyvin olla peräisin pienestä partaterän aiheuttamasta haavasta, joka oli tullut säärikarvojen ajelemisesta suihkussa.

Brindlekin tiesi sen, mutta hän ei ollut vielä valmis. Hän sammutti UV-valon ja ojensi Hunterille ja Garcialle pienen, läpinäkyvän todistepussin. Sen sisällä oli naisten timanttikoristeinen Tag Heuer -rannekello.

"Löysin tämän sängyn alta seinän läheltä."

Kumpainenkaan etsivä ei näyttänyt vaikuttuneelta. Huone oli kaaoksen vallassa. Kaiken muotoisia ja kokoisia esineitä oli kolkattu kumoon ja potkittu joka suuntaan lattialla. Kello oli voinut olla alun alkaen lipastolla mutta päätyä sängyn alle.

"Ei siinä kaikki", Brindle sanoi huomattuaan etsivien kasvoilta kuvastuvan epäröinnin. Hän näytti heille toista läpinäkyvää todistepussia. Siinä oli kolme pientä esinettä. "Löysin sängyn alta myös nämä. Kas tässä, käyttäkää tätä." Hän ojensi heille valaisevan suurennuslasin.

Hunter ja Garcia tutkivat pussin sisältämiä esineitä hetken aikaa. "Kynnenpalasia", Hunter sanoi.

"Revenneitä sormenkynnenpalasia", Brindle tarkensi. "Ne olivat juuttuneet lattialankkujen uurteisiin." Hän piti tauon antaen Hunterin ja Garcian sulatella sanomaansa. "Näyttää siltä, että uhri piileskeli sängyn alla. Tekijä löysi hänet, ja väittäisin, että hän kiskoi uhrin esiin jaloista. Sängyn alla on paikaltaan siirtynyttä tomua, jonka luoma tuhruinen kuvio on yhdenmukainen sen kanssa, että sängyn alta on raahattu raskas esine... tai esimerkiksi ihminen."

Hunter ja Garcia astahtivat vaistomaisesti taaksepäin ja kallistivat päätään sivulle kuin yrittäen katsoa sängyn alle.

"Uhrilla ei ollut mitään, mistä pitää kiinni", Brindle jatkoi teoriansa selittämistä, "joten hän näyttää raapineen lattiaa yrittäessään panna vastaan – silloin hänen kyntensä murtuivat ja irtosivat. Kun tekijä sai hänet sängyn alta, hän haparoi kuumeisesti mitä tahansa." Brindle vaikeni ja vilkaisi vuodevaatteita. "Ja sillä lailla uskoisin veripisaroiden päätyneen tuhoon."

Kaikkien katse palasi vuodevaatteisiin.

"Katsokaas", Brindle selitti. "Kun ihmiseltä irtoaa kynsi, kynnenalusesta vuotaa yhtä paljon verta kuin sormeen tulleesta haavasta, mutta murtunut kynsi aiheuttaa verenvuotoa vain, jos kynnenalusen yläosa tai sivut vaurioituvat. Eikä silloinkaan välttämättä tule verta. Jos tulee, vuoto on minimaalista. Juuri sellaista kuin meillä tässä."

Hunter ja Garcia pohtivat asiaa hetken.

"Löysin myös nämä juuttuneena sängyn jousituksen alle." Brindle näytti vihoviimeistä todistepussia. Sen sisällä oli neljä vaaleaa hiusta. "Uhrin pää todennäköisesti tömähti jousitusta vasten, kun tekijä kiskoi häntä sängyn alta." Hän huokaisi huolestuneena. "Huoneen tilan perusteella sanoisin, että uhri taisteli vastaan parhaan kykynsä mukaan, potki ja huitoi siihen saakka, kunnes tekijä sai hänet täydellisesti alistettua."

Huoneeseen lankesi mietteliäs hiljaisuus.

Garcia puhui ensimmäisenä.

"Se käy järkeen sängyn alla piileskelyä lukuun ottamatta. Se antaisi ymmärtää, että hän tiesi jonkun olevan perässään." Garcia vilkaisi lasista liukuovea ja sitten sänkyä. "Miksi hän piileskeli tuon alla, kun olisi voinut paeta talosta pation ovien kautta?"

Kuin merkin saaneena Dylan, rikostekninen tutkija, joka oli ottanut sormenjälkiä liukuovesta, julisti: "Sain kaksi sormenjälkeä."

Kaikki kääntyivät katsomaan häntä.

"Labra vahvistaa asian, mutta pystyn jo silmämääräisesti sanomaan, että kuviot ovat samanlaiset. Epäilemättä saman henkilön. Pienet sormet. Sirot kädet. Ehdottomasti naisen."

Kun oli kyse sormenjäljistä, Dylania parempaa asiantuntijaa ei ollut.

"Entä lukko?" Brindle kysyi.

"Lukko ei ole rikki", Dylan sanoi. "Meidän täytyy irrottaa se ja viedä se analysoitavaksi, mutta kyseessä on ihan perusmallinen tappilukko. Ne eivät ole erityisen murtovarmoja. Mikäli tekijä tunkeutui taloon tämän oven kautta, hän on tiirikoinut itsensä sisään tuossa tuokiossa. Helppo nakki."

Tappilukon voi tiirikoida erikoisvalmisteisella lyöntiavaimella. Yksi lyöntiavain käy kaikkiin samantyyppisiin lukkoihin. Internetissä on lukuisia videoita, joissa opetetaan tiirikoimaan eri lukkotyyppejä.

Hunter katseli edelleen Brindlen hänelle ojentamia kolmea todistepussia. Hän oli samaa mieltä Garcian kanssa. Sängyn alla piileskelyssä ei näissä olosuhteissa ollut mitään järkeä.

"Mike, mistä sinä tarkalleen ottaen löysit tämän kellon?" hän kysyi.

Brindle näytti.

Hunter asettui makuulle lattialle ja katsoi sängyn alle etsien katseellaan paikkaa, josta kello oli löytynyt. Eri mahdollisuudet kuohuivat hänen mielessään. Missään ei edelleenkään tuntunut olevan järkeä.

Garcia siirtyi sängyn toiselta puolelta kukkaverhojen eteen, joiden takana olevan lasisen liukuoven lukosta Dylan oli juuri ottanut sormenjälkiä. Se häiritsi Hunteria, ja sekunniksi hänen huomionsa keskittyikin Garcian mustiin kenkiin ja sukkiin, jotka hän näki sängyn alta.

Hunterin keho jäykistyi. Hänen ajatuksensa kulkivat A:sta Z:aan yhden sekunnin aikana. "Ei ole todellista", hän kuiskasi katse lukkiutuneena työparin kenkiin.

"Mikä?" Garcia kysyi.

Hunter nousi seisomaan. Hänen huomionsa oli nyt siirtynyt verhoihin aivan Garcian takana.

"Robert, mitä sinä näit?" Garcia kysyi uudestaan.

"Kenkäsi."

"Mitä?"

"Näin kenkäsi sängyn alta."

Yleistä hämmennystä.

"Okei, entä sitten...?"

Hunter kohotti sormeaan ilmaisten, että tarvitsi mietintätauon. Sen jälkeen hän käveli suoraan verhojen luo ja veti ne hitaasti auki. Hän kyykistyi hetkeksi tutkimaan lattiaa.

"Johan on piru!" Sanat tulvivat hänet huuliltaan.

"Mitä?" Brindle kysyi ja siirtyi lähemmäs. Garcia oli aivan hänen takanaan.

"Tässä näyttäisi olevan pölynsiirto", Hunter sanoi ja osoitti etusormellaan. "Todennäköisesti kengänjäljen tuottama."

Brindle kyykistyi hänen viereensä ja tutki silmä tarkkana lattiaa. "Helvetti soikoon", hän sanoi hetken päästä. "Taidat olla oikeassa."

"Uskon, että Christina näki saman, minkä minäkin äsken", Hunter sanoi ja katsoi Garciaa. "Tappajansa kengät. En usko, että Christina piileskeli sängyn alla. Hän ryömi sinne hakemaan kelloaan ja näki miehen sieltä käsin. Hän näki tappajansa. *Tappaja* oli se, joka piileskeli, ei Christina."

Huoneeseen lankesi hetken hiljaisuus.

"Okei, otetaan tästä kuva", Brindle sanoi lopulta Dylanille. "Tarvitsen myös DLK-kalvoa. Katsotaan, minkälaisen jäljen tuolta saa otetuksi."

Hunter nousi seisomaan ja antoi katseensa vaeltaa panoraamaseinässä.

"Itse asiassa meidän on paras ottaa jäljet kaikkialta täältä", hän sanoi. "Tappaja on voinut odotella piilossa hyvän tovin." Hän työntyi jokusen sentin eteenpäin, niin että hänen nenänsä melkein kosketti lasia, kuin etsien töhryjälkeä. "Ehkä hän nojautui lasia vasten. Ehkä hän jätti jota–"

Hunter jähmettyi. Sana kuoli hänen kurkkuunsa.

"Mitä?" Garcia kysyi. Hän seisahtui työparinsa taakse ja yritti katsoa tämän olan yli, mutta ei tiennyt, mitä etsiä. Hän oletti Hunterin nähneen jotain takapihalla.

Hunter hönkäisi uudestaan lasia vasten, tällä kertaa pitkään ja tieten tahtoen. Hän liikutti päätään, jotta lämmin huuru levittyisi laajemmalle alueelle. Lasi höyrystyi parin sekunnin ajaksi.

Silloin Garciakin näki sen.

"Ei *voi* olla totta."

Neljäkymmentäkahdeksan

LA Timesin päämajan suuri avokonttorikerros kuulosti koulun-
pihalta välitunnin aikaan. Kaikkialla kaikui puhelinkeskusteluja,
näppäimistöjen napinaa, kovaäänistä jutustelua ja kiireisiä aske-
lia toimittajien kiirehtiessä päivän juttujaan valmiiksi deadlineen
mennessä.

Pamela Hays istui nurkkapöytänsä ääressä. Hälinä ei häirinnyt
häntä; hän tuskin edes noteerasi kaoottista vilskettä ympärillään.
Hän oli *LA Timesin* viihdetoimituksen päällikkö, ja hänelläkin oli
kiire. Hän kävi paraikaa läpi artikkeleita, joiden lopulliset versiot
päätyisivät seuraavan päivän viihdeliitteeseen.

Viihde-Pam, kuten kaikki häntä kutsuivat, oli aloittanut työt
LA Timesissa seitsemän vuotta sitten valmistuttuaan yliopistosta
kahdenkymmenenneljän ikäisenä. Hänen ensimmäinen vuotensa
oli ollut silkkaa kamppailua. Hän oli vasta valmistunut, ja koska
hänellä ei ollut minkäänlaista kokemusta laajalevikkisessä leh-
dessä työskentelystä, hän joutui todistamaan kykynsä rustaamalla
loputtomiin kakkosluokan juttuja, joita uskoi ainoastaan äitinsä ja
itsensä lukevan. Monet niistä eivät koskaan edes päätyneet lehteen
saakka. Pamela kuitenkin tiesi olevansa hyvä toimittaja ja ammat-
timainen faktojenpenkoja. Ei kestänyt kauan, kun muutkin alkoi-
vat tajuta sen.

Bruce Kosinski, elämää suurempi mies monellakin eri tapaa ja
noihin aikoihin viihdetoimituksen esihenkilö, antoi ensimmäisenä
Pamelalle tilaisuuden kokeilla taitojaan "oikean" artikkelin kirjoit-
tamisessa. Hän onnistui hyvin. Itse asiassa oikein hyvin. Taustatut-
kimus oli ollut täysin omaa luokkaansa, ja juttu päätyi etusivulle.

Kaksi vuotta sitten Bruce Kosinski oli nimetty *LA Timesin* päätoimittajaksi. Hänen vanhaa työtään tarjottiin Pamela Haysille, joka hyväksyi tarjouksen ilomielin.

Pamela oli toki maannut Brucen kanssa, mutta hän tiesi, ettei viihdetoimituksen pomon paikkaa tarjottu hänelle sen tähden. Omasta näkökulmastaan hän oli enemmän kuin ansainnut asemansa.

Kun Pamela oli saanut toimitettua jälleen yhden listallaan olleen jutun, hän rullasi tuoliaan poispäin työpöydästä ja venytteli jäykkää kaulaansa.

"Missä helvetissä Marco on?" hän kysyi kovaan ääneen osoittamatta sanojaan kenellekään erityisesti. Kukaan ei vastannut.

Toisin kuin muilla *LA Timesin* toimitusten esihenkilöillä, Pamelalla ei ollut omaa työhuonetta. Se ei haitannut häntä lainkaan, sillä hän istui mieluummin toimittajiensa seurassa avokonttorin hälinän ja melskeen keskellä.

Hän vilkaisi seinäkelloa.

"Helvetti soikoon. Hänellä on alle kaksikymmentä minuuttia aikaa toimittaa se juttu minulle. Jos hän myöhästyy jälleen, annan hänelle saatana potkut. Olen saanut tarpeeksi tästä paskasta."

"Mitä hittoa?" Pedro, toimittaja jonka työpöytä oli Pamelaa vastapäätä, kurtisti kulmiaan näytölleen. "Pam, tekeekö Christina sivutöitä näyttelijänä?" hän kysyi.

Pamela katsoi Pedroa kuin mies olisi menettänyt järkensä. "Hittoako selität, *muchacho?*" Hänellä oli Pedron kanssa ikioma sisäpiirin läppä, johon kuului spangelskan puhuminen.

"Tule katsomaan tätä", Pedro huikkasi. Hänen äänessään ei ollut huumorin häivää.

Pamela nousi seisomaan ja siirtyi Pedron työpöydän taakse.

"Tarkistin paria juttua netistä", Pedro sanoi, "kun törmäsin tähän." Hän osoitti näyttöä.

Kyseessä oli lyhyt artikkeli nimeltä "Totta vai trikkiä?". Otsikko ei kiinnittänyt Pamelan huomiota vaan pieni kuva sen alla – nainen makasi jonkinlaisessa lasiarkussa, ja sadat hyvin pelottavan näköiset mustat hyönteiset surisivat hänen ruumiinsa ympärillä. Huonosta kuvanlaadusta huolimatta naisen kasvot olivat selvästi näkyvillä, mukaan lukien pieni musta luomi aivan alahuulen alla.

Pamelan veri melkein hyytyi suonissa. Kun hän luki jutun, väri hiipui hänen jo luonnostaankin kalpeilta kasvoiltaan.

Hänen mielessään ei ollut epäilyksen sijaa. Kuvan nainen oli Christina Stevenson.

Ja olipa kyse mistä hyvästä, mikään trikkikuva se ei ainakaan ollut.

Neljäkymmentäyhdeksän

Hunter heräsi kello 05.15 päänsärkyyn, joka olisi kohottanut kuolleetkin haudoistaan. Hän istui sängyssä, makuuhuoneensa pimeydessä, ja tuijotti katatonisena edessään olevaa tyhjää seinää. Ikään kuin se mahdollisimman pitkän ja uutteran tuijotuksen seurauksena alkaisi maagisesti vastailla kysymyksiin, jotka kuristivat hänen aivojaan.

Seinä ei vastannut.

Hän pakotti itsensä lopettamaan ajattelemisen, ennen kuin aivot kärsisivät täydellisen romahduksen. Hän suoritti aamutoimet ja suuntasi ympäri vuorokauden auki olevalle salille, joka sijaitsi vain kolmen korttelin päässä hänen kotoaan. Rankka treeni onnistui aina tyhjentämään hänen päänsä.

Miltei kahden tunnin treenin ja kuuman suihkun jälkeen hän lähti töihin.

Garcia oli juuri saapunut, kun Hunter astui työhuoneeseen. Ylikomisario Blake seurasi muutaman sekunnin kuluttua.

"Terästäytykää", hän sanoi ja antoi oven sulkeutua takanaan pamahduksen saattelemana. "Viivästynyt myrsky on vihdoin täällä."

"Mikä myrsky?" Garcia kurtisti kulmiaan.

"Paskamyrsky", Blake vastasi ja paiskasi aamun *LA Timesin* Garcian työpöydälle. Etusivun yläosaa koristi kuusi pientä kuvaa Christina Stevensonista makaamassa lasiarkussa. Ne oli aseteltu aikajärjestykseen. Ensimmäisessä kolmessa näytettiin hänen kauhistuneet ja hämmentyneet kasvonsa äänestysprosessin eri vaiheissa – SYÖDYLLÄ oli 211 ääntä, sitten 745 ja lopulta 1000. Seuraavassa kahdessa hän jakoi lasiarkun tarantellahaukkojen kanssa. Molemmissa kuvissa hänen kasvonsa olivat kiduttavan tuskan vääristämät. Viimeisessä kuvassa hänen katseensa oli tyhjä ja kylmä. Hänen kehonsa oli täynnä raa'an punertavia paukamia ja mustia pistiäisiä, turvonneet huulet olivat veriset.

Hänet oli pistetty kuoliaaksi.

Kuvien yllä räikyi lööppi: KUOLEMANVERKKO. TAPPAJA STRIIMAA BARBAARISEN TELOITUKSEN LIVENÄ.

Garcia ryhtyi lukemaan artikkelia. Siinä vahvistettiin, että lähetys tuntui olleen aito. Toimittaja oli kuvaillut tapahtumia muttei ylenpalttisin yksityiskohdin varustettuna. Mitään mainintaa ei ollut Christinan ruumiin löytymisestä.

Hunter nojautui työpöytäänsä vasten. Häntä ei tuntunut kiinnostavan, mitä lehdellä oli sanottavana.

"Eikö FBI väittänyt teille, että video oli poistettu netistä?" ylikomisario Blake tivasi. "Mistä *helvetistä* he oikein saivat tämän?"

"Ei sitä täydellisesti sieltä ole saatu pois", Hunter vastasi. "Useimpien ihmisten silmistä kylläkin. Mutta kun jokin pannaan nettiin, se pysyy siellä ikuisesti, vaikka useimmat ihmiset eivät sitä löytäisikään. *LA Timesilla* on sen verran resursseja ja väkeä palkkalistoillaan, että kyllä siellä yksi video saadaan jäljitettyä."

Huoneessa alkoi tuntua tunkkaiselta. Ylikomisario Blake käveli huoneen ainoalle ikkunalle ja työnsi sen auki.

"Toistaiseksi juttu löytyy vain tuosta lehdestä", hän sanoi ärtyneenä. "Mediaosasto on jo hukkumassa puhelinsoittoihin – paikallisilta, kansallisilta ja kansainvälisiltä sanomalehdiltä. Paskavyöry on lähtemäisillään liikkeelle."

Hunter ja Garcia tiesivät, että pomo viittasi kaikkiin niihin tolloihin, jotka pian alkaisivat soitella tai lähetellä nimettömiä kirjeitä. Ne sisälsivät kaikenkarvaisia tekaistuja vinkkejä ja tietoja, jotka olisi pakko tarkistaa, koska se kuului protokollaan. Sen päälle tulivat vielä pakolliset soitot selvänäkijöiltä ja tarot-korttien lukijoilta, jotka olivat saaneet näyn tai halusivat välittää haudantakaisen viestin, joka saattaisi auttaa ratkaisemaan tapauksen. He olivat tottu-

neita siihen. Niin kävi aina, kun uutinen korkean profiilin sarja-
murhaajasta alkoi levitä.

"Pormestari soitti tänään", ylikomisario Blake lisäsi. "Vieläpä
kotinumerooni. Heti, kun laskin puhelimen, sain uuden soiton
Kalifornian kuvernööriltä. Kaikki haluavat tietää, mitä helvettiä on
meneillään. Kotipuhelimestani tuntuu sukeutuneen tämän keissin
kuuma linja." Hän nappasi lehden Garcian työpöydältä ja viskasi sen
roskakoriin niin rajusti, että kori kaatui ja sen sisältö levisi lattialle.

"Mitä sanoit heille?" Hunter kysyi ja asetti roskiksen tyynesti
takaisin paikoilleen.

Ylikomisario Blake katsoi Hunteria. Pomon meikki oli yhtä
moitteeton kuin aina, mutta hänellä oli tavallista tummempaa luo-
miväriä, mikä sai silmien vihaisen hehkun näyttämään tappavalta.
Hunter ei siltikään kavahtanut.

"Sen verran, että sain heidät vakuutetuksi siitä, että teemme
kaikkemme", Blake vastasi. "En kuitenkaan kertonut mitään, mitä
heidän ei tarvitse tietää. Kukaan ei tiedä, että tappaja otti ensim-
mäiseksi yhteyttä sinuun ja että tutkimme tapausta jo kauan ennen
kuin se päätyi lehtiin. Kukaan ei tiedä, että tappaja on iskenyt jo
ainakin kerran ennen Christina Stevensonia. Haluan pitääkin kai-
ken sen salassa. Ulkopuoliset luulevat, että aloitamme nettimur-
hien tutkinnan tänään."

"Sopii meille", Hunter sanoi.

"Kieltäydyin lehdistötilaisuudesta tutkinnan näin varhaisessa
vaiheessa", ylikomisario jatkoi yhä ärtyneenä. "Emme kuiten-
kaan voi paeta sitä, kuten hyvin tiedätte. Lehdistötilaisuus järjes-
tetään ennemmin tai myöhemmin. Ja arvatkaa mitä?" Hän ei jää-
nyt odottamaan vastausta. "Te kaksi saatte luvan kohdata teloitus-
komppanian."

Hunter inhosi vain harvaa asiaa yhtä paljon kuin lehdistötilai-
suuksia. Hän hengitti ulospäin ja nipisti nenänvarttaan. Päänsärky
jäyti yhä aivoja ankarasta treenistä huolimatta.

"Luitteko *LA Timesin* sunnuntainumeron?" ylikomisario Blake
kysyi. "Christina Stevensonin artikkelin?"

Molemmat etsivät nyökkäsivät.

"No, hän paljasti sen julkkissuhteen", ylikomisario sanoi. "En liiemmin välitä iltapäivä- tai juorulehdistä, mutta eilisestä lähtien minun on ollut pakko tutustua niihin läheisesti. Kaikki sanovat, että petetty aviomies todennäköisesti hakee avioeroa." Hän piti tauon, mutta sen enempää Hunter kuin Garciakaan ei reagoinut. Hän jatkoi. "Tapahtuupa mitä hyvänsä, kyseinen avioliitto on pahasti kolhuilla. Vaimo pani puuhasteluineen todennäköisesti pisteen varsin vaatimattomalle näyttelijänuralleen. En tosin hämmästyisi, vaikka hän onnistuisi saamaan tämän avulla kirjadiilin. Pointti on, että me kaikki olemme nähneet ja tutkineet tapauksia, joissa ihmisiä on murhattu paljon vähemmästäkin. Onko tämä julkkispari epäiltyjen listalla?"

"Teimme alustavan tarkistuksen", Garcia sanoi. "Aviomies oli kuvauspaikalla Sacramentossa viikon alusta lähtien. Hänellä ei selvästi ollut pienintäkään käsitystä suhteesta saati siitä, että se julkistettaisiin. Hän palasi Los Angelesiin sunnuntaina. Vaimolla ja tämän rakastajalla on vankka alibi perjantai-illalle, jolloin Christina Stevenson kuoli. Ja ei, he eivät ole toistensa alibeja, pomo. Tutkimme tapauksen muita aspekteja, mutta eniten päänvaivaa aiheuttaa tämä: miten me yhdistämme Kevin Lee Parkerin, ensimmäisen uhrin, ja Christinan julkkisjutun? Tiedämme sataprosenttisen varmasti, että sama tyyppi on molempien murhien takana."

"No, sehän on teidän hommanne, vai kuinka?" ylikomisario Blake sinkautti. "Etsiä yhteys, jos sellainen löytyy."

"Ja kuten sanoin, sitä me juuri teemme", Garcia vastasi määrätietoisesti. "On hyvin mahdollista, että Christina Stevenson murhattiin, koska hän oli toimittaja. Me tiedämme sen. Tutkintatiimi etsii paraikaa käsiinsä kaikki artikkelit, jotka hän viimeisen kahden vuoden aikana *Timeselle* kirjoitti."

"Käskekää heidän panna vauhtia", ylikomisario sanoi ja kääntyi katsomaan eteläseinän kuvataulua. Hän pani välittömästi merkille kaksi uutta kuvasarjaa. Ensimmäinen oli otettu Santa Monican Dewey Streetiltä, josta Christina Stevensonin ruumis oli edellisaamuna löydetty. Kun hän näki itse ruumiin, hän pidätteli hetken henkeään.

Kun pistiäiset olivat poissa, niiden pistojen aiheuttamat epämuodostumat erottuivat kaikessa karmeudessaan. Christinan ruumis oli yhtä tunnistamatonta mössöä. Tarantellahaukat eivät olleet osoittaneet armoa. Jopa silmiä ja kieltä oli pistettyä lukemattomia kertoja.

"Hyvä Jumala!" Sanat purkautuivat tahattomasti Blaken huulilta. "Onneksi lehti ei saanut käsiinsä tätä kuvaa."

Toinen kuvasarja oli Christinan makuuhuoneesta.

Ylikomisaro Blake silmäili kuvia hitaasti. Hunter ja Garcia näkivät, miten hän jäykistyi, kun hän näki kuvasarjan viimeisen otoksen.

"Mikä helvetti tuo oikein on?"

Viisikymmentä

Hunterin Christina Stevensonin makuuhuoneesta tekemän löydön jälkeen rikostekninen tiimi oli ripotellut fluoresoivaa oranssia sormenjälkijauhetta lasiseinälle korostamaan jälkeä. Vaikka fluoresoivia jauheita käytetäänkin yleensä monivärisillä pinnoilla, ne toimivat usein myös suurilla alueilla, sillä UV-valolla valaistu tulos on helppo valokuvata.

"Tappaja jätti tuon meille", Hunter sanoi.

"Mitä?" Ylikomisario Blake astui lähemmäs nähdäkseen paremmin.

"Hän jätti tuon lasiseinään verhojen taakse", Hunter selvensi. "Uskomme, että hän piileskeli siellä odottaen uhrin kotiin tuloa."

"Miten hän teki tuon?"

"Niin kuin lapset. Huurrutti lasin lämpimällä hengityksellä ja kirjoitti siihen."

Rikosteknikot olivat höyryttäneet osan lasiseinästä käsikäyttöisellä höyryttimellä. Fluoresoiva oranssi jauhe tarttui tappajan lasiin piirtämien merkkien ympärille muodostuneisiin, höyryn luomiin vesihiukkasiin. Koko komeus näytti suurelta, hohtavan oranssilta sapluunalta.

Tappaja oli kirjoittanut lasiin kaksi sanaa: PAHOLAINEN SISÄLLÄ

"Mitä helvettiä tuo tarkoittaa?" ylikomisario kysyi ja kiepahti katsomaan etsiviä. "Minkä sisällä... tai kuka? Tappajan päässä...? Uhrin...? Sen lasiarkun...?"

"Emme vielä tiedä, mitä se merkitsee, pomo", Hunter sanoi.

"Juuri siksi tulin tänne näin varhain", Garcia puuttui puheeseen. "Ainoa viittaus, jonka löysin, oli tammikuussa 2012 julkaistu kauhuelokuva. Sen nimi on *Paholainen sisällä.*"

"Kauhuelokuva?" Ylikomisario Blaken vasen kulmakarva kohosi eriskummallisesti.

Garcia nyökkäsi ja luki tietokoneensa näytöltä. "Tämä dokumenttityyppinen kauhuelokuva kertoo naisesta, joka sekaantuu henkien poismanaamisrituaaleihin yrittäessään selvittää, mitä hänen äidilleen tapahtui."

Huoneeseen lankesi tyrmistynyt hiljaisuus.

Blaken toinenkin kulmakarva kohosi. "Puhuitko kenties juuri manaamisesta?"

Garcia huokaisi. Hän oli yhtä turhautunut kuin pomokin. "Kyllä puhuin. Mainostekstin mukaan päähenkilön äiti on murhannut kolme ihmistä ollessaan demonin vallassa. Tytär haluaa selvittää, pitääkö se paikkansa."

Ylikomisario katsoi ensin Garciaa, sitten Hunteria, sitten kuvataulua ja sitten jälleen Garciaa. "Uskomatonta, että minun pitää edes esittää tämä kysymys." Hän pudisti päätään. "Miten tämän tytön äiti murhaa nämä kolme ihmistä?"

"En ole ehtinyt vielä katsoa rainaa", Garcia vastasi. "Olin ajatellut tehdä sen ennen teidän tuloanne." Hän nyökäytti kohti tietokoneensa näyttöä.

Ylikomisario Blake perääntyi askelen ja raapi otsaansa hyvin hoidetuilla, kalvakan vaaleanpunaisiksi lakatuilla kynsillään. "Voi jumalauta. Ei kai jompikumpi oikeasti usko, että tällä – " hän osoitti kuvataulua "– on mitään tekemistä manaamisesta kertovan yliluonnollisen kauhuelokuvan kanssa?"

"En tiennyt, että sen nimistä elokuvaa olikaan, ennen kuin Carlos mainitsi siitä äsken", Hunter sanoi. "Mutta nyt kun tiedämme, voimme yhtä hyvin vilkaista sitä." Hän kohautti harteitaan ja kallisti päätään toiselle sivulle. "Ei ole mitenkään harvinaista, että murhaajat matkivat elokuvissa tai kirjoissa esitettyjä rikoksia, niin todellisia kuin fiktiivisiäkin. Tiedät sen itsekin."

Blake todella tiesi. Vain kaksi vuotta sitten RHD oli tutkinut tapausta, jossa kaksikymmentäyksivuotias nuorimies oli murhannut neljä ihmistä neljän viikon aikana. Kun hänet vihdoin saatiin kiinni, kävi ilmi, että hänellä oli pakkomielle pari vuotta aiemmin julkaistuun hämäräperäiseen rikosromaaniin. Hän identifioitui fiktiiviseen sarjamurhaajaan niin rajusti, että uskoi lopulta olevansa sama henkilö. Hän toteutti rikoksensa täsmälleen niin kuin ne oli kirjassa kuvailtu.

"Saattaa olla pelkkää yhteensattumaa, että on olemassa tismalleen saman niminen elokuva, pomo", Hunter jatkoi. "Kuten juuri sanoit, tappaja saattaa puhua kuvainnollisesti ja viitata *paholaiseen hänen itsensä sisällä...* tai uhrin... tai jonkun muun sisällä."

"Entä mitä se tarkoittaisi?" ylikomisario sinkautti.

"Se vähän riippuu", Hunter sanoi. "Jos sanat viittaavat paholaiseen *hänen itsensä* sisällä, hän saattaa puhua jostakin, mitä ei kykene hallitsemaan. Musertavasta tappamisen himosta. Hirviöstä sisällään. Se saattaa uinua suurimman osan ajasta, mutta kun se herää –" Hunter osoitti kuvataulua "– lopputulos on tuollainen."

Ylikomisario Blake näytti turhautuneelta ja entistäkin mietteliäämmältä.

"Toisaalta taas", Hunter jatkoi. "Tappaja saattaa puhua paholaisesta meidän kaikkien sisällä ja viitata siihen, miten säälittävänä hän muiden ihmisten elämää pitää." Hunter osoitti kuvataulun kuvaa. "Kevin Lee Parker eli normaalia, kunnianhimotonta elämää. Hän piti työstään videopelimyymälässä ja oli hyvin tyytyväinen perhe-elämäänsä. Hän ei halunnut tai tarvinnut yhtään enempää. Tappaja on saattanut nähdä Lee Parkerin kunnianhimon puutteen elämän haaskauksena, mikä on ärsyttänyt häntä. Christina Stevenson puolestaan oli täysin omistautunut työlleen. Työlle, joka oli erittäin riippuvainen juoruista ja huhuista. Työlle, joka tunkeutui toisten ihmisten elämiin eikä juuri kunnioittanut niitä. Moni saattaa pitää sitä halveksuttavana työnä. Ehkä tappaja uskoo poistavansa maailmasta arkipäiväisyyttä surma kerrallaan."

"Ja sitten on vielä ilmiselvä uskonnollisempi konnotaatio", Garcia puuttui puheeseen.

Ylikomisario kääntyi katsomaan häntä.

"Tappaja saattaa kuvitella, että uhrit ovat demonien vallassa ja että hän pelastaa uhrien sielut tappamalla heidät. Kidutuksen kohteena on uhrin sisällä oleva paha henki, ei uhri itse."

Ylikomisario Blake olisi halunnut nauraa, mutta hän tiesi omasta kokemuksesta, ettei ihmisten mielenvikaisuus ollut vitsi eikä sillä ollut rajoja. Niin absurdilta kuin se kuulostikin, mikä tahansa edellä mainituista teorioista saattoi pitää paikkansa. Kukaan ei tiennyt, mitä tappajan päässä liikkui – ei välttämättä edes tappaja itse.

"Tai sitten kyse ei ole mistään tällaisesta", Garcia jatkoi. "Kuten Robert aiemmin sanoi, tappaja on saattanut olla niin irrallaan kaikesta, että kirjoitti nuo sanat –" hän ohjasi ylikomisarion huomion takaisin kuvaan, jossa oranssi jauhe hohteli "– vain tappaakseen aikaa, ennen kuin uhri saapui kotiin."

"Onko kahden uhrin välillä minkäänlaista yhteyttä?" ylikomisario Blake kysyi.

"Selvitämme asiaa paraikaa", Garcia vastasi.

Sitä seuranneen hiljaisuuden rikkoi Hunterin puhelimen pirinä.

"Etsivä Hunter, erikoismurharyhmä", Hunter vastasi.

"Etsivä, täällä Michelle Kelly FBI:n kyberrikosyksiköstä. Analysoin uudestaan perjantain lähetyksestä ottamamme tallenteen. Löysin jotain, mikä teidän pitäisi nähdä."

Viisikymmentäyksi

Tällä kertaa Garcia ajoi, mutta kumpainenkaan etsivä ei sanonut mitään lyhyellä matkalla Wilshire Boulevardille FBI:n rakennukseen. Oli kulunut kymmenen päivää siitä, kun heidät oli singottu tähän tutkintaan, ja näiden kymmenen päivän aikana oli tullut esiin niin paljon käänteitä, että tapaus alkoi muistuttaa spagettikulhollista.

Hunter ja Garcia kävivät FBI:n rakennuksen vastaanottotiskillä läpi saman turvatarkastuksen kuin viimeksikin, minkä jälkeen sama mustapukuinen FBI:n agentti johdatti heidät alas kyberrikosyksikön tiloihin.

"Jäbä, olemme hississä matkalla kellarikerrokseen", Garcia sanoi agentille. "Voit ottaa aurinkolasit pois."

Agentti ei liikahtanut. Ei vastannut.

Garcia hymyili. "Se oli vitsi. Tiedän, että sinun on pidettävä nuo kaiken aikaa silmilläsi, jotta kukaan ei tiedä, mihin kohdistat katseesi, eikö vain?"

Agentti ei edelleenkään puhua pukahtanut.

"Äh, antaa olla", Garcia sanoi, kaivoi taskustaan omat aurinkolasit ja pani ne nenälleen. "Tämä näyttää hyvältä. Meidän kaikkien pitäisi käyttää aurinkolaseja kaiken aikaa."

Hunter tukahdutti hymyn.

Hissin ovet aukenivat. Harry Mills odotteli heitä käytävän päässä lasisen kaksoisoven luona.

"Oli kiva rupatella", Garcia sanoi agentille. Mies kääntyi ilmeettömänä ja käveli tiehensä.

Harry johdatti etsivät kyberrikosyksikön epämukavan viileisiin tiloihin.

Michelle istui pöytänsä ääressä puhelin oikean olkapään ja korvan väliin pönkitettynä. Hänen sormensa tanssivat kiihkeästi näppäimistöllä. Hän vilkaisi Hunteria ja Garciaa ja kohotteli kulmakarvojaan äänettömän tervehdyksen merkiksi. Viiden sekunnin kuluttua puhelu oli loppunut.

"Vau", Garcia sanoi ja tuijotti Michellen yhä turvonnutta alahuulta. "Joko ryhdyit tappeluun väärän kaverin kanssa tai Botoxhoito meni pahemman kerran pieleen."

Harry hymyili.

"Huuliveikko", Michelle sanoi.

Garcia kohautti harteitaan. "Teen parhaani."

"Minä itse asiassa ryhdyin tappeluun oikean kaverin kanssa, joka pääsee nyt vedelle ja leivälle hyvinkin pitkäksi aikaa. Painakaa puuta." Michelle osoitti kahta tyhjää tuolia työpöytänsä vieressä.

Hunter ja Garcia tekivät työtä käskettyä.

Michellellä oli yllään ihonmyötäinen musta toppi, jonka kummallakin puolella oli yhteneväisiä pieniä repeämiä. Topin yläosassa luki vaaleanpunaisin kirjaimin sanat "Rock Bitch". Avaralla kaula-aukolla varustettu toppi paljasti rintakehän värikkään tatuointivallin.

"Ehdin eilisiltana vihdoin vilkaista molempien murhien tallenteita", Michelle selitti. "Minulla ei ollut mitään hajua, mitä hain tai mitä toivoin löytäväni. Kokeilin vain kaikenlaista. Muun muassa väri- ja kontrastisaturaatiotemppua samalla, kun hidastin nopeutta." Hän piti tauon ja näpytteli jotakin. Tutut kuvat lasiarkun sisällä makaavasta Christina Stevensonista latautuivat työpöydän vasemmanpuoleiselle monitorille. "Törmäsin silloin johonkin, mitä en odottanut löytäväni. En usko, että kukaan odotti. Edes tappaja."

Sekä Hunter että Garcia pitivät katseensa vielä hiukan pitempään Michellessä, ennen kuin sallivat silmiensä siirtyä samanaikaisesti kohti monitoria.

Myös Hunter oli katsonut tallenteet useampaan kertaan. Hänkin oli hidastanut niitä muttei ollut löytänyt mitään uutta.

"Minäpä näytän", Michelle sanoi ja veti tuolinsa lähemmäs pöytää.

Hän kelasi tallenteen ensin myöhäiseen vaiheeseen – kun yhteensä 17:03 minuuttia kestävästä tallenteesta oli kulunut 16:15 minuuttia – minkä jälkeen hän pysäytti kuvan. Christina Stevensonin ruumis oli täydellisesti tarantellahaukkojen peitossa. Häntä oli pistetty jo satoja kertoja.

"Ilman väri- ja kontrastisaturaatiotemppua en olisi ikinä huomannut sitä", Michelle selitti. "Katsokaa tätä." Hän klikkasi ja vieritti hiiren Christinan navan ylle ja piirsi sen päälle pienen pisteviivaneliön. Hän näpytteli komennon, ja pisteviivaneliö laajeni koko näytön suuruiseksi.

Hunter ja Garcia hivuttautuivat istuintensa reunoille.

"Kuten tiedätte", Michelle jatkoi, "tappaja käytti yökuvaukseen tarkoitettua objektiivia, joten huoneessa ei ollut valoa käytännössä lainkaan. Kamera oli asetettu arkun ylle tiettyyn kulmaan; laskimme sen olevan jossakin kolmenkymmenenkahdeksan ja neljänkymmenen asteen tienoilla."

Hunter ja Garcia nyökkäsivät.

"Muistatteko, kun sanoin, että tämä tappaja tuntui ottaneen kaiken huomioon?" Michelle jatkoi. "No, hän taisi kuitenkin unohtaa laskelmistaan yhden asian."

Hunter ja Garcia tuijottivat edelleen näytöllä näkyvää kuvaa. He eivät nähneet kuin joukon suurennettuja pistiäisiä.

"Nuo pistiäiset ovat elossa ja liikkuvat kaiken aikaa", Michelle selvensi. "Tässä nimenomaisessa kohdassa joukko niitä liikkui sattumalta täsmälleen samaan aikaan ja täsmälleen samaan suuntaan toisen pistiäisparven yllä. Kamera oli juuri suuntaamassa kohti naisen kasvoja. Kaiken tämän liikkeen yhdistelmä tuotti erilaisen valon tulokulman sekunnin sadasosan ajaksi. Pysyttekö yhä kärryillä?"

Molemmat etsivät nyökkäsivät jälleen.

"No niin. Pistiäisten kehot ovat mustia, ja mikä tahansa tumma tausta tavallista lasia vasten voi luoda peiliefektin, mikäli valon tulokulma on sopivan suuruinen."

Michelle näpytteli uuden komennon, ja kuva terävöityi huomattavasti. Sitten hän siirtyi yhden ainokaisen sekunnin eteenpäin ja pysäytti kuvan.

Hiljaisuus.

Tihrustelua.

Päitten kallistelua.

Ja sitten Hunter ja Garcia vihdoin näkivät sen.

Viisikymmentäkaksi

Tarantellahaukkojen sijainnista johtuvan valon uuden heijastus-
kulman sekä samalla hetkellä oikealle kiertyvän kameran yhteisvai-
kutuksesta johtuen arkun lasikanteen heijastui äkkiä jotakin.

"Se näkyy vain 0,2 sekunnin ajan", Harry sanoi. "Mutta kun
jaamme pätkän yksittäisiin ruutuihin, saamme kahdeksan kuvaa."

Hunter ja Garcia tuijottivat yhä näyttöä ja kallistelivat päätään
sivulta toiselle yrittäen ymmärtää paremmin näkemäänsä. Mikä
hyvänsä se olikin, se heijastui lasiin vain osittain. Kyseessä oli 150–
180 senttimetrin korkeudella oleva esine, joka oli sijoitettu pois-
päin arkusta ilmeisestikin tuiki tavallista tiiliseinää vasten. He näki-
vät vain esineen yläpääksi olettamansa osion eivätkä sitäkään järin
hyvin. Ohut, todennäköisesti metallista valmistettu kapistus toi
mieleen T-kirjaimen. Ylimmän, vaakatasossa olevan tangon päät
kiertyivät itsensä ympärille luoden kaksi silmukkaa, kuin kaksi
koukkua. Oikeanpuolimmaisesta silmukasta selvästikin roikkui
jotain, mutta heijastus näytti siitä vain pienen osan.

"Mikä hitto tuo oikein on?" Garcia puhui ensimmäisenä. "Jon-
kinlainen vaateripustinko?"

Hunter tuijotti sitä vielä pari sekuntia ja pudisti sitten päätään.
"Ei. Se on tippateline."

Garcia pudisti päätään. "Mitä?"

"Sitä mekin mietimme", Harry komppasi. "Olemme vertailleet
sitä netistä löytämiimme kuviin jo jonkin aikaa."

Michelle ojensi Hunterille ja Garcialle kaksi suurta väritulostetta.

Hunterin ei tarvinnut katsoa niitä. Hän tiesi olevansa oikeassa.
Hän oli elänyt tippatelineen kanssa useita kuukausia seitsemänvuo-
tiaana, kun pitkälle edennyt syöpä oli tehnyt hänen äidistään sel-

vää. Hän oli auttanut isää vaihtamaan äidin suonensisäisen tipan joka päivä. Kun kipukouristukset olivat saaneet äidin sätkimään käsiään väkivaltaisesti ilmaan, nykimään letkua ja kaatamaan maahan koko telineen, Hunter oli aina ollut se, joka oli nostanut laitteen pystyyn. Kun Hunter oli kahdenkymmenenkolmen ja hänen isäänsä oli ammuttu rintaan, hän oli istunut koomaan vaipuneen isän vierellä kaksitoista viikkoa ennen tämän kuolemaa. Hän oli näiden kahdentoista viikon ajan tuijottanut tippatelineitä, letkuja ja muita koneita siinä sairaalahuoneessa. Ei, hän ei totisesti tarvinnut Michellen tulosteita. Jotkin muistot ja mielikuvat eivät koskaan kaikkoaisi hänen mielestään, kuluipa aikaa miten paljon hyvänsä.

"Tippateline?" Garcia kysyi. Hänen katseensa kieppui tulosteiden ja tietokoneen näytön välillä.

Hunter nyökkäsi.

"Ja kuten näette –" Michelle puuttui jälleen puheeseen ja osoitti näyttöä sekä oikeanpuoleista silmukkaa "– siitä selvästikin roikkuu jotakin." Hän klikkasi hiirtä, ja kuva suurentui kolmikymmenkertaiseksi. Siitä huolimatta kukaan ei voinut olla sataprosenttisen varma näkemästään. "Tämän parempaan emme pysty", hän jatkoi ja kohautti olkapäitään. "Veikkaamme, että se on jonkinlainen tippapussi."

Hunter ja Garcia pitivät katseensa kuvassa.

"Jos näin on", Harry sanoi, "meillä on kaksi mahdollista skenaariota. Yksi: teline ja tippa ovat tappajaa varten."

Kumpainenkaan etsivä ei kommentoinut, mutta molemmat tiesivät sen olevan mahdollista.

Totta puhuen he eivät tienneet tappajasta mitään konkreettista. Heillä oli vain tappajan tähänastisiin tekoihin perustuvia olettamuksia. Rikostekniikan Mike Brindle uskoi, että tekijä oli iso ja vahva. Riittävän vahva kantaakseen liki satakiloista henkilöä vasemmalla olallaan. Tuo olettamus perustui Mission Hillsin sivukujalta, ensimmäisen ruumiin löytöpaikalta, saatuihin kengänjälkiin. Jälkiin, joita he uskoivat tappajan jättämiksi. Brindle oli kertonut heille, että vasen kengänjälki tuntui oikeaa vahvemmalta. Hän sanoi sen saattavan viitata siihen, että tappaja kulki hiukan poik-keavasti, esimerkiksi ontuen, ja että hän asetti enemmän painoa vasemmalle jalalle. He olettivat poikkeaman johtuvan siitä, että kyseinen henkilö kantoi raskasta painoa vasemmalla olkapäällään – uhrin ruumista. Mutta entä jos he olivat olettaneet väärin? Entä jos tappajalla olikin jonkinlainen fyysinen vamma? Entä jos tappaja kärsi jatkuvista kivuista ja tarvitsi päivittäistä lääkitystä?

"Skenaario kaksi", Harry sanoi ja jatkoi, "joka on samalla toden-näköisin, on se, että tippa on tarkoitettu uhreille. Ehkä tappaja rau-hoittaa uhrinsa jostakin syystä."

Hunter ja Garcia eivät edelleenkään kommentoineet, mutta kum-pikaan heistä ei uskonut, että tappaja oli rauhoittanut uhrejaan.

Suonensisäinen sedaatio, joka tunnetaan myös valveunena, vai-kuttaa aivoihin amnesian tavoin tuottaen joko osittaisen tai täy-den muistinmenetyksen. Henkilö torkahtelee jatkuvasti ja on täy-sin rennossa tilassa. Hän kuulee edelleen, mitä hänen ympärillään tapahtuu, mutta mikään ei varsinaisesti rekisteröidy hänen aivoi-hinsa. Suonensisäinen sedaatio ei yleensä toimi nukutuslääkkeenä, joten kohdehenkilö pystyy yhä tuntemaan kipua, mutta tämä riip-puu täysin siitä, minkälaista tippaa käytetään.

Christina Stevenson oli valppaana ja totaalisen kauhuissaan lasiarkun sisällä. Hän ei ollut rento. Eikä hän missään tapauksessa torkahdellut. Saman saattoi sanoa Kevin Lee Parkerista. Ei, mikäli tippaletku oli huoneessa uhreja varten, Hunter oli varma, ettei sen tarkoitus ollut rauhoittaa. Ajatus täytti hänet kauhulla. Tappaja oli hyvinkin voinut käyttää jonkinlaista tuntemuksia tehostavaa huu-metta. Jotakin, mikä ei näkynyt kovin helposti toksikologisissa tes-teissä. Jotakin, mikä buustasi uhrien hermostoa ja teki siitä ultra-herkän. Tälle tappajalle väkivallalla oli suuri merkitys. Hän halusi uhriensa olevan mahdollisimman selväpäisiä. Hän halusi, että he tunsivat joka ainoan ripauksen siitä tuskasta, jota hän heille tuotti, ja hän halusi myös, että he pelkäsivät. Hän halusi heidän tietävän, että kuolema oli tulossa. Ja ettei kukaan voisi tehdä yhtään mitään pelastaakseen heidät.

Viisikymmentäkolme

Tohtori Hove soitti juuri, kun Hunter ja Garcia poistuivat FBI:n rakennuksesta. Christina Stevensonin ruumiinavaus oli valmis.

Ruuhkainen liikenne eteni etanan vauhtia, joten heillä kesti hiukan yli tunnin päästä kuolinsyyntutkijan toimistolle North Mission Roadille. Tohtori Hove odotteli heitä ruumiinavaussali ykkösessä, samassa salissa, jota oli käytetty myös Kevin Lee Parkerin avauksessa.

Huone tuntui jopa kylmemmältä kuin aiemmin. Tunkkainen, häiritsevä, makea desinfiointiaineen lemu tuntui kuristavalla tavalla vahvemmalta. Hunter nipisti nenänvarttaan pari kertaa ja kietoi käsivarret ympärilleen. Iho kohosi kananlihalle olkalihasten ympäriltä.

Tohtori Hove johdatteli heidät kohti viimeistä kolmesta ruumiinavauspöydästä, jotka erkanivat itäisestä seinästä.

Ruumis oli edellisaamuna ehditty jo viedä pois Santa Monican pysäköintipaikalta, joten tämä oli ensimmäinen kerta, kun he näkivät Christina Stevensonin kalmon omin silmin ja lähietäisyydeltä. Runneltu ruumis näytti jopa ahdistavammalta kuin kuvissa. Naisella oli kotoa löytyneiden kuvien perusteella silkinsileä iho, mutta nyt se näytti kumiselta ja huokoiselta. Suurin osa kehosta oli eri kokoisten, groteskien paukamien peitossa. Järjetön tuska, jota hänen oli täytynyt kokea, oli uurtunut hänen vääristyneille kasvoilleen kuin kauhunaamio.

"Erilainen lähestymistapa", tohtori Hove sanoi ja sujautti käsiinsä tuoreet lateksihanskat. "Mutta aivan yhtä sadistinen kuin ensimmäinen murha, mikäli minulta kysytte." Hän oli jo nähnyt tallenteen.

Hunter ja Garcia asettuivat ruostumattomasta teräksestä valmistetun tutkimuspöydän vasemmalle puolelle.

"Pistiäiset eivät jätä pistintään ihmisen ihoon", tohtori Hove aloitti, "mikä tarkoittaa, että ne pystyvät pistämään lukuisia kertoja. Siksi meidän on mahdoton määritellä, kuinka monta kertaa häntä varsinaisesti pistetiin. Jos pitää lähteä arvailemaan, veikkaisin lähemmäs tuhatta kertaa."

Garcian kurkkuun nousi pala ja otsalle kihosi kylmiä hikikarpaloita. Vain neljä pistoa olivat lähettäneet hänet sairaalaan, kun hän oli ollut lapsi. Hän muisti yhä edelleen kivun ja sen, miten sairas oli ollut. Hänen aivonsa eivät suostuneet edes miettimään, miltä tuhannen piston oli täytynyt tuntua.

"Hän makasi selällään hyökkäyksen aikana", tohtori Hove jatkoi, "joten pistiäiset keskittivät voimansa ruumiin etuosaan ja kylkiin. Vähiten pistetyt alueet ovat nämä pienet alueet rintojen tienoilla." Hän osoitti etusormellaan. "Ja alue nivusten ja lantion liepeillä. Tämä johtuu ymmärrettävästi siitä, että hänellä oli yllään rintaliivit ja pikkuhousut. Ne ovat jo analysoitavina labrassa. Jos jotain löytyy, saatte tietää ensimmäisinä." Hän vaikeni selvittääkseen kurkkunsa. "Kuten näette, äsken mainittuja alueita lukuun ottamatta häntä on pistetty melko lailla kaikkialle muualle, mukaan luettuna suun sisäpintaan, kurkun perukoille, kieleen, silmiin ja sierainten sisäpintoihin." Tohtori Hove vilkaisi länsiseinän kaaviota, johon oli merkitty menehtyneen sisäelinten painot. "Poimin kuolleita pistiäisiä syvältä hänen välikorvastaan, ruokatorvestaan ja vatsastaan."

Garcia sulki silmänsä ja nielaisi tyhjää. Hänellä alkoi olla huono olo.

"Vatsa-analyysi osoitti, että vatsa oli käytännössä tyhjä", tohtori Hove sanoi.

Hunter tiesi, ettei se ollut epätavallista sieppaus/murhatapauksessa, jossa murha suoritettiin vain muutama päivä sieppauksen jälkeen. Vaikka tekijä yrittäisikin syöttää uhriaan, vankeuden aiheuttama puhdas kauhu, ahdistus ja epävarmuus hillitsevät erittäin tehokkaasti jopa kaikkein vakaimpien yksilöiden ruokahalua.

"Hän kuoli sydänkohtaukseen, jonka aiheuttajana oli *todennäköisesti* anafylaktinen sokki."

Hunterin ja Garcian näkemän perusteella uhri ei ollut ollut allerginen pistiäisten myrkylle. Mikäli näin olisi ollut, hänen kehonsa olisi ryhtynyt sulkeutumaan välittömästi ensimmäisen piston jälkeen. Ilman lääketieteellistä apua kuolema olisi korjannut satonsa liian nopeasti. Rutkasti nopeammin kuin niissä lähestulkoon kahdeksassatoista minuutissa, jotka Christinalla oli kestänyt kuolla.

Tohtori nosti katseensa ja huomasi Garcian perääntyneen askelen verran. Etsivä ei näyttänyt erityisen hyvävointiselta. "Kaikki hyvin, Carlos?"

Garcia nyökkäsi katsekontaktia vältellen. "Jep. Ei tässä mitään. Jatka vain, ole hyvä."

"Tiedätte varmaankin jo tämän", Hove jatkoi. "Anafylaktinen reaktio on mahdollinen, jos ihminen on jo aiemmin altistunut antigeenille eli reaktion aiheuttavalle aineelle. Tässä tapauksessa pistiäisten myrkylle. Tätä prosessia kutsutaan *herkistymiseksi*. Ongelmana on, että vaikka uhri ei olisikaan valmiiksi allerginen antigeenille, tämänkaltaisen pitkittyneen hyökkäyksen aikana jo pelkkä suoraan verenkiertoon piikitetyn myrkyn määrä on helpostikin voinut aiheuttaa kaksi äärimmäistä reaktiota – joko se on pakottanut elimistön herkistymään poikkeuksellisen nopeasti tai se on hypännyt tämän prosessin yli ja pakottanut kehon saman tien anafylaksiaan eli äärimmäiseen allergiseen reaktioon."

Garcia pyyhki hien otsaltaan valkoisen haalarinsa hihalla.

"Kuten sanoin, sydänkohtauksen aiheutti *todennäköisesti* anafylaktinen sokki." Tohtori Hove avasi punaisen kansion, joka lepäsi ruostumattomasta teräksestä valmistetulla tiskillä hänen oikealla puolellaan. "Mutta on toinenkin mahdollisuus. Tarantellahaukan myrkyn pääasiallinen tuntomerkki on se, että se halvaannuttaa saaliin. Nyt kannattaa muistaa, että pistiäisen pääasiallinen saalis on tarantellahämähäkki, joka voi olla kaksi, ehkä jopa kolme kertaa suurempi kuin pistiäinen itse."

"Niiden myrkky on siis erittäin voimakasta", Hunter sanoi.

"Tappavaa pistiäisen luontaiselle saaliille", tohtori Hove komppasi. "Halvaannuttavan vaikutuksen ei kuitenkaan pitäisi tehota ihmisiin, ellei verenkiertoon injektoida erittäin suurta määrää myrkkyä. Siinä tapauksessa on hyvin mahdollista, että myrkky voi halvaannuttaa ihmissydämen."

Kaikki vaikenivat ja tuijottivat pitkän tovin pöydällä makaavaa ruumiista.

"Luin Mike Brindlen raportin", tohtori Hove sanoi kiinnittäen jälleen heidän huomionsa. "Kävin myös läpi sieppauspaikalla tehdyn inventaariolistan... Kyseessä oli uhrin koti, eikö niin?"

Hunter nyökkäsi.

"Murtuneet kynnet... täsmäävät uhriin." Hän osoitti kalmon käsiä.

Hunter ja Garcia siirtyivät hiukan lähemmäs tutkimaan niitä. Oikean käden etu- ja keskisormien kynnet olivat repeytyneet. Samoin oli käynyt vasemman käden etusormelle.

"Onko jäljelle jääneiden kynsien alla mitään?" Hunter kysyi.

Tohtori Hove irvisti. "No, olisi pitänyt olla, eikö vain? Brindlen raportissa kuvaillaan tyypillistä kamppailun tapahtumapaikkaa."

"Aivan oikein", Hunter vahvisti.

"Eli jos uhri taisteli hyökkääjää vastaan, on todennäköistä, että hänen kynsiensä alle olisi jäänyt jotakin – jonkin kankaan kuitua, ihoa, hiuksia, pölyä... jotakin."

"Eikö siellä ollut mitään?" Tällä kertaa oli Garcian vuoro kysyä.

"Hänet oli siistitty", tohtori sanoi. "Hänen kyntensä on kuurattu puhtaiksi kloriitilla. Ne ovat puhtaat kuin vastasyntyneellä vauvalla. Tämä tappaja ei ota riskejä."

Tohtori Hove antoi heidän tutkia vainajan käsiä hetken ennen kuin jatkoi.

"Ja nyt tulee kiinnostava fakta", hän sanoi. "Tappaja säilöi ruumiin kuoleman jälkeen viilentämällä sen."

Hunter ei pahemmin yllättynyt. Hän oli epäillyt juuri sitä.

"Me kaikki tiedämme, että hän kuoli viisi päivää sitten, perjantai-iltana", tohtori selitti, "mutta ruumis löytyi vasta maanantaiaamuna eli lähestulkoon seitsemänkymmenenkahden tunnin kuluttua. Los Angelesissa oli viime viikolla keskimäärin kaksikymmentäkahdeksan astetta lämmintä. Kolmen vuorokauden kuluttua ruumiin olisi kuulunut olla turvonnut ja siitä olisi pitänyt tihkua nesteitä kutakuinkin kaikkialta. Tarantellahaukkojen pistojen aiheuttamien tulehtuneiden paukamien olisi pitänyt laskea huomattavasti ja niiden tilalla olisi pitänyt olla ruumiinkaasujen aiheuttamia isoja rakkuloita. Kuolonkankeuden olisi pitänyt alkaa ajallaan ja loppua kaksi päivää sitten. Ruumis oli eilisiltana yhä kuolonkankeuden viimeisillä tasoilla. Tekijä säilöi ruumiin."

Jäähdyttäminen hidastaa maatumista samalla tapaa kuin se viivästyttää leikkeleiden, hedelmien ja vihannesten pilaantumista.

Sekä Hunter että Garcia tiesivät, että useimmissa tapauksissa, joissa tekijä säilöö murhan jälkeen *koko* ruumiin, pelissä on jokin hyvin vahva tunne. Kolme yleisintä ovat viha, rakkaus ja himo.

Jos kyseessä on rakkaus, tekijä yleensä välttää runtelemasta uhria ja säilyttää ruumiin mahdollisimman lähellä alkuperäistilaa. Tekijä ei ole erityisen halukas hankkiutumaan eroon ruumiista.

Vihan ollessa kyseessä tekijä rankaisee uhria kerran toisensa jälkeen tyynnyttääkseen sisällään kiehuvaa raivoa. Runteleminen on vääjäämätöntä.

Jos tekijää ajaa himo, hän yleensä raiskaa uhrin useasti ennen murhaa. Kuoleman jälkeen hän kohdistaa ruumiiseen nekrofiliaa.

"Raiskattiinko hänet?" Hunter kysyi. "Ennen tai jälkeen murhan?"

"Ei." Tohtori pudisti päätään. "Kuten olen jo aiemmin sanonut, pikkuhousujen takia nivusten alue ei ollut yhtä altis pistiäisten hyökkäykselle kuin muu keho. En löytänyt merkkejä väkivaltaisesta penetraatiosta. Vulvan lähellä ei ollut nirhaumia. Siemennestettä ei löytynyt uhrin sisältä tai hänen iholtaan. Emättimen seinämissä ei myöskään ollut jäänteitä liukasteesta, mikä joissain tapauksissa viittaa siihen, että tekijä on raiskannut uhrinsa mutta käyttänyt kondomia. Labra kertoo, mikäli alushousuista löytyy siemennestettä, mutta minusta se on epätodennäköistä. En usko, että tappaja oli seksin perässä. En myöskään usko, että hän oli rakastunut uhriin. Teoreettisesti jäljellä on siis kaksi vaihtoehtoa."

"Viha tai puhdas murhanhimoinen mania", Hunter sanoi.

Tohtori Hove oli yhtä mieltä.

"Ehkä hän ei kyennyt hankkiutumaan ruumiista eroon saman tien eikä halunnut, että se alkaisi mädäntyä ja löyhkätä", Garcia ehdotti.

"Tappaja todennäköisesti käytti keskikokoista arkkupakastinta ruumiin säilyttämiseen", tohtori Hove sanoi. "Ihopoimujen sekä niiden paikkojen perusteella, joihin veri oli kerääntynyt, veikkaisin, että häntä säilytettiin sikiöasennossa."

Tohtori Hove odotti muutaman sekunnin ja veti sitten valkoisen lakanan kalmon päälle. "Ikävä kyllä en voi kertoa juuri muuta. Hänen kuolemansa ei ollut mysteeri. Me kaikki näimme, mitä hänelle tapahtui. Toksikologiset tulokset tulevat parissa päivässä."

Hunter ja Garcia nyökkäsivät ja suuntasivat ovelle kuin koululaiset, jotka olivat juuri kuulleet koulunkellon soivan kesäloman alkamisen merkiksi.

"Pidäthän meidät ajan tasalla, jos testeissä ilmenee jotain uutta?" Hunter sanoi.

"Enkö muka aina?"

Molemmat etsivät olivat jo puolivälissä käytävää, kun tohtori Hove nosti katseensa.

Viisikymmentäneljä

Dennis Baxter oli onnistunut murtamaan Hunterin hänelle edellis-
iltana toimittaman älypuhelimen yksinkertaisen, nelinumeroisen
tunnusluvun. Nyt hän pääsi leikiten käsiksi Christina Stevensonin
SIM-kortin tietoihin.

Baxterille kävi pian selväksi, että puhelimen akku oli sammu-
nut sunnuntaiaamuna, kaksi päivää tappajan internetlähetyksen
jälkeen. Puhelinvastaajaan oli tullut kaksikymmentäkuusi viestiä
torstai-iltana tapahtuneen sieppauksen ja sunnuntaiaamun välillä.
Puhelimessa oli myös neljäkymmentäkaksi uutta tekstiviestiä. Nopea
vilkaisu älypuhelimen sovelluksiin ja muistiin paljasti useita kuva-
albumeita, pari videota, neljä ääninauhoitetta sekä kuudentoista
sivun verran muistiinpanoja. Christina ei näyttänyt koskaan käyttä-
neen älypuhelimensa kalenterisovellusta, mutta hän oli totisesti käyt-
tänyt sähköpostiaan. Kun saapuneet, lähetetyt ja poistetut sähköpos-
tit laski yhteen, viestejä oli kirjaimellisesti satoja, kenties tuhansia.

Kun Hunter ja Garcia palasivat PAB:hen, Baxter tarjosi heille
pikaisen tiivistelmän kaikesta löytämästään ja ojensi heille puhe-
limen. Hän oli varsin tyytyväinen, ettei hänen työhönsä kuulunut
tuon meilivuoren ruotiminen.

Hunter ja Garcia aloittivat kuuntelemalla Christina Stevensonin
matkapuhelimen ääniviestit, lukemalla hänen tekstiviestinsä ja
muistiinpanonsa ja käymällä läpi kaikki kuva-albumit ja videot,
jotka hän oli tallentanut puhelimen muistiin ja SIM-kortille. Kaik-
keen tähän meni lähes kaksi tuntia.

Useimmat ääniviestit oli jätetty sunnuntaiaamuna. Ne olivat
lähinnä muilta toimittajilta ja alan ihmisiltä, ja kaikki onnittelivat

häntä artikkelin johdosta. Jotkut jopa kuulostivat hiukan kateellisilta. Mutta eräs henkilö, joka oli soittanut sunnuntain jälkeen kolme kertaa ja lähettänyt Christinalle kaksi tekstiviestiä, kuulosti enemmänkin ystävältä. Hänen nimensä oli Pamela Hays. Hunterille selvisi, että Pamela oli Christinan esihenkilö *LA Timesin* viihdetoimituksessa.

Hunterilla kesti vain puoli tuntia löytää kaikki Christinalle viestin jättäneet soittajat älypuhelimen yhteystiedoista, mikä tarkoitti, että Christina oli tuntenut kaikki soittajat. Heidän joukossaan ei ollut tuntemattomia ihmisiä.

Yksikään ääni- tai tekstiviesti, muistiinpano tai äänitallenne ei ollut riittävän kiinnostava herättääkseen epäilyksiä. Christinan puhelimesta oli kuitenkin löytynyt pitkä lista ihmisiä, joita he voisivat jututtaa. Kevin Lee Parkerin nimeä ei löytynyt yhteystietojen joukosta.

"Nyt kun kuolema on julkinen", Hunter sanoi ja kohottautui työpöytänsä äärestä, "haluaisin piipahtaa *LA Timesissa* ja jututtaa Pamela Haysia, Christina Stevensonin pomoa."

Garcia hieroi silmiään. "Okei. Minä aloittelen näiden sähköpostien kanssa." Hän osoitti Christinan puhelinta, joka lojui hänen työpöydällään. "Soitan Dennikselle ja kysyn, voiko tätä puhelinta yhdistää tietokoneeseen. En yksinkertaisesti kykene lukemaan kaikkia näitä sähköposteja 3,5 tuuman näytöltä."

Hunter komppasi nyökkäyksellä. "Dennis keksii varmasti jotain. Kannattaa kysyä, pystyykö hän lataamaan sähköpostit kovalevylle. Sinulla on käsissäsi suora yhteys hänen *LA Timesin* Saapuneet-kansioonsa. Jos lehden IT-osasto lukitsee hänen salasanansa tai sulkee hänen tilinsä, jäämme nuolemaan näppejämme."

"Jep, käväisi minullakin mielessä." Garcia nousi venyttelemään. "Ja ajattelin edelleen katsoa sen leffan, *Paholainen sisällä*. Minulla on vähän sellainen kutina, jos tiedät mitä tarkoitan? Voin katsoa sen tietokoneeltani täällä. En halua tehdä sitä kotona Annan seurassa."

Hunter nyökkäsi jälleen. "En ole unohtanut sitä." Hän vilkaisi kelloaan ja tarttui takkiinsa. "Kerro, jos löydät jotakin."

"Samat sanat."

Viisikymmentäviisi

Hunter ei soittanut *LA Timesiin* pyytääkseen tapaamista Pamela Haysin kanssa. Hän meni huomattavasti mieluummin ilmoittamatta. Hän oli veivannut menneisyydessä sen verran monen toimittajan kanssa, että tiesi heidän rakastavan kysymysten esittämistä mutta inhoavan niihin vastaamista.

Hunter ei tiennyt, miten hyviä ystäviä Pamela Hays ja Christina Stevenson olivat olleet. Ehkä Hunter oli tulkinnut Pamelan Christinalle lähettämät viestit väärin, eikä Pamela ollutkaan huolissaan. Mikäli näin oli, Hunter tiesi, että jos hän soittaisi etukäteen ja yrittäisi järjestää tapaamista, oli mahdollista, että Pamela Hays tarjoaisi jonkin laimean verukkeen, vaikkapa koko päivän kestävän kokouksen. Jos Hunter ilmestyisi odottamatta paikalle, hänellä olisi yllätysmomentti puolellaan eikä kuultava olisi ehtinyt valmistautua. Hunterin kokemuksen perusteella se oli aina iso etu.

LA Timesin pääkonttori oli outo kompleksi, joka yhdisti neljä erillistä rakennusta yhdeksi massiiviseksi pytingiksi. Yhdeltä puolelta se näytti oikeustalolta, toiselta parkkihallilta, ja jos sitä lähestyi West 2nd Streetin puolelta, saattoi hyvinkin kuvitella astuvansa sisään eurooppalaisen pankin haarakonttoriin.

Ylelliseen, ruskograniittiseen julkisivuun upotettu korkea, sävytetty lasiovi johti suureen, miellyttävästi valaistuun ja ilmastoituun aulaan. Paikka oli täynnä ihmisiä. Osa tuli ja meni. Osa istui oikeanpuoleisessa odotustilassa. Osa ei odotellut niinkään kärsivällisesti. Koko aulan kattava marmorilattia sai askelet kaikumaan, minkä vuoksi sisääntuloalue kuulosti surisevalta mehiläispesältä.

Hunter suuntasi paraikaa kohti peräseinän suurta vastaanotto-
tiskiä, kun osapuilleen 165-senttinen, hoikka nainen käveli ruuh-
kaisen aulan poikki. Hän askelsi hitaasti, pää painuksissa, olemus
surua ja uupumusta huokuen. Hunter tunnisti hänet välittömästi
LA Timesin nettisivujen kuvasta – Pamela Hays.

Hunter seurasi naista vastaanottotiskin vasemmalla puolella ole-
valle tyhjälle käytävälle ja sai hänet kiinni, kun hän lähestyi yhtä
neljästä hissistä.

Pamela painoi nappia, astui taaksepäin ja jäi odottamaan. Pää
yhä painuksissa.

"Pamela Hays?" Hunter kysyi.

Kesti hetken, ennen kuin nainen nosti päätään. Hänen kat-
seensa siirtyi Hunterin kasvoihin, mutta silmät eivät tarkentaneet.
Hänellä oli yllään hyvin istuva tumma jakkupuku, joka melkein sai
hänet sulautumaan mustaharmaisiin graniittiseiniin.

Hunter odotti vielä pari sekuntia, ja kun Pamelan katse terävöi-
tyi, hän näki hetken, jolloin tämän poissaoleva mieli palasi todelli-
suuteen. Pamelan silmät olivat teräksensiniset, toffeenvaaleat hiuk-
set ulottuivat hiukan olkapäiden alle. Leukaperien, poskipäiden ja
nenän kulmikkuus sai hänet näyttämään ankaran keskittyneeltä.
Pamela väläytti nopean hymyn, mutta se ei auttanut pehmentä-
mään piirteitä.

"Pamela Hays", Hunter sanoi uudestaan ja näytti tällä kertaa vir-
kamerkkinsä. "Olen etsivä Robert Hunter Los Angelesin poliisi-
laitoksen henkirikosyksiköstä. Mahtaisiko teillä olla hetki aikaa?"

Pamela Hays ei vastannut. Asiat loksahtelivat paikoilleen hänen
mielessään.

"Rouva Hays, minä todella kaipaisin apuanne… ja niin kaipaisi
Christina Stevensonkin."

Viisikymmentäkuusi

Pamela opasti Hunterin ulos West 2nd Streetille ja kulman taakse The Edison Loungeen aivan vastapäätä poliisin hallintorakennusta. Häntä ei juuri sillä hetkellä huvittanut istua neuvotteluhuoneessa tai missään muuallakaan *LA Timesin* pääkonttorissa.

The Edison oli elegantti ja hienostunut baari, joka sijaitsi Los Angelesin keskustassa kuuluisan Higgins-rakennuksen kellarikerroksessa. 1900-luvun alussa samaisessa kellarissa toimi kaupungin ensimmäinen yksityisomisteinen sähkölaitos. Kunnioittaakseen voimalan erityistä asemaa historiankirjoissa The Edison oli säilyttänyt sisustuksessaan monia sen aikaisia arkkitehtonisia yksityiskohtia ja mekaanisia artefakteja.

He löysivät baarin vasemmalta puolelta kaksi korkeaselkäistä nahkanojatuolia polvenkorkuisen, kiillotetun marmorijäljitelmäsohvapöydän viereltä. Himmeä valaistus ja pehmeä 1930-luvun musiikki loivat aikakaudelle ominaisten esineiden sekä huolellisesti valittujen sisustuselementtien kanssa niin nostalgisen tunnelman, että asiakas miltei palasi ajassa taaksepäin.

Hunter odotti, että Pamela oli istuutunut, ennen kuin kävi itse istumaan.

Pamela huomioi eleen väläyttämällä hänelle uuden heikon hymyn.

"Ennen kuin ryhdyt esittämään kysymyksiä", Pamela aloitti, "toivoisin sinun vastaavan tähän: onko Christinan ruumis löytynyt?"

Hunterin ei ollut vaikea lukea Pamelan ajatuksia. Juuri sillä hetkellä nainen ei ollut toimittajan roolissa. Hän ei esittänyt kysymystään siksi, että kaiveli tietoa mahdollista artikkelia varten. Juuri sillä hetkellä Pamela piteli kiinni heikosta toivonsäikeestä: että hänen näkemänsä video oli ollut sairasta huijausta – pelkkä suuri väärinkäsitys.

Hunter oli ollut samankaltaisessa tilanteessa lukemattomia kertoja. Ajan myötä se vain paheni.

Hänen vatsaansa kuristi.

"On."

Hän näki valon sammuvan Pamelan silmissä. Senkin hän oli nähnyt liian moneen kertaan. Pamela ei ollut menettänyt poikaa tai tytärtä, mutta hän oli menettänyt läheisen ystävänsä ja ymmärtänyt samalla, että vaara ja pahuus vaanivat lähempänä kuin hän oli uskonutkaan. Jos Christinalle oli käynyt näin, sama saattoi tapahtua hänelle. Hänen perheelleen. Kenelle hyvänsä.

Pamela veti syvään henkeä, ja kyynelet kihosivat hänen silmiinsä.

"Milloin?"

"Eilen."

"Missä?"

"Ei kovin kaukana hänen kotoaan."

Heitä lähestyi tarjoilija, joka olisi mainiosti voinut kilvoitella Miss Kalifornian kruunusta.

"Hei, ja tervetuloa The Edisoniin", typy sanoi ja väläytti hymyn, jonka Hunter tiesi hänen väläyttävän jokaiselle vieraalle. "Haluaisitteko nähdä drinkkilistamme?"

"Tuota… ei, ei tarvitse", Pamela sanoi ja pudisti päätään. "Saisinko vodkamartinin, kiitos?"

"Ilman muuta." Tarjoilija katsoi Hunteria valmiina ottamaan tilauksen vastaan.

"Minulle pelkkä musta kahvi, kiitos."

"Tulee saman tien." Tarjoilija kääntyi ja käveli pois.

"Kuka pystyy sellaiseen?" Pamela kysyi. Hänen äänensä oli muuttunut kuivaksi, ikään kuin hänen kurkkuunsa olisi tarttunut jotain. "Onnistuimme löytämään pätkiä alkuperäisestä internetlähetyksestä. Näittekö te sen?"

Hunter katsoi Pamelaa silmiin hetken ja nyökkäsi sitten kerran. "Missä helvetissä hän oikein oli? Käsin tehdyssä lasiarkussako?" Hunter ei vastannut.

"Ja ne äänestysnappulat. Äänestivätkö ihmiset siitä, millä tavalla Christina kuolisi?"

Ei edelleenkään vastausta.

"He äänestivät. Eikö niin?" Pamelaa kuvotti. "He todella *äänestivät*. Miksi? Eiväthän he edes tienneet, kuka hän on. Oliko se heidän mielestään hauskaa? Luulivatko he sitä jonkinlaiseksi peliksi? Vai uskoivatko he vain, että koska näytön alalaidassa luki SYYLLINEN, Christina todella oli syyllinen johonkin?"

Tällä kertaa Pamelan silmistä hehkuva kiihkeys vaati vastausta.

"En pysty sanomaan, mitä ihmiset miettivät klikatessaan jompaakumpaa painiketta, rouva Hays", Hunter sanoi tasaisella äänellä. "Mutta kaikki juuri esittämäsi syyt ovat päteviä. Ihmiset ovat saattaneet kuvitella, että se oli jonkinlainen peli, ettei se ollut totta... tai ehkä he uskoivat, kun kerran otsikossa luki SYYLLINEN."

Hunterin sanat saivat Pamelan vaikenemaan ja pidättelemään henkeään. Hän luki ripeästi rivien välistä. Hän käytti itsekin otsikoita päivittäin. Niitähän lehdistö aina käytti, jotta saisi kiinnitettyä ihmisten huomion. Pamela tiesi, että mitä sensaatiomaisempi otsikko, sitä enemmän huomiota ja painoarvoa artikkeli sai. Siksi otsikon sanat valittiin hyvin huolellisesti. Joskus yksi ainokainen sana riitti. Hän tiesi myös oikein hyvin, että psykologisessa mielessä otsikoilla oli eri tarkoituksia. Joskus ne oli tarkoitettu kiinnittämään lukijan huomio samalla, kun hänen alitajuntaansa yritettiin ujuttaa ennalta mietitty mielipide. Otsikon mahti oli paljon suurempi kuin ihmiset uskoivatkaan. Se toimi. Hän tiesi, että se toimi.

Tappaja käytti Christinan ammattikikkaa häntä vastaan, Pamela mietti. Ajatus sai hänet värähtämään.

Tarjoilija palasi tuomaan heidän juomansa. Hän ojensi Pamelalle martinin, ja jo ennen kuin hän oli ehtinyt asettaa Hunterin kahvin pöydälle, Pamela oli tyhjentänyt lasinsa kolmella isolla kulauksella.

Tarjoilija katsoi häntä yrittäen parhaansa mukaan kätkeä hämmästyksensä.

"Voisinko saada toisen, kiitos?" Pamela sanoi ja ojensi lasinsa tarjoilijalle.

"Tuota… ilman muuta." Tarjoilija siirtyi takaisin kohti baaritiskiä.

"Sopiiko, että esitän nyt muutaman kysymyksen, rouva Hays?" Drinkki oli rauhoittanut Pamelaa jonkin verran. Hän kiinnitti huomionsa jälleen Hunteriin ja nyökkäsi. "Kyllä, ja lakkaa kutsumasta minua rouva Haysiksi. Se saa minut tuntemaan kuin olisin jälleen katolisessa koulussa. Vihasin sitä paikkaa. Kutsu minua Pamelaksi tai Pamiksi. Niin kaikki tekevät."

Hunter aloitti yksinkertaisilla kysymyksillä selvittääkseen, millainen suhde Pamelalla ja Christinalla oli ollut. Kävi pian selväksi, ettei Pamela ollut pelkästään Christinan esihenkilö vaan että heistä oli vuosien varrella tullut erittäin hyvät ystävät. Pamela kertoi, ettei Christina hänen tietojensa mukaan ollut tapaillut ketään. Hänen viimeisin parisuhteensa, mikäli sitä nyt oli voinut sellaiseksi kutsua, oli päättynyt nelisen kuukautta sitten. Se oli kestänyt vain pari viikkoa. Pamelan mukaan suhde oli ollut alusta lähtien tuhoon tuomittu. Jätkä oli paljon Christinaa nuorempi, täydellinen naistenmies ja rumpali nousevassa rockbändissä nimeltä Screaming Toyz.

Hunter kohotti kulmakarvojaan. Hän oli nähnyt Screaming Toyzin esiintyvän House of Bluesissa jokunen aika sitten.

Tarjoilija toi uuden martinin, ja tällä kertaa Pamela tyytyi siemailemaan sitä kulauttelun sijasta.

Hunter kysyi häneltä kolmesta kirjaimesta – SSV – ja numeroyhdistelmästä – 678. Pamela mietti pitkän aikaa mutta sanoi sitten, etteivät ne merkinneet hänelle mitään ja ettei hän voinut kuvitella, miten ne olisivat liittyneet Christina Stevensoniinkaan.

Hunter harkitsi, kysyisikö Pamelalta, oliko tämä kuullut Kevin Lee Parkerista, mutta päätti olla kysymättä. Oli todennäköistä, että nimi oli Pamelalle tuntematon, mutta hän oli yhä edelleen toimittaja. Hunter oli varma, että hän tarkistaisi nimen myöhemmin ja saisi selville, että myös Kevin oli murhattu vain muutama päivä sitten. Tuon tiedon avulla *LA Timesin* etusivulla komeilisi alta aikayksikön sensaatiomainen lööppi uudesta sarjamurhaajasta, joka tykkäsi esittää surmatyönsä suorassa lähetyksessä. Yksi dramaattinen murhaotsikko sanomalehtien etusivuilla aiheutti järkytystä ja sai ihmiset puhumaan, mutta uutinen uudesta vapaana riehuvasta sarjamurhaajasta loisi koko kaupungin valtaavan paniikin. Hunter oli nähnyt niin tapahtuvan aiemminkin. Juuri nyt hän ja tutkinta eivät kaivanneet moista.

"Puhuiko Christina koskaan häneen kohdistuneista uhkauksista?" Hunter kysyi. "Oliko hän saanut kirjeitä, sähköposteja, puheluita? Oliko hän huolissaan jostakin? Oliko ihmisiä, jotka eivät pitäneet hänestä?"

Pamela naurahti hermostuneena. "Me olemme Yhdysvaltain neljänneksi laajalevikkisimmän sanomalehden toimittajia, etsivä. Työmme luonteen vuoksi kaikki inhoavat meitä, esittivätpä he miten ystävällisiä hyvänsä. Sinä ja poliisiystäväsi tien toisella puolella kuulutte tähän kategoriaan."

Hunter ei sanonut mitään. Pamela Hays oli oikeassa. Hän ei ollut vielä kohdannut poliisia, joka olisi pitänyt journalisteista.

"Kun jengi listaa paskiaisia, me yllämme aivan huipulle korruptoituneiden poliitikkojen ja lakimiesten rinnalle." Pamela vaikeni hetkeksi ja siemaisi martiniaan. Aggressiivisista sanoistaan huolimatta hän tiesi vallan mainiosti, mitä Hunter tarkoitti.

Hunter odotti, että kiusallinen hetki menisi ohi.

Pamela palasi kysymykseen. "Asia on niin, että me kaikki toimittajat olemme kirjoittaneet juttuja, jotka ovat loukanneet joitakin ihmisiä. Olemme kaikki saaneet vihapostia ja -puheluita. Saamme niitä kaiken aikaa, mutta loppujen lopuksi se on pelkkää uhittelua. Ihmiset suuttuvat, kun paljastamme *totuuden*, koska useimmiten totuus ei sovi heidän pirtaansa."

Pamela Hays suhtautui totisesti hyvin intohimoisesti työhönsä.

"Mainitsiko neiti Stevenson koskaan tällaisia kirjeitä, meilejä tai puheluita? Sellaisia, joiden hän pelkäsi olevan muutakin kuin uhittelua?"

Pamela alkoi pudistaa päätään mutta pysähtyi puolitiessä. Hänen ilmeensä muuttui määrätietoisemmaksi, ja jos hänen botoxilla pistetty otsansa olisi voinut rypistyä, se olisi rypistynyt.

"Mitä hän sanoi?" Hunter kysyi yrittäen tarttua hetkeen.

Pamela nojautui taaksepäin istuimellaan. Hän kohotti kätensä leualleen ja ojensi etusormeaan sen verran, että se kosketti molempia huulia. Hänen katseensa siirtyi syliin.

Käyttäytymispsykologiassa sormi suulle -elettä pidetään selvänä merkkinä – joku on valmis sanomaan jotakin, mutta ei ole varma, pitäisikö hänen. Tietyissä tilanteissa ele on selkeä merkki siitä, että puhuja valmistautuu valehtelemaan.

Hunter tarkkaili Pamelaa. Nainen selvästikin pohti ankarasti, pitäisikö hänen paljastaa tietonsa vai pitää ne itsellään. Tästä saattaisi sukeutua juttu.

Pamelan ongelma piili siinä, ettei hän ollut rikostoimittaja. Hänen olisi pakko luovuttaa tietonsa jollekulle rikostoimituksessa. Ja niitä mulkkuja hän vihasi. Ylenkatsoivat aina muita, varsinkin viihdetoimitusta, tai *juorukuilua*, joksi heillä sitä oli tapana kutsua.

Hunter aisti hänen epäröintinsä ja kannusti uudestaan. "Pamela, pieninkin tiedonjyvä voi auttaa meitä nappaamaan sen, joka teki tämän Christinalle. Pelkäsikö hän jotakin tai jotakuta?"

Pamela käänsi katseensa takaisin Hunterin kasvoihin ja näki miehen silmistä sellaista määrätietoisuutta ja vilpittömyyttä, jota ei kohdannut kovin usein. Hänen ilmeensä pehmeni hiukan.

"Nelisen kuukautta sitten Christina kirjoitti jutun miehestä nimeltä Thomas Paulsen."

"Tarkoitatko sitä ohjelmistomiljonääriä?"

"Häntäpä hyvinkin", Pamela vastasi hiukan yllättyneenä siitä, että Hunter oli kuullut tyypistä. "Kävi niin, että Christinaan otti yhteyttä eräs Paulsenin entinen työntekijä, jolla oli hallussaan mahdollisesti isokin juttu. Christina tuli juttusilleni, ja näytin vihreää valoa. Hän työskenteli jutun parissa kaksi kuukautta ja kaivoi esille kuormalavallisen verran kuonaa siitä paskapäästä. Juttu meni painoon, ja Paulsenin liiketoimet sekä yksityiselämä saivat kolauksen."

"Mistä juttu kertoi?"

Pamela siemaisi vielä kerran drinkkiään. "Jätkä vei mieluusti petiin sihteereitään tai assistenttejaan tai ketä hän nyt kulloinkin firmansa työntekijöistä himoitsi. Sitten hän pelotteli naiset hiljaisiksi parhaaksi katsomallaan tavalla. Hän on naimisissa, ja hänellä on tytär. Kun paljastusjuttu julkaistiin, kävi ilmi, että hän oli toiminut tällä tavalla vuosikausia. Hän oli väitteiden mukaan pannut yli kolmeakymmentäviittä työntekijäänsä." Pamela piti tauon punniten sanojaan. "Tiedän, ettei moni pidä tuollaista käytöstä kovinkaan järkyttävänä, mutta me elämme Yhdysvalloissa. Tämä maa on valheellisen moraalin syövyttämä, ja uskonnollisuus, uskollisuus ja perinteiset perhearvot ovat arvossa arvaamattomassa. Ja tämä on Los Angeles, kaupunki, jossa pieninkin suhteenpoikanen voi päättää ihmisen uran yhden yön aikana. Artikkeli vaikutti Paulsenin elämään aika isosti."

Hunter raapusti jotakin vihkonsa. "Uhkasiko hän Christinaa?"

Pamela näytti epävarmalta. "Heti artikkelin jälkeen joku alkoi soitella Christinalle… puhui tuskasta, siitä että panisi Christinan kärsimään ja kuolemaan hitaasti. Christina oli kokenut sellaista ennenkin eikä hätkähtänyt vähästä, mutta tiedän, että jokin noissa puheluissa todella pelotti häntä. Yritimme jäljittää puheluita, mutta soittaja oli liian fiksu. Vaikutti siltä, että puhelut tulivat ympäri kaupunkia."

"Saiko hän näitä puheluita viime aikoina?"

"En ole varma. Ainakaan hän ei ollut vähään aikaan puhunut niistä."

Hunter kirjoitti lisää muistiinpanoja.

"Puhumme kuitenkin nyt artikkeleista, joita hän kirjoitti viihdetoimituksessa ollessaan", Pamela jatkoi. "Ennen kuin toin hänet viihteeseen, hän työskenteli rikostoimituksessa yhdeksän kuukauden ajan. Ja sitä ennen hän työskenteli lähes jokaisessa toimituksessa. Jos hänet tapettiin jonkin hänen kirjoittamansa lehtijutun vuoksi, teillä on käsissänne erittäin pitkä lista."

"Jep, tiedetään", Hunter sanoi. "Onko minulla mitään mahdollisuutta saada käsiini arkistoa, josta löytyisivät kaikki Christinan viihdetoimituksessa ollessaan kirjoittamat jutut? Haluaisin aloittaa niistä."

Pamela näytti yllättyneeltä, mutta hänen kulmakarvansa eivät liikahtaneetkaan. "Puhumme nyt kahden vuoden jutuista."

"Tiedän. Olen pannut tiimin keräämään niitä, mutta apusi voisi todella nopeuttaa asioita."

Pamela katsoi häntä vielä hetken silmiin. "Okei. Pystyn varmasti keräämään jutut kasaan ja toimittamaan sinulle niistä pakatun tiedoston huomiseen mennessä."

Viisikymmentäseitsemän

Kuski oli aloittanut päivänsä jo ennen sarastusta. Hän oli istunut kärsivällisesti ratin takana ja tarkkaillut ääneti vastapäisen kerrostalon sisäänkäyntiä. Useimmat ihmiset pitäisivät tehtävää ikävystyttävänä, mutta häntä se ei vaivannut lainkaan. Hän itse asiassa nautti varjostustyöstä. Odottelu tarjosi hänelle aikaa ajatella. Järjestellä mietteitään. Selvittää asioita. Sitä paitsi hän piti siitä, että sai katsella ihmisiä. Etäältä havainnoimalla saattoi oppia niin paljon.

Esimerkiksi kello 06.45 rakennuksesta astui kaljuuntuva, tanakka mies, jolla oli yllään vanha, huonosti istuva puku. Mies ylitti tien hitaasti ja lannistuneen oloisena, olkapäät lysyssä ja pää painuksissa, ikään kuin ajatukset olisivat olleet hänelle liian raskaita. Hänen koko olemuksensa kirkui vain yhtä asiaa – surua. Jokaisesta päivästä selviytyminen oli hirvittävää kamppailua. Kuski näki, että mies vihasi työtään, mikä se sitten olikin. Vasemman käden nimetöntä kuristava paksu kultasormus viittasi avioliittoon mutta kertoi myös siitä, että mies oli lihonut aika lailla sen jälkeen, kun sormus oli ensi kerran sulostuttanut hänen sormeaan. Oli turvallista olettaa, että liitosta oli jo kauan sitten sammunut tuli, joka sitä kenties ammoin oli lämmittänyt.

Kuski nosti katseensa jälleen rakennukseen. Kaljuuntuvaa miestä tuijotti toisen kerroksen ikkunasta nainen, jolla oli lyhyet, keskivaaleat hiukset ja selvästikin hiukan enemmän elopainoa kuin hän olisi itse halunnut. Naisen katse seurasi miestä, kunnes tämä oli kadonnut näkyvistä. Kun mies oli poissa, nainen peräntyi asuntoon, mutta kolmen minuutin kuluttua hän oli jälleen ikkunassa. Tällä kertaa hänen levoton katseensa oli keskittynyt tien toiseen päähän.

Kuski huomasi naisessa jotain uutta. Hän oli harjannut hiuksensa, ja epäpukeva yöpaita oli vaihtunut seksikkäämpään asuun. Kului viisi minuuttia vailla tapahtumia. Sitten naisen huulet levisivät hymyyn. Kuski seurasi naisen katsetta kadulle. Nurkan takaa oli ilmestynyt toinen mies, joka kiiruhti nyt kohti kerrostaloa. Hän oli parikymmentä kiloa kevyempi kuin aviomies ja osapuilleen kymmenen vuotta nuorempi. Naisen hymy oli entistä leveämpi.

Kuski naurahti. *Niinpä. Kaikkea sitä oppiikin ihan vain tarkkailemalla.*

Hän ei kuitenkaan ollut täällä narauttamassa ketään syrjähypystä. Hänen tehtävänsä oli paljon tärkeämpi.

Kello 07.15 kerrostalosta poistui toinen mies. Tämänkertainen oli pitkä ja urheilullinen. Mies käveli määrätietoisesti. Hänen katseestaan säteili vahvaa päättäväisyyttä ja luonteenlujuutta. Kuski liukui vaistomaisesti alemmas istuimellaan tehden itsestään entistäkin huomaamattomamman. Samalla hän kuitenkin tarkkaili huolellisesti miestä tämän noustessa autoonsa ja ajaessa pois.

Kuski hymyili. Kaikki sujui suunnitelmien mukaisesti.

Kahdenkymmenen minuutin kuluttua hänen kohteensa astui vihdoinkin ulos talosta. Hän nojautui eteenpäin ja katsoi, kun nainen käveli autolleen. Hän oli puoleensavetävä ja aistikas, ja hänellä oli kroppa, jota kaikki hänen ystävänsä takuuvarmasti kadehtivat.

Kuski veti syvään henkeä ja salli kiihtymyksen kiiriä alas selkäpiitään. Adrenaliini kuohui hänen kehossaan, kun hän tarkisti kuvauskalustonsa ja käynnisti auton moottorin.

Hän oli seurannut naista koko päivän odottaen oikeaa hetkeä. Hän tiesi, että onnistuminen riippui täydellisesti hetken valinnasta. Jos hetki oli hiukankin vähemmän otollinen, kaikki saattoi mennä pieleen silmänräpäyksessä.

Monen tunnin odottelun jälkeen oikea hetki oli koittanut.

Suora lähetys alkaisi pian.

Viisikymmentäkahdeksan

Kun Hunter palasi poliisin hallintorakennukseen, Garcia hieroi silmiään raivokkaasti.

"Kaikki hyvin?" Hunter kysyi.

Garcia nosti katseensa ja huokaisi syvään. "Sain juuri katsottua sen leffan – *Paholainen sisällä.*"

"Löytyikö mitään?" Hunter kysyi ja asettui työpöytänsä ääreen. Garcia nousi seisomaan ja hieroi niskaansa. "En usko, että sillä Stevensonin makuuhuoneeseen jätetyllä viestillä on mitään tekemistä elokuvan kanssa."

Hunter katsoi työpariaan.

"Kuten aiemmin sanoin, leffa kertoo nuoresta naisesta, jonka äiti murhasi kolme ihmistä ollessaan väitetysti demonin vallassa. Olin lähinnä kiinnostunut niistä murhista. Erityisesti murhatavasta."

"Ja...?"

"Ei mitään yhtäläisyyksiä meidän keissiimme. Kyse oli raivon vallassa tehdystä veitsihyökkäyksestä. Kaikki kolme uhria teurastettiin samassa talossa samana yönä kolmen minuutin sisällä. Sen jälkeen elokuva keskittyy naisen tyttäreen, joka osallistuu useisiin manaussessioihin yrittäessään selvittää, oliko äiti todella demonin vallassa tehdessään tekonsa. Ketään ei lukita minkäänlaiseen säiliöön, lasiseen tai ei-lasiseen. Leffassa ei esiinny pistiäisiä tai muitakaan hyönteisiä. Ketään ei pakoteta lipeä- tai happokylpyyn, mitään ei striimata eikä kukaan äänestä kuolintapaa tai valitse eri kuolintapojen välillä. Eli mikäli tappajan jättämällä viestillä ylipäätään on mitään merkitystä, filmiin se ei ainakaan viittaa."

Hunterin huomio siirtyi kuvatauluun ja valokuvaan, jossa fluoresoiva oranssi sormenjälkijauhe oli. Hän raapi päätään. *Paholainen sisällä. Mitä helvettiä se tarkoittaa?*

"Entä Stevensonin meilit?" hän kysyi. "Onko niistä löytynyt mitään?"

Tietokonerikososaston Dennis Baxter oli ladannut kaikki Christina Stevensonin sähköpostit ulkoiselle kovalevylle, joka oli nyt yhdistetty Garcian tietokoneeseen. Meilejä ei tarvinnut lukea 3,5 tuuman näytöltä eikä Garcian tarvinnut pelätä, ettei hän pääsisi enää käsiksi Stevensonin tiliin.

"Tähän mennessä en ole löytänyt mitään epäilyttävän oloista", Garcia vastasi ja palasi työpöytänsä ääreen. "Joukossa on paljon pikaista viestittelyä Stevensonin ja muiden *LA Timesin* toimittajien välillä – juoruja, huhuja, juttuja koskevia keskusteluja... kaikkea sellaista. Olen suodattanut kaikki hänen meilinsä ja etsinyt niitä, jotka eivät tulleet @latimes.com-loppuisesta osoitteesta. Toivottavasti onnistun sillä lailla erottelemaan henkilökohtaiset ja työmeilit. Mitään ei ole vielä noussut esiin, mutta onhan tässä vielä viestejäkin jäljellä. Entä itse?"

Hunter kertoi tapaamisestaan Pamela Haysin kanssa.

"Hetkinen, odota", Garcia sanoi, kohotti oikeaa kättään ja keskeytti Hunterin, kun tämä kertoi Christinan saamista uhkauspuheluista. "Kuka se kaveri on?"

"Hänen nimensä on Thomas Paulsen", Hunter selitti. "Hän on ohjelmistomiljonääri ja asuu täällä Los Angelesissa."

"Ohjelmisto?" Garcian leukapielessä nytkähti lihas. Hän näytteli jo Paulsenin nimeä hakukoneeseen.

"Juurikin niin. Hänen yrityksensä oli yksi ensimmäisistä, joka loi koko internetin kattavia tietokantasysteemejä."

Garcia nosti katseensa näytöltä. "Milloin sinä muka ehdit tutkia häntä?"

"En ehtinytkään", Hunter vastasi. "Minä vain luen paljon. Luin jutun *Forbes*-lehdestä jo jonkin aikaa sitten."

"Luitko sattumalta Christina Stevensonin hänestä kirjoittaman jutun?"

"En vielä."

Garcia klikkasi ylimmäistä hakutulosta. Se vei hänet Paulsen-Systemsin verkkosivuille. Hän lukaisi nopeasti tiedot "Meistä" -sivulta. Sen perusteella Hunter oli ollut oikeassa kaikesta. Paulsenin firma oli ollut ensimmäisten joukossa kehittämässä yrityksille suunnattuja tietokantasysteemejä ja oli nyt yksi alan johtavista firmoista. Yritykset ympäri maailmaa käyttivät sen luomia järjestelmiä.

"Käydäänkö jututtamassa häntä?" Garcia kysyi. "Kuulostaa tyypiltä, joka osaa luovia kyberavaruudessa."

"Todennäköisesti, mutta ei vielä. Haluan ensin selvittää, miten pahasti Christina Stevensonin artikkeli häneen vaikutti. Siinäkin tapauksessa tarvitsemme edelleen linkin Paulsenin ja Kevin Lee Parkerin välillä. Ehkä Paulsenilla oli jotain hampaankolossa sen Stevensonin artikkelin takia, mutta miten ensimmäinen uhri sopii kostosuunnitelmaan?"

Garcia ei sanonut mitään.

Hunterin pöytäpuhelin soi ja vei hänen huomionsa kuvataulusta.

"Etsivä Hunter, erikoismurharyhmä."

Linjalta kuului naksahdus.

"Haloo...?"

"Etsivä Hunter", soittaja sanoi vihdoin. Hän oli viileä ja kiireetön, kuin potilasta tervehtivä lääkäri. "Mukavaa, että olet työpöytäsi ääressä."

Kun Hunter kuuli äänen, hänen vatsaansa muotoutui tyhjiö, jonka korvasi välitön levottomuuden kuohahdus. Hunter kiristi leukapielensä ja tuijotti Garciaa.

"Oletko sattumoisin verkossa?" soittaja kysyi, ja nyt hänen äänestään huokui ivallinen huvitus. "Haluaisin nimittäin näyttää sinulle jotakin, minkä katsomisesta sinä ja työparisi varmasti nautitte suuresti."

Viisikymmentäyhdeksän

Vaikka työhuoneessa oli lähes neljäkymmentä astetta, Hunter tunsi kylmän hien kihoavan niskaansa ja noruvan pitkin selkää. "Oletko valmiina, etsivä Hunter?" soittaja kysyi retorisesti. "Suosikkiverkkosivusi on nimittäin jälleen toiminnassa. Minun ei varmaankaan tarvitse antaa sinulle osoitetta?"

Hunter näpytteli sitä jo selaimensa osoitekenttään.

Verkkosivu latautui alle kolmessa sekunnissa. Näky pakotti Hunterin varmistamaan, että osoite oli oikea. Tällä kertaa näyttöä ei nimittäin dominoinut yökuvaukseen tarkoitetun objektiivin vihertävä sävy. Kuvaa ei myöskään lähetetty rähjäisestä, synkästä, tyrmänkaltaisesta huoneesta. Soittaja välitti kuvaa kirkkaassa päivänvalossa ruuhkaiselta kaupunkikadulta. Eikä kamera tällä kertaa pysynyt paikoillaan. Se liikkui väkijoukossa rennosti, ikään kuin turisti olisi kuvannut käsipelillä Los Angelesin-lomaansa.

Hunter siristi silmiään.

Kaikkialla oli ihmisiä. Miehiä ja naisia pukeutuneina farkkuihin ja t-paitoihin, sortseihin ja mekkoihin sekä bisnespukuihin. Jotkut touhottivat kiireisinä eteenpäin, matkapuhelimet korville liimattuina. Jotkut kävelivät rennosti, olivat kenties ikkunaostoksilla. Vaikea sanoa, sillä kameran katselukulma oli pieni, kuin tunnelinäkö. Hunter näki ihmisten tulevan kohti kameraa ja kulkevan sen ohitse, mutta näkymä kuvapinnan reunoilla oli sumuinen.

Hunter peitti nopeasti puhelimen suukappaleen kämmenellään. "Soita Michellelle FBI:n kyberrikosyksikköön", hän kuiskasi Garcialle. "Verkkosivu toimii taas."

Garcian työpöytä oli todennäköisesti koko PAB:n parhaiten organisoitu työpöytä. Kaikella oli oma täsmällinen paikkansa, ja tavarat oli aseteltu symmetrisesti. Michelle Kellyn käyntikortti oli ensimmäinen kolmesta kortista, jotka oli järjestelty vieri viereen puhelimen oikealle puolelle. Garcia valitsi numeron. Michelle vastasi kahden pirahduksen jälkeen.

"Michelle, Carlos täällä."

Michelle huomasi välittömästi Garcian vakavan äänensävyn.

"Hei, Carlos. Mikä hätänä?"

Garcia näpytteli puhuessaan selaimensa osoitekenttään. "Verkkosivu on jälleen toiminnassa."

"Mitä?"

"Hän puhuu meille paraikaa."

Garcia kuuli linjan toisesta päästä kiihkeää naputusta.

Sivu latautui Garcian näytölle. Hän kallisti päätään taaksepäin ja kurtisti kulmiaan katunäkymille ennen kuin vilkaisi Hunteria. "Mitä helvettiä?"

Hunter pudisti vaivihkaa päätään.

"Mitä tarkoitat – miten niin verkkosivu on toiminnassa, Carlos?" Michelle sanoi puhelimeen. "Ei täällä mitään näy."

"Mitä?"

"Edessäni on Virhekoodi 404 -sivu. *Sivua ei löydy.*"

"Tarkista uudestaan kirjoittamasi osoite", Garcia vastasi ja luki ääneen osoitteen, jonka oli kirjoittanut omaan osoitekenttäänsä. "Minun näytölläni on käynnissä suora lähetys. Katson sitä juuri nyt."

"Olen jo tarkistanut. Onko osoite varmasti sama?"

"Aivan varmasti."

Lisää näppäimistön naksetta.

"Hitto, hän on blokannut meidät", Michelle sanoi lopulta.

"Hän mitä…? Miten hän voi blokata teidät muttei meitä?"

"On parikin metodia, mutta en aio perehdyttää sinua niihin nyt."

Garcia pudisti päätään Hunterille. "He eivät pysty näkemään sitä", hän kuiskasi. "Hän blokkaa jollain tavalla heidät muttei meitä."

Hunter nyrpisti nenäänsä tiedolle, mutta selityksille ei ollut aikaa. Hän pani puhelimen kaiuttimelle.

"Katsotteko?" soittaja kysyi.

"Katsomme", Hunter vastasi. Hänen äänensä oli tyyni mutta luja.

"Missä helvetissä tuo on?" Garcia muodosti huulillaan sanat Hunterille ja osoitti tietokoneen näyttöä. "Rodeo Drivellä?" Hunter pudisti päätään. "Ei näytä siltä."

Rodeo Drive oli Los Angelesin kuuluisin ostosalue, joka sijaitsi Beverly Hillsissä ja oli erityisen tunnettu huippumuotiliikkeistään. Se veti puoleensa ison joukon ihmisiä joka päivä. Hunter oli kuitenkin oikeassa. Katu ei näyttänyt Rodeo Driveltä. Nuo näkymät saattoivat olla miltä tahansa tavalliselta ostoskadulta – kaupungissa, jossa sellaisia katuja oli tuhansia.

"Kiva päivä kävelyä ajatellen, vai kuinka?" soittaja kommentoi. Hänen äänessään oli selkeästi havaittava sävelkulku.

"Totisesti", Hunter komppasi. "Itse asiassa voin liittyä seuraasi kävelemään, jos kerrot missä olet."

Soittaja naurahti. "Arvostan tarjousta, mutta minulla taitaa olla ihan riittämiin seuraa. Etkö näe?"

Ihmisiä käveli ohitse joka suuntaan.

Hunter ja Garcia olivat liimautuneet näyttöihinsä. He yrittivät etsiä mitä tahansa, mikä antaisi jonkinlaista osviittaa siitä, mistä päin soittaja lähetti livekuvaa. Toistaiseksi he olivat vetäneet vesiperän.

"Eikö olekin upeaa asua näin väkirikkaassa kaupungissa?" soittaja jatkoi. "Joka on näin virkeä ja elämäniloinen?"

Hunter ei sanonut mitään.

"Varjopuolena on toki se, että Los Angeles on myös hyvin kiireinen kaupunki. Ihmiset ryntäilevät alvariinsa sinne tänne ja ovat aivan liian uppoutuneita omiin ajatuksiinsa, omiin ongelmiinsa, omiin pakkomielteisiinsä. He eivät ehdi huomata toisiaan." Soittaja naurahti, aivan kuin havainto olisi huvittanut häntä suunnattomasti. "Voisin saapastella täällä Batman-asussa, eikä kukaan vilkaisisi minua kahdesti."

Soittaja jatkoi kävelyä puhuessaan, mutta Hunter ja Garcia eivät edelleenkään olleet nähneet mitään tunnistamiskelpoista.

Yhtäkkiä soittajan oli käännyttävä ripeästi vasemmalle välttääkseen törmäyksen mieheen, joka näpytteli tekstiviestiä katse lukittuneena matkapuhelimen näyttöön. Yhteentörmäys oli vain parista sentistä kiinni, ja kun mies kiiruhti soittajan ohitse, soittaja kääntyi ympäri ja antoi kameran seurata miehen kulkua. Parin metrin päässä mies törmäsi tummatukkaiseen naiseen, joka käveli vastakkaiseen suuntaan. Mies ei pysähtynytkään. Hänen katseensa ei irronnut kertaakaan matkapuhelimen näytöltä.

"Vau, näittekö tuon?" soittaja kysyi. "Kaveri tyrkkäsi naisen sivuun eikä piitannut paskaakaan. Ei anteeksipyyntöä, ei pahoittelevaa hymyä... hän ei edes hidastanut tahtiaan. Ihmiset eivät kerta kaikkiaan välitä tässä kaupungissa, etsivä." Uusi naurahdus. Tällä kertaa mukana oli häivähdys halveksuntaa. "Kaikki välittävät vain itsestään." Lyhyt tauko. "Vanha kunnon Amerikan meininki, vai mitä? Muista aina huolehtia itsestäsi ja vain itsestäsi. Muut painukoot vittuun."

Kovista sanoista huolimatta soittajan äänessä ei ollut vihaa.

Garcia oli saanut tarpeekseen tästä yksipuolisesta keskustelusta. "Onko sinulla jotain Amerikan meininkiä vastaan?"

Hunter vilkaisi työpariaan.

"Ah, etsivä Carlos Garcia, otaksun", soittaja sanoi. "Miellyttävä tutustua. Ei, minulla ei ole mitään Amerikan meininkiä vastaan. Päinvastoin. Kysymyksesi vaikuttaa kuitenkin hiukan oudolta ottaen huomioon, että sen esittäjä ei syntynyt tässä maassa." Hän piti tauon. "Sinähän olet Brasiliasta, eikö vain?"

Carlos Garcia todella oli syntynyt Brasiliassa. São Paulossa, jos totta puhuttiin. Hän oli brasilialaisen liittovaltion agentin ja amerikkalaisen historianopettajan poika, joka oli muuttanut äitinsä kanssa Los Angelesiin kymmenvuotiaana vanhempien avioliiton päätyttyä.

"Miten helvetissä..." Garcia aloitti, mutta Hunter pudisti aivan aavistuksen päätään vihjaten, ettei hänen kannattaisi ryhtyä verbaaliseen kiistaan soittajan kanssa.

Puhelimesta kuului naurahdus. "Tietoa on kovin helppo hankkia, kun osaa etsiä sitä, etsivä Garcia."

Garcia otti Hunterin neuvosta vaarin ja puraisi huultaan.

Soittaja piti hiljaisuutta merkkinä jatkaa. "Täällä on niin paljon ihmisiä, jotka kulkevat ympäriinsä ja elävät elämäänsä. Tuntuu kuin olisin lapsi karkkikaupassa. Niin paljon valinnanvaraa. Kuka hyvänsä näistä ihmisistä saattaa päätyä seuraavaksi vieraakseni. Ymmärrätte varmaan, mitä tarkoitan?"

Hunter pidätteli alitajuisesti hengitystään. Oliko tämä puhelun tarkoitus? Tappaja oli näyttänyt heille, miten kidutti ja surmasi ihmisiä. Hän oli näyttänyt, miten valitsi uhriensa kuolintavan. Esittelikö hän nyt sitä, miten valitsi uhrinsa?

"Minulla taitaa kuitenkin olla aivan erityinen henkilö mielessä", soittaja sanoi, ennen kuin Hunter ennätti vastata. "Arvaatteko, kuka hän on?"

Hunter ja Garcia kurottivat kaulojaan ja siirtyivät lähemmäs monitorejaan, mutta kamera ei tarkentanut kehenkään tiettyyn henkilöön.

Aivan eteen, hiukan vasemmalle, oli pysähtynyt vaalea nainen. Hän etsi jotain käsilaukustaan. Oliko hän soittajan valittu?

Oudon näköinen mies, jonka paksut viikset näyttivät suunnitellun kompensoimaan huulten ohuutta ja nenän terävyyttä, käveli hitaasti suoraan kohti kameraa. Ehkä soittaja oli valinnut hänet?

Totuus oli, että kuka tahansa tuota katua kävelevä ihminen saattoi olla seuraava uhri. Hunter ja Garcia eivät voineet mitenkään tietää.

Paksuviiksinen mies siirtyi oikealle ja astui pois tieltä.

Hunterin työhuoneessa maailma lakkasi liikkumasta.

Nainen seisoi suorassa linjassa kameraan, osapuilleen kolmen metrin päässä kuvaajasta. Hunter ja Garcia näkivät vihdoinkin, kenestä tappaja puhui.

Kuusikymmentä

He kulkivat yhdessä. Kaksi ystävää nauttimassa vapaapäivästä, ikkunaostoksilla jossain päin Los Angelesia, täydellisen tietämättöminä pahuudesta, joka oli seurannut heitä. He olivat selin kameraan, mutta vasemmanpuoleisen ei tarvinnut edes kääntyä. Garcia tunnisti hänet ilmankin.

"Hyvä Jumala!" Garcia raakkui.

"Anna", Hunter kuiskasi tunnistaen hänkin Garcian vaimon. Hän vilkaisi välittömästi työpariaan tuhannen perhosen räpsähtäessä henkiin hänen vatsassaan.

Hetkeen Garcia ei tuntunut pystyvän liikkumaan, puhumaan, räpyttämään silmiään. Ja siten hän räjähti.

"Sinä vittupää... vannon Jumalan nimeen... jos kosketkin häneen... jos edes lähestyt häntä, etsin sinut käsiini ja *tapan* sinut. Kuuletko? Minä *tapan* sinut. Vittuun virkamerkit. Vittuun poliisilaitos. Minä tuon helvetin ja kaikki sen demonit ovensuuhusi, vaikka se olisi viimeinen tekoni."

Garcia tärisi. Adrenaliini kuohui hänen kehonsa jokaisessa kolkassa.

Soittaja naurahti jälleen. "Hän on kaunis, eikö vain?"

"Haista vittu, saatanan friikki. Sinulla ei ole aavistustakaan, mitä teen sinulle, jos..." Garcia kurotti kättään kohti matkapuhelintaan.

"Minäpä kerron, miten tämä menee, etsivä", soittaja keskeytti ennakoiden Garcian seuraavan siirron. "En suosittele soittamaan hänelle ja kysymään, missä hän on. Jos näen hänen tarttuvan puhelimeensa ja kääntyvän katsomaan minua, lupaan, ettet enää koskaan näe häntä elävänä. Kaksi aiempaa uhria näyttävät jouluaamulta verrattuna siihen, mitä hänelle teen. Ja sinä tiedät, että tarkoitan mitä sanon. Usko pois. Et ikinä ehdi tänne tarpeeksi nopeasti."

Garcian epätoivoinen katse siirtyi puhelimesta pöytätietokoneeseen ja sitten Hunteriin.

Hunter kohotti oikeaa kättään viittilöiden Garciaa olemaan soittamatta. "Tiedätkö, missä hän on?" hän muodosti huulillaan. "Kertoiko Anna, minne oli menossa tänään?"

Garcia pudisti päätään. "En edes tiennyt, että hän oli lähdössä ulos", hän muodosti vastauksen.

"Arvatkaa, mikä minua tässä kiehtoo?" soittaja jatkoi. "Te molemmat hoette, että löydätte minut. Että nappaatte minut. Etsivä Hunter sanoi niin, kun puhuimme viimeksi. Muistatko?"

Ei vastausta.

"Muistatko sen, etsivä Hunter?"

"Kyllä."

"Ette kuitenkaan ole edistyneet lainkaan löytämisessäni, vai kuinka?"

Hiljaisuus.

"Kuten näette, *minä* puolestani pääsen teidän lähellänne olevien ihmisten luo, ja mikäli katson tarpeelliseksi, poistan heidät elämästänne. Valinta on minun, ei teidän tai heidän. Pääsen jopa teidän kimppuunne, jos niin haluan. Voin olla missä vain ja kaikkialla. Mutta teillä on vain tyhjiä uhkauksia."

"Ei se ole uhkaus, vitun paskaläjä." Garcian ääni tärisi yhä vihasta. "Se on *lupaus*. Jos kosket häneen, millään muulla ei ole väliä. Ei edes lailla. Tämän maan päältä ei löydy ainuttakaan kivenkoloa, jossa voisit piileskellä. Ymmärrätkö, mitä sanon?"

"Ymmärrän kyllä", soittaja totesi tyynenä kuin pappi rippituolissa. "Olisiko parempi, jos ottaisin sittenkin vaimosi ystävän?"

Hunter ja Garcia jäykistyivät jälleen.

Soittaja ei odottanut vastausta. "Tietenkin olisi. Silloin se ei olisi henkilökohtaista, eikä reaktiosi olisi sama, eikö vain, etsivä Garcia? Kuten sanoit, kun kyse on jostakusta meille läheisestä, millään muulla ei ole väliä. Me jopa unohdamme, keitä olemme. Ehkä meistä tulee siinä hötäkässä jopa hirviöitä." Soittaja huokaisi raskaasti, ja ensimmäistä kertaa hänen äänensä muuttui hiukan tylymmäksi. "Useimmat uskovat, että meillä on ihmisinä aina mahdollisuus valita, olimmepa millaisessa tilanteessa hyvänsä. No, haluaisin haastaa tuon teorian. Haluaisin ehdottaa, ettei meillä *aina* ole valinnanvaraa. Joskus toiset tekevät valinnan puolestamme, emmekä me voi kuin reagoida tähän valintaan. Jos minä esimerkiksi päätän viedä sinulta vaimosi juuri nyt, etsivä Garcia, valinta on *minun*, ei sinun, ja se muuttaa *sinun* elämäsi ikuisiksi ajoiksi."

Garcia ei tiennyt, mitä sanoa.

"Mutta viha ja henkinen tuska ovat hyviä asioita." Soittaja jatkoi tauon jälkeen. "Ne osoittavat, että olemme yhä hengissä. Että välitämme edelleen. Että muut ihmiset merkitsevät meille edelleen jotain. Onko psykologinen näkökulmani oikea, etsivä Hunter?"

Hunter näytti vaipuneen syviin ajatuksiin ohikiitävän hetken ajaksi. "Kyllä", hän vastasi.

"Sinun pitäisi olla ylpeä, etsivä Garcia, pärjäsit hyvin. Pidin reaktiostasi. Se on välittävän miehen reaktio." Soittaja nauraa hekotti. "No, minun työni taitaa olla tehty. Mutta olen pian taas yhteydessä – *tämä* on lupaus."

Linja mykistyi.

Kuvat katosivat tietokoneitten näytöiltä.

Verkkosivu oli poissa.

Kuusikymmentäyksi

Huoneessa vallitsi hiljaisuus vain pari sekuntia, ja sitten Hunter kääntyi kohti Garciaa.

"Soita Annalle", hän sanoi. "Selvitä, missä hän on. Käske hänen etsiä jokin ruuhkainen paikka, vaikka kahvila, ja pysyä siellä, kunnes pääsemme paikalle."

Garcia katsoi Hunteria kuin tämä olisi pölähtänyt huoneeseen ulkoavaruudesta. "Olihan tuo vitsi? Etkö kuullut, mitä hän sanoi? Jos hän näkee Annan tarttuvan puhelimeensa..." Hän ei kyennyt sanomaan lausettaan loppuun.

"Hän ei tee mitään, Carlos", Hunter sanoi. "Se oli bluffia. Hän halusi kirvoittaa sinusta reaktion."

"Mitä?"

"Se oli bluffia. Usko minua. Siitä oli merkkejä koko teidän keskustelunne ajan. Selitän autossa. Juuri nyt sinun täytyy saada Anna puhelimen päähän ja selvittää, missä hän on, niin että pääsemme hänen luokseen." Hunter oli jo tarttunut takkiinsa. "Menoksi." Hän ryntäsi ovelle. "Soita hänelle."

"Hetkinen! Odota vittu vähän, Robert", Garcia sanoi epävakaalla äänellä ja kohotti kätensä. "Olemme olleet työpari yli viisi vuotta. En luota kehenkään ihmiseen niin paljon kuin sinuun, ja sinä tiedät sen. Nyt on kuitenkin kyse sairaimmasta, sadistisimmasta ja psykopaattisimmasta tappajasta, minkä tämä poliisilaitos on koskaan kohdannut, ja juuri tällä hetkellä hän vaanii minun *vaimoani*. Kuten hän sanoi, emme ehdi ajoissa vaikka tietäisimmekin, missä hän on. Jos soitan tämän puhelun ja sinä olet väärässä, tappaja nappaa Annan. Tiedät sen."

Hunter pysähtyi ovelle ja katsoi työpariaan. "En ole väärässä, Carlos. Hän *ei* vie Annaa." Hunter oli absoluuttisen varma asiastaan. Garcia näki sen muttei siltikään liikahtanut.

Hunter vilkaisi kelloaan. Hän halusi voittaa aikaa, mutta juuri nyt he toimivat täsmälleen päinvastoin. "Carlos, on tällä tappajalla millainen suunnitelma hyvänsä, Anna ei yksinkertaisesti sovi siihen."

"Miten niin ei?"

"Okei. Yksi mahdollisuus on, että tappaja valitsee uhrinsa umpimähkäisesti, eikö niin? Jos niin on, Anna ei ole umpimähkäinen valinta. Hän on sinun vaimosi, ja tappaja tietää sen. Siinä ei ole mitään umpimähkäistä, mikä tässä tapauksessa tarkoittaisi poikkeamaa toimintatavasta. Mikäli hän jahtaa uhrejaan jostakin toisesta syystä, kuten koston tai vastaavan himosta, en siinäkään tapauksessa ymmärrä, miten Anna sopisi kuvaan."

Garcia raapi leukaansa.

"Hän jahtasi Annaa yhdestä ja vain yhdestä syystä."

"Koska hän on minun vaimoni."

"Naulan kantaan. Hän teki sen päästäkseen ihomme alle. Todistaakseen pointtinsa. Ei noudattaakseen sitä suunnitelmaa, joka hänellä nyt sitten onkin."

"Ja mikä pointti hänellä oikein on? Että hän voi piinata ketä hyvänsä mieli tekee? Että hän voi satuttaa meitä?"

"Sekin", Hunter komppasi. "Ja että hän pääsee osoittamaan ylemmyytensä. Hän haluaa muistuttaa meitä siitä, kuka tätä peliä hallitsee. *Hän*, emme me, ja *hän* voi muuttaa sääntöjä aina halutessaan, aivan kuten hän teki internetlähetyksen ja verkkoäänestämisenkin kohdalla. Mutta hän sanoi jotain, mikä vihjasi johonkin muuhun."

Garcia kurtisti kulmiaan. "Niin kuin mihin?"

"Hän puhui siitä, miten henkilökohtainen sinun reaktiosi oli. Hän halusi, että menetät kontrollin. Hän halusi, että annat tunteittesi ottaa vallan ja että annat niiden johdattaa sinua. Hän halusi, että unohdat kuka olet, kuka olet aina ollut... ja sinä teit juuri niin."

Garcia tiesi, ettei Hunter kritisoinut hänen käytöstään. "En puhunut paskaa, Robert. Jos hän koskee Annaan, etsin hänet, panen hänet kärsimään ja sen jälkeen tapan hänet. En välitä siitä, mitä minulle tapahtuu."

"Ymmärrän. Enkä moiti sinua. Mutta sinä sanoit hänelle, että jos hän vahingoittaa Annaa, millään muulla ei ole väliä, ei edes lailla, ei edes sillä tosiasialla, että sinä olet poliisi. Sanoit hänelle, että jahtaisit häntä kunnes löytäisit hänet ja että tappaisit hänet, tapahtuipa mitä hyvänsä ja menisipä siihen miten kauan aikaa hyvänsä... eikä se säikäyttänyt häntä. Se *miellytti* häntä."

"Mitä?"

"Se miellytti häntä", Hunter toisti. "Hän jopa onnitteli sinua. Muistatko? Hänen tarkat sanansa olivat – *Pärjäsit hyvin, etsivä Garcia. Pidän reaktiostasi. Se on välittävän miehen reaktio.* Mutta sinähän vain uhkailit häntä kuolemalla. Mistä hän sitten oli niin mielissään ja miksi?"

"Koska hän on vittu psykopaatti, saatana!" Garcia antoi yhä tunteidensa viedä.

"Ei. Siksi, että sinä tarjoilit hänelle hänen pienen voittonsa."

"Voittonsa? Helvettiäkö selität, Robert?"

Hunter vilkaisi jälleen rannekelloaan. "Kuten sanoin, hän ei ollut aidosti kiinnostunut Annasta. Hän lähti vaimosi perään päästäkseen ihomme alle ja todistaakseen pointtinsa. Hän tiesi pystyvänsä siihen ilman, että hänen tarvitsi koskea Annaan. Reaktiosi todisti hänelle, että hän oli onnistunut tehtävässään täydellisesti. Annoit hänelle enemmänkin kuin pienen voiton, Carlos. Rinnastit itsesi häneen sanoessasi, että käyttäytyisit aivan kuten hän."

"Mitä?"

Hunter pudisti päätään. "En muista hänen tarkkoja sanojaan. Voimme kuunnella äänitteen myöhemmin, mutta hän sanoi, että kun läheistä ihmistämme uhkaa jokin paha asia, millään ei ole väliä. Unohdamme, keitä olemme. Saatamme käyttäytyä kuin hirviöt. Teemme mitä tahansa suojellaksemme heitä, joita rakastamme. Sinun reaktiosi todisti sen... ja se miellytti häntä."

Garcia ei sanonut mitään.

"Yksi viimeisistä asioista, mitä hän sanoi ennen puhelun lopettamista", Hunter jatkoi, "oli että hänen työnsä oli tehty... merkityksessä *päätetty*, ei enää mitään lisättävää. Hän sai mitä halusi. Anna ei enää kiinnosta häntä."

Garcia pysytteli edelleen hiljaa.

"Hän sanoi myös, ettei ihmisillä ole aina valinnanvaraa", Hunter sanoi.

Garcia nyökkäsi. "Muistan sen. Hän sanoi, että joskus muut tekevät valinnat puolestamme ja että me emme mahda sille mitään. Hän antoi esimerkkinä Annan."

"Ei hän tarkoittanut, että emme voi tehdä mitään", Hunter väitti vastaan. "Hän sanoi, että voimme *reagoida*. Sinä teit juuri niin. Ja minä luulen, että juuri sitä hän tekee."

Palaset alkoivat pyöriä vimmaisesti Garcian päässä etsien oikeaa paikkaa, johon loksahtaa. "Luuletko, että jollekulle hänen läheiselleen on tapahtunut jotain? Että hän sen takia kiduttaa ja tappaa ihmisiä? Että hän *reagoi*?"

"En ole varma", Hunter vastasi. "Juuri nyt voimme vain spekuloida. Mutta aina, kun hän tätä ennen on soittanut, hän on ollut tyyni, ei koskaan kiihdyksissään, ei koskaan vihainen, ei koskaan katuvainen... ei koskaan mitään. Hänen äänensävynsä ei koskaan paljastanut mitään... ei ainuttakaan tunnetta. Mutta tänään oli eri juttu."

Garcia oli ollut niin raivoissaan ja peloissaan Annan puolesta, ettei ollut huomannut.

"Tänään hänen ääneensä hiipi ensimmäistä kertaa viha, kun hän puhui siitä, ettei ihmisellä ole aina valinnanvaraa. Hän sanoi, että viha ja henkinen tuska ovat hyviä asioita. Ne todistavat, että olemme ihmisinä yhä elossa. Että yhä välitämme jostakin. Hän käytti Annaa ja sinun rakkauttasi Annaa kohtaan todistaakseen sen."

Hiljaisuus.

"Ei hän puhunut minusta ja minun vihastani", Garcia sanoi lopulta. "Tai reaktiostani siihen, mitä tekisin, mikäli joku joskus satuttaisi Annaa. Hän puhui itsestään ja omasta vihastaan. Hän puhui reaktiostaan."

Hunter nyökkäsi ja katsoi kelloaan kolmatta kertaa. "Carlos, kuule, ymmärrän, että pyydän sinua uskomaan vaimosi elämän käsiini ja että se on aivan saatananmoinen pyyntö, mutta ellet edelleenkään luota minuun, luota itseesi. Unohda kaikki, mitä uskon kuulleeni sinun ja tappajan keskustelun aikana. Astu askel taaksepäin ja tee se, mitä *sinä* osaat tehdä – analysoi koko tapahtuma. Analysoi faktat. Juuri nyt Anna kävelee ruuhkaisella kadulla eikä hän ole yksin. Se tarkoittaa, että niin kauan kuin hän pysyy tuolla täpötäydellä kadulla tappaja ei voi lähestyä häntä kiinnittämättä samalla hänen ystävänsä huomiota. Se tarkoittaa, ettei hän voi raahata Annaa kadulta ilman, että neutralisoi joko hänen ystävänsä tai ottaa tämän heidän mukaansa. Aikuisen ihmisen sieppaaminen vilkkaalta kadulta ilman, että kukaan huomaa, on jo itsessään erittäin vaikea tehtävä. Kahden ihmisen sieppaaminen ilman mekkalaa on milteipä mahdotonta. Vaikka hän haluaisikin viedä molemmat, mitä hän ei varmastikaan halua, hänen täytyisi silti odottaa oikeaa hetkeä, eikä tuo hetki koita, kun he ovat ulkona väkijoukon keskellä tai jossakin kahvilan kaltaisessa ruuhkaisessa paikassa. Tappaja on rohkea, mutta typerä hän ei ole. Sinulla on nyt kaksi vaihtoehtoa, Carlos. Joko soitat ja me lähdemme liikkeelle, tai sitten et soita ja me istumme täällä pelkäämässä pahinta ja miettimässä, kuinka kauan meidän pitäisi odottaa, ennen kuin lopulta soitat Annalle selvittääksesi, onko tappaja pitänyt sanansa vai ei. Se on sinun *valintasi*."

Kuusikymmentäkaksi

"Eli..." Patricia totesi ykskantaan. Hänen suupielissään karehti pirullinen hymy. "Milloin aiot esitellä minulle kunnolla sen etsivän? Tiedät kyllä, Carlosin työparin."

Anna pysähtyi ja katsoi Patriciaa aurinkolasiensa reunan yli. "Mitä?" Patricia kysyi. Hymy oli yhä paikoillaan, nyt vain hiukan leveämpänä. "Kaikki tietävät, että hän on kuuma. Ja minä tiedän, ettei hän ole varattu, koska kerroit minulle."

Patricia oli tavannut Hunterin vain kerran, kaksi kuukautta sitten Annan syntymäpäiväjuhlilla. Hunter ei ollut viipynyt pitkään. Hänen lähdettyään Patricia oli kahden muun ystävän ohella tivannut Annalta, kuka hiljainen, hyvännäköinen jätkä oli ollut.

Kulman takaa kääntyi punamusta Harley-Davidson-moottoripyörä, jonka kuski päätti pysäköidä vain parin metrin päähän heistä. Hetkeen kukaan ei kuullut mitään tuplapakoputkien jylinän yli.

Kun kuski vihdoin sammutti moottorin, Anna kääntyi jälleen katsomaan Patriciaa. "Luulin, että tapailit jotakuta."

He lähtivät jälleen liikkeelle.

"En enää. Siksi pyyntö." Patricia hymyili jälleen.

Anna katsoi ystäväänsä kysyvästi.

"Se oli pelkkä romanssi. Koko juttu kesti tasan kaksi viikkoa. Jätkä on menneen talven lumia." Patricia huitaisi vähättelevästi.

He astuivat ajotielle, jotta heidän ei tarvitsisi pujotella täpötäyden italialaisen pitserian eteen aseteltujen lukuisien pöytien välistä. Anna haistoi vasta paistetun pepperonipitsan tuoksun, ja hänen vatsansa murahti. Hän kiihdytti tahtia välttyäkseen lankeamasta houkutukseen.

Patricia seurasi.

"No niin", hän sanoi saatuaan jälleen Annan huomion. "Carlosin työpari. Robert, eikö niin?"

"Vieläkö me puhumme tästä?"

"Ilman muuta. Tapaileeko hän ketään?"

"En usko."

Uusi, vihjaileva hymy Patrician suunnalta.

"Voin esitellä teidät, jos sitä haluat", Anna sanoi. "Mutta älä elättele toiveita."

Patricia näytti loukkaantuneelta.

"Voi ei, ei se sinusta johdu. Ei ollenkaan. Tiedän, että pystyt hurmaamaan kenet tahansa elossa olevan miehen. Olen nähnyt sen omin silmin."

Loukkaantunut ilme pehmeni.

"Robert vain on –" Annan katse vaelsi hänen hakiessaan oikeita sanoja "– ainutlaatuinen, ja täydellinen mysteeri. Hän on yksinäinen susi omasta tahdostaan, ei siksi, että olisi hankala ihminen. Kaikkea muuta. Hän on heittäen rennoin tuntemani tyyppi. Hän kuitenkin kaihtaa parisuhteita kuin kirousta."

"Huonoja kokemuksia?" Patricia kysyi.

"Kukaan ei tiedä." Anna kohautti harteitaan. "Sanon vain, että hän on mysteeri. Hänen kanssaan voi puhua mistä vain, paitsi hänen työstään tai henkilökohtaisesta elämästään. Luulen kyllä, että hänen elämässään on ollut joku tärkeä ihminen, vuosia sitten, mutta hän ei suostu puhumaan siitä."

"Hän ei siis käy treffeillä?"

"En minä niin sanonut. Sanoin, ettei hän harrasta *parisuhteita*. Hän käy usein treffeillä."

Patricia hymyili. "Se on sitten siinä." Hän uutti sanoihinsa hiphop-swägää. "Sun täytyy legit järkkää mulle treffit, sisko." Hän tuntui hymystä huolimatta olevan haudanvakavissaan.

"Haluatko siis, että järjestän sinulle *yhden illan jutun* aviomieheni työtoverin kanssa?"

"Hei, oikeasti! Voisin harrastaa sen miehen kanssa merkityksetöntä seksiä minä viikonpäivänä tahansa ja kahdesti sunnuntaisin, kiitos vain."

Anna tiesi, että Patricia oli tosissaan.

"Olet parantumaton."

"Tiedän, mutta se tekee elämästä hauskaa."

Kun Anna kuuli matkapuhelimensa soittoäänen käsilaukkunsa uumenista, Patricia alkoi silmäillä mustaa, valkoisin yksityiskohdin somistettua pikkumekkoa, joka oli ripustettu heidän oikealla puolellaan olevan trendiliikkeen ikkunaan.

Anna kaiveli laukkuaan. Hän löysi puhelimen ja kohotti sen korvalleen.

Vain parin askelen päässä Annasta ja Patriciasta seisova mies hymyili.

Kuusikymmentäkolme

"Heippa, muru!" Anna vastasi puhelimeen. "Olipa yllätys."
Garcia piti äänensä niin tyynenä kuin pystyi. "Anna, kuuntele.
Missä päin kaupunkia olet juuri nyt?"
"Mitä?"
"Tiedän, että olet shoppailemassa ystäväsi kanssa, mutta missä
sinä tarkalleen ottaen olet?"
Anna katsoi Patriciaa ja irvisti. "Mistä tiedät, että olen shoppai-
lemassa ystäväni kanssa?"
"Anna, ole kiltti… en ehdi selittää. Minun täytyy saada tietää,
missä sinä tarkalleen ottaen olet, onko selvä?"
"Ööh… Olen Tujunga Villagessa… Carlos, mitä on tapahtu-
nut?"
Tujunga Village sijaitsi Colfax Meadowsin asuinalueen ja Wood-
brige Parkin välissä, lähellä Studio Cityn vilkasta Ventura Boule-
vardia. Tujunga Avenuen korttelinmittainen pätkä Moorparkin ja
Woodbridgen välissä oli alueen sydän, jonka putiikit, ravintolat,
kahvilat ja erilaiset liikkeet tyydyttivät nirsoimpienkin vierailijoi-
den tarpeet.
"Beibi, sanoin jo, ettei minulla ole aikaa selittää", Garcia sanoi.
"Sinun täytyy vain luottaa minuun juuri nyt, onko selvä?"
Anna sipaisi hermostuneena mustan, lyhyen irtosuortuvan
vasemman korvansa taakse. "Carlos, sinä pelotat minua."
"Olen pahoillani. Sinulla ei ole mitään syytä olla peloissasi.
Sinun täytyy vain luottaa minuun juuri nyt. Voitko tehdä sen?"
"Tietenkin."
"Okei. Kenen kanssa olet?"

"Ööh… Patin, sen joogakaverini. Muistat varmaan hänet?"

"Jep. Hän oli synttäribileissäsi, eikö niin?"

"Juuri hän."

"Okei. Kuuntele, sinun täytyy etsiä jokin täysi paikka – kahvila, pitseria tai hampurilaisravintola, mikä vain, ja mennä sinne Patin kanssa ja odottaa minua. Olen jo matkalla. Älä ryhdy puhumaan kenenkään kanssa. *Kenenkään.* Äläkä missään tapauksessa lähde mihinkään, ennen kuin ehdin sinne. Ymmärrätkö, kulta?"

"Joo… mutta…"

"Soita heti, kun olet löytänyt jonkin paikan, okei?"

Anna tunsi Garcian liiankin hyvin. Miehen tyyneys ei hämännyt häntä. Carlos ei ollut koskaan tentannut häneltä hänen menemisiään tai seuralaisiaan tai mitään muutakaan sen puoleen. He olivat aina luottaneet toisiinsa, yksinkertaisesti ja puhtaasti. Se oli heidän suhteensa perusta. Eikä Carlos ollut koskaan ennen käskenyt häntä tekemään jotain, ellei hän itse ollut pyytänyt mieheltä neuvoa. Jokin oli ilman muuta pielessä.

"Carlos, mitä tämä on?" Annan ääni heikkeni aavistuksen. "Onko jotain tapahtunut? Ovatko vanhempani kunnossa?"

Patricia seisoi Annan vieressä huolestunut ilme kasvoillaan.

"Kulta", Garcia vastasi. "Kenellekään ei ole tapahtunut mitään. Vannon sen. Kuule, olen siellä kahdenkymmenenviiden minuutin kuluttua, korkeintaan puolen tunnin. Selitän kaiken silloin. Kunhan vain luotat minuun. Etsi jokin paikka ja istu tiukasti aloillasi."

Anna veti syvään henkeä. "Okei. Kuule, tiedän jo, minne me menemme. Aroma Caféhen. Se on puolivälissä Tujunga Villagea. Olemme juuri tulossa sinne."

"Mahtavaa. Mene sisään ja tilaa kahvia. Tulemme sinne ihan heti."

Garcia lopetti puhelun.

Kuusikymmentäneljä

Garcia näki Annan jo ennen kuin Hunter oli saanut pysäköityä aivan Aroma Cafén eteen. Anna ja Patricia istuivat pienen ikkunanvieruspöydän ääressä.

Anna oli hakeutunut tieten tahtoen ikkunapaikalle. Hänen hermostunut katseensa poukkoili sinne tänne Tujunga Avenuella aivan kuin hän olisi katsonut jännittävää, näkymätöntä tennismatsia. Kun hän näki Garcian ja Hunterin nousevan autosta, hän ponnahti pystyyn ja ryntäsi ulos. Patricia seurasi häntä.

Garcia ehti melkein ovelle ja kietoi vaistomaisesti vaimonsa syleilyyn aivan kuin ei olisi nähnyt tätä vuosiin. Hän suukotti Annan tukkaa tämän painaessa kasvonsa hänen rintaansa vasten.

"Onko kaikki hyvin?" Garcia kysyi huojennuksen aallon pyyhkäistessä hänen ylitseen.

Anna katsoi aviomiestään, ja ilmassa vallitseva kireys sai hänen silmänsä kyyneltymään. "Kaikki hyvin. Mitä on tapahtunut, Carlos?"

"Selitän aivan pian. Tulitko tänne autolla?"

Anna pudisti päätään.

"Tulimme bussilla", Patricia sanoi. Hän seisoi Hunterin vierellä silmät hämmästyksestä suurina, Annaa ja Garciaa katsellen.

Hunter skannasi katua etsien ihmisiä, jotka näyttäisivät tarkkailevan heitä. Ketään ei tuntunut kiinnostavan. Ihmiset molemmin puolin Tujunga Avenueta jatkoivat elämäänsä. He silmäilivät näyteikkunoita, istuksivat vilkkaan kadun monissa kahviloissa ja ravintoloissa tai nauttivat rennosta kävelystä kauniin Kalifornian syyspäivän päätteeksi. Kukaan kahvilassakaan ei tuntunut olevan kiinnostunut heistä.

Hunter oli etsinyt kadulta valvontakameroita. Niitä ei ollut. Toisin kuin monet eurooppalaiset kaupungit, joissa saattaa olla jopa yksi kamera neljäätoista ihmistä kohden, Los Angeles ei ollut valvontahullu kaupunki. Koko Tujunga Villagessa ei ollut ainuttakaan hallituksen tai lainvalvontaviranomaisen asentamaa valvontakameraa.

"Voi, anteeksi", Anna sanoi. "Robert, tämä tässä on ystäväni Patricia."

Hunter pudisti Patin kättä. "Hauska tavata."

Patricia oli hieman yli 165-sentttinen, joskin mustat korkeakorkoiset saapikkaat lisäsivät useamman sentin hänen pituuteensa.

"Ilo on kokonaan minun puolellani", hän sanoi ja väläytti Hunterille vilpittömän hymyn.

Hunter ojensi autonavaimet Garcialle. "Carlos, ota sinä auto ja vie Anna ja Patricia kotiin", hän sanoi. "Minä lähden täältä takaisin PAB:hen. Voi tosin olla, että jään tänne vielä katselemaan vähän ympärilleni."

"Katselemaan mitä?" Anna kysyi. Hänen katseensa kohdistui Hunteriin, sillä hän tiesi, ettei aviomieheltä heruisi selitystä.

Hunter vilkaisi työpariaan nopeasti ja kääntyi sitten katsomaan tämän vaimoa. "Ei mitään erityistä, Anna."

Annan katse pysyi kovana. "Älä viitsi jauhaa paskaa."

"Kuule", Hunter sanoi. "Luota meihin tässä asiassa. Carlos selittää sinulle kaiken myöhemmin."

"Lupaan sen", Garcia sanoi ja puristi Annan kättä. "Mutta juuri nyt meidän täytyy häipyä täältä."

Kuusikymmentäviisi

Heti, kun Garcia oli jättänyt Patrician tämän asuinkerrostalon eteen Monterey Parkissa, Anna kääntyi katsomaan häntä.

"Okei. En aio odottaa kotiin saakka. Saat luvan avata suusi saman tien, Carlos. Mitä helvettiä tämä oikein on?" Anna kuulosti edelleen järkyttyneeltä. "En nähnyt Tujunga Villagessa yhtään mitään – ei partioautoja, ei pidätyksiä, ei minkäänlaista hätätilannetta. Ei yhtään mitään tavallisesta poikkeavaa."

Garcia vaihtoi vaihdetta ja kääntyi etelään North Mednick Avenuelle.

"Tällä täytyy olla jotain tekemistä tämänhetkisen tutkintasi kanssa, eikö vain?" Anna kysyi retorisesti. "Tiedän, koska Robert tarkkaili katua ammattilaisen elkein. Mitä te etsitte? Mistä tiesit, että olin ostoksilla ystävän kanssa? Miksi sinä pelottelet minua tällä lailla?" Kyynelet kihosivat hänen silmiinsä.

Garcia veti syvään henkeä.

"Puhu minulle, Carlos. Ole kiltti."

"Minun täytyy pyytää sinulta yhtä asiaa", Garcia sanoi lopulta vakaalla äänellä.

Anna nojautui vasten matkustajanpuoleista ovea, pyyhki kyynelet silmistään ja tuijotti miestään.

"Sinun täytyy mennä pariksi tunniksi vanhempiesi luo. Tulen hakemaan sinut myöhemmin."

Annalla kesti kaksi kokonaista sekuntia sulatella pyyntöä, ennen kuin hermot ottivat hänestä jälleen vallan. "Mitä? Sinähän sanoit, ettei vanhemmilleni ole tapahtunut mitään. Ovatko he kunnossa?"

"Kyllä, kyllä. He ovat kunnossa, kulta. Heille ei ole tapahtunut mitään. Sinun vain täytyy olla siellä pari tuntia. Minun pitää palata PAB:hen ja hoitaa pari juttua. Tulen hakemaan sinut pian."

Anna odotti.

Garcia ei sanonut enää mitään. "Etkö aio muuta sanoa?" Anna haastoi.

Garcian ja Annan suhde toimi niin hyvin osittain juuri siksi, että molemmat tiesivät voivansa puhua toisilleen mistä tahansa. Ja niin he aina tekivätkin. He eivät koskaan syytelleet toisiaan, tunteneet mustasukkaisuutta tai tuominneet toistensa tekoja. Molemmat olivat erinomaisia kuuntelijoita, ja he tukivat ja ymmärsivät toisiaan paremmin kuin ymmärsivät itseään.

Anna huomasi, että Garcialla oli vaikeuksia puhua.

"Carlos", hän sanoi ja asetti käden miehensä polvelle. "Tiedät, että luotan sinuun. Olen aina luottanut ja luotan vastaisuudessakin. Jos haluat, että menen pariksi tunniksi vanhempieni luo, menen ihan mielelläni, mutta minulla on oikeus saada tietää syy. Mikset halua, että menen kotiin? Mitä on meneillään?"

Garcia tiesi, että Anna oli oikeassa. Hän tiesi myös, ettei voisi mitenkään kertoa oikeaa syytä ilman, että pelottaisi vaimonsa puolikuoliaaksi. Hänellä ei kuitenkaan ollut vaihtoehtoja. Jos hän valehtelisi, Anna näkisi suoraan hänen lävitseen. Hän näki aina.

Garcia veti syvään henkeä ja kertoi, mitä aiemmin päivällä oli tapahtunut.

Anna kuunteli keskeyttämättä. Kun Garcia oli valmis, kyynelet olivat palanneet Annan silmiin, ja Garcian sydän kiristyi rinnassa.

"Oliko hän aivan meidän takanamme?" Anna kysyi. "Kuvasiko hän meitä?"

Garcia nyökkäsi.

"Ja lähettikö hän sen suorana netissä?"

"Netissä kyllä", Garcia sanoi. "Mutta se ei ollut nähtävissä kaikille, vain Robertille ja minulle. Kukaan muu ei voinut nähdä sitä."

Anna ei halunnut eikä hänen tarvinnut kuulla teknisiä yksityiskohtia.

"Anna, ole kiltti ja vietä pari tuntia vanhempiesi luona. Minun täytyy saada pari juttua käyntiin, minkä lisäksi haluan käydä tarkistamassa kämpän."

Anna yskähti. "Luuletko, että hän on käynyt meillä *kotona?*"

"En usko", Garcia sanoi jämäkästi. "Minun täytyy kuitenkin varmistua siitä, koska sisälläni lymyilevä vainoharhainen jepari ei anna minun levätä, ennen kuin asia on sataprosenttisen selvä. Kyllä sinä sen tiedät."

Juuri sillä hetkellä Anna ei voinut olla varma, oliko Garcian äänestä huokuva tunne vihaa vai pelkoa.

"Eli tämä sama tyyppi sieppasi ja tappoi sen *LA Timesin* toimittajan, josta oli juttua tänä aamuna", Anna sanoi lopulta. "Hän lähetti murhan suorana netissä, eikö niin? Aivan kuten hän kuvasi minua ja Patriciaa."

Garcian ei tarvinnut vastata. Anna tiesi olevansa oikeassa.

Garcia piti katseensa tiessä ja tiukensi otettaan ratista. Hän piti mahdollisimman paljon omana tietonaan. Oikeasti hänen teki mieli pyytää Annaa lähtemään Los Angelesista siksi aikaa, kunnes tämä psykopaatti oli saatu kalterien taakse. Anna ei kuitenkaan koskaan suostuisi siihen, ei vaikka hänen henkensä *olisi* vaarassa. Anna oli määrätietoinen, hyvin jääräpäinen ja täydellisesti työhönsä sitoutunut nainen. Hän työskenteli vähäosaisten vanhusten parissa. Nämä ihmiset tarvitsivat häntä ja tukeutuivat häneen päivittäisissä askareissaan. Vaikka hän voisikin, hän ei missään tapauksessa jättäisi heitä tuosta vain oman onnensa nojaan. Eikä Garcia voinut mitenkään tietää, kuinka kauan tämä jahti jatkuisi.

Garcia oli samaa mieltä Hunterin kanssa siitä, ettei tappajalla ollut todellista tarkoitusta vahingoittaa Annaa *tänään*. Garcia piti tämänpäiväistä kuitenkin varoituksena, silmien avaajana. Tappaja saattoi hyvinkin muuttaa mieltään huomenna tai ylihuomenna tai sitä seuraavana päivänä... ja Garcia tiesi, ettei mahtanut asialle mitään. Tappajan viimeisin lähetys oli täyttänyt hänet aidolla kauhulla. Hän oli ymmärtänyt totuuden, ja se oli erittäin pelottava. Hän ei voinut suojella Annaa vuorokauden ympäri, halusi hän sitä kuinka paljon hyvänsä. Tappaja tiesi sen. Ja tänään hän oli varmistanut, että myös Garcia ja Hunter tiesivät.

Kuusikymmentäkuusi

Vanhanaikainen, komeronkokoinen hissi oli juuttunut jonnekin yläkerroksiin, joten Ethan Walsh harppoi portaat neljännen kerroksen kämppäänsä kiireesti, kaksi askelmaa kerrallaan. Haastetta lisäsi se, ettei kuntoharjoittelu kuulunut hänen sanavarastoonsa puhumattakaan päivittäisrutiineista. Kun hän pääsi neljänteen kerrokseen, hän oli hengästynyt, punakka ja hikoili kuin sydänkohtauksen partaalla keikkuva sumopainija saunassa. Ethan oli lihonut hiukan parin viime kuun aikana, mutta ei hän varsinaisesti pulska ollut, huonossa kunnossa vain.

Yleensä hän olisi kavunnut asuntoonsa johtavat kahdeksan porrasväliä hitaammin, kiroten aina kunkin päähän noustuaan, mutta tänään hän oli kymmenen minuuttia myöhässä puolituntisesta videopuhelustaan nelivuotiaan tyttärensä Alician kanssa.

Alician syntymän aikoihin Ethanin elämä tuntui lipuvan tasaisen tappavaa tahtia kohti menestystä. Ethan oli itsenäinen pelisuunnittelija, ja vieläpä erittäin hyvä sellainen. Hän oli kehittänyt omin nokin useita verkkopelejä ja voittanut kolme vuotta putkeen arvovaltaisen Mochis Flash -pelipalkinnon vuoden parhaasta strategia- ja pulmapelistä. Microsoftin X-Box 360:n ja Sonyn Playstation 3:n kaltaisten isojen alustojen verkkokauppojen nousun myötä itsenäisille pelisuunnittelijoille oli avautunut aivan uusi maailma. Ja siinä maailmassa oli aivan helvetisti massia tienattavaksi.

Ethan oli suunnitellut yhteistä X-Box 360:lle suunnattua peliprojektia Brad Nelsonin kanssa. Hän oli tavannut jokunen vuosi sitten tämän nerokkaan kanadalaisen pelisuunnittelijan, joka oli hänkin leikitellyt samalla ajatuksella. Sen toteuttaminen yksin oli vain turhan massiivinen projekti. Parin keskustelun jälkeen he olivat päättäneet ryhtyä siihen yhdessä, ja niin Ethan ja Brad olivat perustaneet AssKicker Gamesin vain puoli vuotta ennen Ethanin vauvan syntymää.

Brad oli erittäin hyvin verkostoitunut ja onnistui Ethanin pelipalkintojen avulla järkkäämään pari tuhtia sijoitusta, joiden turvin molemmat pystyivät jättämään päivätyönsä ja keskittymään yksinomaan ensimmäisen suuren luokan konsolipelinsä kehittämiseen.

Seitsemän kuukauden kuluttua heillä oli lyhyt pelikelpoinen demo, joka meni viraaliksi X-Box 360-kaupassa. Pelin ja AssKicker Gamesin ympärille kehittyi uskomatonta pöhinää, mutta Ethan oli perfektionisti. Hän irrotti pelistä jatkuvasti valtavia osasia ja suunnitteli ne uusiksi, mikä viivytti huomattavasti työn etenemistä. Ethan ja Brad alkoivat riidellä päivittäin. Pelin valmistumispäivää jouduttiin lykkäämään aina vain kauemmas, ja kaksi vuotta myöhemmin se oli yhä työn alla. Kukaan ei tiennyt varmasti, milloin se valmistuisi. Pöhinä oli laantunut. Sijoitukset kuivuivat kasaan. Ethan päätyi kiinnittämään talonsa uudestaan ja upottamaan kaikki säästönsä yritykseen.

Työn aiheuttama paine ja turhautuminen tihkui Ethanin parisuhteeseen, ja hän alkoi riidellä vaimonsa Stephanien kanssa käytännössä joka ilta. Heidän tyttärensä oli niihin aikoihin kolmen ikäinen. Ethan oli pakkomielteinen, masentunut ja hyvää vauhtia matkalla kohti hermoromahdusta. Silloin Brad Nelson päätti panna pillit pussiin ja lopettaa firman. Hän oli saanut tarpeekseen. Riidat olivat karanneet käsistä. Häneltä oli loppunut niin kärsivällisyys kuin käteinenkin, mutta yhtä pahoissa veloissa hän ei ollut kuin Ethan.

Liikekumppanuus päättyi karusti. Brad kieltäytyi allekirjoittamasta papereita, jotka siirtäisivät hänen osuutensa yrityksestä Ethanille, mikä tarkoitti, ettei Ethan voinut jatkaa pelin kehittämistä omillaan. Puolet pelin immateriaalioikeuksista kuului Bradille, eikä hän suostunut luopumaan niistä. Ethanilla ei ollut rahaa palkata asianajajaa ja tapella Bradia vastaan tuomioistuimessa. Mikäli hän aikoi kehittää pelin X-Box360:lle, hänen täytyisi unohtaa kaikki tähänastinen ja aloittaa alusta. Hänellä ei ollut siihen sen enempää rahaa kuin henkistä jaksamistakaan. Ethan jäi täysin puille paljaille, myös sielullisesti. Hän ei tiennyt, mitä tehdä. Kokemus oli tehnyt hänestä katkeran, eikä hän halunnut enää ohjelmoida. Hänellä oli niin paljon velkaa, että ainoa ulospääsy oli henkilökohtainen konkurssi. Hän menetti talonsa pankille, minkä myötä kotona käydyt riidat kiihtyivät. Stephanie oli muuttanut pois ja hakenut avioeroa puoli vuotta sitten. Hän oli ottanut tyttären mukaansa ja asui nyt Seattlessa miehen kanssa, jonka oli tavannut ollessaan vielä naimisissa Ethanin kanssa.

Ethan ikävöi tytärtään hullun lailla. Kuluneiden kuuden kuukauden aikana hän oli tavannut tytön vain kerran. Hänen ainoa lohtunsa tällä hetkellä olivat perhetuomioistuimen määräämät puolen tunnin mittaiset internetpuhelut kahdesti viikossa.

Kun Ethan pääsi asuntonsa ovelle, hän huohotti niin raskaasti, että kuulosti toimintahäiriöiseltä pölynimurilta. Hän haparoi avaimiaan, avasi oven ja astui sisään pieneen, pimeään ja klaustrofobiseen luukkuun.

"Helvetti!" hän mutisi vilkaistuaan kelloaan. Neljänteen kerrokseen kapuaminen oli vienyt kolme minuuttia. Hän löysi valokatkaisimen, ja katon keskellä roikkuva vanha keltainen hehkulamppu välähti kahdesti. Tämän jälkeen huone kylpi niin heikossa valossa, että lamppu olisi voinut yhtä hyvin jäädä sytyttämättäkin. Hän kiiruhti läppärilleen, joka kökötti seinää vasten työnnetyllä laminaattipöydällä, ja käynnisti sen nopeasti.

"Kamoon, käynnisty, saatanan esihistoriallinen murikka", hän manasi heiluttaen molempia käsiään vanhan tietokoneen edessä. Kun se vihdoin käynnistyi, hän avasi videopuhelusovelluksen ja yhdisti puhelun tyttärelleen.

Ex-vaimo vastasi.

"Olet uskomaton", vaimo sanoi vihaisella äänellä. "Viisitoista minuuttia myöhässä…?"

"Älä jaksa, Steph", Ethan keskeytti. "Lähdin ajoissa töistä, mutta bussista puhkesi rengas. Meidän täytyi kaikkien nousta ja ahtautua seuraavaan… Hei, ketä kiinnostaa? Miksi minä haaskaan aikaani puhumalla sinulle? Missä Alicia on?"

"Olet idiootti", Stephanie sanoi. "Ja näytät kaamealta. Olisit voinut edes kammata tukkasi."

"Kiitos kauniista sanoista." Ethan yritti silotella vaaleanruskeaa tukkaansa paikoilleen, minkä jälkeen hän pyyhki hihallaan otsalle kihonneen hien. Sekuntia myöhemmin Alician hymyilevät kasvot ilmestyivät näytölle.

Alicia oli tyrmäävän sievä pikkutyttö. Ruusuiset posket ja kihara vaalea tukka saivat hänet näyttämään sarjakuvahahmolta. Hänellä oli syvänsiniset silmät, joiden muoto antoi vaikutelman siitä, että hän hymyili jatkuvasti. Sattumoisin hymyilikin. Ja tuo hymy sulatti kenet hyvänsä aikuisen.

"Heippa, isi", Alicia sanoi ja huiskutti raivokkaasti kameralle.

"Hei, kullanmuru, mitä kuuluu?"

"Tosi hyvää, isi." Alicia nosti pikkuisen kätensä suulleen ja alkoi kikattaa. "Näytät hassulta."

"Näytän vai? Miten niin?"

Lisää kikatusta. "Sinun naama on ihan punainen, kuin iso mansikka, ja tukka sojottaa kuin ananaksella."

"No niin", Ethan sanoi. "Sittenhän sinä voit kutsua minua tänään Hedelmäsalaatti-Isiksi, vai mitä?"

Alicia purskahti varsin tarttuvaan nauruun.

Ethan ei voinut kuin yhtyä siihen.

He puhuivat vielä kaksitoista minuuttia. Ethanin kurkkua kuristi, sillä hän tiesi, että hänen täytyisi pian hyvästellä Alicia. Seuraavaan videopuheluun oli neljä kokonaista päivää.

"Isi…?" Alicia sanoi ja kurtisti kulmiaan hiukan hämmentyneen näköisenä.

"Niin, kulta? Mikä on?"

"Kuka…?"

Ethanin kännykkä soi paidantaskussa. Hän sammutti sen aina puhuessaan Alician kanssa, mutta tänään hänellä oli ollut niin kiire, että hän oli unohtanut.

"Ihan pikku hetki, enkeli", hän sanoi ja tarttui puhelimeen. Hän ei edes vilkaissut, kuka soitti. Hän vain sammutti puhelimen ja pani sen takaisin taskuunsa. "Anteeksi, nuppu. Kuka on mitä?"

Jostain syystä Alicia näytti pelokkaalta.

"Kulta, mikä on?"

Alicia kohotti pikku kättään ja osoitti kameraa. "Sinun takana seisoo joku mies, isi."

Kuusikymmentäseitsemän

Garcia vei Annan tämän vanhempien luo Manhattan Beachille ja suuntasi suoraan kotiin. Kuten hän oli Annalle kertonut, vainoharhainen jepari hänen sisällään vaati häntä tarkistamaan ja tarkistamaan vielä uudemmankin kerran, vaikka järki sanoi, ettei tappaja ollut käynyt heidän kotonaan.

Garcia ja Anna asuivat kuusikerroksisen talon ylimmässä kerroksessa Montebellossa, lounaisessa Los Angelesissa. Heillä ei ollut parveketta tai paloportaita. Sisään pääsi vain ulko-oven kautta. Garcia oli hoitanut konstaapeliaikoinaan sen verran monta murtokeikkaa, että tiesi paremmin. Hän oli asennuttanut oveen murtosuojatun, korkeiden turvallisvaatimusten mukaisen, kymmensalpaisen lukon. Sellainen lukko piti erinomaisesti pintansa tiirikointi- ja porausyrityksissä, vaikka murtautujalla olisi minkälaiset ammattivehkeet. Jos joku olisi rikkonut lukon, jälkiä olisi kaikkialla. Niitä ei ollut yhtäkään.

Hän soitti tyytyväisenä Hunterille ja sai kuulla, että Robert oli matkalla FBI:n pääkonttorille puhumaan Michellen kanssa. Garcia ilmoitti tapaavansa hänet siellä.

Hunter oli odottanut alle viisi minuuttia, kun Garcia pysäköi FBI:n rakennuksen takaiselle parkkipaikalle Wilshire Boulevardille.

"Miten Anna voi?" Hunter kysyi, kun työpari nousi autostaan. Hän tiesi, että Garcia oli kertonut vaimolleen totuuden.

"Hän on järkyttynyt, mutta kyllä sinä hänet tunnet. Näyttää urheaa naamaa. Vein hänet hänen porukoilleen siksi aikaa, kunnes pääsen takaisin kotiin. Miten sinulla sujui?"

Garcian ei tarvinnut kertoa Hunterille, ettei Anna suostuisi iki-maailmassa pakkaamaan laukkua ja lähtemään Los Angelesista, vaikka mikä olisi. Hunter tiesi myös, miten määrätietoinen ja työl-leen omistautunut nainen Anna oli, ja vaikka hän uskoikin tappa-jan ottaneen Annan kohteekseen vain todistaakseen pointtinsa, sen enempää hän kuin Garciakaan ei aikonut ottaa riskin riskiä. He oli-vat sopineet aiemmin, että koska he eivät voineet pitää Annaa sil-mällä vuorokauden ympäri, joku toinen pitäisi.

"Paperityöt on tehty", Hunter sanoi. "Ja pomo on jo hyväk-synyt ne. Annalla on ympärivuorokautinen poliisivartio, kunnes perumme sen. Asunnollenne on juuri lähetetty partioauto."

Garcia nyökkäsi muttei sanonut mitään. Hänen ilmeensä oli etäinen ja mietteliäs.

"Mitä jos menisit kotiin, Carlos?" Hunter sanoi. "Käy hakemassa Anna ja ole hänen kanssaan. Hän tarvitsee sinua rinnalleen… ja sinä tarvitset häntä."

"Tiedän, että tarvitsee. Juuri siksi olen täällä. Minä Annan kanssa… maailman paras valvonta… millään sillä ei ole mitään merkitystä niin kauan kuin se psykopaatti vaeltaa vapaana. Hän osoitti sen tänään." Garcia vaikeni ja katsoi Hunteria. "Pieninkin ymmärrys siitä, miten tappajan mieli toimii, voi osoittautua isoksi askeleksi kohti hänen nappaamistaan… Sinä opetit sen minulle, muistatko?"

Hunter myönsi asian nyökkäämällä.

"Ja yksi keino päästä häntä lähemmäs on selvittää perusteelli-sesti, miten hän tekee sen mitä tekee, ja Michelle ja Harry ovat ainoat ihmiset, jotka voivat auttaa meitä ymmärtämään sitä." Gar-cia veti syvään henkeä. "Käyn hakemassa Annan heti kun lähden täältä, mutta juuri nyt teen sen, millä parhaiten pystyn häntä suo-jelemaan." Garcia lähti kävelemään kohti rakennusta.

Kuusikymmentäkahdeksan

Harry Mills oli tullut kyberrikosyksikön maanalaisista tiloista noutamaan Hunterin ja Garcian FBI:n rakennuksen vastaanottoaulasta. Hän johdatti heidät vastaanottotiskin ohi, sisään turvaovista, käytävälle ja lopulta hissiin, mutta tällä kertaa hän painoi alataso kolmea, ei alataso ykköstä.

"Michelle on maanalaisella ampumaradalla alataso kolmosessa", Harry selitti. "Sillä lailla hän päästelee höyryjä – kuuntelee metallimusiikkia ja ampuu säleiksi pahvimaaleja." Hissinovilla kesti ikuisuus sulkeutua, ja Harry tökki toistuvasti nappulaa.

"Onko kaikki hyvin?" Hunter kysyi.

Harry kohautti harteitaan. "Saimme juuri kuulla huonoja uutisia. Tutkimamme pedofiilitapauksen uhri teki itsemurhan tunti sitten. Hän oli kaksitoistavuotias."

Sitä seuranneen hiljaisuuden rikkoi vain mekaaninen naisenääni, joka ilmoitti heidän saapuneen maanalaiselle tasolle kolme.

Hissinovet liukuivat auki, ja Harry johdatti heidät jälleen uudelle betonikäytävälle, jota valaisivat katon keskellä kulkevat loisteputket. He kääntyivät vasemmalle, sitten oikealle ja saapuivat paksusta, tummennetusta lasista tehdyn parioven luo. Harry käytti FBI:n henkilökorttiaan seinään upotetutussa sähköisessä koodilukossa ja näpytteli kuusinumeroisen koodin. Ovi surahti auki.

Kun he astuivat sisään pieneen odotushuoneeseen, heidän korvansa täyttyivät ampumaharjoitusten tutuista äänistä. Itäisen seinän suuresta turvalasi-ikkunasta näkyi asemestari, joka istui yksinään erillisessä huoneessa. Harry kirjasi molemmat etsivät sisään.

"Hän on siellä missä aina", asemestari sanoi ja nyökäytti päätään sivulle.

Lyhyt käytävä johti ampumaharjoitusradalle, jossa melutaso viisinkertaistui välittömästi. Kaksitoista yksittäistä ampumapaikkaa seisoivat vieretysten suuren, länteen antavan maalialueen edessä. Neljässä ensimmäisessä ampumapaikassa oli FBI:n agentteja tyylikkäissä mustissa puvuissa, keltaiseksi sävytetyissä ampumalaseissa ja möhkälemäisissä kuulosuojaimissa. Yksikään heistä ei kiinnittänyt huomiota tulijoihin.

Seuraavat seitsemän ampumapaikkaa olivat tyhjillään. Michelle Kelly oli viimeisessä. Hänellä oli yllään musta t-paita, mustat farkut ja mustat buutsit. Hän oli kieputellut pitkän tukkansa ja heittänyt sen rennosti oikean olan yli. Tavanomaisten isojen kuulosuojainten asemesta hän oli työntänyt syvälle korviinsa valkoiset nappikuulokkeet. Kun he lähestyivät hänen koppiaan, he näkivät hänen ampuvan puoliautomaattisella käsiaseella kuusi nopeaa laukausta kohti kahdenkymmenenkahden metrin päässä seisovaan pahvimaaliin maalattua miehen yläruumista.

Michelle poisti korvanapit ja pani varmistimen päälle, ennen kuin laski aseen eteensä ulokkeelle. Hän painoi nappulaa, ja vaijerijärjestelmä veti maalin hänen luokseen. Pahvinen mieshahmo singahti häntä kohti kuin Teräsmies.

Kuusi kehoon kohdistunutta laukausta – neljä sydämen alueelle, yksi vasempaan olkaan ja yksi vatsan ja rintakehän rajalle.

"Hienosti ammuttu", Hunter sanoi.

Michelle katsoi häntä silmät leiskuen. "Jos uskot pärjääväsi paremmin, tartu aseeseen, mestari."

Garcia ja Hunter kallistivat yllättyneinä päitään.

"En sanonut niin", Hunter totesi. "Enkä ollut sarkastinen. Ammuit erittäin hyvin."

"Tarkoitat varmaan, että naiseksi?"

Hunter katsoi Garciaa, sitten Harrya ja sitten jälleen Michelleä. "En millään muotoa vihjannut siihenkään suuntaan."

Garcia astui sulavasti taaksepäin vaistoten hankaluuksia. Hän ei halunnut sekaantua siihen, mitä oli tapahtumassa.

"Mikset ota asetta?" Michelle jankkasi. "Kokeillaan. FBI vastaan LAPD. Mies vastaan nainen. Ihan miksi sitä itse haluat kutsua. Katsotaan, miten hyvin sinä ammut."

Hunter ei rikkonut katsekontaktia. Michelle ei ollut selvästikään vielä päästellyt riittävästi höyryjä.

"Voin säästää sinulta vaivan", hän sanoi. "En ole erityisen tarkka ampuja." Hän nyökäytti kohti pahvimaalia, kun Michelle irrotti sen vaijerista ja kiinnitti tilalle uuden. "Eikä meillä ole paljon ylimääräistä aikaa, Michelle."

"Tuo on saatanan paska veruke. Tähän menee pari sekuntia", Michelle vastasi ja asetti uuden lippaan aseeseensa. "Käykö ysimillinen?" hän kysyi mutta vastasi itse. "Tietenkin käy. Harry, voisitko ystävällisesti?" Hän nyökkäsi kohti asehuonetta.

Hunter ja Garcia tiesivät liiankin hyvin, että tuossa mielentilassa olevan naisen kanssa oli turha riidellä. Varsinkaan sellaisen naisen, jolla oli ase.

Harry palasi minuutin kuluttua mukanaan kuulosuojaimet, keltaiseksi sävytetyt huurtumattomat suojalasit sekä 9mm Glock 19 -käsiase – samanlainen, jota Michelle käytti.

Hunter kieltäytyi laseista.

"Standardi kuuden laukauksen harjoitus", Michelle sanoi, vaikka Glock 19:n lippaaseen mahtuukin viisitoista luotia. Hän osoitti viereistä tyhjää ampumapaikkaa. "*Ainoastaan* tappolaukauksia, äläkä pidättele. Huomaan kyllä, jos teet niin."

Garcia vilkaisi Hunteria muttei sanonut mitään.

Hunter asettui ampumapaikkaan numero kymmenen, niin että hänen ja Michellen välillä oli yksi tyhjä paikka. Michelle pani napit takaisin korviinsa, lisäsi MP3-soittimensa äänenvoimakkuutta ja nyökäytti Hunterille aloittamisen merkiksi. Siitä huolimatta Hunter odotti, että Michelle ampuisi ensin.

Laukaukset kajahtivat nopeina ja raivokkaina. Kaksitoista laukausta kahdeksassa sekunnissa.

Kun meteli oli laantunut, molemmat poistivat kuulosuojaimensa ja kurottuivat painamaan vaijerijärjestelmän nappulaa.

Michellen maalissa oli kolme osumaa sydämeen, kaksi osumaa päähän – vasempaan poskeen ja otsaan – ja yksi kurkkuun. Hän hymyili naksauttaessaan pahvimaalin pidikkeestä.

Hunter oli saanut yhden osuman maalin vasempaan olkapäähän; muut viisi olivat levinneet rinnan alueelle. Vain kahta saattoi pitää tappolaukauksena sydämeen.

Michelle katsoi Hunterin maalia. "Ei kovin vakuuttavaa, ottaen huomioon, että sinut on koulutettu suojelemaan ja palvelemaan."

"Miten niin?" Garcia kysyi ja vilkaisi Hunterin maalia. "Mikä hyvänsä noista laukauksista olisi pysäyttänyt tekijän."

"Totta", Michelle myönsi. "Mutta minähän sanoin, että *vain* tappolaukauksia, eikö vain?" Hän mulkaisi Hunteria. "Haluatko kokeilla uudestaan?"

Hunter pani varmistimen takaisin päälle ja palautti pistoolin Harrylle. "En näe siihen mitään syytä. Minä *yritin* tappolaukauksia", hän myönsi ja otti katsekontaktin työpariinsa.

Garcia vältteli Michellen katsetta. Hän pelkäsi, että nainen lukisi häntä kuin avointa kirjaa. Aika ajoin LAPD:n ampumaradalla hän oli nähnyt Hunterin tyhjentävän kokonaisia lippaita *liikkuvan* kohteen otsaan *kolmenkymmenen* metrin päästä. Viisitoista laukausta yhtenä rykelmänä alueella, joka ei ollut koskaan tennispallon ympärysmittaa suurempi. Garcia oli hyvä ampuja itsekin, mutta hän ei ollut koskaan nähnyt kenenkään ampuvan käsiaseella niin tarkasti kuin Hunter. Hän oli sataprosenttisen varma, että Hunter olisi voinut piirtää silmät ja hymyn maalin naamaan kahdenkymmenenkahden metrin etäisyydeltä.

Hunter katsoi Michelleä. "Minä todella tarkoitin mitä sanoin, kun kehuin sinua hyväksi ampujaksi."

Kiusaantunutta liikehdintää.

"Anteeksi, että nälvin sinua ja pakotin sinut ampumaan", Michelle sanoi lopulta ja poisti lippaan aseestaan. "Tämä ei ole ollut mikään kauhean hyvä päivä."

"Veit sanat suustani", Garcia totesi.

Hunter tyytyi nyökkäämään.

Etsivät ymmärsivät, että jos Hunter olisi kieltäytynyt ampumasta tai saanut paremman tuloksen, jo valmiiksi pahalla päällä oleva Michelle olisi saattanut raivostua entistä enemmän. Hunterin myötäilyllä ja kakkossijalla oli Michelleen lohduttava ja tyynnyttävä psykologinen vaikutus. Vaikutus oli myöskin välitön. Hän oli edelleen näkyvästi pahoilla mielin, mutta hänen hetkeä aiemmin osoittamansa vihamielisyys oli nyt hallinnassa.

"Voitko selittää, miten me näimme tämänpäiväisen internetlähetyksen mutta te ette?" Garcia kysyi. Hän ei halunnut haaskata enää yhtään enempää aikaa.

"Toki", Michelle sanoi. "Mutta häivytään ensin täältä melun keskeltä."

Kuusikymmentäyhdeksän

"On monta eri tapaa estää katsojaa seuraamasta livelähetystä", Michelle sanoi heidän noustessaan hissillä takaisin kyberrikosjaoston kerrokseen. "Helpoin keino on tunnistaa katsojan tietokoneen IP-osoite."

Garcia katsoi Michelleä tyhjin katsein.

Hissin ovet avautuivat, ja he lähtivät käytävälle.

"Muistatko, kun sanoin, että tietokoneen IP-osoite on kuin rekisterikilpi tai puhelinnumero?" Michelle kysyi. "Jokaisella tietokoneella on oma uniikki osoitteensa, josta sen voi tunnistaa."

"Mm-hm."

Harry pyyhkäisi kortillaan turvaovea, näpytteli koodin ja päästi muut sisään kylmään, *Enterprise*-tähtilaivaa muistuttavaan avokonttoriin.

"Okei", Michelle jatkoi. "Sama juttu kännykän kanssa. Soittajan puhelinnumero näkyy, jos sitä ei ole erikseen estetty, eikö niin?"

"Kyllä."

"Tietokoneet toimivat samalla tavalla. Niissä on vain se ero, että kutsujan osoite on aina näkyvissä. Ei sitä oikeasti pysty piilottamaan."

"Itse asiassa", Harry puuttui puheeseen, "aina kun menet verkkoselaimella jonnekin palvelimelle World Wide Webissä, kyseinen palvelin tallentaa IP-osoitteesi. Sillä tavoin he tietävät, kuka kukin on. IP-osoitteen avulla voi selvittää, kuka on tehnyt mitäkin."

Garcia ajatteli asiaa hetken. "Eikös se tarkoita, että jos tappaja tuntee tietokoneet, hän voi estää kaikki yhteydet, jotka tulevat jostakin tietystä osoitteesta?"

"Tai meidän tapauksessamme päinvastoin", Hunter sanoi. "Tappaja on voinut kirjoittaa koodin, joka sallii vain yhden IP-osoitteen – meidän – mutta estää kaikki muut. Siksi me pystyimme näkemään lähetyksen mutta kukaan muu ei."

"Naulan kantaan", Michelle ja Harry sanoivat yhteen ääneen.

"Mutta se tarkoittaa, että hänen täytyy tietää meidän työtietokoneidemme IP-osoitteet", Garcia sanoi. "Miten helppoa hänen on saada ne haltuunsa?"

"Riippuu siitä, miten nokkela hän on", Harry vastasi. "Ja tämä meidän tappajamme on *erittäin* nokkela."

"Kun emme pystyneet katsomaan lähetystä teidän soittonne jälkeen", Michelle selitti, "aloimme pohtia, miten hän oli onnistunut estämään meidät. Tulimme samaan lopputulokseen kuin Carlos äsken. Tappajan on täytynyt tietää teidän työkoneittenne IP-osoitteet." Hän kohautti olkiaan. "Mistä kummasta hän sai ne?"

"Ihka ensimmäinen lähetys", Hunter heitti.

"Bingo." Michelle hymyili.

"Se ei ollut avoin suurelle yleisölle", Hunter selitti. "Vain meille, muistatko? Hän soitti meille, antoi meille IP-osoitteen ja pyysi meitä näpyttelemään sen osoitekenttään. Olimme ainoat, jotka sitä lähetystä katsoivat. Kukaan muu ei nähnyt sitä."

"Eli jos te olitte ainoat", Michelle sanoi, "ja tappaja tiesi, että vain te olitte yhteydessä hänen palvelimeensa, isäntätietokoneen tuona päivänä rekisteröimän IP-osoitteen täytyi kuulua teille."

"Ovela paskiainen", Garcia kuiskasi.

"Yksinkertaista kuin mikä", Harry sanoi. "Ja pirun nokkelaa. Hän selvitti IP-osoitteenne ilman, että te huomasitte yhtikäs mitään. Hän on kusettanut teitä alusta lähtien."

Seitsemänkymmentä

Kun Hunter seuraavana aamuna saapui poliisin hallintoraken-nukseen, Garcia istui jo työpöytänsä ääressä lukemassa Christina Stevensonin viimeistä sähköpostia. Hän näytti väsyneeltä vasta sili-tetystä paidasta, sileiksi ajelluista kasvoista ja siistille poninhännälle sitaistuista hiuksista huolimatta. Hunter epäili, ettei työpari ollut nukkunut paria tuntia enempää.

"Miten Anna jaksaa?" Hunter kysyi.

"Hän ei nukkunut juuri yhtään viime yönä", Garcia sanoi ja työnsi tuoliaan poispäin työpöydästä. "Ja nekin pari tuntia olivat painajaisten täyttämiä."

Hunter aisti Garcian sanoihin kätkeytyvän raivon, mutta hän tiesi, ettei voisi mitenkään helpottaa työparin oloa. Hän pysytteli hiljaa.

"Sinäkään et näköjään ole juuri nukkunut", Garcia sanoi jat-kaen aihetta.

"No, se nyt ei ole mikään yllätys", Hunter vastasi. "Eikö meileistä ole edelleenkään löytynyt mitään kiinnostavaa?"

Garcia pudisti päätään ja kohautti harteitaan. "Olen nyt käynyt ne kaikki läpi. Tyhjää täynnä ja pimeää puolillaan, mutta tekniikalta tuli sen sijaan äsken meiliä. Asia oli juuri niin kuin he olettivatkin. Christina Stevensonin makuuhuoneen lasioven lukko oli tiirikoitu. Sillä tavalla tappaja pääsi sisään taloon. Huoneesta löydetyistä kuiduista tehdyt kokeet ovat toistaiseksi osoittautuneet tuloksettomiksi. Kuidut ovat todennäköisesti peräisin Christinan omasta vaatekaapista, mutta he jatkavat testaamista."

Hunter nyökkäsi ja käynnisti tietokoneensa. Odotellessaan hän kaatoi itselleen kupillisen vahvaa kahvia – jo kolmas tänä aamuna, eikä kello ollut vielä edes puolta yhdeksää. Heti, kun hän istuutui, joku koputti ovelle.

"Sisään", Hunter huikkasi.

Nuori virka-asuinen konstaapeli työnsi oven auki ja astui sisään.

"Etsivä Hunter?"

"Tässä näin", Hunter sanoi ja kohotti kahvikuppiaan kuin maljaa.

"Tämä tuli juuri teille. Sen toimitti joku *LA Timesista.*" Kun poliisi ojensi Hunterille pientä, suljettua kirjekuorta, hänen katseensa vaelsi etsivän olan yli kohti eteläseinän kuvataulua. Hänen kehonsa jäykistyi, ja silmissä välähti sekoitus uteliaisuutta ja järkytystä.

"Oliko vielä jotain muuta?" Hunter kysyi nopeasti ja astui lempeästi vasemmalle peittääkseen konstaapelin näköalan.

"Ööh… ei, sir."

Hunter kiitti nuorta konstaapelia ja saattoi hänet ovelle.

Kuoresta löytyi USB-muistitikku ja *LA Timesin* logolla varustettu lappu, jossa oli käsin kirjoitettu viesti.

Tässä pyytämäsi kansiot. Toivottavasti niistä on apua. Pamela Hays.

"Mikä tuo on?" Garcia kysyi.

"Osapuilleen kahden vuoden verran Christina Stevensonin kirjoittamia artikkeleita."

Hunter työnsi muistitikun tietokoneeseensa.

Garcia tuli lähemmäs katsomaan.

Kun sisältö latautui Hunterin näytölle, hän huokaisi turhautuneena. "Piru vieköön!"

"*Huh.*" Garcia vihelsi. "Kuusisataakuusikymmentäyhdeksän tiedostoa?" Hän puolittain hekotti, puolittain köhi. "Ei kuin onnea matkaan. Toivottavasti ne osoittautuvat kiinnostavammiksi kuin hänen sähköpostinsa." Hän osoitti tietokonettaan.

"Enpä panisi rahojani likoon sen puolesta."

Hunterin edessä oli välitön ongelma: tiedostot eivät olleet hakukelpoisia tekstitiedostoja. Jokainen USB-muistitikulta löytyvä asiakirja oli skannattu sanomalehden sivulta. Ei tiedostonimiä, vain julkaisupäivämäärät. Hänen täytyisi lukea ne kaikki.

Hunter nojautui taaksepäin ja veti syvään henkeä. Hän halusi aivan ensimmäiseksi löytää artikkelin, jonka Christina Stevenson oli kirjoittanut ohjelmistomiljonääri Thomas Paulsenista. Pamela Hays oli kertonut, että Christina oli kirjoittanut jutun nelisen kuukautta sitten, joten sieltä hän aloitti. Hän avasi ja silmäili nopeasti jokaista tiedostoa, jonka julkaisupäivämäärä sopi aikaväliin. Siinä ei kauan nokka tuhissut. Hän osui oikeaan kahdennellatoista yrittämällä.

Artikkeli oli aukeaman mittainen. Christina Stevenson oli kahden kuukauden ajan kerännyt tietoa ja haastatellut PaulsenSystemsin entisiä ja nykyisiä työntekijöitä. Tuloksena oli avoin paljastusjuttu seksuaalisesta häirinnästä, lahjonnasta ja pelottelusta. Christina Stevenson sai viisikymmentäyksivuotiaan ohjelmistomagnaatin näyttämään ja kuulostamaan saalistajalta.

Artikkeli alkoi kuvauksella, kuinka nuori kaksikymmentäyksivuotias tietokonehullu Thomas Paulsen äkkäsi markkinaraon ja loistavan tilaisuuden perustaa ohjelmistoyritys. Hän lainasi sukulaisiltaan ja ystäviltään niin paljon rahaa kuin pystyi ja aloitti Paulsen-Systemsin vanhempiensa autotallista käsin Pasadenassa. Puolitoista vuotta myöhemmin hän tienasi ensimmäisen miljoonansa.

Artikkelissa oli myös kolme kuvaa Paulsenista. Yksi oli ammattimuotokuva, joka löytyi myös yrityksen nettisivuilta, mutta toiset kaksi olivat henkilökohtaisempia ja otettu yökerhosta – piilokameratyyliin. Ensimmäisessä Paulsen suuteli vähintäänkin parikymmentä vuotta nuoremman brunetin kaulaa. Toisessa hän oli asettanut kätensä tukevasti naisen takapuolelle.

Tarina jatkui paljastuksella: nuori nainen oli itse asiassa Thomas Paulsenin uusi sihteeri. Hän oli työskennellyt yrityksessä puoli vuotta. Lehden mukaan Paulsen hurmasi ravintolaillallisilla työntekijät, joihin oli iskenyt silmänsä, vei heidät vuoteeseen ja käski heitä sitten pitämään suunsa kiinni muun muassa pelottelemalla. Tarina päättyi siihen, ettei Thomas Paulsenin hyväksikäyttämien naisten tarkkaa määrää tiedetty mutta että hän oli toiminut saman kaavan mukaan yli kaksikymmentä vuotta.

Hunterilla ei ollut epäilystäkään siitä, ettei tällainen tarina *LA Timesin* kaltaisen laajalevikkisen sanomalehden etusivulla pystyisi horjuttamaan vakavalla tavalla Paulsenin henkilökohtaista elämää ja julkisuuskuvaa.

Hunter vietti seuraavat pari tuntia etsimällä verkosta artikkelin jälkilöylyjä ja oheisjuttuja. Hän halusi tietää, minkälaisen lumipallon Christinan juttu oli saanut liikkeelle. Hän löysi kaikenlaista. Lumipallo oli ollut suuri ja vaurioittava.

Hän löysi muun muassa hyvin kiinnostavan artikkelin, joka sekin oli peräisin *LA Timesin* viihdetoimituksesta. Se oli julkaistu kaksi ja puoli kuukautta sitten, mutta kirjoittaja ei ollut Christina. Artikkeli kertoi siitä, miten Christinan raportti oli viiltänyt suoraan Paulsenin avioliiton sydämeen. Gabriela oli ollut Paulsenin kanssa naimisissa kaksikymmentäseitsemän vuotta, mutta hänellä ei ollut aavistustakaan siitä, mitä aviomies oli puuhastellut naispuolisten työntekijöidensä kanssa. Hän oli hakenut avioeroa kuukausi artikkelin julkaisun jälkeen. Kerrottiin myös, että parin kaksikymmentäviisivuotias tytär oli lakannut puhumasta isälleen.

Vielä tunti tiivistä tutkimusta, ja Hunter oli löytänyt lukuisia artikkeleita, joissa viitattiin Paulsenin yritykseen. Miehellä oli ympäri maata diilejä, joista usea oli peruttu ilmeisestikin Christinan artikkelin ja sen herättämien moraalikysymysten takia. PaulsenSystems oli kokenut huomattavan taloudellisen kolauksen.

Hunter jakoi jokaisen lukemansa artikkelin Garcialle.

"Christina Stevensonin juttu maksoi Paulsenille pitkän pennin", Hunter sanoi. "Se vaurioitti kaikkia hänen elämänalueitaan. Thomas Paulsenilla jos jollakulla on hyvä syy jahdata häntä."

"Totta", Garcia myönsi. "Mutta käsittääksemme hänellä ei ollut mitään syytä jahdata Kevin Lee Parkeria, ensimmäistä uhria."

Hunter väänsi naamaansa. *"Käsittääksemme."*

Garcia hymyili. Hän tiesi täsmälleen, mitä työparin päässä liikkui.

"Käsken tiimiä tutkimaan asiaa", hän sanoi ja kurotti kohti pöytäpuhelinta.

Garcia ei ollut vielä ehtinyt lopettaa puheluaan, kun Hunterin pöytäpuhelin soi.

"Etsivä Hunter, erikoismurharyhmä", Hunter vastasi yrittäen hieroa jomottavaa niskaansa.

"Arvaa mitä, etsivä", soittaja sanoi sähköistävän innokkaasti kuin television suosikkishow'n juontaja. "Jännitys tiivistyy."

Seitsemänkymmentäyksi

Garcia puhui puhelimessa tutkintatiimin kanssa, kun hän pani merkille Hunterin ilmeen. Se oli niin kylmä, että olisi voinut jäädyttää ilman työhuoneessa. Eikä se voinut merkitä kuin yhtä asiaa – *tappaja oli jälleen linjoilla.*

Garcia ajatteli välittömästi Annaa, ja hänen sydämensä melkein räjähti rinnassa. Hän lopetti puhelun kesken lauseen, paiskasi kuulokkeen alas ja haparoi kuumeisena näppäimistöään.

Hunter pani kaiuttimen päälle ja tarttui hänkin näppäimistöönsä.

"Ei, ei, ei, ei..." Garcia kuiskutti itselleen näpytellessään osoitetta osoitekenttään vapisevin sormin.

Verkkosivu latautui etsivien näytöille muutamassa sekunnissa.

Tuijotus.

Tihrustus.

Hämmennys.

"Voi jumalauta!" Garcia henkäisi lopulta ja lysähti tuolilleen niin että jysähti. Hänen vaistomainen tunnereaktionsa oli helpotus. He katsoivat lähikuvaa ihmisen kasvoista, mutta tuo ihminen ei ollut Anna. Hän oli valkoinen mies, joka näytti olevan kolmenkymmenen puolivälissä. Hänellä oli ovaalinmuotoiset kasvot, pyöreä nenä, pulleat posket, ohuet kulmakarvat ja lyhyt, tummahko tukka.

Kuvan vihertävä sävy vihjasi siihen, että tappaja käytti jälleen kerran yökuvaukseen tarkoitettua objektiivia. Aivan kuten kahden ensimmäisen uhrin kohdalla, tämäkin lähetys tuli pimeästä paikasta.

Miehen katse poukkoili puolelta toiselle, pelokkaana... hämmentyneenä... anovana... vastausta hakien. Miehen silmät olivat selvästi vaaleat, mutta vihertävä valo esti tarkemman määrittelyn. Nahkainen suukapula oli kiinnitetty niin tiukasti, että se viilsi ihoa. Miehen kasvot olivat kauttaaltaan kauhunhien peitossa.

Hunter viittilöi äänettömästi Garciaa soittamaan Michellelle ja Harrylle FBI:n kyberrikosyksikköön. Hän tiesi, että päämaja tallensi jo puhelua.

Garcia otti nopeasti esiin matkapuhelimensa ja kupersi kätensä suun ympärille hiljentääkseen ääntään mahdollisimman paljon.

"Verkkosivu on taas toiminnassa", hän kuiskasi puhelimeen Michellen vastatessa.

"Me tiedämme", Michelle vastasi kireällä äänellä. "Olin juuri aikeissa soittaa sinulle. Yritämme parhaamme, mutta hän käyttää jälleen peilisivustoja, jotka heijastavat lähetyksen palvelimelta toiselle. Emme pysty jäljittämään sitä."

Garcia oli epäillytkin tätä.

"Onko hän soittanut teille uudestaan?"

"Hän on paraikaa linjalla." Garcia nousi seisomaan ja asetti matkapuhelimensa Hunterin pöydälle, jotta Michelle saattoi kuunnella.

Yhtäkkiä, aivan kuten toisen uhrin kohdalla, näytön alalaidan keskelle ilmestyi sana SYYLLINEN.

Tämän jälkeen oikeaan yläkulmaan ilmestyi uusi numerosarja – 0123. He odottivat turhaan SSV:n kaltaisen kirjainyhdistelmän ilmestymistä näytön oikeaan laitaan.

"Säännöt ovat samat kuin viimeksikin, etsivä", soittaja sanoi, miltei nauraen. "Mutta tänään minulla on jalomielinen... etten sanoisi jopa hiukan luottavainen olo. Eli siinä missä viime kerralla kyse oli tuhannesta äänestä kymmenessä minuutissa, pannaanko tällä kertaa paremmaksi – kymmenentuhatta ääntä kymmenessä minuutissa? Mitä sanotte? Pääsette jännäämään oikein kunnolla."

Hunter ei vastannut.

Näytön oikealle puolelle ilmestyi sana VENYTÄ, jota seurasi numero nolla ja vihreä painike. Sekunnin murto-osan jälkeen sen alle ilmestyi sana MURSKAA, jota seurasi myös nolla ja painike. Molemmat painikkeet oli toistaiseksi deaktivoitu.

Hunter ja Garcia kurtistivat kulmiaan näytölle samaan aikaan, ja heidän niin tehdessään kamera alkoi hitaasti zoomata poispäin. Vähän kerrallaan näkyviin alkoi ilmestyä mies. Hänellä oli yllään pelkät tummat bokserit. Hän ei ollut hoikka, mutta ei häntä missään tapauksessa voinut ylipainoiseksikaan kutsua. Hän näytti makaavan jonkinlaisella leveällä puupöydällä. Hänen käsivartensa oli venytetty korkealle pään ylle V:n muotoon. Hänen kainalonsa oli ajeltu sileiksi. Hänen jalkansa oli nekin venytetty V:n muotoon.

Loitontaminen kesti monta pitkää sekuntia. Vasta sitten Hunter ja Garcia näkivät miehen kädet ja jalat, ja silloin he vihdoin ymmärsivät, mitä sadistinen äänestysprosessi merkitsi.

Seitsemänkymmentäkaksi

Miehen ranteiden ja nilkkojen ympärille oli kiinnitetty paksut nahkasiteet. Ne puolestaan oli kiinnitetty neljään tukevan näköiseen metalliketjuun. Ketjut oli yhdistetty rulliin. Vekotin toi mieleen piinapenkin, keskiajalla kehitetyn sadistisen kidutusvälineen, jonka avulla uhrin raajoja venytettiin, kunnes ne irrota napsahtivat ruumiista.

Hunterin työhuoneessa olisi voinut kuulla nuppineulan putoavan.

"Hiljaisuudesta päätellen –"soittajan ääni jylähti puhelimen kaiuttimesta "– uskoisin teidän alkavan päästä kärryille." Hän päästi animaatiokoiran naurahduksen.

Kumpainenkaan etsivä ei vastannut. "Mutta kuva ei ole vielä täydellinen", soittaja jatkoi. "Odottakaapa hetki."

Kamera alkoi hitaasti kääntyä ylöspäin kohti kattoa.

Yhtäkkiä työhuoneen ovi pamahti auki ja ylikomisario Blake astui sisään. Ilme hänen kasvoillaan kuvasti vihaa, epäuskoa ja kauhua.

"Katsotteko te tätä…" hän aloitti, mutta Hunter vaiensi hänet kohottamalla kättään ja osoittamalla pöydällä olevaa puhelinta.

Liian myöhään.

"Kas, kas, kas", soittaja totesi huvittuneena. "Kukas se sieltä liittyy seuraamme…?" Hän ei jäänyt odottamaan vastausta. "Vihaisesta äänensävystä päätellen veikkaisin itseään ryöstö-ja henkirikosyksikön pomoa. Barbara Blake, muistinko oikein?"

Ylikomisario Blake tiesi, että tappaja oli voinut helposti löytää hänen nimensä LAPD:n viralliselta verkkosivulta.

"Tervetuloa valitsekuolema.comiin, ylikomisario. Mukavaa, että pääsit tänään seuraamme. Kyllä tänne mahtuu."

"Miksi sinä teet tämän?" Blake kysyi. Hänen sanansa kylpivät vihassa.

Hunter mulkaisi pomoa. Sääntö numero yksi kaikenlaisten tekijöiden kanssa neuvotellessa – *vain yksi neuvottelija, ellei rikoksentekijä ole vaatinut toista. Yksikin ylimääräinen neuvottelija saattaa keikauttaa neuvotteluprosessin hämmennyksen tilaan, mikä puolestaan saattaa turhauttaa ja suututtaa tekijää ja edesauttaa koko prosessin romahtamista.*

"Miksikö teen tämän?" soittaja toisti halveksuvasti. "Pyydätkö minua tekemään työsi puolestasi, ylikomisario Blake?"

Hunter pudisti vaivihkaa päätään pomolle.

Blake pysyi vaiti.

Kamera jatkoi kääntymistään ylöspäin.

Hunter kurtisti jälleen kulmiaan näytölle. Jokin oli kiinnittänyt hänen huomionsa. Ensimmäiseksi hän tajusi, että kuvauspaikka oli muuttunut. Taustalla ei näkynyt kahden ensimmäisen lähetyksen tiiliseinää, ja huone vaikutti suuremmalta, paljon suuremmalta. Sitten hän tajusi jotain muuta – kameran liikkeessä oli jotain outoa. Kesti pari sekuntia tajuta miksi. Hän katsoi Garciaa ja muodosti suullaan muutaman sanan.

Garcia ei ymmärtänyt, pudisti päätään ja siirtyi lähemmäs.

"Kamera on kauko-ohjattava." Tällä kertaa Hunter kuiskasi sanat.

"Mitä?" Garcia ja Blake näyttivät epävarmoilta.

Hunter painoi puhelimen mykistä-toimintoa. "Tapa, jolla kamera zoomaa ja kääntyilee huoneessa", Hunter selitti. "Liike on liian hidas, liian vakaa. Jos yrittää tehdä saman käsin, ei mitenkään saa aikaiseksi noin sulavaa ja jatkuvaa liikettä."

Garcia ja ylikomisario Blake katsoivat jälleen näyttöä.

"Hän ohjaa kameraa etänä", Hunter sanoi. "Hän ei välttämättä edes ole paikan päällä."

"Entä sitten?" ylikomisario Blake sinkautti. "Mitä väliä sillä on?"

Hunter kohautti harteitaan.

Näytöllä kamera pysähtyi, ja kaikki työhuoneessa jäykistyivät. Usean jalan korkeuteen, suoraan uhrin ja omatekoisen keskiaikaisen kidutusvälineen ylle, oli ripustettu betonilaatta. Se näytti olevan vajaan puolen metrin paksuinen, 1,2 metrin levyinen ja lähemmäs kahden metrin pituinen. Kimpale saattoi painaa hyvinkin yli tonnin. Sitä pitelivät paikoillaan jykevät ketjut, jotka oli kiinnitetty kymmeneen, laatan yläpintaan upotettuun metallikoukkuun. He eivät erottaneet, mihin ketjujen yläpäät oli kiinnitetty.

"Näette nyt koko kuvan", soittaja sanoi ja naurahti. "Luomukseni kauneus piilee siinä, ettei minun tarvitse murskata häntä kerralla. Pystyn laskemaan betonimöhkälettä hitaasti kohti pöytää ja pusertaa hänen ruumistaan kuin jättimäisellä ruuvipuristimella, kunnes jokainen luu on murskana."

Hunter tiesi, että tappajalla oli jokin juju mielessään. Piinapenkki oli alun perin keskiaikainen *kidutus*väline, ei teloitusväline. Sen pääasiallinen tarkoitus oli venyttää uhrin raajoja *hitaasti*, kunnes tämä oli valmis tunnustamaan tai paljastamaan tietonsa. Piinapenkin tuottama tuska oli niin ankaraa, että tunnustus irtosi yleensä verraten nopeasti, ja venyttäminen lakkasi parissa sekunnissa. Mutta mikäli rullia ei pysäytetty, raajat irtosivat ennen pitkää ruumiista – yleensä käsivarret repeytyivät irti yläruumiista. Kuolema koitti pian sen jälkeen verenhukan myötä. Uhri kuitenkin kärsi järjettömästi ennen kuolemaansa. Ihmisen murskaaminen kuoliaaksi valtavalla betonikimpaleella oli suhteellisen tuskatonta ja hyvin, hyvin nopeaa verrattuna piinapenkin kaltaiseen kidutusvälineeseen. Tappaja ei missään nimessä sallisi moista.

"Saatanan paskakasa", ylikomisario Blake mylväisi piittaamatta enää protokollasta tai säännöistä.

Soittaja vastasi riemuntäyteisellä naurulla. "Taitaa olla aika panna show käyntiin. Nauttikaa."

Linja katkesi.

Näytöllä molemmat äänestyspainikkeet aktivoituivat, ja vasemmassa alakulmassa digiajastin aloitti lähtölaskennan – 10:00, 9:59, 9:58...

Seitsemänkymmentäkolme

Poliisin hallintorakennuksen ensimmäisen kerroksen päämajassa Desiree ja Seth olivat liimaantuneet tietokoneittensa näyttöihin seuraamaan valitsekuolema.comin tapahtumia. He, samoin kuin kukaan muukaan kerroksen väestä, eivät pystyneet uskomaan silmiään.

"Hyvä Jumala ja hänen luomuksensa!" Desiree sanoi, teki ristinmerkin ja suuteli pientä kultaista krusifiksia, jota kantoi ketjussa kaulansa ympärillä. "Pitäisikö katsojien muka päättää, murskaako hän tuon miesparan kuoliaaksi vai repiikö hän poloiselta raajat irti, kuin joltain hyönteiseltä?"

"Kymmenentuhatta ääntä kymmenessä minuutissa", Seth vastasi. "Aika paljon, kun ottaa huomioon, etteivät kaikki mene samalle kuolintavalle."

"Uskotko, että jos aika loppuu kesken", Desiree jatkoi, "eikä hän saa kymmentätuhatta ääntään, hän todella pitää sanansa ja päästää kaverin lähtemään?"

Seth tyytyi kohauttamaan olkiaan.

Tapahtumien seuraaminen tietokoneen näytöltä ei ollut ainoa asia, mitä Seth ja Desiree tekivät. He olivat myös vastuussa tappajan puhelun nauhoittamisesta ja jäljittämisestä.

Kaikkein ensimmäiseksi heille selvisi, että puhelu oli peräisin matkapuhelimesta. He pyysivät välittömästi palveluntarjoajalta puhelimen GPS-koordinaatteja.

Ei mitään.

Ei GPS:ää.

Joko soittaja käytti vanhaa puhelinta tai hän oli deaktivoinut GPS-sirun.

Desiree ja Seth siirtyivät saman tien matkapuhelimen kolmiointiin, huomattavasti vaivalloisempaan ja työteliäämpään prosessiin, johon yleensä meni useita minuutteja ja joka riippui kahdesta päätekijästä. Ensinnäkin puhelimen oli pysyttävä aktiivisena koko prosessin ajan. Jos soittaja lopetti puhelun, kolmiointiprosessi epäonnistui. Toisekseen puhelimen oli pysyttävä samalla kolmen linkkimaston alueella. Jos soittaja oli liikkeessä ja siirtyi pois yhdenkin maston kantamasta, prosessi romahti ja oli aloitettava uudestaan alusta.

Mutta toistaiseksi kaikki oli hyvin.

Soittaja oli yhä linjalla eikä näyttänyt siltä, että hän oli siirtymässä mihinkään. Jos hän pysyisi puhelimessa vielä hiukan pitempään, he saisivat todennäköisesti sijainnin selville. Sekä Desiree että Seth suhtautuivat tähän mahdollisuuteen kuitenkin varauksella. He olivat yrittäneet jäljittää saman tekijän kahta aiempaakin puhelua. He olivat nähneet, miten hän oli asiantuntevasti pompautellut soittoja ympäri Los Angelesia ja ilkkunut LAPD:lle. Tämä tekijä oli kaikkea muuta kuin typerä. Hän tiesi vallan mainiosti, että puhelu, samoin kuin kaksi aiempaa, nauhoitettaisiin ja jäljitettäisiin.

Toinen Sethin kahdesta pöytäpuhelimesta piippasi. Kolmiointiprosessi oli päättynyt. Seth ja Desiree kääntyivät katsomaan monitoria kiinnittämättä liikaa huomiota lopullisiin koordinaatteihin. He vain odottivat, että kolmioitu sijainti vaihtuisi nopeasti soittajan pompauttaessa sen uuteen paikkaan samoin kuin ensimmäisenkin puhelun aikana.

Niin ei tapahtunut.

Kului kymmenen, kaksikymmentä, kolmekymmentä sekuntia, ja sijainti pysyi samana.

"Ei voi olla totta", Seth kuiskutti ja kumartui näppäimistönsä ylle. Vasta silloin hän ja Desiree tarkistivat puhelun alkuperäiset koordinaatit.

"Hyvä Jumala sentään."

Seitsemänkymmentäneljä

"Onko tämä todellista?" ylikomisario Blake kysyi. Hän tuijotti epäuskoisena tietokonemonitoria Hunterin pöydällä.

Oli kulunut alle kuusikymmentä sekuntia siitä, kun näytön vasemman alalaidan digiajastin oli alkanut laskea alaspäin kymmenestä minuutista.

MURSKAA: 1011

VENYTÄ: 1089

"Ei ole kulunut minuuttiakaan, ja yli kaksituhatta ihmistä on jo äänestänyt?" ylikomisario Blake katsoi vihdoin Hunteria.

"Hän on todennäköisesti postannut jälleen linkkejä suurille sosiaalisen median alustoille", Hunter vastasi.

"Niin *on*." Hädin tuskin kuuluva kommentti tuli Garcian matkapuhelimesta, joka oli asetettu Hunterin työpöydälle. Michelle Kelly oli yhä linjoilla.

Garcia vaihtoi puhelun nopeasti kaiuttimelle. "Voitko toistaa tuon, Michelle?"

"Sanoin, että hän *on* postannut linkin useille suurille sosiaalisen median sivuille. Sivusto on saanut minuutin aikana –" lyhyt tauko, jota ryydittivät näppäimistön naksahdukset "– liki neljätuhatta osumaa, ja määrä kasvaa joka sekunti."

"Täydellistä", ylikomisario Blake sanoi. "Voiko FBI:n kyberrikosyksikkö tehdä asialle jotakin?"

"Teemme jo kaiken voitavamme", Michell sanoi. "Kaveri tuntuu kuitenkin ennakoineen jokaisen siirtomme. Teemmepä mitä hyvänsä, törmäämme seinään."

"Tallennatteko te tämän Harryn kanssa?" Hunter kysyi.

"Harry ei ole täällä", Michelle sanoi. "Mutta kyllä, minä tallennan joka ainoan sekunnin.

KELLO: 7:48, 7:47, 7:46…

MURSKAA: 3339.

VENYTÄ: 3351.

Ylikomisario Blaken matkapuhelin värisi bleiserin taskussa. Hän otti kännykän esiin ja vilkaisi näyttöä – Los Angelesin pormestari. Hän tiesi tarkalleen, mitä se tarkoitti. Hän hylkäsi puhelun ja pani kännykän takaisin taskuun. Hänellä ei juuri nyt ollut aikaa hyödyttömään kiistelyyn. Hän hoitelisi pormestarin myöhemmin.

Garcia peräntyi askelen työpöydältään ja hieroi hermostuneena kasvojaan, minkä jälkeen hän käänsi katseensa näytöltä ja tuijotti lattiaa. Hunter pystyi melkein lukemaan hänen ajatuksensa. Edellisen päivän tapahtumien jälkeen Garcian alitajunta kohotti väkisinkin hänen mieleensä karmivimman mahdollisen lopputuleman ja vaihtoi näytöllä näkyvän miehen tilalle Anna-vaimon.

Garcia pudisti nopeasti päätään yrittäen karkottaa ajatuksen. Hän tyynnytteli jyskyttävää sydäntään ja odotti pulssin hidasta tasaantumista. Sen jälkeen hän katsoi jälleen näyttöä.

Myös ylikomisario Blakea alkoi hermostuttaa. Avuttomuus, jota he kaikki tunsivat joutuessaan katsomaan äänestysprosessia vailla mahdollisuutta pysäyttää sitä, saastutti huoneen ilmaa kuin sariinikaasuhyökkäys.

"Yli kymmenentuhatta näyttökertaa", he kuulivat Michellen sanovan. "Tämä menee viraaliksi."

KELLO: 6:11, 6:10, 6:09…

MURSKAA: 5566.

VENYTÄ: 5601.

"Tämä ei voi olla totta", ylikomisario Blake sanoi.

Hunterin pöytäpuhelin soi jälleen – sisäinen puhelu. Hän nappasi kuulokkeen pidikkeestä.

"Etsivä Hunter, täällä Seth Reid päämajasta. Et kyllä ikinä usko tätä, mutta saimme jäljitettyä soittajan sijainnin."

Seth oli väärässä: juuri nyt Hunter uskoi mitä hyvänsä. Hän pani puhelun kaiuttimelle. "Saitko puhelulle kiinteän sijainnin?"

"Kyllä. Soittaja pysytteli linjalla tarpeeksi kauan eikä tällä kertaa pompotellut puhelua ympäri kaupunkia."

Hunter ja Garcia kurtistivat kulmiaan. Tappaja ei tekisi sellaista virhettä.

"No johan on helvetti", ylikomisario Blake sanoi ja kurotti kättään kohti Garcian pöytäpuhelinta. Hän oli valmis kutsumaan koko LAPD:n paikalle, mikäli tarve vaati. "Mikä se sijainti siis on?"

"No, sehän tässä juuri kiikastaa…" Seth sanoi. "Hän on West 1st Streetillä, jossakin numero 100:n paikkeilla."

"Mitä?" Hunter, Garcia ja ylikomisario Blake sanoivat yhteen ääneen. Kaikki kääntyivät katsomaan Hunterin työpöydällä kököttävää puhelinta.

"Tämä rakennus *on* 100 West 1st Street", ylikomisario Blake sanoi ja laski Garcian puhelimen alas. "Väitätkö, että hän soittaa poliisin hallintorakennuksen ulkopuolelta?"

"Kyllä", Seth vastasi. "Väitän *täsmälleen* niin."

Seitsemänkymmentäviisi

"Jou, Spinner, tule katsomaan tätä", Tim huikkasi parhaalle kaverilleen ja tuijotti silmät suurina älypuhelimensa näyttöä.

Tim oli kuusitoistavuotias, Spinner seitsemäntoista. Molemmat opiskelivat Glendalen lukiossa, ja tapansa mukaan he olivat koulupäivän jälkeen treenaamassa Verdugo Parkin skeittirampeilla.

Spinner flippasi lautaansa ja teki sen jälkeen 180 asteen käännöksen kohti ystäväänsä. Tim piti taukoa munuaisenmuotoisen altaan reunalla.

"Ei vittu, äijä, taasko sinä olet puhelimella?" hän huikkasi ja pudisti päätään. "Skeittaa enemmän ja snäppää vähemmän. Oikeasti. Mitä siellä nyt on?"

"Sinun on pakko nähdä tämä, veli. Tämä on ihan sairasta – siis kirjaimellisesti."

Spinner pysähtyi ja irvisti Jennylle, toiselle Glendalen lukion oppilaalle, joka hengaili puistossa heidän kanssaan. Jennykin rakasti skeittaamista, mutta hänellä oli pitkä matka Timin ja Spinnerin tasolle.

Spinner ja Jenny polkaisivat lautansa pystyyn ja lähestyivät Timiä.

"Onko se jokin uusi temppu?" Spinner kysyi.

"Eääh, äijä." Tim pudisti päätään. "Muistatko, kun kerroin siitä sairaasta nettisivusta – valitsekuolema.com?"

"Sehän oli leffastuntti", Jenny sanoi.

"Haloo, siitä oli pari päivää sitten juttua lehdessä", Tim vastasi. "Ei se mikään stuntti ollut. Se paska oli totta. Joku sairas sekopää tappoi sen naisen livenä netissä."

"Ehkä ämmä ansaitsi sen", Spinner kommentoi.

Jenny läimäytti häntä olkapäälle. "Oikeasti, Spinner. Tuo oli inhottavasti sanottu."

Spinner kohautti harteitaan. "Kunhan sanoin."

"Aivan sama." Tim heilautti kättään ja keskeytti heidät. "Mel pani juuri viestiä. Sivu on taas auki. Tsekatkaa." Tim näytti heille älypuhelintaan.

"Ei saatana, onko tuo paska oikeasti totta?" Spinner kysyi silmät kiiluen.

"Niin kuin sanoin", Tim vastasi. "Viime kerralla se ainakin oli. Niin että luulen – jep, veli, siltä se näyttää nytkin. Jätkä delaa, vittu."

Jenny irvisti. "Tuo on sairasta. Ette kai te aio katsoa, kun miesparka kuolee silmienne edessä?"

"Totta vitussa katsotaan", Spinner sanoi. "Ja helvettiäkö sinä siinä ylipäätään valitat? Itse katsot kaiken aikaa sitä realitypaskaa."

"Ei niitä voi verrata, Spinner", Jenny kivahti.

"No ei vitussa. Tämä pesee ne mennen tullen. Tämä pitäisi nimetä vittu *American Dead Idoliksi*."

"Siistiä", Tim sanoi.

"Minä en ainakaan katso sitä", Jenny tokaisi ärtyneenä, hyppäsi laudalleen ja rullasi takaisin altaaseen.

"Oletko jo äänestänyt?" Spinner kysyi. Jenny ei oikeastaan kiinnostanut häntä pätkääkään.

"En vielä."

"Odota hetki", Spinner sanoi ja kaivoi puhelimen taskustaan. "Okei, anna osoite. Pannaan se luuseri kärsimään."

Seitsemänkymmentäkuusi

Hunterin ja Garcian työhuoneen ikkuna antoi South Spring Streetille poliisin hallintorakennuksen länsipuolelle, mutta kaikki kääntyivät silti saman tien sitä kohti.

"Eihän se voi olla totta", ylikomisario Blake sanoi. "Miten se voi olla mahdollista, jos hänellä on suora lähetys menossa?"

"Koska hän kontrolloi kameraa ja kaikkea muuta etänä", Hunter vastasi. "Siten."

Ylikomisario pohti hetken. "Paskiainen", hän mumisi. "Onko hän puistossa?" hän kysyi Sethiltä.

City Hall Park, tai South Lawn eli Etelänurmikko, joksi monet sitä kutsuvat, on Los Angelesin kuuluisan kaupungintalon edessä avautuva 0,7 hehtaarin kokoinen vihreä puistoalue, jota varjostavat lehtevät puut. Se sijaitsee West 1st Streetillä suoraan PAB:n sisäänkäyntiä vastapäätä.

"On se mahdollista", Seth myönsi. "Meidän täytyi käyttää kolmiointia", hän selitti. "Se ei ole yhtä tarkka jäljittämistapa kuin GPS-siru. Mutta koska kyse on Los Angelesin keskustasta, kolmioimalla saatu sijainti on paljon tarkempi kuin jos hän soittaisi jostakin kaupungin ulkopuolelta – onnistuimme rajaamaan alueen viidestäkymmenestä sataan metriin."

"Ja tuo alueko on aivan PAB:n ulkopuolella?" ylikomisario Blake kysyi uudestaan, edelleen epäilevänä.

"Aivan oikein", Seth vahvisti vielä kerran.

"Okei, hyvä on", ylikomisario sanoi ja haparoi nopeasti Garcian pöytäpuhelinta.

"Mitä aiot tehdä, pomo?" Hunter kysyi.

"Käsken kynnelle kykenevät kentälle. Mitä luulet?"

"Mitä ajattelit pyytää heitä tekemään?" Tällä kertaa kysyjä oli Garcia. "Pidättämään jokaisen kännykkää kantavan miehen?"

Blake vaikeni ja vilkuili niin Garciaa kuin Hunteria. "Tästä vastuussa oleva psykopaatti lymyilee paraikaa ovemme ulkopuolella." Hän osoitti tietokoneen näyttöä. "Haluatteko, että kykin tässä pyörittelemässä peukaloitani?"

KELLO: 4:41, 4:40. 4:39…

MURSKAA: 8155.

VENYTÄ: 8146.

"Hän todennäköisesti *oli* siellä puhelun aikana", Garcia myönsi. "Hän on riittävän ylimielinen moiseen, ja tällaisten pelien pelaaminen voimaannuttaa häntä. Hän on kuitenkin taatusti häipynyt jo aikapäiviä sitten, pomo. Hän tiesi, että jäljittäisimme puhelun. Saimme osuman ainoastaan siksi, että hän halusi meidän saavan sen. Hän on suunnitellut tämän kaiken."

"Carlos on oikeassa, pomo", Hunter komppasi. "Tappaja halusi meidän tietävän, että hän soitti aivan PAB:n ulkopuolelta. Hän tiesi varmasti täsmälleen, kuinka kauan meillä kestäisi kolmioida hänen puhelunsa."

"On jo melkein kuusi minuuttia siitä, kun hän katkaisi puhelun", Garcia totesi. "Hän on todennäköisesti jo kilometrien päässä."

"En muuten usko, että on", Hunter väitti vastaan. "En usko, että hän on alkuunkaan kaukana."

Ylikomisario Blake tyytyi mulkaisemaan häntä.

"Kuten Carlos sanoi", Hunter selitti, "hän on hemmetin ylimielinen, ja tämä kissa ja hiiri -peli innostaa häntä aivan liikaa. Hän tuli aivan ovensuullemme kiusoittelemaan meitä ja tekemään tästä pelistä hiukan haastavamman ja hauskemman… ainakin itselleen. Hän haluaa nähdä, miten reagoimme hänen pikku vitsiinsä. Hän tarkkailee West 1st Streetiä ja South Lawnia jostakin läheltä…" Hunter vaikeni ja jäi miettimään jotakin. Hän muisti äkkiä toisen uhrin makuuhuoneen ja viestin, joka oli löytynyt verhojen takaa lasiovesta. "Hetkinen. Olin väärässä", hän sanoi. "Hän ei tarkkaile vain nähdäksemme reaktiotamme. Hän tarkkailee, löydämmekö sen."

Ylikomisarion otsa rypistyi. "Löydämme minkä?"

"Vihjeen", Hunter sanoi. "Koska sillä lailla hän tykkää pelata."

Ylikomisario Blake nappasi jälleen kerran puhelimen Garcian työpöydältä, näppäili sisäisen alanumeron ja ryhtyi saman tien rähisemään käskyjä.

"Käske heidän tarkistaa puisto ja tiet PAB:n välittömässä läheisyydessä", Hunter sanoi. "Käske katsoa kaikkialta – roskasäiliöistä, puistonpenkeiltä, kukkaistutuksista, katuojista, kaikkialta."

KELLO: 3:15, 3:14, 3:13…

MURSKAA: 9199.

VENYTÄ: 9180.

Näytöllä kamera tarkensi puupöytään sidottuun mieheen. Hänen kasvoiltaan kuvastuva kauhu oli pahentunut kymmenkertaiseksi. Oli kuin hän olisi saanut jonkinlaisen varoituksen tai yksinkertaisesti aistinut, että hänen aikansa alkoi olla lopussa.

On todettu fakta, että mikäli ihmiseltä viedään yksi hänen aisteistaan, jäljelle jääneet kompensoivat yliherkistymällä. Ehkä kyse oli sen sekä järjettömän adrenaliiniryöpyn yhdistelmästä, sillä miehen ylitse tuntui äkkiä hulmahtavan uusi voiman aalto, ja hän ryhtyi jälleen kamppailemaan. Hän alkoi kiskoa, nykiä, ravistella ja potkia kahleitaan kaikin voimin. Aivan turhaan. Nahkarannekkeet oli kiinnitetty liian hyvin, ketjut olivat liian vahvat. Kukaan, oli hän sitten kuinka kovassa fyysisessä kunnossa tai kuinka vahva hyvänsä, ei olisi kyennyt pakenemaan tuolta kidutuspöydältä.

Miehen uusi taistelutahto hiipui yhtä nopeasti kuin oli alkanutkin. Se vähäinen voima, jota hänellä oli ollut, oli nyt valunut tyystin hänen ruumiistaan. Kaikki toivo oli mennyttä, rukoukset turhia.

Kukaan ei ollut tulossa. Viime hetken ihme ei koittaisi.

"Miksi helvetissä ihmiset äänestävät edelleen?" Ylikomisario sylkäisi kysymyksen täydellisen ymmällään. "Kaikki tietävät jo, ettei tämä ole peli tai uuden leffan julkisuustemppu. Tämä on totta. Lehdet tekivät selväksi, että kaikki tietävät sen." Hän osoitti näyttöä. "Tuo mies kuolee. Tässä ei ole mitään feikkiä. Nuo kuvat eivät ole trikkikuvia. Kaikki tietävät sen, ja silti he äänestävät... Miksi?" "Koska tällainen on se sekopäinen todellisuus, jossa me nykyään elämme, ylikomisario", Hunter sanoi. "Ketään ei kiinnosta. Jengi lataa *pikku läpsäyttelynsä* tai jengitappeluvideonsa YouTubeen, ja ne saavat satojatuhansia katsontakertoja. Mitä väkivaltaisempaa, sen parempi. Ja ihmiset anelevat lisää. Jos netissä on tarjolla aitoa väkivaltaa – ei lavastusta, ei näyttelijöitä, ei mitään feikkiä – tuolla jossakin on koko joukko ihmisiä, jotka pomppivat riemusta. Jos sitä kutsuu tosi-tv:ksi ja antaa katsojille tilaisuuden osallistua äänestämällä, miljoonat kirjautuvat sisään ja painavat innoissaan nappia ihan vain vittuilun vuoksi. Tappaja tietää sen. Hän tietää tällaisen käytöksen takana piilevän psykologian. Hän tietää, millaisessa sairaassa yhteiskunnassa me elämme. Siksi hän on niin itsevarma. Hän tietää, ettei voi hävitä tätä peliä – johan me olemme nähneet sen moneen kertaan televisiossakin."

Kamera tarkensi miehen kasvoihin. Hänen kyyneleiset silmänsä muuttuivat entistä surullisemmiksi. Niissä ei näkynyt enää muuta. Hän tiesi, että hänen pelinsä oli pelattu.

Ylikomisarion kännykkä värisi jälleen takintaskussa. Tällä kertaa hän ei edes vilkaissut sitä vaan antoi sen soida.

KELLO: 2:04, 2:03, 2:02...
MURSKAA: 9969
VENYTÄ: 9965
Totaalinen hiljaisuus.
KELLO: 1:49, 1:48, 1:47...
MURSKAA: 9995
VENYTÄ: 9995
Kaikki pidättelivät henkeään.
...10 000.

Seitsemänkymmentäseitsemän

Kuvaruutu pimeni, aivan kuin kamera olisi sammutettu. Sekuntia myöhemmin sana VENYTÄ ilmestyi uudelleen näkyviin verenpunaisena. Se vilkkui keskellä pimeää näyttöä, ja sitä seurasi luku 10 000. Kaikki Hunterin työhuoneessa tuijottivat näyttöä kuin naulittuina.

Kun välkkyvä sana ja luku hiipuivat pois, puupöytään sidottu mies näkyi jälleen tarkemmin. Tällä kertaa näytöllä ei ollut mitään viemässä katsetta harhaan – ei valintanappeja, ei sanoja, ei numeroita – ei mitään.

Kamera zoomasi jälleen kauemmas, niin että katsojat näkivät kokonaisuudessaan miehen venytetyn kehon, kaikki neljä nahkaranneketta sekä osan kahleista.

Yhtäkkiä kummankin etsivän työpöydän tietokonekaiuttimista räjähti metallinen, kirskuva, mekaaninen ääni, joka sai kauhun aallon hulmahtamaan huoneen läpi. Rullat oli aktivoitu.

"Mitä helvettiä?" ylikomisarion suusta pääsi.

"Hän otti käyttöön kameran mikrofonin", Hunter sanoi. Hän tunsi, miten hänen sydämensä alkoi jyskyttää rajummin rintakehässä. "Hän haluaa, että kuulemme, kun mies kuolee."

Huoneessa vallitsevan kireyden leikkasi miehen ensimmäinen tuskanhuuto, jota tiukka suukapula pystyi vain vaimentamaan. Se sai kylmät väreet kulkemaan jokaisen selkäpiissä.

"Lähetystä katsoo yli neljännesmiljoona ihmistä", yhä linjalla oleva Michelle julisti. Hänen ääntään verhosi vihainen suru.

"Ettekö te voi mitenkään häiritä lähetystä?" ylikomisario Blake kysyi.

"Kunpa voisimmekin", lannistunut Michelle vastasi.

Mies kirkui uudestaan. Hän yritti tällä kertaa muodostaa sanoja, mutta suukapula ja sietämätön kipu estivät häntä tehokkaasti saamasta viestiään perille. Miehen suupielistä roiskuva sylki ja veri muodostivat ohuen, punaisen usvapilven, joka lävähti takaisin hänen kasvoilleen, kaulalleen ja rinnalleen.

Mies kurotti vaistomaisesti kaulaansa niin pitkälle kuin pystyi, ikään kuin se antaisi käsivarsille ja jaloille muutaman ylimääräisen sentin ja siten lieventäisi kipua vaikka vain lyhyeksi hetkeksi. Se ei auttanut. Tuska oli nyt saavuttanut hänen jokaisen lihaksensa jokaisen säikeen. Pian nuo säikeet venyisivät ihmisen sietokyvyn tuolle puolen, minkä jälkeen ne menettäisivät kykynsä supistua ja muuttuisivat täysin hyödyttömiksi. Sen jälkeen säikeet alkaisivat hitaasti repeytyä erilleen, repisivät hänen lihaksiaan lukuisin tavoin lukuisista paikoista ja hukuttaisivat hänen kehonsa käsityskyvyn ylittävään kipuun.

Miehen silmät muljahtivat taaksepäin, ja hänen silmäluomensa värähtelivät niiden yllä muutaman sekunnin kuin perhosen siivet. Näytti siltä kuin hän menettäisi tajunsa, mutta sen sijaan hän yski väkivaltaisesti pari kertaa, viskasi päänsä sivuun ja oksensi.

Ylikomisario Blake käänsi katseensa.

Hunter puristi kätensä nyrkkiin.

Miehen seuraavaksi päästämä ääni ei ollut niinkään kirkaisu kuin kurkusta kumpuava rääkäisy, joka vihloi kaikkien tärykalvoja.

Garcia kohotti levottomana käden kasvoilleen puolittain hieroen otsaansa, puolittain peittäen silmänsä. Hänen alitajuntansa teki jälleen temppuja hänelle.

POKS! POKS!

Kaksi selkeää poksahdusta seurasi toinen toistaan.

Hunterin leukaperät kiristyivät, ja hän sulki silmänsä ohikiitäväksi hetkeksi. Hän tiesi, että nuo poksahdukset tarkoittivat irti napsahtavia nivelsiteitä, rustoja ja ehkä jopa jänteitä. Melko pian he kuulisivat murtuvien luiden kiduttavan äänen.

Miehen silmät muljahtivat takaisin paikoilleen, mutta ne eivät enää pystyneet tarkentamaan. Hänen katseensa vaelsi harhaisena kuin hänet olisi huumattu.

Nahkasiteet olivat viiltäneet syviä haavoja miehen ihoon ja lihaan – veri norui ranteista piirtäen ohuita punaisia suonia kyynärvarsiin. Myös miehen jalat olivat veren peitossa syvälle nilkkoihin uponneiden nahkakahleiden jäljiltä.

Seuraavaksi he kuulivat luiden murtuvan.

"Hyvä Jumala! Ei…" He kaikki kuulivat Michellen anelevan puhelimessa.

Iho miehen kainaloissa alkoi repeillä.

Ylikomisario Blake piti katseensa näytöllä mutta painoi kädet korville. Hän ei ollut varma, miten paljon enää kestäisi.

Kun rullat alkoivat pyöriä kiivaammin voittaakseen ihon ja lihaksen muodostaman vastarinnan, niiden kirskuva ääni muuttui kovemmaksi, pistävämmäksi. Ääni toi mieleen toimistosilppurin, joka pyrkii jauhamaan kerralla liian monta paperiarkkia.

Mies yritti kirkua uudestaan, mutta hänellä ei enää ollut voimia, ei enää ilmaa keuhkoissa, ei enää ääntä äänihuulissa… ei enää elämää annettavaksi. Hänen päänsä retkahti toiselle puolelle ja silmät muljahtivat takaisin päähän millisekuntia ennen kuin silmäluomet räpsähtivät niiden ylle. Hänen ruumiinsa kouristeli pari kertaa, ja silloin veri alkoi toden teolla norua kainaloista piinapenkin alkaessa vihdoin repiä käsivarsia irti kehosta.

Menisi enää muutama sekunti, ennen kuin rullien luoma paine katkaisisi olkavarsivaltimon, kyynärvarsien suurimman verisuonen, ja aiheuttaisi massiivisen verenvuodon.

He kaikki näkivät, kun niin tapahtui.

Veri suihkusi valtavalla paineella siitä, missä kädet olivat vielä hetki sitten olleet.

Kädetön mies vääntelehti ja nytkähteli useaan kertaan, mutta kukin kerta oli edellistä laimeampi, ja lopulta hän jäi makaamaan liikkumatta.

Kolmen sekunnin kuluttua verkkosivu katosi.

Seitsemänkymmentäkahdeksan

Oli kulunut melkein tunti siitä, kun sivusto oli sulkeutunut. Ylikomisario Blake oli palannut toimistoonsa. Hän oli viettänyt suurimman osan ajasta puhelimessa Los Angelesin pormestarin, poliisipäällikön sekä Kalifornian kuvernöörin kanssa. Kaikki halusivat vastauksia, mutta hänellä oli vain lisää kysymyksiä.

Ei ollut mikään yllätys, että lehdistö pommitti jo LAPD:n mediaosastoa sadoin kysymyksin ja haastattelupyynnöin. Ylikomisario Blake kieltäytyi edelleenkin järjestämästä lehdistötilaisuutta, sillä hän tiesi tarkalleen, miten siinä kävisi. He saisivat vastaansa valtavan määrän kysymyksiä ja kommentteja joka puolelta salia – osa olisi uhmakkaita, osa vihaisia, mutta kaikista kuultaisi iva ja halveksunta LAPD:n ja erikoismurharyhmän tähänastista toimintaa kohtaan. Ylikomisario tiesi, etteivät he pystyisi antamaan vastauksia mihinkään, eivät vielä, ja se vain lietsoisi lehdistöä kritisoimaan heidän työpanostaan ja muokkaamaan tapauksesta entistäkin sensaatiomaisemman. Eli ei, toistaiseksi ei vielä lehdistötilaisuutta.

Sen sijaan LAPD:n mediaosasto antaisi lehdistölle uuden lausunnon. Lausunnossa ei paljastettaisi mitään tutkinnan etenemisestä. Sen todellisena tarkoituksena oli pyytää mediaa tekemään yhteistyötä uusimman uhrin henkilöllisyyden selvittämiseksi. Lausunnon ohessa julkaistaisiin uhrin kuva, joka oli napattu verkkolähetyksen alkuvaiheissa. Jokaista lehteä ja jokaista TV-asemaa pyydettäisiin julkistamaan se mahdollisimman pian. Jonkun oli pakko tietää, kuka mies oli.

Seitsemänkymmentäyhdeksän

Garcia soitti Annalle töihin heti lähetyksen päätyttyä. Vaimo pärjäili hyvin. Hän ei tiennyt mitään siitä, mitä oli juuri tapahtunut, mutta Garcia epäili, että hän saisi sen kyllä pian selville. Garcia ei mahtaisi sille mitään. Hän halusi vain varmistaa, että Anna oli kunnossa. Puhelun päätyttyä Garcia meni vessaan, lukittautui koppiin ja oksensi äänettömästi.

Hunter istui työpöytänsä ääressä ja yritti parhaansa mukaan koota ajatuksiaan, vaikka vatsa taisteli kuvotuksen aaltoja vastaan ja hän tunsi miltei hallitsematonta halua antaa ylen. Hän tiesi, että hänen olisi katsottava koko lähetys uudestaan, todennäköisesti useampaan kertaan, mutta juuri nyt hän ei pystynyt siihen. Juuri nyt hänen täytyi päästä pois tästä huoneesta.

Kahden minuutin kuluttua hän ja Garcia olivat alakerrassa puhumassa vanhemman konstaapelin kanssa, joka oli vastuussa City Hall Parkin ja PAB:ta ympäröivien katujen tutkimisesta.

"Tähän saakka tuloksena on ollut pelkkää roskaa", ylikonstaapeli ilmoitti selvästikin ärsyyntyneenä "jätejahtiin", joka hänen vastuulleen oli langetettu. Hän oli ollut koko päivän vastaanotossa, joten hänellä ei ollut aavistustakaan, mitä vajaa tunti sitten oli tapahtunut. "Kääreitä, kaikenlaisia kääreitä", hän jatkoi äänensävy askelen päässä ivallisesta. "Hampurilaisia, voileipiä, suklaapatukoita, välipalakeksejä – voitte pyytää mitä vain, kaikkea löytyy. Meillä on myös pari rekkalastillista tölkkejä, pulloja ja pahvimukeja."

Hunter kuunteli ylikonstaapelia mutta skannasi samalla katseellaan puistoa, katuja ja rakennuksia sen ympärillä. Hän oli varma siitä, että tappaja oli yhä lähistöllä. Tappaja oli liian ylpeä teoistaan voidakseen vain häipyä paikalta ilman, että pääsisi nautiskelemaan näinkin uhkarohkean tempun tuloksista: hän oli juuri soittanut puhelun poliisin hallintorakennuksen ulkopuolelta ja ehkä jopa jättänyt jotakin LAPD:n löydettäväksi. Psykopaatti tai ei, tällainen toiminta tuotti hänelle syvää tyydytystä. Samaa periaatetta noudattaa ihminen, joka yllättää läheisensä lahjalla, jonka valmistamiseen tai valitsemiseen on käyttänyt runsaasti aikaa. Todellinen tyydytys koittaa, kun saa seurata lahjan saajan reaktiota tämän avatessa pakettia.

Kyllä vain, Hunter mietti, *tämä tappaja tarkkailee. Hän on lähistöllä. Siitä ei ole epäilystäkään. Mutta missä hän on?*

Hunter jatkoi tarkkailuaan, mutta ruuhka-aika oli juuri alkanut. Valtava määrä ihmisiä lähti paraikaa töistä kohti kotia. Kaduilla ja puistossa oli liikaa ihmisiä, aluetta ympäröi liian paljon julkisia rakennuksia. Liian monta paikkaa, joista tappaja saattoi helposti kenenkään huomaamatta tarkkailla puistoa täysin viattoman oloisesti. Tappaja ei olisi voinut löytää Los Angelesin keskustasta parempaa paikkaa tällaiselle toiminnalle kuin City Hall Park. Oli vain täydellinen piste iin päälle, että puisto sijaitsi vastapäätä poliisin hallintorakennusta.

Ylikonstaapeli kaivoi nenäliinan housuntaskustaan ja taputteli sillä hikistä otsaansa. "Pussitamme joka ikisen roskan todistepussiin, ja tiedätkö miksi?" Hän ei ollut sillä tuulella, että olisi jäänyt odottamaan vastausta. "Koska kukaan ei vaivautunut kertomaan meille, mitä helvettiä meidän pitäisi täältä etsiä, ja jos se jokin osoittautuu purkkapaperiksi, joka jää meiltä vahingossa huomaamatta, tulilinjalla on *minun* perseeni, enkä aio menettää eläkerahojani tämän paskan takia. *Te* tätä paskaa halusitte, joten saatte luvan käydä roskat läpi ihan omin voimin, kiitos vain. Ei muuta kuin onnea matkaan."

Ylikonstaapelin tukevan lantion ympärille kiinnitetty radio rätisi kovaäänisesti ennen kuin läpi pääsi ohut ääni.

"Mmh... ylikonstaapeli, luulen että..." RÄTS, RÄTS. *"...täällä."*

Ylikonstaapeli irrotti radion vyöstään ja napautti "puhu"-nappia. "En pysty vastaamaan, konstaapeli. Kymmenen-yksi. Sinun täytyy toistaa."

Molemmat rikostutkijat tiesivät, että 10-1 oli poliisikoodi "heikolle kuuluvuudelle".

Lisää rätinää.

Ylikonstaapeli siirtyi Hunterin ja Garcian toiselle puolelle.

"*Sanoin, että taisin löytää jotakin*", konstaapeli palasi linjalle. Tällä kertaa kuuluvuus oli huomattavasti parempi.

Ylikonstaapeli vilkaisi vaistomaisesti etsiviä tarkistaakseen, että he olivat kuulleet viestin.

He olivat.

"No jumalauta", ylikonstaapeli vastasi. "Mitä siellä on?"

"*En ole ihan varma.*"

"Okei sitten. Missä olet?"

"*Puiston koillisreunassa roskiksen luona.*"

Hunter, Garcia ja ylikonstaapeli kääntyivät ja katsoivat koilliseen päin. He seisoivat Frank Putnamin muistomerkin liepeillä aivan puiston keskellä, eivät niinkään kaukana koilliskulmasta. Roskakorin vierellä nuori konstaapeli huitoi heille. He kävelivät ripeästi nuorukaisen luo.

Konstaapeli oli hiukan päälle kahdenkymmenen ja näytti pölähtäneen paikalle suoraan poliisikoulusta. Hänellä oli kirkkaansiniset silmät, punaiset aknen runtelemat posket sekä terävä nenä. Hänellä oli lateksihanskat ja kädessään pieni, musta videokamera. Hän tervehti tulijoita yksittäisellä nyökkäyksellä.

"Löysin tämän täältä, ylikonstaapeli." Hän osoitti vasemmalla puolellaan olevaa roskasäiliötä. "Se oli tavallisen ruskean voileipäpussin sisällä." Hän ojensi kameran esimiehelleen, joka hädin tuskin vilkaisi sitä ennen kuin antoi sen eteenpäin Hunterille.

"Tämä on teidän juttunne", hän tokaisi kaikkea muuta kuin kiinnostuneen oloisena.

Hunter pani lateksikäsineet käsiinsä ja otti kameran. Sen toisella puolella luki Sony Handycam CX250 HD. Kamera oli sitä mallia, jonka sivulla oli nivelletty, ulospäin käännettävä näyttö.

"En ole aivan varma, mitä meidän on tarkoitus etsiä täältä, sir", konstaapeli selitti. "Mutta tuo on upouusi digikamera, ainakin parinsadan dollarin arvoinen. Sillä ei ole mitään syytä olla roskiksessa."

"Missä on pussi, johon kamera oli pantu?" Hunter kysyi konstaapelilta, joka ojensi hänelle saman tien läpinäkyvän todistepussin.

"Saatte sen valmiiksi pakattuna", nuorukainen sanoi. "Ajattelin, että haluatte varmaan tämän erillään muista roskista."

Garcia kiitti konstaapelia hyvästä työstä ennen kuin tarkisti voileipäpussin.

Ei mitään. Ei merkkejä, tahroja, ei kirjoitusta.

Hän ja Hunter kiinnittivät huomionsa takaisin videokameraan.

"Yrititkö käynnistää tätä?" Hunter kysyi konstaapelilta.

Mies pudisti päätään. "Se ei ole minun tehtäväni, sir. Löysin kameran ja ilmoitin siitä saman tien."

Hunter nyökkäsi kiitokseksi. Hän pohti hetken, pitäisikö kamera toimittaa suorinta tietä rikostekniseen laboratorioon, mutta toisaalta heillä ei ollut mitään todisteita siitä, että tappaja todella oli jättänyt kameran roskakoriin.

Hunter näpäytti näytön auki ja jähmettyi. Hänen ei tarvinnut käynnistää kameraa tietääkseen. Tämän enempiä todisteita hän ei tarvinnut.

Kahdeksankymmentä

Mies seisoi ruuhkaisella bussipysäkillä City Hall Parkin luoteisreunalla ja tarkkaili tyynesti South Lawnin tapahtumia. Hänen täytyi myöntää, että hän oli yllättynyt.

Hän oli miettinyt, että kirjoittaisi paksulla verenpunaisella tussilla sanat *Etsivä Robert Hunter – LAPD* voileipäpussiin, jonka oli alle tunti sitten jättänyt koillisnurkan roskapönttöön. Siten hän olisi varmistanut, että pussin mahdollisesti löytänyt roskakuski (asunnottomilla roskisdyykkareilla oli tapana pysytellä poissa puistosta, koska se sijaitsi niin lähellä poliisitaloa) veisi sen PAB:hen. Lopulta mies oli kuitenkin päättänyt toisin. Hän oli parin kuluneen kuukauden aikana lukenut paljon etsivä Robert Hunterista. Hunter oli joidenkin artikkelien mukaan "astetta ylempänä". No, miten hyvä hän todellisuudessa oli, ellei hän tajunnut sitäkään, että oli syynsä siihen, miksi LAPD:n oli *annettu* jäljittää hänen viimeisin puhelunsa? Jokin muukin syy kuin se, että oli ratkiriemukasta piinata poliiseja aivan heidän nenänsä edessä.

Miehen oli kuitenkin pakko myöntää, että hän oli hiukan yllättynyt asioiden rivakasta etenemisestä. Hunter oli toiminut nopeammin kuin hän oli odottanut. Hyvin pian internetäänestyksen päättymisen jälkeen viiden virkapukuisen konstaapelin joukko oli marssinut ulos PAB-rakennuksesta, ylittänyt määrätietoisesti tien ja suunnannut puistoon. Yksi heistä, nuori poliisi, jolla oli punaiset, näppyläiset posket ja ohutkärkinen nenä, oli melkein törmännyt häneen. Tiimiä johti ylipainoinen vanhempi poliisi, todennäköisesti ylikonstaapeli, joka oli nykyisellään liian vanha ja liian lihava mihinkään fyysisesti haastavampaan hommaan. Neljää nuorempaa konstaapelia oli selvästi ohjeistettu tutkimaan puistoa, ei pysäyttämään ja kuulustelemaan ihmisiä.

Miehen huulet venyivät vinoon, ovelaan hymyyn. *Ehkä etsivä Hunterin maine pitää sittenkin kutinsa.* Mies oli varma, että käsky tutkia yksinomaan puistoa sen sijaan, että aikaa olisi haaskattu ohikulkijoiden kuulusteluun, oli tullut suoraan etsivä Hunterilta. Se tarkoitti, että Hunter oli jäljitetyn puhelun sijainnin kuultuaan äkännyt tavattoman nopeasti, että soittaja oli saattanut jättää jälkeensä vinkin tai pikku arvoituksen.

"Ei hassumpaa, etsivä Hunter", mies totesi hiljaa. "Ei alkuunkaan hassumpaa."

Hänen hymynsä leveni aavistuksen, kun hän näki itsensä etsivä Hunterin, joka etsivä Garcia perässään astui PAB:stä ja suuntasi kohti puistoa. Heidän ilmeensä kertoivat kaiken: turhautumista, lannistumista, armotonta huolta ja kenties jopa pelkoa. Sama ilme oli uurtunut miehen itsensä kasvoille moneksi vuodeksi. Mutta ei enää.

Miehen vasenta jalkaa alkoi jälleen särkeä, ja kun hän ryhtyi hieromaan polveaan kämmenellään, hän näki puiston koilliskulmaa tutkineen nuoren konstaapelin huitovan etsiville ja ylikonstaapelille.

Miehen hymy leveni entisestään, ja hän tunsi innostuksen aallon kuohahtavan sisällään.

Konstaapeli oli löytänyt sen.

Kun bussi numero 70 El Monteen pysähtyi pysäkille, mies näki, miten etsivä Hunter napautti auki videokameran näytön. Etsivän ilme sai miehen melkein viskaamaan päänsä taaksepäin ja nauramaan makeasti. Sen sijaan hän vain kääntyi hiljaisena, nousi bussiin ja valitsi paikan ajoneuvon takaosasta.

Pian olisi aika saattaa tämä juttu päätökseensä.

Kahdeksankymmentäyksi

Ylikonstaapeli ja terävänenäinen konstaapeli kurkottivat molemmat kömpelösti kaulojaan nähdäkseen paremmin videokameran näytön. Hämmennys sai molempien otsat kurtistumaan samanaikaisesti. He näkivät saman kuin Hunter ja Garcia. He eivät vain ymmärtäneet näkemäänsä.

"Kusipää", Garcia mumisi, ja hänen henkensä salpaantui kurkkuun.

Hunter ei sanonut mitään, mutta hän irrotti katseensa kamerasta ja silmäili nopeasti ympärilleen puistossa. Tämä oli se hetki, jota tappaja ei halunnut jättää välistä. Juuri tätä hän oli odottanut – hetkeä, jolloin he löytäisivät hänen pikku lahjansa. Hunter oli varma, että tappaja katsoisi suoraan kohti heitä, jotta pystyisi näkemään heidän hämmästyneet ilmeensä. Tappajan silmissä se olisi täydellinen vitsin huipentuma.

Ruuhka-aika oli kuitenkin saavuttamassa huippuaan, ja kaduilla ja puistossa oli enemmän väkeä. Ihmiset ylittivät puistoa joka suunnassa; kaikilla oli kiire jonnekin. Hunterin silmät liikkuivat salamannopeasti. Hän ymmärsi, että tappaja tarvitsi vain sekunnin, korkeintaan kaksi, nautiskellakseen hetkestä ja hekotellakseen heidän turhautumiselleen. Sen jälkeen hän vetäytyisi tyytyväisenä takaisin nimettömyyteen. *Pelkkä rehellinen ihminen, joka halusi vain päästä pian kotiin.* Tappajalla ei ollut mitään syytä katsella heitä pitempään ja ottaa samalla riskiä kiinni jäämisestä.

Mikäli Hunter olisi katsonut ensin länteen, hän olisi ehkä huomannut miehen, joka tuijotti heitä puiston luoteisnurkan bussipysäkiltä. Miehen naamalla oli röyhkeä, ylimielinen virne... jopa ylpeä. Mutta kun Hunter oli vaistomaisesti nostanut katseensa videokamerasta, hän oli katsonut suoraan eteenpäin. Hän seisoi itään päin. Kun hänen katseensa vihdoin kohdistui bussipysäkkiin, mies seisoi selin heihin ja odotteli kärsivällisenä jonon päässä valmiina nousemaan bussiin – *tavallinen työmatkalainen keskellä liikenneruuhkaa.*

Hunter ei huomannut häntä.

Hän siirsi katseensa takaisin videokameraan.

Tappaja oli erityistä lasipinnoille tarkoitettua tussia käyttäen kirjoittanut näytölle sanan VENYTÄ.

"Venytä?" Ylikonstaapeli nyrpisti nenäänsä. "Sanooko tuo teille jotain?"

Garcia nyökkäsi hiljaa ja tunsi jonkin kiristyvän syvällä vatsassaan samalla, kun hänen alitajuntansa alkoi singota hänen päähänsä umpimähkäisiä kohtauksia nettilähetyksestä.

Hunterin etusormi häilyi käynnistyspainikkeella. Hän epäröi hetken. Oliko hän todella valmis uuteen yllätykseen, joka tappajalla oli heidän varalleen? Epäluulot haihtuivat kuitenkin pian.

Hän painoi nappia.

Mitään ei tapahtunut.

Hän yritti uudestaan.

Ei edelleenkään mitään.

"Akku tuntuisi olevan lopussa", ohutnenäinen konstaapeli totesi asiallisesti.

Vaikka Hunter ei elätellytkään minkäänlaisia todellisia toiveita siitä, että videokamerasta irtoaisi hyödyllisiä vihjeitä, hän pyysi konstaapelia toimittamaan ruskean voileipäpussin mahdollisimman nopeasti rikosteknikoille. Hän ja Garcia puolestaan ryntäsivät takaisin poliisin hallintorakennukseen ja suorinta tietä alakertaan LAPD:n tietokonerikosten osastolle.

Kahdeksankymmentäkaksi

Dennis Baxter kertoi katsoneensa koko lähetyksen työpöytänsä äärestä, mutta hänellä ei ollut aavistustakaan siitä, että soittajan puhelu oli jäljitetty. Hunter tarjosi erittäin lyhyen tiivistelmän parin viime minuutin tapahtumista.

"Ja hänkö siis jätti tämän roskikseen puistoon?" Baxter kysyi ja katsoi pientä videokameraa, jonka Hunter oli asettanut hänen työpöydälleen. Sana VENYTÄ tuijotti häntä avattavalta näyttöruudulta.

"Aivan oikein", Garcia sanoi. "Näyttää siltä, että hän kontrolloi kaikkea etänä."

Baxter mietti asiaa hetken.

"Miten helppoa sellainen olisi toteuttaa?" Garcia kysyi.

"Puhutko nyt tavan tallaajista? Aika hankalaa. Mutta jos tietää mitään ohjelmoinnista ja elektroniikasta, sellainen on lastenleikkiä. Täytyy vain kehittää sovellus, joka monitoroi äänestysprosessia ja linkittää se toiseen ohjelmaan, joka kontrolloi molempien kuolintapojen mekaniikkaa. Heti, kun toinen kuolintapa saavuttaa vaaditun äänimäärän, tässä tapauksessa kymmenentuhatta, sovellus aktivoi kyseisen kuolintavan koneiston. Sama tekniikka kuin missä tahansa ajastimessa, mutta tietyn ajan asemesta hän käytti äänimäärää. Kameraa hän on voinut hallita helposti mistä hyvänsä simppelin älypuhelinsovelluksen avulla."

Jonkun matkapuhelin soi parin pöydän päässä ja kiinnitti kaikkien huomion. Soittoäänenä oli *Star Warsin* alkuperäinen tunnari.

Hunter pohdiskeli mielessään Baxterin sanoja. Tappaja oli saattanut toimia täsmälleen samoin aiempienkin lähetysten aikana. Hän oli voinut halutessaan hallita niitä etänä. Hänellä ei ollut mitään tarvetta olla itse paikan päällä, eihän heillä ollut siitä minkäänlaisia todisteitakaan.

Baxter kaivoi lopulta lateksikäsineet työpöytänsä ylälaatikosta, veti ne käsiinsä ja nosti kameran varovasti pöydältään.

"Akku näyttää olevan tyhjillään", Garcia selitti. "Onko sinulla sopivaa laturia?"

Baxter nyökkäsi. "On kyllä." Sen sijaan, että olisi ryhtynyt etsimään sitä, hän käänsi kameran nurinpäin ja napsautti auki hyvin pienen, saranallisen luukun sen pohjassa. Hän pysähtyi ja järsi hetken alahuultaan. "Emme kuitenkaan tee laturilla yhtään mitään."

"Miten niin?"

"Tämä on CX250 Handycam", Baxter selitti ja osoitti kameran kylkeen kirjoitettua mallinumeroa. "Se on kohtuullisen yleinen kamera, ja se on pienempi kuin kalliimmat mallit siksi, ettei siinä ole kovalevyä. Tämä kamera käyttää tallennusmuotoa, jota kutsutaan nimellä 'memory stick duo'. Se tarkoittaa, ettei tässä kamerassa ole sisäänrakennettua tallennusmenetelmää. Kaikki nauhoitettu materiaali tallentuu poistettavaan muistikorttiin, joka pannaan tänne näin." Hän osoitti nyt jo avattua saranallista kantta. Lokero oli tyhjillään. "Tässä mallissa", hän lisäsi, "kannen avaamisenkin jälkeen on täytynyt painaa muistitikkua, niin että se naksahtaa kiinni." Hän teki avausliikkeen etusormellaan. "Kyseessä on tuplaturvamekanismi, jotta muistitikku ei putoa vahingossa ulos: tästä kamerasta se on poistettu."

Tämä sai etsivät pysähtymään hetkeksi.

"Voin hankkia akun ja panna kameran latautumaan, jos haluatte. Saamme kameran käynnistymään, mutta muuta hyötyä siitä ei ole. Kamerasta ei löydy teille kuvia katsottavaksi, jos sitä odotitte."

Juuri sitä etsivät olivat odottaneet.

"Kamerasta ei siis tosiaan irtoa mitään?" Garcia kysyi.

"Kuvamielessä ei", Baxter vastasi. "Kuten sanoin, kamerassa ei ole kovalevyä, jota tutkia. Ilman muistikorttia se on kuin vanhanaikainen kamera ilman filmiä. Pelkkä laatikko linssin kera."

"Tehdään se kuitenkin", Hunter sanoi lyhyen, epämukavan hiljaisuuden jälkeen. Juuri nyt hän oli valmis uskomaan tappajasta mitä vain.

"Odota hetki", Baxter vastasi ja katosi takahuoneeseen. Hän palasi hetken päästä kantaen laturia, joka oli vain hiukan tavallista kännykän laturia suurempi. Hän kytki sen videokameraan ja käynnisti sen.

Ei mitään.

Kamera toimi juuri kuten pitikin, mutta se huomasi muistikortin puuttumisen ja esti "katselu ja toisto" -valikon käytön.

"Kuten sanoin", Baxter huomautti, "ei muistikorttia, joten ei videoita tai valokuvia nähtäväksi."

Kukaan ei sanonut mitään pitkään aikaan. Hunterin oli myönnettävä, että hän oli odottanut kameran sisältävän jonkinlaisen tallenteen. Millaisen tarkalleen ottaen, siitä hän ei ollut varma – ehkä pienen pätkän jostakusta uhrista ennen sieppaamista, tai jotakuta uhreista anomassa armoa. Jonkinlaista uutta käännettä, joka kiduttaisi heidän ajatuksiaan ja tutkintaansa entistä pahemmin.

Miksi hän jätti meille tyhjän videokameran?

Mikäli tappaja halusi vain todistaa, että oli todella seissyt ulkona soittamassa heille, hän olisi voinut kirjoittaa pikku nälväisynsä poliiseille mihin tahansa – paperilapulle, hampurilaisrasiaan, voileipäkääreeseen, paperimukiin... mihin tahansa. Hän oli selvästikin odottanut, että puhelun jäljityksen jälkeen LAPD tyhjentäisi välittömästi jokaisen roskakorin puistossa ja PAB:n ympärillä. He olisivat ennen pitkää löytäneet hänen viestinsä, riippumatta siitä, mihin se oli kirjoitettu.

Ei, Hunter mietti. *Pieni videokamera on aivan liian suuri ja kömpelö noin simppeliin tarkoitukseen. Kameralla on oltava jokin muu merkitys.*

Seuraavaksi hän mietti sitä mahdollisuutta, että kamera oli kuulunut uhrille. Ehkä uhrilla oli ollut kamera mukanaan, kun hänet oli siepattu. Ehkä muistikortti oli kateissa juuri siksi. Ehkä uhri oli kuvannut tappajaa vahingossa – kun tämä oli kulkenut kadulla, ostanut hodaria, tankannut bensa-asemalla tai jotakin pahempaa… jotakin raskauttavaa. Jotakin sellaista, mikä olisi voinut paljastaa tappajan identiteetin. Ehkä hänestä juuri siksi oli tullut viimeisin uhri. Heidän täytyisi odottaa, kunnes tekniikka oli tutkinut kameran, ja toivoa, että siitä löytyisi jotain.

Hunter ei kyennyt muistamaan tutkintaa, jonka aikana hän olisi tuntenut itsensä näin lannistetuksi tai voimattomaksi. Hänellä oli vain pitkä lista *ehkiä, josseja* ja *muttia*, eikä yhdessäkään niistä ollut oikeasti järkeä. Kolme uhria oli kidutettu ja murhattu mitä brutaaleimmin tavoin hänen silmiensä edessä ilman, että hän oli pystynyt auttamaan. Avuttomuus levisi hänen sisällään kuin väkevä myrkky. Jopa ajatukset alkoivat pettää hänet.

Hän oli oikeassa. Tämä uusi kissa ja hiiri -peli kiihdytti tappajaa kuin upouusi huume, mutta juuri nyt Hunter ei osannut sanoa, kuka oli kissa ja kuka hiiri.

Kahdeksankymmentäkolme

Nukahtaminen oli Hunterille sinä yönä miltei mahdoton tehtävä. Hänen päässään ponnahteli liian paljon ajatuksia ja kysymyksiä, jotta hänen aivonsa olisivat voineet kytkeytyä pois päältä, ja jos hän yhden asian oli vuosien varrella oppinut niin sen, että unettomuuden hoitaminen pillereillä ja jääräpäisyydellä vain pahensi asioita. Järkevintä oli vain mennä virran mukana. Ja juuri niin hän aikoi tehdäkin, paitsi ettei hän halunnut tehdä sitä yksin klaustrofobisessa kaksiossaan.

Hunter istui pienessä pöydässä baarin perällä ja tuijotti edessään olevaa lasia. Sen sisällä oli annos kaksitoistavuotiasta Cardhumerkkistä single malt -viskiä sekä tippa vettä. Single maltit olivat Hunterin suurin intohimo. Hänellä oli asunnollaan pieni mutta vaikuttava kokoelma, joka todennäköisesti ilahduttaisi useimpia viskinystäviä. Hunter ei missään nimessä pitänyt itseään asiantuntijana, mutta hän osasi arvostaa single maltin makua ja rotevuutta sen sijaan, että olisi vain vetäissyt perseet olalle sen avulla. Joskus tosin perseetkin olivat oikein paikallaan.

Hän kohotti lasin huulilleen ja otti pienen siemauksen antaen puhtaan, raikkaan tammen ja makean maltaan vallata suunsa, ennen kuin salli sulavan nesteen matkata alas kurkkuun.

Tyynnyttävää, se oli selvää. Vielä pari, ja hän ehkä alkaisi rentoutuakin. Hän sulki silmänsä ja hengitti syvään nenän kautta. Rockmusiikki raikui pikkuruisista kaiuttimista, jotka oli asennettu strategisesti kattoon koko baarialueen leveydeltä, mutta musiikki ei vaivannut häntä. Se itse asiassa auttoi häntä ajattelemaan.

"Tämä tappaja on kusettanut teitä alusta saakka."
Harry Millsin eiliset sanat kaikuivat yhä hänen korvissaan kovaäänisen kirkunan lailla. Ja Harry oli oikeassa. Hunter muisti, miten tappaja oli ensimmäisen uhrinsa kohdalla huijannut häntä valitsemaan tulen sijasta veden ja lisännyt sitten veteen sadistisen, kemiallisen lisätujauksen. Toisen uhrin kohdalla tappaja oli käyttänyt hiukkasen psykologiaa huijatakseen katsojansa valitsemaan *elävältä syödyn*, joka olikin rutkasti kiehtovampi ja tuskallisempi kuolema kuin toinen vaihtoehto – *elävältä haudattu.*

Ja nyt kolmannen uhrin kohdalla näytti siltä, ettei tappaja ollut pyrkinyt vaikuttamaan äänestystulokseen minkäänlaisella tempulla. Tasapeli oli ollut liian lähellä – MURSKAA: 9997, VENYTÄ: 10000. Sen sijaan tappaja oli näennäisesti sallinut äänestyksen sujua ilman apua niin, ettei hän itsekään tiennyt lopputulosta. Hunter oli varma, että se innosti tappajaa kuin uusi lelu pikkulasta.

Tällä kertaa tappaja oli päättänyt osoittaa ylemmyytensä poliisiin nähden kontrolloimalla tilannetta etänä, eikä pelkästään mistä tahansa, vaan kirjaimellisesti LAPD:n päämajan ulko-ovelta käsin. Hän oli *antanut* LAPD:n jäljittää puhelunsa ja jopa odottanut äänestyksen loppuun, ennen kuin oli kirjoittanut viestinsä videokameran näyttöruudulle ja tunkenut sen sitten roskakoriin City Hall Parkissa. Ja sitten hän oli hieronut suolaa haavoihin ajastamalla temppunsa täydellisesti yhteen ruuhka-ajan kanssa. Sillä tavoin hän saattoi pysytellä näköetäisyydellä mutta silti huomaamattomana ihmismassan keskellä. Niin lähellä, mutta kuitenkin ah, niin kaukana.

"Tämä tappaja on kusettanut teitä alusta saakka." Sanat soivat edelleen hänen päässään.

Mitä muuta tappaja oli tarjoillut heille, ihan vain huvin vuoksi? Lyhennelmän – SSV. Kaksi erillistä numerosarjaa – 678 ja 0123. Sanat – *Paholainen sisällä.* Videokameran. Oliko millään näistä mitään merkitystä, vai oliko niiden tarkoitus vain panna poliisit arvailemaan ja juoksemaan ympyrää?

No, mikäli se oli tarkoitus, se totisesti toimi.

Ehkä edes lasiarkkuun heijastunut tippatelinekään ei ollut vahinko. Ehkä tappaja teki sen tahallaan. Vielä yksi käänne lisää tarinaan.

Hunter kohotti kädet kasvoilleen ja hieroi nääntyneitä silmiään kämmenillään. Mitä enemmän hän asiaa ajatteli, sitä pahemmin hänen päätään särki. Miten hän voisi keksiä vastauksia, kun hän ei edes osannut enää esittää kysymyksiä?

"Näittekö muuten tänään sen jutun netissä?" Hunter kuuli baarimikon kysyvän tiskin ääressä seisovalta brunetilta ja punapäältä samalla, kun sekoitti heille cocktaileja.

Hunterin katse siirtyi hienovaraisesti baaritiskille.

"Minä näin", punapää vastasi. "Aivan hirveä. Ja kaikki väittävät, ettei se ollut huijausta."

"Ei se olekaan", ruskeatukkainen nainen vakuutti. "Niin lehdissä sanottiin. Se tyyppi lähetti pari päivää sitten livenä *LA Timesin* toimittajan murhan."

"Katsoitko sen tämänpäiväisen?" punapää kysyi.

Brunetti pudisti päätään. "Kaikki toimistolla olivat liimautuneet näyttöihinsä. Minä en kerta kaikkiaan pystynyt. Olisin oksentanut. Ihan uskomatonta, että verkossa voi tapahtua jotain sellaista."

"Katsoitko sinä sen?" baarimikko kysyi punapäältä.

Nainen nyökkäsi.

"Ja suuri kysymys kuuluu – äänestitkö?" baarimikko kysyi.

Nainen sipaisi suortuvan korvansa taakse ja pudisti päätään. "En. En todellakaan. Entä itse?"

Baarimikko vilkaisi brunettia ja sitten taas punapäätä. "Ääh... ei, en äänestänyt. Katsoin kyllä."

Jopa Hunterin paikalta oli helppo erottaa heidän paljastavat eleensä. Kumpainenkin valehteli.

Hunterin matkapuhelimen näyttö syttyi, ja laite tärisi pöydällä hänen edessään. Hän kurtisti kulmiaan näytöllä näkyvälle soittajalle ja vastasi sitten. "Michelle?"

"Robert, anteeksi että soitan näin myöhään virka-ajan ulkopuolella."

Hunter vilkaisi kelloaan. "Eihän nyt niin myöhä ole, enkä minä ole noudattanut virka-aikaa… ikinä."

Michelle aikoi sanoa jotain muuta, mutta vaikeni kesken sanan. "Tuota… soiko siellä taustalla Black Stone Cherry?"

Hunter kuunteli musiikkia hetken. Biisin nimi oli "Blame it on the Boom Boom." "Kyllä vain", hän sanoi. "Tiedätkö bändin?"

Michelle melkein tukehtui kysymykseen. "Ai että tiedänkö *minä* Black Stone Cherryn? Oliko tuo vitsi? Olen nähnyt heidät livenä viisi kertaa. Missä sinä olet?"

"Rainbow Bar and Grillissä Sunset Stripillä."

"Oikeasti? Se on yksi suosikkibaarejani LA:ssa." Michelle epäröi hetken. "En ole kauhean kaukana Sunsetistä. Haittaako, jos liityn seuraan?"

Hunter vilkaisi melkein tyhjää lasiaan. "Ei lainkaan. Minähän vasta aloittelen."

Kahdeksankymmentäneljä

The Rainbow Bar and Grill oli kuuluisa vanhan koulukunnan juottola, joka sijaitsi Sunset Boulevardilla. Sisustus oli simppeli mutta tehokas – isot punaiset vinyyliloosit ja tummaa puuta. Seinät viimeistä senttiä myöten täynnä rocktähtien kuvia. Rainbow oli tunnettu 1980-luvulta lähtien niin rockmuusikoiden kuin fanienkin hengailumestana, ja tunnelma oli rennompi kuin juuri missään muualla West Hollywoodissa. Kelpo ruokalista ja mahtava valikoima single malt -viskejä eivät olleet hullumpi lisä nekään.

Mestassa oli alkanut olla huomattavasti kovempi meno siinä vaiheessa, kun Michelle ehti paikalle kaksikymmentäviisi minuuttia sen jälkeen, kun oli lopettanut puhelun Hunterin kanssa. Hänellä oli yllään ihonmyötäiset, kivipestyt siniset farkut, joiden oikeassa polvessa oli luonnollinen repeämä, mustat buutsit ja vanha Motörheadin t-paita ohuen mustan nahkarotsin alla. Tukka oli vapaa ja sotkuinen kuin rokkimimmillä ainakin. Suttuinen tumma silmämeikki viimeisteli tyylin. Kun hän ylitti baarin lattian Hunterin luo, parikin päätä kääntyi katsomaan.

Hunter nousi seisomaan tervehtiäkseen. Hän ei oikein osannut sanoa, kohosiko Michellen huulille hymy vai jokin muu.

"Enpä olisi ikinä uskonut, että käyt täällä dokaamassa", Michelle sanoi ja riisui takkinsa. Outoa kyllä, kapakan himmeissä valoissa kirkkaanväriset käsivarsitatuoinnit näyttivät entistäkin eläväisemmiltä.

"Silloin tällöin", Hunter vastasi ja osoitti tuolia pienen pöydän toisella puolella. "Tilasin sinulle Jack Danielsin ja kevytkokiksen. Toivottavasti tykkäät." Drinkki oli jo pöydällä.

Michelle puolittain katsoi, puolittain tihrusti häntä. "Mistä tiesit, että juon JD:tä ja kevytkokista?"

Hunter kohautti olkiaan. "Arvasin."

Michelle katsoi häntä nyt avoimesti silmät sirrissä. "Etkä arvannut. Sinä tiesit. Mistä tiesit?"

Hunter istuutui ja siemaisi juomaansa.

"Mistä tiesit, että juon Jack Danielsia ja Diet Cokea?" Michellen ääni oli tällä kertaa vaativampi muttei kuitenkaan aggressiivinen.

Hunter laski juomansa pöydälle. "Simppeli havainto vain."

Vastaus ei riittänyt.

Michellen ilme ei pehmentynyt.

"Sinulla on kehystetty kuva työpöydälläsi", Hunter selitti lopulta.

Michelle mietti hetken.

Michellen työpöydällä, melkein piilossa toisen tietokone-monitorin takana, oli kuva Michellestä yhdysvaltalaisen rockbändi Hinderin laulusolistin ja kitaristin kanssa. He kaikki hymyilivät ja kohottivat lasejaan kameralle. Bändin jäsenet joivat selvästikin viski-shotteja, kun taas Michellen lasissa näytti olevan kokista. Hänen silmänsä tosin paljastivat, että virvoitusjuoman seassa oli miestä väke-vämpää. Kuva oli pantu Jack Daniel's -pullon muotoisiin kehyksiin.

Michellen hymy oli vilpitön. "Ei huono", hän sanoi. "Mutta mistä tiesit, että juon nimenomaan Diet Cokea enkä tavallista kokista, tai Pepsiä tai Tabia tai jotain vastaavaa?"

"Työpöytäsi viereisen roskakorin perusteella", Hunter vastasi.

Uusi hymy. Michelle tiesi, että hänen roskakoristaan tai työpöydältään löytyisi aina vähintäänkin yksi tölkillinen Diet Cokea. Hän piti siitä enemmän kuin kahvista ja joi päivässä useampia tölk-kejä. "Ei ollenkaan kehnosti havainnoitu." Hän tarttui juomaansa ja kilautti sitä Hunterin lasia vasten. "Malja havainnoille ja yksin-kertaiselle päättelylle. Ei mikään ihme, että olet etsivä. Ja kyllä, JD ja Diet Coke *on* lempidrinkkini. Kiitos." Hän siemaisi nopeasti juo-maansa, ja sen jälkeen hänen katseensa sinkosi Hunterin vasemman olan yli ja jäi siihen pariksi sekunniksi.

"Onko kaikki hyvin?" Hunter kysyi kääntymättä ympäri.

"Takanasi baaritiskin ääressä istui joku jätkä aivan sisäänkäynnin liepeillä. Hän lähti juuri, mutta luulen, että tiedän hänet jostakin."

"Lyhyt vaalea tukka, nenärengas, kahden päivän sänki, noin 65 kiloa… päällä farkkutakki ja musta t-paita, juomana olutta tequila-shotin kera?" Hunter kysyi. Hän ei edelleenkään kääntynyt.

"Sama kaveri", Michelle vastasi. "Tunnetko hänet?"

Hunter pudisti päätään. "Näin hänet istumassa siinä, kun tulin sisään. Sain sellaisen vaikutelman, että hän oli ollut siinä jo hyvän aikaa."

Michelle naurahti. "Näit hänet tullessasi sisään, todennäköisesti parin sekunnin ajan, ja muistat hänestä tuon kaiken?"

Hunter puolittain nyökkäsi, puolittain kohotti harteitaan.

"Havainnoit ilman että enää edes huomaat tekeväsi sitä, vai mitä? Kunnon etsivä ei ole koskaan vapaalla. Hän on alati valpas, alati valmiina."

Hunter ei sanonut mitään.

Michelle silmäili hetken ympärilleen, nojautui sitten eteenpäin ja asetti molemmat kyynärpäänsä pöydälle.

"Okei. Testi. Oikealla puolellasi on neljän hengen porukka, suunnilleen puolivälissä baaritiskiä. Hiusten väri?"

Hunter nojautui taaksepäin, otti uuden siemauksen skottilaista ja tutkaili Michelleä.

"Älä viitsi, Robert. Ole minulle mieliksi. Hiusten väri?"

"Molemmat naiset ovat vaaleita", Hunter sanoi lopulta katsomatta olkansa yli. "Joskaan kumpikaan ei ole luonnostaan vaalea. Toisella on olkamittaiset hiukset; toisella hiukan pitemmät ja poninhännällä. Toisella miehellä on vaaleanruskea kihara tukka, toisella taas mustaksi värjätty laineikas tukka ja tuuheat pulisongit."

"Ikähaarukka?"

"Kaikki neljä vähän päälle kolmikymppisiä."

"Juomat?"

"Naiset juovat valkoviiniä, miehet olutta – kiharapäisellä on meksikolaista, pullon suussa on sitruunaviipale. Lainepää naukkailee Budia."

"Voitko kertoa mitään muuta?" Michelle kysyi.

"He ovat todennäköisesti ensimmäisillä tuplatreffeillään, koska kaikki neljä tuntuvat hiukan jäykiltä. Kehonkieli viittaa siihen, että lainepää ja ponnariblondi löytävät yhteisen sävelen, luultavasti jo tänä iltana, mutta kahdesta muusta en ole niinkään varma. Mimmi ei näytä kovin vaikuttuneelta. Hän on todennäköisesti paikalla vain auttaakseen ystäväänsä."

Michelle katsoi Hunteria hymynpoikanen huulillaan muttei sanonut mitään. Hän selvästikin mietti tarkkaan, mitä sanoisi. "Olet totisesti hyvin kiinnostava ja kiehtova mies, Robert."

Hunter ei ollut varma, oliko kyseessä kehu vai ei.

Michelle otti uuden siemauksen ja veti syvään henkeä. "Saimme tänään uutta tietoa." Hänen äänensä muuttui vakavaksi. Nyt ei enää hassuteltu.

"Tämänpäiväisestä lähetyksestäkö?"

Hunter tiesi jo, että video oli mennyt viraaliksi. Pätkiä, kuvia ja jopa koko yhdeksäntoista minuutin ja kolmenkymmenenneljän sekunnin lähetys oli ladattu niin monelle nettisivulle, ettei kukaan pysynyt enää kärryillä. Jos joku ei ollut vielä nähnyt sitä, hän näkisi sen pian.

"Itse asiassa me uskomme, että se on saattanut vaikuttaa aiempaankin, muttemme voi olla varmoja."

Nyt oli Hunterin vuoro nojautua eteenpäin ja asettaa kyynärpäänsä pöytää vasten.

"Olen sanonut tämän sinulle jo aiemmin", Michelle jatkoi. "Mutta me emme törmää kovin usein tekijöihin, jotka pystyvät suojautumaan näin tehokkaasti FBI:n kyberrikososaston vastahyökkäykseltä. Ja vaikka olenkin varma, että löydämme jossain vaiheessa keinon läpäistä hänen puolustusjärjestelmänsä, olen hyvin tietoinen siitä, ettei meillä ole riittävästi aikaa. Aina kun hän palaa verkkoon, uusi uhri joutuu kidutetuksi ja murhatuksi." Hän vaikeni ja kulautti juomansa loppuun yhdellä isolla hörpyllä, kädet aavistuksen täristen. Hunterin ei ollut vaikea arvata, että Michellen mielessä pyöri kuvia piinapenkkiin sidotun kolmannen uhrin irti repeytyvistä raajoista.

"Tämänpäiväisen lähetyksen aikana", Michelle jatkoi, "käytimme jälleen kaikkia mahdollisia keinoja ja saimme täsmälleen saman tuloksen kuin aiemminkin – eli ei mitään. Aina, kun pääsimme yhden puolustuskerroksen läpi, sen takana odotti entistä paksumpi."

Hunter näki kasvavan turhautuneisuuden Michellen silmissä.

"Mutta tällä kertaa me emme olleet ainoat, jotka yrittivät aloittaa vastahyökkäyksen."

"Mitä tarkoitat?"

"Olin jo ottanut yhteyttä FBI:n Washingtonin kyberrikosjaoston pomoon. Heidän toimistonsa puurtaa lähinnä kyberterrorismin parissa, mikä on mahtavaa, koska tiesin, että he lähestyisivät tappajan lähetystä eri tavalla." Hän kallisti päätään milteipä kainosti. "Otin myös yhteyttä oikein hyvään ystävääni, joka asuu Michiganissa. Tunsin hänet ennen kuin liityin FBI:hin. Hän ei kuulu lainvalvontaviranomaisiin, mutta Harrya lukuun ottamatta hän on paras koskaan tuntemani ohjelmoija ja kyberhakkeri. Ajattelin, että hän voisi ehkä auttaa. Ennen kaikkea siksi, ettei hän katsoisi lähetystä lainvalvojan näkökulmasta."

Michelle vaikeni hetkeksi, kenties odottaen paheksuvaa katsetta tai moitteita, koska hän ei ollut ensin kysynyt Hunterin mielipidettä. Kumpaakaan ei tullut.

"Okei", Hunter sanoi. "Onnistiko heitä paremmin?"

"Sehän se tässä ongelma onkin, Robert", Michelle sanoi. "Kumpainenkaan ei edes nähnyt sivua."

"Mitä? Miksei?"

"Heidät estettiin."

Hunter kurtisti otsaansa.

"Tappaja käytti samaa IP-osoitteen esto-ohjelmaa, joka blokkasi meidät siitä eilisestä lähetyksestä, jossa oli Carlosin vaimo."

Hunter prosessoi hiljaisena uutta tiedonjyvää.

"Kuten jo aiemmin sanoin", Michelle jatkoi, "tietokoneen IP-osoite toimii samalla tavalla kuin puhelinnumero. Sillä on myös etuliite, joka identifioi maan, osavaltion ja jopa kaupungin, jossa tietokone sijaitsee."

Hunter kuittasi tiedon.

"No, juuri sillä tavalla tappaja sen teki. Hän esti kaikki IP-osoitteet Kalifornian ulkopuolella."

"Myöskin muualla maailmassa?"

Michelle nyökkäsi. "Kalifornia, siinä kaikki. Kukaan muu ei saanut katsella sitä."

Hunter hengitti hitaasti ulospäin. Hänen päässään takoi nyt uusi kysymys: *miksi tappaja tekisi jotain tällaista?* Hunter oli heti alusta alkaen pelännyt, että tappaja halusi esittää kaikelle kansalle sairaaloista ja brutaalia "tapposhow'taan". Jotain, mikä matkisi niitä satoja realitysarjoja, jotka taistelivat katseluajasta ihmisten kodeissa. Hunter kelaili, että ehkä tappaja halusi todistaa, miten sekaisin maailma todella oli. Halusi näyttää, että julkkissarjoihin ja tosi-tv-kilpailuihin hurahtanut yhteiskunta osallistuisi ja äänestäisi *aivan mistä hyvänsä,* jopa murhasta, mikäli se olisi puettu oikeaan asuun ja esitelty heille oikeassa muodossa. Ja kaikki nämä kilpailuohjelmat kamppailivat *yleisöstä.* Mitä enemmän yleisöä, sen parempi ja menestyksekkäämpi ohjelma oli. Joten miksi rajoittaa ohjelman näkyvyys vain Kaliforniaan, kun hän internetin kautta olisi voinut lähettää sen koko maailmalle?

Michelle sanoi kuin lukien Hunterin ajatuksia: "Ei, minäkään en keksi yhden yhtä syytä, miksi hän tekee näin."

Molemmat vaikenivat hetkeksi.

"En ole vielä ehtinyt analysoida uudestaan tämänpäiväistä materiaalia", Michelle sanoi lopulta. Piti tauon. Katsoi lasiaan ja sitten taas Hunteria. "Ei. Valehtelen. En ole vielä pystynyt analysoimaan sitä uudestaan. Ja minua kauhistaa, että minun on tehtävä se. Minua kauhistaa, etten pääse häneen käsiksi ja että ennemmin tai myöhemmin hän tekee sen taas."

Hunter näki ensimmäistä kertaa pelon hiipivän Michellen silmiin. Sellaisen pelon, joka muodostuu päiväsaikaan ja ottaa paljon väkevämmän muodon painajaisissa. Tänä iltana Michelle tekisi kaikkensa, ettei hänen tarvitsisi mennä nukkumaan.

Kahdeksankymmentäviisi

Hunter ja Michelle jäivät Rainbowiin sulkemisaikaan saakka, joskin pian sen jälkeen, kun Michelle oli paljastanut tappajan estäneen kaikki Kalifornian ulkopuoliset IP-osoitteet, kävi selväksi, että molempien aivot tarvitsivat taukoa tapauksesta, edes parin tunnin ajaksi. Hunter pyrki parhaansa mukaan keventämään tunnelmaa ja etäännyttämään puheenaihetta tutkinnasta.

Alkoholi oli alkanut rentouttaa heitä, ja he puhuivat musiikista, elokuvista, harrastuksista, juomista, ruoasta, jopa urheilusta. Hunter sai selville, että Michelle oli harrastanut kilpatanssia ja että hän oli kerran tainnuttanut erään FBI:n ohjaajan napakalla nivusiin suuntautuvalla potkulla sen jälkeen, kun häiskä oli yrittänyt kouria häntä lähitaistelukurssilla. Michelle vuorostaan sai kuulla, ettei Hunter ollut koskaan käynyt Yhdysvaltain ulkopuolella, ei voinut sietää kukkakaalia ja että hän oli teininä opetellut soittamaan kosketinsoittimia ja liittynyt bändiin vain tehdäkseen vaikutuksen erääseen tyttöön. Se ei ollut toiminut. Mimmi oli langennut kitaristiin.

Kun Rainbow oli mennyt kiinni, Hunter pani Michellen taksiin ja otti itselleen toisen.

Hunterin oli täytynyt torkahtaa joskus pikkutunneilla, sillä kun hän heräsi, aamu sarasti olohuoneen ikkunasta. Kaulalihakset olivat jäykät ja jokaista niveltä särki – kiitos epämukavaan tuoliin nukahtamisen.

Hän kävi pikaisesti suihkussa ja nautti vielä pikaisemman aamupalan. Sen jälkeen hän soitti Garcialle ja ilmoitti, että oli kyllästynyt odotteluun ja päättänyt käväistä aamulla tapaamassa Thomas

Paulsenia. Hänellä ei tosin ollut mitään varsinaista veruketta kuulustella ohjelmistomiljonääriä – ei muuta kuin se fakta, että Christina Stevenson, toinen uhri, oli kirjoittanut varsin vahingollisen paljastusjutun siitä, miten Paulsen oli pitkän ajanjakson aikana häirinnyt seksuaalisesti useita työntekijöitään. Kyseinen paljastusjuttu oli maksanut Paulsenille miljoonia, tuhonnut hänen kaksikymmentäseitsemän vuotta kestäneen avioliittonsa ja vaurioittanut vakavasti hänen suhdettaan ainoaan tyttäreensä. Hunter tiesi myös, etteivät he pystyneet mitenkään yhdistämään Paulsenia ensimmäiseen tai kolmanteen uhriin, mutta kokemus oli opettanut hänelle, että kasvokkainen tapaaminen saattoi muutamassa minuutissa paljastaa huomattavasti enemmän kuin päiväkausien tutkinta työpöydän äärellä.

PaulsenSystems sijaitsi Venturan moottoritien liepeillä erittäin vauraalla Woodland Hillsin asuinalueella San Fernandon laaksossa. Hunter oli soittanut firmaan varmistaakseen, että Thomas Paulsen olisi paikalla sinä aamuna. Sihteerin mukaan oli. Hunter ei ollut sopinut tapaamista.

Ajomatka PAB:ltä kesti Hunterilta ja Garcialta reilun tunnin. Liikenne oli yhtä tahmeaa kuin minä tahansa arkiaamuna, ja Hunter hyödynsi ajan kertomalla työparilleen Michellen eilisiltaiset uutiset. Garciakaan ei tajunnut asiaa alkuunkaan. Myös hän uskoi, että tappaja halusi niin paljon julkisuutta kuin mahdollista, joten miksi hän salli vain kalifornialaisten katsoa lähetyksiään?

He päätyivät siihen, että olipa murhien taustalla mikä syy hyvänsä, sen täytyi olla tekijälleen hyvin henkilökohtainen.

PaulsenSystemsin pääkonttori oli uljas L-kirjaimen muotoinen rakennus Burbank Boulevardin ja Topanga Canyon Boulevardin risteyksessä. Julkisivu koostui peililasista ja tummasta graniitista, ja sisään pääsi rakennuksen takapuolelta suuren, yksityisen pysäköintialueen kautta. Kahden värikkään minipuutarhan reunustamat elegantit portaat johtivat rankasti ilmastoituun ja kirkkaasti valaistuun vastaanottoaulaan. Sisäilmassa leijui aavistus valkopielusta ja sinisadetta.

"Ihan kiva", Garcia sanoi, kun he astuivat sisään automaattiliukuovesta. "Vähän toista kuin se ummehtunut hienhaju, joka löyhähtää naamalle, kun astuu sisään PAB:hen."

Ympyränmuotoinen vastaanottotiski hallitsi tilavan aulan keskiosaa kuin saari. Sen takana etsiville hymyili siro aasialaistaustainen vastaanottovirkailija, jolla oli pitkät, sileät mustat hiukset. Hänen tummat silmänsä hohtivat kuin kiillotetut marmorikuulat.

"Tervetuloa PaulsenSystemsiin", hän sanoi. Hänen äänensä oli samettinen ja lämmin. "Miten voin auttaa, hyvät herrat?"

"Hei", Hunter vastasi. Niin paljon kuin hän olisi sitä halunnutkin, hän ei saanut uutettua omaan hymyynsä yhtä suurta innokkuutta. "Voisimmeko kenties keskustella hetken herra Paulsenin kanssa?"

Vastanottovirkailija siirtyi katsomaan tietokonetta, jossa hänellä epäilemättä oli lista Thomas Paulsenin päivän tapaamisista. Hunter kuitenkin kiinnitti nopeasti hänen huomionsa takaisin itseensä.

"Meillä ei ole sovittua tapaamista", hän selvensi ja näytti virkamerkkiään. "Asiallamme on kuitenkin kiire, ja arvostaisimme kovasti, mikäli herra Paulsen voisi suoda meille tänä aamuna muutaman minuutin aikaansa."

Vastaanottovirkailija hymyili uudestaan ja nyökkäsi kerran. Sitten hän tarttui tiskin takana olevaan puhelimeen. Hän puhui nopeasti ja tahdikkaasti. Hunter huomasi, ettei hän puhunut suoraan Thomas Paulsenin vaan tämän sihteerin tai assistentin kanssa.

Käsintehdyn tammipöytänsä takana istuva Thomas Paulsen vastasi puhelimeen ja kuunteli hetken. Hänen huulilleen kohosi kuiva hymy, ja hän nojautui taaksepäin ja keinutteli hetken aikaa korkeaselkäisessä nahkatuolissaan.

"Onko minulla mitään sovittuna juuri nyt?" hän kysyi.

"Teillä on itse asiassa vapaata seuraavan tunnin ajan, herra Paulsen", henkilökohtainen avustaja vahvisti. "Seuraava tapaamisenne on kello 12.45."

"Hyvä on", Paulsen sanoi ja harkitsi. "Kerro etsiville, että minulla on pari minuuttia aikaa, mutta pane heidät odottamaan. Tapaan heidät, kun olen valmis. Ai niin, Joanne…"

"Niin, herra Paulsen?"

"Pannaan heidät odottamaan aulassa, ei omassa odotushuoneessani. Haistelkoot paikkoja."

"Hyvä on, herra Paulsen."

Hän laski puhelimen pöydälle, nousi seisomaan ja käveli suurelle maisemaikkunalle, joka antoi Santa Monican vuoristoon. Hänen teki mieli nauraa ääneen, mutta sen sijaan hän salli itselleen vain ylpeän hymyn.

On jo aikakin, että he tulevat puhumaan minulle.

Kahdeksankymmentäkuusi

Ja kyllä he odottivatkin...

Jopa siro vastaanottovirkailija oli alkanut näyttää nololta ensimmäisten kymmenen minuutin jälkeen. Hän piipahti useita kertoja Hunterin ja Garcian luona tarjoamassa vettä, kahvia, keksejä, mehua... Kun he kieltäytyivät kaikesta, hän ehdotti, että pyytäisi jotakuta hakemaan heille donitseja. Se sai etsivät nauramaan.

Kahdenkymmenenyhdeksän pitkän ja turhauttavan minuutin jälkeen vastaanottovirkailija sai vihdoin luvan lähettää etsivät ylös. Hän pyysi vielä kerran anteeksi ja neuvoi heitä menemään hissillä ylimpään kerrokseen. Heidät tultaisiin noutamaan sieltä.

Hissinovet paljastivat avautuessaan uuden, erittäin elegantisti sisustetun aulan. Lattialla oli persialaisia antiikkimattoja, ja kolmen mustan nahkasohvan ympärillä oli useita moderneja yhdysvaltalaisia veistoksia. Seiniä koristi vaikuttava kokoelma aitoja maalauksia.

Aivan hissinovien ulkopuolella, halogeenispottivalon alla, odotti Joanne, Thomas Paulsenin henkilökohtainen assistentti. Hänen pitkä punainen tukkansa kimmelsi valojen alla. Kun Hunter ja Garcia astuivat hissistä, Joanne hymyili.

"Hyvää huomenta, herrat", hän sanoi erittäin ammattimaisella äänellä. "Olen Joanne Saunders, herra Paulsenin henkilökohtainen assistentti." Hän ojensi heille hyvin hoidetun kätensä. Molemmat etsivät puristivat sitä ja esittäytyivät. "Herra Paulsen odottaa teitä toimistossaan. Seuratkaa minua, olkaa hyvät."

He kulkivat odotustilan poikki ja seurasivat assistenttia pitkin pehmeästi valaistua käytävää, joka päättyi hyvin kiillotettuun puiseen kaksoisoveen. Joanne koputti kahdesti, odotti sekunnin ja työnsi oven auki. Sen takana oli suuri, ylellisesti sisustettu nurk-katoimisto.

"Herra Paulsen", Joanne ilmoitti. "Tässä ovat rikostutkija Robert Hunter ja rikostutkija Carlos Garcia Los Angelesin poliisilaitok-selta."

Thomas Paulsen seisoi selin heihin ja katseli ulos ikkunasta. Hän nyökkäsi maisemalle muttei vaivautunut kääntymään ympäri. "Kii-tos, Joanne."

Henkilökohtainen assistentti poistui nopeasti huoneesta ja sulki oven äänettömästi perässään.

Hunter ja Garcia seisoivat ovensuussa ja arvioivat pikaisesti toi-miston: lisää mustaa nahkaa ja ylellisiä mattoja. Pohjoisseinään oli upotettu kaksi kirjahyllyä, joissa oli tietokoneiden ohjelmointi-kielistä, internetturvallisuudesta ja taloudesta kertovia kirjoja, sekä lisää tyyriin oloisia taideteoksia. Hunter tiesi, että eteläseinä oli niin kutsuttu egoseinä – kokoelma kehystettyä valokuvia, joissa Thomas Paulsen hymyili ja kätteli tunnettuja ja ei-niin-tunnettuja julkkik-sia, todistuksia, joissa ylistettiin hänen suurenmoista kyvykkyyt-tään sekä pätevyyttään, ja pari kiiltävää laattaa, joiden tarkoituk-sena oli vakuuttaa katsojalle, että niiden vastaanottaja oli vuosien saatossa saanut ansaitsemansa tunnustuksen.

"Tämä totisesti on kaunis kaupunki, vai kuinka, herrat?" Paul-sen tokaisi yhä ikkunan äärellä. Hän oli pitkä ja leveäharteinen, ja elegantin liituraitapuvun alle kätkeytyi selvästikin hoikka, hyvä-kuntoinen kroppa. Hänen äänensä oli kuiva ja käskevä; sen hal-tija oli tottunut jakamaan käskyjä ja hoitamaan asiat oman mie-lensä mukaan.

Sen enempää Hunter kuin Garciakaan ei vastannut.

Lopulta Paulsen kiepahti heitä kohti. Hänellä oli kapeat ja huo-mattavan nuorekkaat kasvot hiukan päälle viisikymppiseksi mie-heksi. Lyhyt musta tukka, jonka seassa oli harmaata, oli kammattu sileästi taaksepäin ja antoi kantajastaan hurmaavan poikamaisen vaikutelman. Vaaleansiniset silmät tuntuivat olevan täynnä tie-toa kuin yliopiston professorilla, mutta niistä hehkui huolestuttavaa kiivautta. Hän oli ilman muuta puoleensavetävä mies, jonka komeutta ei horjuttanut edes muutamaan kertaan murtunut vino nenä. Hänellä oli jykevä leuka, korkeat poskipäät ja täyteläiset huulet. Pieni arpi sulostutti leuankärkeä. Hänen olemuksestaan huokui vavisuttavaa itseluottamusta, mutta siinä oli myös jotakin miltei uhkaavaa. Hän ei niinkään hymyillyt vaan virnisteli heille omahyväisesti.

"Istuisitteko?" hän kysyi ja osoitti kahta nojatuolia työpöytänsä edessä.

Hunter valitsi vasemmanpuoleisen, Garcia oikean. Kättelyä ei herunut. Paulsen jäi seisomaan ikkunan viereen.

"Pahoittelemme, että tunkeudumme paikalle ilmoittamatta, herra Paulsen. Ymmärrämme, että olette kiireinen mies..." Garcia sanoi kaikkein kohteliaimmalla äänellään, mutta Paulsen keskeytti hänet huitaisemalla kättään.

"Ette te tunkeutuneet, etsivä Garcia. Mikäli niin olisi käynyt, varsinkin ilman minkään valtakunnan valtuuksia, olisin kutsunut lakimieheni paikalle, poistattanut teidät toimitiloistani ja tehnyt teistä valituksen sekä esimiehellenne että poliisipäällikölle niin nopeasti, että ihmettelisitte vielä huomennakin, mitä oikein tapahtui." Hänen sanoissaan ei ollut vihaa, ei edes sarkasmia. "Olette täällä, koska sallin teidän olla täällä. Mutta kuten sanoit, olen hyvin kiireinen mies, ja minulla on tärkeä tapaaminen muutaman minuutin kuluttua, joten pyydän teitä käyttämään aikanne harkiten."

Sivallus sai Garcian vaikenemaan hämmentyneenä.

Paulsen aisti hänen epäröintinsä ja hyödynsi tilaisuutta.

"Itse asiassa meillä ei ole minkäänlaista tarvetta korusanoille tai kiertelylle, joten voimme mennä suoraan asiaan. Tiedän, miksi olette täällä."

Hunter huomasi, että Paulsenin taktiikkana oli ottaa tapaaminen haltuunsa. Mies oli pannut heidät odottamaan – ei siksi, että olisi ollut kiireinen, vaan koska odottaminen ärsyttää ja turhauttaa jopa tyynimpiä yksilöitä. Paulsen oli ottanut oppikirjoista tutun kuulustelijan valta-aseman – hän seisoi, kun kaikki muut istuivat. Hän ei ottanut fyysistä kontaktia ja piti kohtuullisen etäisyyden etsiviin, mikä teki tapaamisesta persoonattoman. Paulsen ikään kuin haastatteli alemman tason työtehtävää haikailevaa työnhakijaa. Hän piti huolta myös siitä, että puhui yhtä tyynesti kuin Garcia mutta aavistuksen lujempaa ja määrätietoisemmin, mikä soi hänelle auktoriteettiaseman. Thomas Paulsen oli kokenut mies, joka ei vähästä hätkähtänyt. Hunter antoi miehen mieluusti pelata peliään... toistaiseksi.

"Tiedättekö siis jo, miksi olemme täällä?" Hunter kysyi. Hänen äänensä oli tyyni, desibelitaso tietoisesti alle isännän.

"Etsivä Hunter, älä viitsi. Katso ympärillesi." Paulsen kohotti käsiään kämmenet ylöspäin. "En saavuttanut tätä kaikkea moukan tuurilla. Se varmasti lukeekin jo kansioissanne. Voisin toki esittää typerää ja väittää, etten tiedä, mistä tässä kaikessa on kysymys." Paulsen näytti tympääntyneeltä asetellessaan paremmin puvuntakin alta pilkottavia kalvosimia. "Sen jälkeen voisin näytellä loukattua ja vihaista, kun todellinen syy vihdoin nousisi esiin, mutta hei..." Omahyväinen virne palasi huulille. "Minulla ei ole aikaa haaskuuseen asti. Te voitte toki käyttää omanne kehän kiertämiseen, jos siltä tuntuu."

Garcia kohotti kulmakarvojaan ja vilkaisi vaivihkaa Hunteria, joka oli nojautunut mukavasti taaksepäin ja ristinyt säärensä.

"Miksi kuvittelette meidän kiertävän kehää?" Hunter kysyi.

Paulsen viskasi päätään taaksepäin ja nauroi makeasti. "Etsivä hyvä... tämä ei ole psykoanalyysisessio. Teidän 'kaksitahoiset' kysymyksenne eivät johda mihinkään, ja –" hän vilkaisi kelloaan " – tik-tak, tik-tak, aika kuluu... ainakin teidän kahden kohdalla."

Paulsen puhui ja käyttäytyi kuin mies, jolla ei ollut huolen häivääkään. Hän työnsi molemmat kätensä housuntaskuihin ja asteli työpöytänsä eteen. Ennen kuin Hunter ja Garcia ennättivät muotoilla seuraavan kysymyksen, hän puhui jälleen.

"Mutta okei, teen teille tämän kerran mieliksi. Olette täällä siksi, koska tutkitte tätä... sanoisinko... 'internetshow-murhaajaa'? Ja koska Christina Stevenson oli yksi uhreista." Hän antoi katseensa siirtyä ensin Hunteriin, sitten Garciaan ja lopulta takaisin Hunteriin, ennen kuin nyökkäsi itsevarman oloisena. "Kyllä, minäkin katsoin lähetyksen. Erinomaista viihdettä, eikö vain?" Hän nauraa hekotti päälle.

Ei vastausta.

Paulsen jatkoi.

"Ja nyt te kierrätte kehää, koska olette täällä toimistossani. Olette täällä vain ja ainoastaan siksi, ettei teillä ole mitään... ei yhtikäs mitään. Olen listanne ainoa 'kiinnostava henkilö' – ettekös te sillä nimellä meikäläisiä kutsukin?" Hän hymähti ivallisesti. "Ja minä olen 'kiinnostava henkilö' yksinomaan siksi, ettei teillä taida olla neiti Stevensonin kuukausia sitten kirjoittamaa artikkelia parempia johtolankoja. Jos listallanne olisi joku vähänkin uskottavampi 'kiinnostava henkilö', te jututtaisitte häntä, ette minua. Tämä on paniikkivierailu. Te tiedätte sen, ja minä tiedän sen."

"Mikä saa sinut kuvittelemaan, että me emme jo olisi jututtaneet muita?" Garcia kysyi.

Paulsen naurahti jälleen. "Epätoivoiset ilmeenne paljastavat teidät." Hän piti tauon. Vilkaisi jälleen kelloaan. "Eilisen lehdistötilaisuuden välttelevät sanat." Välinpitämätön hartian kohautus. "Näytätte ja kuulostatte lannistuneilta... vaihtoehdot ovat loppuneet. Kaikki näkevät sen. Ja nyt te tulitte tänne arvioimaan minua." Hän asetteli solmiotaan paremmin. "Minäpä autan teitä. Olenko iloinen, että Christina Stevenson on kuollut? Suorastaan riemuissani. Onko minulla paha mieli siitä, että häntä kidutettiin ennen murhaa? Ei pätkääkään. Onko minulla tietoutta, älyä, keinoja ja häpyä tehdä jotakin sellaista ja kadota sitten kyberavaruuteen ennen kuin edes huomasitte, mikä teihin osui? Voitte lyödä siitä viimeisen senttinne vetoa. Tunsinko eilisen uhrin? Ehkä tunsin, ehkä en. Mitä väliä sillä olisi? Voisinko olla näiden murhien takana? Mahdollisesti. Uhkailinko koskaan Christina Stevensonia sen jälkeen, kun hänen artikkelinsa julkaistiin? Voi olla. Halusinko tehdä hänen elämästään helvettiä kuten hän oli tehnyt omastani? Ilman muuta. Onnistuinko? Ketä kiinnostaa? Hän on kuollut. Kiitos oikein kovasti." Hän iski etsiville silmää. "Oliko siinä kaikki?"

"Ei aivan", Garcia sanoi.

Paulsenin egoismi oli saanut Garcian kiristelemään hampaitaan, ja hänen täytyi pitää pieni tauko vihansa hillitsemiseksi.

"Voitko kertoa meille, missä olit eilen iltapäivällä kello viiden ja kuuden välillä?"

"Ah!" Paulsen kohotti sormen ilmaan. "Tuo alati tärkeä kysymys epäillyn olinpaikasta murhahetkenä. Ja nyt tämä muuttuukin jännäksi, etsivä." Hän työnsi kädet takaisin taskuihin. "Minulla oli hiukan huono olo, joten lähdin aikaisin töistä. Olin tuohon nimenomaiseen aikaan kotona, yksin, tietokoneeni ääressä, kirjautuneena valitsekuolema.comiin ja katsomassa esitystä, kuten niin moni muukin." Uusi virnistys. "Ja ennen kuin kysytte: *ei,* minulla ei ole alibia. Haluaisitteko pidättää minut?"

"Mihin aikaan lähdit toimistolta?" Garcia kysyi.

"Riittävän aikaisin." Uusi nopea kellon vilkaisu. "Saanko kysyä erästä asiaa, etsivä Hunter? Mikäli minä olen syyllinen näihin internetmurhiin, mikä on täysin mahdollista, kuten olen jo sanonut, mikä saa teidät kuvittelemaan, että saisitte minut nalkkiin?"

Ennen kuin Hunter ehti vastata, Paulsenin pöytäpuhelin soi.

"Ah", hän sanoi anteeksipyytävään sävyyn. "Henkilökohtainen assistenttini varmaankin muistuttaa minua kokouksesta. Suokaa anteeksi." Hän vastasi puheluun ja kuunteli hetken. "Kiitos, Joanne. Tulen saman tien. Täällä ollaankin jo melko lailla valmiita."

Paulsen laski puhelimen pöydälle ja käveli toimistonsa ovelle.

Hunter ja Garcia nousivat seisomaan.

Paulsen kurotti kohti ovenkahvaa, pysähtyi ja katsoi jälleen etsiviä. "Pakko myöntää, että nämä tapposhow't ovat varsin viihdyttäviä, vai mitä?" Hän avasi oven. "Mahdammeko pian taas päästä nauttimaan uudesta?"

Kahdeksankymmentäseitsemän

"Mitä helvettiä tuolla äsken tapahtui?" Garcia kysyi heti, kun hän ja Hunter olivat astuneet ulos PaulsenSystemsistä. Viha alkoi selvästi ottaa hänestä vallan.

"En ole aivan varma", Hunter vastasi ja katsoi taakseen rakennusta. "Mutta hän oli odottanut meitä. Jo jonkin aikaa, sanoisin. Tuo pieni näytös oli oikein hyvin harjoiteltu."

"Mitä tarkoitat?"

"Mehän hädin tuskin edes esitimme hänelle kysymystä, Carlos", Hunter vastasi. "Paulsen kontrolloi koko juttua siitä alkaen, kun astuimme sisään rakennukseen, puhumattakaan hänen toimistostaan. Hän pani meidät odottamaan kohtuuttoman kauan vain testatakseen, kuinka epätoivoisia me todella olimme, ei siksi, että hänellä olisi ollut kiire. Kun pääsimme hänen toimistoonsa, hän teki auktoriteettiasemansa hyvin selväksi niin kehonkielen kuin äänensävynsäkin kautta. Hän esitti itse kysymyksensä ja vastasi niihin itse ajoittaen kaiken täydellisesti. Olen varma siitä, että hän oli käskenyt assistenttiaan soittamaan tiettyyn aikaan "muistutussoiton". Siksi hän vilkuili kelloaan. Hän halusi ehtiä käydä käsikirjoituksen läpi. Hän antoi meille ainoastaan sen, mitä halusikin antaa. Ja vaikka hänen sanavalintansa olivatkin jokseenkin järkyttäviä ja vihjailevia, hän oli harkinnut ne hyvin tarkkaan."

"Kuinka niin?"

Hunter nyökytteli. "Hän tiesi tarkalleen, mitä voisi ja mitä ei voisi sanoa. Emmekä me voi reagoida mitenkään hänen sanoihinsa. Jokaiseen raskauttavaan kysymykseen, jonka hän itselleen esitti, hän vastasi joko *ehkä, kenties* tai *mahdollisesti*. Hän vihjaili paljon mutta ei myöntänyt mitään."

"Meidän pitäisi pidättää se pöyhkeä persmuuli 'todennäköisin syin epäiltynä' ja antaa hänen muhia jonkin aikaa sellissä, ihan vain jotta hän saisi opetuksen", Garcia sanoi ja avasi autonsa lukon.

"Sitä hän todennäköisesti meiltä toivoikin, Carlos." Hunter nousi autoon ja sulki oven. "Tällaisen korkean profiilin jutun yhteydessä se olisi loistava julkisuustemppu hänelle ja hänen firmalleen. Lakimiehet varmasti istuvat puhelimen vieressä odottamassa soittoa. Jos olisimme pidättäneet hänet, hän olisi palannut toimistoonsa tunnin sisällä, mutta sitä ennen hänen assistenttinsa olisi ottanut yhteyttä kaikkiin mahdollisiin sanomalehtiin ja TV-asemiin. Paulsenin pidätys olisi nähty kompuroivan poliisin epätoivoisena yrityksenä tehdä edes jotakin, ja se olisi nolannut laitoksen ja tiennyt meille ankaria nuhteita yläportaasta, ellei peräti viraltapanoa."

"No", Garcia sanoi. "Minulla on todella paha aavistus tästä jätkästä. Minusta meidän pitäisi panna hänet tarkkailuun."

"Hän on aivan liian hyvin valmistautunut, Carlos. Hän tietää, ettemme voi tehdä sitä. Meillä ei ole esittää minkäänlaisia syitä pidätysmääräyksen ja siitä koituvien kulujen oikeuttamiseksi, ei muuta kuin hänen koppavuutensa."

"Ja helvetinmoinen mututuntuma." Garcia käynnisti auton ja sipaisi levottomasti suutaan. "Sitähän se tappaja on kaiken aikaa tehnytkin, Robert – kusettanut meitä alusta alkaen. Hän on koko ajan ollut askelen edellä. Kuin shakinpelaaja. Hän ei ole tehnyt siirtoakaan ilman, että on miettinyt ennalta meidän vastauksemme. Ja näyttää siltä, että hän on osunut oikeaan joka kerta."

Hunter ei sanonut mitään.

"No, juuri niinhän Paulsen meille tuolla teki."

"Tiedän."

Hunterin puhelin soi taskussa.

"Etsivä Hunter, erikoismurharyhmä."

Hän kuunteli hetken, lopetti puhelun ja katsoi Garciaa. "Eilinen uhri on löytynyt."

Garcian silmät suurenivat. "Mistä?"

"Maywoodista."

Kahdeksankymmentäkahdeksan

Ruumiin oli löytänyt remonttimies, joka oli kunnostanut pientä yksikerroksista kahden makuuhuoneen taloa Maywoodissa lähellä Atlantic Bridgeä. Tappaja oli pannut irti revityt käsivarret mustaan paksuun jätesäkkiin, kietonut keskiruumiin useampaan samanlaiseen säkkiin ja dumpannut kaiken keskikokoiselle jätelavalle, joka seisoi talon takapihalla.

Lehdistö oli jo paikalla valmiustilassa. Kun Hunter ja Garcia nousivat autosta, heitä päin ryöpsähti kameran naksahduksilla ryyditetty kysymysten hyökyaalto. Kumpainenkaan etsivä ei edes vilkaissut verenhimoisen toimittajalauman suuntaan.

"Täällä ei ole paljon mitään nähtävää", johtava rikostekninen agentti Mike Brindle totesi, kun Hunter ja Garcia olivat päässeet talon takapihalle. Mike oli ollut läsnä kahdella aiemmallakin rikospaikalla ja näytti nyt valmiilta lähtemään. "Ei ainakaan rikosteknisessä mielessä. Tappaja ei edes käynyt täällä."

"Miten muka ei?" Garcia kysyi.

"No, ruumis oli paketoitu kuin postipaketti", Brindle selitti. "Ja sen jälkeen dumpattu tuonne jätelavalle." Hän osoitti kirkkaanpunaista lavaa pienen pihan perällä. Jätelava oli kolmisen metriä pitkä, vajaan kahden ja puolen metrin levyinen ja osapuilleen puolentoista metrin korkuinen. Sen oikealla puolella seisoi kaksi virkapukuista konstaapelia.

Hunter, Garcia ja Brindle suuntasivat sitä kohti.

"Kuten näette", Brindle jatkoi, "jätelava on työnnetty vasten aitaa, joka on vain kolmisenkymmentä senttiä korkeampi kuin itse lava."

"Tappaja ajoi takakujalle", Hunter sanoi ennakoiden Brindlen seuraavia sanoja.

"Täsmälleen", Brindle vahvisti. "Mukavan pimeää, helppo ajaa, ei ketään häitsemässä. Hän pysäköi autonsa suoraan talon taakse, raahasi keskiruumiin ja raajat autosta ja viskasi ne nopeasti aidan yli jätelavalle. Homma hoidettu. Takaisin autoon ja pois. Koko juttuun meni alle minuutti." Brindle kaivoi tupakan taskustaan, sytytti sen ja veti pitkät hatsit antaen savun purkautua suustaan samalla, kun puhui. "Tämä tappaja suunnittelee. Hän on varmaan ajellut parin päivän ajan ympäriinsä etsimässä paikkaa, johon seuraavan uhrin voi dumpata. Tämä talo on tien alussa, helppo huomata molemmilta puolilta, edestä ja takaa. Jokainen ohikulkeva tajuaa, että se on tyhjillään ja remontissa. Kirkkaanpunaisen siirtolavan huomaa helposti ulkoa käsin."

"Ja koska talo on remontissa", Hunter lisäsi, "tappaja tiesi, että mikäli hän dumppaisi ruumiin myöhään yöllä, remontintekijät löytäisivät sen seuraavana päivänä."

Brindle nyökkäsi ja otti uudet savut. "Olemme jo tarkistaneet takakujan. Sieltä ei löydy mitään. Pelkkää asfalttia, ei renkaan- tai jalanjälkiä. Pari tupakantumppia ja purkkapaperia, mutta ei mitään aivan talon takana. En laskisi sen varaan yhtään mitään."

He katsoivat jätelavan sisään – kipsilevyjä, puunpaloja, tiiliskiviä, rikkonaisia kaakeleita, rättejä ja tyhjiä maalipurkkeja.

"Entä ruumis?" Garcia kysyi.

"Matkalla ruumishuoneelle. Missasitte sen –" Brindle vilkaisi kelloaan "– kahdellakymmenelläviidellä minuutilla. Ei ollut mitään järkeä pitää sitä täällä. Kroppa oli siistissä paketissa. Jos siitä jotain löytyy, niin ruumiista itsestään tai jätesäkkien sisältä. Paras avata paketti asiallisesti kontrolloidussa ympäristössä."

"Ja sinäkö olet varma, että kyseessä on meidän uhrimme?"

"Kyllä se meidän uhrimme on", Brindle sanoi ja kaivoi laukustaan digikameran. Hän käynnisti sen, asetti sen katselutilaan ja ojensi Hunterille. "Leikkasin jätesäkkiä sen verran, että pää tuli näkyviin."

Ensimmäinen kuva oli lähiotos miehen kasvoista. Silmät olivat jo alkaneet vajota kalloon, ja kasvojen sekä kaulan iho oli muuttunut vihertävänsiniseksi, mikä sai miehen näyttämään avaruusolennolta tai kauhufilmin lavasteelta. Piirteitä oli kuitenkin sen verran jäljellä, että Hunter ja Garcia pystyivät tunnistamaan uhrin. He kävivät hitaasti läpi loput kuvat – pari muuta lähiotosta, joiden jälkeen oli jokunen laajakulmakuva.

"Meilaan nämä sinulle heti, kun pääsen takaisin labraan", Brindle sanoi ja vilkaisi jälleen kelloaan.

"Kuka löysi ruumiin?" Hunter kysyi ja ojensi kameran takaisin rikostekniselle agentille.

"Keittiöremontin tekijä." Brindle osoitti oikealla etusormellaan. "Hän on kyökissä poliisin kanssa."

Hunter nyökkäsi ja kääntyi Garcian puoleen. "Onko meillä vielä niitä eilisiä lehdistölle jaettuja uhrin kuvia?"

"Autossa on pari."

"Mahtavaa. Pyydetään paria virkapukuista kiertämään tällä ja lähikaduilla. Ehkä uhri oli paikallinen. Ehkä tappaja valitsi juuri siksi tämän talon."

"Käyn hakemassa", Garcia sanoi. Hän oli jo matkalla autolle.

Kahdeksankymmentäyhdeksän

Ovelta ovelle -kysely ei tuottanut tuloksia. Yksikään lähistön asukas tai kauppias ei pystynyt tarjoamaan minkäänlaista tietoa uhrin henkilöllisyyttä koskien. Moni oli jo nähnyt hänen kuvansa aamulehdessä, tai mikä pahempaa, katsonut tappajan lähetyksen edellisenä päivänä.

Garcia jututti ruumiin löytänyttä remonttimiestä. Hän oli hieman päälle kolmikymppinen, vahva kaveri, jolla oli tatuoidut käsivarret, kaljuksi ajeltu pää ja tuuheat vaaleat viikset. Hän omisti isänsä kanssa pienen remonttifirman ja oli tehnyt samoja hommia yli viisitoista vuotta. Hän oli tehnyt töitä kyseisessä talossa vasta viisi päivää ja oletti saavansa urakan valmiiksi neljän päivän sisällä.

Talon omisti pienkiinteistösijoittaja Akil Banerhee. Hän oli viimeisten neljän vuoden ajan sijoittanut asumattomiin ja ulosmitattuihin kiinteistöihin, jotka hän remontoi halvalla ja myi eteenpäin pienellä voitolla.

Sekä kiinteistön omistaja että remonttireiska voitiin lukea laskuista. Molemmilla oli vahva alibi niin edellisyölle kuin eiliselle iltapäivälle, jolloin tappaja oli puhunut Hunterin kanssa puhelimessa. Mutta kun Hunter ja Garcia olivat asettuneet autoon, Hunter sai uuden puhelun. Tällä kertaa linjalla oli henkirikostutkija Mario Perez.

"Robert, taisimme saada sen teidän uhrinne tunnistettua."

"Antaa tulla."

"Oletko autossasi?" Perez kysyi.

"En, olen etsivä Garcian autossa."

"Okei, lähetän sinulle saman tien pari kuvaa."

Hunter vaihtoi kaiuttimelle ja kirjautui sähköpostiinsa auton poliisitietokoneella.

"Olemme saaneet yhteydenottoja pitkin päivää sen jälkeen, kun lehdistö ja media vetosivat yleisöön", Perez selvensi. "Odotusten mukaisesti suurin osa on tullut sekopäiltä, huomionhakijoilta tai ihmisiltä, jotka eivät voineet olla sataprosenttisen varmoja – paitsi että yksi oli."

"Jatka."

"Ravintolanpitäjä nimeltä Paolo Ghirardelli soitti pari tuntia sitten. Hän omistaa pitserian Norwalkissa. Puhuin itse hänen kanssaan. Hän oli aivan varma siitä, että tänään lehdissä julkaistun kuvan mies oli yksi hänen tarjoilijoistaan – Ethan Walsh. Tyyppi ei ole tullut pariin päivään töihin. Ei myöskään vastaa puhelimeen. Herra Ghirardelli on niitä ylpeitä italiaanoja, jotka ripustavat ravintolansa seinälle jokaisen työntekijänsä kuvan, keittiötyöntekijät mukaan lukien. Hän meilasi minulle Ethan Walshin kuvan, ja… katso itse."

Hunter avasi meilin ja ensimmäisen kolmesta liitteestä – kuvassa näkyvällä hieman yli kolmekymppisellä miehellä oli ovaalinmuotoiset kasvot, pyöreä nenä, pulleat posket, ohuet kulmakarvat ja lyhyt, tummahko tukka. Hunter ja Garcia tuijottivat sitä hiljaisina pitkän tovin. Sama mies. He vertasivat sähköpostin kuvaa kuitenkin automaattisesti kuvaan, jota olivat näyttäneet lähitalojen asukkaille parin kuluneen tunnin ajan. He olivat asiasta aivan varmoja.

"Hän se on", Garcia sanoi lopulta. "Tai sitten identtinen kaksonen."

"Ethan Walshilla ei ole sisaruksia", Perez vahvisti. "Olen jo suorittanut alustavan tarkastuksen. Se löytyy toisesta liitteestä. Kävi ilmi, että hän oli huippuohjelmoija."

"Oliko hän koodari?" Garcia keskeytti.

"Miksi huippuohjelmoija tarjoilee norwalkilaisessa pitseriassa?"

"Jos avaatte toisen liitteen, löydätte virallisen tietopakettimme Ethan Walshista", Perez vastasi. Hunter tuplaklikkasi liitettä. "Kolmannessa liitteessä on pari Ethanista kirjoitettua artikkelia, jotka löysin netistä. Ne antavat paremman kuvan siitä, miksi hän jätti pelialan."

"Hienoa työtä, Mario", Hunter sanoi ja silmäili nopeasti tietoja.

"Voitko jatkaa kaivamista ja etsiä kaiken mahdollisen tästä Ethan Walshista?"

"Työn alla. Minulla pitäisi olla enemmän faktoja, kun palaatte tänne."

"Kiitos." Hunter lopetti puhelun.

Ethan Walshin virallinen osoite oli vuokra-asunto eräässä kerrostalossa Bellflowerissa, Norwalkin läntisellä naapuriasuinalueella. Etsivä Perezin Hunterille lähettämän sähköpostin alahuomautuksena luki, että Perez oli jo varmuuden vuoksi ottanut yhteyttä Bellflowerin poliisiasemaan ja pyytänyt heitä lähettämään partioauton Ethan Walshin ovelle. Kukaan ei ollut avannut.

Tietopaketissa oli myös Ethan Walshin vuokraisännän, herra Stanislaw Reubenin, osoite ja puhelinnumero. Hunter soitti hänelle saman tien. Herra Reuben lupasi tavata heidät Ethan Walshin asunnolla tunnin kuluttua.

Yhdeksänkymmentä

Hunter ja Garcia ehtivät eteläisen Los Angelesin Bellfloweriin juuri, kun aurinko alkoi laskea Venice Beachin ylle. Ethan Walsh oli asunut vanhassa, tiilestä rakennetussa kerrostalossa. Nuhjuinen, ankarasti remontin tarpeessa oleva pytinki sijaitsi rähjäisen kadun perällä.

Herra Stanislaw Reuben, Ethanin vuokraisäntä, otti etsivät vastaan kerrostalon ala-aulan sisäänkäynnillä. Mies oli silmiinpistävän nukkavieru: vaatteet eivät istuneet kunnolla, kasvot olivat rokonarpiset ja huulta rumensi arpi. Käheä ääni oli kuin suoraan kauhuelokuvasta.

"Mietinkin, että se aamun lehdessä ollut mies näytti tutulta", Reuben sanoi, kun Hunter ja Garcia olivat esittäytyneet. "Epäilin häntä vuokralaisekseni, mutten voinut olla varma. Minulla on paljon vuokralaisia, ja näen heitä oikeastaan vain kerran pari vuodessa. Useimmat lähettävät minulle ennalta päivätyn sekin pari kuukautta etuajassa. Se on minusta sillä lailla helpointa."

"Ja silläkö tavoin Ethan Walsh maksoi vuokransa?" Garcia tiedusteli.

"Juuri niin." Herra Reuben hymyili paljastaen kehnosti hoidetut hampaansa.

"Miten kauan hän on ollut vuokralaisenne?" Garcia kysyi.

"Ei alkuunkaan kauan. Vain vähän yli kuusi kuukautta. Vaikutti oikein mukavalta tyypiltä. Hiljainen, ei valituksia…" Reuben nipisti vasenta korvalehteään pariin kertaan. "Se on hän, eikö niin? Mies, joka tapettiin internetissä? Se oli vuokralaiseni Ethan Walsh." Hän kuulosti aidosti innostuneelta.

"Emme voi tässä vaiheessa olla varmoja", Garcia vastasi.

"Luuletteko, että minua haastatellaan televisioon?" Miehen innostus kasvoi. "En ole koskaan ollut televisiossa."

"Eikä se ole ollenkaan huono juttu", Garcia sanoi ja osoitti rakennusta. "Menemmekö?"

Vuokraisäntä avasi aulan oven ja viittoi etsivät sisään. Ahdas tila lemusi kissankuselta, jossa oli jokin hapokas pohjasävy.

Garcia nyrpisti nenäänsä ja silmäili nopeasti ympärilleen kuin odottaen pystyvänsä tunnistamaan löyhkän lähteen.

"Ehdotan, että menemme portaita", Reuben sanoi. "Hissi on hyvin pieni, enkä viitsisi ottaa riskiä, jos ymmärrätte, mitä tarkoitan."

Portaikko oli likainen ja pimeä, seinät olivat ylös saakka graffitien peitossa. Kun he pääsivät neljänteen kerrokseen, Reuben johdatti heidät pitkälle ja hämärästi valaistulle käytävälle. Ala-aulan kissankusi haiskahti täälläkin, mutta nyt siihen yhdistyi jokin härski, sairaalloinen lemu, joka sai molemmat etsivät kiristelemään hampaitaan.

Se ei tuntunut häiritsevän vuokraisäntää.

"Täällä ollaan", hän sanoi, kun he olivat kulkeneet kolme neljännestä käytävän pituudesta. Ovessa luki numero 4113. Reuben työnsi avaimen lukkoon ja avasi oven. Verhot oli vedetty suljettujen ikkunoiden eteen, joten huone heidän edessään oli varjojen vallassa. Päivien aikana kasaantunut kuumuus antoi tuntuman vankisellistä jo ennen kuin he olivat ehtineet astua sisään.

Reuben sytytti valot, ja heidän eteensä avautui pieni oleskelutila, jonka oikealla puolella oli pikkuruinen keittiö. Huone oli harvaan kalustettu: vanha puinen pöytä, neljä puista tuolia, pieni stereolaite, sohva, jolle oli heitetty kukallinen torkkupeite, matkatelevisio sekä lipasto, jolle oli asetettu muutamia kuvakehyksiä. Havaittavia jälkiä kamppailusta ei näkynyt. Seinät olivat paljaat lukuun ottamatta kuvaa, jossa Ethan Walsh poseerasi osapuilleen kolmivuotiaan pikkutytön kanssa.

"Makuhuone ja kylpyhuone ovat tuolla", Reuben sanoi ja osoitti ovea huoneen toisella puolella.

Hunter ja Garcia panivat lateksihanskat käsiinsä.

"Voisitteko ystävällisesti odottaa ulkopuolella?" Garcia sanoi vuokraisännälle. "Emme ole varmoja, löytyykö täältä todisteita, mutta mikäli löytyy, en haluaisi ottaa riskiä niiden saastumisesta." Reuben näytti pettyneeltä astuessaan taaksepäin. "Tietenkin. Ymmärrän. Olen rappukäytävässä, jos tarvitsette minua."

Kaikkein ensimmäiseksi Hunter ja Garcia huomasivat kapeassa olohuoneessa Ethan Walshin läppärin. Se oli asetettu pöydälle, ja näytön ylle oli kiinnitetty webbikamera.

Hunter otti taskustaan kaksi suurta todistepussia ja siirsi niihin läppärin, webbikameran sekä kaikki tietokonejohdot.

Garcia katseli lipaston päälle asetettuja valokuvia. Niitä oli yhteensä neljä. Jokaisessa esiintyi Ethan Walsh tyttärineen. Lipastonlaatikoissa oli pari kirjaa ja lehteä, jotka kaikki käsittelivät ohjelmointia, sekä suuri määrä sarjakuvalehtiä. Keittiö oli hiukan epäsiisti mutta kutakuinkin sellainen kuin yksinään elelevältä sinkkumieheltä saattoi odottaa. Jääkaapissa oli useita mikroaterioita ja runsaasti olutta.

Hunter jätti Garcian tutkimaan tarkemmin olohuonetta ja siirtyi itse muualle asuntoon. Kylpyhuone oli sardiinipurkki, jossa oli säröillyt suihkukoppi, wc-pönttö eikä juuri muuta.

Makuuhuone ei ollut sen suurempi. Täysimittainen sänky oli tungettu sivuttain peräseinälle pienen ikkunan alle, ja sen ympärillä oli hyvin vähän liikkumatilaa. Sijaamattoman vuoteen lisäksi huoneessa oli vain liukuovellinen vaatekaappi sekä yöpöytä, jolla oli lukulamppu.

Hunter kurkisti sängyn alle – kaksi tyhjää matkalaukkua. Vaatekaapissa oli paitoja, t-paitoja, farkkuja, housuja, takkeja, kahdet lenkkarit, juhlatilaisuuksiin tarkoitetut kengät sekä kaksi pahvilaatikollista videopelejä. Ethanin makuuhuone oli epäsiisti mutta odotetun rajoissa. Mikään ei täälläkään viitannut kamppailuun.

Hunter palasi olohuoneeseen, jossa Garcia seisoi epämukavan oloisen sohvan vierellä ja selaili jotakin, mikä näytti muistiviholta tai päiväkirjalta. Hänen tullessaan sisään Garcia pysähtyi ja jäi tuijottamaan sivua, jota paraikaa luki.

Hunter tunnisti työparin ilmeen. "Mitä sieltä löytyi?"

Garcia nosti katseensa ja hymyili.

"Ensimmäinen linkkimme."

Yhdeksänkymmentäyksi

Tyhjää koria kantava mies käveli supermarketin laajan hedelmä- ja vihannesosaston käytävää kolmatta kertaa. Hän ei edelleenkään osannut päättää, mitä halusi. Hän pysähtyi jälleen appelsiinien luona, tarttui yhteen, kohotti sen nenälleen ja hengitti sisään hedelmän vahvaa aromia. Hän todella piti appelsiineista, mutta silti yksikään ei päätynyt hänen koriinsa. Hän siirtyi pari askelta eteenpäin ja pysähtyi laajan, monipuolisen omena-asetelman ääreen. Hänen suosikkejaan olivat Fireside-omenat, mutta niitä oli vaikea löytää Los Angelesissa; ne olivat paljon suositumpia pohjoisessa keskilännessä. Se ei juurikaan haitannut häntä, koska Pink Pearlit olivat aivan yhtä hyviä, ja koska niitä kasvatettiin pohjoisessa Kaliforniassa, niitä oli runsaasti saatavilla kaikkialla LA:ssa. Hän piteli yhtä käsissään pitkän aikaa ja torjui halun upottaa siihen hampaansa saman tien. Hän laittoi omenan takaisin ja siirtyi jälleen uusien hedelmien luo.

Jahkailevalla miehellä oli tummansininen puvuntakki, joka ei sopinut vaaleisiin housuihin. Kuluneissa kengissä näkyi vuosien käyttö. Tukka oli kammattu löyhästi taaksepäin, mutta vain sormilla, ja kahden päivän sänki sai hänet näyttämään hiukan ikävuosiaan vanhemmalta.

Mies kulki mustikoiden ohi. Hän ei pitänyt niiden rakeisesta suutuntumasta, eivätkä ne koskaan olleet riittävän makeita hänen makuunsa. Niin tai näin, mustikat olivat muutenkin aivan liian kalliita. Hän harkitsi päärynöitä, persikoita tai nektariineja, mutta lopulta hän siirtyi jälleen eteenpäin ilman, että oli vieläkään tehnyt valintaansa.

Kun hän pääsi hedelmäosaston loppuun, hän pysähtyi ja katsoi taaksepäin huokaisten pettymyksestä. Hän työnsi kätensä housuntaskuun, sulki sormensa rahojen ympärille, kaivoi ne taskusta ja laski jälleen. Hänellä ei ollut paljon, juuri sen verran, että hän pystyisi ostamaan ne muutamat elintarvikkeet, jotka oli merkinnyt päänsisäiselle listalleen. Hedelmät kuuluivat listaan – jos hän vain pystyisi päättämään, mitä hedelmiä ostaisi. Hän työnsi rahat takaisin taskuun ja käveli jälleen hitaasti osaston alkuun. Viehättävä, hieman alle kolmekymppinen nainen valikoi huolellisesti appelsiineja ja asetteli niitä pieneen, läpinäkyvään muovipussiin. Mies pysähtyi hänen viereensä ja tarttui parin sekunnin päästä varovaisesti appelsiiniin.

"Nämä ovat tosi hyviä", nainen sanoi joltisenkin innokkaasti.

Mies hymyili ujosti.

"Ostin näitä pari päivää sitten", nainen jatkoi. "Enkä ole pitkään aikaan maistanut yhtä makeita appelsiineja."

"Näinkö on?" mies vastasi ja silmäili nyt kiinnostuneena kädessään pitämäänsä appelsiinia.

"Usko pois." Nainen piti tauon ja katsoi miestä. *Ystävälliset silmät*, hän mietti mielessään. "Ihan kuin niihin olisi uutettu hunajaa tai jotain. Kannattaa kokeilla."

Ja tuosta vain päätös oli tehty.

Mies hymyili ja nyökkäsi iloisena. "Okei, taidan siinä tapauksessa kokeilla niitä." Hän asetti kaksi appelsiinia ostoskoriinsa. Sen enempään hänellä ei ollut varaa.

Parin minuutin päästä mies oli vihdoin onnistunut ostamaan kaikki listallaan olleet tavarat. Hän poistui supermarketista tyytyväisenä itseensä, kantaen ostoksiaan ruskeassa paperipussissa. Kun hän pääsi puolihämärälle parkkipaikalle, hän pysähtyi hiukan hämmentyneen näköisenä. Hän vilkuili vasemmalle, sitten oikealle yrittäen päättää, mihin suuntaan menisi. Juuri kun hän oli kääntynyt oikealle, ruskea paperipussi repesi pohjasta. Harvat elintarvikkeet putosivat maahan ja levisivät hänen jalkoihinsa. Kaksi appelsiinia vierivät tiehensä eri suuntiin.

"Voi paska!" hän kuiskasi ja ryntäsi ensimmäisen perään kuin tennispalloa jahtaava kissa. Hän onnistui lopulta saamaan sen kiinni ja kääntyi nopeasti etsimään toista. Hän äkkäsi sen juuri, kun se oli vierimässä pysäköidyn katumaasturin alle. Yhtäkkiä jalka ilmestyi kuin tyhjästi ja pysäytti sen.

Mies nosti katseensa ja näki naisen, jonka oli tavannut appelsiinien luona. Nainen kumartui ja poimi hedelmän maasta. "Tämä taitaa olla etsimäsi karkulainen, vai mitä?" Nainen hymyili.

Mies katsoi häntä, sitten repeytynyttä paperipussia ja maassa lojuvia elintarvikkeita.

"Ihan syvältä, kun tällaista tapahtuu", nainen sanoi. "En käsitä, miten supermarketeissa käytetään vieläkin paperipusseja. Ne ovat aivan liian heppoisia eivätkä kauhean ympäristöystävällisiäkään."

Mies ei ollut oikein varma, mitä sanoa, joten hän ei sanonut mitään. Hän alkoi arkana kerätä tavaroitaan.

"Minä autan sinua", nainen sanoi ja noukki maasta puolet tavaroista, mukaan lukien kahvipurkin. "Sinulla kävi tuuri, ettei tämä mennyt rikki."

Mies nyökkäsi. Hän mietti, että hänellä oli käynyt tuuri siinäkin suhteessa, ettei hän ollut valinnut omenia. Ne olisivat varmasti ruhjoutuneet.

"Kiitos", hän sanoi ja yritti ottaa naisen keräämät tavarat vastaan, mutta hänellä ei ollut riittävästi käsiä.

"Ei haittaa. Minä voin auttaa", nainen sanoi. "Onko sinulla autoa?"

Mies nyökkäsi. "Tuolla noin." Hän osoitti autoaan, jonka oli pysäköinyt kauemmas parkkipaikalle.

"Asutko näillä tienoilla", nainen kysyi, kun he lähtivät kävelemään kohti miehen autoa.

"En kovin kaukana. Entä itse?"

"Parin korttelin päässä."

Mies nyökkäsi. "Ai!" hän sanoi parin sekunnin kuluttua aivan kuin olisi juuri tajunnut jotakin. "Voinko tarjota sinulle kyydin kotiin?"

Nainen hymyili jälleen. "Voi ei, autoni on ihan tuolla noin. Se katumaasturi, jonka alle appelsiinisi melkein vieri. Mutta kiitos kuitenkin tarjouksesta."

Kun he pääsivät miehen autolle, mies avasi lukituksen ja takaovet. "Voit laittaa tavarat takapenkille, jos siitä ei ole liikaa vaivaa."

"Ei tietenkään", nainen vastasi.

Kun hän asetti elintarvikkeet penkille, toinen appelsiineista vieri lattialle. Hän kurotti nopeasti käsivarttaan ja onnistui pysäyttämään hedelmän juuri ennen kuin se katosi kuskinpenkin alle.

"Tämä todella *on* karkulainen", hän mietti.

Yhtäkkiä hän tunsi jonkun takanaan. Hän kääntyi hiukan ja katsoi oikean olkansa yli. Mies seisoi aivan hänen lähellään. Ilme miehen silmissä oli muuttunut huomattavasti synkemmäksi. Hän hymyili tavalla, joka pelotti naista. Kun hän puhui, hänen äänensäkin kuulosti erilaiselta – tyyneltä, mutta tyyneyden keskeltä huokuva kylmyys imi ilmat suoraan naisen keuhkoista.

"Eikö kukaan koskaan kertonut sinulle, ettei kannata puhua tuntemattomille?"

Yhdeksänkymmentäkaksi

Seuraava aamu toi mukanaan syksyn ensimmäisen kaatosateen. Tumma taivas oli raskaiden pilvien peitossa, ja päivänvalo näytti häviävän taisteluaan. Katkera tuuli, joka puhalsi pohjoisesta, sai Los Angelesin tuntumaan marraskuiselta Winnipegiltä.

Hunterin, Garcian ja ylikomisario Blaken päivä alkoi Hunterin työhuoneessa pidetyllä tilannekatsauksella. Kukaan ei näyttänyt siltä, että olisi saanut yöllä juuri nukuttua.

"Okei", ylikomisario Blake sanoi ja sipaisi irtosuortuvat molemmin käsin korviensa taakse. "Ennen kuin puhumme muusta, haluan tietää, mikä tämä Thomas Paulsenin juttu on?" Hänen äänessään oli säväys ärtymystä.

Kumpikaan etsivä ei vastannut, mutta molempien otsalle ilmestyi täsmälleen samanlainen kysyvä kurttu.

"Poliisipäällikkö soitti myöhään eilisiltana", ylikomisario Blake selitti. "Hän puolestaan oli saanut eilen kaksi erillistä puhelua, toisen Kalifornian kuvernööriltä ja toisen Los Angelesin pormestarilta. Olette ilmeisesti käyneet ahdistelemassa ohjelmistomiljonääri Thomas Paulsenia, joka sattuu olemaan edellä mainittujen herrojen vaalikampanjoiden merkittävä rahoittaja."

"Ahdistelemassa?" Garcia hörähti.

"Sitä sanaa hän käytti", Blake vahvisti.

"Onnistuimme tuskin saamaan sanaa suustamme, pomo." Garcialla oli vaikeuksia pysytellä tyynenä. "Heti, kun astuimme hänen toimistoonsa, hän aloitti ennalta harjoitellun puheen. Kun hän oli valmis, hän potkaisi meidät pihalle. Siinä kaikki. En usko, että pääsimme esittämään yhden yhtä kysymystä."

"Mitä muuta te tiedätte hänestä kuin sen, että toinen uhrimme, Christina Stevenson, kirjoitti häntä koskevan artikkelin?"

Hetken epäröintiä.

"Tutkimme sitä mahdollisuutta, että Thomas Paulsen oli uhkaillut Christina Stevensonia artikkelin julkaisemisen jälkeen", Garcia sanoi lopulta.

"*Tutkitte*", ylikomisario sinkautti. "Eli *teillä ei ole vielä todisteita.*"

"Ei vielä", Garcia myönsi. "Mutta jos olisit ollut siellä, ymmärtäisit. Kaikki Thomas Paulsenissa haisi paskalta. Ja hän sopii profiiliin kuin nyrkki silmään. Hän sanoi niin itsekin. Hän on sen verran älykäs. Hänellä on välineet ja tarvittava tieto kyberavaruudesta. Hän on yhtä pöyhkeä ja röyhkeä kuin tappaja puhelimessa, ellei pahempikin. Hän myös myönsi, että oli hyvin iloinen nähdessään Christina Stevensonin kuolevan sillä tavalla. Eikö häiskä sinustakin haiskahda vähän psykolta?"

"Minulle on aivan yhdentekevää, haiseeko hän psykolta, koiranpaskalta vai ruusuilta", ylikomisario Blake tiuskaisi ärtyneenä. "Syyttämiseen tarvitaan todennäköinen syy, eikä sinulla pitäisi olla tarvetta kertoa sitä *minulle*. Pöyhkeä…? Totta kai hän on pöyhkeä. Hän on äärimmäisen rikas. Poliitikot syövät hänen kädestään, ja hän on erittäin suuren, vaikutusvaltaisen ja menestyneen yhtiön toimitusjohtaja. Se takaa hänelle valtaa, ja paljon sittenkin. Jokainen, jolla on niin paljon valtaa, muuttuu vääjäämättä pöyhkeäksi ja irtaantuu siitä, mitä me vaivaiset kuolevaiset kutsumme reaalimaailmaksi. Eikä teidän tarvitse kertoa minulle sitäkään. Tällä Paulsenilla on valtaa ja sopivat kontaktit, joiden avulla hän voi paiskata jokaisen tutkintaoven suoraan päin naamaamme. Riittää, että hän napsauttaa sormiaan, ja te pääsette jakamaan ylinopeussakkoja hamaan ikuisuuteen ja meikäläinen päätyy jonnekin sonnantonkijoiden poukamaan Pohjois-Dakotan uumeniin. Ymmärrättekö mitä tarkoitan?"

Hunter ja Garcia eivät sanoneet mitään.

"Minäpä kysyn teiltä", ylikomisario jatkoi. "Tutkitteko te ketään muuta, josta Christina Stevenson on kirjoittanut? Älkää väittäkö, että Thomas Paulsen on ainoa ihminen, jonka se nainen onnistui suututtamaan."

"Emme", Hunter vastasi. "Tällä hetkellä emme tutki ketään muuta."

Garcia kohotti kätensä pysäytyseleeseen. "Hetkinen, saammeko me nyt kuraa niskaamme työmme tekemisestä, pomo?"

"Ette", Blake suorastaan sylkäisi, ja hänen äänensä kohosi pykälän. "Te saatte kuraa niskaanne, koska minä sain kuraa niskaani, ja panen aina pahan kiertämään. Saatte myös kuraa niskaanne, koska tämä herra Paulsen sijoittaa mielellään isoja summia poliitikkojen kampanjoihin. Se tarkoittaa, että hän pystyy halutessaan hiillostamaan tätä laitosta aivan helvetinmoisilla tulilla."

"Entä sitten?" Hunter tokaisi. "Väittävätkö pormestari ja kuvernööri, että rikkaat eivät tapa ihmisiä?"

"Eivät." Ylikomisario mulkaisi häntä. "He sanovat, että sinulla on paras olla hyvin painavia todisteita, ennen kuin menet seuraavan kerran kolkuttelemaan Thomas Paulsenin ovelle. Jos näin ei ole, molempien vaalikampanja menettää erittäin merkittävän tukijan, ja meitä vastaan nostetaan syyte, joka saa Rodney Kingin keissin tuntumaan esikoululaisten puuhastelulta." Blake vaikeni ja kokosi itseään hetken. Hänen äänensä laski normaalille korkeudelle. "Kuulkaa, tiedän, että me kaikki vain teemme työtämme. Tunnette minut riittävän hyvin tietääksenne, ettei minua kiinnosta paskan vertaa, kuka Thomas Paulsen on tai ketä hän ohjailee, mutta totuus on, että tämän jätkän kohdalla meidän *on pakko* toimia sääntöjen mukaan. Jos emme toimi ja teemme pienimmän mahdollisen kämmin, poliisipäällikkö on vakuuttanut, että meidän kaikkien seuraavaan työnkuvaan kuuluu harja, vessanpytty ja ihmisulostetta. Menikö perille?"

"Kyllä", Garcia vastasi. "Pakko sanoa, että haiskahtaa vitunmoiselta paskalta."

"No, siltä valta ja politiikka tuoksuu, ja te tiedätte yhtä hyvin kuin minäkin, että tämä laitos hukkuu siihen sontaan eikä kukaan meistä mahda sille mitään. Eli tutkikaa sitä jätkää niin paljon kuin sielu sietää, mutta *toimikaa sääntöjen mukaan*. Jos löydätte häntä vastaan jotain muutakin kuin Christina Stevensonin kirjoittaman artikkelin, tulkaa ensin minun pakeilleni. Muuta en pyydä."

Ylikomisario Blake jätti aiheen ja siirtyi kohti kuvataulua. "Okei, muihin asioihin. Kolmas internetuhri: minulle kerrottiin, että hänen ruumiinsa on löytynyt." Hän tutki taulua, muttei löytänyt uusia kuvia.

"Jep, löytyi eilen", Garcia vahvisti. Hän selitti, että ruumis oli viskattu jätelavalle yksityisen kiinteistön takapihalle Maywoodiin. "Ruumis oli jo matkalla kuolinsyyntutkijalle, kun pääsimme paikalle. Meidän pitäisi saada ruumiinavausraportti ja valokuvat näillä hetkillä." Hän tuplaklikkasi jotain tietokoneellaan. "Tekniikka lähetti eilen illalla kaikki ruumiista dumppauspaikalla otetut kuvat. En ole vain ehtinyt vielä tulostaa niitä ja kiinnittää taululle." Hän tuplaklikkasi uudestaan, ja työpöydän reunalla kököttävä tulostin heräsi henkiin.

"Onko uhri tunnistettu virallisesti?" Blake kysyi.

Garcia nyökkäsi. "Uhrin vaimo ja tytär asuvat Seattlessa. He olivat eronneet vastikään. Uhrin vanhemmat asuvat Iowassa, mutta pääsimme vuokranantajan avulla käymään hänen asunnossaan Bellflowerissa. Asunnossa olleista tavaroista ja Maywoodin ruumiista otetut sormenjäljet vastaavat toisiaan sataprosenttisesti. "

"Eli kuka hän on?"

"Hänen nimensä on Ethan Walsh", Hunter vastasi ja ojensi Blakelle kuvan, jonka pitserianomistaja oli lähettänyt etsivä Perezille.

Ylikomisario Blake siirsi katseensa kuvaan ja tunnisti uhrin välittömästi. Hänkään ei ollut kyennyt unohtamaan tämän kasvoja. Kuvan ujo hymy oli hirvittävällä tavalla ristiriidassa niihin kauhun ja tuskan vääristämiin kasvoihin, jotka jatkuvasti piinasivat hänen mieltään.

"Mikä hänen tarinansa on?" Blaken ääni melkein sortui.

Hunter tarjosi pikaisen yhteenvedon kaikesta siitä, mitä he olivat tähän mennessä selvittäneet Ethan Walshista.

Ylikomisario Blake kuunteli kaikkea hiljaisena ja puuttui puheeseen vasta, kun Hunter oli lopettanut. "Tiedämmekö mitään hänen entisestä liikekumppanistaan, Nelsonko hänen nimensä oli? Hänhän on myös huippuohjelmoija, eikö niin?" Hän ojensi kuvan takaisin Hunterille.

"Aivan oikein", Hunter vahvisti. "Brad Nelson. Keräämme hänestä yhä tietoa, mutta on todennäköistä, ettei hän liity tähän mitenkään. Hän muutti takaisin Kanadaan kymmenen kuukautta sitten."

Garcia keräsi tulosteet printteristä ja kiinnitti ne huolellisesti kuvataululle.

Ylikomisario astui lähemmäs nähdäkseen paremmin. Lähikuva päästä, joka työntyi esiin mustasta jätesäkkikääreestä, sai iljettävän, happaman maun kohoamaan hänen suuhunsa. Hän kaivoi nopeasti taskustaan minttupastillin.

"Kävitte ilmeisesti uhrin asunnolla", ylikomisario Blake sanoi kääntyen vihdoin etsivien puoleen. "Löytyikö mitään?"

"Löysimme hänen kannettavan tietokoneensa", Garcia ilmoitti. "Mutta se on suojattu salasanalla. Jätimme sen tietokonerikoksiin Dennis Baxterin huomaan. He yrittävät saada sen murrettua."

Ylikomisario Blake nyökkäsi innottomana.

"Löysimme myös tämän", Garcia sanoi ja kaivoi esiin Ethan Walshin asunnolta löytämänsä muistivihon.

"Ja mikä se mahtaa olla?"

"Vanhanaikainen osoite- ja puhelinmuistio", Garcia selitti. "Ilmeisesti homma menee niin, että mitä enemmän on innostunut teknologiasta, sitä paremmin tietää, että kaikki voi mennä katastrofaalisesti pieleen. Näyttää siltä, että Ethan Walshilla oli paperiversio matkapuhelimensa yhteystiedoista."

Ylikomisario Blake nyökkäsi. Hänelläkin oli sellainen. "Okei, ja…?"

Garcia ojensi hänelle muistivihon, joka oli jo avattu tietyn sivun kohdalta. "Viides nimi ylhäältä", hän sanoi.

Ylikomisario silmäili listaa ja pysähtyi sitten. Hänen silmänsä suurenivat aavistuksen. "Christina Stevenson?" Hän luki nimen ääneen ja käännähti sitten katsomaan etsiviä. "Onko tämä sama Christina Stevenson?" Hän osoitti kuvataulua. "Tappajan toinen uhri?"

"Juuri hän", Hunter totesi. "Tuo on hänen kännykkänumeronsa."

"Muistat varmaan, että löysimme Christina Stevensonin matkapuhelimen hänen kotoaan?" Garcia kysyi.

"Ethanin numero on myös Christinan osoitekirjassa." Blake esitti puolittain kysymyksen, puolittain ilmoitusluonteisen asian.

"Kyllä vain", Garcia vahvisti. "Tarkistimme hänen puhelulokinsa, mutta se ulottuu vain kolmen viikon päähän. Hän ei ollut sinä aikana soittanut tai saanut puhelua Ethan Walshin numerosta."

"Onko teillä Walshin kännykkää?" Blake kysyi.

"Ei", Garcia vastasi. "Se ei ollut hänen asunnollaan. Olemme tarkistaneet palveluntarjoajalta, ja puhelin on sammutettu. Olemme jo pyytäneet molempien puhelutietoja kuluneiden kolmen kuukauden ajalta. Meidän pitäisi toivon mukaan saada ne iltaan mennessä, viimeistään huomenna. Juuri nyt emme tiedä, olivatko he ystäviä tai tuttuja, tai oliko Ethan Walsh kenties osallistunut jollain tasolla Christina Stevensonin työtään varten suorittamiin taustatutkimuksiin."

Ylikomisario Blake siirsi huomionsa jälleen puhelinmuistioon.

"Luin viime yönä joka ikisen artikkelin, jonka Christina Stevenson oli kirjoittanut *LA Timesille* viimeisten kahden vuoden aikana", Hunter ilmoitti. "Juttuja oli yhteensä kuusisataakuusikymmentäyhdeksän. Ethan Walshin nimeä ei ole mainittu yhdessäkään. Olen jo ottanut uudestaan yhteyttä Stevensonin esimieheen viihdetoimituksessa. Hän ei ole koskaan kuullut Ethan Walshista."

"Ajattelet siis, että hän on saattanut olla tiedonantaja?" ylikomisario Blake kysyi. "Tarkoitan lähde."

Hunter kohautti kevyesti olkapäitään. "Onhan se mahdollista. Olen myös pyytänyt edellä mainitulta esimieheltä kopioita kaikista niistä artikkeleista, jotka Stevenson kirjoitti ollessaan rikostoimituksessa."

"Rikostoimituksessa?" ylikomisario kysyi.

"Ennen kuin Christina Stevensonista tuli viihdetoimittaja, hän työskenteli yhdeksän kuukautta rikostoimituksessa. Tiedän, että siitä on jo kauan, mutta haluaisin silti käydä nekin jutut läpi. Minun pitäisi saada ne jossain vaiheessa tänään."

Ylikomisario ryhtyi selailemaan Ethan Walshin puhelinmuistiota.

"Jos etsit ensimmäistä uhria", Garcia sanoi, "eli Kevin Lee Parkeria, et löydä häntä. Me katsoimme jo."

Blake piti pienen mietintätauon. "Jep, mutta tämä osoittaa, että ainakin kaksi uhria tunsi toisensa. Kaupungissa, jonka väkiluku on osapuilleen kaksitoista ja puoli miljoonaa, kyse ei voi olla sattumasta. Tämä tappaja ei valitse uhrejaan umpimähkäisesti."

Yhdeksänkymmentäkolme

Kun hän vihdoin havahtui, hänen ensimmäinen ajatuksensa oli, ettei kuolema tuntunut lainkaan siltä kuin hän oli odottanut. Seuraavaksi, aistien pikkuhiljaa palauduttua, hän tajusi, ettei kuolema ollutkaan vielä korjannut häntä. Sitten tuli kipu – se kohahti hänen lävitseen kuin yliannostus huumeita. Tuntui kuin jokainen luu ja lihas olisi piesty henkihieveriin ja väännetty sitten sijoiltaan. Päätä särki niin raivokkaasti, että hänen oli vaikea hengittää. Veri jyskytti hänen korvissaan niin rajusti, että hän pelkäsi tärykalvojensa räjähtävän. Hän vaikersi hitaasti yrittäen löytää voimaa avata silmänsä kipua vasten.

Silloin hän kuuli jälleen miehen äänen, ja järisyttävä kauhun aalto hulmahti läpi hänen ruumiinsa jokaisen atomin.

"Älä taistele vastaan. Älä yritä liikkua. Yritä vain rentoutua." Miehen ääni oli tyyni, tunteeton, ruumiista irtautunut.

Hän ei kyennyt pidättelemään kauhistunutta ulvahdusta, joka pakeni hänen huuliltaan.

Mies odotti.

Hän yritti räpytellä silmiään auki, miettien ettei saanut panikoida, mutta kauhu verhosi jo hänet käärinliinan lailla. Hän haukkoi henkeä, hyperventiloi.

Mies puhui uudestaan.

"Vedä syvään henkeä ja yritä pysytellä rauhallisena."

Hän haukkoi jälleen henkeään.

"Tiedän, että olet peloissasi. Ymmärrän, että tämä tuntuu juuri nyt vaikealta, mutta hengitä vain, ja paniikki laantuu pian."

Hän yritti tehdä kuten käskettiin.

Hän onnistui lopulta avaamaan silmänsä, salli niiden havainnoida ympäristöä, mutta huone oli enimmäkseen hämärän peitossa. Ainoa valo oli peräisin hirvittävän heikosta, kaukaisesta nurkkavalosta. Tunkkainen ilma haisi väkevästi heinältä, desinfiointiaineelta ja joltain muulta, mitä hän ei tunnistanut. Joltain makealta ja sairaalloiselta. Hän ei nähnyt miestä, mutta kuuli tämän hengityksen ja aisti tämän ahdistavan läsnäolon.

Hän tuli hitaasti tietoiseksi siitä, ettei pystynyt liikkumaan. Hän istui jonkinlaisella raskaalla, kovalla ja epämukavalla korkeaselkäisellä tuolilla. Ranteet oli sidottu köydellä tuolin käsinojiin, nilkat oli kiinnitetty tiukasti tuolin jalkoihin. Keskivartalo ja pää eivät olleet kahleissa, minkä vuoksi hän pystyi kääntelemään ruumistaan aavistuksen verran puolelta toiselle. Hän teki niin hitaasti. Ensin vasemmalle, sitten oikealle, yrittäen ymmärtää huonetta paremmin. Vasta silloin hän tajusi olevansa alasti.

Yhtäkkiä hänet valtasi äkillinen epätoivo hänen ymmärrettyään, miten haavoittuvainen, paljastettu ja hauras hän todella oli. Hän halusi pystyä hallitsemaan tilannetta. Hän halusi näyttää olevansa vahva ja päättäväinen, mutta juuri sillä hetkellä kauhu voitti kamppailun, ja hän alkoi tahtomattaan nyyhkyttää.

"Et tee kuten käskin." Miehen kylmä ääni kuului jälleen.

Nainen ei voinut tukahduttaa nyyhkytystään. Hän tunsi, miten kyynelet kihosivat hänen silmiinsä, ja hän puristi silmäluomet tiukasti kiinni, yritti pakottaa kyyneliä tiehensä.

Pysy vahvana, ääni hänen päässään sanoi.

Hän oli lukenut jostakin, että raiskaajat nauttivat pelosta, saaliinsa alistumisesta, mutta ajatus sai hänet vain pelkäämään enemmän, ja epätietoisuus tulevasta jäykisti hänet kauhusta. Kun hän puhui, hän kuulosti pieneltä, eksyneeltä lapselta.

"Ole kiltti äläkä satuta minua." Hänen äänensä sortui. "Ole kiltti ja päästä minut menemään."

Hiljaisuus.

Seuraavat sanat hän lausui mitään miettimättä.

"Teen mitä vain haluat. Kunhan päästät minut menemään."

Ei vastausta.

"Ole kiltti…" Ohikiitävänä selväpäisyyden hetkenä hän tajusi, miten hyödyttömältä nuo kaksi sanaa kuulostivat.

"Kerro minulle, mitä haluat." Hänen mielensä kävi läpi mahdollisia vastauksia, mutta hän pakotti itsensä karkottamaan karmivat näyt.

Mies hengitti hitaasti ulos ja liikahti.

Hetken tuntui kuin hänen sydämensä olisi pysähtynyt.

Mies astui varjoista ja häilyi ensi kerran hänen näkökentässään. Hän kurkotti kaulaansa miehen suuntaan. Hän tunnisti miehen välittömästi eri vaatteista huolimatta. Kyseessä oli sama mies, jonka kanssa hän oli puhunut supermarketissa ja jota hän oli myöhemmin auttanut pysäköintipaikalla. Poissa oli kuitenkin rento, helposti lähestyttävä hymy, ujo olemus ja ystävälliset silmät. Mies näytti pitemmältä, vahvemmalta, uhkaavammalta. Hänen kasvonsa tuntuivat olevan pelkkiä reunoja ja kulmia.

"Hei taas", mies sanoi.

Miehen katse tarrasi häneen kuin jättimäinen pedonkynsi, ja hänestä tuntui, että hän imeytyi avuttomasti johonkin pimeään paikkaan. Hänen silmiinsä kihosi lisää kyyneliä.

"Itku ei auta sinua."

"Ole kiltti äläkä satuta minua", hän sanoi uudestaan. Sanat noruivat hänen huuliltaan pyytämättä. Surullisina, voimattomina. "Teen mitä vain haluat."

"*Mitä vain haluan?*" Mies ei irrottanut katsettaan hänen alastomasta vartalostaan. Miehen sanoista huokuva vihjaus ja jäykkä katse iskeytyivät hänen tajuntaansa kuin nyrkki vasten ohimoa.

Hän nielaisi kurkkuunsa nousseen palan ja kuuli eksyneen pikkutytön vastaavan sisällään: "Kyllä. Mitä vain haluat."

Mies astui lähemmäs.

Hän pidätti henkeään. "Voi hyvä Jumala."

"Lakkaa rukoilemasta."

"Anteeksi", hän sanoi nopeasti. "Teen ihan mitä tahdot. Ole kiltti."

"Lakkaa anelemasta."

Hän alkoi itkeä uudestaan.

"Lakkaa itkemästä."

Hän hengitti nenän kautta ja piti ilmaa keuhkoissaan, kunnes onnistui hallitsemaan nyyhkytystään.

"Sinä siis teet *mitä vain* haluan sinun tekevän?" mies kysyi häneltä vielä yhden kerran.

Hän hengitti ulos, ja rohkeus täytti hänet kuin tyhjästä.

"Kyllä." Hänen äänessään oli nyt selkeää päättäväisyyttä. *Sinä pystyt tähän.* Ääni hänen päässään puhui jälleen.

Mies astui vielä lähemmäs, ja hän näki veitsen välähtävän miehen kädessä.

"Hyvä Jumala... ei." Päättäväisyys oli tiessään. Hänen mielensä muuttui yhdeksi suureksi, mustaksi pakokauhun laataksi, joka halvaannutti hänen jokaisen liikkeensä.

Mies hymyili hänelle tavalla, joka kertoi, että hänen pelkonsa miellytti miestä. Mies tuijotti häntä silmiin kuin heidän välillään olisi kiinteä yhteys. Hän tunsi terän kylmyyden ihollaan muttei pystynyt irrottautumaan miehen hypnoottisesta katseesta. Terä loittoni nopeasti. Liike oli nopea, viiltävä.

Nainen pidätti hetken henkeään.

Ei kipua.

Hän tiesi, että riittävän terävä veitsi saattoi viiltää ihmisen ihoa ja lihaa niin hienovaraisesti, että joskus kipua ei tuntunut lainkaan. Hän tiesi myös, että hänen suonissaan juuri sillä hetkellä kuohuva valtava adrenaliinimäärä saattoi piilottaa jopa kaikkein sietämättö-mimmän kivun.

Hän odotti.

Ei edelleenkään kipua.

Mies astui taaksepäin ja rikkoi lopulta katsekontaktin.

Oli kuin hän olisi päässyt vihdoin vapaaksi lumouksesta, ja hänen katseensa laskeutui alaspäin, etsien verta, etsien viiltoja.

Ei mitään.

Sen sijaan hän näki, että mies oli viiltänyt poikki hänen oikeaa rannettaan sitovan köyden.

Hän oli hämmentynyt. Aikoiko mies päästää hänet vapaaksi? Hän ei jäänyt vellomaan ajatukseen liian pitkäksi aikaa, sillä nilkat ja vasen ranne olivat yhä sidottuina raskaaseen tuoliin. Hän kohotti oikean käsivartensa kohti rintaansa. Tuntui riemastuttavalta pystyä jälleen liikuttamaan sitä. Hän puhalsi rannettaan, availi ja puristi sormensa moneen kertaa nyrkkiin saadakseen veren jälleen kiertämään. Se tuntui hyvältä.

Mies ilmaantui äkkiä uudestaan hänen takaansa ja asetti hänen syliinsä jotain raskasta ja kylmää. Hänen katseensa siirtyi siihen.

Puutarhasakset.

"Ota ne", mies sanoi.

Hän totteli.

Mies oli hetken hiljaa. Aika tuntui epäröivän hänen kanssaan. "Okei. Haluan, että leikkaat irti kaikki vasemman kätesi sormet. Aloita pikkurillistä ja etene kohti peukaloa."

Hän nosti katseensa, mutta mies oli palannut varjoihin.

"Mitä?" Hänen äänensä tärisi.

"Sanoit, että tekisit mitä vain haluaisin sinun tekevän." Ääni kuului hänen takaansa. Mies puhui nyt hyvin hitaasti. "Haluan, että teet sen. Haluan, että leikkaat pois kaikki vasemman kätesi sormet."

Nainen ei voinut kätkeä tuntemaansa kauhua. Puutarhasakset alkoivat täristä hänen kädessään, hänen huulensa värisivät.

"Pane sormi terien väliin, sulje silmäsi ja nipsaise nopeasti ja kovaa, ennen kuin rohkeutesi kaikkoaa."

Hän ei pystynyt edes muodostamaan sanoja.

"Se sattuu. Ei epäilystäkään. Verta tulee paljon. Siitäkään ei ole epäilystä. Sinusta tuntuu varmasti siltä, että pyörryt. Mutta jos osoitat minulle, että olet psykologisesti riittävän vahva runnellaksesi täydellisesti vasemman kätesi, päästän sinut vapaaksi. Se on lupaus. Ajan sinut jopa itse poliisiasemalle."

Naisen ylitse oli hulmahtanut pahoinvoinnin aalto, ja hän taisteli sitä vastaan. Hän katsoi saksia.

"Annan sinulle *mahdollisuuden*. Tee se ja pääset vapaaksi. Jos et tee…" Mies jätti seuraukset hänen jo entuudestaan kauhistuneen mielikuvituksensa puntaroitavaksi.

Hän veti keuhkonsa täyteen ilmaa, mutta tällä kertaa rohkeus ei palannut sen myötä.

"Tee se", mies sanoi vakaasti.

Hän siirsi katseensa vasempaan käteen, joka oli yhä lujasti sidottuna tuoliin.

"Tee se. Se on vapautesi hinta."

Hän levitti epävarmasti vasemman kätensä sormet.

"Juuri noin. Tee se. Näytä minulle, että olet vahva."

Hän asetti saksien terät vasemman kätensä vapisevan pikkusormen ympärille.

"Juuri noin. Terät leikkaavat kuin laser. Purista kahvoja lujaa ja nopeasti, ja terät tekevät loput."

Hän ei pystynyt liikkumaan.

"LEIKKAA SORMESI IRTI!" Miehen huuto oli niin luja ja yllättävä, että hän laski alleen. Miehen ääni kajahteli seinillä ja katossa ikuisuudelta tuntuvan ajan.

Kyynelet alkoivat valua naisen poskilla. Terät olivat niin viiltävät, että pelkkä pyyhkäisy sai aikaan haavan. Hän näki, miten pieni veripisara värjäsi ihon sormen ympärillä.

"TEE SE!" Uusi luja ja vihainen huuto.

Hän sulki silmänsä ja veti syvään henkeä.

Mies hymyili.

Nainen heitti sakset lattialle.

"En pysty, en vain pysty." Hän kohotti tärisevän oikean kätensä kasvoilleen ja nyyhkytti. "En pysty siihen. En pysty."

Mies nauroi. "Luulit, että halusin raiskata sinut, vai kuinka?" hän kysyi. Hän ei odottanut vastausta. "Ja siksi sanoit, että tekisit mitä hyvänsä mitä haluaisin sinun tekevän. Kuvittelit, että sinun pitäisi vain maata retkottaa selälläsi ja levittää reitesi. Sinnitellä pari minuuttia, kun tämä hirviö käväisee sisälläsi." Mies ilmestyi taas hämärästi näkyviin. "Jos haluaisin raiskata sinut, mikä saa sinut kuvittelemaan, että tarvitsisin siihen sinun lupaasi tai yhteistyötäsi?"

Nainen ei vastannut. Hän nyyhkytti entistä rajummin.

"Rauhoitu", mies sanoi. "Minulla ei ole minkäänlaista tarkoitusta raiskata sinua."

Mielessään nainen oli täynnä tuskaa ja häpeää. Hän oli paljastettu ja yksin.

"Mi– mitä sinä aiot tehdä minulle?" Pikkutyttö hänen sisällään puhui jälleen.

Mies palasi takaisin varjoihin. Vastaus kuului kuiskauksena hänen oikeaan korvaansa. "Minä tapan sinut."

Nainen haukkoi henkeään. Kauhu sai hänen koko kehonsa kouristelemaan.

Mies nauroi. "Jos se pelottaa sinua –" hän piti dramaattisen tauon "– odotapa kun kuulet, miten aion tehdä sen."

Yhdeksänkymmentäneljä

Illan tullen sade lankesi raskaina ryöppyinä, joita ryydittivät ukkosenjyrähdykset ja salamat valtameren yllä. Sen jälkeen myräkkä laantui tasaiseksi, ärsyttäväksi tihkuksi. Lämpötila laski pari astetta, minkä vuoksi yössä oli epämiellyttävä, kaikkea muuta kuin Los Angelesin kaltaiselle kaupungille luonteenomainen hyinen vire.

Iltapäivän loppuun mennessä Hunter ja Garcia olivat saaneet Christina Stevensonin ja Ethan Walshin puhelutiedot. Ne ulottuivat vain kolmen kuukauden päähän, eikä kumpikaan uhri ollut soittanut toiselle tuona aikana. Ei ainakaan matkapuhelimellaan. Hunterin oli pakko pyytää uusia puhelutietoja, tällä kertaa vuoden taakse, mutta niiden saamiseen menisi vähintäänkin päivän verran.

Sen sijaan, että olisi päivän päätteeksi ajanut kotiin ja viettänyt jälleen yhden yön kamppaillen ajatustensa ja unettomuutensa kanssa, Hunter päätti käväistä uudestaan Christina Stevensonin talolla. Hän tiesi varmaksi, että Christina oli siepattu makuuhuoneestaan, ja sieppauspaikoilla oli rikospaikkojen tapaan aina tarjolla muutakin kuin simppeleitä fyysisiä todisteita. Hunterilla oli lahja niiden ymmärtämiseen. Jos hän viettäisi hetken Christinan talolla, yksin ja ilman häiriötekijöitä, hän saattaisi kenties löytää jotakin, mikä oli jäänyt häneltä huomaamatta.

Hän vietti melkein kaksi tuntia Christinan luona, suurimman osan ajasta makuuhuoneessa. Hän yritti kuvitella, mitä tuona yönä oli tapahtunut, ja kävi tapahtumia läpi sitä mukaa kuin hänen mieleensä pulpahteli kuvia.

Hän asettui Christinan makuuhuoneen kukkaverhon taakse juuri siihen paikkaan, jossa oletti tappajan piileskelleen. Hunter tiesi, että tappaja ei ollut hyökännyt Christinan kimppuun heti tämän tultua huoneeseen: Christinan vaatteet oli siroteltu lattialle, samoin kuin samppanjalasi ja pullo. Christina oli juonut skumppaansa yksin. Dom Ruinartin hinnan perusteella Christinan oli täytynyt juhlia jotakin erityistä. Todennäköisesti sitä, että hänen kirjoittamansa juttu oli päässyt sunnuntain viihdeliitteen kanteen.

Tappaja oli katsellut Christinaa aikansa, joko odottaen sopivaa iskuhetkeä tai nauttien riisuutumisnäytöksestä. Niin tai näin, hetki oli koittanut, kun Christina oli työntynyt sängyn alle hakemaan rannekelloaan. Hänestä tuntui, että Christina oli sängyn alla ollessaan äkännyt tappajan kengät verhon alta. Sen jälkeen kaikki oli tapahtunut salamannopeasti. Yhden ainoan minuutin sisällä Christina oli kiskottu sängyn alta ja tainnutettu. Tappajalla oli todennäköisesti ollut valmiina ruisku, jossa oli sopiva määrä fenoperidiiniä. Christina oli pannut vastaan parhaan kykynsä mukaan, potkinut ja kirkunut. Kamppailun jälkiä oli kaikkialla huoneessa, mutta hyökkääjä oli vahva ja huume vielä vahvempaa.

Vaikka Hunter kävi koko kohtauksen läpi mielessään ja siirtyili tunnontarkasti pitkin taloa, hän ei saanut ainuttakaan uutta vihjettä. Ei mitään, mikä olisi vastannut kaikkiin niihin kysymyksiin, jotka kirkuivat hänelle hänen päänsä sisällä.

Christinan talolta lähdettyään hän istui pitkän aikaa autossaan miettien, mitä tehdä seuraavaksi. Pääsisivätkö he edes senttiä lähemmäs tätä tappajaa, ennen kuin hän surmaisi uudestaan? Hunter oli varma, että hän surmaisi.

Hän vilkaisi kelloaan ja päätti, ettei ollut vieläkään valmis lähtemään kotiin. Sen sijaan hän ajeli päämäärättömästi pitkin kaupunkia hakien olematonta, suunnaten ei-mihinkään. West Hollywoodin kirkkaat neonvalot ja ruuhkaiset kadut saivat hänet tuntemaan itsensä hiukan enemmän eläväksi. Oli aina hyvä nähdä ihmisten hymyilevän, nauravan ja nauttivan elämästään.

Sieltä hän ajeli itään, ohi Echo Laken ja betonimöykyn, joka tunnettiin myös Dodgersin stadionina, minkä jälkeen hän suuntasi etelään keskisen Los Angelesin kautta. Yhtäkkiä Hunterille tuli halu päästä rannalle ja nähdä valtameri, kenties kävellä paljain jaloin hiekalla. Hän rakasti öistä merituulta. Se toi hänen mieleensä edesmenneet vanhemmat ja lapsuusajat. Onnellisemmat ajat, kenties. Hän kääntyi länteen ja suuntasi kohti Santa Monica Beachia päättäen vältellä moottoritietä. Kerrankaan hänellä ei ollut kiire minnekään.

Hän ohitti 4th Street Bridgen risteyksen ja jatkoi pitkin South Mission Roadia. Nuo kadut olivat hänelle yhtä tuttuja kuin hänen oma kämppänsä, eikä hän kiinnittänyt huomiota katukyltteihin, varsinkaan siihen suureen tien yläpuolella.

Sitten se tapahtui. Oli kuin oikukas dominonappula olisi äkkiä menettänyt tasapainonsa ja kaatunut päin kaikkia muita nappuloita laukaisten valtavan ketjureaktion. Ensin hänen alitajuntansa rekisteröi sen. Sitten, noin sekunnin kuluttua, alitajunnan kommunikoidessa tietoisen mielen kanssa, Hunterin päässä alkoi soida varoituskello. Vei vain toisen millisekunnin, kun aivot lähettivät signaalin lihaksille hermojärjestelmän kautta. Adrenaliini humahti Hunterin lävitse hyökyaallon lailla, ja hän painoi jarrut täysillä pohjaan. Ikäkulu Buick LeSabre kaarsi oikealle ennen kuin pysähtyi äkkiarvaamatta keskelle tietä. Hänellä oli onnea, ettei aivan hänen takanaan ollut toista autoa.

Hunter syöksähti autosta kuin luoti. Hänen henkensä salpaantui kurkkuun, kun hänen silmänsä tarkensivat suureen vihreään tiekylttiin, jonka ali hän oli juuri ajanut. Hänen mielensä työskenteli tuhannen kilometrin tuntinopeudella, etsi muistoja, yritti loksautella niitä paikoilleen. Kun hän lopulta muisti, hänen mielensä jakoi muiston kuviksi, ja hän tunsi kylmän väreen kohoavan hitaasti pitkin selkäpiitään.

"Se ei voi olla tämä", hän sanoi ei kenellekään, mutta hänen sanoillaan oli vain vähän merkitystä, sillä mitä enemmän hän muisti, sitä varmempi hän oli.

Kaikki tappajan heille antamat vihjeet olivat olleet todellisia.

Yhdeksänkymmentäviisi

Hunter ajoi suorinta tietä takaisin työhuoneelleen poliisin hallintorakennukseen ja käynnisti välittömästi tietokoneensa. Sen latauduttua hän huomasi ensimmäiseksi, että oli saanut sähköpostia Pamela Haysilta, Christina Stevensonin esimieheltä *LA Timesin* viihdetoimituksessa. Meilissä oli liite – Christinan kirjoittamat rikosjutut, joita hän oli pyytänyt aiemmin.

"Mahtavaa!" Hunter kuiskasi mutta jätti ne toistaiseksi odottamaan. Hän tiesi, että palaisi pian niiden pariin.

Tällä hetkellä hänen tärkein tehtävänsä oli löytää eräs vanha tapahtumakansio. Hän ei muistanut uhrin nimeä tai tarkkaa päivämäärää, mutta vuodesta hän oli varma – se riittäisi. Hän avasi LAPD:n onnettomuustietokannan sisäisen hakukoneen, näpytteli muistamansa vuoden, onnettomuustyypin ja konstaapelin nimen. Ainokainen tulos tuli 0.23 sekunnin kuluttua.

"Bingo!" Hunter hymyili.

Hän klikkasi linkkiä ja luki tapausraportin. Adrenaliini ja kiihtymys pumppasivat hänen suonissaan.

Hunter palasi Pamela Haysin sähköpostin pariin ja purki liitteenä tulleen pakatun tiedoston. Tiedostoja oli yhteensä kaksisataaviisikymmentäyhdeksän, mutta samoin kuin hänen muutama päivä aiemmin saamansa viihdeartikkelit nämäkään tiedostot eivät olleet hakukelpoisia tekstitiedostoja. Ne olivat skannattuja kuvia sanomalehtien sivuista – ei kansionimiä, vain julkaisupäivämäärät. Tällä kertaa Hunterin ei kuitenkaan tarvinnut lukea niitä kaikkia. Hän tiesi nyt tarkan päivämäärän. Sen hän oli saanut onnettomuustietokannasta. Hän löysi nopeasti etsimänsä ja tuplaklikkasi kuvaa.

Juttu ei ollut pitkä, vain viitisensataa sanaa. Artikkelin yhteydessä oli neljä valokuvaa. Kolme niistä oli huonolaatuisia; neljäs oli hyvälaatuinen muotokuva ja absoluuttisen järkyttävä. Juttu oli julkaistu *LA Timesin* rikosliitteen toisella sivulla eräänä torstaiaamuna liki kaksi ja puoli vuotta sitten.

Jo pelkkä artikkelin otsikko sai Hunterin vetämään henkeä, ja hän joutui pakottamaan itsensä lukemaan sen pariin kertaan uudestaan. Asiat alkoivat käydä kammottavalla tavalla järkeen.

Sivuhuomautus artikkelin lopussa paljasti, miten sanomalehti oli saanut käsiinsä juttua ryydittävät kolme valokuvaa, ja Hunter kakoi toistamiseen.

"Ei ole totta", hän sanoi ääneen hiljaisessa huoneessa. Huone kaikui hänen ympärillään. Hunteria melkein huimasi nopeus, jolla palaset loksahtelivat paikoilleen.

Hän tulosti skannatun kuvan ja asetti sen pöydälleen. Sen jälkeen hän mietti, mitä etsisi seuraavaksi. Hän muisti tappajan City Hall Parkin roskikseen jättämän videokameran, ja hänen mielensä huomasi yhteyden aivan äkkiarvaamatta.

"Se paskiainen."

Hän avasi verkkoselaimen ja mietti hetken, mitä kirjoittaisi hakukoneeseen. Hän päätyi nopeasti nelisanaiseen lauseeseen. Tulos saapui melkein saman tien – osapuilleen kuusi miljoonaa tulosta 0.36 sekunnissa.

Koska hän oli käyttänyt hakukriteerinä nelisanaista lausetta, hakukone etsi ensin kaikkia sanoja siinä järjestyksessä, jossa Hunter oli ne kirjoittanut. Nämä tulokset löytyivät listan kärjestä. Kun hakukoneelta loppuivat osumat, jossa kaikki sanat olivat tuossa nimenomaisessa järjestyksessä, se ryhtyi automaattisesti etsimään mitä hyvänsä neljästä yksittäisestä sanasta tai niiden yhdistelmiä, järjestyksessä tai ei. Siksi tuloksia oli niin paljon.

Hunter klikkasi ylintä osumaa, joka vei hänet erikoisalan verkkosivulle. Hän vietti siellä jonkin aikaa, selaili sivuja ja tutki arkistoja, muttei löytänyt etsimäänsä.

Hän palasi tulossivulle ja kokeili toiseksi ylintä linkkiä. Hän veti jälleen vesiperän koluttuaan arkistoja muutaman minuutin.

Hän toisti hedelmättömän prosessin kahdeksantoista kertaa, kunnes osui vihdoin hämärälle verkkosivulle. Heti, kun sivuston etusivu latautui hänen näytölleen, Hunter tunsi outoa kihelmöintiä niskassaan. Hän ravisteli tunteen tiehensä ja näpytteli sivuston sisäiseen hakukoneeseen yhdistelmän avainsanoja sekä päivämäärän. Tuloksena oli viisitoista tiedostoa. Hakukone ei ollut erityisen hyvä, eikä päivämäärän lisäämisellä ollut minkäänlaista vaikutusta. Hän päätti, että helpointa olisi käydä läpi kaikki viisitoista hakutulosta.

Hänen ei tarvinnut. Hän löysi etsimänsä neljännestä.

Hän nojautui taaksepäin tuolissaan ja hieroi naamaansa molemmin käsin. Näytölle latautuneet kuvat törmäilivät absurdin rajusti hänen mielessään myllertäviin muistoihin.

Tiedoston oli ladannut joku, joka kutsui itseään nimellä DarkXX1000. Hunter yritti parhaansa mukaan selvittää käyttäjänimen takana olevan henkilön todellista identiteettiä, muttei päässyt puusta pitkään. Hän päätti palata asiaan myöhemmin.

Hän vietti seuraavat puolitoista tuntia tekemällä yhdistelmähakua internetin ja niiden suurelta yleisöltä suljettujen tiedostojen välillä, joihin hänellä LAPD:n virkamiehenä oli pääsy. Nekään eivät paljastaneet juuri mitään.

Hänen silmänsä kutisivat ja vuosivat liiallisen näytön tihrustamisen jäljiltä. Hän piti vessatauon ja kaatoi sen jälkeen itselleen uuden kupillisen vahvaa mustaa kahvia. Hän ryhtyi marssimaan edestakaisin huoneessa ja pakotti mielensä käymään läpi kaiken, mitä hän oli siihen mennessä saanut selville – paljon, mutta monta yksityiskohtaa puuttui vielä. Hän tajusi tarvitsevansa apua. Hän ei piitannut myöhäisestä ajankohdasta vaan tarttui kännykkäänsä ja näpytteli Michellen numeron. Nainen vastasi kolmannen pirahduksen jälkeen.

"Michelle", Hunter sanoi. "Minun vuoroni pyytää anteeksi sitä, että soitan näin myöhään virka-ajan ulkopuolella."

Michelle nauraa hekotti. "FBI:ssä ei tunneta käsitettä 'virka-aika'. Vuoroni alkoi sinä päivänä, kun minut palkattiin, ja sen on määrä päättyä vasta noin –" hän piti tauon kuin suorittaakseen laskutoimituksen "– neljänkymmenenviiden vuoden kuluttua."

"Pitkä vuoro."

"Paraskin puhuja." Uusi hörähdys. "Okei, mitä on tapahtunut?"

Hunter kertoi kaiken, mitä oli siihen mennessä saanut selville ja mitä vailla vielä oli. Kun hän oli valmis, Michelle oli sanaton.

"Michelle, oletko vielä siellä?"

"Tuota noin... joo. Oletko varma tästä?"

"Niin varma kuin voin koskaan olla."

"Okei. Katsotaan, mitä saan selville. Palaan asiaan. Saattaa mennä myöhäiseksi... tai varhaiseksi, riippuu miltä kantilta katsoo."

"En ole menossa minnekään."

Yhdeksänkymmentäkuusi

Michelle soitti juuri ennen aamukuutta. Hän oli onnistunut vih-doinkin löytämään kaiken Hunterin pyytämän tiedon, mukaan lukien sen henkilön nimen, joka oli käyttäjänimi DarkXX1000:n takana. Kahdeksalta Hunter jo johti pikaisesti paikalle kutsuttua kokousta PAB:n kellarissa ikkunattomassa neuvotteluhuoneessa.

Huone oli vanhanaikaista koululuokkaa muistuttava neliskant-tinen betonikoppero. Kuusitoista pulpettia oli järjestetty neljän pulpetin riveihin. Ensimmäinen rivi oli vajaan metrin päässä huo-neen etualalla olevasta puisesta puhujanpöntöstä, jonka takana Hunter seisoi. Hänen vasemmalla puolellaan oli valkokangas; oikealla puolella suuri, kolmijalalle asetettu fläppitaulu.

Garcia ja ylikomisario Blake istuivat eturivin kummassakin päässä, ja heidän välissään oli kaksi tyhjää paikkaa. Toisen rivin keskellä istui Michelle Kelly, joka oli ilmoittanut Hunterille halua-vansa mukaan. Kahdella viimeisellä rivillä istui kahdeksan hengen vahvuinen SWAT-tiimi, jonka kaikilla jäsenillä oli luotiliivi mustan maastopuvun päällä. Kireä ja vaivaantunut mumina lakkasi kuin veitsellä leikaten, kun Hunter selvitti kurkkunsa.

Kaikkien katseet kohdistuivat häneen.

"Okei, aloitan aivan alusta", hän sanoi ja nyökkäsi Jack Fallonille, SWAT-ryhmän pomolle, joka seisoi huoneen perällä viimeisen penkkirivin takana.

Fallon himmensi valot.

Hunter painoi oikeassa kädessä pitelemäänsä kaukosäädintä, ja valkokankaalle heijastui teini-ikäisen pojan kuva. Poika ei näyttä-nyt kuuttatoista vanhemmalta, ja hänellä oli korkea otsa, selväpiirteiset poskipäät sekä kesakoiden peittämä siro nenä. Hänen kirkkaat, vaaleansiniset silmänsä täydensivät kauniisti laineikasta, tummanvaaleaa tukkaa. Hän oli hyvännäköinen jantteri.

"Tämä on Brandon Fisher", Hunter aloitti. "Kaksi ja puoli vuotta sitten Brandon oli Jeffersonin lukion opiskelija eteläisessä Los Angelesissa. Brandon oli hirvittävän ujo ja joskus vetäytyväkin, mutta hän oli myös hyvin älykäs nuori, jonka todistuksissa oli lähinnä ysejä ja kymppejä. Brandon oli lisäksi varsin lupaava vasenkätinen pelinrakentaja, jonka heittokättä arvostettiin. Oli hyvin todennäköistä, että hän saisi jalkapallostipendin yliopistoon." Hunter siirtyi puhujanpöntön takaa. "Pari viikkoa sen jälkeen, kun Brandon oli saanut ajokortin, hän joutui vakavaan kolariin West Washington Boulevardin ja South La Brea Avenuen risteyksessä. Onnettomuus tapahtui aamuyöllä kello 02.41", Hunter selitti. "Vaikka Brandon olikin kuskina noviisi, onnettomuus ei ollut hänen syytään. Sen lisäksi, että kolme erillistä todistajaa puhui hänen puolestaan, Los Angelesin liikennepoliisilla oli myös valokuvatodisteita kyseisen risteyksen liikennekamerasta, joka aktivoituu jonkun ajettua päin punaisia. Toinen osapuoli oli ajanut päin punaisia."

Hunter painoi jälleen säädintä. Brandon Fisherin muotokuvan tilalle tuli kuuden valokuvan sarja, joka oli järjestetty kahteen kolmen kuvan riviin. Niiltä näkyi selkeästi tapahtumasarja, jossa tummansininen Ford Mustang ajaa päin punaisia ja törmää hopeanväriseen Chevrolet Cruzeen. Mustangin ajonopeus, joka näkyi jokaisen kuvan oikeassa alareunassa, oli 88,5 kilometriä tunnissa.

"Törmäys sai Brandonin auton kieppumaan kahdenkymmenenviiden metrin päähän West Washington Boulevardille", Hunter sanoi. "Hän oli ajoneuvossa yksin. Brandon mursi vasemman käsivartensa, molemmat jalkansa ja sai vakavia vammoja kasvoihinsa ja kehoonsa. Lisäksi häneltä murtui lukuisia kylkiluita, joista yksi lävisti vasemman keuhkon."

Uusi klikkaus, ja valkokankaan valtasi uusi kuva Brandon Fisheristä. SWAT-agentit mumisivat ja kiroilivat. Hunter näki, miten Garcia vavahti. Hän näki ylikomisario Blaken ja Michellen vetävän henkeä ja kohottavan yllättyneinä käden suulleen.

Brandonin silmissä näkyi nyt surua, joka tuntui tarttuvalta. Ennen niin komeat kasvot olivat kahden suuren arven ja useamman pienen turmelemat. Kahdesta isosta haavasta suurempi oli ohittanut vasemman silmän puhtaalla tuurilla mutta viiltänyt halki sopusuhtaisen nenän ja runnellut sen brutaalisti ennen kuin oli siirtynyt molempien huulien poikki, niin että suun koko vasen puoli oli keikahtanut alaspäin kuin sulaneena jonkinlaiseen ikuiseen, surumieliseen irveeseen. Toinen arpi alkoi otsan vasemmasta yläkulmasta, aivan päänahan alta. Sieltä se kulki epätasaisesti kohti oikeanpuoleista korvaa viiltäen matkalla läpi oikean kulmakarvan yläosan, jonka se oli venyttänyt pois muodostaan yhdessä silmäluomen kanssa.

"Tämä kuva on otettu suunnilleen kaksitoista kuukautta onnettomuuden jälkeen", Hunter selitti, "kun arvet olivat melko lailla parantuneet. Hänelle oli jo tehty kaksi plastiikkakirurgista operaatiota, mutta tämän paremmaksi häntä ei saatu. Lääkäreistä ja uusista leikkauksista ei olisi juuri ollut iloa."

"Lapsiparka", Michelle kuiskasi.

"Lienee sanomattakin selvää, että useimpien ihmisten onnistuu hyvin harvoin *täydellisesti* sopeutua tämänkaltaiseen vakavaan, elämää muuttavaan kasvojen vammautumiseen", Hunter sanoi. "Viis siitä, miten kauan aikaa kuluu tai miten paljon tukea uhri saa." Hän piti tauon vetääkseen henkeä. "Kuten sanoin, Brandon oli jo entuudestaan ujo ja vetäytyvä nuori. Ei ole mikään ihme, että onnettomuus syöksi hänet pohjattoman masennuksen synkkään kuiluun. Hän ei pystynyt enää pelaamaan jalkapalloa tai muutenkaan urheilemaan. Vaikka hän toipuikin täydellisesti luunmurtumista, jalat ja vasen käsi eivät enää olleet yhtä vahvoja kuin ennen, ja puhkeamisen jälkeen vasen keuhko toimi vajaateholla. Alkuun harvat ystävät yrittivät tukea häntä, mutta nuoret ovat nuoria, ja hitaasti mutta varmasti he alkoivat etääntyä Brandonista. Ennen pitkää hänen selkänsä takana alettiin juoruilla, vitsailla ja nimitellä. Mutta eiväthän sellaiset asiat koskaan pysy 'selän takana'. Brandon tiesi kyllä. Tyttöystäväkin jätti hänet, mikä musersi hänet henkisesti."

"Eikö hän saanut psykologista tukea?" ylikomisario Blake kysyi.

"Sai kyllä. Heti kun siihen kykeni", Hunter vahvisti nyökkäämällä päätään ja kohauttamalla puolittain hartioitaan. "Kolme tunnin sessiota viikossa, siinä kaikki."

"Joopa joo", yksi SWAT-agenteista puuskahti. "Kuinkahan paljon sekin muka auttaa?"

"Ja vaikka auttaisikin", toinen lisäsi, "jos sessioita on vain kolme viikossa, kauanko mahtaa parantumiseen mennä?"

"Liian kauan", Hunter komppasi.

Huoneessa alettiin jälleen supista.

Hunter painoi uudestaan kaukosäädintä. Tällä kertaa valkokankaalle ilmestyi kuva sillasta Los Angelesin keskustassa.

"Kaksikymmentäyhdeksän kuukautta sitten, eräänä tiistai-iltana", Hunter jatkoi, ja huone hiljeni jälleen, "Brandon toivotti äidilleen ja isälleen hyvää yötä ja sulkeutui huoneeseensa, mutta nukkumaan hän ei mennyt. Hän odotti, kunnes talossa oli hiljaista, ja sen jälkeen hän poistui huoneensa ikkunan kautta ja suunnisti keskustaan 6th Streetin sillalle, vain parin korttelin päähän asuinpaikastaan Boyle Heightsissa."

Käskynjakohuoneessa oli hiirenhiljaista. Kaikkien katseet olivat Hunterissa.

"Brandon oli suunnitellut tekoa viikkoja, kenties kuukausia", Hunter jatkoi. "Hänellä oli kaikki valmiina aikatauluja myöten. Kun oikea hetki koitti, hän hyppäsi sillalta."

Ylikomisario Blake ja Michelle Kelly liikehtivät hermostuneina tuoleillaan.

"Kuten te kaikki tiedätte", Hunter sanoi, "6th Streetin siltaa pitkin ei pääse pelkästään Los Angeles -joen vaan myös useiden junaraiteiden yli. Brandon valitsi joen sijasta raiteet." Hunter vaikeni ja selvitti jälleen kurkkunsa. "Kuten sanoin, Brandon tuntui suunnitelleen kaiken viimeistä yksityiskohtaa myöten, mukaan lukien junan aikataulun. Hän ajoitti hyppynsä täydellisesti. Rahtijuna iskeytyi häneen täydessä vauhdissa sekunnin murto-osan kuluttua siitä, kun hänen jalkansa koskettivat raiteita. Hänen ruumiinsa hajosi lähestulkoon täydellisesti."

Uusi klikkaus, ja valkokankaan kuva vaihtui osaksi rautatiekiskoja, jotka kulkivat 6th Streetin sillan ali ja aivan sen ohitse. Ihmisjalan viereen oli asetettu rikostekninen merkki.

"Hänen ruumiinosansa levisivät viidenkymmenen metrin säteelle", Hunter lisäsi.

Lisää hermostunutta tuolien liikauttelua. Tällä kertaa siihen syyllistyivät kaikki käskynjakohuoneessa istujat.

Hunter ei ollut vielä valmis. "Ennen kuin Brandon hyppäsi sillalta, hän sanoi, että suurin osa maailmasta uskoi siihen typerään harhakäsitykseen, että elämämme on loppujen lopuksi omissa käsissämme. Että meillä on *aina* mahdollisuus *valita*, halusimmepa tai emme." Hunter piti tauon ja pani kätensä puuskaan. "Ja sitten Brandon sanoi: 'Entä toisten ihmisten valinnat, jotka kääntävät meidän elämämme nurinniskoin? Miten me muka pystymme vaikuttamaan niihin?'"

"Odota hetkinen", yksi SWAT-agenteista sanoi ja viittasi kuin pyytäen opettajalta lupaa puhua. "Mistä tiedät, mitä se kaveri sanoi sillalla?"

Hunter veti syvään henkeä ennen kuin katsoi jälleen huonetta.

"Koska minä olin siellä."

Yhdeksänkymmentäseitsemän

Kaksikymmentäyhdeksän kuukautta aiemmin.
Whittier Boulevard, osapuilleen kahdenkymmenen
sekunnin päässä 6th Streetin sillasta
kello 01.19

Hunter oli luovuttanut taistelun jälleen uutta unetonta yötä vastaan. Kuten niin monta kertaa aiemmin, ja epäilemättä lukemattomia kertoja vastaisuudessakin, hän oli päättänyt lähteä ajelulle sen sijaan, että olisi istunut kotona ja tuijottanut ankeita, epätoivoisesti uuden maalikerroksen tarpeessa olevia seiniään. Hän oli jälleen kerran ajellut ympäriinsä päämäärättömästi, vailla suuntaa, etsien ei-mitään. Kaupunki lipui sumeana tuulilasin ohitse hänen ajaessaan. Hänen mielensä oli tyhjä, ja hän antoi katujen ja risteysten johdattaa häntä eteenpäin.

Tänä yönä hän ajeli Los Angelesin keskustassa, ei mistään erityisestä syystä, tai ehkä siksi, että oli tehnyt täsmälleen samoin vain muutama yö sitten, jolloin oli lopulta päätynyt Venice Beachille.

Finanssikeskus ja kaupunki olivat oletusarvoisesti unessa, joten Los Angelesin keskustan kadut tuntuivat häiritsevän hiljaisilta, liian vierailta siihen nähden, mihin hän oli tottunut.

Hunter oli juuri ajanut Boyle Heightsin läpi, kääntynyt oikealle El Camino Realin kohdalla ja siirtynyt Whittier Boulevardille 6th Streetin sillan suuntaan, kun auton poliisiradio rätisi kovaan ääneen.

"Huomio kaikki keskustan yksiköt 6th Streetin sillan lähellä. Saimme juuri hätäpuhelun mahdollisesta itsemurhayrityksestä sillalla. Kohde on ilmeisesti teini-ikäinen. Soittajan mukaan poika näytti ole-

van hyppäämäisillään. Tarvitsemme välittömän vastauksen. Onko kukaan riittävän lähellä?"

Hunter nosti katseensa kojelaudasta, jota oli tuijottanut kuunnellessaan hätäkeskuksen ilmoitusta. Hän näki suuren vihreän tiekyltin, joka ilmoitti suoraan edessä olevasta sillasta, alle viidentoista sekunnin matkan päässä. Vaikka monet kutsuivatkin sitä 6th Streetin sillaksi, kaikissa kaupungin tiekylteissä esiintyvä virallinen nimi oli Sixth Street Viaduct.

Hunter tarttui nopeasti radioonsa.

"Keskus, täällä etsivä Robert Hunter LAPD:n erikoismurharyhmästä. Olen käytännössä sillalla. Lähestyn sitä itäpuolelta Whittier Boulevardia pitkin. Olen siellä kymmenessä sekunnissa. Onko mitään tietoa kohteesta?"

"Sijainti, läheisyys ja arvioitu saapumisaika sillalle kuitattu, etsivä Hunter, mutta kohteesta ei enempää tietoa. Soittaja oli ohikulkija, joka huomasi kohteen sillankaiteella. En osaa sanoa enempää tässä vaiheessa. Olen pahoillani."

"Asia selvä", Hunter vastasi. "Olen tulossa sillalle ja näen kohteen. Hän on pohjoiseen antavalla kaiteella – Sixth Street Viaductin länsipäässä. Lähettäkää välittömästi taustavoimia, tarvitaan ainakin palolaitos ja psykologi."

"10-4 taustavoimiin ja lääketieteelliseen apuun, etsivä. Onnea matkaan."

Hunter hiljensi vauhtia ja pysäytti auton puolivälissä siltaa blokaten kaiken länteen päin menevän liikenteen. Hän ei tehnyt sitä kiireessä. Ei renkaiden kirskuntaa, ei ovien paiskomista, ei lujia ääniä eikä äkillisiä liikkeitä, jotka olisivat voineet mahdollisesti pahentaa jo äärimmäisen kireää tilannetta. Kojelaudan kellossa luki 01.21.

Hunter liikkui nopeasti mutta hiljaa yrittäen päästä mahdollisimman lähelle, ennen kuin hyppääjä huomaisi hänet. Hän ehti reilun neljän metrin päähän, kun nuorukainen irrotti katseensa kaukaisessa pimeydessä lymyävästä tyhjyydestä ja kääntyi ympäri.

Hunter pysähtyi ja katsoi poikaa yrittäen saada katsekontaktin. Kun poika katsoi häntä, Hunter jähmettyi paikoilleen sekunnin murto-osan ajaksi ja kirosi hiljaa taustatiedon puutetta. Jos hän olisi tiennyt, kuka poika oli tai mikä oli tuonut hänet tälle sillalle päättämään päivänsä, hän olisi osannut valmistautua siihen, mitä näki.

Sitten Hunter kirosi itseään, sillä sellaisen LAPD:n erikoismurharyhmän etsivän, jolla oli tohtorin tutkinto rikollisen käyttäytymisen ja biopsykologian saralla, olisi pitänyt osata valmistautua ilman taustatietoakin *mihin tahansa.* Hänen olisi pitänyt osata kohdata myös odottamaton viis siitä, miten kovasti se saattaisi järkyttää.

Tuon sekunnin murto-osan kestäneen epäröinnin jälkeen Hunter pelkäsi, että hänen kasvonsa, silmänsä, käytöksensä tai ilmeensä oli paljastanut hänen järkytyksensä. Hän tiesi, ettei hänellä silloin ollut pienintäkään mahdollisuutta suostutella poikaa laskeutumaan kaiteelta.

Hunter oli yllättynyt pahasti, sillä kun poika vihdoin kääntyi ja katsoi häntä, hän näki, että pojan kasvot olivat täydellisesti raskaiden arpien runtelemat, ikään kuin hänet olisi heitetty naama edellä usean lasiruudun läpi. Niin vakavasti epämuodostuneena hän saisi osakseen sääliviä, järkyttyneitä ja jopa inhoavia katseita minne hyvänsä menisi. Sellaiset vammat aiheuttivat syvempiä arpia kuin kukaan ulkopuolinen pystyi ymmärtämään – psykologisia arpia, jotka tuhosivat itsetunnon ja sysäsivät masennuksista syvimpään. Sellaiset vammat tekivät kenen tahansa elämästä sietämätöntä, puhumattakaan teini-ikäisestä.

Mikäli Hunterin kasvoilta oli kuvastunut yllätys, poika ei tuntunut sitä huomanneen.

"Hei", Hunter sanoi. Hänen äänensä oli tyyni ja lämmin mutta riittävän kuuluva.

Ei vastausta.

Hunter odotti hetken. "Haittaako, jos tulen vähän lähemmäs? Silloin olisi helpompi puhua."

"Parempi ettet tulisi." Pojan vasen suupieli tuskin liikkui. Hunter veikkasi, että huulten yli kulkevan suuren arven aiheuttanut haava oli viiltänyt hermojen ja lihasten läpi ja halvaannuttanut osan suuta, ehkä jopa osan kasvoja. Pojan ääni oli kuitenkin vahva, päättäväinen.

"Hyvä on", Hunter sanoi ja kohotti kätensä "ei hätää" -eleeseen. "Jään tähän näin." Hyvin lyhyt tauko. "Nimeni on Robert." Ei mitään. "Voinko kysyä, mikä sinun nimesi on?" Pari hiljaista sekuntia, ennen kuin poika vastasi. "Brandon." Hän epäröi lyhyen hetken ajan. "Voit kutsua minua myös *friikiksi, arpinaamaksi, viiltolärviksi* tai keksiä oman nimen. Niin kaikki tekevät."

Hunter tunsi hämmentävän surun aallon hulmahtavan sydämensä yli. Hän kallisti päätään toiselle sivulle ja yritti kuulostaa reippaalta. "No, aika moni ihminen kutsuu minua idiootiksi, imbesilliksi tai pösilöksi – se on oma suosikkini. Voit käyttää jotain noista, jos haluat."

Brandon ei vastannut. Ei hymyillyt. Katsoi vain takaisin etäiseen pimeyteen.

Hunter astui askelen lähemmäs. "Brandon", hän sanoi. "Kuule, olin juuri menossa hakemaan pitsaa. Mitä sanot, jos mentäisiinkin yhdessä? Minä tarjoan. Voidaan jutella, jos haluat, ja voit kertoa minulle, mitä mielessäsi juuri nyt pyörii. Olen *mahtava* kuuntelija. Jos olisi olemassa kuuntelemisen maailmanmestaruuskisat, voittaisin leikiten."

Brandon katsoi häntä jälleen, ja ensimmäistä kertaa Hunter näki hänen silmänsä selvästi.

Hunter tiesi, että suunnilleen seitsemänkymmentäviisi prosenttia kaikista Yhdysvaltain itsemurhayrityksistä oli mahdollista estää kaikkein yksinkertaisimmalla toimella – kuuntelemalla ja olemalla ystävä. Jotkut väittivät, että useimmat yritykset olivat oikeastaan avunhuutoja. Nämä ihmiset eivät oikeasti halua tappaa itseään sen enempää kuin kanssakulkijansakaan, mutta juuri sillä hetkellä he kokevat valtavan suurta emotionaalista ja psykologista tuskaa. He saattavat tuntea olonsa torjutuksi, väärinymmärretyksi, laiminlyödyksi, masentuneeksi, yksinäiseksi, kaltoinkohdelluksi, unohdetuksi tai pelokkaaksi, tai sitten heidät on vallannut jokin yhdistelmä näitä tavattoman voimakkaita tunteita, joista yksikään ei ole hyvä. Heidän tuntemansa sisäinen tyhjyys on kasvanut liian suureksi, he ovat saavuttaneet pisteen, jossa he uskovat, ettei heillä ole mitään muuta vaihtoehtoa, ei muuta tietä ulos. Ikävä kyllä näin tapahtuu, koska he ovat jääneet liian kauaksi aikaa yksin synkkien ajatustensa kanssa. Heillä ei ole ollut ketään, kenen kanssa puhua, eikä kukaan ole ollut valmis kuuntelemaan heitä. Se on saanut heidät tuntemaan olonsa mitättömiksi, ja heistä tuntuu, ettei kukaan välitä heistä eikä arvosta heitä. Suurimman osan ajasta he aivan vilpittömästi haluavat, että joku auttaisi heitä, mutta he eivät vain osaa pyytää apua. Mutta jos heille tarjottaisiin sitä, he tarttuisivat siihen molemmin käsin. He vain tarvitsevat jonkun, joka on läsnä, jonkun, joka pystyy osoittamaan heille, että he ovat tärkeitä ja merkityksellisiä ihmisiä.

Kun Hunter katsoi Brandonia silmiin, hänen sydämensä vavahti. Hunter ei nähnyt mitään edellä mainittua pojan silmissä. Hän näki äärimmäistä surua sekä täydellistä, totaalista päättäväisyyttä. Brandon ei enää hakenut apua. Hän oli kaukana avuntarpeen tuolla puolen. Hän oli tehnyt päätöksensä, eikä mikään tai kukaan pystyisi hänen mieltään muuttamaan. Hänen silmiensä takana leimusi vain yksi asia, ja Hunterista tuntui sillä hetkellä, ettei edes Jumala pystyisi kääntämään hänen päätään.

Ei enää lässytystä.

"Brandon, kuuntele minua." Hunter otti varovaisen askelen poikaa kohti. "Sinä et halua tehdä tätä. Lupaan sinulle, että on parempi ratkaisu siihen, mikä ikinä saikin sinut kuvittelemaan, että tämä on ainoa tie ulos. Usko pois, olen ollut samassa jamassa. Olen ollut yhtä lähellä kuin sinä nyt… useamman kerran. Anna minulle tilaisuus jutella kanssasi. Anna minulle tilaisuus näyttää, että on olemassa parempia valintoja kuin tämä."

"Valintoja?"

Mikäli Brandonin silmät olisivat olleet lasersäteitä, Hunter olisi ollut vainaa.

Hunter nyökkäsi ja lausui sanat, joita katuisi lopun ikäänsä.

"Meillä on aina mahdollisuus valita, etkä sinä juuri nyt halua valita väärin. Usko minua tässä asiassa."

Brandon vilkaisi jälleen etäistä pimeyttä. Tällä kertaa se ei vain ollut pimeä. Etuvalot lähestyivät heitä nopeasti. Brandonin käytös muuttui hitusen – oli kuin hän olisi ollut aiemmin huolissaan jostakin mutta löytänyt nyt helpotuksen.

Hunter vilkaisi etuvaloja ja ymmärsi, mitä Brandon oli odottanut. Junan olisi pitänyt alittaa viadukti 01.21 aikoihin. Myöhästyneen kuskin aiheuttama viivästys tarkoitti, että juna olisi sillan kohdalla kello 01.23 – 0123.

Hunter jäykistyi.

Brandon naurahti koleasti. "Jengi yrittää aina tuputtaa paskaa siitä, että kaikilla on mahdollisuus valita." Hän puhui höpsöllä, lapsellisella äänellä. *"Me hallitsemme elämäämme, koska tapahtuipa mitä hyvänsä, me voimme aina valita."*

"Brandon", Hunter sanoi. "Sinä voit valita juuri nyt." Hän katsoi jälleen etuvaloja. Ne olivat melkein sillan kohdalla. "Ole kiltti, Brandon, äläkä tee väärää valintaa. Tule alas sieltä, niin jutellaan. Vannon, että on parempikin ratkaisu."

"Onko muka?" Brandon kuulosti nyt vihaiselta. "Meillä on aina mahdollisuus valita, niinkö? Entä muiden ihmisten valinnat, jotka kääntävät meidän elämämme nurinniskoin? Miten siinä muka on varaa valita?" Brandon vaikeni ja nielaisi painavasti. Kyynelet kihosivat hänen silmiinsä. "Hän se päätti ajaa päin punaisia, en minä. Hän päätti olla kännissä ja kamoissa sinä iltana, en minä. Hän päätti kaahata kuin mielipuoli, en minä." Brandon pyyhki kyynelet kasvoiltaan. "Hänen valintansa muuttivat koko minun elämäni. Ne muuttivat koko tulevaisuuteni. Ne muuttivat minut. En pysty enää fyysisesti niihin asioihin, jotka tiesin voivani saavuttaa. Sen tyypin valintojen takia minun täytyy kohdata maailma tämän näköisenä… loppuelämäni." Hän painotti viimeistä sanaa läimäyttämällä kasvojaan.

Juna oli sillan luona.

"Hänen valintansa…" Brandon sanoi, eikä hänen äänessään ollut tällä kertaa tunteen häivääkään, "…johtivat minun valintaani." Aika oli päättynyt.

Hunter näki, miten Brandonin jalat irtosivat betonikielekkeeltä, ja hän putosi tyhjyyteen.

"EI!" Hunter karjui, astui eteenpäin ja heittäytyi kohti poikaa. Hän venytti kehoaan ja kurotti kaikin voimin. Hänen sormensa pyyhkäisivät Brandonin vasenta olkapäätä painovoiman tehdessä työtään ja vetäessä pojan ruumista aina vain nopeammin kohti alhaalla ammottavia raiteita. Hunter sulki sormensa ja tarttui kaikin voimin, mutta hän onnistui saamaan otteen vain Brandonin paidasta.

Hunter melkein sai pojan kiinni, mutta hän ei ollut riittävän nopea.

Brandonin ruumis pakeni Hunterin otetta ja syöksyi alaspäin kuin kivi.

Seuraavaksi Hunter kuuli Brandonin ruumiin hajoavan sen osuessa vastaantulevaan junaan.

Veturin edessä luki junan numero: 678.

Yhdeksänkymmentäkahdeksan

Käskynjakohuoneessa oli ollut absoluuttisen hiljaista Hunterin kertoessa tarinaansa, ja järkyttynyt hiljaisuus jatkui vielä pari sekuntia hänen lopetettuaan. Kaikki alkoi nyt loksahdella paikoilleen – SSV, 678, 0123.

"Muistan, kun kerroit minulle siitä", Garcia sanoi lopulta. Yllätys paistoi yhä hänen kasvoiltaan.

Ylikomisario Blake nyökkäsi. Hänkin muisti.

"Eli puhelu, jonka sait tämän kaiken alkaessa", hän sanoi. "Se ei ollut sattumaa tai johtunut maineestasi, kuten silloin luulimme."

"Ei niin", Hunter komppasi. "Se johtui siitä, että minä olin ollut sillalla. Koska en ollut riittävän nopea. Ja koska minä olin se, joka ei onnistunut suostuttelemaan Brandonia olemaan hyppäämättä."

"Mutta miten kolme uhria sopivat tähän kuvioon?" Garcia kysyi.

Hunter nyökkäsi ja painoi jälleen kaukosäädintä. Valkokankaan kuvat vaihtuivat kolmeen huonolaatuiseen valokuvaan. Ne esittivät vailla epäilyksen häivää Sixth Street Viaductia tuona kohtalokkaana yönä. Kuvat olivat hiukan epätarkkoja ja rakeisia, mutta kaikissa kolmessa näkyi selvästi Brandon Fisher. Hänen kasvonsa olivat varjojen peitossa, ja hän seisoi sillan länsipuolella betonikielekkeellä. Toisesta ja kolmannesta kuvasta oli helppo tunnistaa Hunter. Hänkin oli sillalla vain vajaan metrin päässä Brandonista, sillan lampun kellertävässä hehkussa. Hänen olemuksensa näytti kireältä.

"Nämä kuvat otti matkapuhelimensa kameralla ohikulkija, joka soitti sinä yönä hätäkeskukseen", Hunter selvensi. "Kuten kaikki tiedämme, poliisiradiota seuraavat yleensä lööppejä metsästävät rikostoimittajat. *LA Timesin* rikostoimitus kuunteli sitä sinä yönä.

En tiedä, painostettiinko edellä mainittua ohikulkijaa vai myikö hän kuvat omasta vapaasta tahdostaan, mutta hänen sinä yönä sillalta ottamansa kuvat päätyivät tapahtumapaikalle saapuneelle *LA Timesin* rikostoimittajalle."

Hunter vaikeni ja painoi säädintä uudestaan. Valkokankaalle ilmestyi uusi kuva. Kuva, joka oli tätä nykyä erittäin tuttu Hunterille, Garcialle, ylikomisario Blakelle ja Michelle Kellylle.

"Ohikulkija, joka soitti hätäkeskukseen ja otti kuvat", Hunter sanoi ja katsoi valkokankaalle, "oli nimeltään Kevin Lee Parker. Ensimmäinen uhrimme."

Garcia täytti poskensa ilmalla ja puhalsi sen sitten hitaasti ulos. "Anna kun arvaan. Christina Stevenson, tappajan toinen uhri, oli se *LA Timesin* toimittaja, joka ilmaantui paikalle tekemään juttua."

"Naulan kantaan", Hunter vahvisti. "Hän työskenteli niihin aikoihin rikostoimituksessa. Hän ei ainoastaan käyttänyt Kevin Lee Parkerin sinä yönä ottamia kuvia vaan lisäsi artikkeliinsa tämän kuvan, selvästikin sokeerausmielessä."

Uusi klikkaus.

Valkokankaalle palasi sama lähikuva Brandon Fisherin arpisista kasvoista, jonka Hunter oli näyttänyt heille vain muutamaa minuuttia aiemmin.

"Voi paska!" Michelle sanoi. "Hän paljasti *kaikille* lapsen kasvot ja sen myötä tämän sisäisen kamppailun."

Hunter nyökkäsi. "Christinan artikkeli varmisti, että Brandonin vammoista tuli julkista riistaa. Nyt kaikki saattoivat näyttää säälivää, järkyttynyttä tai inhoavaa naamaa. Kuka tahansa saattoi heitellä kommentteja, vitsejä tai mitä lie siitä 'runnellusta' pojasta, joka hyppäsi sillalta." Hunter vaikeni ja otti kulauksen vettä. "Ehkä Christinalla oli kiire saada juttu valmiiksi, sillä se ilmestyi seuraavana päivänä Brandonin itsemurhan jälkeen, mutta voimme hyvin sanoa, että hän ei tehnyt parasta mahdollista taustatutkimusta."

Valkokankaalle ilmestyi uusi kuva – Christina Stevensonin artikkeli.

"Sain tämän myöhään eilisiltana Christinan esihenkilöltä *LA Timesissa*", Hunter sanoi.

"No johan on piru", ylikomisario Blake huudahti ja luki sen jälkeen artikkelin otsikon ääneen. "*Paholainen sisällä.*"

"Tappaja kirjoitti Christina Stevensonin makuuhuoneen lasioven sisäpuolelle", Hunter muistutti kaikkia, "hänen kirjoittamansa artikkelin otsikon. Artikkelissa vihjaillaan, että kiusattu, hyljeksitty, syrjään viskattu ja masentunut nuori oli kykenemätön selviämään *paholaisesta sisällään*. Vammojen esiin manaamasta paholaisesta. Paholaisesta, joka hitaasti mutta varmasti teki selvää Brandonin mielenterveydestä ja ajoi hänet lopulta itsemurhaan." Hunter piti pienen tauon. "Christina käytti myöskin sanoja –" hän osoitti niitä puhuessaan "– *'jälleen* yksi teini-ikäisen itsemurha', mikä viittaa triviaalisuuteen, mitättömyyteen, johonkin mitä tapahtuu niin usein, ettei ketään oikeastaan kiinnosta. Ja 'hiljaista yötä *häirinnyt*' viittaa siihen, ettei Brandonin kuolema ollut kuin simppeli taakka, jota ilmankin Los Angeles olisi pärjännyt, vähän kuin taskuvarkaat tai ryöstelijät."

"Ikävä kyllä", Hunter lisäsi, "Christinan kehnot sanavalinnat trivialisoivat sen, mitä sinä yönä tapahtui. Jälleen yksi surullinen tarina unohdettavaksi sekunteja sen jälkeen, kun se on luettu."

Kukaan ei kommentoinut, joten Hunter jatkoi.

"Ja sitten meillä on tämä."

Vielä yksi klikkaus, ja näytöllä näkyvät kuvat vaihtuivat, mutta tällä kertaa ne eivät olleet liikkumattomia. Ne eivät olleet kuvia. He katsoivat videota.

Jokaisen kasvoilta kuvastui yhtäläinen hämmennys.

Videossa näkyivät Brandonin elämän viimeiset viisitoista sekuntia. Hän seisoi kielekkeellä etelään päin. Hunter seisoi puolisen metriä hänen takanaan, selin kameraan. Brandon sanoi Hunterille jotain, mitä kameran mikrofoni ei kyennyt tallentamaan. He kuulivat vain lähestyvän junan jyrinän. Sitten kaikki tapahtui hyvin nopeasti. Brandon kääntyi äkkiä muttei varsinaisesti hypännyt. Hän vain astui kielekkeeltä tyhjyyteen, kuin astuisi huoneeseen tai ulos talosta. Painovoima hoiti loput. Juuri sillä hetkellä Hunter heräsi eloon, astui askelen eteenpäin ja syöksyi Brandonin suuntaan venyen kuin ilman halki kiitävä Teräsmies. Kamera kääntyi alaspäin juuri riittävän nopeasti tallentaakseen hetken, jolloin juna jyristi sillan alle ja osui koko mahdillaan pojan hentoon ruumiiseen.

Huone täyttyi kirosanoista ja levottomasta muminasta. Hunter näki, miten kaikki huoneessa SWAT-ryhmän johtajaa myöten vavahtivat.

Hunter pysäytti videon.

"Tämän tallenteen otti sen ajoneuvon kuski, joka oli saapunut sillalle muutama sekunti sen jälkeen, kun olin tukkinut tien. Hänellä sattui olemaan videokamera mukana. Hänen nimensä…"

Klik.

Valkokankaalle ilmestyi uusi valokuva. Sama, jonka Hunter ja Garcia olivat kiinnittäneet työhuoneensa kuvataululle.

"Ethan Walsh", Hunter sanoi. "Tappajan kolmas uhri."

Parin sekunnin tyrmistynyt hiljaisuus.

"Se siis selittää, miksi tappaja jätti puiston roskapönttöön videokameran heti Ethan Walshin kuoleman jälkeen", Garcia sanoi. "Koska Walsh kuvasi sellaisella Brandonin itsemurhan."

"Aivan niin", Hunter sanoi. "Walshilla oli jo silloin vakavia talousongelmia. Hän oli investoinut koko omaisuutensa yritykseen, eikä mitään ollut jäljellä. Ethan Walsh näki varmasti tilaisuuden tienata käteistä, koska hän myi katkelman *LA Timesin* Christina Stevensonille, ja siksi hänellä oli Stevensonin numero puhelinmuistiossaan. Stevenson ei kuitenkaan ollut ainoa. Walsh myi tallenteen myös kaapelitelevisio-ohjelmalle nimeltä *Mysteeri 60 minuutissa*. Hän kokeili todennäköisesti muitakin tahoja, mutta yksikään suuri tv-kanava ei ostanut sitä, koska teini-ikäisen itsemurhavideota ei yksinkertaisesti esitetä kansallisella televisiokanavalla. Tuo nimenomainen kaapelitelevisiokanava näkyy ainoastaan *Kaliforniassa.* Siten kukaan tämän osavaltion ulkopuolella ei pystynyt katsomaan sitä."

Hunter palasi puhujanpönttölle.

"Ongelmana on se, ettei itsemurha tragediana koskaan pääty itsemurhaajan kuolemaan", hän selitti. "Perhe ja rakastetut jätetään selviytymään läheisen ihmisen kuoleman tuottamasta menetyksestä, mutta sen lisäksi he joutuvat myös kärsimään vääjäämättömästä masennuksesta ja psykologisesta syyllisyydestä, joka ottaa heissä vallan. *Miten he eivät nähneet tekoa ennalta? Olisivatko he voineet tehdä enemmän?* Mutta kaikkein eniten heitä kalvaa tieto siitä, että heidän rakkaansa olisi pelastanut kuunteleva korva, kenties pari lohduttavaa sanaa ja luottamus siihen, ettei hän ole yksin, että hänellä on merkitystä, että häntä rakastetaan."

Kukaan ei sanonut sanaakaan.

"Mutta nykypäivän teknologia ja internet mahdollistavat tuon sisäisen syyllisyyden ja tuskan eksponentiaalisen kasvun", Hunter lisäsi. "Syystä, jota en pysty selittämään, Ethan Walshille ei riittänyt, että hän sai myytyä videonsa *LA Timesin* Christina Stevensonille ja sille kaapeli-tv-kanavalle. Hän latasi kuvamateriaalin käyttäjänimellä DarkXX1000 asiaan vihkiytyneelle verkkosivulle nimeltä *Tämäsairasmaailma*, joka oli erikoistunut sokkivideoihin. Siitä lähtien video oli kaikkien nähtävillä. Pahin tuska, minkä yksikään perhe voi koskaan kohdata, muuttui julkiseksi vitsiksi, videopätkäksi, jota miljoonat ihmiset saivat katsoa, jolle he saivat nauraa, jota he saivat kommentoida ja kritisoida ja josta he saivat juoruilla. Ja niin ihmiset tekivätkin."

Hunter näytti nopeasti pari kuvakaappausta, joissa oli sivustolle postattuja kommentteja. Muutama oli myötätuntoinen, useimmat äärimmäisen loukkaavia.

"Kenen perässä me nyt sitten olemme?" SWAT-ryhmän johtaja kysyi.

"Olin juuri pääsemässä siihen", Hunter sanoi.

Klik.

Yhdeksänkymmentäyhdeksän

Uudessa valkokankaalle ilmestyneessä kuvassa oli nainen, joka oli todennäköisesti neljissäkymmenissä mutta näytti vähintäänkin kymmenen vuotta vanhemmalta. Hänellä oli suorat kastanjanruskeat hiukset ja maitoisen vaalea iho. Ei pahan näköinen, paitsi että syvälle kuoppiinsa painuneet silmät antoivat hänen kasvoilleen kalmaisen häivähdyksen.

"Brandon Fisherin perhe ei ollut suuri", Hunter selitti. "Itse asiassa hän oli Graham ja Margaret Fisherin ainoa lapsi. Hänen äitinsä –" hän osoitti kankaalla näkyvää valokuvaa "– oli hauras nainen, joka oli sairastunut MS-tautiin vain muutama kuukausi Brandonin syntymän jälkeen. Brandonin kuolema oli hänelle valtava isku. Sokkivideosivusto, jolle Brandonin itsemurhavideo päätyi, sekä sille postatut julmat kommentit vaikuttivat häneen vieläkin musertavammin. Hänen tuskaisen poikansa kamppailu oli nyt paljastettu koko maailmalle, ja kuka tahansa, jolla oli internetyhteys, saattoi tuomita hänet. Margaret ei kyennyt nukkumaan ja alkoi vieroksua ruokaa. Hän sairastui pian syömishäiriöön ja kehitti itselleen riippuvuuden muiden lääkkeiden ohella myös rauhoittaviin lääkkeisiin. Hän ei suostunut poistumaan kotoa, ja hänellä diagnosoitiin sittemmin vakava masennus sekä vakava ahdistuneisuushäiriö. Nämä kaikki olivat seurausta pojan itsemurhasta ja siitä, miten halventavasti jotkut ihmiset saattoivat käyttäytyä vielä pojan kuolemankin jälkeen."

Hunter siirtyi puhujanpöntön eteen ennen kuin jatkoi.

"Hänen jo entuudestaan pitkäaikaissairauden runtelema terveytensä heikentyi nopeammin kuin oli arvioitu. Kymmenisen kuukautta Brandonin kuoleman jälkeen hänet täytyi siirtää letkuruokintaan vähäisen syömisen takia. Hän menehtyi kaksitoista kuukautta sitten."

Huoneessa oli yhä hiljaista.

"Ja niin me pääsemme Brandonin isään, Graham Fisheriin", Hunter sanoi. "Pojan itsemurhan aikoihin herra Fisher toimi professorina Kalifornian osavaltionyliopisto UCLA:ssa. Hän opetti ohjelmointia osana yliopiston tarjoamaa tietotekniikan loppututkintoa. Hän on väitellyt tietotekniikan tohtoriksi Harvardin yliopistossa. Yksi hänen monista erikoistumisalueistaan on tietoturvallisuus. Hän on aikoinaan jopa konsultoinut Yhdysvaltain hallitusta.

"Ei ole mikään yllätys, että myös herra Fisher otti poikansa itsemurhan hyvin raskaasti, ja kun vaimon ruumiillinen ja henkinen terveys alkoi hiipua, hänellä ei ollut muuta vaihtoehtoa kuin irtisanoutua työstään. Sen jälkeen hän omisti kaiken aikansa ja energiansa vaimostaan huolehtimiseen. Muuta perhettä hänellä ei enää ollut. Vaimon kuolema yhdistettynä pojan itsemurhaan ylitti hänen psyykensä kantokyvyn. Oma veikkaukseni on, että Margaret Fisherin kuoleman jälkeen Graham oli yksin, tuskainen ja hyvin, hyvin vihainen. Sellaisessa mielentilassa oleva henkilö, jolla on Graham Fisherin älynlahjat ja loputtomasti aikaa käsissään, voi saada aikaiseksi mitä vain."

Lisää vaimeaa muminaa.

"Hän laati listan kaikista niistä ihmisistä, joita piti *syyllisinä*", Hunter jatkoi, "ei poikansa kuolemaan vaan sen pilkkaamiseen. Brandonin yksityisimmän psykologisen ja emotionaalisen tuskan paljastamiseen koko maailmalle. Oman ja vaimonsa henkilökohtaisen menetyksen muuttamiseen halvaksi huviksi... julkiseksi viihteeksi. Ilman muuta hän piti heitä syyllisinä myös siihen, että he omalta osaltaan edistivät Margaretin terveydentilan nopeaa heikentymistä." Hunter vaikeni vetääkseen henkeä. "Kun Fisher oli identifioinut kyseiset henkilöt — siihen vaadittiin epäilemättä jonkin verran tutkimustyötä — hän ryhtyi suunnittelemaan ja kehittelemään kidutus- ja murhalaitteitaan. Tämän jälkeen hän etsi käsiinsä tappolistansa henkilöt yksi kerrallaan. Ongelmana on, ettemme voi mitenkään tietää, kuinka monta nimeä tuolla listalla on. Kuten me kaikki tiedämme, kolme on jo kuollut."

"Onko meillä hänen kuvaansa?" SWAT-ryhmän johtaja kysyi.

Hunter nyökkäsi ja painoi kaukosäädintä.

Valkokankaalla nyt näkyvässä kuvassa oli hyvännäköinen, hieman päälle viisikymppinen mies. Vahvapiirteisiltä kasvoilta heijastui luotettavuutta ja itsevarmuutta. Hänellä oli korkeat poskipäät, korkea otsa sekä vahva leuka, jossa oli hienovarainen lovi. Vaaleanruskea tukka oli olkamittainen ja mukavasti pörrössä. Hän näytti vankkarakenteiselta, lihaksikkaalta ja leveäharteiselta.

"Ei voi vittu olla totta." Kaikki huoneessa kuulivat Garcian kähisevän sanat.

"Onko jokin vialla, Carlos?"

"On." Garcia nyökkäsi hitaasti. "Minä tiedän hänet."

Sata

Mies teki viimeisiä silauksia uusimpaan kidutus- ja murhalaitteeseensa. Hän oli käyttänyt huomattavasti enemmän aikaa tämän vekottimen kehittämiseen kuin aikaisempaan kolmeen, mutta jälki oli sen arvoista. Hän piti tätä yksilöä taideteoksena – yhtäläisissä määrin nerokkaana ja pahansuopana. Kun laite käynnistyisi, kukaan ei voisi pysäyttää sitä, ei edes hän itse. Kyllä vain, tämä laite oli aivan erityinen. Se antaisi "sille ämmälle" unohtumattoman opetuksen.

"Se ämmä" istui suuren avoimen tilan toisessa päässä yhä sidottuna raskaaseen tuoliin. Hänen oli täytynyt rauhoittaa nainen uudestaan. Itkuntuherrus oli tehdä hänet hulluksi. Mutta naisen aika koittaisi pian.

Miehen oli pakko myöntää, että jossakin syvällä hänen sisuksissaan pikkuruinen ääni toivoi, että nainen olisi tarttunut hänen tarjoukseensa ja silponut oman kätensä puutarhasaksilla. Hän olisi todella päästänyt naisen vapaaksi, jos tämä olisi totellut häntä. Totuus kuitenkin oli, että tämän maan päällä oli vain hyvin vähän ihmisiä, jotka olivat riittävän vahvoja niin henkisesti kuin emotionaalisestikin. Vain hyvin harva kykeni sellaiseen itseturmeluun, vaikka henki olisi siitä kiinni. Eikä "se ämmä" kuulunut heidän joukkoonsa.

Ei väliä, hän mietti. Hänellä oli naisen varalle jotain sellaista, mikä päihitti sormien leikkaamisen moninkertaisesti. Siitä sukeutuisi aivan fantastinen internetspektaakkeli; siitä hän oli varma. Ajatus nostatti leveän hymyn hänen huulilleen.

Hän kiristi viimeisen ruuvin ja yhdisti laitteensa sähköpistokkeeseen. Oli aika kokeilla laitetta.

Mies nousi tuolista, jolla oli istunut viimeiset kaksi tuntia, poisti työlasit ja hieroi rakeisia silmiään peukalollaan ja etusormellaan, kevyesti mutta kauan. Tunne oli tyynnyttävä. Hän joi lasillisen jäävettä ennen kuin kaivoi mukaan ottamastaan ruokakaupan kassista aamulla ostamansa vesimelonin.

Häntä oli hymyilyttänyt, kun lyhyt ja pönäkkä rouva oli ruokakaupassa opastanut häntä, etteivät ne kaksi vesimelonia, joita hän oli silmäillyt, olleet riittävän kypsiä.

"Nuo ovat syömäkelpoisia vasta kolmen päivän päästä, jos silloinkaan", rouva oli sanonut. "Tässä näin on parempia, katso vaikka. Mukavan mehukkaita ja täysin kypsiä, voi syödä jo tänään."

Mies oli tyytynyt pudistamaan päätään. "Nämä kelpaavat hyvin. Olen enemmänkin kiinnostunut koosta."

Hän lähestyi vasta valmistunutta laitettaan ja asetti suuren hedelmän oikeaan kohtaan. Sen jälkeen hän tarttui työpöydällä lepäävään kaukosäätimeen. Hän peräntyi useamman askelen, veti syvään henkeä, asetti sekuntikellon ja painoi säätimen punaista nappia.

Vekottimesta kuului vaimeaa mekaanista jauhamisääntä, kun lukuisat hammasrattaat alkoivat pyöriä ja herättää henkiin hänen uutta, hirviömäistä luomustaan.

Mies katseli lumoutuneena. Jokainen osanen toimi täsmälleen hänen suunnitelmiensa mukaisesti. Oli kuitenkin yksi pikkuruinen ongelma. Kaikki tapahtui liian nopeasti. Vesimeloni kesti tasan 39,8 sekuntia. Ihmisruumis oli toki paljon kestävämpi kuin yksikään meloni, mutta siitä huolimatta hän halusi pitkittää esitystä niin kauan kuin mahdollista. Hän halusi internetyleisönsä nauttivan esityksestä, tuntevan inhoa ja kauhua, sääliä tai vihaa. Hän halusi, että yleisö saisi nauraa näkemälleen, kommentoida sitä, vitsailla ja juoruilla siitä, ihan mitä he itse halusivat, mutta kaikkein eniten hän halusi, että "se ämmä" saisi kärsiä.

Hän puhdisti vesimelonimöhnän laitteesta ja vietti seuraavat neljäkymmentäviisi minuuttia muuttelemalla ruuvien kireyttä, säätämällä eri nivelten ja jousien jännitystä ja kalibroiden puristusosia, kunnes oli tyytyväinen. Kun hän päätteli tehneensä riittävästi, hän kaivoi toisen vesimelonin ruokakaupan kassista ja toisti kokeen.

Sen päätteeksi hän napautti sekuntikelloaan ja tarkisti ajan. Hän hymyili.

"Täydellistä."

Satayksi

Garcian sanat tuntuivat liian surrealistisilta käydäkseen millään lailla järkeen.

"Mitä?" Hunter ja ylikomisario Blake kysyivät samaan aikaan.

"Miten niin sinä *tiedät hänet?*" Michelle lisäsi.

Garcian katse oli yhä kiinnittynyt Graham Fisherin kuvaan, joka oli heijastettu valkokankaalle huoneen eteen.

"Tiedän, että olen nähnyt hänet jossain", hän sai mumistua. Hän selvästikin kävi jotain läpi mielessään. "En vain muista missä."

Hunter katsoi jälleen valkokangasta. "Olet siis nähnyt nämä kasvot aiemmin."

Garcia nyökkäsi hitaasti. "Olen siitä aivan varma."

"Vastikään?"

Uusi hidas nyökkäys.

Kireä epäröinnin hetki.

"Näitkö hänet kenties jollakin rikospaikalla?" eräs SWAT-ryhmän jäsenistä ehdotti. "Poliisinauhan ympärillä parveilee aina uteliaita. Jotkut tappajat tykkäävät jäädä hengailemaan paikalle. He haluavat pyöriä katsojien joukossa ja tarkkailla, kun poliisi tekee työtään. Jotkut saavat kiksejä sellaisesta paskasta."

Garcia sulki silmänsä ja yritti pakottaa kuvia mieleensä. Tuloksena oli toisistaan riippumattomien muistojen vyöry. Ensimmäisenä hänen mieleensä välähti hänen vaimonsa Anna ja tämän ystävä Patricia Tujunga Villagessa heti sen jälkeen, kun tappaja oli kuvannut heitä kadulla. Garcia yritti muistella kaikkia sinä päivänä näkemiään kasvoja – ehkä kahvilassa, jossa Anna oli heitä odotellut, tai tien toisella puolella, ehkä jopa katsomassa ulos jonkin kaupan ikkunasta?

Ei mitään.

Hän ei ollut nähnyt Graham Fisheriä Tujunga Villagessa.

Sen jälkeen Garcia vieraili muistoissaan Mission Hillsissä, josta tappajan ensimmäinen uhri, Kevin Lee Parker, oli löydetty. Ennen aamunsarastusta syrjäiseltä takakujalta. Tuona aamuna missään ei ollut lorvinut uteliaita ohikulkijoita. Vain asunnoton mies, joka oli löytänyt ruumiin. Garcia hylkäsi ripeästi nämäkin muistikuvat ja siirtyi eteenpäin.

Seuraavaksi City Hall Park, ja videokameran löytäminen. Garcia ja Hunter tiesivät, että tappaja oli sinä päivänä ollut lähistöllä. Hän oli varmasti halunnut nähdä, miten poliisi reagoisi hänen pikku vitsiinsä. Garcia yritti parhaansa mukaan muistaa kaikki ihmiset, jotka oli nähnyt puistossa.

Ruuhka-aika – aivan liian paljon väkeä.

Hän pakotti itsensä keskittymään lujemmin. Graham Fisherin kasvot eivät olleet hänen muistamiensa kasvojen joukossa.

Seuraavaksi toinen ruumiindumppauspaikka – Dewey Street Santa Monicassa. Christina Stevensonin ruumis oli jätetty roskasäiliöön kaksikerroksisen toimistotalon takaiselle pienelle pysäköintipaikalle. Garcia muisti selvästi poliisinauhan ulkopuolella parveilleen väkijoukon. Sitten hän muisti miehen, johon oli sinä päivänä kiinnittänyt huomiota – pitkä, hoikka ja sutjakka, päällään musta huppari ja tummansiniset farkut. Garcia yritti muistella hänen kasvojaan, ja juuri silloin kaikki muistot yhtä lukuun ottamatta kaikkosivat hänen mielestään ja hän tiesi vihdoinkin.

”Voi luoja!” hän kuiskasi. Hän avasi silmänsä, jotka laajentuivat välittömästi. ”Se lääkäri.”

”Mitä?” Hunter tivasi. ”Mikä lääkäri?”

”Siellä puistossa”, Garcia vastasi muiston liki turruttamana. ”Minähän kerroin siitä.” Hän puhutteli Hunteria ja kääntyi sitten katsomaan ylikomisario Blakea ja Michelleä. ”Anna ja minä menimme pari viikkoa sitten sunnuntaina lenkille lähipuistoon”, hän selitti. ”Oli vapaapäiväni. Olimme juuri viimeisellä kierroksella, kun joku pyöräilijä sai sydänkohtauksen aivan meidän takanamme. Ympärille kerääntyi koko joukko ihmisiä katsomaan, mutta minä olin ainoa, joka kiiruhti apuun. Siis ensi alkuun. Olin juuri aikeissa aloittaa tekohengityksen, kun paikalle ilmestyi toinen jätkä, joka pujotteli katsojien läpi luoksemme. Hänkin oli ollut lenkillä sinä aamuna. Tiedän, koska näin hänet. No, hän *sanoi* olevansa lääkäri ja otti tilanteen täysin hallintaansa, kunnes ensihoitajat saapuivat. Autoin häntä elvytyksessä. Hän ei teeskennellyt. Hän todella yritti pelastaa sen miehen hengen."

"Ja se mies siis oli Graham Fisher?" ylikomisario kysyi.

Garcia nyökkäsi uudestaan ja katsoi jälleen valkokankaan kuvaa. "Kyllä se hän oli. Ei epäilystäkään."

Huoneeseen lankesi jälleen kiusallinen hiljaisuus.

"Voi paska", Garcia sanoi. "Hän stalkkasi Annaa ja minua, koska oli jo päättänyt lähteä Annan perään. Tämä tapahtui siis vain pari päivää ennen kuin hän teki sen sairaan tempun, jossa kuvasi livenä Annaa ja tämän ystävää, kun he olivat ostoksilla." Viha kuorrutti Garcian sanat. "Vittu! Minä puhuin hänelle. Seisoin hänen vierellään. Hän kätteli minua... Hän kätteli Annaa..."

"Vau, on sillä mulkulla munaa. Pakko myöntää", pitkä ja lihaksikas SWAT-agentti sanoi.

"Mitä vittua, aiotko ryhtyä faniksi, Luke? Se jätkä on psykopaatti", toinen SWAT-agentti tivasi. Hän oli hiukan lyhyempi mutta aivan yhtä lihaksikas.

Huoneessa alkoi kuulua puheensorinaa.

"Okei", Hunter sanoi kovaan ääneen ja hiljensi jälleen kaikki. "Graham Fisher asuu edelleen samassa talossa Boyle Heightsissa. Osoite ja talon pohjapiirros löytyvät pöydälläni olevista kansioista. Meillä on jo pidätysmääräys. Mitä jos mentäisiin nappaamaan se kusipää?"

Satakaksi

Poliisisaattue koostui kahdesta mustasta SWAT-maasturista, kolmesta siviilipoliisiautosta sekä kahdesta partioautosta. Kussakin maasturissa oli neljä SWAT-agenttia. Hunter, Garcia ja ylikomisario Blake olivat ensimmäisessä siviiliautossa, joka johti saattuetta. Michelle Kelly oli toisessa siviiliajoneuvossa kahden LAPD:n SIS-agentin kanssa. Kolmannessa siviiliautossa oli kolme muuta SIS-agenttia. Kaksi partioautoa oli mukana varmuuden vuoksi taustatukena.

Los Angelesin poliisilaitoksen erityistutkintajaosto eli SIS oli taktisen tiedustelun eliittijoukko. Se oli ollut olemassa jo yli neljäkymmentä vuotta, vaikka erinäiset poliittiset ja ihmisoikeuksia puolustavat ryhmittymät olivat pontevasti pyrkineet lakkauttamaan sen. SIS:n tappoaste oli korkeampi kuin yhdenkään muun yksikön, SWAT mukaan lukien. SIS-joukkoja käytettiin yleensä tarkkailemaan vaivihkaa huippusaalistajia – väkivaltarikoksista epäiltyjä yksilöitä, jotka eivät lopettaneet, ennen kuin jäivät kiinni itse teosta. SIS-miehet olivat tarkkailun mestareita, jotka odottivat, kunnes epäilty suoritti uutta rikosta, ja iskivät vasta silloin. Pidätystilanteissa käytettiin usein tappavaa voimaa, ja kaikki agentit olivat ammattimaisia tarkka-ampujia.

Heidän saamansa osoite johti heidät lyhyelle, mäkiselle tielle Boyle Heightsin läntisessä kvadrantissa. Tämä työläiskaupunginosa sijaitsi itään Los Angelesin keskustasta.

Kaikki talot oli rakennettu kauemmas tiestä, mutta missään ei näkynyt yhden yhtä puuta. Naapurusto oli harvinaisen luotaantyöntävä paikka. Kesähelteet todennäköisesti muuttivat kadun armottoman tomuiseksi pätsiksi, jossa jännitteet ja vihanpito monistuivat kiivaasti kuin bakteerit konsanaan.

Graham Fisherin talo, numero 21, sijaitsi aivan kukkulaisen kadun yläpäässä. Talo itsessään oli paljolti samanoloinen kuin muutkin kadun talot: keskikokoinen, kaksikerroksinen kolmen makuuhuoneen koti, jonka pariin ikkunaan oli kiinnitetty ilmastointilaitteita. Betoniselle etukuistille johti kolme kapeaa porrasta. Talo oli haalistuneen sininen, valkoinen numero 21 oli maalattu käsin etuoven pieleen. Kaikki ikkunat olivat kiinni. Kaikkialla oli hiljaista. Etupiha näytti laiminlyödyltä; multapaakut täplittivät rikkaruohojen tukahduttamaa nurmikkoa. Tonttia ympäröi valkoinen, reidenkorkuinen teräsaita. Takakuja, joka toimi koko kadun huoltotienä, ei ollut riittävän leveä yhdellekään ajoneuvoista. Siksi saattue pysäköi tien päähän.

"Okei, kuunnelkaa", SWAT-pomo ilmoitti arvovaltaisella äänellä joukon keräännyttyä kahden maasturin ympärille. "Alfa-tiimi – Morris, Luke ja minä – menemme sisään etuovesta. Tarkistamme olohuoneen, ruokasalin ja alakerran pesutilat, jotka sijaitsevat tässä näin."

Puhuessaan hän näytti paikkoja talon pohjapiirroksesta, jonka oli levittänyt auton konepellille.

"Beeta-tiimi – Johnson, Davis ja Lewis – tulee sisään takakautta, josta pääsee suoraan keittiöön. He tarkistavat sen ensin, minkä jälkeen he siirtyvät yläkertaan, jossa he selvittävät molemmat kylpyhuoneet ja kaikki kolme makuuhuonetta. Gamma-tiimi – Lopez ja Turkowski – seuraa Alfa-tiimiä sisään etuovesta ja siirtyy sieltä kellariin." Hän piti tauon ja vilkaisi ylikomisario Blakea. "SIS-agentit ja HSS:n etsivät tulevat sisään taloon *vasta*, kun *me* olemme ilmoittaneet, että reitti on selvä. Onko ymmärretty?" Hän runnoi pointtinsa läpi tuijottamalla määrätietoisesti silmiin jokaista, joka ei kuulunut SWAT-ryhmään.

"Asia selvä", Hunter, Garcia ja SIS-agentit vastasivat.

SWAT-päällikkö kääntyi kohti omaa ryhmäänsä.

"Okei, kovanaamat. Meillä on tänä aamuna kaikki puolellamme. Tämä sekopää ei tiedä, että nappaamme hänet tänään. Isketään taloon nopeasti ja lujaa ja tarjotaan sille vitun mulkulle elämänsä yllätys. Me kaikki tiedämme, että hän on psykopaatti, mutta ei asetta heiluttelevapsyko. Joten vaikka hänellä olisikin talossa tuliase, on todennäköistä, ettei se ole hänellä käsillä. Siitä huolimatta *tarkkailkaa selustaanne.* Ei virheitä. Ei epäröintiä. Tämä kaveri on viekas pirulainen, täynnä yllätyksiä, ja te kaikki tiedätte, että meikäläinen tykkää vain niistä yllätyksistä, joita me järjestämme näille paskiaisille. Ilmoittakaa heti, kun huone on tarkistettu. Jos löydätte kohteen, pidättäkää saman tien. Tappavaa voimaa käytetään *vain,* ja toistan, *vain,* jos se on tarpeen. Liipaisinsormi ei ole tänään herkässä. Onko selvä?"

"On, pomo", kaikki seitsemän SWAT-agenttia sanoivat yhteen ääneen.

"Okei, kovanaamat, aseet latinkiin. Haluan homman pakettiin kuudessakymmenessä sekunnissa tai alle. Menkää asemiin, ja näytetään sille paskakasalle tuomiopäivä."

Kaksikymmentä sekuntia myöhemmin SWAT-pomo kuuli ensimmäisen tilannepäivityksen korvanappiinsa.

"Beeta-tiimi asemissa. Valmiina panemaan pari ovea päreiksi, pomo."

Beeta-tiimi oli ainoa tiimi, joka eteni takakujalla. Alfa ja Gamma tulisivat sisään etukautta.

Jotta kohde ei saisi rynnäköstä vihiä, yksi SWAT-agenteista ajoi maasturilla hitaasti pitkin kukkulaista katua. Jäljelle jääneet agentit, jotka muodostivat tiimit Alfa ja Gamma, juoksivat kyyryssä ajoneuvon mukana sen toisella puolella piileskellen.

"Kuitti", SWAT-pomo Fallon vastasi kypärämikrofoninsa kautta. "Olemme asemissa alle kymmenessä."

"Kuitti, pomo."

"Okei, liikkeelle", Fallon käski Alfa- ja Gamma-tiimejä.

Ne liikkuivat nopeasti ja vaivihkaa. Pomo otti kärkiaseman, kun taas muut agentit asettuivat standardiin kahteen kahden miehen ryhmittymään. Kaikki hyppäsivät teräsaidan yli sen sijaan, että olisivat käyttäneet porttia, jossa oli ruosteiset saranat – ei meteliä, ei ennakkovaroitusta.

Kuistilla operatiivinen johtaja Fallon päivitti tiimien tilanteet.

"Alfa ja Gamma ovat asemissa."

"*Kuitti*", Beeta-tiimin Davis vastasi.

Agentti Morris, Fallonin kakkosmies, sujautti nopeasti pienen kuituoptisen kaapelin etuoven alta. Kaapeli oli kuitutähystin, joka oli yhdistetty kolmituumaiseen näyttöön.

Davis teki saman takaovelle.

Mistään sisältä ei kuulunut liikettä.

"*Keittiö on kuollut*", Davis ilmoitti radiopuhelimella. "*Täällä ei ole ketään.*"

"Olohuoneessakaan ei ole liikettä", Morris vahvisti.

"*Täällä on todella tukeva lukko, pomo*", Davis raportoi. "*Täytyy räjäyttää koko paska murtohaulikolla.*"

Kapteeni tarkisti pikaisesti etuoven lukon ja saranat. Saman teki Morris, joka ilmaisi nyökkäyksellä Fallonille komppaavansa Beeta-tiimin arviota.

Murtohaulikko on tavallinen haulikko, johon on ladattu järeitä hauleja, joita kutsutaan myös hajottajiksi tai nimellä TESAR. Nämä haulit on suunniteltu erityisesti tuhoamaan turvalukkoja, tavallisia lukkoja ja saranoita ilman riskiä vammoista tai henkilövahingoista, joita ovesta kimpoava tai sen läpi tappavalla nopeudella lentävä ammus voi aiheuttaa. Pirstoutuvat ammukset on valmistettu tiheästä, sintratusta materiaalista, useimmiten metallijauheesta, jonka sidosaineena käytetään esimerkiksi vahaa. Hauli tuhoaa lukon tai saranan ja hajoaa sen jälkeen välittömästi. SWAT-agentit ovat nimenneet nämä haulit "yleisavaimiksi", ja niiden käyttöön viitataan fraasilla "kulkukauppias tulee!".

"Kuitti ja sovittu", SWAT-pomo vastasi ja viittoi Lukelle, joka kantoi murtohaulikkoa.

Luke siirtyi eteenpäin valmistellen asetta. Hän tähtäsi osapuilleen viidentoista sentin päästä oven yläsaranaan. Vaivihkainen nyökkäys kertoi Fallonille, että hän oli valmis.

"Okei, Beeta", Fallon sanoi mikrofoniin. "Käytetään yleisavainta, ykkösellä lähtee... kolme... kaksi... yksi..."

PAM.

Satakolme

Laukaukset pamahtivat muutoin hiljaisessa aamussa ja kimmahtelivat kaikuna toisista taloista. Etuovella Luke oli pamauttanut irti kaksi saranaa ja turvalukon alle kolmessa sekunnissa. Heti, kun viimeinen laukaus oli ammuttu, operatiivinen johtaja Fallon potkaisi lujasti ovea ja lennätti sen olohuoneeseen.

Talon perällä myös Johnson oli ampunut takaoven turvalukon ja saranat samassa ajassa. Davis oli se, joka potkaisi oven sisään.

Kaikilla kahdeksalla SWAT-agentilla oli Heckler & Koch MP5 -konepistooli – ysimillinen kompakti ase, joka on poikkeuksellisen tehokas ja tarkka lähitaistelussa. Kaikki kahdeksan miestä oli koulutettu toimimaan juuri tällaisissa tilanteissa.

Kolme tiimiä etenivät ketterää kyyryjuoksua taloon. Konepistoolien punaiset lasertähtäimet ponnahtelivat huoneessa kuin diskovalot.

Etuovesta pääsi suoraan pieneen, suorakulmion muotoiseen olohuoneeseen. Verhot olivat kiinni, joten ainoa valo oli peräisin nyt apposen avoimesta ovesta. Ilmassa tanssahteli savu- ja pölykiehkuroita, joita epätasaiset aurinkoviirut korostivat.

Alfa-tiimi rynnäköi olohuoneeseen kolmen miehen kiilanmuotoisena hyökkäysmuodostelmana. Se tarkisti jokaisen nurkan ja mahdollisen piilopaikan uskomattoman nopeasti ja tarkasti. Huoneessa oli kaksi nojatuolia, sohva, puiselle tasolle asetettu televisio sekä matala sohvapöytä. Seinät olivat paljaat jäykkää hääkuvaa lukuun ottamatta.

Alfa-tiimillä kesti tasan neljä sekuntia ottaa huone hallintaansa.

"Olohuone on tarkistettu", Fallon julisti mikrofoniinsa. Tämän jälkeen hän siirtyi huoneen toisella puolella olevalle ovelle.

Gamma-tiimi seurasi heitä sisään.

Talon perällä Beeta-tiimi tarkisti ripeästi pienen keittiön, jonka teki entistäkin ahtaammaksi itäseinää vasten työnnetty neliskanttinen puupöytä.

"Keittiö on tarkistettu", agentti Davis huikkasi mikkiinsä.

Hän ja Beeta-tiimin kaksi muuta agenttia siirtyivät nopeasti keittiön poikki ovelle. Sitä kautta pääsi käytävälle, joka johti talon etuosaan ja portaikkoon ja samalla talon toiseen kerrokseen. Kun he pääsivät portaiden yläpäähän, Alfa-tiimi ilmestyi samaisen käytävän toisella puolella olevalle ovelle.

Alfa-tiimi kääntyi välittömästi ruokailuhuoneeseen. Ovi oli jo auki. Tämä huone oli pienempi kuin olohuone, ja suurimman osan siitä veivät neliskanttinen, neljän istuttava, lasista ja teräksestä valmistettu ruokapöytä sekä kaksi suurta kirjahyllyä. Lisää paljaita seiniä. Huone oli tyhjä, eikä missään ollut paikkaa, jossa joku Grahamin mittainen ja yhtä raamikas henkilö voisi piileskellä.

"Ruokailuhuone tarkistettu", kapteeni julisti.

Morris, toinen Alfa-tiimin kahdesta muusta agentista, oli jo potkaissut auki oven, joka johti alakerran wc-tiloihin. Ovi pamahti vasten valkoista kaakeliseinää. Kaksi kaakelia lohkesi iskun voimasta. Huone oli tyhjä.

"Alakerran vessa on tarkistettu", hän huusi.

Portaat olivat vieneet Beeta-tiimin yläkerran seitsemän metrin mittaiseen käytävään. Sen varrella oli viisi ovea – kaksi oikealla, kaksi vasemmalla ja yksi käytävän päässä. Talon pohjapiirroksen perusteella kolme agenttia tiesivät, että ensimmäinen ovi oikealla vei pieneen varastohuoneeseen. Tuo ovi oli kiinni. Toisesta ovesta oikealla pääsi ensimmäiseen kolmesta makuuhuoneesta, keskikokoiseen, joka todennäköisesti oli kuulunut Brandon Fisherille. Myös tuo ovi oli kiinni. Ensimmäinen ovi vasemmalla oli ensimmäisen kylpyhuoneen ovi, ja se oli auki. Toinen ovi vasemmalla johti pienempään makuuhuoneeseen. Ovi oli kiinni. Perimmäisestä ovesta pääsi vanhempien makuuhuoneeseen, josta löytyi talon toinen kylpyhuone. Tuo viimeinen ovi oli sekin auki.

Tiimi liikkui salamannopeasti ja tarkisti kahdessa sekunnissa ensimmäisen huoneen vasemmalla – kylpyhuoneen – ja ensimmäisen huoneen oikealla – pienen varastohuoneen. Molemmat olivat tyhjiä.

Davis ja Lewis työnsivät auki käytävän toisen oven vasemmalla, joka johti pienimpään kolmesta makuuhuoneesta, kun taas Johnson pysytteli käytävällä turvaamassa heidän selustansa.

Huone oli muutettu simppeliksi työhuoneeksi. Se oli karu tila – lastulevypöytä, jolla oli tietokone ja printteri, musta nahkainen työtuoli, tupaten täyteen ahdettu kirjahylly sekä beesi metallinen arkistokaappi. Ei muuta. Huone oli tyhjä.

"Makuuhuone ykkönen tarkistettu."

Molemmat agentit poistuivat työhuoneesta ja siirtyivät seuraavaan huoneeseen oikealla – makuuhuone kakkoseen. Johnson kokeili ovea – lukossa. Lukko ei näyttänyt järin vahvalta.

"Murra se", Johnson sanoi ja astui taaksepäin.

Lewis heittäytyi eteenpäin ja jysäytti saappaankantansa lukkoon. Muuta ei tarvittu. Ovi pamahti auki niin että karmit pirstoutuivat. Pimeä huone haisi iältä ja käyttämättömyydeltä.

Johnson etsi välittömästi valokatkaisijan. Kun valot syttyivät, hän ja Lewis astuivat huoneeseen ja jättivät tällä kertaa Davisin turvaamaan selustaansa.

He olivat olleet oikeassa. Tämä huone oli kuulunut Brandon Fisherille. Näytti siltä, ettei kukaan ollut koskenut yhteenkään hänen tavaraansa hänen itsemurhansa jälkeen. Seinät olivat täynnä julisteita, joissa esiintyi bändejä, autoja, urheilutähtiä ja pikkuriikkisiin bikineihin pukeutuneita tyttöjä. Oven oikealla puolella oli suuri lipasto, jonka päällä oli musta stereosoitin. Sen vieressä oli kaksiovinen vaatekaappi. Ikkunan edessä oli vanha ja naarmuinen kirjoituspöytä, jolla oli läppäri ja tulostin. Siististi sijatun kapean sängyn pääty oli työnnetty seinää vasten. Kaikki oli paksun pölyn peitossa, ikään kuin kukaan ei olisi astunut huoneeseen vuosiin.

Agentit tarkistivat pikaisesti paikat, mukaan lukien vaatekaapin. Ei ketään.

"Toinen makuuhuone on tarkistettu", Johnson ilmoitti radiopuhelimeen.

Tämän jälkeen Beeta-tiimi siirtyi määrätietoisesti kohti käytävän päätä ja viimeistä makuuhuonetta. Tämä huone oli paljon suurempi kuin kaksi aiempaa, ja siinä oli parivuode, divaani, yhdessä nurkassa nahkanojatuoli, ikkunan edessä vanhanaikainen pukeutumispöytä suorakulmaisine peileineen sekä liukuovilla varustettu vaatekaappi, joka vei koko länsiseinän. Ilmassa leijui hien haju, ikään kuin huonetta ei olisi siivottu ja lakanoita vaihdettu kuukausiin.

He tarkistivat jokaisen nurkan, sängynalustan sekä vaatekomeron sisällön.

Ei ketään.

Huoneen yhteydessä olevan kylpyhuoneen ovi oli raollaan, ja agentti Davis potkaisi sen ripeästi kokonaan auki.

Kylpyhuone oli tyhjä.

He olivat tarkistaneet koko toisen kerroksen alle kahdessakymmenessäkahdessa sekunnissa.

"Kaikki tsekattu ylhäällä, pomo", Davis huikkasi alas. "Psyko ei ole yläkerrassa."

Sataneljä

Gamma-tiimi oli seurannut Alfa-tiimiä taloon, kulkenut olohuoneen poikki, ja siinä missä Alfa-tiimi oli kääntynyt vasemmalle ruokahuoneeseen heidän päästyään alakerran käytävälle, Gammatiimi oli kääntynyt oikealle. Kellariin johtava ovi oli lukittu sotilaskäyttöön tarkoitetulla riippulukolla.

"Meidän täytyy ampua kellarin ovi auki", agentti Turkowski sanoi mikrofoniinsa varoittaen toisia tiimejä kovasta pamauksesta.

"Selvän teki", vastasi agentti Lopez, Gamma-tiimin toinen jäsen, ja valmisteli käyttökuntoon murtohaulikon, joka hänellä oli selässään.

Turkowski astui askelen taaksepäin ja piteli kiinni. "Tee se."

PAM.

Luja pamahdus lähetti paineaaltoja läpi koko talon.

Riippulukko hajosi.

Turkowski potkaisi oven auki, ja heitä vastaan jysähti välittömästi tunkkainen, ummehtunut ilmavirta. Sen seassa erottui jotain eltaantunutta, vanhaa ja sairaalloista, Kalifornian jokapäiväisen kuumuuden korventamaa. Iljettävästä löyhkästä huolimatta kumpikaan agentti ei edes räpäyttänyt silmiään.

Leveät puuportaat johtivat pilkkopimeään kellariin.

"Valoa, valoa", Turkowski huikkasi laskematta MP5:ään. Hänen lasertähtäimensä haki kohdetta portaiden alapäästä muttei löytänyt mitään.

"Löysin", Lopez vastasi ja kurotti kohti ohutta valokatkaisimen nyöriä, joka roikkui katosta.

Valo oli hyvin heikko.

Raakatiiliseinien ympäröimät portaat laskeutuivat alaspäin; tunnelma oli painostava ja klaustrofobinen.

"Minulla on todella paha aavistus tästä", Turkowski sanoi, kun hän ja Lopez lähtivät laskeutumaan portaita toisiaan suojaten. Portaat olivat tukevat, mutta melkein jokainen narahteli heidän painonsa alla. He laskeutuivat viimeiselle askelmalle ja astuivat raskaasti hengittäen himmeästi valaistuun, avoimeen kellaritilaan. Lasertähtäinten pisteet sinkoilivat ristiin rastiin kaikkialla kellaritilassa agenttien etsiessä pienintäkin merkkiä uhkasta, kunnes lopulta heidän katseensa kohdistuivat huoneen länsipäähän.

"Ei saatana!" Lopez henkäisi ennen kuin avasi radioyhteyden. "Kellari tarkistettu. Psyko ei ole täälläkään." Hän pysähtyi haukkomaan löyhkäävää ilmaa. "Mutta haluat varmasti nähdä tämän, pomo. Ja niin haluavat henkirikostutkijatkin."

Sataviisi

Graham Fisher odotti kärsivällisesti punaisen valon muuttumista vihreäksi East 4th Streetillä Boyle Heightsissa. Liikenne oli hidasta niin kuin aina siihen aikaan aamusta; se norui kuin vesi suppilosta. Parin sekunnin kuluttua hän kääntyi vasemmalle South St Louis Streetille, ja niin tehdessään hän jäykistyi. Seitsemänkymmenen metrin päähän, aivan hänen kukkulaisen kotikatunsa alkuun, oli pysäköity seitsemän ajoneuvon rykelmä. Kaksi niistä oli LAPD:n mustavalkoisia partioautoja. Ensimmäisen ajoneuvon luo oli kerääntynyt joukko lainvalvontaviranomaisia.

Graham hidasti nopeutta välittömästi mutta ei paniikinomaisesti ja näytti vilkkua kääntyäkseen seuraavasta vasemmalle. Hän pysäköi tyynesti ensimmäisen oikeanpuoleisen talon eteen ja kaivoi hansikaslokerosta aurinkolasinsa. Hän veti baseball-lippiksen syvälle otsansa päälle, nousi autostaan ja käveli rennosti tien päähän, johon oli pysäköity valkoinen pakettiauto. Hän tirkisteli auton suojista ajoneuvorykelmää ja tiivistä agenttijoukkoa kotikatunsa alapäässä.

Ensimmäiseksi hän tunnisti etsivä Robert Hunterin. Toinen oli etsivä Carlos Garcia. Heidän kanssaan oli kahdeksan miehen vahvuinen SWAT-ryhmä, kaksi naista, neljä muuta uhkaavan näköistä mieshenkilöä sekä neljä virka-asuista poliisikonstaapelia. Yhteensä kaksikymmentä ihmistä. Kaikki näyttivät olevan raskaasti aseistettuja. He valmistautuivat selvästi yllätysiskuun, eikä Grahamilla ollut pienintäkään epäilystä siitä, mihin taloon he parin sekunnin kuluttua rynnäköisivät.

Graham oli tiennyt, että tämä päivä tulisi. Itse asiassa hän oli odottanut sitä. Hän ei vain ollut odottanut sen koittavan näin pian, ei ainakaan ennen kuin hän olisi saanut työnsä valmiiksi.

Katse yhä joukkoon kiinnittyneenä Graham ryhtyi käymään läpi suunnitelmaansa. Se oli edelleenkin täydellinen, hän päätti. Uutta oli vain se, että hänen täytyi nyt jouduttaa asioita ja improvisoida, ainakin jonkin verran. Mutta se ei olisi ongelma. Hän tiesi täsmälleen, mitä hänen piti tehdä.

Kun Graham palasi autolleen, hän alkoi kikattaa aavistuksen maanisesti. Kimeässä äänessä yhdistyivät hermostus ja riemu.

"Katsotaanpa, miten valmis olet ottamaan vastaan sen, mitä tuleman pitää, etsivä Hunter", hän lausui ääni kiihtymyksestä vavisten, ja sen jälkeen hän nousi autoonsa ja ajoi pois.

Satakuusi

Hunter, Garcia, ylikomisario Blake ja Michelle Kelly nyrpistivät neniään kuvottavalle löyhkälle, joka iskeytyi heidän sieraimiinsa, kun he alkoivat laskeutua Graham Fisherin kellariin johtavia puuportaita. Kukaan ei kyennyt selittämään outoa tunnetta, joka heidät valtasi. Oli kuin he olisivat astuneet kauhujen taloon, jossa tuska, pelko ja kärsimys olivat yhtä konkreettisia kuin sitä suojaavat seinätkin.

Kun he pääsivät kellarin ovelle, he pysähtyivät niille sijoilleen. Kellari oli yhtä kuin suuri, kostea huone, jossa oli paljaat tiiliseinät. Katon keskellä oli metalliverkon sisällä yksi ainoa kellertävä hehkulamppu. Sen heikolla loisteella oli vaikeuksia valaista huonetta, mutta samaan aikaan se langetteli varjoja käytännössä kaikkialle. Betonilattia oli täynnä tahroja, osa uusia, osa vanhoja ja osa toisia suurempia.

Itäseinää vasten oli työnnetty pitkä puinen työpöytä. Sen päällä oli oskilloskooppi sekä erilaisia elektronisia komponentteja, kuten piirilevyjä, dekooderimoduleita, kondensaattoreita, potentiometrejä ja mikroprosessoreja. Työpöydän toisella laidalla oli muutama luonnos. Huoneen koillisnurkasta he löysivät suuren käsintehdyn työkalukaapin, jonka vaikuttavaan sisältöön lukeutui muun muassa useita erityisvalmisteisia lasiporia ja sahoja. Mutta kaapissa oli myös tyhjiä koukkuja ja tyhjää tilaa. Osa työkaluista tuntui puuttuvan.

Kellarin kaakkoisnurkassa oli pienempi työpöytä, jonka toisessa päässä oli ruuvipuristin ja toisessa kääntöpöytäsirkkeli. Pöydän vieressä oli suuri, haalistuneen vihreä arkkupakastin. Mutta se, mikä todella sai kaikkien niskakarvat nousemaan pystyyn, oli asetettu huoneen toiselle puolelle länsiseinää vasten – kaikki neljä olivat tuijottaneet tätä samaista esinettä tuntikausia tietokoneittensa näytöltä ja yrittäneet kuumeisesti analysoida sitä.

Vasemmanpuoleiseen nurkkaan oli pystytetty sama lasisäiliö, johon tappaja oli laskenut Kevin Lee Parkerille kuolettavan lipeäkylvyn. Raskas metallituoli, johon Kevin Lee oli sidottu, oli yhä paikoillaan aivan säiliön keskellä, pultattuna viimeistelemättömään betonilattiaan. Lasisäiliön kummallekin puolen oli asetettu suuri kaasukanisteri. Ne oli yhdistetty kahteen säiliön sisällä olevaan rei'itettyyn metalliputkeen paksuilla, tulenkestävillä letkuilla.

"*Tulta tai vettä*", tappaja oli sanonut. "*Poltettu elävältä tai hukutettu.*"

Mielikuvat palasivat Hunterin päähän muistojen hurrikaanina.

Lasisäiliön pystyi metalliputkien kautta täyttämään joko vedellä tai tulella. Talon vesijärjestelmä oli kytketty niihin säiliön yläpuolella.

Hunter tiesi, että hänet oli huijattu valitsemaan sinä päivänä vesi. Siitä huolimatta Graham Fisher oli valmistautunut polttamaan uhrinsa elävältä siltä varalta, että olisikin mennyt arvioimaan Hunterin väärin.

Kaasukanisterien vieressä oli kaksi viidentoista litran säiliötä teollisuusvahvuista NaOH:ta – natriumhydroksidia. Nekin oli liitetty metalliputkiin paksuilla, kemikaalinkestävillä letkuilla.

Länsiseinän toisessa kulmassa, leikkaussalimaiselle metallipöydälle kiinnitettynä, lepäsi lasiarkku, johon tappaja oli vanginnut Christina Stevensonin. Kun Garcian katse kiinnittyi siihen, hän värähti ja peräntyi pari askelta. Epämukava pakokauhu alkoi ottaa kierroksia hänen vatsansa perukoilla. Lasiarkun sisällä oli satoja kuolleita tarantellahaukkoja.

Hunter aisti työparinsa epäröinnin ja pudisti hänelle vaivihkaa päätään. Sitten hän kuiskasi: "Ne ovat kaikki kuolleet."

Siitä huolimatta näky sai Garcian palaamaan mielessään päivään, jolloin neljä tarantellahaukkaa oli pistänyt häntä. Päivään, jolloin hän oli melkein kuollut.

Hän veti useamman kerran syvään henkeä, tukahdutti värähdyksen, joka uhkasi kiiriä pitkin hänen selkäpiitään, ja tunsi sydämensä sykkeen palautuvan hitaasti normaaliksi. Hän ei kuitenkaan ollut ainoa, jolla oli epämukava olo tässä kellarissa.

Tässä pimeässä ja kosteassa huoneessa oli sadistisesti kidutettu ja murhattu kaksi ihmistä. Surmatekoihin käytetyt välineet olivat yhä paikoillaan, uhrien veren tahrimina, heidän tuskansa täyttäminä. Jokaisesta huoneessa olijasta tuntui siltä kuin uhrien kauhunhuudot ja anelut yhä kajahtelisivat tiiliseinistä. Graham Fisher oli luonut kellariinsa todellisen kidutuskammion.

Vain parin jalanmitan päässä lasiarkusta seisoi vanha pyörätuoli ja kaksi sairaalastandardien mukaista tippatelinettä. Toisen koukuista roikkui yhä vanha, tyhjä tiputuspussi, jossa oli ollut metyylikobalamiiniravinnetta. Kyseessä oli epäilemättä yksi monista ravintoainecocktaileista, joita Grahamin oli täytynyt antaa vaimolleen suonensisäisesti tämän viimeisten elinkuukausien aikana.

"Piinapenkki ei ole täällä", ylikomisario Blake sanoi. "Se groteski laite, jolla hän irrotti kolmannen uhrin raajat. Se ei ole täällä."

"Hän käytti eri paikkaa", Hunter sanoi. "Tässä paikassa ei ole siihen tarvittavaa fyysistä rakennetta." Hänen katseensa kiersi vaistomaisesti huonetta.

"Kyllä tämä ainakin tarpeeksi iso on", SWAT-pomo huomautti.

"Niin on", Hunter myönsi. "Mutta tappaja oli ripustanut järeillä metalliketjuilla suuren ja raskaan betonimöhkäleen uhrin yläpuolelle. Hän sanoi pystyvänsä kontrolloimaan sitä. Hän sanoi, että pystyi laskemaan laatan hitaasti uhrin päälle ja säätämään paineen määrää samaan tapaan kuin ruuvipuristimessa. Hän on tarvinnut siihen hyvin vahvan ja todennäköisesti tilaa vievän koneiston."

"Jonkinlaisen elektronisesti kontrolloidun nostolaitteen tai vastaavan", Garcia lisäsi. "Eikä hän olisi mitenkään pystynyt järjestämään tänne sellaista."

"Minne sitten?" ylikomisario Blake kysyi.

"En ole varma", Hunter sanoi. "Meidän täytyy tarkistaa kiinteistörekisteristä, omistaako Graham Fisher muita kiinteistöjä tai maaalueita. Ongelmana on, että vaikkei omistaisikaan, hän on saattanut vuokrata tarkoitusta varten suuren autotallin tai pienen varastorakennuksen tai minkä tahansa muun riittävän kokoisen rakennuksen. Jos näin on, hän on varmasti maksanut käteisellä lyhytaikaisen vuokran. Hänen löytämiseensä sillä tavalla voi mennä pitkään."

Ylikomisario Blake ei näyttänyt vaikuttuneelta.

"Mutta se on nyt enää vain ajan kysymys, pomo", Hunter lisäsi. "Talossa asutaan. Astiatelineessä on vasta pestyä tiskiä, sieni on yhä hiukan kostea. Hän ei odottanut meitä tänne tänään, joten on mahdollista, ettei hän ole laatinut tarvittavia varotoimenpiteitä. Meillä on nyt koko talo tutkittavana, mukaan lukien työhuone ja tietokone. Sieltä on pakko löytyä jotain vinkkiä siitä, missä hän on. Ja sillä välin meidän on pantava Graham ja hänen autonsa, musta Chevrolet Silverado, koko kaupungin laajuiseen hakuun. Meidän täytyy toimittaa hänen kuvansa saman tien medialle. Hänen naamansa on saatava *kaikkialle*. Ajetaan hänet ahtaalle. Sen lisäksi tarvitsemme konstaapeleja koputtamaan tämän kadun jokaiselle ovelle. Jonkun luulisi tietävän jotakin."

Ylikomisario Blake kohotti molemmat kätensä ilmaan antautumisen merkiksi. "Näytän vihreää valoa kaikelle." Hänen katseensa siirtyi lasiarkusta lasihäkkiin ja sitten takaisin Hunteriin. "Kunhan saat tämän psykopaatin kiinni."

Hän lähti kävelemään kohti portaita. Kellari alkoi karmia häntä toden teolla. Hänen oli päästävä pois.

Myös Michelle oli siirtynyt, mutta ei kohti portaita. Hän seisoi nyt itäseinän työpöydän luona ja tutkaili elektronisia komponentteja ja piirroksia. Niissä oli yksityiskohtaiset kaaviot kellarin kidutuslaitteista, niiden kasaamisesta ja käytöstä. Kolmannen uhrin kiduttamiseen ja murhaamiseen tarkoitetun piinapenkin piirustuksia ei löytynyt, mutta sen sijaan hän löysi jotain muuta.

Jotain, mikä hyysi hänen verensä perin pohjin.

Sataseitsemän

"Helvetti!" Michelle kuiskasi, mutta alhaalla kellarissa hänen äänensä kajahteli seinistä kuin kättentaputus. Kaikki kääntyivät katsomaan häntä.

"Mitä löysit?" Hunter kysyi.

Ylikomisario Blake pysähtyi juuri ennen ensimmäistä askelmaa.

"Uhrien seurantakuvia", Michelle vastasi ja näytti kaikille ensimmäisen kuvan löytämästään pinkasta. "Kevin Lee Parker, ensimmäinen uhri", hän sanoi.

Kuvassa Kevin astui ulos videopeliliikkeestä, jossa oli työskennellyt. Tappaja oli ympyröinyt hänen kasvonsa punaisella tussilla. Michelle laski kuvan pöydälle ja tarttui toiseen. "Christina Stevenson", hän julisti.

Kuvassa Christina astui ulos talostaan. Myös hänen kasvojensa ympärille oli piirretty punainen ympyrä.

"Ethan Walsh, kolmas uhri", Michelle sanoi ja näytti kaikille uutta kuvaa. Siinä Ethan tupakoi sen ravintolan edessä, jossa työskenteli. Jälleen uusi punainen ympyrä.

Michelle laski valokuvan työpöydälle ja tarttui seuraavaan pinon kuvaan. "Ja tämä, voinen olettaa, on hänen listansa seuraava uhri."

Valokuvassa oli viehättävä, hiukan alle kolmikymppinen nuori nainen, joka istui kahvilan ulkopuolella. Hänellä oli sirot timantinmuotoiset kasvot, joita kehysti suora vaalea tukka. Kirkkaansiniset silmät olivat hiukan kissamaiset ja korostivat nätisti pikkuruista nenää, suppusuuta ja korkeita poskipäitä. Myös hänen kasvojensa ympärille oli piirretty punainen ympyrä. Uusi valokuva tuntui sähköistäneen kellarin ilman.

"Onko siinä nimeä?" Hunter kysyi ja siirtyi ripeästi Michellen viereen. Garcia ja ylikomisario Blake seurasivat perässä.

Michelle katsoi kuvan taakse. "Ei, ei mitään." Hän ojensi kuvan Hunterille.

Hunter vilkaisi sitä uudestaan ja siirsi sitten katseensa työpöytään. "Onko täällä muita kuvia hänestä?" hän kysyi Michelleltä.

"Ei hänestä."

Jokin Michellen äänensävyssä sai kaikki pysähtymään hetkeksi ja katsomaan FBI-agenttia.

"Löysin tuon lisäksi vain tämän kuvan." Hän näytti heille viimeistä kuvaa, sitä, joka oli hyytänyt hänen vertaan.

Kaikki jännittyivät. Aika tuntui hidastuvan kellarissa.

Kuva oli otettu, kun kohde ylitti ruuhkaista katua, mutta tällä kertaa heidän ei tarvinnut pohtia nimeä. Heidän ei tarvinnut edes jäljittää kohdetta. He kaikki katsoivat valokuvaa Robert Hunterista, ja Hunterin kasvojen ympärille oli piirretty punainen ympyrä.

Satakahdeksan

Garcialta ja ylikomisario Blakelta jäi hengitys puolitiehen, ja heidän katseensa kiinnittyivät kuvaan Michellen kädessä kuin hyönteiset siniseen valoon. Outo, hermostuttava kauhu tuntui täyttävän kellarin. Vain Hunter pysyi sille immuunina. Hän pudisti päätään täysin rauhallisena ja otti kuvan Michellen käsistä.

"Tämä ei ole nyt meidän huolenaiheemme", hän sanoi. "Itse asiassa tämä ei edes yllätä minua."

"Miten niin se *ei ole meidän huolenaiheemme?*" Michelle tivasi.

"Koska onpa Graham Fisher juoninut pääni menoksi mitä hyvänsä, hänen täytyy nyt miettiä tilanne uusiksi ja muokata suunnitelmaansa, koska heti kun hänen kuvansa päätyy uutisiin, hän tietää, ettei enää ole kyberhaamu. Me tiedämme nyt, kuka hän on. Hän tietää, että olemme käyneet hänen talossaan, hänen kellarissaan, ja että olemme löytäneet kaiken tämän." Hän osoitti kädellään huonetta ja kuvia. "Se tarkoittaa, että hän tietää myös sen, että *minä* olen nyt metsästäjä."

"Joo joo, mutta me puhumme nyt äärimmäisen älykkäästä ja taitavasta tappajasta", Michelle huomautti. "Sinun on oltava varovainen."

"Olen aina varovainen. En kuitenkaan ole ykkösenä hänen tärkeysjärjestyksessään." Hunter näytti kaikille uudestaan kuvan nuoresta vaaleasta naisesta. "Hän on. Hän on seuraava uhri tappajan listalla, en minä."

"Mistä sinä sen tiedät?" ylikomisario Blake kysyi.

"Koska tappaja olisi halunnut minun olevan viimeinen", Hunter selitti. "Se kuuluu hänen kostosuunnitelmaansa. Hän haluaa, että näen kaikkien uhrien kuolevan silmieni edessä ilman, että pystyn auttamaan heitä. Aivan kuten katsoin hänen poikansa kuolemaa ilman, että pystyin auttamaan häntä."

"Mutta eihän se ollut sinun vikasi", ylikomisario Blake sanoi.

"Graham Fisherin mielestä oli. Hänen mielestään olisin voinut pelastaa hänen poikansa. Olisin voinut tehdä enemmän. Mutta millään sillä ei ole väliä. Väliä on sillä, että selvitämme tämän naisen henkilöllisyyden." Hunter osoitti valokuvaa uudestaan. "Hän liittyy jollain tavalla Grahamin pojan itsemurhaan tai sen jälkilöylyihin, aivan kuten aiemmatkin uhrit."

"Olisiko hänkin toimittaja?" Garcia ehdotti. "Tai ehkä sen sokkivideosivuston ylläpitäjä, sen, johon Brandon Fisherin itsemurhavideo päätyi?"

"Ehkä", Hunter komppasi ja nyökkäsi päättäväisenä. "Pannaan tiimi tutkimaan asiaa."

Garcia nyökkäsi. "Hoidan homman saman tien."

Hunter puhutteli jälleen ylikomisario Blakea. "Meidän täytyy saada tämä kuva välittömästi lehdistölle yhdessä Grahamin kuvan kanssa. Meidän täytyy selvittää, kuka nainen on, missä hän asuu, missä hän on töissä, kaikki. On mahdollista, että tappaja on jo napannut hänet."

Satayhdeksän

Ylikomisario Blake soitti Hunterille puolentoista tunnin kuluttua. Hän oli palannut PAB:hen naisen valokuvan kera, kun taas Hunter, Garcia ja Michelle olivat jääneet talolle. He halusivat koluta hitaasti Graham Fisherin asunnon joka nurkan. Heidän seuraansa oli liittynyt viisi kokenutta poliisia sekä kaksi rikosteknistä agenttia.

Ylikomisario kertoi Hunterille antaneensa naisen kuvan LAPD:n mediaosastolle tarkkojen ohjeiden kera. Mediaosastolla oli ryhdytty välittömästi toimeen ja otettu yhteyttä paikallisiin sanomalehtiin ja TV-kanaviin. Naisen ja Grahamin kuva julkaistaisiin kaikilla suurilla TV-kanavilla puolenpäivän uutisten erikoistiedotteessa, ja sen jälkeen uudestaan iltapäivä- ja iltauutisissa. Valokuvat julkaistaisiin myös kaikkien kaupungin sanomalehtien seuraavassa painoksessa, mutta ikävä kyllä vasta aamulla. Myös radioasemiin oli otettu yhteyttä. He pyysivät kuuntelijoita kirjautumaan erityiselle verkkosivulle, jonka LAPD:n IT-osasto oli pannut pystyyn molempia kuvia varten. Vihjepuhelin oli jo avattu. Nyt odoteltiin vain tilanteen kehittymistä.

Graham Fisherin talolla Hunter ja Garcia aloittivat kellarista, jonne oli tuotu kaksi voimakasta rikosteknistä valaisinta karkottamaan kaikki varjot. Garcia kävi läpi kaiken, mitä kellarin itäpuolelta oli löydetty, kun taas Hunter tutki pilkuntarkasti länsiseinän lasihäkkiä ja lasiarkkua.

Kumpaisestakaan kidutus-ja murhavälineestä ei irronnut Hunterille enempää kuin hän jo tiesi. Käsityö oli huippuluokkaa, mutta Graham Fisherin kaltaiselta henkilöltä hän ei vähempää odottanutkaan. Molempien rakentamiseen käytetyt läpinäkyvät levyt olivat luodinkestävä yhdistelmä polykarbonaattia, kestomuovia ja laminoitua lasia. Ihmisnyrkeillä ei ollut mitään saumaa sellaisten kanssa. Mutta sen Graham oli hänelle jo puhelimessa kertonut. Hunter ei olettanut hänen valehdelleen. Molempien lasisäiliöiden sisällä velloi kuvottava oksennuksen, virtsan, ulosteen, kauhun ja hyvin voimakkaan desinfiointiaineen löyhkä. Lasiarkun kuolleet tarantellahaukat lisäsivät uuden, väkevästi erottuvan happaman kerroksen yleislemuun. Kirurgisesta suu-nenäsuojaimesta huolimatta Hunterin teki mieli oksentaa toistuvasti, mikä pakotti hänet pitämään vähän väliä taukoja.

"Luuletko, että hän on jo saanut kynsiinsä sen kuvan naisen?" Garcia kysyi, kun Hunter meni hänen luokseen kellarin länsipäähän.

Hunter veti syvään henkeä ja antoi katseensa asettua suureen työkalukaappiin. "En tiedä", hän vastasi lopulta. Hän ei halunnut sanoa sitä ääneen, mutta totuus oli, että hänellä oli karmiva tunne tämän kaiken suhteen.

"Haluan näyttää sinulle yhden asian", Garcia sanoi ja siirsi Hunterin huomion erityiseen kohtaan puupöydässä. "Vilkaisepa tätä."

Hunter katsoi Garcian osoittamaa kohtaa, kurtisti kulmiaan ja kyyristyi sitten katsomaan sitä lähempää.

"Näetkö sen?"

Hunter nyökkäsi. Työpöydälle oli kasaantunut tavallista huonepölyä, todennäköisesti kahden päivän edestä. Kyseisessä kohdassa pöly oli asettunut epätasaisesti. Jotakin oli siirretty – esine oli suorakulmion muotoinen ja noin 36 cm x 25 cm kokoinen. Hunter siirtyi lähemmäs ja tutki toista epätasaista pölykuviota, tällä kertaa ohutta ja pitkää, joka kulki aina työpöydän reunaan saakka. Hän tarkisti sen puoleisen tiiliseinän ja huomasi, että osapuilleen kolmenkymmenen sentin korkeudelle oli asennettu sähköpistorasia.

"Kannettava tietokone", Hunter sanoi lopulta.

Garcia nyökkäsi. "Juuri sitä minäkin mietin. Ja jos olemme oikeassa, tiedät mitä se merkitsee, eikö vain? Graham todennäköisesti säilytti kyseisellä läppärillä kaikkia suunnitelmiaan, piirroksiaan, nimiä, aikatauluja ja luonnoksia… ei suinkaan yläkerran pöytäkoneella."

Michelle Kelly oli ottanut tehtäväkseen tutkia Grahamin työhuoneen pöytäkoneen. Tietokone oli suojattu salasanalla, mikä ei ollut yllättävää. Kuten ei sekään, että autentikointimekanismi ei ollut mikään helposti murrettava standardialgoritmi vaan jotain aivan erityistä, ilmeisesti Grahamin itsensä koodaama. Hänen oli mahdotonta yrittää murtaa tuota suojausta paikan päällä ilman työkaluja ja laitteita, joita hänellä oli FBI:n kyberrikosten jaostossa. Hunter antoi hänelle luvan viedä tietokoneen FBI:n päämajaan ja jatkaa siellä. Hän ottaisi yhteyttä heti, kun saisi tietää jotain. Toistaiseksi hänestä ei ollut kuulunut.

Hunter komppasi nyökkäämällä Garcian ehdotukselle. "Toivotaan, että olemme väärässä. Jos pöytäkoneella on jotakin, vaikka vain jäännös jostakin, Michelle löytää sen varmasti."

He siirtyivät lopulta pois kellarista. Molemmat etsivät huokaisivat täysin häpeilemättä helpotuksesta.

Konstaapelit, jotka oli lähetetty suorittamaan ovelta ovelle -kyselyä Grahamin kotikadulle ja muutamille lähikaduille, palasivat vailla uutisia. Kaikki naapurit eivät olleet kotona, mutta ne muutamat, jotka olivat, eivät osanneet sanoa, kuka Grahamin kellarista löydetyn valokuvan nainen oli tai minne Graham itse oli saattanut mennä. Yksi asia kävi kuitenkin selväksi. Kaikki olivat sanoneet, että poikansa kuoleman jälkeen Graham oli muuttunut tyystin – hän oli vetäytynyt syrjään, eristäytynyt eikä ollut kommunikaatiohaluinen. Vaimon kuoleman jälkeen hänestä oli tullut haamu, jota tuskin koskaan enää näki missään.

Hunter ja Garcia viettivät melkein kaksi tuntia käymällä läpi jokaisen Grahamin yläkerran työhuoneesta löytämänsä paperinpalan, kirjan, lehden sekä viestilapun. Mikään niistä ei osoittautunut tutkinnan kannalta hyödylliseksi.

Puolivälissä iltapäivää etsivä Perez soitti Hunterille ja kertoi, että päivän uutisten jälkeen vihjepuhelimeen oli tullut jo useita vinkkejä naisen henkilöllisyydestä. Etsivät ja konstaapelit tarkistivat paraikaa vihjeiden todenperäisyyttä, ja hän lupasi palata asiaan heti, kun selviäisi jotain kouriintuntuvaa.

Kului puolitoista tuntia ilman minkäänlaista edistystä. Garcia oli palannut PAB:hen auttamaan etsivä Pereziä vihjepuhelimen kanssa.

Hunter istui yksinään Grahamin pojan huoneessa, kun hänen kännykkänsä piippasi uuden tekstiviestin merkiksi. Hän tarkisti näytön – *tuntematon numero.*

Hunter avasi viestin, ja hänet täytti välitön, levottomuutta herättävä ahdistus.

Hyvin tehty, etsivä Hunter. Onnistuit vihdoin panemaan palaset paikoilleen. Ikävä kyllä se johdatti sinut vain talolleni – tyhjälle talolleni. Toivottavasti sinulla on hauskaa. Oletko jo löytänyt jotain kiinnostavaa? Minä olen.

Kun Hunter oli saanut viestin luettua, puhelin piippasi jälleen. Viestin toinen osa oli saapunut.

Otin vapauden jäljittää puhelimesi. Näen, että olet yhä kotonani, joten nyt tämä peli muuttuu todella hauskaksi. Sinulla, ja sinulla YKSIN, on 7 min aikaa ehtiä St Maryn kirkolle E. 4th St ja S. Chicago St risteykseen. Seitsemän korttelin päähän. Älä aja – juokse. Lähetän sinulle kohta kannustimen.

Uusi piippaus.

Uusi viesti.

Tämä viesti alkoi kuvalla.

Kuvalla, joka pani huoneen pyörimään Hunterin ympärillä ja sai hänet tuntemaan, että kaikki happi oli yhtäkkiä imetty hänen keuhkoistaan.

Hän katsoi kuvaa nuoresta naisesta, joka oli suukapuloitu ja sidottu metallituoliin. Sama nainen, jonka kuvan he olivat löytäneet kellarista. Viestissä luki:

7 min, tai hän kuolee. Jos kerrot jollekulle, mukaan lukien työparillesi, tapan hänet niin hitaasti, että hän tekee kuolemaa kokonaisen kuukauden. Kello tikittää, etsivä Hunter – 6:59, 6:58, 6:57 – LOL.

Satakymmenen

Hunter ryntäsi alas portaita kuin luotijuna, syöksyi käytävän ja olohuoneen halki ja poistui talosta tasan kolmessa sekunnissa.

Kuistilla seisovat kaksi konstaapelia yllättyivät täydellisesti. Heiltä kesti noin puolitoista sekuntia toeta alkujärkytyksestä ja reagoida. He tarttuivat vaistomaisesti aseisiinsa, käännähtivät nopeasti kannoillaan ja tähtäsivät levottomina avointa ovea ja tyhjää olohuonetta sen takana.

"Mi– mitä tämä on?" toinen heistä huudahti hermostuneesti.

"Vitustako minä tietäisin", toinen konstaapeli vastasi ja tukahdutti halun tarkistaa takanaan oleva katu, jotta saisi tietää, minne Hunter oli mennyt. Jos heitä uhkasi jonkinlainen vaara, se tuli talon sisältä, ei kadulta.

Kului viisi sekuntia eikä mitään tapahtunut.

Konstaapelit kurkistelivat taloa kohti kurotellen kaulojaan sivulta toiselle terävästi kuin huumehöyryiset kanat.

"Näkyykö jotain?" toinen konstaapeli kysyi.

"Ei piru vie yhtään mitään."

Odotettuaan vielä muutaman sekunnin ensimmäinen konstaapeli astui ovelle ja katsoi sisään. Toinen konstaapeli turvasi hänen selustansa.

"Ei täällä mitään ole."

"Mitä helvettiä?" Toinen konstaapeli pani aseensa koteloon ja kiepahti ympäri hakien katseellaan Hunteria. Häntä ei näkynyt missään. "Mitä vittua tuo äskeinen oli? Se henkirikosetsivä ryntäsi kadulle tuli perseen alla."

Ensimmäinen konstaapeli kohautti harteitaan ja laittoi hänkin aseensa koteloon. "Missä hän on?"

"Poissa. Etkö nähnyt? Jätkä juoksi nopeammin kuin Usain Bolt."

"Ehkä hän sekosi lopulta. Se on ihan yleistä erikoismurha-ryhmässä. Sitä pitää olla järjiltään jo että pääsee liittymään koko ryhmään."

Hunter oli oikaissut takakujan kautta South Chicago Streetille. Kun hän pääsi pääkadulle, hän kääntyi vasemmalle ja juoksi niin kovaa kuin pystyi. Miljoona kysymystä heittelehti hänen päässään, mutta hänellä ei ollut aikaa miettiä niistä ainuttakaan.

Hän oli osapuilleen kolmen korttelin päässä St. Maryn kirkosta, kun hän vilkaisi kelloaan. Hänellä oli alle kolme minuuttia aikaa ehtiä perille.

Kun hän pääsi seuraavaan risteykseen – East 6th Streetille – hän ei kiinnittänyt mitään huomiota liikenteeseen tai punaisena palavaan jalankulkijoiden valoon.

Valkoinen pakettiauto, joka ajoi itään päin, näki hänet aivan liian myöhään. Hunter ilmestyi kuin tyhjästä ja astui suoraan pakettiauton eteen. Kuski painoi jarrut pohjaan ja pysäytti auton, muttei riittävän nopeasti. Hunter törmäsi pakettiauton etuosaan ja paiskautui kyljelleen maahan iskien vasemman käsivartensa ja olkapäänsä asfalttiin.

"Mitä vittua?" pakettiauton kuski karjui silmät suurina ja hyppäsi ajoneuvostaan. "Yritätkö saatana tapattaa itsesi, hullu mies?"

Hunter kierähti kahdesti ympäri ja kompuroi nopeasti käsilleen ja varpailleen yrittäen päästä pystyyn. Jalat löysivät lopulta tarvittavan pidon, ja hän oli tuota pikaa pystyssä.

"Etkö nähnyt punaista valoa, sekopäinen mulk–" kuski aloitti, mutta kun Hunter liikahti, hän näki aseen vilahtavan kainalokotelossa. "Jou, kaikki hyvin, jäbä", kuski sanoi paljon vähemmän aggressiiviseen sävyyn, astui taaksepäin ja näytti Hunterille kämmeniään. "Minun vikani koko juttu. Olisi pitänyt olla tarkkana koko ajan. Kaikki hyvin?"

Hunter ei edes katsonut miestä. Hän ryntäsi läpi pienen, uteliaan väkijoukon, joka oli jo kerääntynyt jalkakäytävälle, ja jatkoi matkaa.

Hunter oli hoidellut kaatumisen kohtuullisen hyvin, mutta törmäys pakettiautoon oli satuttanut hänen oikeaa polveaan. Hän tunsi, miten sitä viilsi joka askelen myötä. Vamma pakotti hänet hidastamaan tahtia ja nilkuttamaan kömpelösti. Hän ei kuitenkaan ollut enää kaukana. Hän näki St. Maryn kirkon kellotornin aivan mäen päällä.

Hengästyneenä ja polvi kivusta kiljuen Hunter ehti risteykseen kuudessa minuutissa ja viidessäkymmenessäkolmessa sekunnissa. Ketään ei näkynyt.

"Mitä helvettiä?" hän puuskutti ja kaivoi esiin puhelimensa.

Ei uusia viestejä, ei uusia soittoja.

Kuin tyhjästä hänen eteensä ajoi keltainen taksi, jonka ikkuna rullautui auki.

"Oletko Robert Hunter?" kuski kysyi.

Hunter nyökkäsi kysyvän näköisenä.

"Tässä on puhelimesi", kuski sanoi ja ojensi Hunterille vanhaa, tiiliskivimäistä matkapuhelinta, johon oli jo kytketty handsfree-kuuloke.

"Mitä?"

Kuski kohautti olkiaan. "Joku jätkä maksoi minulle kaksisataa siitä hyvästä, että toisin tämän puhelimen juuri tähän paikkaan, tähän aikaan, ja antaisin sen Robert Hunter -nimiselle kaverille. Se olet sinä, vai mitä? Tässä luurisi."

Puhelin, jonka kuski oli ojentanut Hunterille, alkoi soida ja sai kuskin hätkähtämään.

"Paskat." Kuski hypähti istuimellaan ja ojensi jälleen kättään. "Tuo ei kyllä ole minulle."

Hunter tarttui nopeasti puhelimeen ja vastasi siihen laittaen samalla kuulokemikrofonin korvalleen.

"Hienoa", soittaja sanoi. "Ehdit ajoissa. Ojennapa nyt oma puhelimesi taksikuskille." Soittajan ääni kuulosti hiukan erilaiselta kuin aiemmissa puheluissa. Hunter tiesi sen johtuvan siitä, ettei hän enää käyttänyt minkäänlaisia elektronisia laitteita sen muuntamiseen. Siihen ei enää ollut tarvetta.

"Mitä?" Hunter vastasi.

"Kuulit kyllä. Ota tämä puhelin ja ojenna omasi taksikuskille. Et enää tarvitse sitä. Tee se nyt, tai nainen kuolee."

Hunter tiesi täsmälleen, mitä Graham haki – hän hankkiutui eroon Hunterin poliisipuhelimen GPS:stä sekä kaikista muista tempuista ja varoitussignaaleista, jotka Hunterilla saattoi olla asennettuna napinpainalluksen päähän.

Hunter teki työtä käskettyä.

Taksikuski rullasi ikkunansa takaisin ylös ja ajoi nopeasti tiehensä.

"Nyt sinulla on tasan kuusikymmentä minuuttia aikaa ehtiä osoitteeseen, jonka sinulle annan. Älä käytä autoasi. Älä käytä poliisiautoa. Älä ota taksia. Improvisoi. Ellet tee sitä, tappaminen alkaa. Ellet ehdi tänne kuudessakymmenessä minuutissa, tappaminen alkaa. Jos katkaiset tämän puhelun seuraavien kuudenkymmenen minuutin aikana, tappaminen alkaa. Teinkö asiani selväksi?"

"Kyllä."

Soittaja antoi Hunterille osoitteen.

"Lähde matkaan. Aika alkaa… nyt."

Satayksitoista

Hunter katseli ympärilleen ja arvioi nopeasti seuraavan siirtonsa. Suoraan tien toisella puolella oli lähikauppa, jolla oli oma yksityinen parkkipaikka liikkeen takana. Juuri sillä hetkellä ylipainoinen mies astui kaupasta kantaen kainalossaan suurta ruokakassia ja jauhaen tyytyväisenä Twinkie-patukkaa. Hunter meni hänen luokseen, kun hän avasi Chevrolet Malibunsa ovea.

"Suokaa anteeksi, sir, mutta minun on otettava autonne käyttööni", Hunter sanoi kiireisellä äänellä ja näytti virkamerkkiään sekä poliisikorttiaan.

"Mitä?" mies kysyi suu täynnä Twinkietä. Hän silmäili Hunterin virkamerkkiä ja korttia ja katsoi sitten Hunteria suoraan silmiin.

"Tämä on hätätilanne, ja minun on otettava autonne, sir."

Mies nielaisi kovaäänisesti suullisensa. "Ei jumalauta. Vai takavarikoit sinä autoni? Sellaista paskaa tapahtuu vain leffoissa."

"No, sellainen paska muuttui juuri totisimmaksi todeksi, sir."

"Vittuiletko sinä minulle?" Mies katseli ympärilleen kuin odottaen näkevänsä jossakin piileskelevän kuvausryhmän. "Onko tämä piilokamera?"

"Ei, sir."

"Paniko se saatanan ex-muijani sinut asialle?"

"En ikävä kyllä tunne saatanan ex-muijaanne, sir, eikä minulla ole aikaa kinastella. Minun on todellakin otettava autonne käyttööni."

"Et vitussa ota. Oletko tosissasi? Onko tuo merkki edes oikea? Anna kun katson uudestaan."

"Voin vakuuttaa, että se on oikea. Ja niin on tämäkin, sir." Hunter raotti takkiaan ja antoi miehen nähdä aseensa.

"Jep", mies sanoi ja astahti taaksepäin. "Aika hiton aidolta näyttää."

"Voinko nyt saada avaimet, sir?" Hunter sanoi.

"Piru vieköön", mies sanoi ja ojensi sitten avaimet Hunterille. "Miten helvetissä minä nyt pääsen kotiin?"

Hunter ei jäänyt kuuntelemaan. Hän hyppäsi autoon, käynnisti moottorin ja ampaisi tiehensä renkaat ulvoen.

Hän kääntyi parkkipaikalta välittömästi vasemmalle East 4th Streetille suunnaten kohti Golden State Freewayta.

"Mahtavasti improvisoitu, etsivä", Hunter kuuli soittajan sanovan korvanappiin.

"Graham", Hunter sanoi. "Kuuntele minua. Sinun ei tarvitse tehdä tätä enää."

"Näinkö on, etsivä Hunter?"

"Kyllä", Hunter vastasi vakaasti. "Me kaikki ymmärrämme, että olet vihainen ja loukattu. Me ymmärrämme, että nämä ihmiset – Kevin Lee Parker, Christina Stevenson ja Ethan Walsh…" Hunter käytti heidän nimiään toivottomana yrityksenä inhimillistää uhrit Graham Fisherin silmissä. "He kaikki ovat omalla tavallaan pahentaneet poikasi kuoleman aiheuttamaa tuskaa, mutta kosto ei vie tuskaa pois."

"Pahentaneet?" Graham keskeytti Hunterin ivallisesti hymähtäen. "He halvensivat ja vääristivät hänen kuolemansa. He antoivat joka helvetin friikille tilaisuuden muuttaa poikani kamppailu ja hänen kuolemansa vitsiksi. He saivat tilaisuuden pilkata poikaani senkin jälkeen, kun hän oli poissa. Yhteiskunta on muuttunut täysin tunnistuskelvottomaksi, etsivä. Hirviöksi, joka ei kunnioita tai välitä kenenkään elämästä. Enkö ole todistanut sitä sinulle? Etkö nähnyt omin silmin, miten ihmiset äänestivät toisen ihmisen tappamistavasta? Tuiki tuntemattoman ihmisen, josta he eivät tienneet mitään, ikään kuin kaikki olisi heille pelkkää peliä? Me puhumme *todellisista ihmisistä*, jotka halusivat katsoa, kun *todelliset ihmiset* kuolivat heidän näytöillään. Heille se oli puhdasta viihdettä. Miten sairasta se on, etsivä Hunter?"

"Graham, minä ymmärrän."

"Ei, ei, ei", Graham keskeytti Hunterin jälleen, ja hänen äänensä kohosi vihasta. "Älä väitä, että ymmärrät, koska et ymmärrä. Äläkä loukkaa minua yrittämällä psykologisoida tietäsi tämän läpi. Psykopaskasi *ei* toimi. Voin vakuuttaa. Mieleni on paljon vahvempi kuin sinun, etsivä Hunter." Lyhyt tauko, mutta ennen kuin Hunter ennätti sanoa mitään, Graham puhui jälleen, ja hänen äänensä oli tyyni ja rauhallinen. "Mutta miettikäämme valoisaa puolta. Kun pääset tänne, tämä kaikki päättyy... meidän molempien osalta. Sinulla on viisikymmentäkolme minuuttia aikaa, etsivä, enkä minä näiden viidenkymmenenkolmen minuutin aikana halua kuulla sinusta sanaakaan. Jos kuulen, jokainen sana tarkoittaa, että hän menettää yhden sormen. Jos sormet loppuvat... no... sitten täytyy ryhtyä leikkelemään jotain muuta. Tuliko selväksi?"

Hiljaisuus.

"Tuliko selväksi, etsivä Hunter?"

"Tuli."

Seuraavat äänettömät viisikymmentäkolme minuuttia tuntuivat loputtoman pitkiltä. Hunter mietti kerran toisensa jälkeen, mitä tapahtuisi hänen päästyään perille. Yksikään hänen kuvittelemansa lopputulema ei päättynyt hyvin.

Graham oli laskenut rakettitieteilijän tarkkuudella matka-ajan. Hän oli ottanut laskelmissaan huomioon myös Los Angelesin liikenteen siihen aikaan päivästä, sillä Hunter pääsi syrjäiseen määränpäähänsä Sylmariin, Los Angelesin kaupungin pohjoisimmalle asuinalueelle, tasan viidessäkymmenessäkahdessa minuutissa. Grahamin tarkkuus ei yllättänyt Hunteria. Kuulostipa Graham miten karskilta hyvänsä, hän ei halunnut Hunterin epäonnistuvan, sillä hänen kostosuunnitelmansa ei olisi täydellinen ilman uhrilistan viimeistä nimeä – Robert Hunteria.

Kun Hunter pääsi Sylmariin, aurinko oli miltei jo kadonnut Hollywoodin kukkuloiden taakse. Taivas oli muuttumassa raihnaisen rusehtavaksi.

Grahamin antama osoite johdatti Hunterin syrjäiselle tielle lähelle Sylmarin ratsastusareenaa aivan Angelesin kansallispuiston

kukkuloiden juurelle. Tienoilla ei ollut juuri mitään lukuun otta-
matta kahta pientä varastorakennusta ja vanhaa, hylättyä tallia.
Graham oli käskenyt Hunteria ajamaan tallirakennuksen taakse,
josta hän löytäisi toisen, korkeakattoisen rakennelman.

"Näen, että olet perillä." Graham rikkoi painostavan puhelin-
hiljaisuuden juuri, kun Hunter pysäköi auton. "Ovi on auki. Tule
suoraan sisään, etsivä Hunter. Olemmekin odotelleet sinua. Ikävä
kyllä emme voineet odottaa pitempään. Show on jo alkanut. Kello
käy. Eikä sinulla ole juurikaan aikaa jäljellä."

Satakaksitoista

Täsmälleen viisi minuuttia ennen kuin Hunterin oli määrä saapua perille Graham mykisti puhelimen, jolla puhui Hunterille, ja soitti toisen puhelun eri puhelimella eri numeroon.

PAB-rakennuksessa Garcia oli juuri aikeissa soittaa Hunterille ja kertoa uutisia, kun hänen pöytäpuhelimensa soi. Ylikomisario Blake oli työhuoneessa hänen kanssaan.

"Etsivä Garcia, erikoismurharyhmä", Garcia vastasi.

"Etsivä", soittaja sanoi. "Minulla on tarjota sinulle tänään hyvin ainutlaatuinen näytös. Sarjan viimeinen. Sitä voisi hyvinkin nimittää *suureksi loppuhuipennukseksi.*"

Garcia vaikeni lyhyen, epäröivän sekunnin ajaksi. Hänen katseensa löysi ylikomisario Blaken, ja jokin hänen ilmeessään sai Blaken värähtämään.

"Graham?" Garcia sanoi ja vaihtoi puhelun kaiuttimelle.

"Aivan oikein, etsivä. Ja nyt kun olemme esittäytyneet asianmukaisesti, pyytäisin sinua kirjautumaan valitsekuolema.comiin. Olen varma, että nautit tästä viimeisestä show'sta."

Garcia meni nopeasti koneelleen ja kirjoitti nettiosoitteen selaimen osoitekenttään.

Ylikomisario Blake siirtyi kiireesti hänen taakseen.

Tällä kertaa kuvassa ei ollut yökuvausobjektiivista vihjaavaa vihertävää sävyä. Kuva oli kirkas ja selkeä. Siinä näkyi sama nainen, jota he olivat etsineet koko päivän. Hänet oli suukapuloitu ja sidottu tiukasti kiinni raskaaseen metallituoliin. Tuoli oli samanlainen kuin se, jonka he olivat aamupäivällä löytäneet Fisherin kellarista betonilattiaan pultattuna. Tällä kertaa se ei ollut lasisäiliössä vaan suuressa, metallisessa häkissä, joka toi mieleen eläintarhat. Naisen silmät olivat kauhusta laajenneet ja itkusta verestävät. Häneltä oli riisuttu kaikki vaatteet. Tästä huolimatta hän ei näyttänyt vahingoittuneelta. Mutta pahiten Garcian ja ylikomisario Blaken säikäytti oudon muotoinen verkkopaneeli, joka oli asetettu aivan naisen kasvojen eteen. Se näytti kummalliselta, keskiaikaiselta, metalliselta kidutusnaamiolta.

"Voi luoja. Hän on jo napannut naisen", ylikomisario Blake kuiskasi.

"Näetkö hänet?" Graham kysyi.

"Kyllä."

"Jatka katsomista."

Aivan kuten aiemmissa lähetyksissä, myös tällä kertaa sana SYYLLINEN ilmestyi suurin kirjaimin keskelle näytön alareunaa.

"Missä Robert on?" ylikomisario Blake muodosti suullaan.

Garcia pudisti vaivihkaa päätään samalla, kun painoi pikanäppäintä matkapuhelimessaan. Sekuntia myöhemmin kuului hädin tuskin kuuluva piippaus, jota seurasi Hunterin "en ole juuri nyt tavattavissa" -viesti. Garcia kurtisti kulmiaan. Se tarkoitti, että Hunterin matkapuhelin oli suljettu. Hunter ei koskaan sulkenut matkapuhelintaan.

"Päätin jälleen kerran muuttaa sääntöjä", Graham ilmoitti tyynesti. "Tällä kertaa kuolintapoja on vain yksi. Katsohan, etsivä, haluan kokeilla, miten hyväntahtoisia kalifornialaiset ovat. Jos he välittävät riittävästi, hän saa elää. Jos eivät välitä, hän kuolee. Niin yksinkertaista se on."

Suurin piirtein puoliväliin näytön oikeaa reunaa ilmestyi sana PELASTA, jonka jälkeen tuli numero nolla ja vihreä painike. Suoraan sen alle ilmestyi sana TELOITA, jota sitäkin seurasi nolla ja toinen vihreä painike.

"Kyseessä on simppeli kilpajuoksu maaliviivalle, etsivä. Kymmenen minuuttia, minkä jälkeen laskemme äänet. PELASTA – hän elää. TELOITA – hän kuolee. Kuulostaako reilulta?"

Ei vastausta.

"Hänen pelastamisekseen riittää, että tämän uljaan osavaltiomme asukkaat välittävät tarpeeksi." Graham nauroi ääneen. "Eli mitä mieltä olet, etsivä Garcia? Ovatko ihmiset näinä meidän aikoinamme taipuvaisia antamaan ventovieraalle ihmiselle syyttömyysolettaman, vai tuomitsevatko he hänet kuolemaan vain siksi, että näkevät näytöllä sanan SYYLLINEN? Voivatko ihmiset todella olla niin herkkäuskoisia?"

Ei vastausta.

"No, se selvinnee kymmenen minuutin kuluttua. Haluan kuitenkin, että teet erään toisen asian. Oletko kuulolla?"

"Kyllä."

"Tasan kaksi minuuttia ennen ajan päättymistä haluan sinun kirjautuvan eri tietokoneella seuraavaan IP-osoitteeseen." Graham saneli osoitteen Garcialle. "Kaksi minuuttia ennen ajan loppumista, ei sekuntiakaan aikaisemmin. Jos kirjaudut sille hetkeäkään ennen kahta minuuttia, saan tietää, ja sopimus purkautuu. Tapan hänet kaikesta huolimatta, ja tapan hänet hitaasti. Onko selvä?"

"Kyllä."

Puhelu katkesi.

Vasemman alareunan ajastin aloitti lähtölaskennan – 9:59, 9:58, 9:57…

Satakolmetoista

Hunter nousi autosta handsfree-kuuloke yhä tukevasti korvallaan. Hän otti aseen kotelosta ja siirtyi varovasti kohti hylätyn tallin takana kohoavan korkeakattoisen rakennuksen ovea. Kyseessä oli keskikokoinen, mitäänsanomaton tiilestä ja betonista rakennettu tönö, jonka ulkoseiniä koristivat epätasaiset vihreät homeläikät. Tontti oli täynnä vanhaa rojua ja rikkaruohoja. Hunter erotti asemapaikaltaan vain kaksi ikkunaa, jotka molemmat oli laudoitettu. Itäseinän raskas puuovi, jota hän oli juuri lähestynyt, näytti kuitenkin uudelta. Samoin kuin siihen asennetut kaksi turvalukkoa.

Hunter siirtyi lähemmäs ja painoi oikean korvansa ovea vasten. Se oli niin paksu ja tukeva, ettei hän pystynyt erottamaan mitään sen oikealta puolelta.

"Tämä ei ole ansa, etsivä Hunter", Grahamin ääni kuului jälleen handsfreestä ja yllätti Hunterin. "En ammu sinua, kun astut sisään. Lupaan sen. Haluan todella näyttää sinulle, mitä sisällä on. Työnnä ovea. Se on auki. Ja saanen muistuttaa – lähtölaskenta on jo alkanut."

Hunterilla ei ollut muuta vaihtoehtoa kuin luottaa Grahamiin. Hän veti syvään henkeä, viritti aseensa ja työnsi oven hitaasti auki.

Tila oli suuri ja paljas, kuin tyhjä perheasunto, josta oli poistettu kaikki seinät. Ilmassa leijui outo haju, sekoitus desinfiointiainetta ja jotakin makeaa ja sairaalloista, kuin kuivunutta vanhaa oksennusta. Huoneen pohjoiselta laidalta kajasti häilyvää valoa. Hunter katsoi sen suuntaan, ja hänen kurkkuunsa kohosi välittömästi kuristava pala.

Seinää vasten oli työnnetty suuri, jykevä, metallikalterinen häkki. Kalterit olivat läpimitaltaan vähintään 2,5 senttimetriä. Häkin keskellä istui metallituoliin kahlittuna alaston nainen, jonka kuvan he olivat löytäneet aiemmin päivällä Grahamin kellarista. Nainen näytti absoluuttisen kauhistuneelta. Kun hänen sumea, kyynelten täyttämä katseensa löysi Hunterin, hänen olemuksensa täyttyi toivosta, joka sähköisti hänen kehonsa. Hän yritti kirkua, mutta väsyneiden ja voipuneiden äänijänteiden heikentämä ääni ei päässyt suuhun tungetun paksun kapulan ohitse. Hän yritti vihoviimeisin voimin heilutella kehoaan sivulta toiselle ja eteenpäin, irti tuolin selkänojasta, mutta siteet olivat liian tiukat. Hänen silmänsä kuitenkin lähettivät Hunterille selkeää viestiä.

Ole kiltti ja auta minua.

Outo metalliverkosta muotoiltu naamio oli kiinnitetty mekaaniseen varteen ja asetettu muutaman sentin päähän naisen kasvoista.

Suoraan häkin edessä oli verkkokamera. Häkin vasemmalla puolella Hunter näki suuren monitorin, joka näytti täsmälleen samaa kuvaa kuin internetlähetys. Vasemmassa alalaidassa olevan ajastimen lukema väheni vääjäämättä – 6:05, 6:04, 6:03… Oikeanpuoleisessa äänestysnäytössä luki:

PELASTA: 12 574

TELOITA: 12 955

Hunter oli aikeissa astua kohti häkkiä ja naista, kun hän kuuli jälleen Grahamin äänen. Tällä kertaa hän ei tarvinnut handsfreetä. Ääni tuli pimeästä kolkasta huoneen länsipäästä, suoraan hänen edestään.

"Ei niin nopeasti, etsivä Hunter."

Hunter kohotti välittömästi asettaan äänen suuntaan, mutta taiten langetetut varjot peittivät juuri sen osan huoneesta.

"Sinuna olisin varovainen tuon aseen kanssa", Graham sanoi.

Hunter etsi pimeydestä liikkeen häivähdystä, jotakin mihin tähdätä. Hän ei löytänyt mitään.

"Salli minun selittää, mitä nyt tapahtuu, etsivä Hunter." Grahamin ääni jylisi jälleen ympäri huonetta. Se kajahteli pitkin seiniä siihen malliin, ettei Hunter kyennyt määrittelemään Grahamin täsmällistä sijaintia. Siitä huolimatta hän osoitti aseellaan tukevasti huoneen länsinurkkaa.

Graham selitti Hunterille tyynellä ja vakaalla äänellä täsmälleen saman, minkä oli selittänyt puhelimessa Garcialle.

"Kuten näet, etsivä", Graham sanoi, "totuuden hetki on miltei koittanut."

Hunter vilkaisi jälleen tietokonemonitoria.

KELLO: 4:18, 4:17, 4:16...

PELASTA: 14 325.

TELOITA: 14 693.

Hunter siirsi hitaasti ja vaivihkaa tähtäimen vasemmalta oikealle etsien yhä jotakin, minkä perusteella voisi päätellä Grahamin olinpaikan.

"Et hyödy siitä, että ammut minut, etsivä. Tuon häkin lukko on murtovarma. Luodit eivät tehoa siihen. Mikään ei tehoa. Itse asiassa kukaan ei saa sitä auki. En edes minä. Se toimii aikavapautusmekanismilla. Kun ajastin saavuttaa nollan, ovi avautuu automaattisesti, mikäli PELASTA johtaa. Mikäli TELOITA johtaa, ovi avautuu automaattisesti viiden minuutin kuluttua, mihin mennessä käsin tekemäni metalliverkkonaamio on hitaasti pusertunut hänen kasvojaan vasten, viiltänyt lihan ja luiden läpi yhtä helposti kuin mädän eläimenraadon ja saavuttanut lopulta aivot. Siinä vaiheessa hän on vainaa."

Nainen häkissä kiljui kauhusta.

"Et voi estää sitä tapahtumasta, etsivä Hunter. Et voi millään pelastaa häntä. Kalifornialaiset päättävät hänen kohtalonsa parin seuraavan minuutin aikana. Valinta on nyt heidän."

Hunter vilkaisi naista uudestaan. Tämä vapisi rajusti kauhusta ja oli menettää tajunsa.

"Mutta etkö haluaisi kuulla, kuka hän on, ennen kuin ajastin on nollassa?" Graham kysyi. "Miten hän sopii suunnitelmaani?"

"Graham, älä tee tätä", Hunter aneli.

Graham sivuutti Hunterin sanat. "Hänen oikea nimensä on Julie, mutta kyberavaruudessa hän käyttää nimeä MSDarkDays. Hän on niin kutsuttuja nettitrolleja, etsivä. Termi on sinulle varmasti tuttu."

Hunter tiesi tarkalleen, mitä nettitrollit olivat. He olivat ihmisiä, jotka tieten tahtoen postasivat loukkaavia ja halventavia viestejä verkkoyhteisöihin, esimerkiksi yhteisöpalveluihin, keskustelukanaville, blogeihin, foorumeille ja niin edelleen ainoana tarkoituksenaan toisten loukkaaminen ja heidän provosoimisensa tunteikkaiden vastineiden laatimiseen.

"Kun videotallenne poikani kuolemasta ilmestyi verkkoon ensimmäisen kerran", Graham jatkoi, "MSDarkDays oli ensimmäinen henkilö, joka kirjoitti kommentin. Haluaisitko kuulla sen, etsivä Hunter?"

Hunter pysytteli hiljaa.

"Ruma mulkku teki oikein. Jos oma lärvini olisi noin vitun hirveä, olisin tappanut itseni ajat sitten. Los Angelesissa on nyt yksi inhottava friikki vähemmän. Jos kaikki rumat, paskana olevat teinit, jotka eivät pärjää ongelmiensa kanssa, noudattaisivat esimerkkiä ja ottaisivat itseltään nirrin, LA olisi paljon parempi paikka", Graham siteerasi postausta sanasta sanaan. "MSDarkDays ei ollut tyytyväinen ensimmäiseen kommenttiinsa, joten hän palasi sivustolle useaan kertaan seuraavien viikkojen aikana ja postasi pari lisää. En kuitenkaan ikävystytä sinua niillä kaikilla, etsivä. Meillä ei riitä siihen aika."

Hunter päästi hitaasti ilman ulos keuhkoistaan. "Me kaikki teemme virheitä, Graham. Sinä, minä, hän – kukaan ei ole virheetön. Älä sinä tee nyt uutta virhettä."

Graham päästi aavistuksen mielenvikaisen hörähdyksen.

KELLO: 2:19, 2:18, 2:17…

PELASTA: 21 458.

TELOITA: 21 587.

"En minä virhettä tee, etsivä. Mutta sinä saatat tehdä, jos käytät tuota asetta. Et kai haluaisi ampua väärää ihmistä?"

Juuri sillä hetkellä ajastimessa oli jäljellä enää tasan kaksi minuuttia. Uusi valo syttyi, heikko ja kellertävä, mutta sen verran vahva, että osa varjoista hälveni, ja Graham erottui pimeydestä.

Mutta Graham ei ollut yksin. Hän kyykötti toisen metallituolin ja siihen sidotun henkilön takana.

Hunter tähtäsi välittömästi, mutta kun hänen katseensa osui tuoliin sidottuun henkilöön, hänestä tuntui kuin hänen sydämensä olisi singahtanut kurkkuun, estänyt hapensaannin ja saanut hänet tuntemaan heikotusta.

Henkilö, jonka takana Graham piileskeli, oli Anna – Garcian vaimo.

Sataneljätoista

Garcia näpytteli Grahamin antaman yksityisen IP-osoitteen Hunterin pöytätietokoneen selaimen osoitekenttään ja painoi enteriä.

Ylikomisario Blake seisoi aivan hänen takanaan.

Näyttö välähteli kahdesti, ennen kuin kuvat latautuivat, ja niiden latauduttua Garcian maailma romahti hänen silmiensä edessä.

Kamera oli asetettu korkealle, ilmeisesti huoneen koillisnurkkaan. Diagonaalinen kulma salli kameran kuvata laajaa aluetta. Kuvan vasemmassa nurkassa Garcia erotti Hunterin. Työpari oli vetänyt aseen esille ja tähtäsi sillä kahta ihmistä huoneen toisella puolella. Toinen noista ihmisistä oli Anna.

"Hyvä Jumala!" Garcia lausui sanat melkein katatonisesti.

Annalla oli suukapula ja hänet oli sidottu korkeaselkäiseen metallituoliin samalla tavalla kuin nainen, joka istui metallihäkin sisällä. Erona oli vain se, ettei Annaa ollut riisuttu, ja toisin kuin häkin nainen, Anna näytti huumatulta. Hänen katseensa oli vetelä ja kohdentamaton, keho oli ammennettu kaikesta energiasta, suupielet lerppuivat.

Tuolin takana piileskeli pelkurimaisesti joku, jota he eivät nähneet tarkasti mutta jota he saattoivat olettaa ainoastaan Graham Fisheriksi. Hän piteli asetta Annan päätä vasten.

Ylikomisario Blake katseli näkyä silmät suurina ja suu puoliksi auki. "Mitä helvettiä tämä nyt on?" hän sanoi vihdoin, tokkuraisena kuin ihminen, joka on juuri herännyt syvästä unesta.

Garcialla ei ollut voimaa vastata.

Yhtäkkiä ja odottamatta Grahamin ääni jylisi pienistä kaiuttimista Hunterin työpöydällä.

Sataviisitoista

"Pyydän anteeksi tätä karkeaa improvisaatiota", Graham sanoi Hunterille. "En totisesti ollut suunnitellut tätä viimeistä lähetystä tällaiseksi, mutta koska aliarvioin sinut ja työparisi etsivä Garcian, tämä oli parasta, mitä näiden muutaman tunnin aikana sain järjestettyä." Hyvin lyhyt tauko. "Mutta anteeksipyynnöt saavat riittää. Ihmettelet varmasti, miten kummassa onnistuin nappaamaan työparisi vaimon, vaikka hänen jokaista askeltaan seurasi poliisiyksikkö."

Hunter pysytteli hiljaa.

"No, jos tietää poliisiauton tunnistusnumeron, kyvyilläni varustetun henkilön on varsin helppo hakkeroitua LAPD:n radiotaajuudelle, teeskennellä olevansa keskuksesta ja lakkauttaa poliisivartiointi."

"Sinun on päästettävä hänet menemään, Graham", Hunter puhui lopulta ase yhä kohdistettuna Grahamin suuntaan. "Anna ei kuulu suunnitelmaasi. Hän ei ole koskaan kuulunut suunnitelmaasi. Sinä haluat minut, et häntä. Minua sinä syytät, et häntä. Hänellä ei ollut mitään tekemistä poikasi kohtalon kanssa, ei ennen tai jälkeen sillan tapahtumien."

"Se on totta", Graham myönsi. "Hän ei kuulunutkaan alkuperäiseen suunnitelmaani. Mutta kuten sanoin, viimeaikaisten käänteiden vuoksi minun oli improvisoitava. Jos rehellisiä ollaan, minusta tämä on sujunut aika hyvin."

KELLO: 1:27, 1:26, 1:25...

PELASTA: 29 783.

TELOITA: 29 794.

Hunter tarkensi tähtäystään.

"Siitä vain, etsivä, ammu", Graham haastoi. "Tiedän, että haluat. Tiedän myös, miten hyvä ampuja olet. Luin koko kansiosi. Pystyt tuolta etäisyydeltä ampumaan siivet kärpäseltä. Tarvitset vain tilaisuuden, eikö vain?"

Hunter ei sanonut mitään.

"Mikä hätänä, etsivä Hunter, horjuuko päättäväisyytesi? Etkö enää olekaan niin varma tappolaukauksesta? Aivan. Jos osut harhaan, saatat ampua työparisi vaimon. Mitenkäs sinä sen selittäisit?"

Ei vastausta.

"Minulla on sinulle vielä yksi yllätys, etsivä Hunter. Olen asentanut kameran oikealla puolellasi olevaan seinään, tuonne ylös. Se lähettää reaaliaikaista kuvaa, ei internetiin kaikkien nähtäväksi, vaan poliisin hallintorakennukseen työparillesi ja niille, jotka hänen kanssaan sattuvat olemaan."

Hunterin huomio ei herpaantunut.

"Ai niin, ja hän myös kuulee meidät. Mikrofoni on päällä. Eli minäpä kysyn sinulta, etsivä Hunter. Mitä luulet, että työparisi sanoisi sinulle juuri nyt? Haluaisiko hän sinun ampuvan vai ei? Otetaan huomioon, että jos ammut harhaan ja luoti onnistuu jollain ilveellä väistämään myös hänen vaimonsa, silloin on minun vuoroni painaa liipaisinta." Hän painoi aseen lujemmin vasten Annan päätä. "Tältä etäisyydeltä minä *en* osu harhaan."

Hunter jäykistyi.

Kuin kiusoitellen Graham liikahti Annan takana.

Hunter pidätteli hengitystään. Hänen vasen kätensä puristui tiukemmin aseen ympärille, kun taas oikea käsi rentoutui aavistuksen ja salli liipaisinsormelle enemmän joustoa ja käsivarsille paremman hallinnan rekyylistä. Mutta Hunteria häiritsi se, että Anna toimi Grahamin ihmiskilpenä, ja hän epäröi ohikiitävän hetken antaen samalla Grahamille tilaisuuden kadota jälleen Annan taakse.

KELLO: 1:01, 1:00, 0:59…

PELASTA: 31 125.

TELOITA: 31 148.

"Sartre sanoi kerran –" Graham puhui jälleen "– että ihmisellä on elämässään vain yksi todellinen valinta: tekeekö hän itsemurhan vai ei. Onko sitaatti tuttu, etsivä Hunter?"

Hunter tunsi epämiellyttävän, levottoman värähdyksen kehossaan.

"Kyllä vai ei, etsivä?" Graham tiukkasi.

"Kyllä", Hunter vastasi.

Graham oli hetken hiljaa. "Hyvä, sillä minä pakotan sinut juuri nyt tuon valinnan eteen, etsivä Hunter. Haluatko pelastaa työparisi vaimon hengen? Siinä tapauksessa haluan, että painat aseen ohimollesi ja vedät liipaisimesta."

Tilan täytti absoluuttinen hiljaisuus. Jopa ilma tuntui lakanneen liikkumasta.

"Sinulla on aikaa siihen asti, kunnes ajastin saavuttaa nollan", Graham sanoi. "Ei sekuntiakaan enempää."

KELLO: 0:47, 0:46, 0:45…

PELASTA: 33 570.

TELOITA: 33 601.

"Valinta on yksinkertainen, etsivä Hunter", Graham jatkoi. "Viaton elämä yhdestä syyllisestä. Jos painat aseen omaan päähäsi ja vedät liipaisimesta, hän saa elää. Takaan sen. Hänelle ei koidu minkäänlaista harmia. Mutta jos ajastin saavuttaa nollan ja sinä seisot edelleen paikallasi, pamautan hetkeäkään epäröimättä hänen aivonsa pitkin tätä huonetta." Hän viritti aseensa. "Sen jälkeisillä tapahtumilla ei ole minulle minkäänlaista merkitystä. Kuten sanoin, MSDarkDaysin kohtalo ei ole sinun käsissäsi. Sinä tai minä emme voi tehdä mitään muuttaaksemme sitä. Mutta työparisi vaimo on armoillasi. Ymmärrätkö, mitä täällä tapahtuu, etsivä? Haluan tietää, oletko valmis pelastamaan hänet samalla tavalla kuin olit valmis pelastamaan poikani, vai yritätkö tällä kertaa ankarammin?"

Hunter ei sanonut mitään.

KELLO: 0:28, 0:27, 0:26…

PELASTA: 33 888.

TELOITA:33 908.

"Haluan, että riistät henkesi aivan kuten poikani riisti omansa", Graham sanoi närkästyneellä, tympääntyneellä äänellä. "Haluan katsoa, kun teet sen, aivan kuten sinä katsoit, kun poikani teki sen."

Hunterin mielessä pyöri sillä hetkellä miljoona asiaa, mutta hän tiesi, ettei hänellä ollut aikaa harkita niistä yhtäkään.

"Poliisiviranomaisten on oltava valmiita panemaan henkensä alttiiksi muiden puolesta, eikö vain, etsivä Hunter? Mutta oletko todella valmis siihen, vai onko tuo motto pelkkää paskanjauhantaa? Antaisitko todella henkesi jonkun toisen puolesta, etsivä? Antaisitko henkesi pelastaaksesi viattoman ihmisen?"

KELLO: 0:16, 0:15, 0:14...

PELASTA: 34 146.

TELOITA: 34 155.

Hunter tiesi, että aika oli loppunut. Hän tiesi myös, että oli aliarvioinut Graham Fisherin. Sillä vaikka hän oli käynyt mielessään läpi lukemattomia vaihtoehtoja, joilla hänen ja Grahamin kohtaaminen olisi voinut päättyä, omien aivojen pamauttaminen pitkin lattioita ei ollut kertaakaan kuulunut niiden joukkoon.

Hän ymmärsi nyt, että Graham oli toden totta kusettanut häntä kaiken aikaa. Tämä oli koko ajan ollut Grahamin suuren suunnitelman loppuhuipennus. Hän halusi nähdä, kun Hunter riisti oman henkensä, aivan kuten Hunter oli katsonut, kun hänen poikansa, Brandon Fisher, riisti omansa. Vasta silloin Grahamin kosto olisi täydellinen. Ja hän oli toteuttanut sen viimeistä piirtoa myöten. Hän jopa lähetti loppunäytöksen suorana Garcialle, jotta tämä näkisi, antaisiko Hunter hänen vaimonsa elää vai ei.

Hunterilla ei ollut varasuunnitelmaa, ei enää aikaa jäljellä. Jos totta puhuttiin, vaihtoehtojakin oli vain yksi. Hän tiesi, ettei Graham horjuisi. Kun ajastin saavuttaisi nollan, hän päättäisi Annan elämän sillä sekunnilla. Hänen silmissään ja äänessään oli samaa päättäväisyyttä kuin hänen poikansa silmissä ja äänessä tuona yönä sillalla. Graham ei etsinyt apua tai pelastusta. Hän oli tehnyt päätöksensä kauan aikaa sitten.

"Kymmenen sekuntia, etsivä", Graham sanoi.

Hunter katsoi Annaa, eikä hänen mielessään ollut enää epäilyksen häivää.

Hän kohotti asettaan ja asetti sen leukansa alle, mutta hän ei sulkenut silmiään kuten suurin osa ihmisistä olisi tehnyt. Hän piti ne auki... ylpeästi... ja tuijotti suoraan eteenpäin.

Ysimillinen luoti läpäisee uhrin kallon ja poistuu toiselta puolelta kolmessa sekunnin kymmenestuhannesosassa. Se pirstoo kallon ja puhkoo aivomassan niin nopeasti, ettei hermojärjestelmällä ole aikaa rekisteröidä kipua. Mikäli luodin tulokulma on oikeanlainen, sen pitäisi silpoa aivokuori, pikkuaivot ja jopa talamus siten, että aivot lakkaavat toimimasta ja tuloksena on välitön kuolema.

Hunter asetti aseen parhaaseen mahdolliseen kulmaan tällaisen tuloksen mahdollistamiseksi.

KELLO: 0:04, 0:03, 0:02...

Hunter pidätti henkeään.

Satakuusitoista

Sen enempää Garcia kuin ylikomisario Blakekaan ei voinut uskoa, mitä he joutuivat todistamaan Hunterin pöytäkoneen näytöltä.

KELLO: 0:10, 0:09, 0:08…

PELASTA: 34 146.

TELOITA: 34 155.

"Voiko tämä olla totta?" ylikomisario Blake kysyi, ja ensimmäistä kertaa koskaan Garcia kuuli kauhun pomon äänessä.

Hän ei vastannut, ei liikahtanut, ei räpäyttänyt silmäänsä, ei hengittänyt. Hänen silmänsä oli sementoitu tietokoneen näytölle. Kauhu pumppasi hänen suonissaan kuin myrkytetty veri. Hän ei edes huomannut käsiensä vapinaa.

KELLO: 0:06, 0:05, 0:04…

PELASTA: 34 184.

TELOITA: 34 196.

Hunter liikahti vihdoin, ja kun hän liikahti, aika tuntui hidastuvan kaikkien kohdalla.

Ensinnäkin hänen vasen kätensä irrotti otteen aseesta. Sitten hänen silmiinsä kohosi suru, jonkalaista Garcia ei ollut koskaan ennen nähnyt, ikään kuin hän olisi tiennyt, ettei voinut tehdä mitään muuta. Ikään kuin hän olisi ymmärtänyt, että älykäs vastustaja oli ollut ovelampi ja voittanut hänet.

Sen jälkeen Hunter koukisti oikeaa käsivarttaan ja nosti aseen mukanaan.

"Voi luoja!" Ylikomisario Blake kohotti molemmat kädet kasvoilleen ja peitti nenänsä ja suunsa. Hänen kätensä vapisivat.

Hunter kohotti asettaan ja asetti sen leukansa alle.

Ylikomisario tunsi valtavan kuilun avautuvan vatsassaan. Hän tunsi Hunterin riittävän hyvin tietääkseen, että tämä todella antaisi henkensä toisen ihmisen puolesta, puhumattakaan jostakusta tutusta, jostakusta yhtä tärkeästä kuin työparin vaimosta. Blake tunsi kyynelten kihoavan silmiinsä ja puristi ne lujasti kiinni toivoen, että kun hän avaisi ne jälleen, hän olisi omassa työhuoneessaan heräilemässä hirveästä painajaisesta. Hän kuitenkin tiesi, ettei niin kävisi. Tämä päivä oli niin todellinen ja ankara kuin ikinä olla voi.

Ylikomisario Blake piti silmänsä kiinni. Hän tiesi täsmälleen, mitä tapahtuisi. Hänen ei tarvinnut eikä hän halunnut katsoa sitä.

Garcia puolestaan piti silmänsä apposen ammollaan ja näki kaiken. Hän näki hetken, jolloin suru vaihtui Hunterin katseessa tyyneydeksi työparin ymmärtäessä ja hyväksyessä sen, että hänellä todella oli vain yksi vaihtoehto.

KELLO: 0:03, 0:02, 0:01.

Juuri sillä hetkellä, ikään kuin Grahamin ohjelmoimana, kuva hiipui täydelliseen pimeyteen. Juuri sillä hetkellä, ja ennen kuin lähetys päättyi kokonaan, he kuulivat yksittäisen, etäisen laukauksen.

"Ei, ei, ei…" Garcia ponnahti ylös ja tarttui molemmin käsin tietokonemonitorista ja ravisteli sitä. "Mitä tapahtui? Mitä tapahtui? Missä kuva on?" Hänen sydämensä tuntui lakanneen hetkeksi lyömästä. Epätoivo valtasi hänet, koska hän ei mitenkään voinut olla varma, oliko laukaus peräisin Hunterin vai Grahamin aseesta.

Sataseitsemäntoista

KELLO: 0:03, 0:02, 0:01.

Hunterin uhkayritys oli kannattanut.

Graham oli ollut oikeassa. Siltä etäisyydeltä Hunter tarvitsi vain puolittaisen tilaisuuden, ja hän osuisi kohteeseen kymmenen kertaa kymmenestä.

Graham itse oli sanonut niin – hän halusi *katsoa,* kun Hunter riistäisi itseltään hengen. Ongelmana oli, että korkeaselkäinen metallituoli, johon Anna oli kiinnitetty ja jonka takana Graham piileskeli, esti häneltä suoran näköyhteyden Hunteriin.

Hunter piti silmänsä avoimina ja tuijotti tuolia tilaisuuttaan odottaen. Kun ajastin saavutti lukeman 0:01, Graham Fisher toimi juuri niin kuin Hunter odotti hänen toimivan.

Ensimmäiseksi Graham siirsi huomionsa omasta aseestaan ja Annasta. Sitten hän siirtyi vaivihkaa sivulle puolittain hyläten ihmiskilven tuottaman suojan. Tehdessään niin hänen oli pakko kurkottaa kaulaansa nähdäkseen paremmin sen, mitä hän ei totisesti halunnut jättää näkemättä – suunnitelmansa loppuhuipentuman.

Sen parempaa tilaisuutta Hunter ei tarvinnut.

Hän sukelsi eteenpäin ojentaen samaan aikaan käsivarttaan, ja aika hidastui. Kaikki äänet vaimenivat hänen päässään, ja niiden tilalle tuli tyhjiö. Hunter oli tietoinen vain kahdesta asiasta: kohteestaan ja omasta sydämensykkeestään, joka jyskytti hänen rinnassaan ja jyrisi hänen aivoissaan. Kesken ilmalennon, silmät lukittuina Grahamin silmiin, hän puristi aseensa liipaisinta.

Reaaliajassa kaikki tapahtui niin nopeasti, ettei Graham pystynyt reagoimaan.

Hunterin laukaus osui Grahamin oikeaan olkapäähän millintarkasti. Se repi lihaksia, pirstoi luita ja viilsi läpi jänteiden ja nivelsiteiden.

Graham menetti välittömästi otteensa aseesta, ja se putosi lattialle. Ultratehokkaan, keskisytytteisen, sirpaloituvan 9 millin luodin voimakas isku täräytti hänen kehonsa taaksepäin punaisen veriusvan hulmahtaessa ylöspäin ja värjätessä ilman. Ruudin kitkerä haju täytti huoneen.

Myös Hunter kaatui maahan laukauksen jälkeen. Hän kierähti kahdesti ympäri mutta piti ammattilaisen elkein kohteen tähtäimessään.

Graham päästi syvältä kurkusta kumpuavan, käheän karjahduksen ja kohotti välittömästi vasemman kätensä oikealle olkapäälle, joka oli nyt enää veren ja riekaleisen lihan muodostama tahmaista sotkua. Hän tunsi, miten huone pyöri rajusti hänen ympärillään, kun järjettömän kivun ja äkillisen verenhukan aiheuttama pyörrytys otti vallan. Vain Hollywood-elokuvissa ihmistä saattoi ampua suurinopeuksisella räjähtävällä luodilla ja panna hänet sen jälkeen tanssimaan eloisaa piiritanssia. Parin sekunnin päästä Graham pyörtyi.

Hunter singahti pystyyn ja juoksi salamana lyhyen matkan Grahamin luo.

"Älä edes kuvittele liikahtavasi", hän sanoi jämäkästi ja tähtäsi Grahamin päätä. Graham oli kuitenkin toistaiseksi taju kankaalla.

Hunter sitoi miehen kädet välittömästi selän taakse viis veisaten uudesta kivun vasamasta, joka epäilyksettä sinkosi pitkin Grahamin käsivartta hänen niin tehdessään. Sen jälkeen Hunter tarkisti välittömästi Annan voinnin.

Annalle oli annettu vahvaa rauhoittavaa. Hänen pupillinsa olivat laajenneet, mikä sai hänen silmänsä näyttämään aikaan kadonneilta. Hänen kehonsa ei reagoinut, mutta pulssi oli vahva eikä hän vaikuttanut loukkaantuneen.

Juuri silloin Hunter kuuli karmivimman ja tuskaisimman koskaan kuulemansa huudon. Hän kiepahti kohti huutoa ja metallista kalterihäkkiä, ja vasta silloin hänen huomionsa palasi sen vasemmalla puolen olevaan tietokonemonitoriin.

KELLO: 0:00.

PELASTA: 34 471

TELOITA: 34 502.

"Voi luoja! Ei!"

Hän juoksi kohti häkkiä, mutta TELOITA-prosessi oli jo alkanut. Mekaaninen varsi, johon metalliverkkonaamio oli kiinnitetty, oli ryhtynyt painamaan sitä naisen kasvoja vasten. Laserinterävät metallilangat repivät jo ihoa ja lihaa ja peittivät kasvot punaisella, tahmealla verikeitolla.

Hunter astui taaksepäin, tähtäsi aseellaan häkin lukkoa ja ampui kahdesti. Luodit eivät edes naarmuttaneet sitä. Hän ampui kaksi uutta laukausta. Ei mitään.

Metallilangat olivat nyt viiltäneet läpi naisen nenäruston. Hän antoi periksi kaikkein perustavanlaatuisimmalle reaktiolle kipuun ja alkoi kirkua. Leuan ja pään liikkeet saivat hänen kasvonsa jauhautumaan entistä pahemmin vasten teräviä lankoja, jotka olivat jo kaivautuneet syvälle hänen ihoonsa. Liike sai langat viiltämään vaakasuoran lisäksi myös pystysuoraan – ne raastoivat ja silpoivat jäljellä olevaa veristä mössöä.

Hunter astui askelen sivulle ja katsoi ympärilleen. Hän halusi epätoivoisesti auttaa muttei tiennyt miten. Hänen oli pakko keksiä jotain.

Juuri silloin metalliverkkonaamio lakkasi painumasta vasten naisen naamaa ja alkoi sen sijaan peräÄntyä vieden mukanaan iho-, liha- ja rustokönttejä. Hunter kuuli kovan surisevan äänen, jota seurasi lukon naksahdus.

Häkin ovi poksahti auki.

Graham oli kertonut Hunterille, että mikäli TELOITA olisi johdossa ajastimen saavuttaessa nollan, ajastettu avausmekanismi avaisi oven viiden minuutin jälkeen. Tässä ajassa Grahamin kauhujen naamio olisi ennen vääjäämätöntä kuolemaa ehtinyt tuottaa naiselle tuskallisinta, kiduttavinta kipua mitä kuvitella saattoi.

Koko prosessi oli kestänyt kuitenkin alle viisikymmentä sekuntia.

Laitteeseen oli tullut toimintahäiriö.

Hunter veti häkin oven auki ja meni nopeasti naisen luo. Nainen vapisi hallitsemattomasti sokin kynnyksellä.

Hunterilla oli yhä puhelin, jonka taksikuski oli antanut hänelle. Hän hälytti apua, vapautti naisen kahleista ja istui lattialle odottamaan pidellen naisen verisiä kasvoja käsivarsillaan.

Satakahdeksantoista

Seuraavana päivänä
Garcian kotitalon edessä
17.00

Kun Hunter pysäköi autonsa, hän näki Garcian tulevan ala-aulasta matkalaukkua kantaen.

Ylikomisario Blake oli määrännyt molemmat kahden viikon lomalle alkaen välittömästi.

"Tarvitsetko apua tuon kanssa?" Hunter kysyi ja nousi autostaan.

Garcia nosti katseensa ja hymyili. "Ei, kaikki hyvin. Miksi naisten pitää aina ylipakata?"

Hunter ei osannut sanoa siihen mitään.

Garcia avasi autonsa takaluukun, pani matkalaukun sinne ja kääntyi katsomaan työpariaan. Hän tiesi, että Hunter oli viettänyt osan iltapäivästä California Hospital Medical Centerissä South Grand Avenuella.

"Onko mitään uutta?" hän kysyi.

"Hänelle tehtiin juuri uusi leikkaus", Hunter vastasi. "Toinen vajaassa kahdessakymmenessäneljässä tunnissa." Hänen silmissään oli synkkää surua. "Ja lääkärit uskovat, että hänet täytyy seuraavien kuukausien aikana operoida vielä pariin kertaan. Mutta siltikin suuri osa vammoista jää pysyviksi."

Garcia haroi tukkaansa.

"Se ei ollut toimintahäiriö, Carlos", Hunter sanoi.

Garcia katsoi häntä.

"Se, että metalliverkkonaamio pysähtyi silloin kuin pysähtyi", Hunter selvensi. "Se ei ollut toimintahäiriö. Graham Fisher oli ohjelmoinut laitteen sillä tavalla. Hän valehteli minulle sanoessaan, että ovella kestäisi viisi minuuttia avautua, missä vaiheessa nainen olisi jo kuollut."

"Mistä tiedät? Onko hän tunnustanut?"

"Ei", Hunter vastasi. "Hän ei puhu… vielä. Tiedän kuitenkin, että hän halusi juuri sitä. Ei hän naista tappaa halunnut. Hän halusi runnella tämän." Hunter nojautui vasten autoa, joka oli parkkeerattu Garcian auton viereen. *Jos oma naamani olisi noin vitun hirveä, olisin tappanut itseni ajat sitten. Los Angelesissa on nyt yksi inhottava friikki vähemmän. Jos kaikki rumat, paskana olevat teinit, jotka eivät pärjää ongelmiensa kanssa, noudattaisivat esimerkkiä ja ottaisivat itseltään nirrin, LA olisi paljon parempi paikka."*

Garcia kurtisti kulmiaan.

"Nainen kirjoitti nuo sanat nettiin", Hunter vahvisti. "Viitaten Fisherin poikaan."

"Voi vittu", Garcia kuiskasi.

"Graham silpoi naisen naaman, koska halusi tämän joutuvan kokemaan kaiken, mitä hänen poikansa oli joutunut kokemaan. Hän halusi opettaa naiselle, miltä tuntuu, kun muut tuijottavat ja nauravat, kuiskuttelevat selän takana, nimittelevät ja kohtelevat koko loppuelämän kuin hirviötä. Tämä oli hänen lopullinen kostonsa, ei naisen kuolema." Hunter katsoi poispäin ja pudisti päätään. "Vaikka nappasimmekin hänet, hän voitti. Hän sai kaiken haluamansa."

"Ei saanut", Garcia ilmoitti lujasti. "Hänen kostonsa piti huipentua sinun kuolemaasi, muistuuko mieleen? Eikä se toteutunut. Graham Fisher mätänee nyt vankilassa. Hän ei pääse sieltä koskaan ulos." Hän käänsi katseensa hetkeksi ja tasasi hengityksensä. "Mutta se ei kumoa sitä tosiasiaa, että ihmiset äänestivät, Robert." Hänen kasvoilleen nousi inhon ilme. "Tavalliset ihmiset kodeissaan, toimistoissaan, kahviloissa, kouluissa…" Hän pudisti päätään. "He *äänestivät*. Toisin kuin kahdella aiemmalla kerralla, Graham antoi heille mahdollisuuden ja vallan *pelastaa* jonkun henki, ja valtavan iso osa päätti olla pelastamatta. He päättivät sen sijaan tuomita ventovieraan ihmisen kuolemaan, vain jotta voisivat katsoa sitä huvittelumielessä. Ihmiselämä parista naurusta – miltäs sellainen vaihtokauppa kuulostaa?"

Hunter puhalsi ilmat keuhkoistaan.

"Ei tätä voi nähdä muulla tavalla, Robert. Tämä on aivan sairasta. Jotkut ihmiset ovat menettäneet kosketuksen aivan kaikkeen. Varsinkin siihen, miten arvokasta elämä on."

Hunterin pitkä hiljaisuus kertoi Garcialle, että aisapari oli samaa mieltä. "Miten Anna voi?" Hunter kysyi lopulta.

"Hengissä sinun ansiostasi."

Hunter ei sanonut mitään.

Garcia veti syvään henkeä. "Hän on hyvin järkyttynyt ja edelleen vähän tokkurassa Grahamin häneen pumppaamista huumeista. Mutta tietyllä tapaa se on siunaus. Hän ei muista mitään sen jälkeen, kun hänet huumattiin. Jos hän olisi ollut tajuissaan koko eilisen koettelemuksen ajan, hän olisi saanut huomattavasti pahemmat psykologiset vauriot kuin ne, joista hänen täytyy nyt selvitä. Tiedät sen paremmin kuin kukaan muu."

Pari seuraavaa sekuntia tuntuivat kummastakin kiusallisemmilta kuin mikään koskaan aiemmin heidän välillään.

"No, minne te olette lähdössä?" Hunter kysyi ja osoitti matkalaukkua.

"Käymme sukuloimassa Oregonin vuoristossa", Garcia vastasi. "Otamme joksikin aikaa etäisyyttä kaikesta. Tuntuu hyvältä viedä Anna pois tästä kaupungista. Tuntuu hyvältä olla ihan vain kahden kesken kaksi viikkoa... Ei keskeytyksiä... Ei puheluja keskellä yötä..."

Jälleen vaivaannuttava hiljaisuus.

"Miten paluu?" Hunter kysyi.

Garcia tiesi, että Hunter viittasi erikoismurharyhmään. Hän pohti pitkän aikaa. "Kyllä minä poliisivoimiin palaan", hän sanoi lopulta. "Täytyy vain päättää, voinko palata erikoismurharyhmään."

Hunter ei sanonut mitään.

"Olen nyt ihan rehellinen", Garcia sanoi ja katsoi Hunteria silmiin. "En ole koskaan pelännyt niin paljon kuin eilen, Robert. Anna on aina ollut kaikkeni. Ilman häntä en olisi mitään. Olen aina pelännyt hänen menettämistään. Mutta sinähän tiedät, millaisesta pelosta minä puhun? Sellaisesta, jota kaikki rakastavat parit kokevat." Garcia pudisti päätään. "Se ei ollut sellaista eilen. Kun näin Annan sidottuna siihen tuoliin, ase päätä vasten, pelko muuttui todeksi. Se sai minut ymmärtämään täydellisesti, miten hauras ja haavoittuvainen hän todella on. Ja sinä tiedät yhtä hyvin kuin minäkin, että hänen elämänsä oli vaarassa vain siksi, että olen erikoismurharyhmän etsivä. Toisin sanoen minä vaaransin hänen henkensä tekemällä työtäni."

Hunter tutkaili aisapariaan hiljaisena.

"Sinä tiedät, etten pelkää henkeni kohdistuvia uhkia. Minua ei edes haittaa tulla naulituksi ihmisenkokoiseen ristiin, kuten hyvin tiedät. Mutta tämä on ensimmäinen kerta, kun uhka on ulottunut Annaan, enkä halua valehdella sinulle, Robert. Se pakotti minut miettimään asioita uusiksi. Miettimään prioriteettejani."

Hunter tiesi sen.

"Minua pelotti niin, etten pystynyt ajattelemaan selkeästi", Garcia myönsi. "Jos olisin ollut eilen siinä huoneessa sinun tilallasi, en usko, että olisin tajunnut sitä sinun huomaamaasi tilaisuutta. Ja vaikka olisinkin, en usko, että olisin uskaltanut hyödyntää sitä. Olisin vain ampunut itseni pelastaakseni Annan."

Hunter ei sanonut mitään, ja hiljaisuus venyi usean sekunnin mittaiseksi.

"En kuitenkaan tee mitään päätöksiä saman tien", Garcia sanoi. "Kaikki on vielä aivan liian tuoretta ja elävää, enkä pysty sen takia ajattelemaan sataprosenttisen selkeästi." Garcia hymyili urheasti. "Tauko tekee minulle hyvää. Saan aikaa selvittää ajatukseni. Se tekee sinullekin hyvää. Oletko lähdössä jonnekin?"

Hunter kohautti olkiaan. "En ole vielä päättänyt, mutta mietin vähän Havaijia."

Garcia hymyili. "Se *todella* tekisi sinulle hyvää."

Hunter vastasi hymyyn. "Jep, taidan olla loman tarpeessa."

"Teinpä minkä päätöksen hyvänsä", Garcia sanoi lopulta, "sinä saat tietää siitä ensimmäisenä, kaveri."

Hunter nyökkäsi.

Garcia astui varoittamatta kohti Hunteria ja syleili työpariaan aivan kuin he eivät enää koskaan tapaisi. "Kiitos siitä, mitä teit eilen, Robert. Kiitos, että pelastit Annan."

Hunter hymyili kömpelösti.

"Mitä jos tulisit käymään ylhäällä?" Garcia sanoi. "Anna tapaisi sinut mielellään."

"Odota hetki", Hunter sanoi ja palasi nopeasti autolleen. Hän otti pelkääjän paikalta kimpun valkoisia ja keltaisia ruusuja ja seurasi sen jälkeen Garciaa sisään.

Yhdestä asiasta Hunter oli varma. Päätyisipä Garcia seuraavan kahden viikon aikana mihin päätökseen hyvänsä, tuo päätös olisi oikea.

Kiitokset

Monet ihmiset ovat osallistuneet niin monin eri tavoin tämän kirjan toteutumiseen, etten mitenkään pysty osoittamaan heille kiitollisuuttani simppelillä kiitossivulla. Haluaisin heidän kuitenkin tietävän, ettei tätä romaania olisi olemassa ilman heitä. Haluan siis kiittää seuraavia henkilöitä:

Darley Anderson on ystäväni ja paras agentti, mitä kukaan kirjailija voi toivoa.

Camilla Wray, Clare Wallace, Mary Darby ja kaikki Darley Anderson Literary Agencyn työntekijät edistävät uutterasti kirjojeni kulkua kaikkiin mahdollisiin paikkoihin.

Maxine Hitchcock, fantastinen kustannustoimittajani Simon & Shusterilla. En pärjäisi ilman hänen kommenttejaan, ehdotuksiaan, tietouttaan ja ystävyyttään. Emma Lowth puolestaan tuplatoimitti teoksen ja varmisti, että homma pysyy kasassa (koska yleensä se ei koskaan pysy). Kustantajani Ian Chapman ja Suzanne Baboneau tukevat ja uskovat minuun järkähtämättä, ja Simon & Shusterin häikäisevä porukka tekee aina parhaansa virantoimituksen ulkopuolellakin.

Samantha Johnson kuuntelee kärsivällisesti sekopäisiä ideoitani ja on aina läsnä.

Mutta kaikkein eniten haluan kiittää lukijoitani ja teitä muita, jotka olette alusta lähtien tukeneet minua ja romaanejani fantastisella tavalla. Tämä kirja, ja kaikki muutkin kirjani, on kirjoitettu teille.